U0116017

福建師範大學文學院百年學術論叢　第三輯

現代散文學論稿

汪文頂　著

第三輯
總序

　　三載以來，通過兩岸學者及出版界同仁的協力合作，《福建師範大學文學院百年學術論叢》在臺北已出版兩輯凡二十種，目前第三輯十種又將推出，我為之由衷高興。

　　朱子詩曰：「千里煙波一葉舟，三年已是兩經由。今宵又過豐城縣，依舊長江直北流。」（〈次韻擇之發臨江〉）他吟嘆的是人生履跡，我卻想藉以擬喻兩岸學術傳播交流的景況：煙海茫茫之間，矢志於弘揚中華文化的學人，駕一葉之扁舟，舉學術以相屬，俚俛努力，增進溝通，諸多同道，樂曷如之？今宵，我又提筆為第三輯作序，腦海中浮現的盡是福建師範大學文學院百年學術精品入臺後相繼產生的美好影響，以及兩岸學術交流更加輝煌的明天。

　　本輯所收論著，依舊如前兩輯的格調：辯章學術，融貫古今。

　　述古代文化者凡有四種：一是張善文《象數與義理》，考論歷代易學發展的主要流派；二是郤文倩《古代禮俗中的文體與文學》，溝通禮與文在特定意義上的關聯；三是歐明俊《唐宋詞史論》，從史的角度評騭唐宋詞作的蘊蓄；四是涂秀虹《明代建陽書坊之小說刊刻》，就版本範疇追考明代建本小說刊行的情貌。

　　論現代文學者亦有四種：一是鄭家建《透亮的紙窗（修訂本）》，為多層面的現代文學理論與個案研究；二是朱立立《臺灣及海外華文文學散論》，考察漢語文學在臺灣及海外的發展創新；三是余岱宗《現代小說的文本解讀》，參合審美風格對現代小說名著作出新的解

讀；四是拙作《現代散文學論稿》，探討現代散文多樣發展的情形，乃亦忝列此間。

另有語言與修辭學專著兩種：陳澤平《十九世紀以來的福州方言——傳教士福州土白文獻之語言學研究》，考論福州方言在近代的歷史演變和話語特點；朱玲《意象‧主題‧文體——原型的修辭詩學考察》，從修辭詩學角度闡發文學原型的意蘊。

以上十種，合為論叢第三輯，與前兩輯相輔相成，共同呈示我校中文學科近年較有代表性的研究成果，並奉獻給臺灣文教學術界的同道，以相切磋研磨，以期攜手發展。

唐劉知幾云：「尺有所短，寸有所長。切磋酬對，互聞得失。」（節《史通》〈惑經〉語）無論是斗室間的師友講習，還是大規模的學術研討，劉氏之語仍然是今天頗可遵循的正確理念。當此全球化浪潮洶湧澎湃的關頭，如何不丟失我們五千年的學術文化，發揚傳統精華，滋培濟濟多士，實屬兩岸學者應相與擔當的歷史使命，也是本論叢陸續刊行的首要宗旨。

臺北萬卷樓圖書公司為論叢的編校出版付出辛勤工作，我們始終感荷於心，謹再次敦致謝忱。

汪文頂

西元二〇一六年仲冬序於福州

目次

第三輯　學案篇

第一輯
史論篇

現代散文學的整合與建構

　　散文研究者普遍感到散文之概念寬泛模糊，文體靈活多樣，文本繁富龐雜，難以把握其共性特徵和系統理論的建構。這個難題激發了許多學人的學術勇氣，知難而進地多方探求散文學理的建構之道，或演繹文學基本原理，或借鑑詩學、敘事學理論，或探究中國傳統文論，或譯述國外散文學說，拓展了散文學的視野和思路。現代散文學的理論建構，應進一步解放思想，拓寬眼界，從中外整合、古今轉化的視域，考察中外散文的寫作經驗和理論積累，力求建構契合散文體性、富有涵蓋面、闡釋力和適用性的學術理論和研究方法。

　　現代散文學要建構自身的學理系統，首先要探討以下三個問題。

一　文學共性與散文特性的辯證關係

　　散文作為語言藝術之一，無論是廣義的散體文章，還是狹義的文學散文，都具有語言藝術的共性。它與文學的其他形式一樣，都運用語言文字的音形義和組合方法來運思構想、敘事狀物和表情達意，都有劉勰《文心雕龍》所說的形文、聲文、情文三者交織的「立文之道」，都要處理言與意、言與文、文與質、情與理等關係，都講究語文表達的準確、明晰、生動和精美，所以可用文學基本理論來演繹散文，也可借鑑相關文體論來比照散文。不過，演繹和比照難免不切題、寬泛化。散文之所以獨立存在數千年，且又成為語言藝術的最常用文體，就因為它自有不可替代、不可或缺的特性和功能。它發源於

人事記載、人際交流的實際需要，本是言說的記述，一開始就與吟唱的韻文有所分工和區別，有不同的表達方式和效果，後來更是充分發展其「散行」、「辭達」的各種機能，言語與文思相輔相成、變化無窮。相異是文體獨立存在的根本理由，也是區分文體特性的邏輯起點。散文以散語表述的自然、自由、暢達和便利，與人生經驗感想和日常交流結成不解之緣，成為語言藝術中注重語義表達、言意合一、言文接近、文質相稱而更具日用性和普遍性的基礎文體。

二　中外古今散文理論的通變關係

　　中外古今的散文作品和散文觀念儘管紛繁歧異，卻有相似相通的文體形式和命名定義。首先，各國散文都是與韻文相對而言、相區別而存在的，在中國古代還與辭賦和駢文有所區別，泛指一切不講究韻律排偶而用日常語言書寫的散體文章。這是散文的本義，雖然只從語言層面來界定文體，卻抓住散文語體非韻非駢、自由表達的散體特性，揭示散文與思維語言、日常說話更直接更密切的內在聯繫，也表明散文的應用範圍與思維語言一樣廣泛靈活。中外散文都從記言記事開始，逐漸生發衍化出敘事、說理、抒情的各式文章，從歷史、哲學、宗教、倫理到時事政治、現實人生、個人經驗和內心感覺，都有散文的用武之地和突出表現。眾所周知，中國先秦時代就有《尚書》、《春秋》、《左傳》、《國語》等歷史散文和《老子》、《論語》、《孟子》、《莊子》等哲理散文，古希臘也是從希羅多德、修昔底德的歷史著述和狄摩西尼的演說、柏拉圖的對話等說理散文肇始的。中外散文都發生於文史哲渾然未分時代，都發源於立言議事的實用需要，同時也都開始講究文辭的表達效果，上述傳世名著都不僅有史有識有哲理，還有形象和情感、邏輯和修辭、警句和妙語、文采和風趣等文學

性元素，也有真善美的綜合判斷和有機結合，歷來都被奉為文學經典和散文元典。

因此，中外文論又都進而從文學層面看待散文，引申和界定散文與詩歌對舉、同中有異的文學屬性。詩和散文同為語言藝術，都有孔子所說的「言之無文，行之不遠」的自覺意識和修辭要求。但對「文」的內涵，歷來有文辭、文采、文章、文學等多義而寬泛的理解。在廣義文學範疇中，包含純文學與雜文學的各種形式，詩最早成為純文學的代表，散文因無韻實用而一度被歸入與「文」有別的「筆」之列。唐宋古文發展豐富了散文的文學性，使散文出「筆」入「文」，與詩各擅勝場，並列為中國文學正宗，但也一直帶有實用與審美交織的雜文學的印記。在長期發展過程中，大抵形成詩用韻律而善於吟詠情性、文用散語而便於敘事說理的文體觀。例如，晉代陸機〈文賦〉的「詩緣情而綺靡」和「論精微而朗暢」，金代元好問〈楊叔能小亨集引〉的「有所記述之謂文，吟詠情性之謂詩」，明代胡應麟《詩藪》的「文尚典實，詩貴清空；詩主風神，文先理道」，等等。外國文論中也有純文學與雜文學之分，各種散文也大多歸屬雜文學，具有與詩不同的功能和風格。古希臘亞里斯多德在《詩學》中說「詩傾向於表現帶普遍性的事，而歷史卻傾向於記載具體事件」，在《修辭學》中說「散文的風格不同於詩的風格」。這在黑格爾《美學》中發展為詩和散文是兩種不同的藝術「掌握方式」，「散文意識要有一種和詩不同的思想和語言」，是「通過知解力」、「按照外在有限世界的關係去看待」「現實界的廣闊材料」的，帶有「日常意識」、「尋常表現」的特點，雖也「接近藝術」，卻不如詩純粹。他從思維方式上辨析詩文的根本差異，比韻散之分、體用之別更切中肯綮，但也難免帶有重詩輕文的成見。義大利美學家克羅齊在〈散文與詩〉中則說：「詩是情感的語言，散文是理智的語言；但是理智就其有具體性與實在性而言，仍是情感，所以一切散文都有它的詩的方面。」他

超越世人的成見而彌合詩文的分歧，張揚散文情理統一的詩性和文學性。中外文論家這類詩文觀念不勝枚舉，異中有同，大多從形式、內容、風格和功用等方面比較辨析詩文的區別與聯繫，啟發後人以歷史比較的眼光看待散文與詩相反相成、變化發展的文學特性和文體特點。

三　現代散文創作與理論批評的互動關係

中國現代散文是在中外文化交流的現代語境中發展起來的，必然帶有傳承創新、引進交融的時代特點和總體風貌。其創作實踐與理論建設都受到傳統和外來影響，適應時代變化而變革更新和互動發展。「五四」新文化運動不僅解放思想，放眼世界，還更新語言，解放文體，開啟文學現代化進程。散文就在這時代大變革中蛻舊更新，形成文學散文、白話美文、自由文體和個性藝術的基本觀念。現代意義的文學散文，比非韻非詩的古典散文觀增多了非小說的限定，如朱自清說「那是與詩、小說、戲劇並舉，而為新文學的一個獨立部門的東西」[1]，葉聖陶說「除去小說、詩歌、戲劇之外，都是散文」[2]。這與西方「非小說性散文」的涵義大體一致，都包括隨筆、雜文、小品文、抒情散文、雜記、遊記、傳記、日記、書信、報告文學等多種體裁，大都具有不唯美、非虛構的雜文學屬性，有些也跨入純文學行列，因而有狹義文學散文之稱。現代散文以白話取代文言，破除「美文不能用白話」的迷信，回歸言為心聲、言文合一的大道，與歐洲各國散文從古拉丁文變為本國語文的路徑一樣，促進了散文的語體化、生活化、普及化和現代化。散文是散體文章，這是中外古今散文的文體共性；古人常說的文無定法、隨物賦形，跟現代人所說的任心閒

1　朱自清：〈什麼是散文〉，見《文學百題》（上海市：生活書店，1935年）。
2　葉聖陶：〈關於散文寫作──答《文藝知識》編者問八題〉，《文藝知識連叢》第一集之三（1947年）。

話、隨意揮灑等，都一脈相通。「五四」時代思想自由、文體解放的
浪潮，衝破了古文義法的藝術教條，進一步激活了散文自由創造的精
神，也強化了散文比姐妹文體自由靈活、無所不達的特長。

　　散文的自由創造出自創作主體，來源於作者本身的個性人格、生
活經驗、思想和藝術修養的綜合作用，表現出因人而異的個性色彩。
郁達夫指出：「五四運動的最大的成功，第一要算『個人』的發見」，
「以這一種覺醒的思想為中心，更以打破了械梏之後的文字為體用，
現代的散文，就滋長起來了」，從而形成現代散文的「最大特徵，是
每一個作家的每一篇散文裡所表現的個性，比從前的任何散文都來得
強」。[3]現代散文家既發揚中國古代散文中修辭立誠、抒情言志一路的
優秀傳統，又吸收外國近現代散文表現自我、張揚個性的精神滋養，
普遍認同散文是一種「自己告白的文學」，其中「比什麼都緊要的要
件，就是作者將自己的個人的人格的色彩，濃厚地表現出來」。[4]「所
以它的特質是個人的，一切都是從個人的主觀發出來，所以它的特質
又是不規則的、非正式的」。[5]

　　人們在散文體式的自由靈活、作者心靈的自由活潑和個性表現的
率真自然的內在關聯中把握散文的特性，把散文視為不假雕飾、自然
流露作者真性情的個人文體。散文的個性表現比小說戲劇來得直接真
切，比詩歌更為灑脫自在，帶著不經意、不文飾、不拘束的天然本
色。這既貫通了劉勰「各師成心，其異如面」和公安派「獨抒性靈，
不拘格套」的本土傳統，又接通了蒙田隨筆開創的歐美傳統：「我要
人們在這裡看見我底平凡、純樸和天然的生活，無拘束亦無造作：因

3　郁達夫：《中國新文學大系・散文二集》（上海市：良友圖書印刷公司，1935年），
　　〈導言〉。

4　〔日〕廚川白村著，魯迅譯：〈Essay〉，見《出了象牙之塔》（北京：未名社，1925
　　年）。

5　胡夢華：〈絮語散文〉，《小說月報》第17卷第3號（1926年）。

為我所描畫的就是我自己。」[6]現代散文確立的文學散文、白話美文、自由文體和個性藝術這四個主要觀念，從屬性、媒介、體式和體性諸層面辨識和界定現代散文的藝術特性和時代特徵，已成為現代散文觀的基本範疇，迄今仍在沿用和闡發。

　　朱自清曾說現代「小品散文的體制，舊來的散文學裡也盡有；只精神面目，頗不相同罷了」。[7]這啟發我們要辯證把握新舊、散韻、詩文等複雜關係，以現代散文理論和創作研究為基礎，吸收和整合中外散文理論資源，從中梳理和提煉散文學的範疇概念和邏輯結構，抓住散文體性和個體創造相互關係的核心問題，深入探討實用與審美、文心與文體、自由與自律、範式與獨創、自我與風格、文氣與文采等具體問題，努力建構現代散文學中外整合、古今轉化的文類共性、現代特性和個性創造協調統一的系統理論，為散文研究提供理論方法和學理支撐。

　　　　——本文原刊於《中國社會科學報》第七版，二〇一五年十月十三日〈國家社科基金專刊〉第九十八期；略有修訂

6　〔法〕蒙田著，梁宗岱譯：〈蒙田散文選（一）〉〈給讀者〉，見《世界文庫》第7冊（上海市：生活書店，1935年）。

7　朱自清：〈論現代中國的小品散文〉，《文學週報》第345期（1928年11月）。

現代散文的基本觀念

　　中國散文源遠流長，從「五四」文學革命開始突破古文規範，走上現代發展階段。相對於古代散文而言，「五四」以來用現代漢語寫作的新型散文統稱現代散文。相對於當代散文來說，現代散文特指一九一七至一九四九年間產生的新體散文，這是狹義的現代散文觀念。

　　現代散文是「五四」文學革命的產物。「五四」新文化運動高舉民主與科學的思想旗幟，喚醒國民反帝反封建的革命要求，造就了破舊立新、思想解放、個性解放和文體解放的文化氛圍，促進了中國社會走向現代化的轉型和變革，這給現代散文的誕生和創新提供了充分的主客觀條件。散文革新從採用白話入手，率先實現以白話取代文言的藝術轉型，確立了白話美文的新觀念；又進一步以現代思想意識和美感經驗改造散文的思想藝術，使散文創作富於鮮明的個性特徵和時代特徵。因此，現代散文在「五四」時期就形成下述四個基本觀念。

一　文學散文

　　現代散文是現代文學「四分法」中與詩歌、小說和戲劇並列的一種文學類型，是以現代意義的文學觀念來界定散文的文學屬性和文學價值的。

　　散文在中國古代文學中與詩歌同享「文學正宗」的美譽，但在「文」、「筆」分類中歸屬於「筆」這種無韻實用的雜文學範疇，通常泛指與韻文和駢文有別、不拘聲韻對仗的一切散體文章，包括種種非

文學著述，本是一種只從語言形式區分的寬泛的文體類型。現代人把這種包羅萬象的散文視為廣義的散文，並以現代意義的文學觀念從中剝離出狹義的散文，回歸文學本位。早在「五四」文學革命之初，劉半農就「取法於西文，分一切作物為文字 Language 與文學 Literature 二類」，借此區分出「文字的散文」與「文學的散文」，把一切應用文章排除在文學散文之外，只讓與詩歌戲曲相對而言的「小說雜文、歷史傳記」列入文學散文範疇。[1]他所說的文學散文，固然泛指散文體的各種文學樣式，包括小說在內，但已從文學角度加以界定，把文學散文從一般的散體文章中獨立出來了。稍後，周作人、王統照、朱自清等人所探討的散文，又把小說獨立出去，散文就專指一種文學形式，「那是與詩、小說、戲劇並舉，而為新文學的一個獨立部門的東西」[2]。從此以後，散文就在現代文學「四分法」中獲得歸宿和定位。

作為文學形式之一的散文，其涵義仍有寬窄之分。就文學「四分法」而言，散文是各種散文體式的共名，「除去小說、詩歌、戲劇之外，都是散文」[3]；這就包含種種散文名目和體裁，如美文、純散文、小品文、隨筆等，是散文一級概念中大同小異的常用名稱。隨著散文品種的增多和自立，對散文的二級分類逐步形成了「三分法」，即分為議論說理、敘事紀實和記敘抒情三類，相應的代表文體分別被稱為雜文、報告文學、小品散文。有的又讓雜文、報告文學從散文母體中獨立出去，只留下記敘抒情類獨享散文專名；這是最狹義的散文，是對文學散文加以嚴格界定的產物；它也含有多種體式，如抒情小品、散文詩、遊記、雜記等，又兼有說理、敘事功能，與姐妹文類互有交叉，如隨想錄、回憶錄、序跋、速寫等，應用範圍也是相當寬廣的。

1　劉半農：〈我之文學改良觀〉，《新青年》第3卷第3號（1917年5月）。

2　朱自清：〈什麼是散文〉，見《文學百題》（上海市：生活書店，1935年）。

3　葉聖陶：〈關於散文寫作——答《文藝知識》編者問八題〉，《文藝知識連叢》第一集之三（1947年）。

　　現代人對散文儘管有不同的界說，卻都比「非韻非駢」的傳統散文觀增多了一重文學性的限定，強調其文學屬性和藝術價值。同文學的其他門類一樣，散文也是憑藉語言藝術審美地品評人生，富於形象性、情感性和形式美。記敘抒情類散文充分具備文學特徵，率先被認定為「藝術性的」「美文」[4]。代表作有魯迅的《野草》、《朝花夕拾》，周作人的《自己的園地》、《澤瀉集》，朱自清的《背影》，冰心的《寄小讀者》等。以議論和批評為主的雜文，具有形象化、情感化特徵和諷刺幽默意味，並且「能移人情」，從而「侵入高尚的文學樓臺」[5]，成為知性文學的代表文體，如眾所周知的魯迅雜文。報告文學是紀實敘事類散文的新品種，比一般的新聞報導注重描寫、抒情、結構和修辭等藝術加工，把新聞性和文學性合二而一，在抗戰時期充分發揮了文藝輕騎兵的作用。連書信、日記之類實用文體，也被改造為文學散文的常用體式。各體散文本同末異，在文學家園中有的與詩歌為鄰，有的與小說接壤，有的處於文學邊緣，有的據守散文本位，形態多樣，功用互補，都在追求文學性，所以都是文學散文大家族中各盡所能、和諧相處的重要成員。

二　白話美文

　　現代散文革新從採用白話入手，率先破除「美文不能用白話」的舊觀念，成功地實現了以白話取代文言的藝術轉型，確立了白話美文的新觀念。

　　通常所謂古代散文和現代散文的區別，首先是由語言形式的古今差異來界定的。語言的古今差異，使古今文學具有不同的特點。文言

4　周作人：〈美文〉，《晨報》第7版，1921年6月8日。

5　魯迅：《且介亭雜文》〈序言〉和《且介亭雜文二集》〈徐懋庸作《打雜集》序〉，見《魯迅全集》第6卷（北京市：人民文學出版社，1981年）。

是古代的書面語言，與古代口語有很大差別。中國古代散文以文言為媒介，雖比白話簡約典雅、鏗鏘悅耳，卻有言文不一、脫離口語的流弊。正統古文家又一味標榜古雅，泥古不化，既加深了言文分離的鴻溝，又背離了言為心聲的古訓，使文言散文喪失了藝術創造的生機活力。因此，適應社會變革、文化普及和文學發展的時代需要，一場廢文言、崇白話、言文合一的白話文運動，從近代開始啟動，終於在「五四」文學革命中獲得成功。

　　「五四」白話文運動的倡導者，不僅從歷史進化論和語言功用論角度堅信白話文必然取代文言文，還從文學本體論和價值論層面認定白話是文學的正宗和利器。胡適強調「是什麼時代的人，說什麼時代的話」，是「文學的性質」決定了現代文學必須採用現代人的「活言語」，才能真切表達現代人的思想感情。[6]朱希祖指出：「作白話文，照他的口氣寫出來，句句是真話，確肖其為人」，「白話文是不妝點的真美人，自然秀美；文言文是妝點的假美人，全無生氣」。[7]這種對比有些簡單片面，卻突出了白話與當代生活的緊密關係。「五四」散文家實踐白話文運動的理論主張，先用白話寫雜感評論，繼而創作敘事抒情散文，顯示出白話散文平易通俗、流利暢達、逼真傳神、親切自然的美質和特長，也有人把白話散文寫得漂亮、縝密、簡潔、雋永，不讓於古典美文。這就「徹底打破那『美文不能用白話』的迷信」[8]，確立了白話美文的正宗地位和發展方向。

　　散文語言的成功變革，也促進了散文藝術的全面革新。散文開始從象牙之塔走向十字街頭，從士大夫的專利品變為廣大讀者的精神食糧，真正貼近了當代生活，溝通了作者和讀者的心靈。絮語、閒話、獨白、漫談等話語方式因言文合一、心口呼應而生成風行，清新、自

6　胡適：〈建設的文學革命論〉，《新青年》第4卷第4號（1918年4月）。

7　朱希祖：〈白話文的價值〉，《新青年》第6卷第4號（1919年4月）。

8　胡適：〈五十年來中國之文學〉，見《胡適文存二集》（上海：亞東圖書館，1924年）。

然、親切、流麗之文體風格也因語言表達的得心應手而流行起來。如此等等，都說明散文語言的更新不只是一個形式問題，還引發了包括藝術思維、表現內容、言說方式、美學追求在內的一系列深刻的藝術變革，給中國散文開創了一種新作風，一條新生路。

三　自由文體

與詩歌、小說、戲劇相比，散文的天性在「散」字，具有散體文章自由不拘、隨意自然的彈性活力。散文較少受體制、結構、韻律、程式等藝術成規的約束，比詩歌、小說和戲劇「自由些」，「選材與表現，比較可隨便些；所謂『閒話』，在一種意義裡，便是它的很好的詮釋」。[9]「散文的特點就是『散』」，「它的長處大概在於自然有致，而無矜持的痕跡。它的短處卻常常在於東拉西扯，沒有完整的體勢」；「如把一個『散』字作為散文的特點，那麼就應該給小說一個『嚴』字，而詩則給它一個『圓』字。如把散文比作行雲流水，那麼小說就是精心結構的建築，而詩則為渾然無跡的明珠」，「說散文是『散』的，然而既已成為『文』，而且假如是一篇很好的散文，它也絕不應當是『散漫』或『散亂』，而同樣的，也應該像一座建築，也應當像一顆明珠」。[10]就是說，散文是一種自由文體，是「散」與「文」的統一，在各種文學樣式中最為自由靈活，卻也受文學有機完整性的制約，追求藝術的完美。散文是散體文章，這是古今散文的文體共性。古人常說的文無定法、隨物賦形，所追求的意到筆隨、自然天成，跟現代人所說的任心閒話、自由創造等，意思都差不多。但是，古文到了清代桐城派手上，片面講究古文義法，作繭自縛，損害

9　朱自清：〈論現代中國的小品散文〉，《文學週報》第345期（1928年11月）。
10　李廣田：〈談散文〉，見《文學枝葉》（上海市：益智出版社，1948年）。

了散文自由活潑的天性。到了「五四」時代，思想自由、文體解放的
浪潮，衝破了古文義法的藝術教條，才又恢復和發揚了散文自由創造
的精神。

　　現代散文的自由創造精神表現在三個方面：一是創作心態自由，
往往是有感而發，即興作文，像日常談話那樣，心裡想說什麼就談什
麼，自由自在，輕鬆活潑，不拘客套，親切自然。不要正襟危坐地苦
思冥想，搜腸刮肚地咬文嚼字，而要像魯迅翻譯的日本文學家廚川白
村所描述的 Essay（散文隨筆）寫作情景：「如果是冬天，便坐在暖爐
旁邊的安樂椅子上，倘在夏天，便披浴衣，啜苦茗，隨隨便便，和好
友任心閒話，將這些話照樣地移在紙上的東西就是 Essay。」二是取
材自由廣泛，無所不談。現代人常說，散文是人生的速寫，是感應的
神經，是作者的隨想錄，是輕妙的世態畫，是一粒沙裡見世界，半瓣
花上說人情。日常所見所聞所思所感，大至海闊天空，小至日常瑣
事，都可以順手拈來，自由生發，都可能寫出有心得、有新意、有韻
味的好散文。三是寫法不拘一格，自由抒寫，文無定法，以意役法，
形式適應內容的表現需要而靈活變化，豐富多樣。現代散文因思想解
放、文體自由而富於創造活力，有任心閒話的自由度，有信步而行的
自在感，有隨物賦形的靈巧性，有行雲流水的天然美，從而形成百花
齊放、異彩紛呈的繁榮景觀。

四　個性藝術

　　散文既是自由的藝術，又是自主的藝術。散文的自由創造聽命於
作者本身，來源於創作主體的個性人格、生活經驗、思想觀念和藝術
修養的綜合作用，表現出因人而異、文如其人的個性色彩。

　　「五四」時期的王綱解紐，新潮激盪，促成了現代人獨立自主意
識的覺醒。郁達夫指出：「五四運動的最大的成功，第一要算『個

人』的發見」，「以這一種覺醒的思想為中心，更以打破了械梏之後的
文字為體用，現代的散文，就滋長起來了」，從而形成現代散文的
「最大特徵，是每一個作家的每一篇散文裡所表現的個性，比從前的
任何散文都來得強」。[11]現代散文創建者既發揚中國古代散文中修辭立
誠、抒情言志一路的優秀傳統，又積極吸收外國近現代散文表現自
我、張揚個性的精神滋養，普遍認同散文是一種「任心閒話」似的
「自己告白的文學」，其中「比什麼都緊要的要件，就是作者將自己
的個人的人格的色彩，濃厚地表現出來」。[12]「所以它的特質是個人
的，一切都是從個人的主觀發出來，所以它的特質又是不規則的、非
正式的」。[13]人們在散文體式的自由靈活、作者心靈的自由活潑和個性
表現的率真自然的關聯中把握散文的特性，把散文視為不假雕飾、自
然流露作者真性情的個人文體。散文無論描寫什麼，都應經過作者心
靈的融化，打上鮮明獨特的個人印記。散文的個性表現比小說戲劇來
得直接真切，比詩歌更為灑脫自在，帶著不經意、不文飾、不拘束的
天然本色，「只要是真純的性格的表露，而非過分的人工的矜飾矯
造，便能引人入勝，撩人情思」[14]。

　　個性的內涵和品位又內在地決定著各人散文的特色和價值，文品
出自於人品。散文中境界的大小高低，文風的剛柔奇正，現代氣息的
濃淡強弱，藝術旨趣的新舊雅俗，無不與作者的經驗、素養、襟懷、
識見諸因素密切相關。而個性人格的生成陶養又深受時代環境的制約
和影響，個性就無疑含有時代性和社會性，並隨著時代生活的發展變
化而發展變化。魯迅和周作人兄弟的散文迥然不同，既充分表現了各

---

11 郁達夫：《中國新文學大系·散文二集》（上海市：良友圖書印刷公司，1935年），
　　〈導言〉。

12 〔日〕廚川白村著，魯迅譯：〈Essay〉，見《出了象牙之塔》（北京：未名社，1925
　　年）。

13 胡夢華：〈絮語散文〉，《小說月報》第17卷第3號（1926年）。

14 鍾敬文：〈試談小品文〉，《文學週報》第349期（1928年12月）。

自的個性人格，又自主創造了各自的個人文體，文學史公認的魯迅風和豈明風，開創了現代散文的兩大思潮流派。因此，現代散文強調個性表現，推崇藝術獨創，以個性化、多性化匯映現代人生的五光十色，把握現代化歷史進程的精神動態，大多富於濃厚的個性色彩和時代氣息，從中不僅「可以洞見作者是怎樣一個人」[15]，也「更容易看出一個時代的精神狀態和文學的傾向」[16]。

　　總而言之，現代散文確立了文學散文、白話美文、自由文體和個性藝術四個基本觀念，從屬性、媒介、體式和體性諸層面辨識和界定現代散文的藝術特性和時代特徵。這些基本觀念形成於「五四」時期，在後來的理論建設和創作實踐中不斷加以充實發展，已成為現代散文觀的基本範疇，迄今仍在沿用和闡發。品讀現代散文，就要以這四個基本觀念來體會現代散文的現代特徵，品味各家散文的語言藝術、思想情趣和文學價值，把握散文家的創作個性和藝術風格，評估他們在散文史上的創作成就和歷史貢獻。

　　　　　　　　　　──本文選自《汪文頂講現代散文》（長沙市：
　　　　　　　　　　　　　　　　　　湖南教育出版社，2012年）

---

15 胡夢華：〈絮語散文〉，《小說月報》第17卷第3號（1926年）。

16 葛琴：〈略談散文〉，《文學批評》創刊號（1942年9月）。

散文特點漫談

　　散文品種繁多，用途廣泛，在不同時代、不同國度裡，在不同作家筆下，有不同的風采和魅力，真是異彩紛呈，變幻無窮！實在很難用一個定義說盡散文的特點和本質。倒是有些行家的經驗之談，從不同角度入手，以種種形象的比喻顯示散文的某些特性，說得較為通俗明白，不妨借用來說明散文的幾個主要特點。

一　散文如素描

　　學繪畫的人都知道，素描是繪畫的基本功。練好素描，就等於掌握了觀察和表現物象的基本技法，拿到了開啟藝術殿堂的入門鑰匙。達・芬奇學畫雞蛋的故事，就充分說明了素描訓練的重要性，大畫家也是從素描起步的。

　　寫作和繪畫一樣，也要從基本功練起。許多作家把散文比作素描，視為寫作的基本功和文學的基礎。寫過〈背影〉的散文家朱自清勸告我們：「初學寫作，似乎該從廣義的散文下手。先把話寫清楚了，寫通順了，再注重表情，注重文藝性的發展。這樣基礎穩固些。」[1]文學家、教育家葉聖陶索性把自己的散文叫做「木炭習作」[2]，即炭筆素描；他是抱著修煉寫作基本功的用意經常寫散文的。小說家、劇

---

[1]　朱自清：〈關於散文寫作──答《文藝知識》編者問八題〉，《文藝知識連叢》第一集之三（1947年）。

[2]　葉聖陶：《未厭居習作》（上海市：開明書店，1935年），〈自序〉。

作家老舍說得很中肯：「不把散文底子打好，什麼也寫不成」，「把散
文寫好，我們便有了寫評論、報告、信札、小說等等的順手的工具
了。寫好了散文，作詩也不會吃虧」。[3] 連詩人艾青也說：「詩人必須
首先是美好的散文家。」[4] 這些著名作家不謀而合，異口同聲地勸導
我們學寫散文，練好基本功，是很有道理的。

　　說散文是文學的基礎，一點也不過分。我們想像不出，一個不會
寫散文的人能夠寫得出詩歌、小說和戲劇。文學是用語言文字來記事
狀物、表情達意的，所以說是語言藝術。在語言藝術中，散文和韻文
是兩種最基本的文體，而散文又是更為常見和通用的體式。散文的語
言接近日常說話，一句接一句，自然流暢，不拘格律，最便於我們用
來狀物敘事，表情達意，與他人交流經驗感受。學寫散文，就是學習
運用語言文字來描述事物、表達情思，也就是鍛鍊自己對生活的觀察
力、感受力和表現力，正如學素描的人學習運用線條勾勒物態、傳達
神情那樣。久而久之，我們的語文表達能力提高了，觀察感受生活的
能力增強了，就不僅能夠寫出像樣的散文來，還能夠借助散文學寫小
說、劇本以至於詩歌。正如學會了走路，你要跑，要跳，要爬山，要
游水，就由你自己作主了。從這個意義上說，散文是文學的入門之
路，是語言藝術的基本功。

　　說散文如素描，是寫作的基本功，並非說散文算不了什麼。請不
要看輕散文。要知道，如同素描本身還是一種獨立的畫種那樣，散文
是一種與小說、戲劇和詩歌並列的文學體裁，既有獨立的價值和特
長，又有過高踞文學塔尖的光榮歷史和傑出作品。如中國戰國時代的
諸子散文和史傳散文，漢代司馬遷的《史記》，唐宋古文，明清小品
文，「五四」時代的白話美文等，都可以跟同期的其他文學品種相媲

3　老舍：〈散文重要〉，見《筆談散文》（天津市：百花文藝出版社，1962年）。

4　艾青：〈詩論〉〈技術〉，見《詩論》（北京市：人民文學出版社，1980年），頁196。

美。散文的一些特長，又是其他文學形式不可取代的。比如說，它的取材自由廣泛，天下之大，蒼蠅之微，人情事理，花鳥蟲魚，都可以寫成散文；它的寫法靈活巧妙，對景寫生，有感而作，意到筆隨，不拘一格，相當自由輕便；它的應用範圍最廣，我們日常寫信，做筆記，寫報告，記觀感，都用得上散文。老舍說得好：「看起來，散文實在重要。在我們的生活裡，一天也離不開散文。我們都有寫好散文的責任。」[5]散文的重要性，就突出表現在它是文學中與人生關係最密切的一種形式，是人們溝通思想感情的最常用最自由的一種文學體裁。

　　學寫散文，有個循序漸進的過程。人們說散文如素描，就包含了這層意思。畫素描，畫師總是教人先畫好簡單的物象，再學畫複雜的圖景，先求形似，再求神似。學寫散文也是如此，可以像朱自清所說的，先把自己要說的事情說清楚，寫出來，像素描那樣描述對象，力求看得細，描得像，逐步培養起觀察和描寫能力；再一步步地學習描述對象神態、表達心中感想的功夫，注重寫照傳神，生動活潑，盡可能替所要表達的事態情理找到最適當、最完美的表現形式。這樣，由易而難，循序漸進，反覆訓練，熟能生巧，才有可能逐漸提高寫作水平，寫出有文學價值的散文來。

　　散文並不難學。它比詩、小說、戲劇更容易學。詩要講究節奏韻律，小說要考慮情節結構，戲劇要留意對話動作。散文就可以隨意自由些，沒有那麼多講究和約束，跟我們平常談話很相像，可以說是一種藝術化的談話錄。每個正常人都會說話，都有話說。只要留心自己的講話，把自己想說的言語，好好提煉、組織一番，按照言談內容的先後主次有條理地記述下來，就成為一篇散文的雛形，經過加工推敲，就有可能成為一篇較好的散文。老舍解釋說：「散文之所以比較容易寫，是因為它更接近我們口中的語言。可以說，散文是加過工的

5　老舍：〈散文重要〉，見《筆談散文》（天津市：百花文藝出版社，1962年）。

語言。我們都會講話，而且說的是散文，不是韻文。在日常交談的時候，我們的話語難免層次不大分明，用字未盡妥當，因為隨想隨說，來不及好好思索，細細推敲，也就是欠加工。那麼，我們既會講話，如果再會加工，我們就會寫出較好的散文來。」因此，他肯定說：「我們人人有寫散文的『本錢』，只看肯不肯下些功夫把它寫好，用不著害怕！」[6]學寫散文，起碼要有這一點自信心，相信自己有寫散文的條件和能力。

　　不過，光有自信心還不行，還要肯下苦功夫，因為散文並不容易學會、寫好。散文沒有詩的韻律、小說的情節和戲劇的衝突，不靠這些因素吸引人，它要依靠自己的天姿本色，包括思想情趣、言語藝術諸方面的魅力，來吸引讀者，打動人心。散文只是接近於日常談話，是用加工過的語言來狀物敘事、表情達意的；一切的物態事理，人情心思，都要通過語言描述下來。即便是摹寫一種簡單的實物，也不容易寫得窮形盡相、逼真如畫，更不用說描繪事物的動態和心靈的活動了。光是練習運用語言描述某種形象，就遠比用線條勾畫物象的素描畫要困難得多，何況散文還要傳神寫意、抒情言志，豈能輕而易舉、一學就會？雖說每個人都可以學寫散文，卻並非每個人都能成為散文家，都能寫好散文。古人說過，「散文易學難工」；今人也說，「散文比詩容易寫，但也須下一番工夫，才能寫好」。[7]下苦功學寫散文，嚴格地說，就是在下苦功修煉自己的觀察力、感受力、思考力、表現力諸方面素質。如果肯下苦功練好這些基本功，再「難工」的散文也能學會學好。否則，再「易學」也永遠學不會。「只要功夫深，鐵杵磨成針」，散文的藝術殿堂，是只肯接納這種苦學苦練的苦心人的！

6　老舍：〈散文重要〉，見《筆談散文》（天津市：百花文藝出版社，1962年）。

7　老舍：〈散文重要〉，見《筆談散文》（天津市：百花文藝出版社，1962年）。

二　散文如談心

　　記得莫里哀喜劇中談到散文如日常談話的問題。與韻文相對而言，散文的確像談話那樣自然隨意，不像歌吟那樣有板有眼，而自有一種家常絮語、平易近人的親切感。外國散文中有所謂絮語散文、隨筆散文，中國現代有談話風散文，有所謂「閒話」、「雜談」之類散文名目，都接近於日常談話。即便是字斟句酌的散文，也總比詩歌靠近言談，多了一點自然風味。跟人交談，我們討厭裝腔作勢，也不喜歡咬文嚼字，倒是欣賞隨意而談、誠懇率真的作風，更神往於促膝談心、親密無間的境地。這種談話境界正是散文藝術的一種絕妙寫照。其妙處有以下三點：

1　個性色彩濃厚

　　寫散文就像同親友促膝交談一樣，以誠相見，推心置腹，不拘客套，親切自然。所談的是知心話，真心話，良心話，容不得絲毫的虛情假意、胡言亂語和矯飾作偽。真誠是散文的生命，所謂真情實感、真心誠意、真摯懇切等，都是真誠的應有之義。中外散文家大多強調這一點。我們的祖先強調「修辭立其誠」，「情信而辭巧」。歐洲隨筆的創始人蒙田在《隨筆集》序文裡自白：「這是一部坦白的書」，「我要人們在這裡看見我底平凡、純樸和天然的生活，無拘束亦無造作：因為我所描畫的就是我自己」。[8]日本文藝理論家廚川白村論隨筆（Essay）時說：隨隨便便地「和好友任心閒話，將這些話照樣地移在紙上的東西就是 Essay」；在這種體裁中，「比什麼都緊要的要件，就是作者將自己的個人底人格的色彩，濃厚地表現出來」；這種體裁

8　〔法〕蒙田著，梁宗岱譯：〈蒙田散文選（一）〉〈給讀者〉，見《世界文庫》第7冊（上海市：生活書店，1935年）。

最便於「表現不偽不飾的真的自己」。[9]中國散文家李廣田深有體會地說：「寫散文，實在很近於自己在心裡說自家事，或對著自己人說人家的事情一樣，常是隨隨便便，並不怎麼裝模作樣。」[10]巴金老人把他六十年的創作經驗概括成一句話：「不說謊，把心交給讀者。」[11]這些論述揭示了散文寫作必須說心裡話、把心掏給讀者的特徵。常言道，言為心聲，文如其人。這在散文中得到了充分的印證。郁達夫評述現代散文時說：「我們只消把現代作家的散文集一翻，則這作家的世系，性格，嗜好，思想，信仰，以及生活習慣等等，無不活潑地顯現在我們的眼前。」[12]可見，真情流露，個性鮮明，這是散文的顯著特徵。正因為散文是作者個性的真誠表現，是把自己的心靈顯示給讀者，所以散文作者更應該時刻注重自己的人格修養，努力提高思想情操，才能使自己的個性表現具有典型意義和審美價值，具有高雅的藝術格調。

2 語調親切動聽

　　寫散文，既然如好友談心，就沒必要裝模作樣，大可隨興所至，任心閒話，娓娓漫談，真情流露。朱自清有篇散文叫〈給亡婦〉，是對故妻訴說家常瑣事和相思心懷的。開頭就說：「謙，日子真快，一眨眼你已經死了三個年頭了。這三年裡世事不知變化了多少回，但你未必注意這些個，我知道。你第一惦記的是你幾個孩子，第二便輪著我。孩子和我平分你的世界，你在日如此，你死後若還有知，想來還如此的。」接下來，純用這種口吻告訴死者所關心的家務事、兒女

9　〔日〕廚川白村著，魯迅譯：〈Essay〉，見《出了象牙之塔》（北京：未名社，1925年）。

10　李廣田：〈談散文〉，見《文學枝葉》（上海市：益智出版社，1948年）。

11　巴金：〈春蠶〉，見《探索集》（北京市：人民文學出版社，1981年）。

12　郁達夫：《中國新文學大系‧散文二集》（上海市：良友圖書印刷公司，1935年），〈導言〉。

情。最後說：「我們想告訴你，五個孩子都好，我們一定盡心教養他們，讓他們對得起死了的母親你！謙，好好兒放心安睡罷，你。」這樣寫，完全像家人談家常那樣親昵自然。所說是知心話，知道亡妻的為人和心思，句句扣動心弦；是真心話，完全由心坎深處汨汨流出，句句懇切入耳；是良心話，有情有義，溫柔敦厚，句句慰情感人。所用的文字平易樸素，語氣自然親切，而情意纏綿，餘味無窮。這是正宗的散文，富有談心的真摯感、親密感。讀其文如聞其聲，聽其語如見其人，散文的筆調就有如此親切動人、自然流麗的風韻。

3 情感交流親密無間

寫散文，是對著讀者說心裡話。作者心裡要有讀者，把讀者當朋友，平等地與讀者交談，不能對讀者耳提面命、發號施令，也不能無視讀者的存在而一意孤行、故作艱深。作者能把心交給讀者，與讀者推心置腹地交流思想感情，讀者就會信賴和熱愛作者，樂於接受作品的情境，並積極參與到作品的情境中去，從而取得心心相印、契合無間的藝術效果。冰心寫《寄小讀者》，始終把小讀者當作知心的小朋友。她向小朋友介紹自己：「我是你們天真隊裡的一個落伍者——然而有一件事，是我常常用以自傲的：就是我從前也曾是一個小孩子，現在還有時仍是一個小孩子。為著要保守這一點天真直到我轉入另一世界時為止，我懇切地希望你們幫助我，提攜我，我自己也要永遠勉勵著，做你們的一個最熱情最忠實的朋友！」她就抱著這種心態和誠意，誠懇親熱地跟小朋友敘談自己的旅途見聞和生活感受，訴說母愛、童真和自然美。許多少男少女，讀冰心散文，就像傾聽一位大姐在談天說地拉家常，不知不覺地喜愛上這位溫柔親切的大姐，受到她的深刻影響。巴金回憶說：「我們喜歡冰心，跟著她愛星星，愛大海，我這個孤寂的孩子在她的作品裡找到溫暖，找到失去的母愛。」[13]這

---

13 巴金：〈《冰心傳》序〉，見卓如：《冰心傳》（上海市：上海文藝出版社，1990年）。

種現象說明，散文越親近讀者的心靈，越像與讀者談心那樣真切自然，就越能引起讀者的心靈共鳴，越有感人至深的藝術魅力。

以上三點，顯示了散文的個性化、親切性和真誠性特徵。散文要坦露作者的個性，要聽任心靈語言自然流淌，要把一顆赤子之心掏給讀者。在這個意義上說，散文不僅是一種談話的藝術，而且是一種談心的藝術。

三　散文如散步

有人把散文比作走路，把詩歌比作跳舞，這對比方有點道理。相對於詩歌的講究節奏韻律、分行排列、跳躍迴旋、凝鍊集中，散文則自由自在得多了，和日常走路一樣隨意自然，一步跟著一步走向目的地。不過，一般的走路只是為了抵達某個終點，去辦某種事情，往往來去匆匆，步子單調，無心觀賞沿途風光，缺乏個人風度，用來形容一般的文章、廣義的散文也許還差不多，用來形容文學性散文就不夠貼切了。不如用散步比喻散文來得精確些。

這裡說散文如散步，指的是散文的寫作心態和藝術風度像散步那樣從容自如，隨意盡興，同時也指散文的藝術功能如散步一樣有益於身心健康，為男女老少所喜愛。

散文的寫作心態，當然是千差萬別的。有的急切，有的從容，有的沉靜，有的激動。但由於散文的形式短小，取材自由，感應敏捷，寫法靈活，所以寫散文時的心境總比寫詩和小說自在些，精神負擔較輕，自由度較大。散文是一種自由的藝術，與心靈活動相契合，心有所思，執筆成文，隨意而至，無拘無束。正像散步那樣，你愛怎麼走就怎麼走，愛走向哪裡就走向哪裡，沒有人限制你，也沒有人催促你，你可以邊走邊看，也可以走走停停，可以浮想聯翩，也可以心平氣和，一切都隨你的興趣而定。這是散文寫作自由隨意的一個特點。

　　散文寫作自由隨意的另一個特點是以意役法，自創一格。散文不僅是自由的藝術，還是自主的藝術。它可以自由取材，自由抒寫，自由創造，但這種自由來自作者的心靈，為作者的寫作意旨所制約。正像散步，盡可隨意漫走，但步子還是聽從頭腦使喚的。又像跑馬，騎手不抓住韁繩就會出事，抓牢了韁繩，縱馬奔馳就隨心所欲而不驚慌失措了。作者的意旨是行文的主腦，是立法的主人。古人常說「文以意為主」，「意猶帥也」，作文要「意在筆先」，「以意役法」，「意到筆隨」，說的都是一個道理：散文的行文是圍繞題旨而自由生發，散文寫作是作者在駕馭形式法度，而不是相反。

　　散文寫作的自由隨意表現在各個方面。取材不受限制，所見所聞所思所感，均可順手拈來。想像的時空相當廣闊，可以由此及彼，由近到遠，也可以上天入地，東奔西跑。寫法不拘一格，各種手法任憑你選用變換。你覺得應該怎樣寫才能如實而充分地表現心中的意象情思，你就信筆寫下，隨意開合。像英國十九世紀初的隨筆名家赫士列特所寫的〈論出遊〉，從親身經驗中體會到單獨出遊的妙處，就放開筆墨，馳騁想像，想到什麼就寫什麼，並不考慮什麼伏筆、照應、章法、格局，卻寫得洋洋灑灑，興會淋漓，渾然一體，這是作者的意氣貫注使然。中國蘇東坡自稱：「吾文如萬斛泉源，不擇地皆可出，在平地滔滔汨汨，雖一日千里無難。及其與山石曲折，隨物賦形，而不可知也。所可知者，常行於所當行，常止於不可不止，如是而已矣。」[14]他的散文確是意到筆隨、水到渠成的，以自然灑脫的行文契合了他那曠達自在的心懷。

　　散文寫作不拘成法，以意役法，有任心閒話的自由度，有信步而行的自在感，有隨物賦形的靈巧性，有行雲流水的天然美，顯得灑脫活潑，自然流麗，搖曳多姿，美不勝收。請別小看它貌似不經心，實

---

14 蘇軾：〈自評文〉，見《蘇軾文集》（北京市：中華書局，1986年），第5冊，頁2069。

際上不知要花費作者的多少藝術苦心，才能抵達這種自然天成的境界。也別小看它小巧玲瓏，它的魅力和功能卻是多種多樣的。它益智怡神，耐人尋味；它舒散身心，使人開朗；它扣動心弦，令人感奮；它曲徑通幽，引人入勝。如此等等，不一而足。總之，既是審美的，又是有用的。也像散步那樣，既令人心曠神怡，也讓人舒筋活血，貌似漫無功利目的，實為有益於身心。可以說，散文寫作是一種老少咸宜的精神活動，是心靈自由表現的一種適當形式。

四　散文如廣角鏡

一篇散文篇幅短小，容量有限，往往只取一個角度切入生活，選寫人生片斷和零星感想，很難在容量上與一部小說和劇本相抗衡。但在反映生活的能力上，短小靈巧的散文卻有自身的特長，並不比其他文體遜色。

我們說散文如廣角鏡，是就散文的整體功能而言的，具體指的是散文反映生活的敏感性、廣闊性和豐富性。

散文的敏感性是眾所公認的。人們說，散文是文學的輕騎隊，是輕妙的世態畫，是人生的速寫，是感應的神經，是時代的晴雨錶，是作者的隨想錄。種種說法，都確認其靈敏度高，反映力強。作者在生活中的所遇所見，所感所思，隨時隨地都可以執筆為文。瞿秋白將在莫斯科的見聞感想記錄在《赤都心史》裡，許地山把心中似憶似想的事隨記在《空山靈雨》中，郭沫若的〈小品六章〉捕捉住瞬間興起的「牧歌的情緒」，冰心的〈往事〉在回憶中展示了個人「生活歷史中的幾頁圖畫」；葉聖陶在「五卅慘案」發生的次日上街朝拜亡魂，當晚寫下〈五月三十一日急雨中〉的戰鬥檄文；朱自清在「三一八慘案」發生後五日內，寫成長文〈執政府大屠殺記〉，控訴反動派的血腥暴行。如此等等，說明散文無論是對時代風雲，還是對日常生活，

都能作出迅速而深切的反應；也說明散文善於捕捉稍縱即逝的生活浪花，把握瞬息萬變的社會動態，追蹤起伏變幻的心靈潮汐。學寫散文，應充分發揮散文這個特長，即興執筆，有感而作，通過反覆練習，磨煉自己感應生活的敏銳力，提高自己駕馭散文的熟練性，要有「搶鏡頭」的快速反應能力。

　　散文的廣闊性，指的是視野開闊，取材廣泛，表現力無所不達。我們寫散文，不必擔心沒題材寫，更不要擔憂好題材會被人寫盡了。世上不僅有無數的新事物等著我們去發現和創造，還有許多的老題目可供我們重新發掘、推陳出新。無論是社會大事，生活小節，自然風物，內心波動，散文的觸角無所不在，散文的題材取之不盡、用之不竭。尤其是散文的「廣鏡頭」伸縮自如，搖曳靈活：既可以從宏觀取景，也可以從微觀窺探；既可以正面寫照，也可以側面拍攝；既可以定點透視，也可以散點巡視；既可以視通萬里，也可以聚匯方寸；既可以客觀映照，也可以主觀投射；既可以小題大做，也可以大題小做……這種靈活性使散文具有很強的適應性，無論何時何處都有散文的用武之地，也決定了散文具有多角度、多層面、多途徑地把握生活的整體功能，使散文園地顯得特別遼闊、繁富、多樣。只要思想解放，胸懷開闊，心靈自由，散文就活了，可寫的東西就多了，觸目皆可入文，隨時都有感興，還怕沒東西好寫？而各人又有各人的觀感和寫法，你寫你的，我寫我的，即便是題材相同，也可能寫得大異其趣，還怕別人搶先嗎？

　　散文的取材自由廣泛，寫什麼不成問題，關鍵在於怎樣寫。魯迅告誡我們：「選材要嚴，開掘要深。」[15]散文選材隨意，並非見到什麼就寫什麼，也是要精心擇取，嚴格篩選，才能把有意義的典型材料從繁雜眾多的生活素材中挑選出來，讓典型材料發揮以少勝多的典型意

---

15 魯迅：〈關於小說題材的通信〉，《二心集》，收入《魯迅全集》第4卷（北京市：人民文學出版社，1981年）。

義。對題材的深入開掘，更是散文寫作至關重大的問題。一篇作品的高低、深淺、優劣和成敗，在很大程度上取決於作者對題材的開掘程度。中外散文史上，題材相同、舊題重寫的現象並不少見。有的淺嚐輒止，缺乏深意，被歷史淘汰了；只有那些別具隻眼、深刻獨到的作品流傳下來了。這種情況表明，散文寫作不僅要採寫典型材料，更要追求思想深度，充分發掘題材的意蘊。優秀的散文往往具有以小寓大、平中見奇、化俗為雅、持一當百的特色和妙處。散文的篇幅雖小，但尺幅千里的壯闊之作，寸鐵殺人的警策之作，還是不罕見的。關鍵就看作者的思想洞察力和藝術概括力了。像魯迅的《野草》，抒寫的雖說是一些「小感觸」，卻凝聚了多麼深廣豐富的人生歷史內容啊，恐怕連許多長篇小說也無法在博大精深上與《野草》相比吧。

　　散文能夠迅速、廣泛、深刻地反映人生社會的五光十色和自然萬物的千姿百態，如廣角鏡頭那樣，大小盡收，巨細無遺，搖曳多姿，層出不窮。散文世界的林林總總堪與大千世界相匹敵。進入散文世界，如同在塵世中，有喧騰的聲浪氣息，紛繁的光影色相，也有寧靜的田園，優美的山川；有壯烈的場面，崇高的人格，也有閒逸的情趣，平凡的人生，……應有盡有，千變萬化，雖不可等量齊觀，卻大可讓讀者一飽眼福，自由選擇，讓優勝劣敗的自然規律去保持散文世界的生態平衡吧。

五　散文如萬花筒

　　上節談及散文的表現能力，這裡就說散文的表現形式。散文的體式豐富，寫法靈活，正切合各種各樣的表現需要，可供作者自由選用。

　　散文有廣義、狹義之分。古人所說的散文，泛指一切不用押韻、駢偶的散體文章，是與韻文、駢文相對而言的。這是最廣義的散文概念，包羅萬象，連沒有文學價值的應用文體也算在內。今人所說的散

文，已經把應用性文章排除在外，專指文學性散文，與詩歌、小說和戲劇並列為語言藝術的四大門類。這種意義上的散文可說是廣義的文學散文，包含雜文、報告文學、傳記文學等文體。由於雜文、報告文學、傳記文學的發展，已經從散文母體中逐漸分化獨立出去，人們就把散文的內涵和外延進一步狹義化，特指記敘抒情散文。

　　即便是狹義的散文，也是豐富多樣的。從性質功用上看，它大體可分為記敘散文和抒情散文兩大類；從體裁樣式上說，這兩類散文又有雜記、遊記、日記、書信、隨筆、抒情小品、散文詩等品種；進一步細分，還可以結合內容分出人物記、回憶錄、讀書記、風土志、寫景文、紀行文、序跋文、詠物小品、哲理小品、情趣小品、幽默小品、閒適小品、知識小品等名目，也可以結合風格分出更多的文體來。散文體式，在長期的歷史發展中雖然形成了一些形式規範，卻不是一成不變的，而是在不斷地生成、轉換、交替和更新，隨著內容的發展變化而發展變化。

　　要熟練地駕馭散文體式，就要對各體散文的特點和功能了然於心。這裡著重談談記敘散文和抒情散文的基本特點和寫作要求。

　　記敘散文是以敘述語言和記敘方式為主，側重於客觀地再現生活狀態的散文類型。它以敘述為主，並不排斥描寫、抒情、議論、說明等手法，而是把它們作為輔助手段，融化在敘述過程中。它追求再現生活的紀實性、客觀性，大都寫真人真事，實物實景，但並非不帶作者的主觀評價，而是盡可能讓形象本身說話，在具體敘述中顯示作者的思想見識和情感態度。它不以抒情言志為中心，而以展示描寫對象的風采形神為指歸。例如，同樣反映「三一八慘案」，朱自清的〈執政府大屠殺記〉和魯迅的〈紀念劉和珍君〉、〈淡淡的血痕中〉就有很大的區別。朱自清寫的是記敘散文，固然也抒發悲憤的情緒，但側重敘述整個事件的經過，對反動派的控訴主要靠血的事實，議論和抒情有機地穿插在敘事之中，以敘寫如實細緻取勝。魯迅則以抒情筆墨表

現他對敵人的憎恨，對烈士的熱愛，對事件的認識和態度，以激情和哲理見長。這是記敘文和抒情文的不同表現，各有特長。記敘散文擅長於敘事狀物、寫人紀實，再現生活的具體性、多面性和客觀性，不僅要如實寫出事物的形象，更要深入揭示事物的實質，充分顯示事物的內涵和意義。因而，記敘散文要求寫得逼真而傳神，具體而簡潔，有序而活潑，最忌失真、空泛、蕪雜、呆板。

記敘散文大多取材於作者親身的見聞經歷，也大多採用第一人稱的敘述方式，敘寫「我」的所見所聞所遇所感。有的以第三人稱的手法記事寫人，事實上也是寫作者所熟悉的人和事，是經過作者的選擇和組織而呈現出來的，可說是第一人稱敘述方式的延伸和變體。至於敘述順序，一般採用順敘，有頭有尾，自然展開，也可以倒敘、插敘，或夾敘夾議，交錯穿梭。總之，應根據表達需要而自由運用，只要層次清楚，綱目分明就好。記敘散文有雜記、速寫、日記、旅行記、風物記、人物記、讀書記、回憶錄等等體式，當因材選用，量體裁衣。

相對於記敘散文而言，抒情散文是一種以抒發作者的思想感情為主的散文類型。人的主觀世界是客觀世界的感應和投影，與現實、歷史和未來息息相通，是理應得到充分表現的。散文的抒情言志功能並不比詩歌弱，它比詩歌自由靈活，更便於捕捉日常感興和內心波動，也更能具體細緻地描述心靈活動的微妙變化及其前因後果。從表現手法上說，抒情散文固然以言情為主，但也是綜合運用描寫、敘述、議論諸因素的，只是這些因素必須融入抒情氛圍，為抒情服務。在抒情散文中，抒情統率一切，駕馭各種筆法，或詠物言志，或借景抒情，或敘事述感，或即興抒懷，或寫人寄思，或變形寓意，寫法多樣，但都要緣情抒寫，以情思為主旨。如魯迅的〈淡淡的血痕中〉，就不像朱自清的〈執政府大屠殺記〉那樣以再現慘案始末為主，而是專門抒寫他對現實和歷史的流血悲劇的獨到感受和哲理思索，事件過程幾乎

不見蹤影，只是作為觸發創作衝動的緣由和提煉意象的素材，場景意象的描繪十分概括精煉，情思意蘊的表達卻相當濃郁深切，所包含的人生歷史內容相當豐富深刻，這是抒情散文的極致，幾近於抒情詩，所以稱為散文詩。抒情散文著重表現作家對生活的感受、思考和評價，通過作家的心靈去感應人生社會的五光十色，溝通人民群眾的情感願望，把握時代的精神動態。所抒之情務必真摯而深切，獨到而典型，不能無病呻吟，矯情作偽，力戒空氾濫情。它也有眾多體式，如懷念文、頌讚文、情趣小品、詠物小品、哲理小品、冥想小品、隨感錄、散文詩等等，可根據抒情需要選用合適的體式。

當然，記敘抒情散文的分類並不嚴密，各體散文的界線並不分明，往往有相互交叉滲透的現象。側重於記敘的散文可以夾敘夾議，記事述感，帶有抒情氣息；專注於抒情的散文也離不開敘事狀物。有許多散文記敘抒情緊密結合，渾然一體。有些記敘散文接近短篇小說，有些抒情散文類似抒情詩。散文的體式和手法豐富多樣，靈活多變，有些像萬花筒那樣變化多端，異彩紛呈。寫作時，理應因材定體，隨物賦形，才能寫出內容和形式完美結合的好散文。

六　散文是美文

上述幾節借用一些比喻，描述散文短小多樣、自由靈活、寫實求真、親切自然等等體性風貌，說明散文是文學的基礎，是談心的藝術，自由的文體，有廣闊的用武之地，豐富的表現形式，和多樣的藝術功能。要想給如此自由多樣的散文下一個明確的定義，實在不容易。勉強說來，不妨借用現代人常說的散文是美文這個簡單界定，談談我們對散文的基本看法。

現代散文家周作人最早把記敘抒情類散文稱為「美文」[16]。這個

16 周作人：〈美文〉，《晨報》第7版，1921年6月8日。

界定很簡單，但涵義很豐富，可作多方面的理解和闡發。

　　首先，說散文是美文，就是承認它是語言藝術的一種，跟詩歌、小說、戲劇同居於文學大家族裡，有自己的美質和特長，絲毫也不比姐妹藝術遜色。正如前面所說的，散文的適應性和表現力極強，不僅能表現其他文體能表現的題材，就是一些不適合入詩寫小說的思想片斷和零碎素材，它也能駕馭自如；它的自由度和靈敏度極高，意想所至，信筆而從，自由不拘，敏銳輕便，與心靈波動最為合拍；它的個性化和多樣化是難以比擬的，它是談心的藝術，以誠相見，真心坦露，文如其人，各具特色，矯飾是它的死敵，單一是它的異己。它是以自己的多姿多彩和天然麗質大方地漫步於文學家園的。

　　第二，說散文是美文，就是承認它是審美地掌握世界的一種方式，既遵循藝術反映生活的普遍規律，又有其獨特的藝術視角和表現手段。它也以審美眼光看待生活，也通過語言形象反映生活，也飽含著作者的感情色彩和審美評價，與詩歌、小說一樣審美地把握一切。不過，它主要不靠虛構而靠寫實來統一生活真實和藝術真實，往往採用以小見大、以形傳神、借景抒情、即事見理的方式反映生活，通過作家對實際生活的細心體察、深入發掘、精心提煉和如實抒寫，構成真實的藝術情境。它選寫作家的所見所聞所思所感，以真人真事、真情實感、真知灼見吸引讀者。作家的閱歷、識見和修養顯示在他的散文中，從散文中更能看出一個作者的思想藝術水準，文品與人品密切相關。散文能審美也能審醜，它弘揚和讚頌生活中的真善美，揭露和鞭撻人世間的假惡醜。散文的審美世界貼近人生現實，與大千世界一樣真實、鮮活、生動和豐富，在人生中發揮著多種多樣的審美作用。

　　第三，說散文是美文，也就是承認它是文質相稱、形神俱美的藝術品。古人說「文因質立，質資文宣」[17]，即形式因內容而確立，內

---

17 王夫之《古詩評選》卷五評蕭子良〈登山望雷居士精舍同沈右衛過劉先生墓下作〉

容憑藉形式來表現，內容與形式相互依存、諧調統一。散文美就表現在內容和形式的完美結合。美妙的情趣，高超的意想，感人的事物，深刻的哲理，是散文美的內核，必須憑藉語言形式表現出來，表現得恰如其分就美。散文的形式美是內在美質的恰當表現。梁實秋說得好，「散文的美，不在乎你能寫出多少旁徵博引的故事穿插，亦不在多少典麗的辭句，而在能把心中的情思乾乾淨淨直截了當地表現出來。散文的美，美在適當」[18]。表現適當就真實、自然、樸素、諧調，沒有多餘的廢話，也沒有不達意的地方。這樣的散文，才稱得上「美文」。

　　散文是美文的界說，還可以進一步引申。僅就上面的闡述來說，可見散文的本質也是審美的，有自己的美學追求和審美價值。如果我們抱定散文是美文這個基本信念學寫散文，那麼，我們的基本功訓練就要求很嚴很高了。不僅要修煉寫作技巧和表達能力，更要修煉自己的審美能力、思想情操和學養識見。相信你經得起這種全面而又嚴格的鍛鍊和考驗，真正練就一副好身手，闊步走入散文的廣闊天地，去大顯一番神通！

　　　　　　　　　　——本文原題〈什麼是散文〉，選自《怎樣寫散文》
　　　　　　　　　　　　　（福州市：海峽文藝出版社，1992年）

語，引自賈文昭主編：《中國古代文論類編》（福州市：海峽文藝出版社，1988年），上冊，頁71。

18 梁實秋：〈論散文〉，《新月》第1卷第8號（1928年）。

中國現代散文發展紀程

一

　　「文變染乎世情，興廢繫乎時序」[1]。中國散文源遠流長的發展歷史確是與世推移、代有變遷的。但是，在封建時代，正如改朝換代只是封建統治階級內部的一種自我調節方式，並未導致社會性質和思想文化狀況的根本變革一樣，歷代散文的嬗變也只是古典散文內部的一種「量變」和「漸變」，總是無法越出封建意識形態的藩籬。特別是到了封建末世，深受陳腐思想和僵化形式的雙重禁錮，傳統古文喪失了生機，走上了窮途末路。近代中國淪為半封建半殖民地社會之後，隨著變法改良運動的興起和舊民主主義革命的發展，開始出現了「文界革命」的呼聲；它固然對傳統散文的內容和形式有所改革，但同當時的改良主義運動和舊民主主義革命一樣不徹底，也未能給中國散文開闢出一條新生路。只有到了「五四」新文化運動勃興之後，適應除舊布新的時代需要，中國散文從內容到形式才發生了空前未有、煥然一新的「質變」，開始走上現代化的發展道路。「五四」以來，中國現代散文與時代同步行進，與新文學其他部門協同發展。它產生和成長於思想革命和文學革命廣泛開展、各種新文學形式蓬勃興起的五四時期，繁榮興盛於階級鬥爭和民族矛盾異常尖銳、革命文學深入發展的二十世紀三〇年代，在民族民主革命戰爭的漫天烽火中高舉抗戰文藝和人民文藝的旗幟而拓展奮進。它一直緊密配合反帝、反封建的

1　劉勰：〈時序〉，見《文心雕龍》（北京市：中華書局，1985年）。

革命鬥爭，發揚「掙扎和戰鬥」的精神傳統，「和讀者一同殺出一條
生存的血路」，取得了「幾乎在小說戲曲和詩歌之上」的光輝業績。[2]
它在各個歷史階段所呈現的思想藝術風貌，雖然因時而異，但其中也
自然有一脈相承的精神素質，有前後共通的向現代化、革命化發展的
主導趨向，從而表明它在整體上與古典散文有著質的區別，在中國散
文史上構成了一個嶄新的發展階段。

　　中國現代散文創立於五四時期，是由一系列主客觀因素和內外部
條件共同促成的，根本上說是時代發展的必然結果。近代中國受帝國
主義的野蠻侵略和封建王朝的腐敗統治，瀕於亡國滅種的深淵。辛亥
革命雖然推翻了滿清王朝，但畢竟沒有摧毀封建統治的社會基礎，沒
有完成民族解放和民主革命的歷史任務。辛亥革命的失敗，內憂外患
的加劇，更激起許多愛國志士尋求救國救民道路的熱情。他們反思辛
亥革命的經驗教訓，發現在封建主義統治根深蒂固的中國進行政治革
命，沒有深刻廣泛的思想革命的有力配合，沒有喚醒廣大民眾的自覺
參與，是不可能取得根本勝利的。「立國」先要「立人」，「立人」就
要進行思想啟蒙運動，促使國人驚醒起來，這就成為當時先覺者的一
種普遍認識。時代提出了思想啟蒙、精神解放的歷史任務，同時也提
供了實現這一任務的客觀可能性。因為時代造就了一批接受現代先進
思想意識洗禮的新型知識分子。他們自覺把歷史的必然要求付諸實
踐，運用全新的思想武器，向封建主義思想意識發起猛烈進攻，掀起
了一場空前未有的思想啟蒙運動。這場史稱「五四新文化運動」由
「倫理革命」打先鋒，很快擴展到「文學革命」和「思想革命」的各
個方面。在「文學革命」戰線，先驅者們充分認識到文學是思想啟蒙
的一種最有效、最能深入人心的特殊形式，也充分認識到舊文學的內

2　參見魯迅：〈小品文的危機〉，《南腔北調集》，收入《魯迅全集》第4卷（北京市：
　　人民文學出版社，1981年）。

容和形式業已陳舊僵化，嚴重落後於時代的變化發展，認為「今欲革
新政治，勢不得不革新盤踞於運用此政治者精神界之文學」[3]，從而
鮮明提出了破壞舊文學、建設新文學的口號。文學革命首先從語言更
新、文體解放入手，繼而深入到藝術內容和審美意識的全面革新，逐
步創立了以現代人的藝術語言表達現代人的思想感情的各種新型文學
形式，現代白話散文便是其中的一種。

　　五四時期的散文革新同其他文學形式的變革一樣，都是相當自覺
相當徹底的。散文革新的首倡者和先行者是新文化運動的戰士，以
《新青年》雜誌社同人為主要代表。胡適、陳獨秀在首倡文學革命的
論文中尖銳批判古文家所標榜的「文以載道」的正統觀念和近世文壇
所流行的擬古主義文風，錢玄同乾脆把那些死抱古文不放的舊文人斥
為「桐城謬種」、「選學妖孽」[4]。劉半農在〈我之文學改良觀〉[5]中最
早具體論述散文變革的有關問題。他「取法於西文」來嚴格界定文學
的範圍，認為「凡可視為文學上有永久存在之資格與價值者，只詩歌
戲曲、小說雜文二種」。這裡所說的「雜文」是該文首次徵引的英文
「Essays」（通譯為散文隨筆）的譯名。他將西方文學分類中 Fictions
（小說）和 Essays 歸併為一類，統稱「文學的散文」，採用的是現代
最廣義的文學散文概念，雖說過於寬泛，但已經不同於古人所說的散
文，因為他是在現代意義的文學範圍內來確定散文的內涵和外延，把
散文視為與詩歌戲曲等並列的一種文學形式，並將一切應用文章、科
學著述明確排除在文學散文之外，可說是劃清了文學散文與非文學散
文的界線，使文學散文從一般的散體文章中獨立出來了。除了闡述散
文的語言文字和文體格式應當改革更新，他還突出強調散文創作「當
處處不忘有一個我」，主張「吾輩心靈所至，盡可隨意發揮」，將文體

3　陳獨秀：〈文學革命論〉，《新青年》第2卷第6號（1917年2月）。

4　見《新青年》第2卷第6號（1917年2月）〈通信〉中錢玄同致陳獨秀之信。

5　載《新青年》第3卷第3號（1917年5月）。

解放和個性表現聯繫起來思考，這就觸及到散文革新的一個關鍵問題。周作人在〈人的文學〉、〈思想革命〉、〈平民文學〉和〈個性的文學〉一系列文章中，發展深化了文學革命首倡者的基本觀點，特別是在〈美文〉[6]這篇短論中把文學散文稱作「美文」，進一步在散文和小說之間劃出界限，確認散文有其他文學形式所不可替代的表現功能，積極倡導敘事抒情散文創作，並在提倡借鑑外國近現代散文的同時，強調作者「須用自己的文句與思想，不可去模仿他們」。這些理論主張有破有立，更新了散文觀念，在散文的語言形式、文體格式、思想內容諸方面提出了革故鼎新的任務和要求，對現代散文的創建和發展具有指導意義。

　　五四時期創立的新型散文有多種多樣的體裁樣式，以性質和功用區分，主要包括議論性散文和記敘抒情散文兩大類型。適應除舊布新、思想啟蒙的時代需要，議論性散文率先興起。《新青年》創辦初期，陳獨秀、李大釗等人的一些議論文，思想新穎，激情充沛，又寫得生動活潑，平易暢達，可說是現代散文的一種最初形式。該刊從一九一八年四月號起開闢「隨感錄」專欄，專登短小潑辣的議論文字。這些具有文學意味的雜感短評便是後來統稱為「雜文」一類作品的先導。繼《新青年》之後，《每週評論》、《民國日報》「覺悟」、《時事新報》「學燈」、「晨報副刊」、「京報副刊」以及《語絲》、《莽原》、《狂飆》、《現代評論》諸報刊，也競相開闢「隨感錄」、「論壇」、「短評」、「雜感」、「漫談」、「閒話」等欄目，各自擁有一批主要撰稿人，共同促進了雜文的蓬勃發展。雜感短評在「五四」以來一系列社會鬥爭和思想文化鬥爭中發揮了戰鬥作用，是思想啟蒙家從事「文明批評」和「社會批評」的銳利武器。在各式各樣的雜文作品中，先驅者

6　載《晨報》第7版，1921年6月8日。

們不僅「對於中國的社會，文明，都毫無忌憚地加以批評」[7]，而且傾注了喚醒民眾、改造社會、探求民族解放道路的革命激情和理想願望，同時還注重提高論辯說理的藝術性，努力形成個人的獨特風格，使雜文有別於一般的論說文而成為一種特殊的文學形式。魯迅在這方面的突出貢獻是眾所公認的，其雜文不僅凝聚了魯迅的思想智慧，而且傾注了魯迅的文學天才，是戰鬥性和藝術性完美結合的光輝典範。瞿秋白說：「雜感這種文體，將要因為魯迅而變成文藝性的論文（阜利通──feuilleton）的代名詞。」[8]事實上就是如此，雜文成為文藝政論，成為一種獨特的文學樣式，是和魯迅在思想上藝術上的創造性發展分不開的。這時期還有陳獨秀、李大釗、周作人、劉半農、錢玄同、林語堂以及陳西瀅等致力於撰寫雜感短評，對現代雜文的創建、發展有過一定的貢獻和影響。

　　記敘抒情的白話散文幾乎與雜感短評同時發軔於「五四」文學革命初期。早在一九一八年間《新青年》雜誌上開始出現白話文學作品時，就有胡適的〈歸國雜感〉、〈旅京雜記〉等白話記敘散文和劉半農的〈窗紙〉、〈曉〉之類語體散文詩試作陸續發表了。但雜感短評因其更便於從事除舊布新的戰鬥而率先盛行開來，記敘抒情散文這時尚處於起步階段。到了新文學運動由致力於「破舊」向致力於「立新」深入發展的階段，記敘抒情散文的各種樣式才快步趕上雜文的發展勢頭。

　　在記敘抒情散文領域，遊記、通訊一類文體適應社會開放、中外溝通的時代需要而迅速興起，風行一時。各報刊陸續增設相應欄目，大量發表系列性的旅外通訊和國內遊記，出現了一批遊記名家和遊記專集，如瞿秋白的《餓鄉紀程》和《赤都心史》，孫福熙的《山野掇

7　魯迅：《華蓋集》〈題記〉，見《魯迅全集》第3卷（北京市：人民文學出版社，1981年）。

8　瞿秋白：〈《魯迅雜感選集》序言〉，見何凝（瞿秋白）編：《魯迅雜感選集》（上海市：青光書局，1933年）。

拾》和《歸航》，孫伏園的《伏園遊記》，梁紹文的《南洋旅行漫
記》，謝冰心的《寄小讀者》，朱自清的《蹤跡》，徐志摩的《巴黎的
鱗爪》，徐蔚南和王世穎的《龍山夢痕》等。這些作品或介紹域外社
會風貌，充滿異國情調，或採寫國內風土人情，各具地方色彩，或以
新的眼光領略山水名勝，盡情謳歌自然美，都開拓了遊記、通訊的新
題材新境界，能夠滿足廣大讀者放眼世界、擴大見聞、增進新知、陶
冶性情的精神需要。尤其是瞿秋白的旅俄通訊所展現的嶄新天地，對
正在探求中國出路的先進知識分子更有吸引力。各個作家都努力在遊
記中鮮明表現自己的思想藝術個性。瞿秋白以文學創作的態度對待遊
記寫作，主張「文學的作品至少也要略見作者的個性」[9]，他把旅程見
聞感受和個人心靈歷程結合起來的寫法，就隨時隨處顯示其不懈探求
真理、嚴於解剖自己、勇於獻身革命的崇高人格。孫福熙將工筆畫法
引入遊記創作，贏得「細磨細琢」、「文中有畫」的好評[10]；作者「本
想盡量掇拾山野風味的，不知不覺的掇拾了許多掇拾者自己」[11]，使
遊記作品打上個人的鮮明印記。孫伏園、梁紹文的旅行記注重社會性
題材，與山水遊記有別。謝冰心、朱自清、徐志摩等人把寫景、記
遊、抒情和說理諸種因素融為一體，將遊記寫成「美文」。早期遊記
體散文中還出現一些可稱為「漂泊記」、「流浪記」的作品，如郁達夫
的〈還鄉記〉、成仿吾的〈太湖遊記〉、倪貽德的〈東海之濱〉、陳學
昭的《倦旅》等。這些作品側重抒寫作者的漂泊生涯、不幸遭遇及其
不滿現實、崇拜自然的浪漫感傷情緒，帶有濃厚的自敘傳色彩和釋憤
抒情氣息。這類作品突出體現了現代知識青年旅食四方、流浪飄零的
生活狀況和在黑暗社會中四處碰壁、無可立足的悲劇命運，遠比一般
的記遊之作充滿著時代生活氣息。

9　瞿秋白：《赤都心史》（上海：商務印書館，1924年），〈引言〉。

10　朱自清：〈山野掇拾〉，見《你我》（上海市：商務印書館，1936年）。

11　孫福熙：〈我為什麼有這個記述〉，見《山野掇拾》（上海：北新書局，1925年）。

　　抒情性散文小品的勃興發生在五四運動爆發之後。這時，思想解放運動波及全國，各種新思潮廣泛傳播，新與舊、個人與社會、理想與現實等矛盾衝突相當尖銳，中國社會處於思想革命向政治革命發展的過渡期；覺醒的知識分子掙脫封建主義束縛，思想感情獲得大解放，他們熱烈追求新的人生理想，積極探索個人和社會的出路，但同時也「更分明的看見了周圍的無涯際的黑暗」[12]，更真切地感到覺醒的痛苦和前途的渺茫，更敏銳地發覺理想追求與現實社會的尖銳對立，大多處於夢醒之後而無路可走的苦悶彷徨狀態。這種社會心態促成了抒情散文的蓬勃發展。作家們出自表達交流思想感情的內在需要，創造出各式各樣的抒情文體。散文詩跨過幼稚的試作階段，出現了魯迅《野草》這樣的藝術豐碑，和焦菊隱《夜哭》、高長虹《心的探險》、于賡虞《魔鬼的舞蹈》以及不少單篇的成功之作，標誌著散文詩這種新創的抒情文體走上了獨立發展的道路。抒情小品從《晨報副刊》「浪漫談」專欄上起步，到《小說月報》「創作」專欄內的名篇迭出，表明它業已成為一種自覺的藝術創作。謝冰心的〈笑〉和〈往事〉，許地山的《空山靈雨》，是這時期最為早出的抒情小品名篇和「美文」佳作。隨後，周作人陸續發表了那些影響很大的平和沖淡之作，朱自清寫出了膾炙人口的〈背影〉和〈荷塘月色〉，王統照創作了一系列別具一格的冥想小品，徐志摩在抒情散文中「自剖」心態，葉聖陶隨時隨地抒寫日常感興，魯迅在《朝花夕拾》中憶舊述感，郭沫若在〈小品六章〉中捕捉「牧歌的情緒」，俞平伯、豐子愷、梁遇春等人的隨筆散文夾敘夾議，……在短短的五、六年間，抒情性散文小品領域就出現了名家輩出、佳作連篇、形式多樣、風格各異的盛況。作家們從各自的生活感受出發，率真表達自己的喜怒哀樂，深入

---

12 魯迅：《中國新文學大系‧小說二集》（上海市：良友圖書印刷公司，1935年），〈導言〉。

剖析內心的感情糾葛，大膽坦露個人的志趣意向，大多帶有自敘自剖、率性抒懷的特色。他們在抒情創作中留下了各人的自我形象，展現了自己的心路歷程，綜合起來可以看到這一代知識分子在時代大變革中艱難探索、迂迴前進的精神風貌。隨著大革命高潮的到來，他們的生活視野日益開闊，革命熱情空前高昂，寫出新的抒情篇章，如魯迅的〈紀念劉和珍君〉、〈淡淡的血痕中〉，王統照的〈血梯〉、〈烈風雷雨〉，葉聖陶的〈五月卅一日急雨中〉，鄭振鐸的〈向光明走去〉等，開拓了抒情散文抒寫重大社會題材、感應時代戰鬥精神的發展道路。

　　記敘抒情散文在藝術上取得了重大成就。如果說，雜感短評在當時尚未被普遍承認是一種獨特的文藝形式，還不被人當作「創作」看待，只有少數人如魯迅等有意將它發展成為文藝政論，致力於雜文的藝術創造，那麼，可以說記敘抒情散文一開始就是一種自覺的文學創作，許多作家都努力把記敘抒情散文寫成「美文」，評論界和讀者也普遍承認它是一種文學形式。瞿秋白一再說明他的《餓鄉紀程》和《赤都心史》均是「文學試作品，而決不是枯燥的遊記，決不是旅行指南！」[13]魯迅只將《野草》和《朝花夕拾》列入自己的「可以勉強稱為創作的」五種著作中。[14]朱自清雖然說過散文「不能算作純藝術品」，但他只是就散文比其他文學形式「自由些」、「選材與表現，比較可隨便些」這一角度而言的，還是把散文當作一種「文學的體制」[15]，他的散文創作就是自覺發揮散文藝術的特長，寫得自然渾化，不露人工痕跡。周作人認為「記述」類散文「是藝術性的，又稱作美文，這裡邊又可以分出敘事與抒情，但也很多兩者夾雜的」[16]，

---

13 瞿秋白：《赤都心史》（上海：商務印書館，1924年），〈引言〉。

14 魯迅：〈《自選集》自序〉，見《南腔北調集》，收入《魯迅全集》第4卷（北京市：人民文學出版社，1981年）。

15 朱自清：〈論現代中國的小品散文〉，《文學週報》第345期（1928年11月）。

16 周作人：〈美文〉，《晨報》第7版，1921年6月8日。

這個觀點代表了新文學家的普遍認識，體現了記敘抒情散文創作自覺
追求藝術美的發展趨勢。總體上說，自「五四」開始，記敘抒情散文
率先發展成為一種自覺的藝術創作和獨立的文學形式，形成了以記敘
抒情散文為文學散文之主體的新的發展格局。這是「五四」散文藝術
變革的一個重要方面。另一個重要方面是，散文的語言形式發生了根
本變革。人們不僅用白話寫作議論文、雜感文，而且用白話創作敘事
抒情散文，不僅寫得平易暢達，自然活潑，而且也能寫得簡潔縝密，
優美雋永。白話「美文」的出現，打破了「『美文不能用白話』的迷
信」，顯示了「舊文學之自以為特長者，白話文學也並非做不到」的
實績[17]，在文學散文領域成功地實現了語體文取代文言文的歷史性變
革，使現代散文的表現功能、審美風貌、讀者對象和社會效果都明顯
不同于傳統古文。

　　五四時期是中國現代散文的開創期。先行者乘思想解放的東風，
披荊斬棘，為中國散文開拓出一條寬廣的新生路。他們在散文的思想
內容、文體樣式、語言形式諸方面自覺進行革故鼎新的藝術實踐，使
散文這一傳統文體從內容到形式都發生了煥然一新的現代化變革。他
們的創新實績顯著，收穫豐饒：從數量上看，僅就結集出版的各類散
文集而言就有一百來部；從品質上看，思想性藝術性完美結合的名篇
佳作競相問世，單是第一個十年的《中國新文學大系》散文一、二集
入選的就有二百餘篇，像魯迅、周作人、郭沫若、朱自清、謝冰心等
人的一些美文精品，即便在藝術上也是不讓於那些傳誦千古的優秀古
文的。更為重要的是，他們開闢了現代散文沿著反帝、反封建方向發
展的寬廣道路，開創了現代散文關注現實人生、參與歷史變革、與時
代精神息息相關的現實主義戰鬥傳統，創建了各式各樣有效表達現代
人思想感情、適合現代讀者審美需要的新體散文，奠定了現代散文的

---

17 胡適：〈五十年來中國之文學〉，見《胡適文存二集》（上海：亞東圖書館，1924年）。

發展基礎，出色地完成了時代賦予的革故鼎新、繼往開來的藝術使命。總之，五四時期散文藝術的蛻舊變新，在中國散文發展史上具有劃時代的歷史意義。

二

　　大革命失敗後，隨著政治風雲的突變，革命形勢的逆轉，新文學陣營也在這個歷史轉折關頭發生新的分化和新的組合，廣大作家面臨著新的考驗和新的選擇。有些人被大屠殺所嚇倒，只想「苟全性命於亂世」[18]，開始走上逃避現實、消沉玩世的道路，周作人在此後提倡「閉戶讀書」，專寫「草木蟲魚」，便是一個典型代表。有些人為幻滅感所困擾，處於苦悶彷徨、獨自摸索狀態，如王統照有「感觸愈多愈無從寫出不易爬梳的心緒」[19]的深重苦悶，朱自清也有「現在是，比散文還要『散』得無話可說」[20]的沉痛感慨。以魯迅為代表的一批堅定的革命民主主義者和一批從政治漩渦中撤退下來的革命文化人，則在現實血的教訓下實現世界觀發展的飛躍，在險惡的環境中舉起無產階級革命文學的戰鬥旗幟。作家們生活態度、思想立場、心理狀態所發生的一系列重大變化，在當時和後來的散文創作中留下了鮮明的印記。

　　在二十世紀二〇年代末期，由於國民黨右派叛變革命，肆意捕殺共產黨人和革命群眾，製造白色恐怖，壓制言論、出版自由，文化事業橫遭嚴重摧殘。在這「幾條雜感，就可以送命的」[21]非常時期裡，

---

18 周作人：〈閉戶讀書論〉，見《永日集》（上海：北新書局，1929年）。

19 王統照：《這時代》（華豐印刷公司，1933年），〈自序〉。

20 朱自清：〈論無話可說〉，見《你我》（上海市：商務印書館，1936年）。

21 魯迅：〈答有恆先生〉，見《而已集》，收入《魯迅全集》第3卷（北京市：人民文學出版社，1981年）。

新興散文原先那種蓬勃發展的勢頭受到阻遏，但正如政治高壓遏制不
了「地火在地下運行，奔突」[22]一樣，現代散文的勃勃生機也是扼殺
不了的，它在逆境中仍在曲折生長，「仗著掙扎和戰鬥」，[23]走向新的
繁榮。這時，雜感短評仍在戰鬥著，但因為形勢嚴峻，自然不能不變
換戰術，大多由正面交鋒變為旁敲側擊，由鋒芒畢露變為隱晦曲折。
散文小品領域發生明顯的分化和變化：茅盾等人的抒情小品曲折表達
自己對大革命失敗的情感經驗和理性反思，對國民黨新軍閥的憤怒譴
責，大多寫得沉鬱頓挫、含蓄蘊藉；周作人、俞平伯、徐祖正等人在
《駱駝草》上開始改弦易轍，往閒適、趣味一路尋求避難所了。遊記
方面出現了流亡、避禍、消憂之類新內容，如阿英的《流離》、鄭振
鐸的《海燕》、陳學昭的〈法行雜簡〉、郁達夫的〈燈蛾埋葬之夜〉和
〈感傷的行旅〉、鍾敬文的《湖上散記》等作品。這種種變遷的跡象
預示著三〇年代散文將是一個更為豐富複雜、五光十色的時代。

　　各種散文的全面復蘇和新體散文的萌生發展是隨著「兩種革命」
的深入發展而出現的。進入三〇年代，民族民主革命浪潮日益高漲，
革命文化運動蓬勃發展，報刊出版事業興盛發達，儘管國民黨當局實
行文化專制主義，進行反革命文化「圍剿」，仍然壓制不了文化革命
的深入發展，禁錮不了整個文化界要求民主和自由的時代呼聲。散文
界在這種形勢下重新活躍起來。以一九三二年年底黎烈文接編並改革
《申報》「自由談」、邀請魯迅、茅盾等左翼作家和廣大進步作家為之
撰稿為重要標誌，散文創作進入了一個新的繁榮興盛期。這時，較專
門性的散文刊物接連刊行，如《論語》、《人間世》、《新語林》、《太
白》、《水星》、《芒種》、《雜文》（《質文》）、《宇宙風》、《小文章》、

22 魯迅：《野草》〈題辭〉，見《魯迅全集》第2卷（北京市：人民文學出版社，1981
　　年）。

23 魯迅：〈小品文的危機〉，見《南腔北調集》，收入《魯迅全集》第4卷（北京市：人
　　民文學出版社，1981年）。

《文藝風景》、《中流》等；一些大型文學刊物，如《文學》、《現代》、《文學季刊》、《文叢》、《作家》、《光明》等均以較大篇幅開闢散文隨筆專欄；還有《中華日報》「動向」、《大公報》「文藝」、《時事新報》「青光」和《大美晚報》「火炬」等大報副刊，像《申報》「自由談」那樣大力扶植雜文和散文小品創作。各書店也競相出版散文專集，甚至編選散文叢書，如巴金為文化生活出版社主編的「文學叢刊」每輯都出過幾本散文集，靳以為良友主編了一套「現代散文新集」。據我們的粗略統計，從一九三二年至一九三七年間結集出版的散文集就有五百種左右。這些史實足以說明一個散文創作高潮業已形成。尤其可喜的是，這時期散文創作隊伍空前壯大。老作家中，魯迅、瞿秋白、郁達夫、朱自清、謝冰心、葉聖陶、鄭振鐸、王統照以及周作人、林語堂、俞平伯等，都不斷有散文新作問世，仍是這時期散文界的主幹；二〇年代中期開始從事散文創作的作家，如茅盾、豐子愷、魯彥、沈從文等，到這時期取得了豐碩成果；還有二〇年代末三〇年代初陸續湧現的一大批文學新人，如巴金、靳以、柯靈、唐弢、徐懋庸、周木齋、何其芳、李廣田、吳伯簫、麗尼、陸蠡、蕭紅、蕭乾等活躍於散文界，成為三〇年代散文創作的一支生力軍。在新老作家的辛勤耕耘下，三〇年代散文園地呈現出繁花似錦、全面豐收的動人局面。

在這熱鬧繁雜的散文界，存在著兩種主要藝術傾向、兩大散文流派的對立和競爭，即通常所說的「論語」派和「太白」派二者的對壘和抗衡。一九三二年九月，林語堂創辦《論語》半月刊，主要撰稿者為周作人、俞平伯、劉半農、沈啟無、陶亢德等，提倡「幽默小品」和「趣味小品」；繼而創辦《人間世》、《宇宙風》等，打出「以自我為中心，以閒適為格調」[24]的旗號，從而形成了以林語堂為代表的

---

24 林語堂：〈《人間世》發刊詞〉，《人間世》第1期（1934年4月）。

「論語」派。他們大量炮製的閒適小品和幽默小品，雖然有時也流露出不滿現實的牢騷和不得已的苦衷，有些作品藝術上也有可取之處，但主導傾向是隱遁玩世，消閒自娛，有些甚至將幽默詼諧降格為油腔滑調、打諢說笑，將現代語體散文蛻化為半文半白、古香古色的語錄體，將散文小品變成文人雅士茶餘酒後把玩的「小擺設」，背離了現代散文反帝反封建的戰鬥傳統，的確導致了「小品文的危機」。左翼作家和進步作家起而創辦《太白》、《新語林》、《芒種》等小品文刊物，提倡以「新小品文」抵制和矯正閒適小品、幽默小品的流弊，使小品文「擺脫名士氣味，成為新時代的工具」，「發展到光明燦爛的大路」。[25]他們所要創造的「新小品文」，以迅速、廣泛、真實而深刻地反映現實社會生活的變動，富於現實性、社會性、戰鬥性為主要特徵，以引導讀者關注現實、認清現實和促進讀者起來變革現實為寫作宗旨。魯迅界定它「必須是匕首，是投槍，能和讀者一同殺出一條生存的血路的東西」，認為它也有「給人愉快和休息」的審美功能，但「這並不是『小擺設』，更不是撫慰和麻痺，它給人的愉快和休息是休養，是勞作和戰鬥之前的準備」。[26]這就從思想上和藝術上劃清了戰鬥性散文與「小擺設」式散文的本質區別，為現代散文的健康發展指明了道路。茅盾要求「寫出包括宇宙之大」、充滿現實生活氣息、能夠「振發讀者的精神」的「新小品文」，來跟「專論蒼蠅之微的小品文」展開「比賽」，「讓讀者來決定兩者的命運」。[27]比賽的結果正如他們所預料的那樣，在階級鬥爭白熱化年代，在民族生死存亡關頭，「『小擺設』當然不會有大發展」，倒是「更分明的掙扎和戰鬥」的

---

25 茅盾：〈關於小品文〉，《文學》（月刊）第3卷第1號（1934年）。

26 魯迅：〈小品文的危機〉，見《南腔北調集》，收入《魯迅全集》第4卷（北京市：人民文學出版社，1981年）。

27 茅盾：〈關於小品文〉，《文學》（月刊）第3卷第1號（1934年）。

「新小品文」蓬勃發展[28]，成績顯著，在三〇年代散文界占主導地位。

　　當時所提倡的「新小品文」是包括種種已有和新創的散文樣式的，主要是以取材範圍、思想傾向、藝術追求和審美風貌都有別於「論語」派所標榜所師承的明清名士派小品文而顯示其「新」的，也主要是以充滿寫實戰鬥精神、反對消閒玩世傾向和發揚五四散文反帝反封建革命傳統而體現其共同的思想藝術特色。因而，所謂「新小品文」，不能狹義地理解為只是一種新文體，而應視為散文史上的一種新思潮、新類型和新流派，這樣才能全面概括其創作實際。事實上就是如此，當時魯迅所說的「生存的小品文」，茅盾、阿英、鄭伯奇所指的「新的小品文」，伯韓所講的「生活的小品文」，名目不一，但內涵和外延都是基本一致的，都是從實質上將自己一派的散文小品與「論語」派的作品區別開來的。

　　三〇年代「新小品文」繼承和發展五四散文的現實主義戰鬥傳統，在雜文、速寫、旅行記、報告文學、抒情小品、科學小品和歷史小品等方面，都有新的發展，新的創造。在魯迅的帶動下，許多新老作家熱心寫作雜文，「對於有害的事物，立刻給以反響或抗爭」，在三〇年代的社會鬥爭和文化鬥爭中充分發揮了雜文的戰鬥功能，出色地完成了時代賦予的「為現在抗爭」的戰鬥任務[29]，形成了「和現在切貼，而且生動，潑剌，有益，而且也能移人情」的基本特色，把雜文發展成為「匕首」和「投槍」一樣鋒利靈活，而又「侵入高尚的文學樓臺去」的文藝武器[30]，在現代雜文史上寫下了極其輝煌壯麗的一章。茅盾、巴金、王統照、吳組緗、艾蕪等人的速寫和旅行記，夏

---

28 魯迅：〈小品文的危機〉，見《南腔北調集》，收入《魯迅全集》第4卷（北京市：人民文學出版社，1981年）。

29 魯迅：《且介亭雜文》〈序言〉，見《魯迅全集》第6卷（北京市：人民文學出版社，1981年）。

30 魯迅：〈徐懋庸作《打雜集》序〉，見《且介亭雜文二集》，收入《魯迅全集》第6卷（北京市：人民文學出版社，1981年）。

衍、宋之的、韜奮、范長江等人的通訊報告，廣泛反映三〇年代城鄉
社會動盪不安、危機四伏的生活真相，深刻暴露黑暗社會的時弊與痼
疾，真實描寫人民群眾的苦難與抗爭，鮮明表達作家的社會責任感和
現實戰鬥精神，不僅增強了記敘性散文反映社會性重大題材的能力，
而且豐富了記敘性散文的表現手法和表現形式。新興的速寫和通訊報
告，適應了「讀者大眾急不可耐地要求知道生活在昨天所起的變化，
作家迫切地要將社會上最新發生的現象解剖給讀者大眾看」[31]的共同
需要，因而迅速風行開來，發展成為最能敏銳反映日在變動著的現實
社會生活面貌的重要文體。瞿秋白、茅盾、王統照等人在抒情小品、
哲理小品和散文詩方面，也力圖開拓新路，嘗試創作戰鬥性強、時代
感濃厚的抒情作品，如瞿秋白的〈暴風雨之前〉、茅盾的〈雷雨前〉、
王統照的〈聽潮夢語〉等。此外，還有新創科學小品和歷史小品等新
形式。這些發展和新創顯示了「新小品文」的實績，對於中國現代散
文繼續朝著反帝反封建方向、沿著寫實戰鬥道路開拓發展具有決定性
意義。

　　超然於上述兩大流派之外，有些知名作家獨自拓展個人的創作道
路，在平津一帶文壇新崛起的一批年青作家則不約而同地走到一塊。
前者如朱自清、謝冰心、葉聖陶、豐子愷、郁達夫、沈從文、李健吾
等，或絮語家常瑣事，領略人生情趣，或記述異域文化風習，陶寫古
國山水名勝，或回憶個人經歷，懷念師友親人，大多迴避政治性題材
和尖銳問題，但又不流入消閒玩世之類，主要以益人心智的知識、情
致、理趣和自然美吸引讀者，在隨筆、遊記、傳記和抒情散文等方面
取得很高的藝術成就。後者以在《大公報》〈文藝〉、《文學季刊》和
《水星》等園地上成長起來的一批新進作家為代表，如何其芳、李廣
田、吳伯簫、繆崇群、麗尼、陸蠡、蘆焚等，他們不滿意前期抒情散

31　茅盾：〈關於「報告文學」〉，《中流》第1卷第11期（1937年）。

文那種「多半流入身邊雜事的敘述和感傷的個人遭遇的告白」的寫法，力圖「為抒情的散文找出一個新的方向」。[32]他們大多在生活孤獨、精神寂寞中癡戀文藝女神，起初帶有為個人而藝術、為藝術而藝術的傾向，更多地吸取現代派詩文的表現手法，並以嚴肅認真的創作態度，來革新發展散文的抒情藝術，提高散文作品的審美價值，在三○年代散文界形成了一種追求散文藝術美的風氣，並影響了後來不少文學青年的散文創作，可說是客觀上自然形成了一個抒情散文創新派。他們的散文偏重於抒寫個人內心細膩微妙的情感波動，表現了這時期許多小資產階級知識青年不滿黑暗現實而又找不到光明出路的憂鬱、迷惘情緒和孤獨、寂寞的心境。他們的「想像力極豐富而感受力極銳敏」，「技巧的洗煉遠勝過前一代的散文作家」，但難免有些過於雕琢，「偏向晦澀」。[33]從淵源和影響來說，這是二○年代先行者開創的「美文」傳統的一種延續和拓展，對於中國現代散文抒情藝術的發展和完善作出了新的貢獻。

東北淪陷後，一批原來在東北從事新文學運動的進步作者逃亡關內，又新從流亡學生中崛起一批文學新人，在三○年代文壇形成了一個引人注目的東北作家群，主要人物是蕭軍、蕭紅、李輝英、白朗、羅烽等。他們最先嚐到失土流離的慘痛，因而最先喊出抗日救亡的呼聲。東北作家群的散文創作以反映東北淪陷區人民的生活鬥爭和自身的逃難經歷為主要內容，充滿著血淚的控訴、悲憤的呼號和對白山黑水、父老同胞的刻骨鏤心的思念，開了抗戰文學的先聲。

總之，現代散文從發軔啟程到闊步邁進，從播種萌發進入全面豐收，第二個十年的散文在這一歷史進程中占有突出地位。這時期兩大散文流派的對壘、競賽，關係到現代散文的命運，「新小品文」派終

---

32 何其芳：〈我和散文〉，見《還鄉雜記》（上海市：文化生活出版社，1949年）。

33 丁諦：〈重振散文〉，見俞元桂主編：《中國現代散文理論》（南寧市：廣西人民出版社，1984年）。

於以自己的戰鬥實績矯正了幽默閒適派的流弊，克服了「小品文的危機」，使現代散文繼續沿著反帝反封建的革命方向拓展奮進。這時期各種散文樣式的進一步發展，特別是速寫和報告文學的新創，大大豐富提高了散文藝術掌握現代社會生活的能力。尤其值得注意的是，這時期散文取材範圍的擴展，寫實戰鬥精神的增強，社會性、政治性思想主題的深化，突出體現了廣大作家思想藝術視野的開闊和社會意識、階級意識的普遍覺醒，為下一期散文更自覺地服務於民族民主革命戰爭提供了寶貴經驗。

三

抗日戰爭全面爆發後，中國社會進入戰時大動盪、大變遷狀態。在全民族處於生死攸關、同仇敵愾的非常時期裡，我們的作家，除了個別民族敗類外，都與我們的民族和人民同命運，共患難，無條件地服從民族解放戰爭的召喚，自覺為之吶喊助威。由於戰爭進程的起伏變遷，也由於這時期客觀上形成了不同政治區域並存交錯和文化據點散佈各地的特殊格局，作家們的創作也就因時因地而異，從而構成了戰時散文四處開花、多樣共榮、遷流曼衍、此起彼伏的發展風貌。

抗戰初期民族激情鼎沸，戰鬥熱情高昂。適應戰時總動員和反映戰爭現實的需要，各種散文樣式都有很大的變化發展。通訊報告特別發達，擁有了最廣泛的作者和讀者，「成了戰時文藝的主流」[34]。大量的作品刊行在報刊雜誌上，並及時得以結集出版，從一九三七年八月起就有《蘆溝橋之戰》等專集問世，頭兩三年印行的通訊報告集約有兩百種左右，足見其極一時之盛。固然，這時的通訊報告大多是急就章，難免粗糙幼稚，「只有『報告』而沒有『文學』，……和一般的新

---

34 以群：〈關於抗戰文藝活動〉，《文藝陣地》第1卷第2期（1938年）。

聞紀錄相同」[35]，但也有一些從實地戰鬥生活磨煉中產生出來的「優秀的報告作品，它們反映著廣闊的戰鬥世界」[36]。如 S.M.（阿壠）的〈從攻擊到防禦〉、駱賓基的《東戰場別動隊》、丘東平的《第七連》、碧野的《北方的原野》、曹白的《呼吸》以及田濤、姚雪垠、李輝英、謝冰瑩、司馬文森等人的一些作品，在當時就受到好評。通訊報告的勃興，促進了這一文體走向獨立、成熟的發展道路。隨著抗日戰爭進入相持階段，報告文學在國統區被壓制下去了，卻在解放區新天地中得以蓬勃發展。雜文在抗戰初期既是抨擊敵偽的銳利武器，又是動員民眾、鼓舞士氣的戰鬥號角。郭沫若、茅盾、老舍、巴金、靳以等就充分發揮這一文體的特長，為抗戰吶喊助威。因為團結抗日、共赴國難的政治局面業已形成，這時的雜文就普遍帶有熱情洋溢、議論風發、明快暢達的新特點。記敘抒情散文各種樣式也在烽火硝煙、群情激昂年代改變著自己的色調。血淚的控訴，救亡的呼喊，戰鬥的豪情，勝利的信念，不屈的鬥志，充滿於字裡行間，真是慷慨悲歌、剛健爽朗！固然，其中不免有些宣洩熱情、膚淺浮泛之嫌，但是，要知道這是國人鬱積多年的心聲，這是愛國作家夢寐以求的時代，他們的激動和叫喊也就可以理解了。況且眾多作品中也有一些深切厚實的優秀之作。如楊剛《沸騰的夢》就被人譽為「是中國人愛國心的熾烈而雄奇的創造，在現代的散文中很難找出類似的作品來」[37]。其他如田一文、嚴杰人、林英強、S.M.等人的戰地抒情小品，巴金、靳以等人的旅行記、逃難記，都有一些可讀性強、有藝術生命力的作品。總之，抗戰初期各種散文留下了時代的鮮明烙印，拓寬了自己的發展道

---

35 羅蓀：〈抗戰文藝運動鳥瞰〉，《文學月報》第1卷第1期（1940年）。

36 羅蓀：〈抗戰三年來的創作活動〉，見《文藝漫筆》（重慶市：讀書出版社，1942年）。

37 胡喬木：〈《楊剛文集》序〉，見《楊剛文集》（北京市：人民文學出版社，1984年）。

路。有人說：「抗戰以後，我們的散文中間又散發出新生的健康的生命氣息了」[38]；又有人指出：「以整個生命的悲壯、偉烈、奇蹟、精美，作為寫述對象。愛與恨，樂與憂，悲與喜，沒有絲毫的摻合和折扣，整個的聯接在一個總的生命與美的創造上面。」[39]這兩段出自當時兩位女作家之口的話，倒是能夠概括當時散文創作的基本風貌。

　　抗戰初期散文所呈現的陽剛美共趨流向，為戰爭形勢的變化、統一戰線內部的摩擦和各政治區域社會現實的差異所造成的不同藝術需要所改變，隨後出現的是受地區性現實制約的豐富多樣、廣泛拓展的新風貌。這種狀況持續存在於整個四〇年代，其中應該著重介紹的是上海「孤島」時期、國統區、解放區各自的散文創作活動及其基本特點。

　　從一九三七年十一月上海失守到一九四一年十二月上海全部淪陷這四年零一個月，史稱上海「孤島」時期。留居「孤島」的愛國進步作家在日偽橫行的險惡環境裡，堅守文化崗位，巧妙利用洋商招牌創辦了一些可以發表自己作品的報刊雜誌。柯靈先後主編《文匯報》「世紀風」、《大美報》「淺草」和《正言報》「草原」，巴人主編《譯報》「大家談」和《申報》「自由談」，周木齋主編《導報》「早茶」，這幾種報紙副刊大量發表雜文、散文小品和通訊報告。文學期刊中注重散文的有《魯迅風》、《雜文叢刊》、《宇宙風》（乙刊）、《文藝新潮》、《野火》等。仇重（唐弢）在回顧一九四〇年散文創作時指出：「作為破壞舊生活的有戰鬥的雜文，作為激發自尊心的有抒情的散文」[40]，簡要地概括了「孤島」時期雜文和散文小品創作的主導傾向。「孤島」雜文以《魯迅風》社作家群為主要代表，還有《雜文叢

38 葛琴：〈略談散文〉，《文學批評》創刊號（1942年9月）。

39 楊剛：〈抗戰與中國文學〉，見《沸騰的夢》（上海市：美商好華圖書公司，1939年）。

40 仇重：〈暗夜棘路上的里程碑——「孤島」一年來的雜文和散文〉，《正言報》「草原」，1941年1月20日。

刊》社的一群青年作者，他們運用雜文形式打擊敵偽黑暗勢力，掃蕩
洋場烏煙瘴氣，廓清迷霧，激勵民心，承續魯迅雜文戰鬥傳統而形成
「魯迅風」雜文流派，代表作家有巴人、唐弢、柯靈、周木齋、列車
等。「孤島」的散文小品正如王統照一組作品的總名《煉獄中的火
花》一樣，是心靈備受煎熬而迸發出來的叫喊，是失去祖國庇護而掙
扎在水深火熱之中的孤島人民的心聲。王統照的《去來今》和《繁辭
集》，柯靈的《晦明》，唐弢的《落帆集》，蘆焚的《上海手札》和
《夏侯杞》，陸蠡的《囚綠記》，以及白曙等人的《松濤集》等，代表
了「孤島」時期散文小品的成就和特點。諸家「風格各異，而氣分相
若」[41]，有相通的家國之思、興亡之感，也有相似的沉鬱挺拔、激楚
蒼涼之氣息。「孤島」淪於敵手之後，不少作家撤往後方內地，繼續
留居的作家處於蟄居狀態，散文創作也歸於沉寂。到了一九四三年七
月，柯靈接編並改革《萬象》月刊，發動留滬作家重新提筆創作，隨
後加上范泉創辦的《文藝春秋》月刊，於是冬眠已久的上海進步文壇
才重新蘇醒過來，以新的歌聲迎來抗戰勝利，匯入四〇年代後期國統
區民主文藝運動的主流。

　　國統區各地散文創作是從戰爭進入相持階段開始形成自己的新特
點的。這時，戰爭形勢嚴峻，人民苦難深重，政治高壓重新出現，社
會矛盾日益暴露，國人熱情積澱昇華，藝術也在反思、揚棄中走向新
的成熟。由此出發，四〇年代國統區散文克服抗戰初期普遍存在的題
材集中、熱情浮泛、率直顯露、風格單調的侷限，恢復和發展戰前散
文個性化、多樣化的藝術傳統，進一步發揚現實主義的批判戰鬥精
神，向社會生活和精神生活的廣度和深度突進。國統區散文創作活動
分佈在西南後方、東南內地和四〇年代後期的沿海地區；香港、南洋
一帶自然有其特殊性，但因為在那裡活動的作家大多是從後方內地過

---

41 巴人：〈《松濤集》編後記〉，見《松濤集》（上海市：世界書局，1939年）。

去的，與後方內地文學活動一直關係密切，因而也可以併入此處一起評介。

　　戰鬥性雜文在國統區一直保持興盛不衰的發展勢頭。一九四〇年八月在桂林創刊的《野草》，以聶紺弩、夏衍、秦似、孟超等為骨幹，後來轉至香港，堅持到解放戰爭勝利，是這時期持續最久、影響最大的一個雜文陣地。重慶的《新華日報》副刊、《新蜀報》「蜀道」等也是這時期雜文的重要陣地。郭沫若、茅盾、馮雪峰等也致力於雜文創作。《野草》雜文作家群與重慶、昆明等地的雜文家的戰鬥傾向是一致的。他們在國統區政治高壓下繼續高舉現代雜文的批判戰鬥旗幟，反擊國民黨反動派消極抗日、積極反共逆流，鞭撻當局的專制統治和內戰政策，批判各種反動思潮和頹風陋習，爭取民主，戰取光明，或嬉笑怒罵，或綿裡藏針，或借古諷今，或談言微中，風格多樣而火力集中，可說是戰時雜文另一重要流派。朱自清曾高度評價這時期雜文的戰鬥實績，稱道雜文是「春天第一隻燕子」[42]。四〇年代國統區雜文與上海「孤島」時期雜文的交替展開，說明現代雜文並未因魯迅、瞿秋白兩位大師的過世而消退其戰鬥威力和發展勢頭，也說明現代雜文有一脈相承的現實戰鬥精神。當然，魯迅雜文依然是雜文史上難以逾越的高峰，是人們吸取精神力量的一種源泉和永遠應當認真學習的一種典範。

　　報告文學在四〇年代國統區基本上被壓制下去以後，代之而起的是具有同樣紀實功能的生活速寫、旅途通訊、見聞雜記一類記敘散文。它們承續二、三〇年代同類作品所形成的正視現實、面向社會、批判現實、干預生活的精神傳統，隨著作家見聞經歷的豐富而拓寬發展道路。戰亂流離生活，內地閉塞狀況，後方社會弊端，底層人民苦難，復員混亂場景，戰後蕭索氣象，……在記敘散文中得到廣泛而如

42 朱自清：〈歷史在戰鬥中〉，見《語文零拾》（上海市：名山書局，1948年）。

實地反映。茅盾以其擅長的批判性寫實手法揭開大後方社會光怪陸離的面紗；巴金以其一貫的熱情筆觸控訴舊社會的黑暗和不公正；豐子愷的隨筆散記染上了僕僕風塵；靳以的《人世百圖》勾勒了人獸面目；繆崇群描摹「人間百相」；李廣田採寫「圈外」人生；馮至從「山水」那裡「領悟了什麼是生長，明白了什麼是忍耐」[43]；冰心覺得自己的新作《關於女人》「比以前粗壯現實多了」[44]；如此等等，都各有新的拓展，新的收穫，整體上顯示著作家的視野開闊了，與現實和底層人民的關係更密切了，社會責任感和批判舊世界的色調也普遍增強了。

人們普遍認為抗戰以來抒情性散文小品產量不豐，成就有限，甚至走向衰落了。我們覺得不能輕易地下這個結論，因為這時期散文小品的創作全貌尚未被充分了解。據我們現有的調查，粗略說來，它在不同地區不同時限中的發展是不平衡的。在上海「孤島」時期與戰後時期，在四〇年代西南大後方和東南內地，以及在華北淪陷區，它都有過活躍發達的史實和大量可讀的作品。發表在各地報刊雜誌上的作品自然是難以計數的，僅就我們手頭掌握的書目資料來統計，抗戰以後十二年間抒情性散文小品結集出版的近三百種，約占中國現代散文同類作品專集總數的五分之二。從這個約數和比例來說，並不比二、三〇年代歉收。淪陷區的散文小品除周作人一派之外，還有不少出自小資產階級知識青年之手的，主要以抒寫個人苦悶憂鬱情懷為共同特色。四〇年代國統區的抒情散文與上海「孤島」時期同類作品相互映照，共同構成這時期散文小品的發展主流。重慶的《國民公報》「文群」、《大公報》「戰線」和《中央日報》「平明」，桂林的《救亡日報》「文化崗位」、《大公報》「文藝」、《文藝生活》、《文藝雜誌》和《人世間》，昆明的《文聚》和《詩與散文》，香港的《大公報》「文

---

43 馮至：《山水》（上海市：文化生活出版社，1947年），〈後記〉。

44 路冠：〈關於《關於女人》的作者謝冰心〉，《人物雜誌》第3年第6期（1948年）。

藝」、《立報》「言林」和《星島日報》「星座」，永安的《現代文藝》，
南平的《東南日報》「筆壘」，上饒的《前線日報》「戰地」，等等，都
是戰時散文小品的重要園地。在一大批知名作家的帶動下，散文園地
出現了新人蜂起、四面開花的景觀。

　　就藝術內容而言，這時期國統區的散文小品主要以各個作家抒懷
述感的真摯性和獨特性反映出歷史發展的曲折性和複雜性，體現了這
時期知識分子與民族和人民休戚與共的精神聯繫，以及詛咒黑暗、翹
望黎明、追求理想、摸索前進的精神風貌。作家的抒情自我形象因人
而異，但大多可以歸併入「在暗夜中呼喚光明者」或「在黑暗中戰取
光明者」的形象系列。從巴金、靳以、繆崇群、李廣田到新起的田一
文、劉北汜、陳敬容、莫洛、郭風等，都有聲息相通之處。從表現形
式上說，大多是抒情小品、散文詩一類短小凝鍊之作，又大多採用比
喻、象徵、暗示、寓意等間接抒情手法，寫得曲折含蓄。通常出現的
意象是曙前、冬夜、寒風、冰雪、星光、燭火、黎明、春天之類與黑
暗和光明、現實和理想、今天與明天等矛盾衝突相對應的景物和時
序，從而曲折透露自己的心曲，隱約把握到了新舊社會處於生死決戰
關頭的時代脈搏。這就在整體上顯示了四〇年代抒情散文的美學風
貌，既不同於二〇年代覺醒者那種「大抵熱烈，然而悲涼」[45]的氣
氛，也不同於三〇年代那批青年作家的憂傷和迷惘，還不同於抗戰初
期戰地抒情之作的慷慨悲壯，倒是接近於上海「孤島」時期那種「煉
獄中的火花」，猶如「曙前」的「星光」，給人一種溫柔幽美而又沉著
堅韌的審美感受，啟迪人們堅定地度過黑夜而去迎接黎明的到來。

　　與上海「孤島」和國統區散文交匯構成戰時散文發展主流而具有
獨特風貌的是解放區「人民文藝運動」所產生的新型散文。解放區散

---

45 魯迅：《中國新文學大系·小說二集》（上海市：良友圖書印刷公司，1935年），〈導
　言〉。

文是以努力「寫出新生活的內容和外觀」[46]而開拓現代散文發展新路的，報告文學獲得了重大發展，雜文分清了暴露和歌頌的對象，記敘抒情散文改變了格調，散文的語言風格也往大眾化和民族化方向邁進了一大步。

　　報告文學在國統區遭殃受折，卻在解放區蓬勃生長著。解放區新的現實生活、新的戰鬥業績和新的人物風貌，為報告文學的成長提供了豐厚土壤。政治上的民主建設，文藝政策上的加意扶植，創造了作家深入生活、熟悉群眾、獲取素材的有利條件。這時的專業作家大多是生活的參與者，他們親身經歷著生活的變遷，戰鬥在鬥爭的前線，融化在集體的事業中，因而是出自切身生活實感的驅使和內在革命責任感的催促來創作報告文學的。這一系列主客觀有利條件促成了解放區報告文學興盛的局面。邊區的生產建設，敵後的艱難鬥爭，軍民的魚水關係，幹群的新型關係，人民英雄的卓著功績，勞動模範的動人事蹟，解放大軍的挺進雄姿，歷史巨變的壯麗畫面，無一不在報告文學中得到及時廣泛、具體生動的反映。尤其值得注意的是報告文學在藝術上日趨成熟，出現了一大批敘事生動、寫人傳神、富於激情、風格各異的作品，如丁玲、沙汀、周立波、周而復、何其芳、吳伯簫、歐陽山、黃鋼、華山諸家作品就是其中的優秀代表。在中國報告文學史上，這是一個繼往開來的重要發展階段。

　　解放區雜文面臨著在新的社會環境和歷史條件下如何發展的嶄新問題，經過爭論和探索逐步走出了自己的新路。站在人民的立場上，全面發揮雜文團結人民、打擊敵人的社會功能，成為解放區雜文作家的基本認識和努力方向。謝覺哉以「煥南」為筆名在《解放日報》上連續發表〈爐邊閒話〉、〈一得書〉、〈案頭雜記〉等歌頌新生活、漫談思想修養的新型雜文。林默涵在延安寫的雜文既有歌頌新人新事的，

---

46 孫犁:〈新現實〉，見《文藝學習》，收入《孫犁文集》第4卷（天津市：百花文藝出版社，1982年）。

又有抨擊國民黨反動派的。其他作家的雜文也是有分析有區別地對待敵、我、友不同對象和不同性質的社會問題與思想問題，而使用不同的「雜文筆法」，以達到較好的社會效果。大多數作品寫得明快素樸，深入淺出。解放區雜文所形成的新特質、新功用和新文風，成為解放後新型雜文的先導。它在繼承和發展以魯迅為代表的現代雜文革命傳統方面所留下的經驗教訓都是值得認真總結的。

　　記敘抒情散文各樣式在解放區的發展是不平衡的。一般說來記敘性散文較發達，「純」抒情散文偶有所作，大多數作品是一種以敘事為主而兼有抒情因素，將紀實與述感融為一體的散文速寫。許多作家在熱情歌頌新生活新人物的同時，即興抒寫自己由新現實所激發出來的新感受和新激情，以及在新天地中脫胎換骨的精神蛻變。丁玲在《陝北風光》的〈校後記所感〉中自白道：「在陝北我曾經經歷過很多的自我戰鬥和痛苦，我在開始來認識自己，正視自己，糾正自己，改造自己。這種經歷不是用簡單的幾句話可以說清楚的。我在這裡又曾獲得過許多愉快。」這種情感經驗是進入解放區的作家所共有的，如何其芳、吳伯簫、陳學昭、嚴文井等人在散文中就多多少少表達了這種經過自我戰鬥的痛苦而抵達新生的快樂的情感變遷。在解放區土生土長的新作家如孫犁、蕭也牧等人的散文速寫，則以熟悉人民群眾的思想感情、追求客體「真象」與主體「真情」統一[47]而顯示自己的特色。解放區的散文速寫洋溢著清新芬芳的泥土氣息和朗闊高昂的革命激情，與國統區散文的色調自然有別，在中國現代散文史上具有劃時代意義。不過，毋庸諱言這只是一個新開端而已，不可避免地帶有某種稚氣，而且又是付出了一定的藝術代價。有些作家在否定自己過去的藝術風格之後並未形成新的獨特風格，有些作家為思想和藝術未能同步發展而苦惱，有些作家未能劃清散文藝術的個性化追求和所謂

---

47 孫犁：《孫犁散文選》（北京市：人民文學出版社，1984年），〈序〉。

「小資產階級的自我表現」的界限而有意迴避「我」的出現,當時的
理論批評也未能正確解決這些問題。這顯然影響到解放區散文創作的
全面發展,特別是妨礙了抒情散文的進一步發展。因此,在充分肯定
其創新成就的同時,也應該科學地總結其經驗教訓,才能有益於我們
對解放區文學傳統的發揚光大。

　　從上述對抗戰以來各種散文發展演變的縱橫考察中可以發現:順
應時代的發展變遷,在烽火連天的戰爭歲月,在祖國大地的四面八
方,散文的觸角無處不及,散文的功能多向發揮,散文的園圃五光十
色。事實說明,戰鬥的時代依然需要散文,散文仍可在大時代中蓬勃
發展。各類散文雖然發展不平衡,但總的說來,散文的適應性和應變
力最強,它在戰火硝煙的洗禮中煥發了青春,豐富發展了自己的表現
力,開闊充實了自己的藝術天地。所以,不能不看到抗戰以來散文拓
展奮進的趨勢,不能不充分肯定它的成就和貢獻,不能不說它以自己
的時代旋律譜寫了中國現代散文進行曲的第三樂章!

四

　　以上我們概略地描述中國現代散文三十餘年來豐富多樣、起伏變
遷的發展歷程,從中不僅可以透視現代散文作家個體和群體的心路歷
程,而且能夠窺探現代中國社會生活和精神生活的歷史風貌。

　　中國現代散文從整體上說是反映了現代中國社會的整個生活面貌
的。固然,個別作家作品都沒有這樣的能力和容量,只能就個人的見
聞經驗所及和盡短小形式的表現力所能來反映時代生活的一鱗半爪,
但是,「一粒沙裡見世界,半瓣花上說人情」[48],各式各樣的散文作品
都努力揚長避短,有效發揮散文藝術靈活敏銳、散點透視、即小見

---

48 郁達夫:《中國新文學大系・散文二集》(上海市:良友圖書印刷公司,1935年),
　　〈導言〉。

大、言約意遠的特長，及時廣泛地、自由不拘地、多視角多層次地反映和感應著時代生活的五光十色。因此，綜合這時代林林總總的散文作品，不啻是一部龐雜紛然而又明晰可辨的大型「詩史」。

　　所謂「詩史」，也就是「心史」，是廣大散文作家心靈再創造的產物，而「心史」歸根到底又是歷史的一種表現形態。社會生活的變遷，時代精神的發展，並不能直接變成散文作品的藝術畫面，必須經過作家心靈自覺主動地感受、體驗、擇取、提煉、融化和加工等一系列中介作用，才能轉化為藝術作品。在這從生活到藝術的轉化過程中，散文家不僅將自己的思想人格融入其中，而且不斷經歷著主體與客體的相互轉化，不斷發生著自己的思想感情伴隨著生活變遷而變遷的現象，也不斷發展著自己認識和表現生活的藝術洞察力和藝術表現力，這一切都會鮮明地體現在他的創作成果上。因而，任何一種稱得上創作的散文作品都是主體與客體、表現與再現相融化的產物，即便是偏重於客觀紀實的記敘性散文也必然打上心靈再創造的印記，更不用說議論性、抒情性散文這兩類偏重於表現主體思想感情的作品了。從各類型散文作品中，我們都可以發現散文家的心靈軌跡及其個性特色。郁達夫明確指出：「現代散文之最大特徵，是每一個作家的每一篇散文裡所表現的個性，比從前的任何散文都來得強」，「我們只消把現代作家的散文集一翻，則這作家的世系，性格，嗜好，思想，信仰，以及生活習慣等等，無不活潑地顯現在我們的眼前」。[49]因而，如果我們覺得新文學其他門類留下的作家自我形象不夠鮮明，或覺得新文學中新型知識者形象不夠豐富的話，那麼我們似乎可以從現代散文寶庫中找到一定的補償。在這裡，我們不僅可以看到現代中國眾多作家的音容笑貌，而且可以看到他們的覺醒、分化、探索、追求的各種面影，看到他們與傳統士大夫的本質區別和某些血緣關係，以及他們

---

49 郁達夫：《中國新文學大系・散文二集》（上海市：良友圖書印刷公司，1935年），〈導言〉。

在時代的大浪淘沙中各有怎樣的抉擇和結局。每個人的散文創作史都具有個體「心史」的認識意義，也都具有各自的代表性。它們之間的聚合分化、並立互補、錯綜變幻和更替遞進，交匯構成了一部紛然雜陳、遞流曼衍的中國現代散文史。

正由於中國現代散文的發展變遷與散文作家的心路歷程和現代中國的歷史進程的關係太密切了，所以，探討現代散文的發展規律必定不能無視這一基本事實而憑空構想。現代散文的發展變遷是深受時代的推動和制約的，時代的作用又是通過作家的中介而實現的。現代中國社會在各方面所進行的反帝反封建的民族民主革命，是時代發展的主潮。這一革命進程的每一重大變遷，都會在作家的心靈上引起重大的反響，促使著作家不斷調整自己的創作傾向。現代散文作家隊伍經歷著一次又一次的分化和組合，各個作家都要在歷史的轉折關頭選擇自己的人生道路和藝術道路。各人的選擇不一，在歷史上起的作用也就因人因時而異。在現代中國散文史上作出重大貢獻的，是一批又一批站在時代前列、追隨時代進步的散文藝術家，他們的思想藝術個性伴隨著時代的發展變化而發展變化，他們的散文創作構成了中國現代散文的發展主流。自然，作家的生活、思想和藝術三方面的進展並非都是同步的，其中的複雜情況和經驗教訓都是值得認真探討的。總之，中國現代散文發展歷程與現代中國的歷史進程和現代中國知識分子的心路歷程有著內在而複雜的聯繫，需要從多方面加以綜合考察。

——本文選自《中國現代散文十六家綜論》（上海市：
華東師範大學出版社，1989年）

中國現代散文流派及其演變

一

　　中國現代散文史上出現過多種多樣的藝術流派。各種流派的消長
起伏、興替嬗變，構成現代散文發展歷史的一項重要內容。但到底有
哪些流派在散文園地裡留下過不可磨滅的墾殖拓荒的勞績呢？這還是
一個有爭議的、不大清楚的問題。過去雖然有人接觸到這個問題，但
由於衡量和劃分流派的標準不一致，因而就有種種不同的看法。有的
以風格類型區分散文流派，提出過諸如沖淡、綺麗、婉約、豪放之類
派流名目；有的以寫作目的分為「言志」和「載道」兩大流派；有的
就作家的生活態度和思想傾向區分出「社會鬥士」、「田園詩人」、「逃
避現實」三種流派；有的直接以文學社團或同人刊物來劃分和命名散
文流派，有的從文學思潮和創作方法的角度談論流派問題。前人從不
同角度、不同層面來理解和識別散文流派，涉及流派與藝術風格、思
潮運動、文學社團或同人刊物、作家的生活態度和創作傾向等方面的
關係，這對我們綜合考察流派問題是很有啟發的。我們試圖從流派的
形成過程、組合方式和表現形態等方面綜合考察形成流派的條件和標
誌，探討劃分流派的客觀依據。

　　中國現代散文流派大多是在社團或同人刊物的基礎上形成的。社
團或同人刊物擁有比較穩定的作家群，持有比較統一的文學主張，又
有比較固定的活動陣地，因而最便於形成藝術流派。但社團或同人刊
物是否形成流派，還要作具體分析。有的社團或同人刊物旋生旋滅，
對文學發展沒什麼影響；有的缺乏共同的藝術追求，不能形成某種有

別於其他團體的獨特性；有的雖然標舉某一共同的文學宗旨，卻未能付諸於創作實踐，拿不出一批體現其創作主張的代表作；這都形成不了流派。只有活動時間較長，影響較大，特別是在創作上具有某一獨特的共同追求的社團或同人刊物，才能發展成為流派。在中國現代散文史上形成流派的社團或同人刊物有兩類，一類是專門性的散文社團和散文刊物，如《語絲》社、《駱駝草》社、《論語》社、《太白》社、《魯迅風》社、《野草》社等，都具有形成流派的基本條件。其中有的獨立形成一個流派，有的創作傾向相通，本質上同屬於一個流派，如《魯迅風》社與《野草》社都是繼承魯迅雜文戰鬥傳統的；有的前後承續關係明顯，如從《駱駝草》到《論語》，再到《人間世》、《宇宙風》等，既有一脈相承的作風，又有相對穩定的主要撰稿人，顯然同屬於一個散文流派。另一類是綜合性的文學社團或同人刊物，其作家的散文創作如果形成了某種獨特的思想藝術共性，也應該作為散文流派看待，如文學研究會和創造社各自擁有一批散文名家，在散文創作上也是各樹一幟的，對散文發展的貢獻和影響並不亞於那些專門性的散文社團。這種現象要求我們的視野不能侷限於專門性的散文社團，還要把綜合性文學社團的散文創作活動考慮在內。就社團或同人刊物與流派的關係而言，既要肯定二者的密切關係，又要注意二者之間不能直接畫等號。社團或同人刊物具有轉化為流派的可能性和有利條件，但是否實現這種轉化，取決於其作家創作是否形成某種共通性。即便是由社團或同人刊物發展而來的流派，也不能籠統地把該社團所有成員或在該刊物上發表作品的作家都說成屬於這個流派，還是要根據作家創作的共通性來辨別各個作家的歸屬，界定各個流派的特徵和範圍。

　　社團或同人刊物固然是形成流派的重要途徑，但並不是唯一的途徑。除此之外，還有一種管道是通過作家各自的創作實踐不期而遇地走到一塊，自然而然地形成流派。有些作家並未結成社團，也沒有自

己的刊物，或許原先互不相識，但由於生活經驗、思想立場和藝術旨趣比較接近，同樣受到某一文學思潮、時代風尚的影響，在散文創作上不約而同地共趨於某一傾向，並且通過經常在一些性質相近的刊物上發表作品所產生的社會影響相互溝通，相互促進，從而在客觀上形成一個沒有一定的組織形式卻仍有某種內在的藝術聯繫的流派。如二十世紀三〇年代一批在北平、上海、南京等地純文學刊物上嶄露頭角的新進散文作家，都致力於自我內心世界的探索和抒情散文藝術的創新，在當時的散文界造成一種追求散文藝術美的創作風氣，應該說是一個自然形成的散文流派。如果說以社團或同人刊物為基礎而形成的流派是一種顯流派，較容易辨識；那麼，這種不謀而合、自然形成的流派可說是潛流派，需要人們從紛繁複雜的文學現象中把它找出來，把一群具有共同的思想藝術追求的作家聯繫起來考察，找到其創作的相通之處，才能確定它的存在與否。不管是自覺形成的顯流派，還是自然形成的潛流派，都是由一群志趣相通、主體條件相似的作家組成的，都是通過創作實踐形成某種共同追求而發展起來的。所以，各種散文流派的形成標誌主要是：有一個生活經驗、思想態度、藝術旨趣大體一致的作家群，這群作家在散文創作方面有比較共同的思想藝術追求，這種共同追求對當時和後來的散文創作有過影響，能夠流傳開來。凡是具備上述基本標誌的文學現象，都可作為流派來看。

　　同流派作家在創作實踐中所形成的共同追求，體現了本流派不同於其他流派的特性及其存在價值，因而是識別和劃分流派的主要依據。各流派各有各的追求目標，互不混同。有的在文學思潮、創作方法上顯示分野，有的在題材、形式、風格上標新立異，有的雖然同屬於某一潮流，卻在某個方面分支發展，自成一派。據此，人們可以從大處著眼，就思潮傾向的區別分為幾個流派，也可以從小處入手，就風格特點的不同分出眾多流派。我們試圖將這兩種劃分方法結合起來，以既能體現文學思潮的影響而又能體現大體一致的風格特點的散

文創作傾向（包括思想傾向和藝術傾向）的差別作為劃分標準，將現代散文史上那些帶有流派特點的文學現象初步區分和概括為下列主要派流：二十世紀二〇年代有以文學研究會散文家為代表的人生寫實派，以語絲社作家群為代表的「文明批評」「社會批評」派，以創造社散文家為代表的浪漫感傷派；三〇年代有以《論語》社同人為代表的閒適幽默派，以《太白》社左翼作家群為代表的「新小品文」派，以《水星》、《文叢》等刊物上的青年作家群為代表的抒情散文創新派；抗戰以後有以《魯迅風》社、《野草》社雜文作家群為代表的「魯迅風」雜文流派，以抗戰初期從軍作家群為代表的戰地散文流派，以解放區新進作家為代表的反映新現實生活的新寫實派。也許如此劃分、歸併和命名不盡妥當，也許還有一些值得注意的流派被我們忽略了，但我們認為上述各種散文流派都有一定的代表性，都在現代中國散文園地裡留下了深淺不同的足跡。

二

　　中國現代散文各流派的競相發展，更迭演變，構成了一部豐富多彩的現代散文流變史。各個流派各有各的形成、發展、變化的歷史，各有各的活躍期和影響範圍。其消長起伏與時代精神和新文學思潮的變遷密切相關。它們所接受的文學觀念，所堅持的創作傾向，所發揮的散文藝術功能，在多大程度上適應現代中國的社會需要和廣大讀者的精神需求，就相應地決定了各自的發展程度和影響程度。它們在中國現代散文史上的地位和作用，主要取決於各自對散文發展作出的貢獻。總的說來，各個流派的產生及其發展變化都有一定的歷史意義。但在現代中國社會條件下，只有那些堅持和發展現實主義精神傳統的藝術流派最有生命力和競爭力，匯合成為中國現代散文發展的主流；其他流派不是先後匯入現實主義主潮，就是終被現實主義潮流所掩

沒，都很難在散文界獲得持續發展的機會。

　　中國現代散文史上最早出現的藝術流派是「五四」新文學運動的產物，是在新文學統一戰線內部不同傾向的社團、作家群的基礎上形成的。新文學界在反對封建主義、開展思想啟蒙、破壞舊文學、建設新文學的大方向上是一致的。但在建設什麼樣的新文學上，在對文學的性質和功用的理解上，在接受和提倡哪些外來文藝思潮和創作方法上，顯然有不同的看法或側重點，在創作實踐中就有不同的探索和追求，從而形成不同潮流和派別，從不同方面、不同角度建設新的文學觀念和文學形式，開拓新的文學天地。這反映在新散文界上，就出現了「有種種的樣式，種種的流派，表現著、批評著、解釋著人生的各面，遷流曼衍，日新月異」[1]的興盛局面。其中對現代散文建樹最多、影響最大的是文學研究會、語絲社、創造社這三個主要流派。

　　文學研究會和語絲社同樣接受現實主義思潮的影響，都標舉為人生而藝術的旗幟，但二者的創作傾向有別，風格懸殊，可說是同一旗幟下兩個相互聲援、分途發展的流派。文學研究會出了一批散文名家，他們在散文創作中實踐了本社團的文學主張，在記敘抒情散文領域開拓著寫實主義的發展道路。他們在散文中關注和思考人生的切身問題，領略和品味人生的甜酸苦辣，體察和同情下層人民的不幸，揭露和批判黑暗社會的罪惡，探究人生的意義和出路，追求合理、健全、充實的人生，表現出肯定人生、積極處世、腳踏實地、執著現實的思想特色。他們著重表現的是個人的人生體驗及其對人生目的、對自我存在的哲理思考，力圖建設新的人生觀。這正是一代覺醒青年關注的切身問題，因而引起廣泛的共鳴。他們致力於建設一種自由自在地抒寫自我真情實感和日常見聞感興的現代語體美文，以寫實求真、清新活潑的新文風廓清「桐城」遺風，用白話寫出了「或描寫，或

1　朱自清：〈論現代中國的小品散文〉，《文學週報》第345期（1928年）。

諷刺，或委曲，或縝密，或勁健，或綺麗，或洗煉，或流動，或含蓄」[2]等各式各樣的名篇佳作，打破了「美文不能用白話」的迷信，奠定了現代語體散文尤其是記敘抒情散文的藝術基礎。作為社團的文學研究會在二〇年代末三〇年代初就解體了，但作為一個人生寫實派，其代表作家如朱自清、謝冰心、葉聖陶、許地山、王統照、鄭振鐸等人的創作活動和藝術影響卻是貫串於現代各個歷史時期的，而且還不斷有新進作家如豐子愷、王魯彥、巴金、靳以等追隨和開拓這一道路。可以說，這是中國現代散文史上形成最早、持續最久、流傳廣泛、影響深遠的藝術流派，是形成現實主義主流的一支重要源流。這個流派能夠持續發展的主要原因是，他們的散文創作一直和人生現實息息相關，能夠適應現實變化發展而變化發展，保持著穩步拓展的勢態。他們注意揚長避短，總是抒寫自身體驗最深切的題材，深入發掘日常人生世態，這個領域在三、四〇年代雖然不像二〇年代那樣引人關注，但仍是一個五光十色的藝術世界，不時有新的開拓和新的發現；他們的藝術修養深厚，創造力並未衰退，創作手法多種多樣，各時期的散文新作總是保持著相當的藝術水準。因而，他們一直是散文創作界的一支中堅力量，其領袖文壇的地位後來雖然被新寫實主義流派所取代，但在抒情散文領域，其藝術影響仍然是無可匹敵的。

　　語絲社作家群主要以雜文隨筆從事「文明批評」和「社會批評」，擔負著思想啟蒙、改造國民性的使命。當時幾位主幹的思想立場和寫作傾向是大體一致的，在二〇年代中期一系列文化、思想、政治鬥爭中都是站在一起的。即便是周作人，當時他雖然也寫一些影響很大的沖淡平和的閒適小品，但主要還是寫富有諷刺詼諧意味的批評文，以「叛徒」的姿態出現在思想文化戰線上，還是「語絲」戰鬥集體裡的重要一員。只是到了大革命失敗之後，語絲社才明顯分化為以

2　朱自清：〈論現代中國的小品散文〉，《文學週報》第345期（1928年）。

魯迅為代表的「鬥士」和以周作人、林語堂為代表的「隱士」兩種不同派別。魯迅說《語絲》前期的作品「也在不意中顯示出一種特色，是任意而談，無所顧忌，要催促新的產生，對於有害於新的舊物，則竭力加以排擊，──但應該產生怎樣的『新』，卻無明白的表示，而一到覺得有些危險之際，也還是故意隱約其詞」[3]。這種共同特色是語絲派形成的顯著標誌，表明它是一個具有批判現實主義精神的散文流派。這個流派不僅為現代散文尤其是雜文隨筆開創了「文明批評」、「社會批評」的戰鬥傳統，而且形成了一種嬉笑怒罵、冷嘲熱諷、亦莊亦諧、風趣而辛辣的文風即所謂「語絲文體」，對當時和後來的雜文隨筆創作影響極大。如果說，文學研究會的散文作家是現代記敘抒情散文的主要開創者，那麼，語絲社作家則是現代雜文隨筆的主要奠基者，兩派作家各擅勝場，分別領袖和影響了現代散文的兩大潮流。語絲社作家群後來的分化解體，從主觀原因來說，導源於內部成員的思想分歧。有些人未能跟隨時代前進，由固守自由主義、個人主義立場以至於落伍、倒退，背離為人生的文學方向，走上逃避現實、自我娛樂的道路，成為三〇年代閒適幽默派的主要代表。魯迅則在時代大變動中轉變成為共產主義者，成為三〇年代新寫實主義流派的主將。

　　與文學研究會和語絲社的為人生而藝術的現實主義傾向不同，早期創造社的多數作家抱有為個人而藝術、為藝術而藝術的文學主張，強調「本著我們內心的要求」[4]從事創作，想「除去一切功利的打算，專求文學的『全』與『美』」[5]。他們的散文創作更多地是抒寫個人的漂泊生涯和感傷遭遇，傾訴生之無路的苦悶和憤懣，比他們的詩

3　魯迅：〈我和《語絲》的始終〉，見《三閒集》，收入《魯迅全集》第4卷（北京市：人民文學出版社，1981年）。

4　郭沫若：〈編輯餘談〉，《創造》（季刊）第1卷第2期（1922年）。

5　成仿吾：〈新文學之使命〉，《創造週報》第2號（1923年）。

歌和小說更具有自我暴露、直抒胸臆的色彩，帶有濃厚的憂鬱感傷氣息。郭沫若、郁達夫、成仿吾、倪貽德諸家的散文可作代表。當時在《薔薇》、《綠波》、《華嚴》諸刊周圍的一批年輕的女作家，如黃盧隱、石評梅、陸晶清、蘇雪林和散文詩人焦菊隱、于賡虞等，都在散文創作中宣洩個人苦悶，與創造社作家的抒寫傾向相類似。這就形成了一個以創造社散文創作為代表，包含了薔薇社、綠波社等青年作者的散文創作，具有浪漫感傷主義氣息的散文流派。相對於文學研究會和語絲社來說，浪漫感傷派作家的自我意識和個性解放要求較為強烈，社會意識和人生責任感較為淡薄，其散文喊出了要求個性自由發展而不可得的痛苦，夢醒之後而無路可走的悲哀，滿懷愛國熱情而又報效無門的憤慨，表現了「零餘者」的飄零感、多餘感、頹喪感，頗能引起廣大知識青年的感情共鳴。當他們接觸到「水平線下的悲慘社會」、發現更普遍更深重的苦難之後，就「覺得在大多數人完全不自主地失掉了自由，失掉了個性的時代，有少數的人要來主張個性，主張自由，未免出於僭妄」，懂得了「要發展個性，大家應得同樣地發展個性」的道理。[6]從而要求「恢復我們的社會意識」，「即時剷平」「內生活的紛爭」，「大開眼簾觀看」「我們四周的血肉橫飛的擾攘」。[7]隨著社會意識的覺醒和由內向外的轉變，他們發現浪漫主義有「遠離」「我們的生活與經驗」的傾向，「是不能使我們興起熱烈的同情來的」，寫實主義「雖無浪漫主義的光彩陸離，然而它的取材是我們的生活，它表現的是我們的經驗，所以它最能喚起我們熱烈的同情」。[8]相比之下，他們自覺地改弦易轍，轉向現實主義。作為一個獨立的散文流派，浪漫感傷派是隨著創造社幾位骨幹作家的轉向而解體的；其影響雖然延續到三、四〇年代，但已經形成不了早先的聲勢，無法與

6　郭沫若：《文藝論集》（北京市：人民文學出版社，1979年），〈序〉。

7　成仿吾：〈藝術之社會的意義〉，《創造週報》第41號（1924年）。

8　成仿吾：〈寫實主義與庸俗主義〉，《創造週報》第5號（1923年）。

現實主義潮流相抗衡了。

　　大革命失敗後，新文學統一戰線再度分化，重新組合，各種文學
思潮和藝術流派的對立競爭更為分明。在散文領域，以集中在《太
白》諸刊周圍的左翼作家為代表的「新小品文」派和以《論語》同人
為代表的幽默閒適派展開過激烈的思想交鋒和藝術競爭。周作人、林
語堂等背離了自己在《語絲》時期所堅持的戰鬥方向，由「叛徒」蛻
變為「苟活於亂世」的「隱士」。周作人鼓吹「文學無用論」，否定
「革命文學」的提法，把散文小品看作是一種僅供自己「寬慰消遣」
和「閒人」消閒解悶的小玩意兒[9]；林語堂再三鼓吹「獨抒性靈」的
理論，界定散文創作應「以自我為中心，以閒適為格調」[10]，把自我
性靈視為創作源泉，誇大到可以超越時代和社會的地步。他們大量炮
製的閒適小品和幽默小品，雖然有時也流露出不滿現實的牢騷和不得
已的苦衷，但主導傾向是隱遁玩世，消閒自娛，有些甚至將幽默詼諧
降格為油腔滑調、打諢說笑，把現代語體散文蛻化為半文半白、古香
古色的語錄體，的確導致了「小品文的危機」。左翼作家和進步作家
起而創辦《太白》、《芒種》、《新語林》等小品文刊物，提倡以「新小
品文」抵制和矯正閒適小品、幽默小品的流弊。他們所要創造的「新
小品文」，以迅速、廣泛而深刻地反映現實社會生活，富於現實性、
社會性、戰鬥性為主要特徵，以引導讀者正視現實、認清現實和促進
讀者起來變革現實為目的。魯迅規定它「必須是匕首，是投槍，能和
讀者一同殺出一條生存的血路的東西」[11]。茅盾要求「寫出包括宇宙
之大」、充滿現實生活氣息、能夠「振發讀者的精神」的「新的小品

9　周作人：《中國新文學大系・散文一集》（上海市：良友圖書印刷公司，1935年），
　〈導言〉。

10　林語堂：〈《人間世》發刊詞〉，《人間世》第1期（1934年）。

11　魯迅：〈小品文的危機〉，見《南腔北調集》，收入《魯迅全集》第4卷（北京市：人
　民文學出版社，1981年）。

文」，來跟論語派「比賽」，「讓讀者來決定兩者的命運」。[12]比賽的結
果正如他們所預料的那樣，在階級鬥爭白熱化年代，廣大進步讀者歡
迎與現實鬥爭息息相關的「新小品文」。戰鬥性雜文的繁榮發展，社
會生活速寫的興盛發達，適合大眾需要的科學小品和歷史小品的新崛
起，便是明證；幽默小品、閒適小品只能在雅人高士和小市民範圍內
獲得讀者。新小品文派反對幽默閒適派的鬥爭，進一步確定了寫實戰
鬥精神在散文界的主導地位，對於中國現代散文繼續沿著現實主義道
路開拓發展具有決定性意義。新小品文派作家大多接受了馬克思主義
的影響，努力以馬克思主義的階級觀點和社會分析方法觀察、認識現
實生活，及時反映三〇年代城鄉社會動盪不安、危機四伏的面貌，提
高了散文描寫社會性題材的能力，在開闊藝術視野、更新觀照方式、
豐富寫實手法等方面，為現實主義的發展作出了新貢獻。

　　在三〇年代影響較大的散文流派，還有獨立於上述兩派之外的抒
情散文創新派。何其芳、李廣田、卞之琳、朱企霞、方敬等北大學
生，對現代散文抱有獨立的看法，「覺得在中國新文學的部門中，散
文的生長不能說很荒蕪，很孱弱，但除去那些說理的、諷刺的，或者
說注重智慧的之外，抒情的多半流入身邊雜事的敘述和感傷的個人遭
遇的告白」，認為「每篇散文是一種純粹的獨立的創作」，想「為抒情
的散文找出一個新的方向」。[13]他們在生活孤獨、精神寂寞中癡戀文藝
女神，帶有為個人而藝術、為藝術而藝術的傾向，既不滿意浪漫感傷
派那種直抒胸臆、宣洩感情的方式，也不滿意有些寫實作家平鋪直
敘、隨意漫談的寫法，更多地吸取現代派詩文的表現手法，來革新散
文的抒情藝術，提高散文形式的審美價值。這種較為一致的創作傾
向，還表現在麗尼、陸蠡、繆崇群、吳伯簫等新進散文家的創作中，

---

12 茅盾：〈關於小品文〉，《文學》（月刊）第3卷第1號（1934年）。

13 何其芳：〈我和散文〉，見《還鄉雜記》（上海市：文化生活出版社，1949年）。

在三〇年代散文界形成了一種追求散文藝術美的風氣。他們的作品主要發表在北平、天津、上海、南京等地純文學刊物上，其結集又大多經巴金之手編入文化生活出版社的「文學叢刊」中，可說在客觀上自然形成了一個藝術派別。李廣田後來把這群作家的創作概括為「詩人的散文」[14]。有人說他們是「想像力極豐富而感受力極銳敏的人」，「技巧的洗煉遠勝過前一代的散文作家」，同時批評他們過於雕琢，「偏向晦澀」。[15]他們是在自我封閉時潛入象牙塔的，當時代的暴風雨將他們趕入十字街頭時，他們先後改變了自己的藝術立場，轉向現實主義。作為一個帶有唯美傾向和現代派氣息的散文流派，也就隨之解體了，但它追求散文藝術性的嚴肅態度和創新精神，不僅被本派許多作家帶入現實主義創作，還為四〇年代大後方一批新進作者所師承。這派散文的興盛和演變，一方面反映了抒情散文藝術上的變革發展，另一方面表明暴風雨時代容不得唯美藝術的獨立發展。

在抗戰以後的戰爭環境中，有意組成新流派的是以上海「孤島」《魯迅風》社和桂林《野草》社為代表的「魯迅風」雜文流派。這兩個雜文社團處於不同的社會環境，共同師承魯迅雜文的戰鬥傳統，與敵偽勢力、專制統治者、賣國投降路線以及一切黑暗腐敗現象作短兵相接的戰鬥，為雜文的持續發展作出了重大貢獻。此外，這時期雖不復見明顯的新流派，但仍可發現兩種客觀上相對成形的流派雛形，或可稱為「准流派」。一種是抗戰初期從軍入伍之風無形中促成了一個專注於戰地報告和戰地抒情散文寫作的作家群，他們在「抗戰文藝」的旗幟下，深入前線，及時傳播戰鬥信息，抒發戰鬥激情，共性突出，個性較弱，未嘗不可把他們看作是代表這個特定時期寫作風尚的戰地散文流派。另一種是解放區作家深入新的現實生活，了解新的世

14　李廣田：〈談散文〉，見《文藝書簡》（上海市：開明書店，1949年）。

15　丁諦：〈重振散文〉，見俞元桂主編：《中國現代散文理論》（南寧市：廣西人民出版社，1984年）。

界、新的人物，努力「寫出新生活的內容和外觀」[16]，在報告文學、記敘散文方面獲得長足進展，也可以說正在開創一個帶有特定政治區域新特色的散文流派。這時期再也找不出一個獨立的非現實主義傾向的散文流派，現實主義精神幾乎囊括了整個散文創作界。這種狀況客觀上是由嚴峻的戰爭現實促成的，主觀上是作家愛國精神和民主要求普遍高揚，自覺把散文寫作同戰爭現實結合起來的結果。

　　上述各種流派的興替演變，顯示了現代中國散文的歷史進程和發展動向。對現代散文影響較大的流派，主要是受現實主義或浪漫主義、現代主義思潮影響而形成的。其中，現實主義思潮的影響最廣泛深遠，以現實主義為主導精神而結成的散文流派最有生命力和競爭力。浪漫主義潮流在二〇年代尚能與現實主義相抗衡，但到後來聲勢銳減，以至不能獨立形成新流派。現代主義的影響很難說形成過獨立的散文流派，它往往與浪漫主義、感傷主義交織在一起，共同促成過一些流派的產生，但往往難以持續發展，其作家大多先後轉向現實主義。現實主義既不斷進行自我更新以適應時代發展需要，又不斷地接納和同化其他藝術支流以壯大、豐富自己，從而匯合成為現代散文發展的主流。現實主義主流的形成和發展，根本上是現代中國社會條件和時代要求所決定的。概括地說，在民族危機深重、階級鬥爭尖銳、社會變動劇烈的時代裡，客觀上首先要求散文成為「感應的神經」、「攻守的手足」[17]，能夠對日在變動的生活和鬥爭作出迅速而真實的反映，在引導讀者正確認識社會現實、促進他們起來變革現實方面發揮獨特作用。唯美傾向、消閒玩世傾向無視或迴避這一時代要求，自然受到時代的制約或排斥。浪漫感傷派散文在鼓動個性解放思潮、感

---

16 孫犁：〈新現實〉，見《文藝學習》，收入《孫犁文集》第4卷（天津市：百花文藝出版社，1982年）。

17 魯迅：《且介亭雜文》〈序言〉，見《魯迅全集》第6卷（北京市：人民文學出版社，1981年）。

召青年起來抗爭方面順應了時代要求的一個重要方面，起過一定的歷史作用，但他們畢竟有些忽視個人之外的社會現實，而且對文學的社會作用缺乏自覺意識，帶有某些唯美思想，因而在社會革命思潮蓬勃發展時期，他們都或早或遲地告別個人的浪漫感傷情調，轉變了藝術立場；唯有現實主義藝術始終關注人生現實，最能適應時代要求，而且隨著時代發展而發展，因而一直是現代散文發展的主流。

三

　　現代散文流派的更迭演變，以及現實主義主流的形成、發展，不僅與時代精神風尚和文學思潮運動的變遷有關，而且還與散文藝術的特性和功能、各種散文形式的興替消長密切相關。現代散文的體裁樣式相當豐富，通常概括地分為雜文、小品散文和報告文學三大部類，各類又可從不同角度不同層次上分出諸多文體。正因為散文品種繁多，各自的表現力和適用性有別，可供作家選擇的餘地寬廣，就更有利於形成多種多樣的風格、流派。同一流派的作家，不僅在思想傾向、情感意向上大體相通，而且往往在文體寫作上也有共通之處，或擅長某一體裁，或常用某些表現手法，或形成某種大致的寫作路數。因此，還有必要從文體學角度考察散文流派的流變。

　　中國現代散文理論批評界一再強調立誠求真的創作態度，認定散文是一種自由表達作家真情實感、迅速反映社會生活變動的文學形式，推崇樸實率真、自然有致的散文美，反對無病呻吟、矯揉造作的文風，要求記敘性散文描寫真人真事，抒情性散文抒發真情實感，議論性散文表達真知灼見，以真實作為散文藝術的靈魂，把寫出真的世相、真的自我、真的人生視為散文創作的首要任務。散文的「真實」比其他文體更貼近生活真實，更離不開事實素材，它是在客觀真實的基礎上提煉出來的生活「真象」和作家主觀體驗的「真情」的統一。

有人明確說過：「散文和事實不可以分離，即使是一篇隨筆或雜感吧，也是通過真實的經驗，真實的感覺，而且是真實地被抒寫著的」[18]；「在內容上它不採用虛構的題材」,「往往是作者對於實際生活中間所接觸的真實事物、事件、人物、以及對四周的環境或自然景象所抒發的感情與思想的記錄」[19]；在表現形式上，散文和其他文學形式相比更顯得自由靈活，「詩的字句、音節，小說的描寫、結構，戲劇的剪裁與對話，都有種種規律，必須精心結撰，方能有成。散文就不同了，選材與表現，比較可隨便些」[20]。沒有那些清規戒律的約束，更便於捕捉作家日常生活的零散感興，追蹤時代社會生活和精神生活的急遽變動。人們往往稱散文是「輕騎兵」、「世態畫」、「隨筆」、「閒話」、「信史」、「心史」等等，說明它具有敏銳地、如實地、自由地、多方面地反映時代社會生活和精神生活的藝術功能，具有比其他文體更直接顯示作者「真我」和人生「真相」、表現得更真實可信、親切自然的藝術價值。

散文藝術特別強調寫實求真的特性和便於及時反映現實的特長，顯然適合於現實主義精神的表現和發揮，相對地制約著那些脫離現實傾向、浪漫幻想傾向、晦澀神秘傾向及其常用手法的自由發展。新文學史上，詩歌出現過象徵詩派、現代詩派，小說出現過新感覺派、心理分析派，散文界雖有人嘗試寫過，卻沒有形成相應的流派，這一現象僅從社會條件著想是解釋不清的。如果聯繫文體的特點和功能來說明，可能清楚些。散文中固然出現過帶有浪漫主義、感傷主義、唯美主義、象徵主義氣息混合的藝術流派，但一是為時不久，表現得不如詩歌那樣充分和成熟，二是僅限於抒情文體，這除了時代的原因外，

---

18 唐弢：〈關於散文寫作──答《文藝知識》編者問八題〉,《文藝知識連叢》第一集之三（1947年）。

19 葛琴：〈略談散文〉,《文學批評》創刊號（1942年9月）。

20 朱自清：〈論現代中國的小品散文〉,《文學週報》第345期（1928年）。

也和散文藝術的基本要求有關。即便是抒情散文，它作為抒情文學的一種形式當然與抒情詩最為接近，都以抒情寫意為主，照理說也是適合於偏重主觀表現的思潮流派的發展的，但事實上它和抒情詩有所差別。散文的抒情總比詩「實」些，它受散文語言、散文樣式的規範，不可能像詩那樣概括凝鍊、省略跳躍，不能排斥或儘量濃縮敘事、描寫因素，比較注意具體描寫、行文連貫，要求細節、場景、情節的真實可信，散文語言也以自然流露、明確簡潔為貴，過分的雕琢、晦澀反而傷害它的本色美。這些特點，對於寫實派作家來說，不存在什麼問題，而對於浪漫派、唯美派、象徵派等作家來說，反而覺得有些限制。文學史上，浪漫主義潮流主要在詩歌上獲得最大成功，現實主義潮流主要在散文（廣義）方面取得巨大成就，這種各擅勝場的局面不能說與文體無關。所以，即便在抒情散文領域，被人們推為正宗的還是朱自清〈背影〉一類作品，李廣田說它「雖然只是薄薄的一本小書，而且出版已經那麼多年了，但它一直也還是一個最好的散文範本，它叫我們感到寫散文並不困難，並覺得無論甚麼事物都可以寫成很好的文章，它那麼自然，那麼醇厚，既沒有那些過分的傷感，又沒有那些飛揚跋扈的氣息，假如說散文之中也有所謂正宗的話，我以為這樣的就是」[21]。朱自清自己承認〈背影〉的動人之處「只在真實」[22]。可見還是寫實性作品佔據現代抒情散文的正宗地位，成為許多文學青年學寫散文的範文。

　　如果說，散文的藝術特性和寫作要求對各類流派的形成和發展具有不同意義這個說法可以成立的話，那麼，可以進一步考察、分析各體散文與各種流派的關係。相比較而言，雜文和報告文學是現代散文中現實性和戰鬥性最強的兩種形式，與現實主義潮流的關係一直最為

---

21 李廣田：〈談散文〉，見《文藝書簡》（上海市：開明書店，1949年）。
22 朱自清：〈關於散文寫作——答《文藝知識》編者問八題〉，《文藝知識連叢》第一集之三（1947年）。

密切；小品散文與各種流派都有聯繫，既可用以表現生活實感，描繪人情世態，也可用以抒發浪漫感傷情調，玩味閒情逸致，內容廣泛，不拘一格，因而各流派的競爭主要集中在這塊園地裡。中國現代散文體裁演化趨勢，總的來說是：小品散文、雜文、報告文學依次成為一時代散文的代表文體，雜文和報告文學先後從散文母體中分化獨立出來，由附庸蔚為大國，形成過三家角逐、輪流坐莊的局面；隨著雜文的興盛和報告文學的流行，散文把握現實世界的能力和形式增強增多，向外拓展的天地越來越廣闊，與現實生活鬥爭越來越貼近。這與現實主義潮流不斷發展壯大，浪漫、唯美、閒適諸潮流逐漸消沉衰落的趨勢恰好相對應，二者既互為因果，又同受時代發展要求的制約。有人說現代散文初期是「一段廣義的散文時代」[23]，各類文體都籠統地包括在散文或小品文概念中，雜感、短評一類作品儘管很多，但還附屬於散文小品，尚未明確分出「雜文」一支，通訊報告之類形式也已出現，但還作為一般的敘事散文看待。魯迅稱道這時期「散文小品的成功，幾乎在小說戲曲和詩歌之上」[24]，這裡所指的散文小品就是廣義的。在這廣義的散文時代，當然數偏重記敘抒情的小品散文成就最高，影響最大，因而可說是「小品散文時代」。這和人生派、語絲派、浪漫派的並立競爭是分不開的。語絲派的貢獻雖說主要在雜文隨筆方面，但魯迅、周作人的記敘抒情散文同樣是領袖一代文風的，他們和文學研究會散文名家一起開創了現代語體美文的成熟時代。浪漫派以自我暴露、直抒胸臆的文風風靡一時，但因缺乏節制，有的流於宣洩，遂為三〇年代抒情散文創新派所詬病。三〇年代何其芳等人在散文藝術上新創以意象抒情，苦心追求散文的形式美，提高了散文藝

---

23 參見丁諦：〈重振散文〉，收入俞元桂主編：《中國現代散文理論》（南寧市：廣西人民出版社，1984年）。

24 魯迅：〈小品文的危機〉，見《南腔北調集》，收入《魯迅全集》第4卷（北京市：人民文學出版社，1981年）。

術在整個文學界的地位，但過分雕琢，文勝於質，不久連寫作者自己也感到「枯窘」，不滿意這種唯美傾向，轉而追求樸素自然的本色美。其注重散文藝術價值的創作態度，後來為四〇年代大後方青年作者所繼承。小品散文在二〇年代文壇處於領袖地位，那是它的黃金時代，後雖有新創拓展，但終不復見那種名家輩出、佳構連篇的絢爛局面，其顯要地位遂由雜文所取代。雜文從廣義散文中分蘗成長，在新小品文派雜文家手中獨立成為一種銳利的藝術武器。在三〇年代前期雜感文的勢力幾乎支配了整個散文界。這可說是個「雜文時代」。雜文戰鬥精神的影響，促進了寫實散文的發展。速寫、旅行記、通訊報告在戰前就初露頭角，一到戰爭爆發就一躍而為中國文學的主流，取代了雜文在散文界的主導地位。雜文和報告文學在三、四〇年代散文界相繼處於領袖地位，這對於現實主義主流的形成和發展起了重要作用，無形中也制約著其他流派的成長。在現代散文史上，非現實主義傾向的藝術流派很難與現實主義潮流抗衡到底，更難獲得充分發展，這與散文的藝術特性所起的制約作用、與各體散文發展演變的結果顯然是分不開的。

　　總而言之，中國現代散文流派的消長起伏和現實主義主流的形成、發展，是由各種複雜因素的合力造成的，是現代中國特定歷史條件下散文發展過程的必然產物。對此，我們的勾勒和闡述難免粗疏膚淺，甚至還有差錯。但這既然是個值得探討而又未被專門探討過的課題，筆者不揣淺陋，特意提出來求教於專家同行，也許不是無益的吧。

　　　　──本文原刊於《中國現代文學研究叢刊》一九八六年第四期

中國現代散文詩發展概觀

　　中國現代散文詩是中國新文學有機整體的一個組成部分，它的歷史進程是和新文學發展史同步前進的。它誕生於「五四」文學革命初期，經過三十餘年的生長期，在一批又一批詩人、散文家和散文詩作家的共同創造中，終於從詩和散文中分化出來，走上獨立發展的道路，以自己異彩紛呈的藝術特色顯示其不可忽視的客觀存在，在中國新文學史上占有令人矚目的一席位置。

一

　　「散文詩」一詞是外來譯名，在中國傳統文體學中未曾見過，是從外國引進的。法文叫「Poéme en prose」，英文叫「Prose poem」，都含有詩和散文合二而一的意思。「Poéme en prose」，最先是法國人用來稱呼費奈隆（1651-1751）那些帶有詩意的散文體作品的。法國倫理學家儒貝爾（1754-1824）也提出過「有一種近似於詩的散文」。一般公認是波德萊爾才正式有意地運用散文詩這種文學形式進行創作，但他自認「是在至少第二十次翻閱阿洛修斯・帕特蘭的著名的《黑夜的卡斯帕爾》的時候，才想起也試寫一些同類之作」[1]。可見波氏也是有所師承的。當然，帕特蘭描繪的是古時風光，波德萊爾卻用來描

1　阿洛修斯・帕特蘭（1807-1841），法國詩人，浪漫主義散文詩《黑夜的卡斯帕爾》是他的名作。此處據亞丁譯《巴黎的憂鬱》的譯文和譯注。

寫現實生活，這不能不說是他的一個創造。一八六〇年前後，波德萊爾在寫出詩集《惡之花》之後，開始發表「小散文詩」（Les petits poémes en prose），宣稱「當我們人類野心滋長的時候，誰沒有夢想到那散文詩的神秘，──聲韻和諧，而又沒有節奏，那立意的精徹，辭章的跌蕩，足以應付那心靈的情緒，思想的起伏，和知覺的變幻？」[2]這在世界文學史上第一次揭示了散文詩的藝術特長，標誌著散文詩進入一個自為的發展階段。英國的散文詩也起源甚早，十七世紀的德萊蒙得（1585-1649）、布朗（1605-1682）、泰勒（1613-1667）等留下不少「詩意的散文」，十九世紀前後的赫士列特（1778-1830）、德昆西（1785-1850）等繼承「詩散文」傳統寫出新的篇章，這些可視為英國散文詩的濫觴。到了十九世紀末的王爾德，把波德萊爾散文詩輸入英國，自己也試作起來，開創了英國散文詩的新紀元。繼此之後，散文詩在法、英、德、美、俄諸國廣泛傳播，蔚成風氣，著名作家有馬拉美、藍波、福爾、頓塞、里爾克、惠特曼、史密斯、屠格涅夫、泰戈爾、紀伯倫等。由此看來，歐美的散文詩經歷了一段漫長的生成發展過程，在十九世紀中期到二十世紀初期才勃興起來，形成一種獨立的文學形式。

　　與外國散文詩的發展歷程相類似，中國的散文詩也經歷了漫長的發展過程。近代著名美學家王國維早在〈屈子文學之精神〉一文中就指出：「莊列書中之某分，即謂之散文詩，無不可也。」[3]這是我們所見到的第一次把《莊子》、《列子》中的一些文章稱為散文詩，也是中國最早出現的散文詩概念。這一觀點，後來在郭沫若一九二〇年寫的〈論詩〉一文中重新見到，他說：「我國雖無『散文詩』之成文，然如屈原〈卜居〉、〈漁父〉諸文以及莊子《南華經》中多少文字，是可

2　據邢鵬舉譯《波多萊爾散文詩》中〈譯者序〉譯文。

3　王國維：〈屈子文學之精神〉，見鄭振鐸編：《晚清文選》（上海市：生活書店，1937年），頁716。

以稱為『散文詩』的。」[4]這樣說，中國的散文詩試作可以上溯到西元前莊、屈時代，比歐美早一千來年，可說是古已有之。王羲之、酈道元、陶淵明、王維、李白、柳宗元、陸龜蒙、歐陽修、蘇東坡、歸有光、袁宏道、張岱、龔自珍諸家詩文中，也有一些類似散文詩的作品。古人評酈道元的《水經注》為「其法則記，其材其趣則詩也」[5]，雖然沒有確立散文詩的概念，但也道出了有一種文體兼有「記」「詩」的特徵。「古詩之流」「不歌而誦」的賦介於詩文之間，是中國古代一種獨特的半詩半文的文學形式，尤其是東漢抒情小賦和唐宋文賦更具有散文詩的素質。不過，猶如十九世紀以前歐美的散文詩那樣，中國古代散文詩總被囊括在詩賦小品之中，它在詩和散文互相滲透中孕育成形，隨著詩和散文的消長而消長，直到近代從未獨立一體，有意為之，難怪沒有「散文詩」或相應的文體概念名之。中外散文詩生成的歷史特點是：在詩和散文分途發展到一定階段，互相滲透，互相融合，終於孕育著散文詩這種交叉文體，而後經過自覺創造，脫胎而出，長成獨立的品種。不能說因為沒有創立「散文詩」名目，就否定散文詩作品的存在，歷來新文體產生總是先有作品而後經過理論概括才得以確認的，「立名責實」總是後於寫作實踐的。

　　自然，具有現代意義的散文詩創作，始於法國的波德萊爾。他不僅是用散文詩反映現實生活的第一人，而且是自覺意識到散文詩藝術特長而有意為之的第一人，說他是現代散文詩的開山大師也沒有過分。中國散文詩雖萌蘗更早，但受傳統文學觀念和文言形式的長期而嚴重的束縛，未能跟上歐美散文詩的發展步伐，到了二十世紀初期才走上現代化道路，落後了大半個世紀。中國散文詩被禁錮已久的潛

4　郭沫若：〈論詩三札（一）〉，見《文藝論集》（北京市：人民文學出版社，1979年），頁205。

5　滕固：〈論散文詩〉，見鄭振鐸編：《中國新文學大系・文學論爭集》（上海市：良友圖書印刷公司，1935年）。

流，一經「五四」文學革命思潮的激盪和外國現代散文詩的啟發，終於破門而出，迅速匯入世界散文詩的現代化潮流之中。

　　中國散文詩的現代化呼聲來自「五四」文學革命的闖將。一九一七年，《新青年》順應歷史發展潮流，高舉「文學革命」大旗，各種文學樣式從內容到形式都發生破舊立新的偉大變革。詩壇首當其衝，掀起解放詩體、破除格律的浪潮。散文界也喊出變文言為白話的時代要求。在這種思想大解放、審美觀念大解放、文體大解放的歷史條件下，新文學運動的闖將劉半農首倡散文詩。他在一九一七年五月號的《新青年》上發表了〈我之文學改良觀〉，倡導「增多詩體」，「於有韻之詩外，別增無韻之詩」，並第一次介紹英國有「不限音節不限押韻之散文詩」這樣的新文體。他把散文詩當作新詩的一種形式，認定他不受音節韻律的限制，有利於詩學的「發達」和「進步」。他還最早用白話譯介印度 Sri Paramahansa Tat[6] 的散文詩〈我行雪中〉、泰戈爾的〈惡郵差〉、〈著作資格〉和屠格涅夫的〈狗〉、〈訪員〉等作品，為中國現代散文詩的創立提供了可資借鑑的範例。與此同時，他和沈尹默、周作人等開始試作語體散文詩，宣告中國現代散文詩的誕生。

　　沈尹默發表於《新青年》一九一八年一月號上的〈月夜〉，被視為「在中國新詩史上，算是第一首散文詩」[7]。〈月夜〉全詩四句，分行豎排，以「著」結句，以「照」、「靠」押韻：

　　　　霜風呼呼的吹著，
　　　　　月光明明的照著。

6　原將《新青年》第四卷第五號所載劉半農〈譯者導言〉中「SRIPARAMAHANSA」
　　誤寫為Sripa Ramahansa，今據韓國車鎮憲博士考證，訂正為Sri Paramahansa Tat（斯
　　里・帕拉瑪漢沙・塔特），並向車鎮憲博士致謝！詳見車鎮憲：《中國現代散文詩的
　　產生發展及其對小說文體的影響》（北京市：作家出版社，1999年），頁55。

7　見一九二二年上海亞東圖書館出版的《新詩年選》中愚庵評〈月夜〉之語。

　　我和一株頂高的樹並排立著，

　　　卻沒有靠著。

這基本保持著詩的章法格式，只是採用散文句式和白話語言來描繪一個詩的境界，把它看作初具散文詩的雛形未嘗不可，但嚴格來說，它僅僅是一首散文化的白話新詩，和同期發表的第一批新詩作品沒有多大差別。最初的白話詩大多類此，散文化傾向突出，有人籠統地把它們稱為散文詩，這是廣義的理解。周作人自稱〈小河〉這種詩體「和法國波德萊爾提倡起來的散文詩，略略相像，不過他是用散文格式，現在卻一行一行的分寫了」[8]，這也說明初期試作與外國散文詩神似貌離、未能完全擺脫詩形的共通特點。劉半農說自己「在詩的體裁上是最會翻花樣的。當初的無韻詩、散文詩，後來的用方言擬民歌，擬『擬曲』，都是我首先嘗試」[9]。其〈賣蘿蔔人〉是第一首「無韻詩」，但未突破分行的格局，也只是初具散文詩雛形。到了一九一八年七至八月號的《新青年》刊出他的〈窗紙〉、〈曉〉和沈尹默的〈三弦〉等三篇，才突破分行排列的格式，按意境分段，出以散文形式，標誌著神形兼備的現代散文詩正式萌生。沈尹默的〈三弦〉以及〈生機〉、〈白楊樹〉、〈秋〉等作品意境單純，格局小巧，講究音韻，帶有從舊體詩詞散曲脫胎而來的痕跡，代表了從中國傳統詩文中汲取散文詩養料的一種傾向。劉半農的散文詩借鑑歐美現代散文詩的寫法，在白描中融入幻象和暗示，不拘泥於音節韻律，發揮了散文自由靈活的特長，雖難免有侷促、稚弱之處，卻更具有現代氣息。

　　進一步以現代手法寫作散文詩的，當推魯迅的〈自言自語〉和郭沫若的〈我的散文詩〉。魯迅的〈自言自語〉一組七題，陸續刊載於一九一九年八至九月的《國民公報》「新文藝」欄上，可見它是被當

8　周作人：〈〈小河〉題注〉，《新青年》第6卷第2號（1919年2月）。
9　劉半農：《揚鞭集》（北京：北新書局，1926年），〈自序〉。

作新文藝的一種形式而發表的。這組散文詩不僅內容新穎，寄意深遠，洋溢著「五四」覺醒時代的精神氣息；而且徹底擺脫詩的句式、章法和韻律，純以散文行文，自由運用獨白、對話、象徵、記敘、議論等表達方式，假借「陶老頭子」的自言自語抒發自己的點滴感觸，似乎接近於屠格涅夫晚年所用的「Sanila」[10]的風格。更值得注意的是，這組作品前有小序，末注「未完」，一題數章，連續發表，完全是有意識有計劃地寫作系列散文詩，這在新文學史上還是第一次。郭沫若〈我的散文詩〉一組四題發表在一九二〇年十二月二十日的《時事新報》副刊「學燈」上，可能是中國文學史上最早標以「散文詩」之名的作品，它的外觀也是散文，而內核充滿詩的情趣。其中呼喊「陳涉吳廣第二出現」和洩露煩悶憤激情緒，與其《女神》相通，也帶有波德萊爾散文詩的影響。稍後，還有瞿秋白、徐玉諾、徐雉、汪靜之、鄭振鐸、滕固等試作散文詩，和魯迅、郭沫若、劉半農等的格式接近，他們一起創立了中國現代散文詩的基本形式。

　　中國現代散文詩的創立過程，可以說明兩點：其一，中國現代散文詩是「五四」文學革命中文體解放的產物，是和白話新詩一起誕生的一種新的文學形式；因其擺脫詩律的束縛，以散文的形式自由抒發詩的情思，適應了五四時代個性覺醒、思想解放的社會需要，而顯示出勃勃生機。其二，它經歷了由「散文化的詩」到「詩化的散文」的藝術演變，奠定了中國現代散文詩的基本形式，從中可以看到中國古代詩文的內在影響和外國散文詩的示範作用。當時的開創者比較注重譯介外國現代散文詩，一九二〇年前後，波德萊爾、屠格涅夫、王爾德、泰戈爾等名家的散文詩幾乎都翻譯進來，這對中國現代散文詩的建立和發展起了啟發、催生和示範的作用。關於中國現代散文詩與民族傳統和外來影響的關係問題，留待後面專門論述。

10　「Sanila」意為「衰老」，是屠格涅夫《散文詩》原名；發表於《歐洲新聞》時，主編改題為「散文詩」。

　　散文詩創作的嘗試和發展，向人們提出了一些急待弄清的理論問題：散文詩是什麼？散文詩能否成立？中國現代散文詩與傳統詩文和外國散文詩有什麼關係？當時有人固執「不韻則非詩」的信條，否定散文詩的存在和藝術價值。為了確立散文詩在新文苑的地位，一九二〇年前後，在《民鐸》、《學燈》、《少年中國》、《文學週報》上發表了郭沫若、康白情、鄭振鐸、王平陵、滕固等人討論新詩和散文詩的文章。他們的觀點和劉半農一致，都認為散文詩是詩，是「用散文寫的詩」[11]。並進一步論述詩的本質在於詩的情趣和詩的想像，而不在於詩的外在形式，有詩的本質，「用散文表現的是『詩』；沒有詩的本質，而用韻文來表現的，決不是詩」[12]。這從理論上打破了「不韻則非詩」的傳統觀念。他們還確認中國古代早有散文詩，積極介紹外國散文詩，研究它們的藝術經驗，努力提供傳統和外國的借鑑。這場討論，初步建立了中國現代散文詩的理論，對於散文詩創作起了解放思想、廓清道路、開闊視野的積極作用，無疑是一場「及時雨」。

　　中國現代散文詩在草創期受「五四」文學革命浪潮推動，有一批闖將出面自覺倡導、積極譯介、大膽嘗試和建立理論，初步完成了破舊立新、洋為中用的歷史變革使命，奠定了中國現代散文詩的根基，為此後的發展準備了先決條件。

二

　　中國現代散文詩創立後，由於它吸收詩和散文的一些藝術特長，能夠更自由充分地抒情寫意、透視生活，從而受到廣大新文學作者的

---

11 滕固：〈論散文詩〉，見鄭振鐸編：《中國新文學大系‧文學論爭集》（上海市：良友圖書印刷公司，1935年）。

12 西諦（鄭振鐸）：〈論散文詩〉，見鄭振鐸編：《中國新文學大系‧文學論爭集》（上海市：良友圖書印刷公司，1935年）。

喜愛。不少詩人、散文家以至於小說家樂於運用散文詩形式表達自己的思想感觸，反映時代的精神氣息，先後在二十世紀二〇年代中期、三〇年代前期和四〇年代國統區掀起過三次創作散文詩的熱潮，構成了波瀾起伏的發展歷程。

在二〇年代中期，新文學各部門進入建設發展的新時期，散文詩也不示弱。在一批開創者的帶動下，一些詩人、散文家和小說家紛紛兼作散文詩，有的甚至專門致力於散文詩的創作，一時蔚然成風。當時出版的報刊雜誌，如「晨報副刊」、《時事新報》「學燈」、《小說月報》、《文學週報》、《創造週報》、《創造日》、《語絲》、《莽原》、《狂飆》等都開闢一定園地，積極扶植散文詩創作。不僅報刊雜誌經常揭載散文詩作品，而且還湧現了一批散文詩專集或合集，主要有：魯迅的《野草》、許地山的《空山靈雨》、焦菊隱的《夜哭》和《他鄉》，于賡虞的《魔鬼的舞蹈》和《孤靈》、冰心的《往事》、高長虹的《心的探險》和《光和熱》、高歌的《清晨起來》、韋叢蕪的《我和我的魂》，等等。這是中國現代散文詩發展史上的第一次豐收。

這時期散文詩的興盛發達有其適宜的生活土壤和精神氣候。當時，「五四」狂潮雖然過去，但思想解放、個性解放勢頭未減，各種新思潮（包括文學思潮）紛至沓來，新文學處於廣泛吸收、積極創造的活躍期。一代覺醒的新青年掙脫舊枷鎖，追求新生活，自我解放，詩情勃發。他們大多聚集在北京和上海，那還是封建軍閥專制統治的地域，社會黑暗，謀生艱難，出路渺茫，一種醒來而無路可走的心理困惑著整整一代知識青年，像魯迅所說的：「那時覺醒起來的知識青年的心情，是大抵熱烈，然而悲涼的，即使尋到一點光明，『徑一週三』，卻是分明的看見了周圍的無涯際的黑暗。」[13]理想與現實的矛

---

13 魯迅：《中國新文學大系·小說二集》（上海市：良友圖書印刷公司，1935年），〈導言〉。

盾，個人與社會的衝突，希望與失望的更迭，求索與彷徨的交替，這是許多不同類型的知識分子所親歷身受的，這給他們帶來多麼錯綜而強烈的內心紛擾。於是，散文詩這種被波德萊爾稱為「足以應付那心靈的情緒、思想的起伏和知覺的變幻」的文學樣式，就為許多新文學作者所愛好，與抒情詩、小品散文和抒情小說一道成為當時的流行文體。

　　受時代精神氣息的制約，這時期的散文詩作品帶有濃厚的浪漫情緒和個性解放特徵，抒寫自我真情實感成為一種主導傾向。新文學史上第一本散文詩專集——焦菊隱的《夜哭》，正代表作者「情感之極暫時的搖動」[14]。他哭泣自身不幸，抱怨現實壓迫，以個人抒情體味人生痛苦和出路渺茫，長歌當哭，直抒胸臆，受西方浪漫主義文學和傳統哀怨詩風影響較深。于賡虞的散文詩自題為「厄運之象徵」[15]，帶有世紀末文學氣息。高長虹《心的探險》，「將他的以虛無為實有，而又反抗這實有的精悍苦痛的戰叫，儘量地吐露著」[16]，充滿著小資產階級自我擴張的狂熱性和尼采「超人」式的個人反抗社會的精神。徐志摩在他創作初期寫的幾篇散文詩，是他「苦悶憤怒的『情感的無關欄的氾濫』」，「充滿了詩人的理想主義和樂觀」。[17]這些有代表性的青年詩人，都把散文詩當作自我表現的便當形式，當作苦悶的象徵，在散文詩創作中傾吐了自己內心的痛苦、壓抑和不滿情緒。文學研究會作者的內心抒情也大致如此，但帶有追求理想、領略人生的特點，有的謳歌美和愛，有的表現人生實感，有的嚮往光明未來。郭沫若的新作〈小品六章〉等充滿著「牧歌的情緒」。無論是成名作家，還是

14　焦菊隱：《夜哭》（上海：北新書局，1929年），〈四版自敘〉。

15　于賡虞：《孤靈》（上海：北新書局，1930年），〈小序〉。

16　魯迅：〈《未名叢刊》與《烏合叢書》印行書籍〉，見《魯迅全集》第8卷（北京市：人民文學出版社，2005年）。

17　茅盾：〈徐志摩論〉，《現代》第2卷第4期（1933年）。

文學青年，他們都在散文詩創作中發揮其抒情之長，充分表現自我真情實感。而且，不管是痛苦的低吟和絕望的戰叫，還是美與愛的謳歌和光明的追求，都真實地表現了這個時代的精神風尚。藝術上，有的傾向於詩的寫法，有的以散文筆調行文，有的樸素自然，有的雕琢綺麗，普遍運用直覺、想像、象徵、夢幻等藝術手法，外來影響較為明顯。他們都有意為之，努力推進中國現代散文詩走向獨立和成熟的道路。

　　　在二〇年代散文詩創作熱潮中，魯迅的《野草》無疑是一個最高的浪峰。魯迅當時處於「荷戟獨彷徨」的境地，「有了小感觸，就寫短文，誇大點說，就是散文詩」[18]，於是接連不斷地寫出《野草》這部藝術珍品。它是魯迅這時期心血的結晶，感觸之敏銳，思索之深廣，探求之艱苦，內涵之豐厚，在現代散文詩中無與倫比。魯迅傾注他的卓越的藝術創造力，發展和突破了〈自言自語〉的格局，大膽展開奇特的想像，將現實、歷史和幻想，將外界變動和內心起伏，將小感觸和大千世界匯聚筆端，把直覺、錯覺、夢幻、象徵等外國散文詩的常用手法和比興、白描、寓意、用典等傳統藝術手段融會貫通，自由運用對話、獨語、場景、辯駁、隨感、短劇諸形式，通過藝術感覺和理性自省的巧妙結合，充分表現了他那博大精深的思感內容，達到了詩情、理致和散文美有機化合的境地，創造出深刻把握時代精神、深入探索內心底蘊、帶有浪漫主義和象徵主義氣息的現實主義傑作。《野草》在中國現代散文詩基地上矗立起一座高聳入雲的藝術豐碑，令人產生「高山仰止」之感。它不僅開闢了中國散文詩發展的廣闊道路，對當時和後來的散文詩創作產生了重大的影響，而且走向世界，可以和波德萊爾、屠格涅夫、泰戈爾、紀伯倫等散文詩大家的傑作相匹敵，為中國散文詩贏得了世界聲譽。

---

18 魯迅：〈《自選集》自序〉，見《南腔北調集》，收入《魯迅全集》第4卷（北京市：人民文學出版社，1981年）。

　　二〇年代末期，散文詩創作一度歸於沉寂。大革命突遭失敗，白色恐怖瀰漫全國，文網密佈，人人自危，散文詩的生機受到抑制，浪漫詩情已被嚴酷現實所粉碎。除了結集出版幾本前些年寫作的散文詩作品外，報刊雜誌上很少見到散文詩新作發表，散文詩園地頓時縮小零落起來。前幾年熱心寫作散文詩的作者，有的流亡海外，有的銷聲匿跡，有的輟筆不作，有的改弦更張。他們對新的社會現實的藝術把握要有一個適應過程。而一批文學新人剛剛嶄露頭角，對散文詩藝術也要有個摸索過程。這就出現了交替時期常見的冷落局面，這是兩個高潮之間的低潮期。不過，沉寂並不等於消亡，在沉寂中正醞釀著新的發展。進入三〇年代，當一批散文詩老手適應現實發展，又有一大批新人崛起成長的時候，散文詩寫作熱潮重新掀起，在險惡的社會環境中發揮自己的藝術特長，進一步開闊了發展道路。

　　魯迅、瞿秋白、茅盾的散文詩新作發揚現實主義的戰鬥精神，在新的現實土壤上開拓新路，自覺把散文詩改制成為一種特殊的藝術武器，同樣達到雜文的社會效果。魯迅為《野草》英文譯本寫的〈序〉，清楚意識到「日在變動的時代，已不許這樣的文章，甚而至於這樣的感想存在」。於是，他揚棄過去，開創新風，發揚《野草》中的韌性戰鬥精神，在那個「難於直說」的年代時而運用散文詩這種較為隱晦曲折而又寓意深遠的藝術形式於對敵鬥爭上，寫出〈夜頌〉、〈秋夜紀遊〉、〈二丑藝術〉等帶有雜感意味的散文詩。他擬編寫一本《夜記》來反擊這新的黑暗年代，可惜生前未能如願。瞿秋白的〈一種雲〉、〈暴風雨之前〉和茅盾的〈雷雨前〉、〈黃昏〉，異曲同工，集中概括了三〇年代的社會特點和鬥爭形勢，象徵地反映出時代的戰鬥精神。他們的散文詩作品雖然不多，卻開拓了新路，為散文詩如何反映新的現實鬥爭、表現時代的主導精神提供了成功的經驗。他們為散文詩奠定的革命現實主義戰鬥傳統，對抗戰以後散文詩創作影響深遠。

　　王統照的《聽潮夢語》五十來篇，開拓了對社會和人生各面進行哲理探索的新領域。他在〈烈風雷雨〉時期的浪漫激情已為現實主義精神所融化，變得深沉內在了。他剖析人情世態，探索社會現實，於日常細微處深入發掘，有感而發，平中見奇，富於理趣，進一步豐富和發展了隨感體哲理體的散文詩。新人中，李廣田、繆崇群、陳敬容也寫了一些體味現實人生的哲理散文詩。這類作品源於現實，有感而發，雖缺乏熱力，卻與人生實際貼切，增強了散文詩的現實感。

　　新崛起的一批文學青年大多沿著前期散文詩所開闢的內心表現一路繼續發展。在新的黑暗年代，這批來自社會各階層的文學新人，見聞所及、感受最深的莫不是苦難遍佈，黑暗深重，前途迷茫，這反映到散文詩創作中，出現了新的苦悶彷徨、新的追求探索的主題。他們把切身的生活體驗和內心的思感意願提煉為詩的意象表達出來，引起廣大青年的感情共鳴。麗尼的《黃昏之獻》抒寫這個黑暗年代投在心頭的陰影，不免產生「個人底眼淚，與向著虛空的憤恨」[19]。到了寫作《鷹之歌》，視野逐漸闊大起來，進而歌唱普遍的苦難與不滿，抗爭與企望，個人思感就與人民群眾的思想願望聯繫起來。他從感傷主義走向現實主義的歷程在同類青年中很有代表性。一九三六年蒲風訪問郭沫若時提起「散文詩方面，說是麗尼比較有成就」的話題[20]，可見麗尼散文詩引起過廣泛的注意。此外，陸蠡、李廣田、繆崇群、何其芳、方敬、南星、鶴西等新人新作，都以個人抒情方式表現自己的情感和願望，體現了同類知識青年的精神風貌，對抒情體散文詩的藝術發展有過貢獻。

　　在二〇年代散文詩的藝術基礎上，三〇年代散文詩是有所突破和發展的。概括時代風貌的成功作品的出現，反映工農群眾苦難和鬥爭生活的嘗試，哲理散文詩擴大對社會和人生各面的思考，抒情散文詩

---

19 麗尼：《黃昏之獻》（上海市：文化生活出版社，1935年），〈後記〉。

20 蒲風記錄：〈郭沫若詩作談〉，《現世界》創刊號（1936年8月）。

對內心探索的深入，凡此種種，都給現代散文詩帶來新的題材和主題，帶有鮮明的時代印記。異常尖銳的社會鬥爭和文化鬥爭，日在變動的時代現實，促使一批革命作家把散文詩改造成為對敵鬥爭的藝術武器，增強了散文詩的戰鬥性。新的黑暗時代在一大批青年人心頭投下濃重陰影，迫使他們吐露出內心的不滿、痛苦和企求，現實感有所加強。前期的浪漫詩情已逐漸消退，代之而起的是現實生活實感的逐漸增強，這正好為四○年代散文詩在實現現實精神和理想追求相結合方面起了過渡作用。在形式風格上，這時期散文詩直接承繼前期的藝術傳統，更多地借鑑借景抒情、托物言志、情景相生、情理交融、創造意境的民族傳統，著重從現實生活擷取意象，抒情主人公也逐漸擺脫世紀末頹廢派文學的影響，出現了消化外來因素、回歸民族傳統、形成新傳統的發展趨勢。受三○年代小品散文繁榮興盛之風的影響，這時期散文詩比較注重詩情和散文美的結合，不少作品本身就是抒情散文詩化的產物，屬於詩的散文一類。有人甚至認為「小品文和散文詩，只有程度上的差別，而沒有性質上的不同」[21]。這在發揚散文詩比詩「更自由、細膩、辛辣」[22]方面，顯然是取得了實效，但也帶來了某些忽視詩的凝鍊和詩的旋律的傾向。

　　抗日戰爭爆發後，新文學服從民族革命戰爭的需要，發生很大的變化。散文詩也不例外。它在抗日戰爭和解放戰爭的漫天烽火中改變了自己的色調，努力使自己適應新的時代要求。抗戰初期群情激昂、民族情緒高漲的氣氛在散文詩中有所反映，戰爭生活破天荒地進入散文詩的視野。控訴侵略者的暴行，表達中華兒女的戰鬥意志和必勝信心，成為一時的創作主題。田一文、嚴杰人、林英強、繆崇群等的初期作品體現了這一特色。他們開始歌唱戰鬥生活，但熱情一時未經陶

---

21 陳光虞：《小品文作法》（上海市：啟智書局，1934年），頁29。

22 《巴黎的憂鬱》〈題辭〉，見〔法〕波德萊爾著，亞丁譯：《巴黎的憂鬱》（桂林市：灕江出版社，1982年）。

冶，有些不免流於浮泛，藝術上也錘鍊不夠，成功之作不算多。與時代的戰鬥需要相比，不能不說這時散文詩落後了一截。這也許是每一種新題材試作期在所難免的普遍現象。當田一文、嚴杰人較為深入戰地生活，當 S.M.（阿壠）、彭燕郊從實際戰鬥中獲取切身體驗之後，他們的散文詩作品才較為充分地表現戰鬥生活實感，不僅情緒飽滿，內容充實，而且個性鮮明，風格壯美，開了新風氣。不過，這類戰爭題材的散文詩作品數量不多，反映出現代散文詩把握壯闊生活的某些侷限。

　　戰時散文詩短於反映前線鬥爭，卻擅長於表現後方生活實感。在三〇年代末的上海「孤島」，四〇年代的西南和東南後方，以及四〇年代後期的國統區，散文詩創作再度掀起熱潮。上海的《文匯報》「世紀風」、《文藝春秋》、《文潮》、《萬象》、《文藝復興》和《大公報》「文藝」，重慶的《國民公報》「文群」和《大公報》「戰線」，桂林的《救亡日報》「文化崗位」、《文藝生活》和《文藝雜誌》，永安的《現代文藝》，南平的《東南日報》「筆壘」，上饒的《前線日報》「戰地」等報刊雜誌，都給散文詩開闢一角園地，促使散文詩四處開花結果。蟄居於上海「孤島」和流離於後方內地的作家，都有人致力於散文詩寫作。散文詩老手中，郭沫若、茅盾、王統照、李廣田、繆崇群寫出新作，巴金、唐弢、蘆焚也加入散文詩寫作隊伍，又有一大批新進作者勤奮創作，新老配合，各地呼應，盛極一時。

　　散文詩在四〇年代作家手中也是一種獨特的藝術武器，對「孤島」作家和國統區作家來說尤其有利。他們身處險惡的政治環境，不得不運用曲筆反擊黑暗，呼喚光明，迎接解放，鼓舞讀者。於是，寓意象徵的散文詩作品大量產生。王統照、唐弢、蘆焚等人的作品曲折表達留滬作家同仇敵愾的民族氣節和潔身自守、秉燭待旦的堅定信念，猶如「煉獄中的火花」，給「孤島」同胞以精神鼓舞。郭沫若、茅盾借銀杏、白楊樹象徵民族精神，歌頌堅持抗戰的共產黨人和解放

區軍民，在黑暗的大後方指點光明的出路。巴金以《龍・虎・狗》等意象詠物抒懷，表現他的憎恨和熱愛、否定和追求。劉北汜的《曙前》，田一文的《鐙音》，莫洛的《生命樹》，陳敬容的《星雨集》，郭風的〈探春花〉，以及麗砂、葉金、羊翬、唐湜、周為等眾多新人新作，匯成了「曙前」散文詩的大合唱。他們從生活實感出發，抒寫「曙前」的現實和感懷，詛咒黑暗，翹望天亮，迎接春天到來，顯示了比較一致的思想傾向。四〇年代社會新舊對立、光明和黑暗搏鬥到了決戰關頭。國統區處於黎明前最黑暗時代，但人民已經覺醒，曙光即將來臨。這一歷史特點決定了這時期散文詩創作的時代特色，既正視現實，反抗黑暗，又追求理想，嚮往光明，表現出現實主義的戰鬥精神和理想主義的革命激情相結合的發展趨勢。

四〇年代散文詩藝術在二、三〇年代基礎上，進一步從中外傳統和詩與散文等姐妹藝術汲取營養，直接從現實生活和自然景物中發現詩意，觸發感興，提取意象，創造情境，顯示出清新活潑的時代生活氣息。作者抒發的情思與現實和人民息息相通，即便寫得含蘊曲折，也能夠引起廣大讀者的思想共鳴，可以說中國現代散文詩正在突破知識青年讀者的範圍而開始走向人民群眾，當然這僅僅是一個苗頭。新進作者是這時期散文詩領域的一支生力軍，他們人才濟濟，創作欲強烈，有的出手不凡，勇於創新，藝術起點和平均水準都比較高，但還不能說這時期已經產生新的散文詩大家。年輕人的生活經驗、思想和藝術修養還有待於豐富發展，其中像郭風就在日後幾十年的不懈努力中終以散文詩知名於世，大多卻因種種原因未能堅持下來，這是散文詩發展中的一大損失。

三

中國現代散文詩三十餘年的發展歷史，是散文詩藝術漸趨成熟、

走向獨立，追求現代化和民族化結合的過程。它紮根於中國現代社會
生活土壤中，在詩和散文結合的基礎上，革新傳統格局，接受外來影
響，多方面汲取藝術養料，逐漸形成自己的藝術個性和藝術功能。

　　散文詩的屬性是什麼？屬於詩？屬於散文？還是屬於它自己？從
中外散文詩生成發展過程來看，最初有的是詩的一種，有的是散文的
一種，是詩和散文相互滲透、相互促進的產物。日人木毅村說過：
「不可忘了散文能夠有今日之發達，有不少地方借用了詩的工夫和技
巧。同時最近詩也借用了散文的自由的特徵，成功了霍得曼
（Whitman）一般不能捉摸格調的詩形，更進一步產生了詩和散文的
境界不能分別的散文詩。」[23]他看到詩文滲透的結果產生了散文詩。
到了波德萊爾、王爾德、屠格涅夫等有意把散文詩從詩和散文之間獨
立出來的時候，散文詩逐漸擺脫了從屬的兩棲地位。但詩人的散文詩
和散文家的散文詩還是有著若干差別的，前者大多近於詩，後者大多
近於散文，波德萊爾和屠格涅夫的作品恰好代表了這兩種傾向。中國
現代散文詩也是沿著這兩路而發展的，散文的詩和詩的散文貌離神
合，異曲同工。草創期從詩脫化而來的傾向較明顯，二〇年代兩者不
相上下，三、四〇年代詩的散文一路較發達。在二者激盪起伏中形成
散文詩的漸趨穩定的素質：以自由活潑、短小凝鍊的散文形式表現詩
的情趣、理致和意境。用散文詩家于賡虞的話說：「散文詩乃以美的
近於詩辭的散文，表現人類更深邃的情思」，他認為：「詩與散文詩最
大的區別，就在作散文詩者，在文字上有充分運用的自由（不受音律
的限制），在思想上有更深刻表現的機會（不完全屬於感興了）。但散
文詩寫到絕技時，仍能將思想溶化在感情裡，在字裡行間蘊藏著和諧
的音樂。」[24]這種看法與波德萊爾對散文詩的定義相近。波氏自題

23　〔日〕木毅村著，端先譯：〈詩與散文的境界〉，《一般》第3卷第3號（1927年）。
24　于賡虞：《世紀的臉》（上海市：北新書局，1934年），〈序〉。

《巴黎的憂鬱》這部散文詩集時說：「總之，這還是《惡之花》，但更自由、細膩、辛辣」，他想創造的奇蹟是「寫一篇充滿詩意的、樂曲般的、沒有節律沒有韻腳的散文：幾分柔和，幾分堅硬，正諧和於心靈的激情、夢幻的波濤和良心的驚厥？」[25]可見，寫作散文詩完全出自於一種內在要求，為的是更自由、更細膩、更深刻、更充分地表現內心豐富多變的情思感興。散文詩適應表現需要而在詩文滲透中產生，將詩的凝鍊集中和散文的自由活潑互為補充，集詩美和散文美於一身，造成精煉而靈巧的一種獨特的抒情文體，自有其他文藝形式所不可替代的藝術職能。可以說，散文詩既是詩又不是詩，既是散文又不是散文，它還是它自己。中國現代散文詩作家就是努力追求詩美和散文美的結合，力圖使散文詩發展成為一種獨立的新文學體裁，在現代生活鬥爭中發揮其獨特作用。

　　中國現代散文詩探索過多種多樣的藝術形式，似乎不能說它已經定型。在長期的藝術實踐中，出現過對話體、獨白體、速寫體、雜感體、寓言體、童話體等等形式，寫景抒情、托物言志、象徵寓意、冥想夢幻、格言哲理諸種類型較為發達，樸素、綺麗、柔美、剛健、熱烈、深沉、顯豁、幽玄……等等風格紛然雜陳，顯示了自己的生機活力。由於散文詩與詩和抒情散文本質上同屬於抒情類，它又是在詩和散文融合的基礎上演變而來的，所以散文詩從詩和散文那裡獲得了「雜交」的優勢，而這並不會淹沒自己的藝術個性，相反，倒可以借此豐富和擴展自己的藝術表現力，促進自己的發展成熟。它應是一種不拘一格、博採眾長、自由發展的新文體。當然，要像現代作家認真創造詩美和散文美結合的作品那樣，決不能把那些詩不像詩、散文不像散文的作品籠統稱為散文詩，應該注意在吸收詩和散文之長的同時，力避其短，創造和完善散文詩的藝術特徵。因而，一個散文詩家

---

25 〔法〕波德萊爾《巴黎的憂鬱》〈題辭〉和〈序〉，據亞丁譯文。

首先在詩和散文方面非有相當的藝術造詣不可。現代散文詩作家大多是著名的詩人和散文家的結合，在創作新詩和散文的同時兼作散文詩，這便是一個明證。他們在追求詩美和散文美結合的過程之中，主要運用詩的想像進行藝術構思，把自己從現實生活中獲取的切身感受提煉為詩的意象，往往選擇社會生活的某一片斷、某一場景，或捕捉內心世界的一點感觸、一個意會，通過形象的描繪、意境的創造表現出來。即使是反映較為重大的社會鬥爭和壯闊的生活場面，也要通過作家的主觀改造，把客觀內容消化，提取出詩的形象，或概括濃縮為象徵性畫面，以此適應散文詩這種藝術形式的寫作要求。有的以系列組合的形式表現一個較為廣闊的主題，用以擴大散文詩的容量，但一組作品內的單篇作品還是自成一體的，各以自己的角度把握整體性內容。行文中大多在保持行雲流水般的散文美的同時，恰到好處地運用複查、排比、對偶、勻稱等技巧，造成強烈的音響效果以增強抒情氣氛。中國現代散文詩形成的小中見大、虛實結合、詩質文表、主客體統一的藝術特徵，具有豐富的藝術表現力。不僅擅長於表現「小感觸」，表現作者內心剎那間的詩意閃光和意象顯現，借此感應時代的精神氣息；而且也能夠把握時代的變動和社會生活的動盪，容納較為深廣的社會內容。在一批置身於時代鬥爭前列的革命作家手中，散文詩也是一種得心應手的藝術武器，也能起到打擊敵人、鼓舞人民的社會效果。這方面，魯迅、瞿秋白、茅盾以及王統照、麗尼和「曙前」的散文詩作者都作出不同程度的貢獻。他們突破表現自我、象徵苦悶的格局，開拓與時代和人民結合的新路，較好地發揮了散文詩作為「輕騎兵」的戰鬥功能，這是對散文詩藝術職能的一大豐富和發展，值得繼承和發揚。當然，現代散文詩家大多是小資產階級知識青年，他們的藝術視野不能不被他們的出身、經歷、教養和立場所限制，與時代和人民生活難免存在著一定的隔膜。有的接受外國散文詩中一些消極頹廢思想的影響，表現出悲觀消沉、逃避現實、自我陶醉、個人

擴張等傾向，這應引為鑒戒。散文詩的生存和發展，決定於能否紮根於現實和人民生活之中，能否適應時代和人民的精神需要，能否全面發揮自己的藝術功能。這樣，魯迅等開拓的新路，有著廣闊的前途。

中國現代散文詩是新文學作家根據內在要求，在自覺接受外國現代散文詩的影響而又自然地繼承和革新中國古代散文詩傳統的基礎上，創造出來的具有現代意義和本民族特色的一種新散文詩形式。捷克漢學家普實克夫婦主編的《東方文學辭典》中的〈魯迅〉條目，對中國現代散文詩的典範作品《野草》的評價，既指出它的「在情緒和感染力方面，使我們想起了波德萊爾、里姆鮑德、布洛克以及其他詩人在歐洲形成散文詩的傳統」，又認為「《野草》提供了最有力的證據，表明魯迅與中國古典文學傳統的最成熟的形式密切關連」。[26]這一論斷是符合《野草》實際的，也說明中國現代散文詩與中外散文詩傳統都有關係，是雙向開放的，並不是單向接受，更不是外國的舶來品。

中國現代散文詩開創期主要借鑑外國波德萊爾之後的散文詩理論和創作。從五四時期到二、三〇年代，出現過譯介外國散文詩的熱潮。波德萊爾、王爾德、屠格涅夫、惠特曼、泰戈爾、紀伯倫、魯那爾、史密斯、馬拉美、藍波、安特列夫、高爾基等歐美散文詩名家的作品，幾乎都被翻譯進來，有的甚至有好幾種譯文。這些熱心譯介者同時也是積極創造者。相比較而言，影響最大的是波德萊爾、屠格涅夫、泰戈爾、紀伯倫、高爾基諸家作品。其創作中：現代人的思感，寓言的意味，世態的剖析，內心的獨白，幻想的馳騁，夢境的顯現，象徵的運用，印象的描摹，行文的流動，音韻的和諧，色彩的柔美……從內容到形式對中國現代散文詩產生重大影響，有些作品呈現明顯的歐化傾向。有的作家由於心境近於波德萊爾等的感傷頹廢，自然接受他散文詩中複雜的思想因素，染上悲觀絕望的氣息。有的一味

---

26 汪瑩譯文，見《魯迅研究年刊》1979年號，頁572。

模仿，濫用夢幻、象徵，單調雷同，缺乏創新。但總的看來，外國散文詩的傳入和借鑑，對中國現代散文詩藝術的建立和發展所起的積極作用遠遠大於消極作用。三〇年代末到四〇年代，對外國散文詩的譯介已大為減少，中國現代散文詩逐漸融化外國散文詩藝術，與本民族傳統結合，民族特色日益增強。

中國散文詩傳統的繼承和發揚，經歷了由自發到自覺、由淡到濃的漸進過程。現代散文詩草創期，首倡者劉半農雖然指出中國古代亦有「無韻之詩」，卻還沒有把它和散文詩聯繫起來考察。郭沫若指出莊周、屈原詩文中有些可以稱為散文詩，滕固也在〈論散文詩〉一文中支持郭沫若的意見，進而具體指出莊子、列子書中的短喻、酈道元的《水經注》、陸龜蒙的《笠澤叢書》、蘇軾的《東坡志林》之中都有許多散文詩性質的作品，為現代散文詩提供了傳統的依據和範例，但還不大引起人們的注意。當時的開創者的眼光更多地轉向外國散文詩，自覺地借鑑外來形式進行創作，對傳統散文詩的吸收處於潛在、自發狀態。他們大多從小就接受中國古典詩文的教育，他們的藝術感受力、想像力、判斷力、文字功夫和寫作技巧，主要是傳統文學陶冶出來的。雖說外來文學觀念改變了他們的眼光，但骨子裡積澱下來的傳統藝術精華是不會喪失的，必然在創作中被調動起來，發揮應有的作用。從實際上看，中國古代詩文滲透的藝術傳統，講究意境的創造和比興的運用，追求語言的凝鍊美、畫面美和音樂美，對現代散文詩的影響是深刻和內在的。莊子、屈原、李白以及文賦作家那種奇詭豐富的想像，借用神話、寓言、景物來寓意抒情的手法，音調鏗鏘、文采斑斕、汪洋恣肆的文風，在魯迅、郭沫若、王統照、許地山等的散文詩作品中活現出來。柳宗元、蘇東坡以及晚明小品作家那種追求詩意、畫意和天籟渾然統一的文風，是許多現代散文詩家所推崇的。正因為中國有著深厚的詩文結合傳統，有著源遠流長的抒情詩和抒情散文傳統，現代散文詩才能夠生根成長。三、四〇年代寫景抒情、托物

言志類散文詩更多地得力於中國古代山水題材的藝術作品的深遠影響。中國現代散文詩愈到後來愈具民族特色，這是和許多作家自覺汲取傳統藝術養料密切相關的。

應該特別指出，中國現代散文詩作為一個特定歷史階段的產物和新文學整體中的一個有機部分，自有其時代性和新的民族特色。儘管它和中國古代詩文傳統保持必然的歷史聯繫，又自覺地接受外國散文詩的影響，但決不是它們的翻版或移植，而是在中國現代社會生活土壤上紮根、生長和開放的藝術鮮花，是中國新文學作家慘澹經營、刻意創新的藝術結晶。它的現代化和民族化進程是和時代與新文學的步調基本一致的。它以獨特的藝術視角深刻反映了新民主主義革命的整個動盪的時代，深入表現了「五四」以來中國知識分子的心聲和他們對祖國與人民命運的關懷。五四時代，散文詩開始了覺醒的歌唱；在光明和黑暗大搏鬥的二、三〇年代，人生意義的探求，社會問題的思索，優美情操的感興，政治理想的寄託，心靈探索的苦惱，牧歌情趣的陶醉，等等，都得到了相當充分的展現，都是時代變動的折射。四〇年代人民力量日益壯大，新中國曙光遙遙在望，給作者帶來了新的憧憬，新的歌唱。這種與現代中國歷史進程和生活氣息相關聯的新傳統是任何時代任何國度的作品所不可替代的。現代散文詩家在藝術創造中表現出空前的自覺性和獨創性，推進了中國散文詩藝術的發展和創新，這是古代散文詩所不及的。它主要繼承和發揚中外現實主義和浪漫主義的精神傳統，也汲收西方現代唯美派、象徵派、印象派、表現派的表現手段，又努力擺脫世紀末文學的頹廢氣息和神秘色彩，從總體上看是和反帝反封建的時代要求合拍的。它在魯迅、郭沫若等新文學大師和一大批寫作者的努力創造中，逐步形成了自己的藝術傳統，為後來者提供了新的藝術營養。在新文學的百花園裡，與新詩、散文、小說、戲劇相比較，現代散文詩顯然帶有「俏也不爭春」的氣

質，但這一片具有蓬勃生命力的鮮花，同樣為滿足人們的精神需要盡
力貢獻著自己的色澤和芬香。

　　　　　　　——本文原題〈我國現代散文詩發展輪廓初探〉，與
　　　　　　　　俞元桂教授合著，載《福建師大學報》一九八一
　　　　　　　　年第三期；後改訂為《中國現代散文詩選》（成
　　　　　　　　都市：四川文藝出版社，1986年）的〈前言〉

五四時期抒情散文創新綜論

引言

　　五四時期抒情散文是作為一種獨立自主的藝術形式出現於新文壇的，是以革故鼎新的方式實現了中國散文從古典形態向現代形態飛躍的質變的。它的出現，改變了中國散文發展史的傳統格局，標誌著古代抒情散文自發進程的終結和現代抒情散文的興起，表明中國抒情散文藝術開始走上自覺自為、獨立發展的道路。

　　中國古代散文有兩千多年的發展歷史，一向和詩歌並駕齊驅，共同佔據中國古典文學的正宗地位。但中國古典散文不是在現代意義上的文學範圍而是在古代廣義的文學範圍內和詩歌分庭抗禮的，是以自身高度發達的說理藝術、敘事藝術及其突出的實用藝術特性為詩歌所不可替代的。詩歌很早就在韻文的基礎上發展成為一種獨立的藝術形式，很早就被視為純文學而劃歸狹義的「文」的範疇之內；散文在中國古代則一直被看作只是相對於韻文或駢文而言的一種文章樣式，歸屬於「筆」這種無韻實用的雜文學範疇之內。[1]又由於詩歌一直是在「緣情」「言志」的主情文學觀念影響下發展的，散文則是長期在「原道」「宗經」的主知尚用文學觀念影響下發展的，二者分道揚鑣，各擅勝場，因而導致了詩歌獨步於抒情藝壇、散文稱雄於說理敘

---

[1] 古人關於「文」和「筆」的分別，類似於近人所謂「純文學」與「雜文學」的區別。此說可參見郭紹虞《照隅室古典文學論集》（上海市：上海古籍出版社，1983年）中的〈文學觀念與其含義之變遷〉、〈文筆與詩筆〉諸篇。

事文壇的偏勝景觀，造成了散文的抒情藝術不夠發達、大大落後於抒情詩的客觀事實。中國古代散文的主潮地位長期由說理散文和敘事散文所佔據，抒情性散文一直處於伏流狀態和附庸地位。這種格局從先秦直至晚清持續不變，只有到了五四時期才大為改觀，抒情散文才由附庸蔚為大國，發展成為散文界一個舉足輕重的獨立品種。

　　中國古代抒情性散文的萌生不算太晚，一般認為在漢魏時代就出現了單篇的抒情文章，如司馬遷的〈報任安書〉、曹植的〈求通親親表〉、諸葛亮的〈前後出師表〉和陶淵明的〈歸去來兮辭〉等。不過，它顯然是在敘事散文和說理散文業已發達成熟之後才開始起步的，它的這些最初作品也明顯帶有從敘事、說理的散文和抒情辭賦中自發地脫化而來的痕跡，以及出自實用需要而寫的特點。唐宋以降，抒情的散文作品日漸增多，有自發形成一種獨立文體的發展趨勢，但人們囿於「文以載道」的正統觀念，特別推崇載道致用的說理文和記敘文，抒情性散文終因實用價值不顯著而得不到重視，直至晚清仍然未能獨立發展、自成一體。它還是混雜於敘事、說理的散文和一般應用文章之間，主要見之於書信、贈序、序跋、箴銘、奏表、碑誌、哀祭、辭賦、頌贊、雜記、傳狀諸文體類別之中，基本上處於不自覺不獨立的自發自在狀態。五四文學革命運動確立了現代意義上的文學散文觀念。散文專指「文學的散文」[2]，「美文」[3]，「那是與詩、小說、戲劇並舉，而為新文學的一個獨立部門的東西，或稱白話散文，或稱抒情文，或稱小品文」[4]。散文作為一種獨立的文學形式，成為一種自覺的藝術創作之後，抒情散文便因其充分具備文學的情感性特徵而率先被承認是一種典型的文學散文形式，也因其比詩歌更便於自由靈活地表達交流情感而受到普遍重視。至此，抒情散文才卓然獨立，進

2　劉半農：〈我之文學改良觀〉，《新青年》第3卷第3號（1917年5月）。

3　周作人：〈美文〉，《晨報》第7版，1921年6月8日。

4　朱自清：〈什麼是散文〉，見《文學百題》（上海市：生活書店，1935年）。

入自覺自為的發展階段，不僅可以在散文界開始與其他品種比試一番，也可以在抒情藝壇上開始和抒情詩爭奇鬥豔了。

　　「五四」抒情散文不僅是一種獨立、自覺的純文學形式，而且是一種以現代思想意識、現代審美意識武裝起來的現代藝術形式。它以現代人的語言形式表達現代人的思想感情，在思想上藝術上都是煥然一新的。它固然有融舊鑄新的一面，但主要還是以蛻舊變新的面貌出現的。它還自覺擇取外國近現代文學的思想藝術養分，表現出多方融化的開放狀態。但無論是縱向的承傳揚棄，還是橫向的借鑑吸收，都是出自表現現代中國人思想感情的內在需要，為創造中國現代新體抒情散文服務的。根本上說，「五四」抒情散文是「五四」思想革命和文學革命的一種產物。「五四」新文化運動所帶來的思想觀念、價值觀念、文學觀念、審美觀念的現代化變革，所喚醒的思想解放、個性解放、民族解放、社會解放的自覺要求，所激發的反帝反封建的革命激情，所形成的破舊立新的時代精神，以及所促成的文體解放、語言更新、藝術視野開闊和審美意識革新的嶄新局面，給「五四」抒情散文思想藝術上的創新提供了充分的主客觀條件。「五四」作家自覺適應時代的精神需要，充分利用時代提供的各方面條件，在短短的幾年內創建了既是現代的又是民族的新體抒情散文。他們自覺創作抒情散文，在作品中顯示了新的抒情態度，表現了新的思想感情，創造了新的抒情體式和抒情語言，形成了新的審美風貌。可以說，建立在思想覺醒和文學自覺基礎上、紮根於現代中國社會生活和精神生活土壤中的「五四」抒情散文，是以自覺創新精神來開一代新風氣的，也是以思想藝術上的創新實績在中國散文發展史上占有突出地位的。本文將努力從歷史與審美統一的角度，從時代變革和文學變革的聯繫上，從抒情態度、抒情內容、抒情體裁和抒情語言等方面綜合考察「五四」抒情散文的創新業績及其審美特徵，探討它對中國現代抒情散文發展的貢獻和影響。

一　抒情態度的率真行誠

　　所謂抒情態度指的是作家出於什麼需要、從什麼立場上、以什麼態度對待抒情問題的那樣一種創作態度。它涉及作家的抒情觀念和抒情原則，關係到情感表現的幅度、程度、方式和效果。「五四」散文家抒情態度的變革，體現了抒情觀念的更新，帶來了思想藝術風貌的一系列變化，因而是我們應該首先加以探討的一個問題。

　　中國古人在抒情文學創作上堅持「為情而造文」，反對「為文而造情」[5]，強調「修辭立其誠」[6]，「情信而辭巧」[7]，「情至而文生」[8]，形成了有感而作、情文並茂的優秀傳統。不過，他們雖然重視緣情抒寫，要求抱誠守真，但對此還有個基本要求，即「發乎情，止乎禮義」[9]這句傳統名言所規定的，情感的產生和表現必須符合社會公認的倫理道德規範。劉熙載詮釋這句古語的本義時說：「不發乎情，即非禮義，故詩要有樂有哀；發乎情，未必即禮義，故詩要哀樂中節。」[10]今人認為這一原則具有積極和消極的兩重意義，「從積極方面看，它深刻地指出了藝術是情感的表現，但這種情感又必須是具有社會理性的、合乎於善的要求的情感，而不能是動物式的、無理性的、本能的情感。要求情感的表現與倫理道德的善相統一，堵塞了把藝術引向反理性、反社會的道路」，「可是，這個觀點同時又有著消極的作用。因為它用儒家的『禮義』束縛了藝術對情感的表現，使得幾千年中『禮義』成了中國許許多多藝術家不敢跨越的界限」。[11]這個界限以

5　劉勰：〈情采〉，見《文心雕龍》（北京市：中華書局，1985年）。

6　《易》〈乾〉〈文言〉。

7　劉勰：〈徵聖〉，見《文心雕龍》（北京市：中華書局，1985年）。

8　劉熙載：〈文概〉，見《藝概》（上海市：上海古籍出版社，1978年）。

9　〈毛詩序〉。

10　劉熙載：〈詩概〉，見《藝概》（上海市：上海古籍出版社，1978年）。

11　李澤厚、劉綱紀主編：《中國美學史》第1卷（北京市：中國社會科學出版社，1984年），頁577。

封建倫理道德規範為極限，無疑限制了作家抒情的自由度和深廣度，妨礙了作家真情實感的充分表現，不能不損害到「誠」、「信」的程度。魯迅批評傳統抒情作品「多拘於無形之囹圄，不能舒兩間之真美」[12]，就一針見血指出了封建主義精神牢籠對「真美」的戕害。封建時代的文士總是不可能超越那時代通行的倫理道德規範，總是自覺或不自覺地站在本階級的思想立場上，直接或間接地按照本階級的利益要求從事文學活動，他們所抒寫的思想感情基本上侷限於封建倫理道德所許可的狹窄範圍內。一般說來，他們在所發之「情」符合封建倫理道德標準的「理」和「善」的情況下，其作品大多表現出「哀樂中節」、「溫柔敦厚」、「文質彬彬」的美學形態；在情與理、真與善發生矛盾衝突時，他們往往不由自主地抑制個人的情感願望以順應「禮義」規範，表現出一種節制的、淨化的、適度的、「哀而不傷、怨而不怒、樂而不淫」的美學形態。在情與理、美與善、文與道諸種關係上，顯然是「理」、「善」、「道」佔據主導地位的。以理節情，以文載道，以真就善，以善馭美，一直是中國古典文學尤其是古典散文中占統治地位的文學思想和創作態度。這就內在決定了中國古代抒情散文節情就禮、尚理致用的基本特徵，妨礙了它的獨立發展及其抒情功能的充分發揮。雖說時有作家衝破「止乎禮義」、「哀樂中節」的清規戒律，稱心而言，率性抒情，但畢竟不能超越那個時代的思想制約，真正做到無所顧忌地抒寫自己的真情實感，也畢竟不能發展成為古代散文的主流。

　　中國古代抒情創作所堅持的為情造文、立誠寫真的精神傳統，為「五四」新文學家所繼承發展；其「止乎禮義」、「哀樂中節」的清規戒律，理所當然地被現代作家徹底打破了。處於封建王朝解體、新舊社會遞變、中外文化交匯的五四時代的新文學家，在時代大變革中率

---

12 魯迅：〈摩羅詩力說〉，見《墳》，收入《魯迅全集》第1卷（北京市：人民文學出版社，1981年）。

先覺醒，在思想觀念、文學觀念、審美觀念諸方面發生了蛻舊變新的
質變。他們衝破封建主義網羅，思想感情獲得大解放，必然要求推翻
「古人作文之死格式」，打破舊的抒情原則和抒情規範，讓「吾輩心
靈所至，盡可隨意發揮」[13]，建立新的抒情原則、抒情文體以自由而
充分地表現新的思想感情。他們反對「文以載道」的正統觀念，肯定
「情動於中而形諸言」、「言為心聲，文為言之代表」的傳統說法[14]，
提倡「目無古人，赤裸裸的抒情寫世」[15]，主張「寫情要真，要精，
要細膩婉轉，要淋漓盡致」[16]，將「立誠」原則發展成為「超脫古範，
直抒所信」、「率真行誠，無所諱掩」[17]的現代抒情原則。雖說各人對
抒情問題有不同的看法，但在強調抒情創作要抱誠守真、率性揚情、
表現個性、自由創造諸方面，他們還是持有大致相近的主張和態度。

　　首先，他們都突出強調抒情創作的真實性，要求率真行誠，直抒
所信，以真情實感打動人心。

　　一方面，他們將率真的創作態度看作是對封建主義禁錮的反叛和
突破，本身就具有反封建道學、反封建詩教的革命意義，從「破舊」
的角度加以充分肯定。當時新文壇對守舊派批評《蕙的風》、《沉淪》
的反批評，不僅是對一兩部率真之作的肯定，而且是對這種放情歌
唱、大膽暴露的率真態度的讚賞；也不僅對詩歌、小說創作有意義，
而且對抒情散文創作也有影響。周作人針對守舊派攻擊這兩部作品為
「不道德」，既辨別了道德與不道德、舊道德與新道德的界線，又對
「發乎情止乎禮義」之說作出現代人的解說。他指出：「古人論詩本
來也不抹殺情字，有所謂『發乎情止乎禮義』之說；照道理上說來，

13　劉半農：〈我之文學改良觀〉，《新青年》第3卷第3號（1917年5月）。

14　參見胡適〈文學改良芻議〉、劉半農〈我之文學改良觀〉諸文。

15　陳獨秀：〈文學革命論〉，《新青年》第2卷第6號（1917年2月）。

16　胡適：〈建設的文學革命論〉，《新青年》第4卷第4號（1918年4月）。

17　魯迅：〈摩羅詩力說〉，見《墳》，收入《魯迅全集》第1卷（北京市：人民文學出版
　　社，1981年）。

禮義原是本於人情的，但是現在社會上所說的禮義卻不然，只是舊習慣的一種不自然的遺留，處處阻礙人性的自由活動，所以在他的範圍裡，情也就沒有生長的餘地了。我的意見以為只應『發乎情，止乎情』，就是以戀愛之自然的範圍為範圍；在這個範圍以內我承認一切的情詩。倘若過了這界限，流於玩世或溺惑，那便是變態的病理的，在詩的價值上就有點疑問。」這裡雖然說的是情詩，是男女戀情的表現，但其理論意義遠遠超出這一範圍。他認為抒情作品所表達的感情只要是人情而不是超出人情範圍的獸欲，就可以「放情地唱」，就沒有「不道德的嫌疑」。從這個意義上他充分肯定「放情地唱」是詩壇文界「解放的一種呼聲」。[18]郁達夫說：「我若要辭絕虛偽的罪惡，我只好赤裸裸地把我的心境寫出來。」[19]因而，郭沫若肯定郁達夫早期創作「那大膽的自我暴露，對於深藏在千年萬年的背甲裡面的士大夫的虛偽，完全是一種暴風雨式的閃擊，把一些假道學、假才子們震驚得至於狂怒了。為什麼？就因為有這樣露骨的真率，使他們感受著作假的困難」[20]。這就充分說明率真坦露態度在當時所具有的反封建意義。魯迅尖銳批評「中國的文人，對於人生，——至少是對於社會現象，向來就多沒有正視的勇氣。我們的聖賢，本來就是已教人『非禮勿視』的了；而這『禮』又非常之嚴，不但『正視』，連『平視』『斜視』也不許」，「中國人向來因為不敢正視人生，只好瞞和騙，由此也生出瞞和騙的文藝，更令中國人更深地陷入瞞和騙的大澤中，甚而至於已經自己不覺得」[21]，號召「世上如果還有真要活下去的人們，就先該敢說，敢笑，敢哭，敢怒，敢罵，敢打，在這可詛咒的地方擊退

---

18 周作人：〈情詩〉，見《自己的園地》（北京：晨報社，1923年）。

19 郁達夫：〈寫完《蔦蘿集》的最後一篇〉，見《蔦蘿集》（上海：泰東圖書局，1923年）。

20 郭沫若：〈論郁達夫〉，《人物雜誌》第3期（1946年）。

21 魯迅：〈論睜了眼看〉，見《墳》，收入《魯迅全集》第1卷（北京市：人民文學出版社，1981年）。

了可詛咒的時代！」[22]他將真率大膽的人生態度和創作態度結合起來，並且提高到反封建作人作文態度的時代高度來認識、對待，代表了「五四」作家不是簡單重複古人的「立誠」主張，而是更具體更深入地發揮了「立誠」的理論意義，更堅決、更徹底地貫徹了「立誠」的創作原則，以徹底擺脫舊文藝「不敢正視人生，只好瞞和騙」的老路，為新文藝開闢正視人生、表現真實人生的發展道路。

另一方面，他們認為「真」是藝術的生命，「真」中有「善」有「美」，真善美統一的基礎就在於「真」，從「立新」的角度突出強調了「真」在創作中的重要意義。周作人主張「既是文學作品，自然應有藝術的美，只須以真為主，美即在其中」，強調「應以真摯的文體，記真摯的思想與事實」，表出自己的「真意實感」，不必過於「雕章琢句」[23]，就是強調真中有美的。他在提倡「人的文學」和為《蕙的風》、《沉淪》辯護時涉及「真」和「善」的關係，他心目中的「道德」上的「善」是本於人性人情真實而合理發展的結果，是以「真」為基礎的。他以為散文創作「同一切文學作品一樣，只是真實簡明便好」[24]。創造社同人要求文學家既要做「美的傳道者」，又要做「真與善的勇士」，強調「沒有真摯的熱情，便已沒了文學的生命」。[25]他們偏重於要求主觀感情的真摯及其表現的率真自然。郭沫若關於詩不是「『做』出來的，只是『寫』出來的」[26]的名言，就體現了他們崇尚內心真情自然流露的抒情原則。魯迅早就推崇「摩羅詩人」的創作態度，希望中國也出現這般「精神界之戰士」，沖決舊傳統束縛，「作至

22 魯迅：〈忽然想到（五）〉，見《華蓋集》，收入《魯迅全集》第3卷（北京市：人民文學出版社，1981年）。

23 周作人：〈平民文學〉，《每週評論》第5號（1919年1月）。

24 周作人：〈美文〉，《晨報》第7版，1921年6月8日。

25 成仿吾：〈新文學之使命〉，《創造週報》第2號（1923年5月）。

26 郭沫若：〈論詩三札（二）〉，見《文藝論集》（北京市：人民文學出版社，1979年）。

誠之聲，致吾人於善美剛健」之境。[27]他稱自己的作品「就如悲喜時節的歌哭一般，那時無非借此來釋憤抒情」[28]，「樂則大笑，悲則大哭，憤則大罵」[29]；他再三要求「文藝家至少是須有直抒己見的誠心和勇氣」[30]，要「敢於直面慘澹的人生，敢於正視淋漓的鮮血」[31]，要「取下假面，真誠地，深入地，大膽地看取人生並且寫出他的血和肉來」[32]。顯然，魯迅強調的「真」是主觀之誠與客觀之真的統一，是作家真情與人生真相的統一，代表了新文學家對真的全面要求。

　　「五四」作家在抒情散文創作中實踐了「率真行誠，無所諱掩」的理論主張。他們不僅不掩飾個人內心的隱秘，在傳統文人諱莫如深的情感領域深入發掘，大膽坦露，如郁達夫所暴露的性之苦悶，川島所歌唱的男女戀情，魯迅所解剖的內心衝突；而且無顧忌地抨擊舊社會舊文明，敢於反抗挑戰，爭天拒俗，大膽表現出變革現實、改造社會的革命激情，如魯迅對戰士、猛士的禮讚，王統照對「烈風雷雨」的呼喚，郭沫若對醜惡現實的詛咒，朱自清對反動軍閥的抨擊，即便是郁達夫的自我暴露，也是充滿抗爭戰鬥激情的。雖說各人的視角不同，所開拓的新境界有廣狹、深淺、強弱之分，但無論是對個人還是對社會，他們都從自己的真情實感出發，都有著一種極為相似的無所

27 魯迅：〈摩羅詩力說〉，見《墳》，收入《魯迅全集》第1卷（北京市：人民文學出版社，1981年）。

28 魯迅：《華蓋集續編》〈小引〉，見《魯迅全集》第3卷（北京市：人民文學出版社，1981年）。

29 魯迅：《華蓋集》〈題記〉，見《魯迅全集》第3卷（北京市：人民文學出版社，1981年）。

30 魯迅：〈葉永蓁作《小小十年》小引〉，見《三閒集》，收入《魯迅全集》第4卷（北京市：人民文學出版社，1981年）。

31 魯迅：〈紀念劉和珍君〉，見《華蓋集續編》，收入《魯迅全集》第3卷（北京市：人民文學出版社，1981年）。

32 魯迅：〈論睜了眼看〉，見《墳》，收入《魯迅全集》第1卷（北京市：人民文學出版社，1981年）。

顧忌、率性抒情、真摯坦白、崇真揚情的寫作態度，都是超脫以禮節
情的「古範」而「直抒所信」的。

　　第二，新文學家自覺將散文的「真」與作家的個性表現聯繫起來
思考，認為表現「真我」是散文寫實求真的出發點和關節點，散文的
「真」本質上即是作家的真情流露、真我顯示和作家對人生社會真相
的真切感知及其真實表現，並從這個意義上界定散文是一種最富於作
家個性色彩的文學形式。

　　冰心的看法在當時很有代表性，不妨多摘錄幾句：「能表現自己
的文學，是創造的，個性的，自然的，是未經人道的，是充滿了特別
的感情和趣味的，是心靈裡的笑語和淚珠。這其中有作者自己的遺傳
和環境，自己的地位和經驗，自己對於事物的感情和態度，絲毫不可
挪移，不容假借的，總而言之，這其中只有一個字──『真』。所
以，能表現自己的文學，就是『真』的文學」，「『真』的文學，是心
裡有什麼，筆下寫什麼，此時此地只有『我』」，「文學家！你要創造
『真』的文學嗎？請努力發揮個性，表現自己」。[33] 這裡將文學的
「真」與自我的「真」直接等同起來，雖說概括不盡文學對「真」的
全面要求，但無疑抓住了文學尤其是抒情文學對「真」的本質規定。
抒情創作之「真」，關鍵就在於「真情」、「真我」的顯示。因而，「發
揮個性，表現自己」，對抒情創作的寫實求真具有決定性意義，成為
當時人們共同的藝術口號。

　　魯迅翻譯的廚川白村有關 Essay 文體的論述中指出：「在 Essay
比什麼都緊要的要件，就是作者將自己的個人底人格的色彩，濃厚地
表現出來」，「出為自己告白的文學，用這體裁是最為便當的」，「為表
現不偽不飾的真的自己計」，最好選用這一種「既是費話也是閒話的

33　冰心：〈文藝叢談〉，《小說月報》第12卷第4號（1921年4月）。

Essay 體」。[34]廚川白村既指出隨筆體散文表現自我人格的必要，又指出其表現上的便利，揭示了散文應該而且能夠自由和充分地「表現不偽不飾的自己」的特性。這成為許多散文作家和評論家一再徵引的經典論述，對當時抒情散文創作的影響尤其重大。人們普遍承認散文是表現作家真情實感和個性特徵的一種最直接、最便利、最顯著的文學形式，希望從散文作品中更分明更真切地見出作者的本來面目。胡夢華指出散文的特質「是個人的（Personal），一切都是從個人的主觀發出來」，從中「可以洞見作者是怎樣一個人」，因為其中「銳利」、「深刻」、「濃厚」地表現著作者人格的「動靜」、「聲音」和「色彩」。[35]李素伯認為：「在純以抒情為目的而不受任何內容或形式上的限制的小品，個性的流露，自我的表現，是極易辦到的事」[36]。即便是當時提倡新古典主義的梁實秋，也承認「一個人的人格思想，在散文裡絕無隱飾的可能，提起筆來便把作者的整個的性格纖毫畢現的表現出來」[37]。顯然，由「真」及「我」，由「我」見「真」，新文學家對「真」和散文特質的認識是一步步地深化和具體化的，其率真即率性的抒情原則、抒情態度由此可見。

　　「五四」作家要求散文自由而充分地「發揮個性，表現自己」，這一要求也只有到了自我覺醒、個性解放的五四時代才能夠做到。在「中國人向來就沒有爭到過『人』的價格，至多不過是奴隸」[38]的封建宗法社會裡，每個人總是被置於一定的封建等級關係之中，被「三綱五常」死死捆綁住，不能獨立自主，人的價值和尊嚴受到漠視和踐

34　〔日〕廚川白村著，魯迅譯：〈Essay〉，見《出了象牙之塔》（北京：未名社，1925年）。

35　胡夢華：〈絮語散文〉，《小說月報》第17卷第3號（1926年3月）。

36　李素伯：〈小品文的特質〉，見《小品文研究》（上海市：新中國書局，1932年）。

37　梁實秋：〈論散文〉，《新月》第1卷第8號（1928年10月）。

38　魯迅：〈燈下漫筆〉，見《墳》，收入《魯迅全集》第1卷（北京市：人民文學出版社，1981年）。

踏，人的個性當然得不到自由發展和充分表現。五四思想革命帶來了
「人的覺醒」，人們開始自覺要求從封建等級關係網絡中脫身出來，
積極爭取做個獨立自主的社會人，充分肯定個人的獨立價值和人格尊
嚴。郁達夫明確指出：「五四運動的最大的成功，第一要算『個人』
的發見。從前的人，是為君而存在，為道而存在，為父母而存在，現
在的人才曉得為自我而存在了。我若無何有乎君，道之不適於我者還
算什麼道，父母是我的父母；若沒有我，則社會、國家、宗族等哪裡
會有？以這一種覺醒的思想為中心，更以打破了械梏之後的文字為體
用，現代的散文，就滋長起來了。」[39]正因為現代人獨立自主意識的
覺醒，打破了「尊君、衛道與孝親」的綱常名教的束縛，作家的思想
感情和個性特徵才能得到自由而充分的表現，散文創作才能從載儒家
之道、代聖人立言的傳統立場轉變到「超脫古範，直抒所信」、「發揮
個性，表現自己」的現代立場上。

　　「五四」作家在抒情散文創作中所表現的自我個性，當然是形形
色色，各如其人的。誠如郁達夫所說的：「現代的散文之最大特徵，
是每一個作家的每一篇散文裡所表現的個性，比從前的任何散文都來
得強。……我們只消把現代作家的散文集一翻，則這作家的世系，性
格，嗜好，思想，信仰，以及生活習慣等等，無不活潑地顯現在我們
的眼前。」[40]他們從各自獨特的生活經驗和見聞觀感出發，努力表現
自己對人生、社會、自然的獨特感受、獨到發現和獨特的情感態度。
他們大多自覺或不自覺地意識到個人是社會的一分子，是人類的一成
員，個人既有獨立的個性，又有與他人相通的共性，個人的思想感情
既是獨特的，又是有普遍性的。所謂「個性是個人唯一的所有，而又

---

39 郁達夫：《中國新文學大系·散文二集》（上海市：良友圖書印刷公司，1935年），
　　〈導言〉。

40 郁達夫：《中國新文學大系·散文二集》（上海市：良友圖書印刷公司，1935年），
　　〈導言〉。

與人類有根本上的共通點」[41],「個人既然是人類的一分子,個人的生活即是人生的河流的一滴,個人的感情當然沒有與人類不共同的地方」,「個人所感到的愉快或苦悶,只要是純真切迫的,便是普遍的感情」[42],等等說法足以代表這種普遍認識。當時作家大多還沒有明確的階級意識,主要從普遍人性的角度看待個人的社會性,對待個人抒情的社會功用,要求人與人之間相互溝通、相互理解、相互同情、相互尊重。他們認識到個性與社會性的統一,認為表現了自己對社會人生的真切感受和獨特體驗,也就在一定程度上表現了時代和社會的某些真相以及人群的某些精神風貌,也就能夠引起人們的感情共鳴,產生普遍的社會效果。這種認識對抒情散文的自我表現提出了一個基本要求,即作家所表現的自我個性必須具有一定的典型性,必須具有「進步的思想與高尚的人格」[43],表現自我不是表現純粹屬於一己的瑣屑情慾,而是表現那些具有一定社會意義的、與人類相通相連的、能引起人們共鳴的典型情緒。所謂「小品文的妙處也全在於我們能夠從一個具有美好的性格的作者眼睛裡去看一看人生」[44],「它需要湛醇的情緒,它需要超越的智慧」[45],就簡明扼要地體現了這種抒寫要求和審美原則。所以,五四抒情散文創作所強調的個性表現,是建立在對作家個人的個性與共性辯證統一的正確認識的基礎上的,是重視作家思想人格的修養提高、與時代和人民的要求保持密切聯繫的。

　　第三,與率真行誠、表現個性的要求密切相關,新文學家大多強調散文創作要不拘一格,自由創造,自然成文。

---

41 周作人:〈個性的文學〉,見《談龍集》(上海:北新書局,1927年)。

42 周作人:〈文藝的統一〉,見《自己的園地》(北京:晨報社,1923年)。

43 魯迅:〈隨感錄(四十三)〉,見《熱風》,收入《魯迅全集》第1卷(北京市:人民文學出版社,1981年)。

44 梁遇春:《小品文選》(上海:北新書局,1930年),〈序〉。

45 鍾敬文:〈試談小品文〉,《文學週報》第349期(1928年12月)。

　　魯迅認為：「散文的體裁，其實是大可以隨便的，有破綻也無妨。」[46]朱自清說：散文的「選材與表現，比較可隨便些；所謂『閒話』，在一種意義裡，便是它的很好的詮釋」[47]。周作人指出：「個性的表現是自然的」[48]，一再推崇即興作文、隨筆抒寫的寫作態度，反對模仿和造作。梁遇春認為：「小品文像信手拈來，信筆寫去，好像是漫不經心的，可是他們自己奇特的性格會把這些零碎的話兒熔成一氣。」[49]胡夢華認為散文的特質是個人的，「所以它的特質又是不規則的（irregular）、非正式的（informal）」[50]。即便是梁實秋在強調散文要講究藝術錘鍊的同時，也承認散文「沒有一定的格式」，「是最自由的」，「散文要寫得親切，即是要寫得自然」。[51]這種種說法大同小異，都是要求散文創作不要拘束做作、矯飾雕琢，而要聽憑心中感興自然流露，以求更真實更自然地表達作者的真情實感，顯現作者的本來面目，而獲得散文獨特的審美效果。這是對古文義法一類清規戒律的反叛，是當時文體解放、審美觀念解放的產物。當時的抒情散文創作，就是以表情的自由、自然、暢達和充分而顯示自身的特長和優勢，與抒情詩相抗衡，並立於抒情文學之林的。

　　上述三方面相互聯繫的理論主張和創作態度，歸結起來說就是強調現代抒情散文要率性抒懷，表現真我，不拘格套，自由獨創。這既是對「立誠」精神傳統的繼承和發展，又是對「中節」清規戒律的反叛和突破，突出體現了現代人個性解放、思想解放、文體解放、審美觀念解放的思想要求和時代精神特色。如果說，古代散文家一直擺脫

---

46 魯迅：〈怎麼寫〉，見《三閒集》，收入《魯迅全集》第4卷（北京市：人民文學出版社，1981年）。

47 朱自清：〈論現代中國的小品散文〉，《文學週報》第345期（1928年11月）。

48 周作人：〈個性的文學〉，見《談龍集》（上海：北新書局，1927年）。

49 梁遇春：《小品文選》（上海：北新書局，1930年），〈序〉。

50 胡夢華：〈絮語散文〉，《小說月報》第17卷第3號（1926年3月）。

51 梁實秋：〈論散文〉，《新月》第1卷第8號（1928年10月）。

不了封建倫理道德規範的制約和束縛，在抒情創作上表現出以理節
情、哀樂中節的抒情態度；那麼，「五四」反封建的時代洪流衝垮了
封建倫理道德的精神防線，解放了一代新知識分子的思想感情、道德
觀念和美學觀念，他們在現代民主和科學思想指導下，打破傳統的抒
情模式，建立了在新思想新道德基礎上的率性揚情、自由創造的現代
抒情原則，形成了率真行誠、直抒所信的新的抒情態度，促進了抒情
散文的蓬勃發展。

二　抒情內容的拓展深入

　　「五四」新文學家無論是從舊營壘裡衝殺出來的，還是在新思潮
洗禮中成長起來的，都在破舊立新的時代大變革中不同程度地實現了
蛻舊變新的質變。他們站在現代民主和科學的立場上，以新的審美眼
光、新的審美心靈觀照體察人生現實，在抒情散文創作中既開拓了前
所未有的抒情領域，又刷新和深化了古已有之的抒情題材，從新的視
角、在新的心理現實上發現和創造了一個新的藝術世界。這個新世界
既展示了現代中國作家的心態，又表現了時代和人民的心聲，是現代
中國社會精神風貌的一種藝術寫照，是現代人審美情趣的一種表現形
態。「五四」抒情散文有別於古代抒情散文的現代性美感特徵，它之
所以「新」，就顯著地表現在抒情內容的開拓和更新上，表現在它所
抒寫的思想感情所體現的審美意識與現代中國民主革命的主導精神相
通、與現代中國人的審美需要合拍、與「世界的時代思潮合流」[52]等
主要方面上。

　　別林斯基根據抒情文學與敘事文學掌握世界的不同方式，界定
「抒情作品的內容已經不是客觀事故的發展，而是主體本身，以及通

---

52 魯迅：〈當陶元慶君的繪畫展覽時〉，見《而已集》，收入《魯迅全集》第3卷（北京
　市：人民文學出版社，1981年）。

過主體而產生的一切東西」，說明抒情文學著重表現創作主體對客觀
生活的主觀感受、情感體驗和哲理沉思一類精神性內容，是通過作家
個人抒情述感方式把握生活中一切能夠引起人們感興、關注和思索的
現象，而不是直接再現客觀世界本身。他說：「一切使主體感覺興
趣、感到激動、感到高興、感到悲傷、得到快樂、受到折磨、得到安
慰、感到擔憂的東西，總而言之，一切構成主體的精神生活的內容的
東西，一切浸透到他裡面去、在他裡面興起的東西，──所有這一
切，都作為合法的財富而被抒情詩所容納。題材在這裡沒有什麼獨立
的價值，一切都要看主體賦予題材以什麼意義來決定，一切都要看題
材通過幻想和感覺，被什麼思潮，什麼精神所貫串來決定。」[53]這裡
既揭示了抒情內容的廣泛性和豐富性，又揭示了抒情題材與抒情主體
的內在關係，一切生活素材和情感內容都能被抒情文學所採納，但必
須經過作家的主觀熔鑄，轉化為作家的觀感和情思，並由作家加以提
煉和昇華才能構成抒情作品的內容，賦予抒情題材以獨特的審美認識
價值。如果我們承認人的思想感情來源於客觀生活，是主體對客體能
動地體驗、感知、認識的一種產物，那麼，別林斯基關於抒情文學表
現內容和表現方式的界說是可以用來考察抒情創作的特殊規律的。抒
情散文作為抒情藝術的一種，也遵循抒情藝術的特殊規律，著重表現
「主體的精神生活」以及通過主體感受、融化的「一切東西」。抒情
散文作家與抒情詩人一樣，大多以抒情主人公的身分直接出現在抒情
作品中，往往將自己的內心生活、情感意向作為審美對象加以審視和
表現，將人生、社會、自然中的一切納入自己的觀感體驗抒寫出來。
「五四」抒情散文就是既表現了「主體本身」的精神生活，又表現了
「通過主體而產生的一切東西」，以自己獨特的方式反映了現代人的
生活狀態和精神面貌。

---

53 〔俄〕別林斯基著，滿濤譯：《別林斯基選集》第3卷（上海市：上海譯文出版社，
　　1980年），頁59。

（一）

　　「當作家抒情地、從社會意識方面來表達他對生活的思想旨趣和感情態度時，他可以首先從認識自己的內心世界的特點、自己的思想、感情和意向出發。」[54]「五四」作家大多就是從認識自己、表現自己開始抒情散文創作的。魯迅最早的抒情文是〈自言自語〉，郁達夫早期散文大多是他的「自敘傳」，郭沫若「隨時隨處」把個人生活感觸寫成散文小品[55]，許地山把「心中似憶似想的事」「隨感隨記」在《空山靈雨》中[56]，冰心的〈往事〉展示了個人「生活歷史中的幾頁圖畫」[57]，徐志摩的〈自剖〉暴露了內心的矛盾衝突，……他們或追憶回味過往生活遭際，或體察咀嚼現實人生甘苦，或思考摸索前行道路，或審視剖析內心糾葛，或省察表達個人追求，都真實表現了各人當時當地的心境。由於是自己親身經歷體驗過的內容，有自己獨特真切的感受，因而寫起來得心應手，親切自然。這類作品最富有作家自敘自剖色彩，最可見出作家思想情趣、人格色調的高低、廣狹、濃淡和深淺，是典型的自我寫照。

　　「五四」抒情散文中的作家自我寫照，總體上比古人真率、豐富和深刻，具有自我解剖、自我反省、自我揚棄的基本特徵。中國古代自漢魏以降陸續出現了不少自敘傳和自箴文，大多是文人自敘「性格身世」，「求學的方法，處世的哲學，和淬勵精神與學問事業艱苦奮鬥的過程」等內容[58]，也帶有審視自己、省察自己、評價自己的特點。但由於封建綱常名教的禁錮，由於古人藉以審察自身的思想觀念和價

54　〔蘇聯〕波斯彼洛夫著，王忠琪等譯：《文學原理》（北京市：生活・讀書・新知三聯書店，1985年），頁134。

55　郭沫若：〈《小品六章》序〉，見《橄欖》（上海：創造社出版部，1926年）。

56　許地山：《空山靈雨》（上海：商務印書館，1925年），〈弁言〉。

57　冰心：〈往事〉，《小說月報》第13卷第10號（1922年10月）。

58　參見郭登峰：《歷代自敘傳文鈔》（上海市：商務印書館，1937年），〈編者的話〉。

值標準通常是封建倫理道德規範，他們的自敘自箴就不能不被限制在
有限的範圍內和修身養性的道德層面上，他們的自我認識和自我評價
總是無法超越封建士大夫的人生觀。他們的自畫像不外是「克己復
禮」的仁人君子，或清高自許的名士隱者。如韓愈的〈五箴〉，完全
是君子自訟其過、自我約束，以求自我完善、為人表率，代表了自箴
文的正統。陶淵明的〈五柳先生傳〉，寫出了自己不同於流俗的人生
態度和生活志趣，但追慕的無非是「無懷氏之民」，代表了隱逸者的
一面。古人的自我寫照大多不出這兩類形象，少見身心自由、血肉豐
滿的充分個性化的自我形象。「五四」作家處於徹底反封建的民主革
命時代，接受現代個性主義、人本主義思想，以現代人的人生觀、價
值觀認識和評價自我，就能夠比古典作家更大膽更充分更深入地表現
自我，寫出有血有肉的活生生的真我。像郁達夫那種自我暴露的率
真、詳盡，無所顧忌，無所諱掩，是前所未有的。

　　在〈歸航〉、〈還鄉記〉、〈海上通信〉、〈零餘者〉、〈北國的微
音〉、〈一個人在途上〉一系列作品中，郁達夫盡情地發洩滿腔的悲憤
傷感，將自己在黑暗現實中四處碰壁、窮困潦倒的窘相，走投無路、
憤不欲生的情形，憤世嫉俗、變態復仇的心理，自愛自憐而又自卑自
棄的心態，一一率真暴露出來。他自認是「人生戰鬥場上的慘敗
者」，「可憐的有識無產者」，被社會放逐的「漂流者」和於事無補的
「零餘者」，對自我困境、自我真相有著清醒認識。他解剖內心希望
與絕望、興奮與頹唐、抗爭與隱逸、理智與情慾種種矛盾衝突，反省
自己作為一個人既不能爭得個人生存發展的正當權利，又不能以自己
的學識才華盡到個人對祖國和人民以至家庭的應盡責任，雖有新的人
生追求卻又無法實現這一追求等個性弱點，真實地再現了覺醒者反抗
現實而又無力改變現實、追求理想而又無法實現理想、尋求出路而又
找不到出路這樣一個充滿痛苦抑鬱情懷、不懈掙扎抗爭、不甘沉淪毀
滅的自我形象。這種自我解剖、自我反省和自我認識，完全不像古人

那樣，以修身齊家治國平天下為己任，或謀求獨善其身以苟活於世，同封建社會的做人規範認同，或向棄智絕聖的原始人回歸，而是更強烈地要求肯定自己、發展自己，更激起對壓抑個性發展的黑暗社會的憎惡和反抗情緒，更自覺更執著地追求人格獨立和個性解放，與盧梭式的以自我暴露、自我懺悔方式確證自我、肯定自我的精神傾向更為接近。他像盧梭寫作《懺悔錄》那樣，把自我的「真實面目赤裸裸地揭露在世人面前」，這種態度和勇氣就是來源於他對自己作為一個活生生的人的存在方式、合理要求和獨特價值具有充分地認識和自信；否則，是不可能那樣大膽、徹底地暴露自己。

　　從郁達夫自敘自剖的散文作品中，可以看出五四作家的自我解剖是建立在人的覺醒和個性解放的思想基礎上的，是以現代人的人生觀和價值觀來認識和評價自己的。他們忠實地寫出自我真相，旨在通過解剖自己來認識自己、揚棄自己、發展自己。如徐志摩的「操刀自剖」，「第一要考查明白的是這『我』究竟是怎麼一回事；然後再決定掉落在這生活道上的『我』的趕路方法」。[59]其〈自剖〉首先打破對自我的虛幻認識，發現自己只是一個凡人，〈再剖〉進而追問自己「從那裡來，向那裡去，現在在那裡，該怎麼走」，又發現自己對此十分惘然。他的自剖反映了他認清自己的真相而認不清自己的出路的思想實際，這在當時覺醒青年之中是很有代表性的。魯迅更是「無情面地解剖我自己」[60]，有一種常人缺乏的「抉心自食、欲知本味」[61]的嚴峻性和徹底性。從〈影的告別〉、〈希望〉、〈墓碣文〉這些典型的自剖作品中，可以看出他內心自我搏鬥的緊張激烈和自我解剖的深廣程度。他當時不僅要力戰身外的黑暗勢力，還要獨戰身內的「毒氣和鬼

59　徐志摩：〈再剖〉，見《自剖》（上海：新月書店，1928年）。

60　魯迅：〈寫在《墳》後面〉，見《墳》，收入《魯迅全集》第1卷（北京市：人民文學出版社，1981年）。

61　魯迅：〈墓碣文〉，見《野草》，收入《魯迅全集》第2卷（北京市：人民文學出版社，1981年）。

氣」[62]，與內心深處的絕望情緒、虛無思想、頹唐心理、古舊重負等等陰暗面作「絕望的抗戰」[63]，力求從中掙脫出來，向舊我告別。他嚴於解剖自己，勇於與舊我決裂，終於唱出：「過去的生命已經死亡。我對於這死亡有大歡喜，因為我借此知道它曾經存活。死亡的生命已經朽腐。我對於這朽腐有大歡喜，因為我借此知道它還非空虛。」[64]顯然，魯迅的自我搏鬥達到了自我更生，最充分地體現了同時代同類作品所具有的自我認識、自我反省、自我揚棄的思想特點。

「五四」作家大多樂於在抒情散文創作中自敘身世境遇，自剖內心狀態，自白個人性情，自澆心中塊壘。他們著重表現自己的生活感受、情感經驗和思想意願，當然是因人而異、豐富多樣的；但由於他們共同處於五四時代的社會環境和精神氛圍中，他們的思想感情受這時代社會生活條件和精神生活特點的制約，必然帶有這時代的精神烙印。因此，他們在抒情散文中表現出來的思想感情就有某種共通性，可以讓我們歸納、概括。就自敘自剖一類作品來說，我們依據作者對個人生活遭遇的情感體驗的不同性質，約略區分為偏重於抒寫悲懷傷感或偏重於抒寫喜悅欣慰兩大類別加以闡述。

（二）

五四時期帶有作家自敘自剖傾向的抒情散文作品，較多偏重於抒寫個人生活經驗中的悲懷傷感，具有一種悲劇性和感傷性交織複合的美感特徵。許多作家從各自的生活經驗出發，不約而同地趨於傾吐悲痛、釋舒憤懣一路。不用說前述的郁達夫有訴說不盡、排解不開的

---

62 魯迅：〈240924致李秉中〉，見《魯迅書信》，收入《魯迅全集》第11卷（北京市：人民文學出版社，1981年）。

63 魯迅：《兩地書》〈四〉，見《魯迅全集》第11卷（北京市：人民文學出版社，1981年）。

64 魯迅：《野草》，〈題辭〉，見《魯迅全集》第2卷（北京市：人民文學出版社，1981年）。

「無窮限的苦悶」[65]，徐志摩「腸胃裡」有「想吐吐不出或是吐不爽快」的滿腹「苦水」[66]，魯迅有「我的心分外地寂寞」的深沉感慨[67]；即便是當時那些愛唱人生牧歌的作家也不時流露出哀怨憂傷情調。

　　這類抒情散文作品突出表現了現代知識分子的苦悶感、孤獨感、飄零感、迷惘感和悲憤感，充分反映了這一代覺醒者在黑暗社會中的掙扎、反抗、探索、追求以及一再失敗、迂迴前進的精神風貌。當時許多作家普遍感受到黑暗現實的重壓，切身嘗到覺醒的痛苦多於欣慰，深刻體驗到個性不能自由發展、理想要求不能實現的苦悶，個人為社會所不容所放逐而四處飄泊、無可立足的不幸，大多有一種在「鐵屋」裡驚醒而又無力毀壞「鐵屋」，行將為「鐵屋」窒息的沉悶感和恐怖感，有一種個人獨戰黑暗而得不到理解、聲援以至於毫無反響的孤獨感和寂寞感，有一種「我們本來是反逆時代而生者，吃苦原是前生註定的」[68]悲劇意識，有一種出路渺茫、探求無望、彷徨於歧路的迷惘情緒，有一種「即使尋到一點光明，『徑一週三』，卻是分明的看見了周圍的無涯際的黑暗」[69]的驚恐不安，也有一種「不滿足于現實，而複不肯遁於空虛，仍就這堅冷的現實之中，尋求其不可得的快樂與幸福」[70]的執著精神，和遇見「歧路」便「選一條似乎可走的路再走」，遇見「窮途」還是「跨進去，在刺叢裡姑且走走」[71]的探索精神。

65　郁達夫：〈一封信〉，見《過去集》（上海：開明書店，1927年）。

66　徐志摩：〈再剖〉，見《自剖》（上海：新月書店，1928年）。

67　魯迅：〈希望〉，見《野草》，收入《魯迅全集》第2卷（北京市：人民文學出版社，1981年）。

68　郁達夫：〈海上通信〉，見《過去集》（上海：開明書店，1927年）。

69　魯迅：《中國新文學大系·小說二集》（上海市：良友圖書印刷公司，1935年），〈導言〉。

70　周作人：〈沉淪〉，見《自己的園地》（北京：晨報社，1923年）。

71　魯迅：《兩地書》〈二〉，見《魯迅全集》第11卷（北京市：人民文學出版社，1981年）。

　　上述種種痛切感受和深沉感慨，歸根到底來源於他們的內心要求
與嚴酷的社會現實發生尖銳衝突，是處於歷史大轉折時期，少數先覺
者對「歷史的必然要求和這個要求的實際上不可能實現之間的悲劇性
的衝突」[72]的一種自覺意識或直覺感知，是覺醒的心靈遭受折磨遭受
厄運而迸發出來的呻吟和叫喊。因此，儘管這些感受因人因時因地而
異，深淺廣狹強弱不一，卻都具有共同的時代印記和不同程度的典型
意義；也儘管這些感受帶有濃厚的感傷性色彩，甚至帶有一些頹廢氣
息，但實質上都蘊含著深沉的悲劇性意蘊。它們使人傷心，令人不
安，給人痛感，也使人憤怒，令人激動，給人熱力，所喚起的美學感
受是複雜的、強烈的、深刻有力的。那哀而傷、怨而怒、悲憤交加、
不平與抗爭難分、失望與希望相生的思想激情，那痛苦而不沉淪、孤
獨而不避世、迷惘而又不懈求索的自我形象，突出體現了這一代覺醒
者的精神風貌。這種情致不是古人悲苦愁怨的翻版，而是新一代覺醒
者悲劇性命運的反映。這種抒情主人公形象既不同於仕途失意、牢騷
滿腹的古代落魄文人，也不同於消極引退、獨善其身的古代山林隱
士，而是剛從封建主義牢籠中掙脫出來、尋找人生新路而四處碰壁、
摸索前行的新一代知識者的自我寫照。

　　由個人生活遭遇的種種不幸和個人奮鬥、追求的一再失敗所引發
的悲懷傷感，所激起的對黑暗現實的不滿和反抗情緒，是當時許多青
年作者在散文中抒寫的主要內容。他們是以個性主義、人本主義的思
想眼光，在肯定個人生存發展的合理性和要求「幸福的度日，合理的
做人」[73]的思想基礎上來認識、評價個人的不幸遭遇的，因而賦予了
個人的悲傷哀怨以新的思想內容。創造社作家對個人窮困潦倒、飄泊

---

72 〔德〕恩格斯：〈致拉薩爾〉，見《馬克思恩格斯選集》第4卷（北京市：人民出版
　　社，1972年），頁346。
73 魯迅：〈我們現在怎樣做父親〉，見《墳》，收入《魯迅全集》第1卷（北京市：人民
　　文學出版社，1981年）。

流離生活的反映，就不只是一般的歎窮叫苦，而是感慨自己作為一個人連最基本的權利和要求也受到黑暗社會的壓制和剝奪，更不用說追求人的合理、自由和幸福的生活了，感慨自己總是與不幸結伴，與幸福無緣，過的是非人的生活，感到「這樣的活在世上，實在是沒有什麼意思」[74]。他們對個人不幸遭遇的感傷，是與對人的合理生活的追求、對壓迫人的黑暗社會的抗議、對個人不與醜惡現實妥協的獨立人格的自信等思想感情聯繫在一起的。成仿吾在〈江南的春訊〉一文中充分表達了這種思想感情。「從小深處僻地的家中，全然沒有與聞世事，十三歲時飄然遠去，又在異樣的空氣與特別的孤獨中長大了我，早已知道自己不適於今日的中國，也曾痛哭過運命的悲慘，然而近來更覺我與社會之間已經沒有調和的餘地了。我要做人的生活，社會便強我苟且自欺；我要依我良心的指揮，社會便呼我為瘋狗。這樣的狀態是不可以須臾容忍的，而我所有的知識沒有方法可以使我自拔出來；在這樣的窮境中，我終於認識了反抗而得到新的生命了！」從個人的不幸到發現個人與社會的衝突，進而自覺反抗社會的壓迫，這代表了當時不少覺醒青年所走的思想發展道路，也代表了創造社積極浪漫主義的反抗戰鬥精神。

　　對人生悲劇性感受作出最深切表現的無疑是魯迅的《野草》。《野草》當然不只是個人悲苦經驗的抒寫，但這方面無疑是它的一項重要內容。阿英論斷《野草》「是一部最典型的、最深刻的、人生的血書」[75]，僅就其中所表現的悲苦沉鬱心境來說也是如此，具有那些涉世不深的青年作者所缺乏的博大深厚的歷史內容。如他「因為驚異於青年之消沉」[76]而創作的〈希望〉，從內心的寂寞感、失望感、遲暮感

---

74 郁達夫：〈給一個文學青年的公開狀〉，見《寒灰集》（上海：創造社出版部，1927年）。

75 阿英：〈魯迅小品序〉，見《現代十六家小品》（上海市：光明書局，1935年）。

76 魯迅：〈《野草》英文譯本序〉，見《二心集》，收入《魯迅全集》第4卷（北京市：人民文學出版社，1981年）。

的抒寫之中深入探究產生這些情感的現實和歷史、主觀和客觀、個人
和社會的複雜原因。他的心「也曾充滿過血腥的歌聲」，為被自己意
識到的「歷史的必然要求」熱烈戰鬥過，但這種戰鬥沒有結果，一再
使他失望；他寄希望於身外的青春，但世上的青年卻也趨於消沉，這
更使他失望和痛苦。他否定自己那些「沒奈何的自欺的希望」，也否
定與這些自欺的希望一樣「虛妄」的「絕望」，決定「我只得由我來
肉薄這空虛中的暗夜了，縱使尋不到身外的青春，也總得自己來一擲
我身中的遲暮」。他那種即使看不到希望、得不到收穫也要同「空虛
中的暗夜」肉搏，與「身中的遲暮」作戰的戰鬥精神，那種不為「虛
妄」的「希望」欺騙，也不被「虛妄」的「絕望」壓倒的清醒意識和
頑強意志，那種「專與襲來的痛苦搗亂」[77]、「偏要向這些作絕望的抗
戰」[78]的人生態度，充分體現了戰士的本色。他所表現的內心圖景儘
管有些陰冷頹唐，但不帶感傷氣息，沒有浪漫幻想，而有一種清醒冷
峻、沉鬱蒼涼、剛健不撓的悲劇感、崇高感貫串其中，來激勵自身和
青年克服消極情緒，同黑暗社會作持續不懈的戰鬥。他是把個人的悲
劇性感受提高到時代悲劇、社會悲劇的審美高度加以處理的，突出代
表了同類題材作品的典型意義。魯迅深刻體會到先覺者個人與黑暗社
會現實的尖銳矛盾，也深刻意識到先覺者歷史使命的重大和個人力量
的單薄，在他尚未找到新生的戰鬥力量之際，他雖然感到孤獨和寂
寞，但依然不懈地戰鬥著和探索著。「過客」孤獨前行、堅韌不拔的
形象正是這時期魯迅的自我寫照。總之，魯迅所表現的內心痛苦和戰
鬥要求，高度概括了這時期先覺者的情感意願，充分體現了「五四」

---

77 魯迅：《兩地書》〈二〉，見《魯迅全集》第11卷（北京市：人民文學出版社，1981
　　年）。

78 魯迅：《兩地書》〈四〉，見《魯迅全集》第11卷（北京市：人民文學出版社，1981
　　年）。

散文小品所具有的「掙扎和戰鬥」[79]的時代精神。

（三）

「五四」抒情散文所表現的作家個人生活感受，還有偏重於抒寫喜悅欣慰之情一類作品。對母愛、性愛、親子之愛、友愛以及人與人之間的相互同情這一類人間美好情愫的需求和讚頌，對兒童天真活潑天性和純潔無瑕心靈的體察和憧憬，對大自然千姿百態美景和純樸天然狀態的流連和嚮往，對日常人生難得的閒情逸致和有趣的詩意感興的玩味和陶醉，如此等等，在五四抒情散文中也有著廣泛多樣的表現。這類抒情散文有個顯著特點，即直接表現作家的人生理想和美好追求，也間接表現作家的理想嚮往與社會現實的矛盾衝突，往往是喜中有悲，笑裡含淚，與前述心境既相異又相通，同樣表現出錯綜複雜的情趣意蘊。

「人的覺醒」帶來了人情、人性題材的更新和拓展。覺醒的人們普遍希求人生的美化，追求人的合理、正常、幸福的生活，要求人與人之間相互同情、相互親愛、相互尊重。這種新的人生追求在現實社會生活中得不到滿足，他們不得不在有限的生活經驗範圍內尋覓，或向想像的世界索取，來補償心靈的渴望。「五四」散文歌唱人情美的思想主題就是適應覺醒者的這種精神需要而出現的。

性愛戀情是古代散文迴避的領域，「倘若囁嚅之中，偶涉眷愛，而儒服之士，即交口非之」[80]。「五四」作家衝破這一禁區，不僅「叫出沒有愛的悲哀，叫出無所可愛的悲哀」[81]，也熱情歌唱相愛的幸

---

79 魯迅：〈小品文的危機〉，見《南腔北調集》，收入《魯迅全集》第4卷（北京市：人民文學出版社，1981年）。

80 魯迅：〈摩羅詩力說〉，見《墳》，收入《魯迅全集》第1卷（北京市：人民文學出版社，1981年）。

81 魯迅：〈隨感錄四十〉，見《熱風》，收入《魯迅全集》第1卷（北京市：人民文學出版社，1981年）。

福，熱戀的喜悅。川島的〈月夜〉便是「他在熱愛時期蒸發出來的昇華」[82]。他把自己的愛情生活作為人類愛的一種「消息」[83]，帶給正在追求戀愛自由、婚姻自主的青年男女，歌頌了純真的愛情。他如許地山、石評梅、廬隱、蔣光慈等人也多方面地表現愛情生活的獨特感受。可以說，在抒情散文中歌頌愛情始於五四時代。

　　除此之外，親情、友誼、童真之類，雖說古人也是關注的，但古今作家反映在其中的思想情趣是大不相同的。古代散文中所表現的父母之愛、親子之情和朋友交誼，往往帶有尊卑長幼、仁慈孝悌、忠義智信之類封建說教意味，如李密的〈陳情表〉所表達的親情與孝親、忠君思想交織在一起。「五四」作家擺脫古人的窠臼，以現代人類愛的理想審視人倫親情，歌頌建立在人格平等基礎上的相親相愛的純真感情。冰心歌頌那種「不為什麼，——只因你是我的女兒」[84]的母愛，將這種出於天性、自然流露的母愛視為人間最美好最聖潔也是最基本的一種感情，認為母愛是無私的、博大的，因而也是可以推廣開來，遍佈人與人之間的。她當然誇大了母愛的力量，但她不把母愛侷限於人倫親情範圍內，而以自己的博愛思想把母愛昇華為人與人之間相親相愛感情的典範，就充分發揮了這種純真感情的審美意義。朱自清的〈背影〉沒有將父愛神化，只是如實表現父親對兒子的那種骨肉真情，他筆下的父親是個可親可愛的平凡人，他寫自己的父親完全打破了古人那種顯親揚名的俗套。葉聖陶的〈與佩弦〉抒寫朋友之間相知的愉悅，交往的自然，離情別緒的深沉，是表現友情的代表作。豐子愷對兒女的熱愛心腸基於「兒童本位」思想，一反傳統的尊卑長幼觀念，因而才能寫出〈華瞻的日記〉、〈給我的孩子們〉一類歌頌兒童

---

82 郁達夫：《中國新文學大系・散文二集》（上海市：良友圖書印刷公司，1935年），
　〈導言〉。

83 川島：〈惘然〉〈跋〉，見《月夜》（北京：北大新潮社，1924年）。

84 冰心：〈通訊十〉，見《寄小讀者》（上海：北新書局，1927年）。

純真心靈的名文。表現在五四作家筆下的父母之愛、兒女之情和朋友之誼，都是一種親切溫馨的不夾雜半點封建說教意味的人間美好情愫，都是人性美的一種顯示。但這種人情之美，畢竟只能在家庭、朋友、孩子們之間找到。越出這個範圍，他們更多地看到隔膜、猜忌、傾詐、爭奪一類冷酷無情的東西。因而，他們在歌頌這類美好情思的同時，往往流露出溫情難得、人情澆薄、世態炎涼的感傷歎息，蘊含著以此矯正世弊、復歸人性、建造愛的天國的思想要求。儘管這是不切合實際的一種浪漫幻想和善良願望，但體現了他們對人、對人與人之間的關係有一種新的看法和新的憧憬。

　　人生日常生活中的閒情逸趣，也是「五四」作家樂於抒寫的一項內容。人生有戰鬥、勞作的時候，也有休息、閒靜的時候，不同情境中產生的不同情趣都可以表現出來，關鍵還是在於怎樣表現。「五四」作家有不少人在抒寫不滿和反抗黑暗社會現實的思想激情的同時，吟味個人日常生活中的有趣感興。他們並不流於玩物喪志，也不完全是消閒自娛，主要還是出自調劑精神生活、豐富人生趣味的審美需要而創作這類散文小品的，大多帶有肯定人生多方面要求的合理性、追求人生豐富有趣的思想特色。周作人早期散文就是這方面的典型代表。他在〈北京的茶食〉一文中明確表示：「我們於日用必需的東西以外，必須還有一點無用的遊戲與享樂，生活才覺得有意思。我們看夕陽，看秋河，看花，聽雨，聞香，喝不求解渴的酒，吃不求飽的點心，都是生活上必要的」，「可憐現在的中國生活，卻是極端地乾燥粗鄙」。從這種不滿枯燥單調生活、希求人生豐潤多趣的態度出發，他當時在從事廣泛的文明批評和社會批評之餘，寫了不少平和沖淡、閒適慰情的小品文。他談酒品茶，聽鳥聲雨聲，吟詠故鄉的風物，追懷往日的生活，從平凡瑣屑的日常生活中品味出濃厚雋永的人生情趣，真有一種「『忙裡偷閒，苦中作樂』，在不完全的現世享樂一

點美與和諧，在剎那間體會永久」[85]的情思韻味流淌其中。這在同代人的同類型散文作品中是最為突出的，充分體現了同類型作品所特有的怡情適性的審美價值。

「五四」抒情散文在表現作家熱愛大自然方面也有新的開拓，新的發現。中國古代散文歷來就有不少歌頌自然的傑出篇章。古人生活在以自然經濟、農業經濟為主的社會環境中，隨時隨處都可親近自然，尤其是歸隱山林田園的文士，更是朝夕與鄉野自然廝守作伴，從中獲得的美感經驗較為單純樸素。他們觀賞自然，寄情山水，唱的是怡然自得、賞心悅目的田園牧歌，最多也不過是藉此撫慰人生失意的心靈創傷，排遣一點世事多艱的牢騷不平，主要還是表現那種物我兩忘、主客無間、天人同樂的和諧美。郁達夫說：「從前的散文，寫自然就專寫自然」，「很少人性、及社會性與自然融合在一處的」，指的就是古人對自然的審美感受較為純樸，較少涉及人生和社會問題。他同時指出「現代的散文就不同了，作者處處不忘自我，也處處不忘自然與社會。就是最純粹的詩人的抒情散文裡，寫到了風花雪月，也總要點出人與人的關係，或人與社會的關係來，以抒懷抱」，並認為現代作家「從一角新的角度而發見了自然」。[86]這個「新視角」指的是什麼？聯繫「五四」散文歌頌自然的作品來看，我以為指的是現代都市人那種離開了自然而熱烈嚮往自然、崇拜自然的思想眼光，那種把自然和都市文明對立起來的思想觀點，那種將自然作為污濁社會的對立物加以歌頌的審美立場。

「五四」作家主要生活在現代都市社會中，有一種與自然隔離、不堪都市紛擾的痛苦感受，有一種「返回自然」的熱烈要求。鮑桑葵指出：「人所以追求自然是因為他已經感到他和自然分開了。古代精

---

85 周作人：〈喝茶〉，見《雨天的書》（上海：北新書局，1925年）。
86 郁達夫：《中國新文學大系‧散文二集》（上海市：良友圖書印刷公司，1935年），〈導言〉。

神和近代精神的一切區別都暗含著這種對比。」[87]這說出了近代人追求自然的心理動因。正因為現代人離開自然越來越遠了，受都市文明的侵擾越來越深重了，因而也就越來越強烈地嚮往大自然的純樸、寧靜、清新和活力，越來越把自然美視為心靈渴望的滋養加以尋求。

徐志摩就認為：「人是自然的產兒，就比枝頭的花與鳥是自然的產兒；但我們不幸是文明人，人世深似一天，離自然遠似一天。離開了泥土的花草，離開了水的魚，能快活嗎？能生存嗎？從大自然，我們取得我們的生命；從大自然，我們分得我們繼續的滋養。……有幸福是永遠不離母親撫育的孩子，有健康是永遠接近自然的人生。不必一定與鹿豕遊，不必一定回『洞府』去：為醫治我們當前生活枯窘，只要『不完全遺忘自然』一張輕淡的藥方，我們的病象就有緩和的希望。」[88]他把自然視為人生的母體，作為醫治精神創傷的藥方，恢復健全人性的途徑，最突出地體現了現代人崇拜自然、嚮往自然的思想感情。郭沫若也感到「在這個亞當與夏娃做壞了的世界當中」，只有回到大自然去，才可以另創「一個理想的世界」。[89]顯然，他們是把自然作為一個理想世界，作為醜惡現實的對立物，作為反抗現實或逃避現實的避難所，加以歌頌和崇拜的。因而，他們往往在歌頌自然美的同時，也直接或間接地表達了自己對黑暗現實的憎惡，對病態生活的反省，對健全人生的企求，的確將「人性，社會性，與大自然」的複雜聯繫表現出來，寫出了現代人對自然美那種敏銳、精細、繁富、強烈的感受，充分發揮了自然美對人生的獨特意義。

「五四」作家對大自然的神往，與其說是古代田園詩文傳統的流變，不如說是西方浪漫主義「返回自然」呼聲的迴響，與其說是消極避世，不如說是另一種形式的積極入世。這種充滿浪漫激情地歌頌自

---

87 〔英〕鮑桑葵著，張今譯：《美學史》（北京市：商務印書館，1985年），頁116。
88 徐志摩：〈我所知道的康橋〉，見《巴黎的鱗爪》（上海：新月書店，1927年）。
89 郭沫若：〈月蝕〉，見《星空》（上海：泰東圖書局，1923年）。

然，是五四抒情散文有別於古代山水散文的一個主要標誌。此外，
「五四」抒情散文還開拓了領略異域風光和人工自然的新領域，開闊
了人們的審美視野。

　　「五四」作家從不滿污濁現實和灰色人生出發，將人情美和自然
美作為現實紛擾不安、枯燥無味生活的對立物和補償物加以歌頌和追
求，這與前述側重表現悲苦愁怨、憤世嫉俗情思的抒情之作有著內在
的精神聯繫，是理想和現實衝突的另一種表現形態。人間之愛，自然
之美，成為這類抒情散文吟詠的主題，禮讚的對象。從這個意義上
說，它們屬於席勒所說的「廣義的牧歌」[90]，確實帶有一種「田園詩
人情趣」。但這時代不是唱「牧歌」的時代，不是能當「田園詩人」
的時代。人間的愛是那麼難得，自然的美也越來越遭到破壞，社會現
實是那麼嚴酷，都市人生是那麼灰暗，理想與現實的對立是那麼尖
銳，……這一切都有形或無形地給這類「牧歌」打上了苦難時代的印
記，塗上了「哀歌」的色調。當周作人覺得「生在中國這個時代，實
在難望能夠從容鎮靜地做出平和沖淡的文章來」[91]之際，他是看到了
時代的嚴峻性及其對個人藝術追求的制約；人們就有理由將他和古代
田園詩人區別開來，如阿英所指出的那樣：「周作人的小品，究竟不
是明人的小品，從認識上、方法上，如果深刻的研究起來，是處處可
以看到現代性的痕跡。」[92]當徐志摩說出「我們不幸是文明人，人世
深似一天，離自然遠似一天」的話時，我們聽到的是現代人那種喪失
了自然的歎息和不滿現實的心聲。當冰心向讀者宣稱自己「詩的女
神」只是「滿蘊著溫柔，微帶著憂愁」[93]之際，她是自覺意識到溫情

90 參見〔德〕席勒著，曹葆華譯：〈論素樸的詩與感傷的詩〉，《古典文藝理論譯叢》
　　1961年第2期。

91 周作人：《雨天的書》（上海：北新書局，1925年），〈自序二〉。

92 阿英：〈俞平伯小品序〉，見《現代十六家小品》（上海市：光明書局，1935年）。

93 冰心：〈通訊二十七〉，見《寄小讀者》（上海：北新書局，1927年）。

的撫慰作用畢竟有限，是為自己作品中憂喜交織、笑中含淚的美學風貌作了絕妙寫照。總之，這類抒情散文往往是以哀歌的調子來唱牧歌，以感傷的眼光來看浪漫的理想，以現實的冷酷污濁反襯愛的溫柔和自然的美妙，以理想的憧憬來醫治心靈的創傷和對抗現實的壓迫。它給人的審美感受不僅是溫情的慰藉，美景的愉悅，而且還往往有熱情的激勵，理想的召喚。它正面體現了這一代覺醒者的人生追求和精神嚮往，是「五四」抒情散文所顯現的知識分子精神風貌的另一個重要側面。

（四）

五四時期的抒情散文創作，除了上述偏重於表現「主體本身」的情感經驗和內心意願，通過個人抒懷方式折射現實社會生活和精神生活的光影色調之外，還有不少作品偏重於表現「通過主體而產生的一切東西」，即著重表現那些由作家所處的社會生活關係引發、與社會生活發生廣泛聯繫的、而又為作家所深刻把握的思想感情，如感時憂國、關心人民、改造社會、參與現實革命鬥爭之類社會性和戰鬥性色彩鮮明的思想激情。這些情感意願在「五四」抒情散文中也得到廣泛的表現，而且隨著時代主導精神的變化發展、作家社會意識的普遍覺醒和生活視野的逐漸開闊而逐漸發展成為重要的抒情題材。

別林斯基說：「一切普遍事物，一切實體的東西，一切概念，一切思想——世界和生活的基本推動力，都可以構成抒情作品的內容，可是，有一個條件：普遍事物必須化為主體的血肉般的所有物，浸透到他的感覺中去，不是跟他的某一個方面，而是跟他的整個存在結合起來。」[94]這裡指出了普遍性、客觀性、觀念性題材轉化為抒情內容

94　〔俄〕別林斯基著，滿濤譯：《別林斯基選集》第3卷（上海市：上海譯文出版社，1980年），頁59。

的條件和途徑。一切都必須經過抒情主體的主觀改造和有機融化，為主體所深刻體驗和具體把握，成為主體精神生活的血肉般的所有物，才能構成抒情作品的藝術內容。抒情散文同樣可以表現廣闊的社會生活，但有自己的表現重點和表現方式，它以表現社會生活在抒情主人公心中引發的思想感情為主，還是以作家抒情述感方式反映社會生活風貌。因此，抒情散文反映社會生活、表現社會性思想感情的廣度和深度，取決於作家觀照、體驗、思考生活的深廣程度。

　　「五四」作家是現代中國率先覺醒的先進階層的一部分。他們不僅有自覺的自我意識，而且有自覺的社會意識和民族意識；不僅要求個性解放，而且要求社會進步和民族解放；不僅關心個人命運，而且關心人民和祖國的命運。他們的個性主義思想大多是與人道主義、愛國主義思想結合在一起的，救己救民救國的思想願望是複雜統一在一起的。他們大多先後意識到個性解放離不開社會解放和民族解放，個人命運是與祖國和人民的命運密切相關的，特別是在封建主義和帝國主義的雙重壓迫下更是如此。因而，他們普遍不滿黑暗社會，要求變革現實，積極探索個人和社會的出路，不懈追求理想人生和理想社會，力圖以自己的文學活動參與歷史變革進程。這就決定了他們的抒情散文創作與時代的戰鬥要求和人民的生活願望保持著密切聯繫，具有鮮明的時代的、民族的思想特色。

　　「五四」作家繼承和發揚了「天下興亡，匹夫有責」的愛國主義傳統。以現代人的國家和民族意識突破了古人忠君報國的模式，從現代中國所面臨的亡國滅種的嚴重危機中激發出救亡圖存的愛國熱情。他們把祖國和民族看作是自己生息依存的母體，把自己的命運與祖國和民族的命運直接聯繫起來。他們有一種現代的民族平等要求，有一種清醒的民族憂患意識，有一種「中國人要從『世界人』中擠出」的

「大恐懼」[95]，也有一種喚醒國人奮起救亡圖存的強烈願望。但由於內憂外患十分深重，國人尚未普遍覺醒，他們又時時感到報國無門，回天乏力，找不到切實出路，不能被國人理解的痛苦不安。儘管如此，他們也不懈探索救國救民道路，表現出博大深沉的愛國熱情。「寄意寒星荃不察，我以我血薦軒轅。」[96]魯迅的詩句很能代表這一代先覺者對故國那種不被理解也一樣堅執的赤子熱忱，和以身相許、矢志不渝的崇高情懷。鄭振鐸因政治迫害不得不遠走海外之際所寫的〈離別〉這篇抒情散文，便表達了這種感情。他坦露「我不忍離了中國而去，更不忍在這大時代中放棄每人應做的工作而去」，「我這樣不負責任的離開了中國，我真是一個罪人」的內心隱痛，即便不為故國社會所容，他的誓言仍是「我終將為中國而努力，而呈獻我的身，我的心；我別了中國，為的是求更好的經驗，求更好的奮鬥的工具」。他的愛國熱情充分表現在這種誰也剝奪不了他的愛國權利的堅定信念中。

當時的作家們對民族屈辱、國家危急特別敏感，隨時隨處以不同方式表現出自己感時憂國的心懷。魯迅在〈藤野先生〉一文中表現了弱國受欺的深切感受和凜然不可侵犯的民族尊嚴。郭沫若在〈今津紀遊〉通過個人對「日人所高調讚獎的『護國大堤』」的蔑視，鮮明表達了自己的民族敵愾心。在〈月蝕〉中，他將自己對祖國積弱受辱的深沉感慨與個人窮困潦倒的屈辱感受熔為一爐，強烈抨擊了帝國主義欺辱中國人民的罪行。朱自清從一位小西洋人的突然變臉「襲擊」自己的「兩秒鐘」中敏銳感到受「侮蔑」的痛苦和憤怒，看到近代以來中國的屈辱歷史，「於是有了迫切的國家之念」。[97]冰心看見日人展覽

---

95 魯迅：〈隨感錄三十六〉，見《熱風》，收入《魯迅全集》第1卷（北京市：人民文學出版社，1981年）。
96 魯迅：〈自題小像〉，見《魯迅全集》第7卷（北京市：人民文學出版社，1981年）。
97 朱自清：〈白種人──上帝的驕子〉，見《背影》（上海：開明書店，1928年）。

「中日戰勝紀念品」時，「心中軍人之血，如泉怒沸」。[98]盧隱看見大連的孩子受奴化教育變得「誰也不曉得有中華民國」的情景憂心如焚。[99]郁達夫〈歸航〉抒寫海外遊子歸國途中的複雜情思，既有擺脫異國淩辱、返回故土的欣慰之情，又有回國後不免仍受社會虐待、報國無門的痛苦預感。

　　面臨亡國滅種的嚴重危機，這一代作家不只是憂慮焦灼、痛苦不安，還多方探索救國道路，即便一再受折碰壁也堅持不懈。瞿秋白抱著「總想為大家闢一條光明的路」的願望，「捨棄了黑甜鄉里的美食甘寢」，奔赴「冰天雪窖饑寒交迫」的「餓鄉」取經[100]，終於結束「二十年來盲求摸索不知所措」的狀態，「見著心海中的燈塔」[101]，回國實踐自己所找到的革命真理。除他之外，當時許多作家的多方探索經歷了一再失敗的痛苦磨煉，正像魯迅〈希望〉所深刻表現的那樣，希望與絕望在心中交戰更迭，即使無望「還要尋求」，「縱使尋不到」也要抗爭到底。「路漫漫其修遠兮，吾將上下而求索」，偉大詩人屈原的名句被現代作家賦予了嶄新的思想內容，成為這一代作家執著探索救國救民道路的崇高精神的絕妙寫照。由於內憂外患日益深重，更由於這種憂患感、危機感在當時尚未像三、四〇年代那樣為國人所普遍認識，只是為少數覺醒者所深刻意識到，這少數覺醒者又深深感到自身無力解決危機，因而，在這特定歷史條件下，「五四」抒情散文中感時憂國的作品普遍帶有焦灼不安、沉鬱悲壯的色調，像瞿秋白那種「羅針指定」、樂觀昂揚的調子是極少的，只有到了「五卅慘案」發生後、大革命高潮興起之際，才逐漸增強了慷慨激昂的音調。

98　冰心：〈通訊十八〉，見《寄小讀者》（上海：北新書局，1927年）。

99　盧隱：〈月下的回憶〉，見《海濱故人》（上海：商務印書館，1925年）。

100　瞿秋白：《餓鄉紀程》〈緒言〉，見《瞿秋白選集》（北京市：人民文學出版社，1959年）。

101　瞿秋白：《餓鄉紀程》〈跋〉，見《瞿秋白選集》（北京市：人民文學出版社，1959年）。

　　對於人民,「哀其不幸,怒其不爭」[102],可說是「五四」作家普遍表現出來的一種情感態度。這時期抒情散文正面反映底層人民生活的作品不多,主要是表現作家對人生普遍的苦難和不幸的情感體驗,因而突出表現出來的是作家的人道主義同情心,為受損害受侮辱者抱不平的社會正義感。朱自清由自己親眼看見的七毛錢出賣一個小女孩的悲慘情景,發出「生命真太賤了」的抗議和「這是誰之罪呢」的責問。[103]郭沫若〈夢與現實〉一文,上篇抒寫自己沉醉於自然美的「適意的夢境」,下篇抒寫自己目睹現實人生悲劇時的驚醒。他同情下層人民的不幸,又敬佩他們的生活毅力。郁達夫對他人的苦難感同身受,有一種與人民同命運、共患難的深切感受,有一種「凡地上一切的苦惱、悲哀、患難,索性由我一人負擔了去罷」[104]的博愛心腸。他們對人生不幸的觀察、體驗,總是與自身的悲懷傷感聯繫在一起,他們同情、關懷人民的感情往往與自愛自憐或同病相憐的感情結合在一起,這和那種居高臨下式的悲天憫人或博施濟眾的慈善心是不可同日而語的,而是基於自己與人民同命運的自覺或不自覺意識而生發的同情心和愛人之心。這種人道主義同情心和愛人之心,又往往與作家的社會正義感和不滿現實、要求改變現實的現實戰鬥精神聯繫在一起,他們為人民抱不平抒憤懣的態度也往往與喚醒和激發人民起來抗爭的願望結合在一起。這就使得「五四」抒情散文中表達出來的同情和熱愛人民的感情具有自己時代的思想內容。

　　「五四」抒情散文中,還有一些作品從時代鬥爭生活的見聞體驗出發,直接表現作家對時代戰鬥精神的敏銳感應。這突出表現在一些作家對「五卅慘案」、「三一八慘案」、大革命高潮和大革命失敗這一

---

102 魯迅:〈摩羅詩力說〉,見《墳》,收入《魯迅全集》第1卷(北京市:人民文學出版社,1981年)。

103 朱自清:〈生命的價格〉,見《蹤跡》(上海:亞東圖書館,1924年)。

104 郁達夫:〈還鄉記〉,見《蔦蘿集》(上海:泰東圖書局,1923年)。

系列重大社會事件的情感反應上。如葉聖陶的〈五月卅一日急雨
中〉，鄭振鐸的〈街血洗去後〉和〈向光明走去〉，王統照的〈血梯〉
和〈烈風雷雨〉，魯迅的〈紀念劉和珍君〉、〈淡淡的血痕中〉和《野
草》〈題辭〉，周作人的〈關於三月十八日的死者〉，等等，或慷慨激
昂，或悲憤沉痛，都洋溢著一股時代戰鬥激情。這類抒情散文作品雖
然為數不多，卻充分表現了作家的反帝愛國熱情，積極參與時代鬥爭
的革命熱情，說明這一代作家大多是站在時代前列、與時代革命鬥爭
生活息息相關的，是能夠從時代主潮中吸取精神力量來熔鑄新的抒情
篇章的。它們為中國現代抒情散文的發展開拓了一個新的抒情領域和
新的審美境界，開創了一條抒寫重大社會題材、敏銳感應時代戰鬥精
神的發展道路。

　　綜上所述，可以說五四時期抒情散文多方面地展示了這一代作家
的心態和心史，通過他們的抒懷述感表現了現代中國人的生活實感和
思想願望，反映了現代中國社會生活和精神生活的光影氣息。作家們
「情感生活的全部濃淡色調，瞬息萬變的動態或是由極不同的對象所
引起的零星的飄忽的感想」[105]，都在抒情散文創作中得到廣泛而敏捷
地表現。各人表達的思想感情固然有廣狹、深淺、強弱、高低之分，
但本質上都是覺醒的、真誠的、正直的心靈在釋憤抒情，在歌唱現代
人的悲喜哀樂，在表達現代人的情感意向，在體驗、感知、思考現代
人的生活境遇和精神追求，都具有現代性。我們看到的抒情主人公，
無論是苦悶者，零餘者，飄泊者，孤獨者，尋路者，還是理想主義
者，人道主義者，愛國者，叛逆者，社會鬥士，無論是在呻吟，在歡
笑，還是在憤怒，在思索，都是「五四」的產兒，新思潮的受洗者，
都是覺醒的獨立的人，有思想有情慾有追求的活生生的人，都不是麻

105　〔德〕黑格爾著，朱光潛譯：《美學》（北京市：商務印書館，1981年），第3卷，下
　　冊，頁192。

木不仁、安於現狀、自甘沉淪、守舊復古或清心寡欲、知天樂命、獨善其身、超然出世諸類型人物。從「五四」抒情散文這一視角，我們看到了新一代知識分子心靈的覺醒和思想感情的解放，看到了他們對自我、對人生、對自然、對社會、對世界的新發現、新態度、新思考，看到了他們內外面生活的起伏變遷和精神風貌的煥然一新。

三　抒情體式的變革創新

在「五四」文學革命中產生的中國現代散文，除了變革和發展傳統散文特別發達的論說與記敘藝術、形成新型的議論性散文和敘事性散文兩大部類外，也解放和發揮了散文的抒情功能，促使抒情性散文卓然獨立，不僅可以在散文天地裡與議論性散文、敘事性散文構成三足鼎立、各擅勝場的格局，而且可以在抒情藝壇上與抒情詩比試一番，顯示自身的特長。

朱自清認為：新文學中「小品散文的體制，舊來的散文裡也盡有；只精神面目，頗不相同罷了」[106]。中國古代散文確是品種繁多，體式豐富。其中，有不少是出自封建統治階級內部上下溝通需要而產生的，如奏議、章表；也有不少是由古代社會特定的文化交流傳播方式形成的，如贈序、碑誌。這些大多隨著時代的變遷和傳媒的更新而被歷史淘汰了，或被改變了性質。除此之外，還有不少適應性強的文體樣式流傳下來，成為新時代散文革新創造的藝術基礎，如論辯、史傳、雜記、書牘、哀祭諸體式及其豐富的表達技巧。中國深遠豐厚的散文藝術傳統，無疑是現代散文創建發展的一筆寶貴遺產。新文學開創期「散文小品的成功，幾乎在小說戲曲和詩歌上」[107]，這一突出成

---

106 朱自清：〈論現代中國的小品散文〉，《文學週報》第345期（1928年11月）。

107 魯迅：〈小品文的危機〉，見《南腔北調集》，收入《魯迅全集》第4卷（北京市：人民文學出版社，1981年）。

就與中國散文藝術傳統的內在影響大有關係。當然，現代散文並不是
簡單沿襲舊文體，用舊瓶裝新酒，而是融舊鑄新，以新的「面目」顯
示新的「精神」，在體式、手法上也都有新的創造。除了縱向的承傳
變革，推陳出新，現代散文還進行橫向的借鑑，既向外國散文汲取營
養，又向姐妹藝術門類開放，從中吸取新鮮的血液。

　　中國古代文論家，對古代散文作過分門別類的研究。姚鼐將古文
分為十三類，大體上囊括了古代散文的常用文體。其中明顯接近於抒
情文體的是頌贊、辭賦和哀祭。不過，這三類作品夾雜著詩賦，而且
大多與應用文章混雜不分，跟現代的抒情散文還是有區別的。其他十
類，除了論辯、奏議、詔令三類顯然屬於說理散文外，序跋、書說、
贈序、傳狀、碑誌、雜記、箴銘諸類，都分別有敘事、說理、言情或
兼而有之的各種作品。這說明傳統的文體論主要不是依據文體的性質
而是根據其功用進行分類的，還沒有獨立而自覺的抒情散文觀念，抒
情散文創作實際上混雜於上述各類作品中，處於依附狀態；而且，深
受「文以載道」觀念的制約，抒情言志的散文歷來都不像論說、史傳
那樣備受士大夫的看重，從而形成散文的說理敘事藝術特別發達、抒
情藝術相對萎縮並大大落後於詩詞的失調現象。這種狀況，到了五四
時期才大為改觀。現代人以新的文學觀念界定散文，把散文看作是與
詩歌、小說、戲劇並列的一種純文學形式，把那些應用性文章排除在
文學散文之外，著重以文體性質區分各種文學散文，一般分為抒情散
文、敘事散文和偏重於說理評論的雜文三大類。又由於抒情散文充分
具備文學的情感性特徵而率先被承認是典型的美文，也因為散文不拘
一格，比詩歌更便於自由靈活地表達情感而擁有更多的作者，抒情散
文才脫穎而出，適時興盛，迅速發展成為散文界舉足輕重的一個獨立
品種和抒情文學的一大門類，從而改變了由詩歌獨佔抒情文學鰲頭的
傳統格局。抒情散文在「五四」文壇卓然獨立以來，眾多作家樂於採
用散文抒懷述感，根據各自的表達需要創造了多種多樣的體式和手

法，開拓了抒情散文發展的寬廣天地。依據各種表現形式的特點和功能，這裡將五四時期的抒情散文劃分為抒情小品、抒情散記和抒情隨筆三種類型，以便具體考察、比較研究各類抒情文體的革新實績和審美特徵。

（一）

　　抒情小品是抒情散文的典型形態，是一種「純」抒情文體。它類似詩歌中的抒情短詩，短小凝鍊，靈敏活潑，最便於表達日常生活感興，揭示作者內心的情思志趣。周作人在談論五四時期「小詩」流行時指出：「如果我們『懷著愛惜這在忙碌的生活之中浮到心頭又復隨即消失的剎那的感覺之心』，想將它表現出來，那麼數行的小詩便是最好的工具了。」[108]這從創作心理動因闡明了抒情短制的產生依據和表現特長。魯迅在回顧《野草》創作時說：「有了小感觸，就寫些短文」[109]，這一自白當然含有自謙成分，但也道出了「小感觸」與「短文」的內在聯繫，說明短小精煉的藝術形式是由表現內容所決定的。小品文形式的短小簡潔，也決定了抒情內容必須濃縮概括。它雖然容納一定的人事景物片段，卻必須精心提煉，融入抒情氛圍，不允許它們溢出抒情需要而喧賓奪主，或游離於抒情主旨之外而獨立存在。在抒情小品中，抒情統率一切，駕馭各種筆法，或即興抒懷，或詠物言志，或借景抒情，或記事述感，有虛有實，而以「虛」（抒情言志）為主，以「虛」化「實」。它需要具體描寫引發作者感興的場景片斷，藉以創造某種抒情契機，與作者的心靈感應諧調合成藝術情境，這是它區別於更為概括的抒情詩的一個特點。但它又要儘量壓縮敘述因素以突出抒情旨趣，不像敘事散文那樣鋪寫人事活動。因此，它獨

108　周作人：〈論小詩〉，見《自己的園地》（北京：晨報社，1923年）。

109　魯迅：〈《自選集》自序〉，見《南腔北調集》，收入《魯迅全集》第4卷（北京市：人民文學出版社，1981年）。

立於抒情詩與記敘文之間，是以散文抒情的典型文體。

　　五四時期是現代抒情小品的創立期和成熟期。抒情的小品文是從「晨報副刊」的「浪漫談」專欄上起步的，當時與雜感小品交織難分；到了一九二一年一月《小說月報》革新號問世時，它就被列入「創作」欄目，陸續推出了冰心的〈笑〉和〈往事〉、許地山的《空山靈雨》等佳作。這表明抒情小品業已成為一種自覺的藝術創作，並為新文壇所接納。周作人於一九二一年五月所寫的〈美文〉，就肯定美文裡「可以分出敘事與抒情」以及「兩者夾雜」諸類，明確指出抒情的散文屬於「藝術性的」「美文」。[110] 在短短的五、六年間，魯迅、周作人、冰心、朱自清、俞平伯、王統照、綠漪、陳學昭等人熱心開墾小品文園地，使之出現了名家輩出、佳作林立的空前盛況。他們從各自的生活感興出發，率真表達自己的喜怒哀樂，深入剖示內心的感情糾葛，大膽坦露個人的志趣意向，大多帶有自敘自剖、率性抒懷的時代特色。他們在抒情小品中傾注了更多的藝術心血，都自覺把散文寫成美文，注重藝術上的獨創和完美，創造出各種式樣的抒情體式，主要有書信體、速寫體、隨感體、散文詩等具體樣式。

　　書簡小品古已有之，是古人交流資訊、溝通感情的一種主要形式。其中如曹植、嵇康、陶弘景、吳均、王維、韓愈、柳宗元、歐陽修、蘇軾等人的書信和顏之推等的家書，也有不少長於抒情談心，富於文學價值。但古人只限於向親友訴說衷情，而且並不自覺地要把書信寫成文學作品，主要還是出自親友間傳遞信息的實際需要寫下的。「五四」作家則將實用書信和文學書信明確區分開來，借用書簡小品形式創作抒情散文，把公眾讀者視為知己，向他們交心，即便是寫給某個具體受信人，也是作為一篇文學作品來寫，並且公諸報刊，為廣大讀者所閱讀，如周作人的〈山中雜信〉、郁達夫的〈給一位文學青

---

110 周作人：〈美文〉，《晨報》第7版，1921年6月8日。

年的公開狀〉等。他們覺得書信形式便於表現自己，能與讀者親切地交流思想感情，從而熱心提倡和創作書簡小品，將書信誠懇坦白、親切自然的特點帶入散文創作，創造了書信體抒情小品這一藝術形式。

　　周作人在當時提倡過書簡小品，認為它是「文學中特別有趣味的東西，因為比別的文章更鮮明的表出作者的個性」，具有「更真實更天然」的特點。[111]他自覺地將書信的特長融入自己的小品文創作，既寫出〈苦雨〉、〈烏篷船〉之類正格的書簡小品，又寫了大量帶有書信風味的「談話風」散文。他向友人或公眾娓娓訴說日常感興，坦露自我心曲，不露人工做作痕跡，以親切自然感人至深。捧讀〈苦雨〉、〈烏篷船〉等作品，我們好像變為收信人那樣，從信文裡看到苦雨齋主人在跟自己閒聊雨天的情趣，乘坐烏篷船看四周物色、聽水聲櫓聲的適意，真切地感知作者當時的性情心態。這是書簡小品引人愛讀的一個內因，它既顯示了文格與人格的一致性，也拉近了作者與讀者的心理距離，以真摯親切感染人。

　　冰心的《寄小讀者》是五四時期影響最大的書信體抒情小品。它以系列通訊的方式向青少年讀者傾吐作者留美期間的觀感情思，其中的幾封家書也是優美的抒情作品。冰心在〈四版自序〉裡說：「假如文學的創作，是由於不可遏抑的靈感，則我的作品之中，只有這一本是最自由，最不思索的了」，「母親賦予了我以靈魂和肉體，我就以我的靈肉來探索人生。以往的試驗探索的結果，使我寫了寄小朋友這些書信。這書中有幼稚的歡樂，也有天真的眼淚！」可見她這些寄小讀者的通訊，是一種自覺的文學創作，並且充分體現了書信體散文自由抒寫真情實感和個人性格的創作特色。《寄小讀者》風靡一時，固然是由於其情思清新鮮活，溫柔感人，但也和作者所創造的與讀者親切

---

111 周作人：〈日記與尺牘〉，見《雨天的書》（上海：北新書局，1925年）。

談心的通訊方式和「不絕如縷，乙乙欲抽」[112]的抒情方式分不開。作者預擬了自己的讀者群——親愛的小朋友，把他們當作知心朋友和談心對象，自稱寫作時，「我似乎看得見那天真純潔的對象，我行雲流水似的，不造作，不矜持，說我心中所要說的話」[113]，始終以大姐的口吻向小弟妹們娓娓訴說自己的愛心柔情。這就樹立了率真懇切、平易可親的抒情形象，突出體現了與讀者平等對話、相互溝通的時代新風。

速寫體抒情小品偏重於表現作者日常生活的見聞觀感，帶有寫實抒情風格。作者隨時隨處將觸發感興的生活場景和人事片段描繪下來，猶如繪畫中的速寫、素描一類，在簡潔樸素的形象畫面上飽含著自己獨到的感受。冰心的〈往事〉、朱自清的〈背影〉、郭沫若的〈小品六章〉，便是這類小品的代表作。作者即興下筆，不假雕琢，全憑自身體察的敏銳真切、勾描的逼真傳神吸引人。如朱自清所描繪的父親的背影，看似普通平凡，卻是全文的聚光點，凝聚了他對父愛的獨特發現和深刻體認，高度概括了普天下的父母之心和親子之情，給人留下不可磨滅的印象。這是平中見奇、小中見大、剎那間留住永恆的藝術典範。李文田稱道《背影》一書是「一個最好的散文範本，它叫我們感到寫散文並不困難，並覺得無論甚麼事物都可以寫成很好的文章，它那麼自然，那麼醇厚，既沒有那些過分的傷感，又沒有那些飛揚跋扈的氣息，假如說散文之中也有所謂正宗的話，我以為這樣的就是」[114]。這不僅講出了朱自清散文的美質和意義，也道出了速寫體抒情小品所應具有的散文的本色美和自然美。在朱自清手上，抒情與寫實有機化合，運用白話口語抵達得心應手的境界，樹立了一種平易、樸實、本色的散文美典範。

---

112 冰心：《寄小讀者》（上海：北新書局，1927年），〈四版自序〉。

113 冰心：〈通訊二十五〉，見《寄小讀者》（上海：北新書局，1927年）。

114 李廣田：〈談散文〉，見《文藝書簡》（上海市：開明書店，1949年）。

　　隨感體抒情小品，即興抒懷，有感而發，也是很便於表達作者日常生活的感興意想的，宋明兩代的小品文大多可劃歸於這一類。它們偏重於吟味人生世態，歌詠風花雪月，抒發閒情逸趣，如蘇軾、袁宏道、張岱諸家小品。「五四」作家中，固然有人師承這個傳統，但「精神面目」已有所不同。正如周作人所說的：「現在有許多文人，如俞平伯先生，其所作的文章雖用白話，但乍看來其形式很平常，其態度也和舊時文人差不多，然在根底上，他和舊時的文人卻絕不相同。他已受過了西洋思想的陶冶，受過了科學的洗禮，所以他對於生死，對於父子、夫婦等的意見，都異於從前很多」，「現在的青年，都懂得了進化論，習過了生物學，受過了科學的訓練。所以儘管寫些關於花木，山水，吃酒一類的東西，題目和從前相似，而內容則前後絕不相同了」。[115]這帶有為自己一派人辯解的話，當然著重強調相異之處，但還是說出了一定的道理。思想眼光變了，感情態度當然有所變化，表現形式也不能不跟著變革。俞平伯的〈湖樓小撷〉、〈清河坊〉、〈雪晚歸船〉諸篇章，記美景，詠街巷，談夢說今，隨感成文，不以雅士自居，而以俗骨自許，注重世俗剎那間實感的品味和闡發，追求綿密、飄忽、樸拙而晦澀的文風，確是當時一種新奇的白話美文。周作人那些談酒品茶的隨感體小品文，也蘊含著現代人生的悲苦感懷和精神追求，寫得更為從容舒展，婉曲多姿，「究竟不是明人的小品，從認識上、方法上，如果深刻的研究起來，是處處可以看到現代性的痕跡。周作人的小品之與明人的小品，是發展的，而不是如他自己所說，是復興的，因此，相彷彿的程度，也是有限止的。」[116]

　　「五四」的隨感體抒情小品，除了前述承傳變革傳統小品一路外，還有取法於外國散文藝術的。如許地山、王統照、徐志摩等人，

115　周作人：〈第五講：文學革命運動〉，見《中國新文學的源流》（北平市：人文書店，1932年）。

116　阿英：〈俞平伯小品序〉，見《現代十六家小品》（上海市：光明書局，1935年）。

　　將隨感體小品文用於內心獨白，發展成為冥想小品，就較多地吸取了外國遐想式幻想式散文的寫法，新創了一種抒情體式，開拓了內心世界的廣闊空間。許地山將心中似憶似想似夢的情景，隨感隨記在《空山靈雨》之中。他稟承了佛學玄思的習性，以「生本不樂」[117]的眼光審視人生，既發現了現世眾生的苦難，也在令人陶醉的情愛領域發掘出不樂的因素，還讓七寶池上的女子動了鄉思凡心，其瑰麗奇特的浪漫主義想像令人耳目一新。「王統照作為小品文作家而存在的，也就是建築在他的『冥想的小品文』上。」[118]他的〈片雲四則〉、〈陰雨的夏日之晨〉、〈血梯〉諸作，是他對自我對人生苦思冥想的產物，感悟銳敏，浮想聯翩，思緒如雲，健筆似飛，以熱切的獨白、有力的節奏打動人。徐志摩的〈想飛〉無疑是幻想式的，〈翡冷翠山居閒話〉和〈北戴河海濱的幻想〉並非一般的遊記，而是他對人生與自然的暢想曲，充滿著浪漫詩人的自我擴張氣息和主觀遐想色彩。他們都充分發揮自己的藝術想像力和自由創造力，將自己內心形形色色的意象圖景袒露無遺，與公眾讀者肺腑相見。

　　散文詩是抒情散文向抒情詩位移、吸取詩歌藝術某些因素而形成的一種介於詩和散文之間的交叉文體。它源於詩文的相互滲透，有的來自詩的散文化，有的出自散文的詩化；「五四」的散文詩就是由這兩條途徑發展起來的。這裡專就後一種情況而言，或稱詩化小品文。

　　抒情散文詩化傾向的出現有其內在必然性。抒情詩文同屬於抒情文學類，本同而末異，在性質、功能、表情方式諸方面頗多相通之處。抒情詩又比抒情散文發達成熟得早，其抒情藝術經驗也大多適用於散文創作。因此，散文在保持和發揮自身的抒情特長的同時，可以吸收詩歌藝術的某些成分來豐富和提高自己的表現力，這就必然產生

117 許地山：《空山靈雨》（上海：商務印書館，1925年），〈弁言〉。
118 阿英：〈王統照小品序〉，見《現代十六家小品》（上海市：光明書局，1935年）。

詩化小品文這種交叉文體。中國古代早有以文入詩和以詩為文的試驗，出現過不少半詩半文、詩文結合的作品，大量的辭賦小品就是例證。「五四」散文家揚棄、改造了古代以詩入文的藝術傳統，又自覺接受西方現代散文詩藝術的影響，尤其是積極借鑑波德萊爾、屠格涅夫和泰戈爾諸家散文詩的範本，從而創立了現代詩化散文的新體裁，即當時人們所說的「詩的散文」或「散文詩」。滕固指出，「詩化的散文」是將「詩的內容互於散文的行間」[119]。于賡虞認為，散文詩「乃以美的近於詩辭的散文，表達人類更深邃的情思」，它與詩的區別在於「文字上有充分運用的自由（不受音律的限制），在思想上有更深刻表現的機會（不完全屬於感興了）。但散文詩寫到絕技時，仍能將思想溶化在感情裡，在字裡行間蘊藏著和諧的音樂」。[120]朱光潛以為散文詩「只是有詩意的小品文，或則說，用散文表現一個詩的境界」[121]。這些界定著眼點略有差別，但都說明散文詩比詩自由靈活，有散文的自然美，又比散文凝鍊精緻，有詩的意蘊和節奏，是詩文合一的產物，在抒情力度和自由度上顯示了「雜交優勢」，成為現代抒情小品中嶄露頭角、備受歡迎的抒情體式。

　　散文詩更接近於抒情詩，往往儘量壓縮敘述因素，精心提煉素材，充分發揮抒情特長，適當吸取詩的構思方式和節奏旋律，以表現作家內心深切細緻的思想情感見長。魯迅是在「兩間餘一卒，荷戟獨彷徨」[122]的境地中，內心有著尖銳複雜的思想衝突和情感糾葛，著手創作散文詩集《野草》裡的系列作品。他同時期寫的雜文《華蓋集》正續編主要表現自己荷戟獨戰的一面，回憶錄《朝花夕拾》主要表現自己偷閒返顧的一面，《野草》則突出表現自己荷戟彷徨、上下求索

---

119 滕固：〈論散文詩〉，《文學週報》第27期（1922年2月）。

120 于賡虞：《世紀的臉》（上海市：北新書局，1934年），〈序語〉。

121 朱光潛：〈詩與散文〉，見《藝文雜談》（合肥市：安徽人民出版社，1981年）。

122 魯迅：〈題《彷徨》〉，見《魯迅全集》第7卷（北京市：人民文學出版社，1981年）。

這一面，不同文體之間顯然有著明確的藝術分工。正由於他當時內心深處繁複深刻的感觸思緒，不是雜文和回憶錄所能充分表現的，也不是小說《彷徨》所能直接抒寫的，才促使他自覺運用散文詩這種內在容量豐富精深而又便於表情達意的藝術形式加以表現。也正由於魯迅當時的心境濃縮著現代人生的種種矛盾衝突，蘊藏著先驅者的大悲苦大歡喜，並非一般的歌吟所能舒散排解，所以他非用新穎奇崛的藝術語言不可。他在《野草》中融匯了許多現代藝術手法，如象徵寓意、內心獨白、夢幻冥想、怪誕變形等等，在精煉的體式裡凝聚著深廣的情思。他運用詩的想像方式，將內心感觸提煉、昇華，創造出一個個深邃瑰麗的意境；又借助複沓、排比、跳躍、抑揚的詩歌句式，造成迴旋往復、鏗鏘有力的音樂節奏，以強化抒情效果。總之，《野草》最突出地體現了抒情小品詩化的特點，最能代表中國現代散文詩的成就，也最富於獨創性和現代藝術氣息。當時還有劉半農、郭沫若、王統照、焦菊隱、于賡虞等，為這種新興的抒情文體的發展作出了貢獻。

　　上述各體抒情小品，雖說可以在單篇作品的簡短形式中盡可能地概括豐富精深的情致意蘊，創造出一以當百、小中見大的藝術奇蹟；也可以通過系列性作品多角度多層面地感應人生的五光十色，發掘內心的豐富蘊藏，形成散點透視、連篇組合的藝術長卷；但畢竟受制於小巧的體式，不便對觸發作者感興的生活場景、人事經歷、社會環境作具體充分的描寫。況且一篇抒情小品的題旨往往較為單純集中，一般作家寫起來容易流於空靈浮泛。抒情小品擅長於表現人們剎那間湧上心頭的零星感興和深切情思，難以在單篇作品中充分展現繁複多變的情感活動。這類作品的短處，在那些涉世不深、思想膚淺而又多愁善感、吟風弄月的年輕作者中表現得較為明顯。抒情小品的特長是其他散文樣式難以替代的，其侷限則可以由抒情散記加以補救。

（二）

　　抒情散記亦稱記敘抒情散文，指的是處於「純」抒情散文和「純」敘事散文之間，記敘、描寫和抒情融為一體的一種綜合性散文類型，即周作人在〈美文〉裡所說的「敘事與抒情」「兩者夾雜」之類美文。它主要用來抒寫作家的親身經驗和見聞觀感，有的是以抒情的筆調來記述作家所關切、有體驗的生活片斷，有的是通過描述個人身世閱歷和世間人事景物來抒發自己的思想感情。寫實與抒情緊密結合，再現客體真相與表現自我真情諧調統一，以實出虛，以形傳神，這構成抒情散記有別於抒情小品的創作特點和表現功能。遊記、日記、雜記、自敘傳、回憶錄、懷念文等體式中，都有偏於抒情的眾多作品。記游述感，寫景抒情，狀物寓意，敘事釋懷，憶舊懷人，自述身世抱負，感應人情世味，取材廣泛，形式多樣，匯映成五四時期記敘抒情散文的洋洋大觀。

　　遊記除了部分旅行記、寫生文偏於風俗景物的客觀描述，應歸入敘事類散文之外，大多屬於記敘抒情散文範疇。借景抒懷，記遊遣興，隨時隨地表現作者對山水自然、風土人情的觀感體驗，可說是一種抒情性遊記，而且也是源遠流長的。相比較而言，中國古代遊記偏重於描繪自然美景、名勝古跡和田園生活；「五四」遊記則進一步擴大了視野，不僅關注各地的風土人情，還探首域外，採寫異國情調。如瞿秋白的《餓鄉紀程》，孫福熙的《山野掇拾》，郭沫若的〈今津紀遊〉和〈山中雜記〉，朱自清的《蹤跡》，徐志摩的《巴黎的鱗爪》，王世穎和徐蔚南的《龍山夢痕》等等，大多以新的眼光領略山水名勝，盡情謳歌自然美，返照現實人生，熱烈嚮往新世界，從而開拓和更新了遊記的題材和意境。

　　僅就專寫山水自然的遊記來說，古今作家都努力創造情景交融的境界，常用即景抒懷、寄情山水、情景相生等藝術手法，將自然人

化，轉化為人們的審美對象。但是，古今作家對自然美的體察和玩味，因時代的、社會的、文化的種種差異而具有不同的內容和表現形態。古人身處農業社會，朝夕親近自然，主要把自然美景視為賞心悅目、怡情適性的審美客體加以歌唱，或把山水田園當作自身逃避世俗紛爭、撫慰心靈創痛的恬靜場所加以流連。他們對自然美景的描繪鮮明可感，逼真如畫，追求主客無間、物我兩忘、天人合一的審美境界。柳宗元的〈永州八記〉，「漱滌萬物，牢籠百態」[123]，就以工於描摹刻畫、寓意於景而為人稱道不已。歐陽修的〈醉翁亭記〉和袁宏道的山水小品，表現的是士大夫忙裡偷閒時天人同樂、怡然自得的閒情逸趣。像范仲淹〈岳陽樓記〉、蘇軾前後〈赤壁賦〉之類著眼於借景抒懷的作品則較少些。總體上看，古代遊記大多是觸景感懷、以景物描寫為主體的，可說是「寫境」多於「造境」[124]。

　　郁達夫說過：「從前的散文，寫自然就專寫自然，寫個人便專寫個人，一議論到天下國家，就只說古今治亂，國計民生，散文裡很少人性，及社會性與自然融合在一處的，最多也不過加上一句痛哭流涕長太息，以示作者的感憤而已；現代的散文就不同了，作者處處不忘自我，也處處不忘自然與社會。就是最純粹的詩人的抒情散文裡，寫到風花雪月，也總要點出人與人的關係，或人與社會的關係來，以抒懷抱；一粒沙裡見世界，半瓣花上說人情，就是現代的散文的特徵之一。」[125]這說明包括遊記在內的現代散文是注重人與自然和社會的密切關聯的，對自然生態滋潤人生的審美價值有著自覺意識和執著追尋。鮑桑葵指出：「人所以追求自然是因為他已經感到他和自然分開

123　柳宗元：〈愚溪詩序〉，見《柳河東集》（上海市：上海人民出版社，1974年）。

124　王國維在《人間詞話》裡論及「寫境」與「造境」的區別和聯繫。

125　郁達夫：《中國新文學大系·散文二集》（上海市：良友圖書印刷公司，1935年），〈導言〉。

了。古代精神和近代精神的一切區別都暗含著這種對比。」[126]這話聽起來平淡，卻道出了現代人的生存實情和崇拜、追求自然的心理動因。

「五四」作家大多是從田野鄉鎮旅居京滬都市謀生的自由職業者，有一種與自然隔絕的痛苦感受和崇拜自然的思想激情。他們常常將都市生活的紛擾緊張與山水自然的寧靜清新鮮明對比，以感傷的語調訴說自己遠離了自然而嚮往自然的思念，一旦回到自然的懷抱，就好像久違重逢般的驚喜若狂，表現出對自然美的熱烈追求。他們在遊記裡往往交錯表達憎惡污濁社會和熱愛自然美景、反省自身病態和企求人生健全的複雜情緒，將濃厚的主觀色彩塗抹在自然景物上，情溢於景的現象普遍存在，以致「造境」多於「寫境」。創造社作家的遊記大多是「飄泊記」，充滿著飄零者顧影自憐的傷感、憤世嫉俗的慨歎和返回自然的呼叫，主要發展了緣情寫景、借景抒懷的寫法，突出地體現了浪漫派作家崇拜自然、反抗社會的思想傾向，如郭沫若的〈月蝕〉、郁達夫的〈感傷的行旅〉、成仿吾的〈太湖遊記〉、倪貽德的〈秦淮暮雨〉諸篇。朱自清和俞平伯的同題名作〈槳聲燈影裡的秦淮河〉，都恣意鋪寫身在自然美景、歷史名勝之中的種種印象、感覺、幻想和追思，既以景致華美迷人，又以感情濃郁動人。朱自清甚至把平常見慣的清華園裡的荷塘，有意置於朦朧月色之下，讓它呈現出前所未見的風韻，以便暢舒獨處的妙處，滿足尋幽訪勝的心願。他說：「遊記裡滿是夢」[127]，不僅他的遊記如此，當時許多作家的遊記也充滿著對大自然如癡如醉的戀情和憧憬，抒情性因素蓋過描寫性因素，作家主觀色彩濃厚地投射在風景畫面上，甚至不惜改變實景的風貌，或變換自己的觀賞角度，以便於移情造境，這就更接近於西方浪漫派崇拜自然、縱情山水的創作傾向。

126　〔英〕鮑桑葵著，張今譯：《美學史》（北京市：商務印書館，1985年），頁116。
127　朱自清：〈山野掇拾〉，見《你我》（上海市：商務印書館，1936年）。

　　抒情散記的其他體式，主要處理人生社會題材，涉及個人經歷、身邊瑣事、人情世態、時事政局等廣泛內容，隨物賦形，靈活多姿。作者的思想感情總是與特定的生活際遇和客觀事物聯繫在一起。要具體展示引發作者情感活動的緣由經過，就必須將記敘與抒情融為一體。記敘抒情散文可以充分展開具體描寫，比抒情小品容納更多的客觀性內容，也可以直接抒發主觀感受，比敘事散文更帶有個性色彩，因而更適合於作家自由自在地抒寫人生實感和精神活動。這在「五四」散文中也有大量的作品。

　　魯迅的回憶錄《朝花夕拾》，主要抒寫自己青少年時代的生活經歷和成長道路。他反思過往，總結經驗，解剖自己，也剖析社會；舊事重提，本是為了映照現實，領悟人生，從而在憶舊感時的抒情氛圍中展現了一幅幅人生相和風土畫，與一般的自敘傳有別，而借夕拾的朝花排解「現在心目中的離奇和蕪雜」，「舊來的意味」[128]還具有回味價值和現實針對性，這就開了新型回憶性散文的先河。他的悼念文〈紀念劉和珍君〉，既顯示烈士的崇高品格，又表達自己對死者的哀悼與敬佩，對屠伯和幫兇的憎恨和詛咒，對猛士的激勵，對苟活者的鞭策，還揭示「三一八慘案」的經驗教訓，凝聚著十分豐富深刻的思想內容，洋溢著大愛大憎者的戰鬥激情，使傳統的哀祭文改換了精神面目。對比魯迅一週後創作的散文詩〈淡淡的血痕中〉，可見兩種文體寫法有異，容量有別。其記敘抒情作品以寫實抒情的具體、鮮明、充分見長，散文詩則以寫意造境的概括、凝鍊、含蘊取勝。前者要有事理情致才能感人，後者則要創造意境，才能以少總多，留有餘味。如果說，抒情小品是以意境深邃含蘊為上品，那麼抒情散記則以情思深切雋永為佳構。魯迅的散文詩和記敘抒情散文就分別代表了這兩類文體的審美要求和藝術成就。

---

128 魯迅：《朝花夕拾》〈小引〉，見《魯迅全集》第2卷（北京市：人民文學出版社，1981年）。

　　郁達夫自稱：「散記清淡易為，並且包含很廣，人間天上，草木蟲魚，無不可談，平生最愛讀這一類書，而自己試來一寫，覺得總要把熱情滲入，不能達到忘情忘我的境地。」[129]不只他如此，「五四」作家所寫的散記作品，也大多總要把熱情滲入，不可能「忘情忘我」，從而形成抒情散記的新體式，構成與清淡平和、節情尚簡的古典文風有所不同的熱情洋溢、個性鮮明的新風貌。不能「忘情忘我」，與其說是現代散文的缺陷，不如說是它的一大特長。因為它體現了現代人思想感情的解放，自我個性的張揚，審美觀念的變革，使散文突破了傳統規範，擴大了表現功能。郁達夫的〈還鄉記〉、〈還鄉後記〉、〈一個人在途上〉諸篇，不僅將主體熱情滲入敘事過程，而且是以自己的情感波動作為結構行文的中心線索，隨著內心情緒的變遷起伏調度素材，交錯抒寫不同時空間發生的有關糾葛，甚至肆意鋪寫心理活動，宣洩內心悲憤，敢哭敢罵，放談縱談，以率真坦露、自然暢達見長。他還將小說筆法，如場景描寫、心理刻畫、對話獨白等，大量引入散文創作，擴大了其藝術容量。在郁達夫手上，完全打破了古文義法之類清規戒律，散文成了最自由不拘、最有個性色調的一種文體。

　　「五四」抒情散記大多採用第一人稱。文中「我」絕大多數是作者自身，代表作者在自敘經歷，自訴衷腸，在觀照、體驗、感應和思索內外面生活，因而明顯帶有個人抒情、自我表現的氣息，並以直抒胸臆、縱筆馳騁為主流。但也有一些散記作品，不直接以第一人稱而以第三人稱作為主人公，不以主觀抒情而以客觀記敘方式寫成的，貌似敘事散文而實屬抒情之作。沈從文指出過這一特殊現象，他說：「五四以來，用敘事形式有所寫作，作品仍應當稱之為抒情文，在初期作者中，有兩個比較生疏的作家，兩本比較冷落的集子，值得注

129　郁達夫：《達夫自選集》（上海市：天馬書店，1933年），〈序〉。

意：一是用川島作筆名寫的《月夜》，一是用『落華生』作筆名寫的
《空山靈雨》。」[130]川島的《月夜》和許地山的《空山靈雨》之所以
仍是抒情散文，是因為作者創造性地將自己的情感經驗和人生閱歷轉
化為客觀圖景，通過敘事寫人間接表達自己的思想感情。如許地山的
〈補破衣的老婦人〉所描繪的片段場景，並非要寫那位老婦人的勞作
與貧困，而是借此表達一種補綴人生破網的意趣。〈別話〉描寫一對
夫妻死別的情景，曲折表達了作者的悼亡心情。〈債〉通過「他」的
內省自責，顯示了作者對人的責任的哲理思考。〈荼蘼〉巧設一場愛
情誤會，抒發落花有意、流水無情的人生感慨。這些記敘性作品，與
《空山靈雨》裡某些冥想小品有所不同，即事見理，寄情於景，含蓄
雋永，別具一格。川島的《月夜》則用敘事體式抒寫自己的愛情生
活。魯迅曾將其中的〈惘然〉一篇選入《中國新文學大系・小說二
集》，可見他採用了小說筆法。他寫戀愛的甜蜜，小別的惘然，相當
細膩真切，富有情致。許地山和川島有意採用敘事體式和客觀化手段
來抒情述感，豐富了抒情散文的表現手法。當時還有不少散文與小說
界線模糊的抒情作品，如廢名的〈橋〉、〈棗〉等。周作人在選編《中
國新文學大系・散文一集》時，特意從〈橋〉中選取〈洲〉、〈芭茅〉
等六則，並在〈導言〉裡解釋道：「廢名所作本來是小說，但是我看
這可以當小品散文讀，不，不但是可以，或者這樣更覺得有意味亦未
可知。」這種現象也可以在魯迅、郁達夫、盧隱諸家的小說集裡找到
例證，說明敘事體抒情作品有介於散文與小說之間的一種邊緣文體，
在散文與小說的相互滲透中發展了敘事抒情藝術。

　　「五四」抒情散記的各種樣式，主要是在遊記、日記、雜記、傳
狀等傳統文體的基礎上發展起來的，既增強了舊有記述類散文的抒情
功能，又賦予它自由創造的藝術活力，還借助敘事藝術的某些特長豐

---

130 沈從文：〈習作舉例〉，《國文月刊》創刊號（1940年）。

富自身的表現力，從而擴大了抒情散文感應人生的範圍和容量。

（三）

　　「五四」散文中還有一種介於抒情與說理之間的邊緣文體，有人稱為「抒情的論文」[131]。這裡的「論文」是英文 Essay 的一種譯名，現通譯為「隨筆」或「小品文」，因而我們稱這種文體為抒情隨筆。外國 Essay 文體，有「正式的論文（formal essay）和親切的或個人的隨筆（familiar or personal essay）」[132]兩大類。「五四」作家主要是在後一種意義上理解 Essay 的，把它看作是一種以隨意漫談、親切活潑的文學筆調寫成的短篇作品，既可以用於說理評論，也可以用來敘事抒情。正如魯迅所譯介的日本廚川白村的經典界定：「……隨隨便便，和好友任心閒話，將這些話照樣地移在紙上的東西就是 essay。興之所至，也說些以不至於頭痛為度的道理罷。也有冷嘲，也有警句罷，既有 humor（滑稽），也有 pathos（感憤）。所談的題目，天下國家的大事不待言，還有市井的瑣事，書籍的批評，相識者的消息，以及自己的過去的追懷，想到什麼就縱談什麼，而托於即興之筆者，是這一類的文章。」[133]我們所說的抒情隨筆，專指其中那種夾敘夾議、絮語漫談而情理融合的體式，類似詩歌中的哲理詩，說理具象而富於情趣。這種體式因適合「五四」作家品評和思考人生的需要，順應文體解放的時代潮流而風行開來，在魯迅、周作人、俞平伯、梁遇春、豐子愷等人手上得以確立，發展成為抒情散文的又一重要品種。

　　「五四」新文學家思想解放，自我覺醒，人生觀和價值觀更新，

131　參見周作人〈《自己的園地》自序〉、朱自清〈什麼是散文〉等。

132　參見藍仁哲：〈英國散文今昔（代序）〉，《現代英國散文選》（重慶市：重慶出版社，1986年）。

133　〔日〕廚川白村著，魯迅譯：〈Essay〉，見《出了象牙之塔》（北京：未名社，1925年）。

對一切都力圖以新的眼光、新的標準重新審視，重新評估，從而在各
種創作中形成了愛好說理的時尚。朱自清指出：「那時是個解放的時
代。解放從思想起頭，人人對於一切傳統都有意見，都愛議論，作文
如此，做詩也如此。」[134]「五四」散文中不僅興起了專門用於發議
論、談感想、批評人生社會、解剖國民性的雜文短評，也出現了夾敘
夾議的抒情體式。這種體式在中國古代的贈序、書說、序跋、奏表、
箴銘和筆記諸類文章中可以找到諸多先例。這對「五四」抒情隨筆創
作有潛在影響。然而，現代隨筆主要還是借鑑外國那些「或叫做
Informal（不拘形式的）或叫做 Familiar（家常閒話式的）或叫做
Personal（個人文體式的）Essay」[135]的創作態度和表達方式，自覺接
受其影響而發展起來的。它以親切誠懇、自由自在的態度和絮語閒
談、活潑風趣的筆調抒寫作家的經驗感想，遠比古人寫得隨意自由，
更富於個人色彩。它與五四時代探討人生意義的時尚有著密切聯繫，
因而帶有濃厚的人生哲理意味，較充分地體現了寫作者的人生態度、
思想探索和知性稟賦。

　　魯迅《朝花夕拾》裡的〈狗・貓・鼠〉、〈二十四孝圖〉、〈無常〉
諸篇，不是通常的回憶文章，而是借舊事評說世態、以隨筆抒懷說理
的範例。他隨意漫談，涉筆成趣，夾敘夾議，機智閃爍。談仇貓心理
時，旁徵博引，聯想巧妙，類比神似，議論警策，有諧而虐的諷刺，
也有深切強烈的感憤，在貌似不經意的縱筆漫書裡有一以貫之的仇貓
意趣和絲絲入扣的結構布局。這樣的隨筆融入了雜文筆法，議論與敘
事、抒情水乳交融，強化了抒情作品的思想力度和抗爭品格。魯迅的
一些序跋文，如〈《吶喊》自序〉、〈《華蓋集》題記〉、《朝花夕拾》的
〈小引〉和〈後記〉等，也是抒感性與哲理性交融的範例，從中可見

134　朱自清：〈詩與哲理〉，見《新詩雜話》（上海市：作家書屋，1947年）。
135　轉引郁達夫《中國新文學大系・散文二集》〈導言〉所引Nitchie之語。

其創作心態、人格精神和審美意識的獨特性與一貫性。魯迅談論「五四」散文時，特意指出：「這之中，自然含有掙扎和戰鬥，但因為常常取法於英國的隨筆（Essay），所以也帶一點幽默和雍容；寫法也有漂亮和縝密的，這是為了對於舊文學的示威，在表示舊文學之自以為特長者，白話文學也並非做不到。」[136]他概括了「五四」散文的普遍情形，其中自然也包括自己的散文隨筆。他那些得心應手、遊刃有餘、從容應戰、飽含激情的隨筆作品，融化了他所喜愛的斯威夫特、廚川白村、鶴見祐輔諸家隨筆的寫法，確立了現代隨筆的現實戰鬥精神和充分個性化的鮮明特色。

　　周作人的散文不少是閒話式的隨筆。《自己的園地》、《雨天的書》、《澤瀉集》裡的作品，大多娓娓道來，談言微中，文筆練達，情理中和。如〈北京的茶食〉，閒談中日古今的茶點，婉諷現實生活的枯燥，領悟人生的情趣：「我們於日用必需的東西以外，必須還有一點無用的遊戲與享樂，生活才覺得有意思。我們看夕陽，看秋河，看花，聽雨，聞香，喝不求解渴的酒，吃不求飽的點心，都是生活上必要的──雖然是無用的妝點，而且是愈精煉愈好。」這話道出了他的生活觀，說得合乎情理，平淡雋永。他的隨筆就這樣娓娓訴說日常生活的獨到體會，隨意穿插中外古今的知識，從容抒寫個人的閒情逸趣，知識豐富而理趣盎然，富有絮語風味和知性色彩。俞平伯的散文與周作人較近似，講究「知識與趣味的兩重的統制」[137]，喜歡夾敘夾議，把抒情與說理融為一體。如〈冬晚的別〉抒寫離愁別緒，既有親歷其境的真情實感，又有事後追憶的自我調侃，交錯寫來，逸趣盎然。這類隨筆不以熱情奔放取勝，而以沖淡平和見長，慰情益智，別具一格。

---

136 魯迅：〈小品文的危機〉，見《南腔北調集》，收入《魯迅全集》第4卷（北京市：人民文學出版社，1981年）。

137 周作人：〈《燕知草》跋〉，見俞平伯：《燕知草》（上海：開明書店，1928年）。

　　稍後偏愛隨筆創作的還有梁遇春和豐子愷。梁遇春的《春醪集》，漫談人生，縱筆揮灑，以博識、巧思和氣盛形成「快談、縱談、放談」[138]的個人風格，在文體創造上有獨特的建樹。〈談「流浪漢」〉一文，長達萬言，卻率性直抒，一氣呵成。他隨手徵引中外諸多相關知識，肆意鋪寫流浪漢的言行心思，又處處把流浪漢與紳士君子加以對比，隨時都有傳神的寫照、精警的議論和熱烈的抒情，浮想聯翩，駁雜多姿，而又生氣貫注，絲絲入扣，充分抒寫出流浪漢自由活潑、享有人生的可愛性格。這真有一轀在握、縱橫捭闔的氣度雄風。既得蘭姆任心閒話、機智閃爍的真傳，又學赫士列特激情洋溢、議論風生的筆法，以酣暢淋漓獨樹一幟。豐子愷的《緣緣堂隨筆》，玩味兒童情趣，探究人生真諦，則是從容下筆，以筆代口，不矜持、不造作、不雕琢，得心應手，吞吐自如，如行雲流水，似家常閒話，顯得特別自然、親切、飄逸和風趣，不像梁遇春那樣年輕氣盛，而以達士之風耐人品味。這兩位後起之秀，也為隨筆體抒情散文樹立了各自的風範。

　　用隨筆抒情說理，自由隨意，不拘一格，關鍵是要處理好情與理結合的問題。朱自清評論「五四」散文中「夾敘夾議」的體式「沒有墮入理障中去」，「因為說得乾脆，說得親切，既不『隔靴搔癢』又非『懸空八隻腳』。這種說理，實也是抒情的一法」。[139]這裡提出了說理不「隔」不「空」的審美要求，也就是要避免「理障」而追求「理趣」。理障只是抽象說教，泛泛而談；理趣則是作者從生活經驗領悟出來的、飽含作家感情色彩的思想哲理，是情理融化而成的一種境界。例如，魯迅在〈狗·貓·鼠〉一文中對貓性的深刻洞察，是從貓怎樣玩弄折磨弱小動物、怎樣向強者裝出一副媚態的見聞談起，聯想

138　唐弢：〈兩本散文〉，見《晦庵書話》（北京市：生活·讀書·新知三聯書店，1980年）。

139　朱自清：〈《燕知草》序〉，見俞平伯：《燕知草》（上海市：開明書店，1928年）。

自己小時候受貓侵擾傷害的情感經驗，並聯想現實社會中諸多向強者獻媚、對弱者施威的醜惡嘴臉，深刻地揭示了「仇貓」的道理。魯迅從個人生活體驗和現實鬥爭經驗中提煉出來的戰鬥哲理，就融化在形象的勾勒和激情的迸發之中，真切犀利，鞭辟入裡。他歷述〈二十四孝圖〉的荒謬，對以孝道為代表的封建倫理的欺騙性和危害性有透澈的議論：「正如將『肉麻當作有趣』一般，以不情為倫紀，誣衊了古人，教壞了後人」，「這些老玩意，本來誰也不實行。整飭倫紀的文電是常有的，卻很少見紳士赤條條地躺在冰上面，將軍跳下汽車去負米」。這些定評，交融於兒時翻閱〈二十四孝圖〉的疑懼反感心理的追述和當今的清醒體察之中，又飽含著憤怒的詛咒和辛辣的嘲諷，因而語語中的，力重千鈞，思想的穿透力與感情的震撼力相輔相成，增強了振聾發聵的力度。可見，理趣是一種具象化、感情化的思想哲理，是抒情說理散文的精魂。「五四」抒情隨筆追求理趣美，正如抒情小品追求意境美、抒情散記追求情趣美一樣，體現了抒情體式的審美品格和藝術特色，強化了抒情散文的思想力度和認知意義。

（四）

　　以上我們將五四時期抒情散文劃分為小品體、散記體、隨筆體三種類型，分別考察各自的特性、功能及其多樣化的表現形式和個性化的文體創造。這三類的區分只是相對而言，事實上各種抒情體式都是本同末異、互有聯繫、互為補充的，都是出自作者的表現需要而生成發展，並不定型僵化，失去自由創造的藝術活力。總的說來，這時期散文靈活多樣的抒情體式，適應了現代人交流各種思想感情的需求，乘思想解放、文體解放的時代東風而蓬勃發展。傳統文體「精神面目」的更新，新創文體生氣勃勃的發展，傳統和外來抒情手法與姐妹藝術的多方融匯，文體形式和審美意識的大解放，以及藝術追求的個性化和多樣化，這些內在的藝術因素合力造就了「五四」抒情散文的繁榮景觀和豐收局面。

　　抒情散文的表現功能也是深廣多樣的。相比較而言，抒情小品作為典型的抒情散文，著重表現了作家豐富的內心生活，也以主觀感受、小中見大的方式折射和感應人情世味的甜酸苦辣；抒情散記則融化記敘藝術的特長，擴大了抒情散文的藝術容量；抒情隨筆表達作家對人生社會的哲理沉思和知性洞察，增強了抒情散文的思想價值。以抒情小品為主體，以散記和隨筆為兩大分支，構成了「五四」抒情散文的整體格局，也奠定了中國現代抒情散文的發展規模。以此為起點，抒情散文卓然獨立，走上自由創造、多向開拓的發展道路，一躍變為現代文壇和抒情文學領域的一支生力軍，成為藝術性散文的典型代表，以至於在當代幾乎成為狹義散文的同義語。三〇年代以後，抒情小品詩化傾向持續發展，抒情散記的各種樣式日趨於紀實述感，抒情說理的隨筆相對不夠發達，總體上說都在延續、鞏固、深化和完善「五四」抒情散文的創新成果和精神傳統。從這個意義上說，「五四」抒情散文出色地完成了時代賦予的革故鼎新、繼往開來的歷史使命，在中國散文史上具有劃時代的歷史意義。

四　抒情語言的融匯鑄新

　　散文是語言藝術的一種。語言美是構成散文美的一個重要因素。散文語言古今之不同，文言與白話之分別，對古今散文不同美學風貌的形成具有重大影響。通常所謂古典散文和現代散文之區別，在很大程度上是由語言形式的古今差異來界定的。因而，研究古今美文的不同風貌，語言形式是一個不可忽視的重要方面。

（一）

　　中國古典散文以文言作為表現工具。文言是中國歷代相傳的書面語言，與日用語言殊異，自成一個遠離大眾口頭語言、只為文人學士

獨佔的語言系統。它有言文不一、不為多數人所接受、不便於常人自由表達交流思想感情等弊端，但也有比日常語言簡練純淨、規範統一、更富於節奏感和音樂性等特長。建立在這種語言形式上的古典散文充分發揮了文言的形式美因素，形成了雅潔純淨、簡約洗煉、文采斐然、音韻鏗鏘的美學風貌。宋明時代雖有人崇尚自然平易文風，甚至主張「信腕信口」[140]，但真正達到這一境界的實屬罕見，這與文言形式的制約有關。言文分離互異，思維語言與書面語言不統一，再追求自然平易也難以達到，何況正統古文家一味追摹古人，以古為雅，以今為俗，「忌小說，忌語錄，忌詩話，忌時文，忌尺牘」[141]，標榜典雅，排斥俗語，崇尚師承，未敢立異。禁忌既多，程式相沿，自由創造的天地就十分狹窄。郁達夫說古文家「行文必崇尚古雅，模範須取諸六經；不是前人用過的字，用過的句，絕對不能任意造作，甚至於之乎也者等一個虛字，也要用得確有出典，嗚呼嗟夫等一聲浩歎，也須古人歎過才能啟口。此外的起承轉合，伏句提句等種種法規，更加可以不必說了，一行違反，就不成文。」[142]這話雖然說得誇張些，卻說中了古文家師古摹古的要害。到了這種地步，古文就走上了窮途末路，喪失了藝術創造的生機活力。

　　晚清資產階級改良派開始提倡「言文一致」，但主要目的是為了用白話文章從事啟蒙宣傳，不是為了建設白話文學。梁啟超等人的「新文體」，「務為平易暢達，時雜以俚語韻語及外國語法，縱筆所至不檢束」，「條理明晰，筆鋒常帶情感，對於讀者，別有一種魔力」[143]，無

140　袁宏道：《袁中郎文鈔》〈雪濤閣集序〉，收入沈啟無編：《近代散文鈔》上冊（北平市：人文書店，1932年）。

141　吳德旋著，舒蕪點校：《初月樓古文緒論》（北京市：人民文學出版社，1998年），頁19。

142　郁達夫：《中國新文學大系・散文二集》（上海市：良友圖書印刷公司，1935年），〈導言〉。

143　梁啟超：《清代學術概論》（上海：商務印書館，1921年），第25章。

疑促進了文體解放和文言通俗化的進程，但「它當時還只能夠就『古文』的形式加以『改良』，予以『解放』，造成一種『新文體』的文言文，還沒有力量或不夠條件來一次『五四』時代的『文學革命』，創造『五四』時代及其以後的白話散文」[144]。它畢竟只是在文言散文內部改良而已，仍以文言為主要表現工具，與五四以後的白話散文還是有著本質差別。

　　真正打破文言美文觀念，確立白話美文觀念，始於「五四」白話文運動，成於「五四」白話散文創作。「五四」文學革命運動的第一步工作，主要是反對文言文，提倡白話文，從語言形式入手開始革舊文學的命。倡導者認為文言是死的語言，白話是活的語言，白話比文言更有利於作文學的表現工具；白話文不僅在功用價值上比文言文便利易學、通俗易懂，而且在審美價值、表現效果上也比文言文真切自然、生動傳神。有人明確指出：「作白話文，照他的口氣寫出來，句句是真話，確肖其為人」，「文章譬如美人：白話的文是不妝點的真美人，自然秀美；文言文是妝點的假美人，全無生氣」，[145]從審美角度肯定白話文之美高於文言文。他們從理論上批駁守舊派文人所謂「美文只能用文言，不能用白話」的謬論，破除一般人尊崇文言輕視白話的偏見，確立了現代人的思想感情只有用現代人的語言才能充分表現出來，白話文學是文學的正宗，白話美文優勝於文言美文等新觀念，對白話語言表情達意的種種特長有了自覺意識。「五四」散文作家實踐白話文運動的理論主張，先用白話寫雜感文、議論文，繼而用白話創作敘事抒情散文。於是，白話散文流利暢達、平易自然、生動活潑的美質逐漸得到公認，白話散文也能寫得漂亮、縝密、簡潔、雋永，不讓於古典美文。「五四」散文的一大貢獻是「徹底打破那『美文不

---

144 李何林：〈從鴉片戰爭到「五四」的社會背景和文學概況〉，《新建設》1954年第10期。

145 朱希祖：〈白話文的價值〉，《新青年》第6卷第4號（1919年4月）。

能用白話」的迷信」[146]，顯示了「舊文學之自以為特長者，白話文學也並非做不到」[147]的實績，奠定了中國現代美文的語言藝術基礎，在文學散文領域成功地實現了語體文取代文言文的重大變革。以白話語言敘事狀物，表情達意，大大改變了散文的美學風貌。如果說古典散文以典雅簡約為美，現代散文則以自然曉暢為美；古典散文偏向於人工美，現代散文則偏向於自然美。在古典散文中，文言句式的結構美和文言語調的音韻美，具有一定的獨立的審美價值，語言形式在散文美中佔據重要位置；即使是一些內容陳舊空洞的作品，也由於對偶工整、形式勻稱、節奏瀏亮、音韻鏗鏘，而為人們所樂於吟誦玩味。現代散文的語言形式美退居次要位置，語言表情達意的功能更受到重視，人們對作品意蘊情趣的審美要求絕對佔了上風，徒有華麗外表而內裡空虛的作品受到排斥。現代散文也追求語言美，但以「『懂得性』（明白）與『逼人性』（有力）二者加起來自然發生」的「美」作為語言藝術美的核心[148]，以語言表情達意的多少為評估「文章的藝術分子」強弱即藝術性高低的標準[149]，以「自然」、「乾淨」、「瀏朗」為語體美文之「特別優點」[150]，以「清楚、明暢、自然有致」為散文語言美的「本來面目」[151]，以「樸素無華，行文如流水」為本色的「散文美」[152]。可以說，現代語體散文比古代文言散文自覺追求散文語言的自然美和本色美。以這種自然、本色的散文語言作表現媒介，就能夠

146　胡適：〈五十年來中國之文學〉，見《胡適文存二集》（上海：亞東圖書館，1924年）。

147　魯迅：〈小品文的危機〉，見《南腔北調集》，收入《魯迅全集》第4卷（北京市：人民文學出版社，1981年）。

148　胡適：〈什麼是文學〉，見《胡適文存》（上海：亞東圖書館，1921年）。

149　參見周作人《中國新文學的源流》第五講。

150　朱光潛：〈散文的聲音節奏〉，見《藝文雜談》（合肥市：安徽人民出版社，1981年）。

151　李廣田：〈談散文〉，見《文學枝葉》（上海市：益智出版社，1948年）。

152　葛琴：〈略談散文〉，《文學批評》創刊號（1942年9月）。

自由充分地表現現代人的真情實感，遠比古人更專注於意蘊情趣的熔
鑄和自我個性的寫照，更注重於表情達意、敘事狀物的真切自然和生
動傳神，更致力於獨創個人文體和個人風格。

　　「五四」抒情散文的語言風格是豐富多彩、各如其人的。「因為
各個作者的性格殊異，而文章的姿態，也要跟著參差不同：有人的幽
淡，有人的嬌俏，有人的滑稽，只要是真純的性格的表露，而非過分
的人工的矜飾矯造，便能引人入勝，撩人情思。」[153]散文的語言風格
與作者的個性人格表裡一致，個人的獨創風格受到尊崇，再也不像古
文家那樣以學有師承、文有古風而沾沾自喜了，而是以個人風格的新
穎獨特、多樣統一而顯示自己藝術創造力的大小強弱。魯迅的《野
草》奇崛瑰麗，《朝花夕拾》流麗曉暢，《兩地書》樸素簡潔，體現了
一代宗師有多副筆墨以適應不同內容、不同體裁的表現需要。周作人
的散文語言樸茂渾然，莊諧雜出，簡練蘊藉，平淡雋永，這是他恬靜
平和性格一面的顯示。他如謝冰心的秀麗柔美，朱自清的清麗醇厚，
許地山的洗煉玄妙，王統照的勁健激越，郭沫若的奔放暢達，郁達夫
的流暢率真，葉聖陶的質樸純淨，豐子愷的飄逸風趣，俞平伯的清澀
古樸，徐志摩的繁縟富麗，……各人有各人的風格特點，匯成多姿多
彩的絢爛景觀。個人風格的雜多並存，並不掩沒語體抒情散文的共同
美質，反而顯示了語體美文各肖其人、率性而作的基本特徵。

（二）

　　「五四」散文是現代語體散文的創始期。這時期國語尚未統一，
白話還不規範，用白話創作美文尚處於試驗、探索階段。這時期許多
作家都有深厚的古文功底和豐富的外國文學修養，都有多方面的語言
素養。他們在努力運用現代人的口頭語言進行創造的同時，也自然而

153　鍾敬文：〈試談小品文〉，《文學週報》第349期（1928年12月）。

然地多方面吸取其他語言成分，將各種語言因素雜糅調和、融為一
體，以豐富和提高語體散文的表現力。「五四」抒情散文的語言追
求，也就呈現出嘗試期特有的紛然雜陳、多向發展的面貌。概括說
來，它是以白話為主體，吸收融化古語、方言、外來語等語言因素而
形成一種新的文學語言；它的探索發展過程，大致出現過「文白融
化」語體、「歐化」語體和「口語化」語體三種主要形態。

　　「文白融化」語體是以白話口語為基礎、偏向於吸取融化文言古
語而成的一種新語體，是白話散文初創期普遍存在的一種語言形態。
這時期白話文作者所依傍的白話、口語，主要是明清以來白話文學的
語言、當時較為通行的「官話」和作者本地的方言。由於古代白話本
身就有文白雜糅現象，「官話」還較為簡單，各地方言俗語又很蕪
雜，也由於這時期作家從小習染古文，因而，向古代語言借取仍有表
現力的詞彙、句式、格調，以補救白話語言自身的不足，豐富白話文
的藝術表現力，便成為一種普遍風氣。當時劉半農提出「文言白話可
暫處於對待的地位」，因為「二者各有所長，各有不相及處」，要抵達
「言文合一」境地不可能「一蹴可幾」，必須從兩方面努力，「於文言
一方面，則力求其淺顯使與白話相近」，「於白話一方面，除竭力發達
其固有之優點外，更當使其吸收文言所具之優點，至文言之優點盡為
白話所具，則文言必歸於淘汰，而文學之名詞，遂為白話所獨據，固
不僅正宗而已也」。[154]這種主張並非在文白之爭中搞調和，而是科學
地對待語言革新問題，從實際出發尋求白話文豐富發展的可行道路，
其目的仍是為了完善白話語言，使白話完全取代文言成為文學表現工
具。所以，說到底「文白融化」實質上是以白話融化文言，將文言古
語的某些特長吸收融入白話文創作之中。

　　魯迅就抱著歷史過渡時期「中間物」的自覺意識，對待文學語言

---

154 劉半農：〈我之文學改良觀〉，《新青年》第3卷第3號（1917年5月）。

的融舊鑄新問題。他說：「以文字論，就不必更在舊書裡討生活，卻
將活人的唇舌作為源泉，使文章更加接近語言，更加有生氣。至於對
於現在人民的語言的窮乏欠缺，如何救濟，使他豐富起來，那也是一
個很大的問題，或者也須在舊文中取得若干資料，以供使役」，並承
認自己「曾經看過許多舊書」，「因此耳濡目染，影響到所做的白話
上，常不免流露出它的字句，體格來」，「正苦於背了這些古老的鬼
魂，擺脫不開」，希求「能夠博採口語，來改革我的文章」。[155]他的散
文語言正如這些自白那樣，既努力博採口語，也適當擇取古語，文白
融化，以之抒情敘事，既自然暢達、生動活潑，又凝鍊簡潔、規範純
淨。如〈從百草園到三味書屋〉中的一段文字：

> 不必說碧綠的菜畦，光滑的石井欄，高大的皂莢樹，也不必說
> 鳴蟬在樹葉裡長吟，肥胖的黃蜂伏在菜花上，輕捷的叫天子
> （雲雀）忽然從草間直竄向雲霄裡去了。單是周圍的短短的泥
> 牆根一帶，就有無限趣味。油蛉在這裡低唱，蟋蟀們在這裡彈
> 琴。……

這裡，在充分發揮白話文暢達流利的特長的同時，活用了駢文的對偶
句式，融化了古文的格調韻味，造成輕快而又抑揚頓挫的旋律節奏，
充分表現出作者從百草園體驗到的樂趣。試想一下，這一情景若改用
文言或純用日常說話語氣來寫，抒情效果不知要差多少了。這種融舊
鑄新的文學語言，既能真切地描繪景物，表達情感，又能充分地表現
漢語本身特有的音韻美和勻稱美，從聲音節奏中傳達出微妙的情趣韻
味，可說是當時文白融化無間的優秀範例。王任叔說：「魯迅的文字
的風格，是代表了中國語言文字，從古文的窠臼裡脫胎出來的，而向

---

155 魯迅：〈寫在《墳》後面〉，見《墳》，收入《魯迅全集》第1卷（北京市：人民文學
　　出版社，1981年）。

口語接近的過渡期間的統一趨向。」[156]這確切指出了魯迅文風的歷史特點，他已從古文中脫化出來，使自己的書面語言接近了口頭語言，但又保留、融化了古文中若干語言美因素，創造出富有藝術表現力的新型文學語言。

　　冰心的散文語言也是文白融化的典型代表。她在小說〈遺書〉中借一個人物之口表白過：「文體方面我主張『白話文言化』，『中文西文化』，這『化』字大有奧妙，不能道出的，只看作者如何運用罷了！我想現在的作家能無形中融會古文和西文，拿來應用於新文學，必能為今日的中國文學界，放一異彩。」她所謂「白話文言化」，「中文西文化」，並非要使白話化成文言，中文化成外文，而是要白話文有機融化古語和外來語中有表現力的因素以增強自己的表現力。她主張同時吸收古文和西文成分，但實際上她主要是從古文獲取語言藝術養分的。阿英認為「冰心的文字，是語體的，但她的語體文，是建築在舊文字的礎石上，不在口語上。對於舊文學沒有素養的人，寫不出『冰心體』的文章」，「冰心體」是新文學中「以舊文字作為根基的語體文派」的代表。[157]阿英指出了冰心語言的來源和特點，但並不確切。冰心的語言功底並非單純來自古典詩文，她也是廣採博取的。古代的白話小說，淺近的文言小說，林譯小說，以至於晚清的「新文體」文章，都是她從小愛好的讀物和學寫文章的範本。她的路子不是「文言白話化」，而是以白話為基礎，以現代人的語言表達方式來融化舊文字，使舊文字獲得新的活力，有效地表達新的思想感受。她的散文語言典雅簡潔而又委婉流麗，以之表現其「不絕如縷，乙乙欲抽」[158]的溫柔而微帶憂愁的情思是十分恰當諧調的。如她在《寄小讀者》〈通訊一〉之中抒寫離情別緒：

156 巴人（王任叔）：《論魯迅的雜文》（上海市：遠東書店，1940年）。

157 阿英：〈謝冰心小品序〉，見《現代十六家小品》（上海市：光明書局，1935年）。

158 冰心：《寄小讀者》（上海市：北新書局，1927年），〈四版自序〉。

　　我走了——要離開父母兄弟，一切親愛的人。雖然是時期很
短，我也已覺得很難過。倘若你們在風晨雨夕，在父親母親的
膝下懷前，姐妹弟兄的行間隊裡，快樂甜柔的時光之中，能聯
想到海外萬里有一個熱情忠實的朋友，獨在惱人的凄清的天空
中，不能享得這般濃福，則你們一瞥時的天真的憐念，從宇宙
之靈中，已遙遙的付與我以極大無量的快樂與慰安！

這節文字在流利婉轉的白話語言中，有機地融入許多勻稱的四字並列
詞組和大致整齊的排比句，讀起來琅琅上口，很有節奏感。從錯落有
致的句式、委婉親切的語調中，可以體味出作者的溫情蜜意和婉約柔
美的文風。這種抒情語言確是文白融化無跡的，是巧妙運用了古文的
聲韻美來增強抒情效果的。

　　當時，還有瞿秋白、俞平伯、廢名、廬隱、石評梅、綠漪等人的
散文語言，明顯帶有文白雜糅的特點，有的糅合較好，有的文言腔較
濃，未免有些艱澀拗口。

　　相對而言，初創期的語體抒情散文作品，較多帶有從文言文脫
化、解放出來而仍然保留文言文某些形式美因素的歷史特點。這是語
言形式轉變期的一種必然產物，自有其存在理由和存在價值。除了當
時的白話語言還不夠豐富完善的客觀原因外，這種現象還與抒情散文
對語言的審美要求有關。抒情語言比敘事語言、說理語言講究文采、
聲韻、節奏等形式美因素，它與音樂性結下不解之緣，往往借助語言
的聲音節奏表達微妙豐富的情趣韻味。古文在這方面積澱了豐富的藝
術經驗，自然是現代作家所應該加以吸收消化的。因此，「五四」作
家在創作抒情散文時，往往較多地採納融匯古文的某些詞藻、句式、
語調等，以增強抒情效果，豐富語體文表情達意的功能。又由於他們
大多都有深厚的古文功底，所以能夠自然而然地將古文中那些有表現
力的藝術語言融入自己的語體文創作中，達到渾然無跡的境界。就這

些文白融化無跡的語體抒情散文作品來說，它們既發揮了白話文生動活潑、自然曉暢的特長，又吸取了古文講究簡練含蓄、音韻諧調的優點，大多具有暢達而不顯露、雅潔而不古奧、可吟可誦的審美特點。這些作品較充分地顯示了民族語言的獨特美質，具有較鮮明的民族特色，適合剛從舊文學氛圍中掙脫出來的廣大讀者的審美需要，但也不可避免地存在著不夠通俗平易的弱點。它們的確要有古文學修養的人才能寫得出，讀得有味。一代富有古文學修養而又在新思潮洗禮中蛻舊變新的新文學家，在語體抒情散文創作中首先著重於以新融舊，推陳出新，總體上說是豐富、提高了語體文表情達意的能力，為語體文的建設發展找到了一條切實可行的道路。

（三）

　　「五四」作家為語體文的發展找到的另一條道路是語體「歐化」，即引進吸收外來語以豐富完善白話文的表現力。傅斯年最早涉及白話歐化問題，他認為當時國語不統一，不規範，不精密，需借助「西洋文的款式，文法，詞法，句法，詞枝」來改善國語，「造成超於現在的國語，歐化的國語，因而成就一種歐化國語的文學」。[159]拋開其片面強調歐化、缺乏具體分析的失誤不論，專就他為救治當時白話的缺陷而探尋新的途徑來說，還是別有見地的。稍後，文學研究會在《小說月報》和《時事新報》「文學旬刊」上曾開展「語體文歐化的討論」，沈雁冰、鄭振鐸、王統照、傅東華等都發表過意見。沈雁冰認為新文學家應當負起「改良中國幾千年來習慣上沿用的文法」的責任，為此他「贊成」「採用西洋文法的語體文」，但主張語體歐化「要不離一般人能懂的程度太遠」。[160]鄭振鐸也認為：「中國的舊文體

159　傅斯年：〈怎樣做白話文〉，《新潮》第1卷第2號（1919年2月）。

160　沈雁冰：〈語體文歐化之我觀（一）〉，《小說月報》第12卷第6號（1921年6月）。

太陳舊而且成濫調了。有許多很好的思想與情緒都為舊文體的程式所拘，不能儘量的精微的達出。不惟文言文如此，就是語體文也是如此。所以為求文學藝術的精進起見，我極贊成語體文的歐化。……不過語體文的歐化卻有一個程式，就是：他雖不像中國人向來所寫的語體文，卻也非中國人所看不懂的。」[161]正是有感於中國傳統文言文和當時的白話文不足以表達現代人精微繁複的思想感受，新文學家大多自覺宣導「語體歐化」，努力吸取外國的句式文法、修辭手段來豐富現代語體文的表現力；但如何融會貫通、能為中國人看懂可讀，就是一個關鍵問題。新文學家大多精通外語，對外國文學語言的特點尤其是言文接近的優點有直接體會，加上翻譯作品的大量流行，這都推進了語體文「歐化」的進程。以「歐化」語體文抒情敘事，產生了精細、縝密、雍容、富麗的新文風，也隨之帶來一些蕪雜、繁冗、堆砌、拗口的流弊。

　　朱自清認為：「周作人先生的『直譯』，實在創造了一種新白話，也可以說新文體」，「寫作方面周先生的新白話可大大地流行，所謂『歐化』的白話文的便是。這是在中文裡摻進西文的語法；在相當的限度內，確能一新語言的面目」，「這種新白話本來只是白話『文』，不能上口說。流行既久，有些句法也就跑進口語裡，但不多」。[162]「歐化」語體文的出現確與「直譯」風氣有關。「直譯」語言吸收了大量的外國語言成分，經過消化揚棄逐漸形成一種能夠為讀者理解、接受的新白話，即所謂「歐化」的白話。「五四」作家大多用這種新白話寫過抒情散文，周作人是其中融化、洗煉功夫較深的一個代表。他主張：「就單音的漢字的本性上盡最大可能的限度，容納『歐化』，增加他表現的力量，卻也不強他所不能做到的事情。」[163]這種從漢語

161　鄭振鐸：〈語體文歐化之我觀（二）〉，《小說月報》第12卷第6號（1921年6月）。

162　朱自清：〈論白話〉，見《你我》（上海市：商務印書館，1936年）。

163　周作人：〈國粹與歐化〉，見《自己的園地》（北京：晨報社，1923年）。

特點出發，吸取外來語言成分，以增強中國語言表現力的適度「歐化」觀點，說明現代作家並非盲目、任意地輸入外國語言，而是有目的有鑑別地吸取融化外來語。周作人在散文創作中成功地實踐了自己的主張。例如〈北京的茶食〉一文中，有這樣的句子：

> 我在西四牌樓以南走過，望著異馥齋的丈許高的獨木招牌，不禁神往，因為這不但表示他是義和團以前的老店，那模糊陰暗的字跡又引起我一種焚香靜坐的安閒而豐腴的生活的幻想。我不曾焚過什麼香，卻對於這件事很有趣味，然而終於不敢進香店去，因為怕他們在香合上已放著花露水與日光皂了。

這裡的句子繁複曲折，細緻婉轉地表達了他的所見所感，文氣又一貫到底，從容舒徐，讀起來還是流暢自然的，不覺得繁冗拗口。這種精細縝密而又自如從容的文風，不是文言散文所能見到的，也不是一般白話散文所能達到的。它能夠將作者眼中景物的特徵和心中細微的感興交織在複雜的句子中，憑藉句式的或遞進或轉折的變化寫出情境的層次感，傳達出具體可感的氛圍情韻，的確比文言文和一般白話文表現出更豐富更細緻的情趣意蘊。

　　魯迅的散文語言不僅融化了古語，也融化了一些外來語言成分，如〈秋夜〉中寫道：

> 這上面的夜的天空，奇怪而高，我生平沒有見過這樣的奇怪而高的天空。他彷彿要離開人間而去，使人們仰面不再看見。然而現在卻非常之藍，閃閃地映著幾十個星星的眼，冷眼。他的口角上現出微笑，似乎自以為大有深意，而將繁霜灑在我的園裡的野花草上。

這節文字的組織方式，顯然不是古文或口語的組織方式，而是有機融化了外文句式、語法和修辭手法而成的散文詩的組織方式。惟有如此奇特微妙的文句，才能寫得這樣窮形逼真，化靜為動，表達出相當獨特新穎、精微豐富的主觀感受。

魯迅、周作人的「歐化」語體文是可讀可懂、融會貫通的，是出自藝術表現需要，為提高白話的表現力，而採納適度「歐化」的新白話來進行散文創作的。

徐志摩、王統照的「歐化」語體文，比較突出地體現了這種文體的基本特點。

徐志摩散文語言的繁縟富麗，和他大量採用形容句、比喻句所構成的繁複句式大有關係。請先品讀以下的文字：

> 在這裡出門散步去，上山或是下山，在一個晴好的五月的向晚，正像是去赴一個美的宴會，比如去一果子園，那邊每株樹上都是滿掛著詩情最秀逸的果實，假如你單是站著看還不滿意時，只要你一伸手就可以採取，可以恣嘗鮮味，足夠你性靈的迷醉。陽光正好暖和，決不過暖；風息是溫馴的，而且往往因為他是從繁花的山林裡吹度過來，他帶來一股幽遠的澹香，連著一息滋潤的水氣，摩挲著你的顏面，輕繞著你的肩腰，就這單純的呼吸已是無窮的愉快；空氣總是明淨的，近谷內不生煙，遠山上不起靄，那美秀風景的全部正像畫片似的展露在你的眼前，供你閒暇的鑑賞。

這一段隨手從〈翡冷翠山居閒話〉開頭摘引的文字，句句有形容，有比喻，有意象；整個自然段只是兩個漫長繁複的長句，每個長句又都是由好幾個短語、分句組成的，連環形成一個完整的繁富的畫面；作者肆意鋪排，盡情渲染，以充分表現錯綜變幻的觀感印象，讀者需開

放五官感覺和充分調動想像力才能完全領略這「美秀風景」。這「畫片」不像傳統的寫意畫，也不像傳統的工筆畫，而像西洋的油畫，特別像印象派的風景畫。這種文體表面上看近似於「鋪采摛文，體物寫志」[164]的賦體文，但實質上不像古賦那樣鋪寫客觀景物，還是側重於抒情述感，也不像古賦那樣採用半詩半文、整齊勻稱的語言，而是採用錯落有致、複雜多變的句式抒寫豐富活潑的情思。這種富麗文體好在描寫具體可感，抒情淋漓盡致，可以創造出繁富錯綜的境界；不足之處在於洋腔過重，讀起來不夠順暢自然。

　　讀王統照的散文如讀詩，行文跳躍變幻，節奏熱烈勁健。他大量採用簡短句、倒裝句和詠歎語調等，強有力地表達內心奔迸的熱情，如〈烈風雷雨〉裡的文句：「突喊，哭躍，悲哀極度的舞蹈，『血脈憤興』的狂歌，揮動著，旋轉著那些表現熱情燦爛的千面旗幟；震吼著，嘶啞著那為苦悶窒破了的喉嚨；鼓蕩起，沖發起，吹噓起平地的狂飆橫瀾。」這樣的句式語調是相當特別的，明顯帶有「歐化」痕跡。這種熱烈有力的語言能充分抒發內心激情，但往往熱烈有餘、蘊藉不足。像徐志摩、王統照的「歐化」語體文還是可讀性較強的，卻也難免有些洋腔調，「不能上口說」[165]。

　　成仿吾說：「創造社素來對於完成我們的語體非常努力」，他們有三個方針：「A、極力求合於文法，B、極力採用成語，增造語彙，C、試用複雜的構造。」[166]這三者都與歐化傾向有關。他們以複雜的句式、增造的語彙和個人的調子抒寫浪漫激情。如以下這段文字：

　　　　啊啊，四川的山水真好，那兒西部還有未經跋涉的荒山，更還
　　　　有未經斧鉞的森林，我們回到那兒，我們回到那兒去罷！在那

---

164 劉勰：〈詮賦〉，見《文心雕龍》（北京市：中華書局，1985年）。
165 朱自清：〈論白話〉，見《你我》（上海市：商務印書館，1936年）。
166 成仿吾：〈從文學革命到革命文學〉，《創造月刊》第1卷第9期（1928年2月）。

兒的荒山古木之中自己去建築一椽小屋，種些芊粟，養些雞
犬，工作之暇我們唱我們自己做的詩歌，孩子們任他們同獐鹿
跳舞。……（〈月蝕〉）

這種口吻，語調，氣勢，不用說大家也知道是郭沫若特有的。它不露
「歐化」痕跡，暗合文法，自然曉暢。又如：

……兒子也生了，女人也有了，書也念了，考也考過好幾次
了，哭也哭過，笑也笑過，嫖賭吃著，心裡發怒，受人欺辱，
種種事情，種種行為，我都經驗過了，我什麼事沒有做
過？……等一等，讓我再想一想看，究竟有沒有什麼沒有經驗
過的事情了，……　　（〈零餘者〉）

這種自言自語的獨白，似斷似續的句式，也是不用說大家也曉得是郁
達夫早期的筆調。創造社作家的筆鋒挾帶著熱情，能夠將各種句型、
語彙和語氣融為一體，寫出流暢奔放的語體文。朱自清認為他們的語
體文「比前一期的歐化文離口語要近些了；郁達夫先生的尤其如此，
所以仿效他的也最多」，形成了「風靡一時」的「創造體」。[167]到了
「創造體」白話文的出現，標誌著現代語體文向口語化接近了一大步。
　　「歐化」語體是「五四」散文語言的另一重要類型。它為中國現
代語體文增進了新的句式、文法、語調和修辭手段，提高了散文表現
精微、複雜、新穎、深刻的思想感情的能力，給散文帶來了精細、縝
密、雍容、富麗等新的美學風格，在促進中國現代語體文的發展、豐
富散文的語言美諸方面是有過重大貢獻的。但它只能在知識界和青年
學生中流行，可讀性和流傳範圍甚至不如文白雜糅的語體文。那些沒

167　朱自清：〈論白話〉，見《你我》（上海市：商務印書館，1936年）。

有融化錘鍊好的「歐化」語體文更是艱澀拗口，有傷散文自然美，因而常常為後人所詬病。不過從總體上看，語體「歐化」有其歷史必然性，也有其不可抹殺的歷史功績。

（四）

「口語化」語體是繼「文白融化」、「歐化」之後才逐漸形成的一種語言形式。它追求口語美，追求「語」和「文」的統一，具有家常絮語般親切自然，形成一種所謂「談話風」的風格類型。它並非排斥文言、外來語因素，也並非純用口語，而是以經過提煉加工的現代人的口頭語言為基礎，吸收融化其他語言成分而成的一種言文接近、可讀上口而又比日常用語規範、純淨、精煉、富有表現力的文學語言。它的出現，標誌著中國現代語體文走上了成熟的道路。

周作人被人稱為「談話風」散文的宗師。胡適稱道他的小品散文「用平淡的談話，包藏著深刻的意味」[168]。周作人也宣稱自己的文章只是「寫在紙上的談話，雖然有許多地方更為生硬，但比口說或者更為明白一點了」[169]。這種「寫在紙上的談話」，帶有家常閒話的親切感，又比真正的口頭談話精煉簡潔。周作人並不看重用「純粹口語體」寫的散文，因為它們不耐咀嚼；他主張散文語言要「以口語為基本，再加上歐化語，古文，方言等成分，雜糅調和，適宜地或各當地安排起來，有知識與趣味的兩重的統制，才可以造出有雅致的俗語文來」，他所說的「雅」「只是說自然，大方的風度，並不要禁忌什麼字句，或者裝出鄉紳的架子」。[170]他的散文創作以口語化語言、談話式語調和隨筆行文方式自由自在地抒情言志，無形中融會各種語言因

168　胡適：〈五十年來中國之文學〉，見《胡適文存二集》（上海：亞東圖書館，1924年）。

169　周作人：《自己的園地》（北京：晨報社，1923年），〈自序〉。

170　周作人：〈《燕知草》跋〉，見俞平伯：《燕知草》（上海：開明書店，1928年）。

素，娓娓道來，好似渾然天成，的確開了「談話風」散文的新風氣。不過，他還有意追求一種「澀味與簡單味」[171]，講究文字錘鍊，措詞多變，收放適度，偏愛簡樸平淡而含蓄蘊藉的美學風格，並非像一般口頭談話那樣隨便、蕪雜。只是因為他語言修養深厚，文筆老練嫻熟，融會功夫到家，才能不露人工痕跡，抵達沖淡自然的境界。讀他的〈故鄉的野菜〉、〈苦雨〉、〈喝茶〉、〈烏篷船〉等名篇，給人一種優遊不迫、舒徐自在、雍容大度、平淡雋永的審美感受，也給人一種好像是不費力氣、不假人工寫出來的印象。它們代表了「談話風」散文中的一種文風。

朱自清、葉聖陶、豐子愷的語體文主要發展了口語化這一傾向，代表了「談話風」散文發展的主導流向。因為周作人式的「談話風」是很少人學得來的，沒有他的氣質、性情、學識和文字功底而偏要追摹其文風的人，只能學到一點皮相。朱自清、葉聖陶、豐子愷諸家並不追求周氏的「澀味與簡單味」，而是致力於現代口語的提煉和淨化，追求語體文明白曉暢、親切自然、可讀上口的本色美。他們最初一些作品也難免「有點兒做作，太過於注重修辭，見得不怎麼自然」，稍後注意「全寫口語，從口語中提煉有效的表現形式，雖然有時候還帶有一點文言成分，但是念起來上口，有現代口語的韻味，叫人覺得那是現代人口裡的話，不是不尷不尬的『白話文』」。[172]朱自清從〈溫州的蹤跡〉到〈背影〉、〈你我〉再到三、四〇年代的遊記和雜文，葉聖陶從《劍鞘》到《腳步集》和後來的作品，是一步步地走向口語化的。豐子愷二〇年代中期開始寫作隨筆時，就「只是平易的寫去，自然就有一種美，文字的乾淨流利和漂亮，怕只有朱自清可以和他媲美」[173]。

171　周作人：〈《燕知草》跋〉，見俞平伯：《燕知草》（上海：開明書店，1928年）。

172　葉聖陶：〈朱佩弦先生〉，《中學生》第203期（1948年9月）。

173　趙景深：〈豐子愷和他的小品文〉，《人間世》第30期（1935年6月）。

　　朱自清那篇膾炙人口的散文〈背影〉，是用樸素自然的語言來敘事抒情的，如文中寫他父親買桔子那個場面，雖是全文著力描寫的地方，卻沒有半點鋪張、雕琢的氣息，只是這樣寫道：

> 走到那邊月臺，須穿過鐵道，須跳下去又爬上去。父親是一個胖子，走過去自然要費事些。我本來要去的，他不肯，只好讓他去。我看見他戴著黑布小帽，穿著黑布大馬褂，深青布棉袍，蹣跚地走到鐵道邊，慢慢探身下去，尚不大難。可是他穿過鐵道，要爬上那邊月臺，就不容易了。他用兩手攀著上面，兩腳再向上縮；他肥胖的身子向左微傾，顯出努力的樣子。這時我看見他的背影，我的淚很快地流下來了。我趕緊拭乾了淚，怕他看見，也怕別人看見。

這段描寫沒用什麼形容詞，也沒用什麼感情色彩濃厚的語彙句式，只是用平常的敘述語言和談話口吻，卻寫得神形畢現，情意深長。讀起來上口流利，沒有半點疙瘩，卻也沒有一個字多餘，沒有一句可省略。這真可以說是「一語天然萬古新，豪華落盡見真淳」[174]，在自然親切的語調中流露出真摯深切的骨肉親情。

　　朱自清無疑是現代語體文創建者中率先克服文言積習和歐化影響而追求口語化文風的一位典型代表。朱光潛曾從這個角度高度評價了朱自清這方面的成就和貢獻。他說：「語體文運動的歷史還不算太長，作家們都還在各自摸索路徑。……佩弦先生是極少數人中的一個，摸上了真正語體文的大路。他的文章簡潔精煉不讓於上品古文，而用字確是日常語言所用的字，語句聲調也確是日常語言所有的聲調。就剪裁錘鍊說，它的確是『文』；就字句習慣和節奏說，它也的

174　元好問：〈論詩三十首〉，見《遺山先生文集》（上海市：商務印書館，1937年）。

確是『語』。任文法家們去推敲它，不會推敲出什麼毛病；可是念給一般老百姓聽，他們也不會感覺有什麼彆扭。……佩弦先生的作品不但證明了語體文可以做到文言文的簡潔典雅，而且向一般寫語體文的人們揭示一個極好的模範。我相信他在這方面的成就是要和語體文運動史共垂久遠的。」[175]這個評價是精當的，也適用於葉聖陶、豐子愷的語體文。他們所創造的言文一致、上口悅耳、富於口語美的語體美文，對當時和後來的散文創作產生過相當廣泛深遠的影響。

　　「口語化」語體文，追求親切自然的表現效果，追求「語」和「文」的完美統一。它接近於現代人的口頭語言，能夠借助口語的語氣、聲調和節奏真切傳達出作者的神形風貌，表達出他們心中細緻微妙的情感活動；它又比口頭語言簡潔精煉，經過洗煉潤色和巧妙組織，增強藝術表現力。有人提出「語體文必須念著順口，像談話一樣，可以在長短、輕重、緩急上面顯出情感思想的變化和生展」[176]。「口語化」語體文達到了這種審美境界，突出體現了語體文的獨特美質。雖說當時只有少數人達到了這種境界，但他們開拓的道路吸引了不少後繼者，三、四〇年代有些作家進一步從大眾口語中提煉文學語言，推進了「言文合一」的歷史進程。

　　總之，「五四」抒情散文在語言形式上的變革更新，從「文白融化」語體到「歐化」語體，到「口語化」語體，多向探索，多方融匯，逐步趨於言文一致的境地。現代語體文就是在提煉白話口語的基礎上，又吸收融化文言和外來語某些成分，而逐漸豐富發展起來的。各種語體形式在言文接近的程度上固然有所差別，但都是往言文統一的大方向上努力的，都是為豐富和提高現代語體文的藝術表現力這一

175　朱光潛：〈敬悼朱佩弦先生〉，見《藝文雜談》（合肥市：安徽人民出版社，1981年）。

176　朱光潛：〈散文的聲音節奏〉，見《藝文雜談》（合肥市：安徽人民出版社，1981年）。

共同目標服務的。「五四」作家根據藝術表現的需要，在提煉白話口語的同時，吸收融化其他語言藝術因素，創造出豐富多彩的語體抒情美文，以實際成果打破美文不能用白話的迷信，證明語體文不僅比文言文更便於敘事說理，而且更便於抒情言志，不僅能夠寫得自然曉暢，而且能夠寫得簡練含蓄，從而在抒情語言上也真正實現了以白話文取代文言文的歷史變革。

結語

　　從抒情態度、抒情內容、抒情體裁、抒情語言這四個主要層面，我們初步考察了五四時期抒情散文從內容到形式所發生的歷史變革，以及它所取得的創新實績。總的看來，「五四」抒情散文思想上藝術上的革新是全面的、徹底的、深刻的。它衝破了「發乎情，止乎禮義」和「文以載道」的傳統教條，形成了「超脫古範，直抒所信」、「率真行誠，無所諱掩」的現代抒情原則和抒情態度；打破了封建主義的精神枷鎖，開拓了新的抒情題材和抒情主題，深入發掘現代人內心世界的種種奧秘，廣泛表現覺醒者反帝反封建、爭民主求解放的思想激情，深刻展現他們探索人生道路和救國救民道路的心靈歷程；衝破了古文「義法」和經典模式，創建了自由活潑、不拘一格、便於表達現代人思想感情的新文體、新手法；結束了言文分離的歷史，走上了言文合一的道路；破除了因襲摹古的舊風尚，形成了個人獨創、自由創造的新風氣；衝破了「哀樂中節」的審美規範，形成了以自然流露、率性抒情為主導傾向的多種多樣的美學風貌。它有破有立，大破大立，為抒情散文的發展廓清了舊地基，奠定了新地基，真正完成了時代賦予的破舊立新的歷史使命。

　　歷史上任何一次散文革新運動，都無法超越封建主義意識的制約

和古典藝術的規範，都不能跟「五四」散文的全面革新相提並論。不用說唐宋的古文運動只是舊文學內部的自我更新，即便是「師心使氣」的魏晉文章，「獨抒性靈」的晚明小品，以及晚清「縱筆所至不檢束」的「新文體」，也只是在一定程度上衝破正統思想和傳統規範的束縛，在內容和形式上的某些方面有所解放、有所更新罷了，總的來說都是在封建主義意識形態的總框架內沿革變遷著。「五四」抒情散文是在抒情態度、抒情內容、抒情體裁、抒情方式、抒情語言諸方面對傳統散文進行全面革新、徹底改造的，是現代作家適應時代發展的要求，出自現代中國人表達交流思想感情的內在需要，接受外來新思潮新藝術的影響而自覺創造出來的一種新型的抒情藝術形式，與古典形態的抒情性散文有著質的區別。

　　當然，我們所說的全面革新和徹底改造，是就整體而言的，也就是說「五四」抒情散文的「精神面目」整體上已煥然一新，與古典散文「頗不相同」。[177]這並不是說它與傳統散文沒有什麼歷史聯繫，也不是說它的革新創造是憑空產生的。事實上，任何一種文學革新都是在既有的文學傳統的基礎上進行的，都是既背離傳統而又銜接傳統的，都是揚棄傳統而不是拋棄傳統的。「五四」抒情散文的革新創造也是在傳統散文所提供的思想藝術基礎上進行的。它繼承發揚了古典散文的優秀傳統，尤其是其中憂國憂民、關心現實的精神傳統，反叛禮教的思想傾向和大量仍有生命力的表現手段。正由於它能夠吸取融會傳統散文的養分，才能夠迅速發展成熟起來。不過，它對傳統散文藝術的繼承是為了創新，是將前人積累的經驗吸收融化，據為己有，是為創建新型抒情散文服務的。所以，它在繼承傳統的同時也就是在改造傳統，更新傳統，而不是照搬傳統。從這方面來說，「五四」抒情散文的縱向揚棄變革也是全面和徹底的。

---

177 朱自清：〈論現代中國的小品散文〉，《文學週報》第345期（1928年11月）。

　　五四時期抒情散文的創新實績相當可觀。它出現了名家輩出、佳作林立的盛況，出現了「種種的樣式，種種的流派」「遷流曼衍，日新月異」這樣一種「絢爛極了」的景觀[178]，出現了其「成功」「幾乎在小說戲曲和詩歌之上」[179]這樣一種文學史上少見的奇蹟，這可說是中國抒情散文史上一個空前的輝煌時期。

　　漢魏六朝以降一千多年中，沒有一個時期抒情性散文如此發達過，這固然與封建思想禁錮密切相關，但不能籠統歸結為社會原因，因為中國古代抒情詩的特別發達是舉世公認的。依我看來，還是要從文學內部尋找它的內在原因。內因之一是古代散文是個廣義的散體文章概念，不是一種嚴格意義上的文學形式，抒情性散文一直不是一種獨立、自覺的藝術創作；內因之二是「文以載道」的正統觀念在作祟，這種散文觀促進了說理性散文和史傳散文的蓬勃發展，相對而言就限制了抒情性散文的獨立發展。

　　五四時期抒情散文特別發達、富有成就的原因是多方面的。我以為有以下四個主要原因：

　　一是「五四」思想革命和文學革命的影響。思想革命和文學革命解放了這一代作家的思想感情、審美意識和藝術創造力，更新了他們的思想眼光和文學觀念，開闊了他們的思想藝術視野，使他們能夠以新的眼光、新的心靈觀察感受生活，以新的文體、新的語言自由表達新的思想感情。「五四」抒情散文內容的更新和形式的變革，都是思想革命和文學革命的產物。其抒情態度的率真坦露，個性表現的大膽充分，藝術表達的自由活潑，美學風格的多姿多彩，都與思想感情大解放、文體形式大解放的時代潮流密切相關。

178　朱自清：〈論現代中國的小品散文〉，《文學週報》第345期（1928年11月）。

179　魯迅：〈小品文的危機〉，見《南腔北調集》，收入《魯迅全集》第4卷（北京市：人民文學出版社，1981年）。

　　二是抒情散文創作的自覺和獨立。這當然是「文學革命」的產物，但它直接促成抒情散文創作的蓬勃發展。五四時代確立了現代意義上的文學散文觀念，打破了「文以載道」的傳統觀念，抒情散文成為一種自覺的藝術創作，成為文學散文中的一個獨立的重要的品種，開始走上獨立發展、自覺自為的道路。當「自發的發展過程讓位給人們自覺的活動」時，歷史進程往往發生突飛猛進的重大發展[180]，五四時期抒情散文的自覺自為也帶來了這樣的結果。

　　三是「五四」散文作家藝術修養的深厚。這一代散文家大多是學貫中西的，他們的個人獨創建立在深厚的傳統散文的藝術素養和廣泛的外國文學素養的堅實基礎上，既能融舊鑄新，又能洋為我用，從而決定了他們有能力有條件完成時代賦予的破舊立新、繼往開來的藝術使命。他們又大多是文學創作的多面手，能夠吸取融會姐妹藝術的特長以豐富提高抒情散文的藝術表現力。

　　四是「五四」新文壇自由競爭的風氣。在革故鼎新的共同前提下，新文壇推崇不主故常、不拘一格的個人獨創，鼓勵各種風格流派爭奇鬥豔，當時自由結社成風，同人刊物如林，各種思潮、傾向紛然雜陳，從而形成了多向發展、自由創造的可喜局面。

　　概括地說，是「五四」思想革命、文學革命帶來的思想感情的解放、審美意識的解放、文體形式的解放，造成了這時期抒情散文發達繁榮的空前盛況；是「五四」作家思想藝術視野的開闊、散文藝術素養的豐厚、藝術創作的自覺與自由，決定了這時期抒情散文的全面創新獲得了巨大成功。

　　「五四」抒情散文革故鼎新的成功，標誌著中國抒情散文從古典形態躍入現代形態的建設發展階段。從「五四」開始，抒情散文獲得

180　〔蘇聯〕史達林：〈論辯證唯物主義和歷史唯物主義〉，見《史達林選集》下卷（北京市：人民出版社，1979年），頁453。

了獨立發展的機會，由附庸蔚為大國，成為藝術性散文的典型代表。三、四〇年代抒情散文創作要求「每篇散文應該是一種純粹的獨立的創作」[181]，五〇年代以來抒情散文幾乎成為狹義散文的同義語，這都是從五四時期抒情散文成為一種自覺的獨立的抒情藝術形式之後才有的新觀念。「五四」抒情散文是中國現代抒情散文發展的起點，此後直至今天的抒情散文都是在五四時期開闢的新地基上發展起來的。「五四」抒情散文形成的率真行誠、直抒所信，大膽表現個性，通過個人抒情感應時代生活氣息、與現代中國民族民主革命鬥爭保持密切聯繫等精神傳統，為後來許多作家所繼承和發揚。三、四〇年代一批革命作家進一步發展了個人為時代和人民歌唱的傳統，增強了現實戰鬥精神；許多民主主義作家繼續以個人抒懷述感方式折射時代色調，其中不少作家致力於追求散文藝術的精緻完美；有些自由派作家迴避現實鬥爭，往閒適小品、幽默小品一路尋找避難所，他們背離了「五四」散文傳統，導致了思想上藝術上的倒退。就各類抒情散文的發展演變來說，抒情小品詩化傾向持續發展，抒情散記各種樣式進展較大，抒情隨筆相對不夠發達；直抒胸臆之作相對少了，紀實述感之作日益增多，敘事性因素的增強擴大了抒情散文反映社會生活的容量，但也往往相對淡化了個人主觀色彩。總的來看，三、四〇年代的抒情散文，在「五四」創始期建立的現代性思想藝術的基礎上，仍有新的拓展和新的創造，尤其是在豐富、提高、完善五四時期新創的文體、藝術手法和語言形式諸方面作出了新的貢獻。它們整體上是在鞏固、深化、發展、完善「五四」抒情散文的創新成果及其創建的新傳統。

　　總而言之，五四時期抒情散文對傳統散文的全面革新和徹底改造，對以後抒情散文發展的深遠影響和啟迪作用，都說明它出色地完成了時代賦予的革故鼎新、繼往開來的歷史使命。它的成功，在中國

---

181 何其芳：〈我和散文〉，見《還鄉雜記》（上海市：文化生活出版社，1949年）。

散文發展史上具有劃時代的歷史意義。

　　　　　　　── 本文為一九八七年所作碩士學位論文；第三部分
　　　　　　　　　改訂為〈論「五四」散文抒情體式的變革與創
　　　　　　　　　新〉，原刊於《文學評論》一九九四年第二期

三○年代抒情散文的一個趨向

　　在五四時期散文變革的基礎上，一九三○年代的抒情散文獲得了長足的進展，步入一個潛心於創造、錘鍊和完善散文藝術的發展階段。其中，除了五四時代的成名作家繼續開拓散文天地，還造就了一批散文新秀，代表人物有何其芳、李廣田、繆崇群、麗尼和陸蠡等。這批新進作家，致力於抒情散文創作，執著追求散文藝術的獨創與完美，以相通的思想藝術特色體現了三○年代抒情散文的一種發展趨向，可說是自然形成了一個藝術流派。

　　三○年代初，何其芳在北京大學讀書之際，開始潛心於抒情散文的藝術創新。他和同學李廣田、卞之琳經常討論到散文創作，「覺得在中國新文學的部門中，散文的生長不能說很荒蕪，很孱弱，但除去那些說理的、諷刺的，或者說偏重智慧的之外，抒情的多半流入身邊雜事的敘述和感傷的個人遭遇的告白」；他說：「我願意以微薄的努力來證明每篇散文應該是一種純粹的獨立的創作，不是一段未完篇的小說，也不是一首短詩的放大」，「我的工作是在為抒情的散文找出一個新的方向」。[1] 何其芳對於散文的獨立見解和創作態度，可看作是他們共同的藝術宣言。何其芳自己身體力行，精心雕琢出《畫夢錄》（1936）和《刻意集》（1938），立即在散文界和青年讀者中間引起很大的反響。《畫夢錄》曾和曹禺的劇本《日出》、蘆焚的小說《谷》一起，獲得《大公報》一九三六年度的文藝獎，成功地實踐了自己的藝

1　何其芳：〈我和散文〉，見《還鄉雜記》（上海市：文化生活出版社，1949年）。

術主張。李廣田最初的散文創作收入《畫廊集》（1936），它以濃郁的鄉野氣息和渾厚素樸的農家本色，贏得讀者的好評。稍後寫就的《銀狐集》（1936）和《雀蓑記》（1939），保持和發展了他特有的藝術風格。曾有人把它們看作是三〇年代新文學發展成熟的重要標誌之一，可以和臧克家的詩、曹禺的劇作相媲美。[2]繆崇群的小品創作始於一九二九年，到一九三二年就被李素伯的《小品文研究》列為一家，專節介紹，稱道他「以清新的形式與筆調」寫下的散文「是很可注意的」。他的早期作品有《晞露集》（1933）、《寄健康人》（1933）和《廢墟集》（1939）。有人推崇他的散文「在五四後新文學界的散文園地裡」，「占有某一方面的高峰」。[3]麗尼的創作生涯集中在一九二八至一九三七年間，以寫詩一樣的散文知名於世，著有《黃昏之獻》（1935）、《鷹之歌》（1936）和《白夜》（1937）。陸蠡在抗戰以前寫了《海星》（1936）和《竹刀》（1938），評論家劉西渭稱頌他的散文「感情厚實，蘊藉有力，文字格外凝重不浮」，「在現代中國散文裡面，有些耐人一讀再讀」。[4]短短幾年間，這五位新人專心致志，刻意求工，為新文學呈獻一批精美的藝術成果，在現代散文史上建樹了不朽的業績。

上述可見，這五位新人都是在二〇年代末三〇年代初陸續走上散文創作道路的。當時，轟轟烈烈的大革命被葬送在血泊之中，白色恐怖瀰漫全國，現實的社會環境十分險惡殘酷。廣大的小資產階級作家從大革命時代的熱烈氛圍中，猛然落到黑暗主宰的境地裡，普遍陷入迷惘、矛盾、苦悶以至於幻滅之中，出現更為明顯的思想分化。有些人較快從幻滅中振作起來，接受中國共產黨的影響，投入積極的鬥

2　參見李長之〈統計中國新文藝批評發展的軌跡〉一文中關於新文學黃金時代的論述，該文載《文潮月刊》第2卷第3期（1947年1月）。

3　韓侍桁：〈編者序〉，見繆崇群：《晞露新收》（上海市：國際文化服務社，1946年）。

4　劉西渭：〈陸蠡的散文〉，見《咀華二集》（上海市：文化生活出版社，1947年）。

爭，為建設無產階級革命文學大聲疾呼。多數人一時囿於書齋，和孤
獨作伴，與寂寞相安，身處十字路口，看不到革命力量，找不到光明
出路，又屢遭黑暗現實的無情摧殘，帶著累累的精神創傷，艱難地走
在人生路上，有的便在藝術之宮中顧盼流連，尋找寄託。何其芳、李
廣田、繆崇群、麗尼和陸蠡都不是時代的強者，只能趨向後一路。麗
尼的處女作〈困〉（1928年6月）一文，就以自我的痛切感受真實地反
映了普遍的心理感受：

> 感傷，幻滅，寂寞……一切的可怕主宰了全個荒原，風吹澈了
> 心胸。
> 懼怕麼？退縮地──行進，沒有目的，也沒有希望；力，懷疑
> 地逃走了；疲憊，飄渺，一個人步著這荒原。
> 隱隱地似乎聽著了時代底喧聲，然而，一切又沉沒了，沉沒
> 了。……
> 一個時代底淚，不自主地，不自主地流下。

在這種情境中，他們陸續登上文壇，像何其芳開始那樣，抱著「文藝
什麼也不為，只為了抒寫自己，抒寫自己的幻想，感覺，情感」[5]的
態度，找到了散文這種「不分行的抒寫更適宜於表達我的鬱結與頹
喪」[6]的藝術形式，專心致志地雕琢起來。於是，他們早期的散文創
作勢所必然地共趨於表現自我、探索內心、抒寫主觀、講究藝術的路
子，形成一種突出的創作傾向，在散文界造成了一時的風尚。

　　他們吟哦孤獨和寂寞。何其芳愛在黃昏的燈光下，捉摸著「溫柔
的獨語，悲哀的獨語，或者狂暴的獨語」（〈獨語〉），「每一個夜裡我

5　何其芳：《夜歌》（重慶市：詩文學社，1945年），〈後記〉。
6　何其芳：〈夢中道路〉，見《刻意集》（上海市：文化生活出版社，1938年）。

寂寞得與死臨近」，「我遺棄了人群而又感到被人群所遺棄的悲哀」。
李廣田對於那些「厭於浮世的一切爭逐」、「於寂寞中埋頭工作」的落
落寡合者懷著愛敬之心，自生「前不見古人，後不見來者」之寥寂感
（〈寂寞〉）。繆崇群悲歎「在這個世界上，沒有家，沒有業，沒有親
倫的愛的人便是我啊？只有我，只是一個人，一個永遠找不到他的歸
宿的畸零的人！」（〈寄健康人一〉）。麗尼有荒原獨彷徨、長途自漂零
的感喟（〈困〉、〈漂流的心〉）。陸蠡也低訴「只有我的孤單的腳印」
（〈春野〉）。他們為自己的生活圈子所限制，見不到同伴，聽不見呼
應，又不願沉淪，不與黑暗勢力同流合污，便或孤高自傲，或顧影自
憐，或靜思默察，或呼喚友伴，無不為無法擺脫的孤寂所苦，其作品
寫出了共同的孤獨感。

　　為了排遣孤寂，他們追懷既往，寄情鄉野。「到了成年的現在，
也還是苦於寂寞，然而⋯⋯在那雖天真而不爛漫的時代的寂寞，現在
也覺得頗可懷念了」（〈悲哀的玩具〉），李廣田的話道出了他們借過往
以排遣寂寞的秘密。繆崇群的告白更為清楚：「我並不迷戀於骸骨，
然而生活到行乞不得的時候，我嚮往著每一個在我記憶裡墳起的地
方，發掘它，黯然地做了一個盜墓者」（〈北南西東〉）。陸蠡「心中念
念不忘的是過去生活的遺骸，心中戀戀不捨的是曾被過去的生命賦予
一息的遺物」（〈失物〉）。何其芳和麗尼老是回味著失去的愛情的歡
辛。他們大多出身於小康之家，來自鄉野，有過天真的童年生活，純
潔的少年友誼，無私的母愛溫暖以及其他美好的回憶，現實生活的不
如意促使他們回味過去，都市社會的險惡污濁促使他們懷念樸野的鄉
村，希望從中尋得片刻的慰藉。然而，「人間一切的過往，都如朝露
已經晞了」（繆崇群〈秦媽〉），過往不復，追念莫及，難免悵然起
來，漏出感傷的情調。「失去」、「失物」、「尋找」、「悲哀的玩具」一
類題旨便大量湧現。麗尼為心頭惟有「填不滿的空白」而萬分煩惱。
陸蠡為失卻聯繫過去的信物而「只望著無限的天空唏噓而已」。繆崇

群慨歎「我除了憑弔那些黃金的過往以外，哪裡還有一點希望與期待呢」。何其芳很快從「幼稚的傷感、寂寞的歡欣和邈遠的幻想」中跌入「荒涼的季節」。李廣田顯然把過往的生活比作眼前寂寞時「悲哀的玩具」。由此可知，把感情的紐帶牽繫在過往上，徒增惆悵而已；現實的遺憾，心靈的空白，是任何過去的手所不能撫慰的。

　　從自身的體驗出發，他們不滿現實，倦於人生，但又不能不正視人生現實。在那個災難深重的舊中國，他們「無論在什麼地方，永遠是闖遇著煩惱與憂鬱，憤怒與瘋狂了。我們底心如同迷途於黑暗，雖然奮力摸索，但是永遠也不能從我們底苦難之中逃脫」（麗尼〈失去〉）。他們真切地敏銳地感受著黑暗的重壓、生活的累贅和人生的煩惱，總找不到一塊安靜的綠洲，一條光明的出路，一種解脫的辦法。「負了年和月的重累，負了山和水的重累」，他們再也不堪「迢迢旅途的疲倦」（陸蠡〈蟬〉），難免漏出人生受累的感喟和悲觀絕望的歎息，帶有某些頹廢色彩。然而，他們還沒有完全喪失信心，也沒有徹底否定現實人生。他們頑強地生活著，不懈地跋涉著，沉鬱地品嚐著人生的辛酸苦辣，艱難地探究著生活的真相。李廣田有些悲愴地唱道：「人生就是走在道上啊，真正嘗味著人生苦難的人，他才真正能知道人生的快樂，深切地感到了這樣苦難與快樂者，是真地意味到了『實在的生存』者」，「我願走在道上，不願停在途中」，即使路上佈滿荊棘（〈秋天〉）。繆崇群也表示：「我不再躊躇，不再迷惘了；低著頭，我將如瓦爾加河上的船夫們，以那種沉著有力的唽喝的聲調，來譜唱我從旅到旅的曲子」（〈從旅到旅〉）。可見，他們對於人生的苦樂有著獨特的見解，也有自己的人生追求。他們以苦為樂，追求生活充實，使作品迴蕩著一股低沉而執拗的思想潛力，推動他們在人生路上不懈地探索。對於人生，他們「實在是充滿了熱情，充滿了渴望」（何其芳〈我和散文〉），只不過是他們的熱情被壓抑得無處可以奔注，而採用變態的形式表現出來。像麗尼縱然「已經宣說『一切於我

是一個烏有』」，也趕緊接著聲明「但我有我自己底執著」（〈撇棄〉）。
這種內在的感情衝突，毫無疑問是客觀現實和主觀理想尖銳對立的直
接產物，是那個時代某種心理狀態的集中反映。

　　儘管黑夜深重，壓得他們喘不過氣來，儘管出路渺茫，致使他們
有些頹喪，他們還是懷抱熱情和想望，總不放棄探索和進取。「黑
暗，是自然的大帷幕，籠罩了過去，籠罩了未來，只教我們懷著無限
的希望從心靈一點的光輝中開始進取」（陸蠡〈黑夜〉）。何其芳也體
會到：「也許寂寞使我變壞了。但它教會我如何思索」（〈夢後〉）。他
自稱：「我不是在常態的環境裡長起來的，我完全獨自地在黑暗中用
自己的手摸索著道路」（《刻意集》〈序〉）。陸蠡與何其芳的態度和經
驗不是他們個人獨有的，而是當時這些追求光明的作家所共有的。陸
蠡的〈松明〉一文就是這種真實情況的寫照。它以象徵性的背景、人
物和行為構成的情節，精煉地概括了「我」從迷失在深山中，到自己
取得了引路的松明火凱旋歸來的全過程，凝聚了一代新人尋找出路、
迷途知返的精神風貌，與茅盾的〈沙灘上的腳跡〉有著異曲同工之
妙。誠然，由於生活的侷限和自我的脆弱，他們的探索相當艱難曲
折，各自的起點和路線也並不一律。陸蠡自信，有「心靈的一點光
輝」支持著，一度在童真、友愛、自然美和深遠的幻想中低迴詠唱。
李廣田悲愴，願意「走在道上」去嚐味人生的苦樂。何其芳空靈，曾
經沉湎於美麗的夢幻境界和精緻的藝術建築，而力圖忽視現實的存
在。繆崇群茫然，似有人生中途不知何往之貌。麗尼憤激，願與黑暗
「同歸於盡」。但他們都渴望光明，追求進步，終於殊途同歸，漸漸
走上堅實闊大的生活道路。

　　總之，忠實於自我的切身感受，著力抒寫這個時期自己內心的苦
悶、孤寂、不滿以至探求，就是他們早期散文的基本內容。如果不是
孤立地看待這些思想感情，而是聯繫他們所處的環境和生活經驗來考
察，不難發現，他們各自的內心寫照，並不是一己的無病呻吟，也不

是純粹的自我表現，它是黑暗現實在作者心上的投影，又是廣大知識青年的共同心聲，所以才能夠在青年讀者當中引起強烈的共鳴。麗尼說這是「感傷時代之復活」（〈生死曲〉），「是一個時代底淚」（〈困〉），並非誇大其辭。

　　然而，他們不只是把散文當作個人抒懷的工具，還把它作為「一種純粹的獨立的創作」，刻意追求散文藝術的獨立和完美。他們不滿意抒情散文「流入身邊雜事的敘述和感傷的個人遭遇的告白」，更不滿意那種普遍忽視散文藝術的獨立價值的現象，「不贊成把寫得不像樣的壞文章都推說是『散文』」。[7]所以，他們在創作實踐中潛心追求散文的形式美，以寫詩的態度對待散文創作，在散文的立意構思、結構行文、抒情寫意和煉詞造句等方面銳意創新，有所突破，確為抒情散文藝術的發展開拓了一條新路。

　　首先，他們都刻意追求散文藝術的獨立、純粹和完美。五四時期的散文在個性解放思潮的衝擊下，反叛「桐城派」古文的清規戒律，從嚴飭趨向散漫和自由，大多信筆揮灑，絮語漫談，旁徵博引，海闊天空，自然隨便，頗似家常閒話，不管是議論、敘事和抒情，往往如此。現代散文大家魯迅、周作人的作品就是這種談話體的典範。即使朱自清那些精緻縝密的散文，也是散中見整的，他就認為散文的「選材與表現，比較可隨便些」，類似「閒話」，「不能算作純藝術品，與詩、小說、戲劇，有高下之別」。[8]這個意見在當時具有相當廣泛的代表性。三〇年代有人回顧說：「在過去，混雜於幽默小品中間，一向散文給我們的印象多是順手拈來的即景文章而已，在市場上雖曾走過紅運，在文學部門中，卻常為人輕視」[9]，這裡指出的就是一種相當

7　卞之琳：〈《李廣田散文選》序〉，見《李廣田散文選》（昆明市：雲南人民出版社，1980年）。

8　朱自清：〈論現代中國的小品散文〉，《文學週報》第345期。

9　見一九三七年五月十二日《大公報》關於得獎作品的評語。

普遍的傳統偏見。在這樣的文學背景下，何其芳「《畫夢錄》的出版雄辯地說明了散文本身怎樣是一種獨立的藝術製作，有它超達深淵的情趣」[10]，因而便在當時轟動了文壇。作為一部代表作，《畫夢錄》很好地體現了他們的散文主張。它排除了抒情散文中敘述身邊瑣事和告白個人遭遇的傳統寫法，不讓生活素材直接進入作品，而是經過作家的改造、生發，重新創造出一個現實和夢境交融的藝術世界，使之具有獨立存在的藝術價值。像〈丁令威〉一文，甚至借用遠古的一段道家傳說，融入自身的一次生活體驗，表現「城郭如故人民非」的感慨，就是通過聯想、暗示間接實現的。作者刻意「追求著純粹的柔和，純粹的美麗」[11]，「他把若干情境揉在一起，彷彿萬盞明燈，交相映輝；又像河曲，群流匯注，蕩漾迴環；又像西嶽華山，峰巒疊起，但見神往，不覺險巇。他用一切來裝潢，然而一紫一金，無不帶有他情感的圖記。還恰似一塊浮雕，光影勻停，凹凸得宜，由他的智慧安排成功一種特殊的境界」[12]，給人以撲朔迷離的美感享受，覺得這是一件純粹的藝術品。李廣田、繆崇群、麗尼和陸蠡也極力追求這種境界。他們努力達到：情趣集中純粹，結構圓滿完整，篇幅短小精煉，力矯散漫、蕪雜、絮聒、淺露的流弊。有時不免趨於極端，雕琢過甚，傷乎自然，露出斧痕。但總的看來，他們致力於散文藝術的凝鍊、圓美和獨立，講究表現技巧，對現代散文的抒情藝術的發展起了促進的積極作用；愈到後來，藝術性散文愈從廣義的散文中獨立出來，愈趨於藝術的完美，就不能說和何其芳等人的影響沒有關聯。

其次，他們都不懈追求散文的「詩意」創造。魯迅、郭沫若等開創散文詩，冰心、朱自清的散文貯滿詩意，實開現代散文追求「詩意」的先河。何其芳等人更致力於創作詩一樣的散文，自覺地把散文

---

10 見一九三七年五月十二日《大公報》關於得獎作品的評語。

11 何其芳：〈我和散文〉，見《還鄉雜記》（上海市：文化生活出版社，1949年）。

12 劉西渭：〈畫夢錄〉，見《咀華集》（上海市：文化生活出版社，1936年）。

與詩結合起來。何其芳、李廣田都是先以詩名見稱於世的，繆崇群、
麗尼和陸蠡也創作或翻譯過詩歌，同樣具有詩人氣質。所以，他們在
散文創作中傾注自己的詩情和詩藝，實出於自然，何況他們還有意追
求。何其芳自稱早期那些「不分行的抒寫」的散文「顯然是詩歌寫作
的繼續」。[13]他的〈獨語〉、〈夢後〉、〈樓〉、〈墓〉等憑藉詩的想像結構
完篇，題材富於冥想，思緒跳躍飛騰，意象撲朔迷離，語言凝鍊華
美；他的〈秋海棠〉、〈黃昏〉、〈雨前〉旨趣集中，意境凝鍊，想像奇
特，詩情洋溢，委實都是詩一樣的作品。李廣田的〈馬蹄篇〉一組
（包括〈井〉、〈馬蹄〉、〈樹〉、〈荷葉傘〉、〈綠〉）是地道的散文詩，
他的〈山水〉充滿了詩的幻想和詩的情緒，才顯得那樣婉轉多姿、神
思飛越。麗尼的《黃昏之獻》、《鷹之歌》二集中大多是散文詩式的作
品，短小凝鍊，詩意盎然，可吟可誦。陸蠡的《海星》中的抒情文體
是用散文寫成的詩，他的敘情文體也潛流著詩情的小溪。繆崇群的
《寄健康人》迴蕩著詩的情調，深蘊著哲理。李廣田稱這些作品是
「詩人的散文」，實在恰當，並說「有一個時期，這一類散文產量甚
豐，簡直造成了一時的風尚」[14]，足見其成就和影響之大。有別於小
說家、戲劇家的散文，這些「詩人的散文」善於抒情寫意，而拙於敘
事紀實；側重從主觀感受來把握時代氣息，而很少去摹寫客觀，再現
生活。他們尊重主觀，馳騁想像：上天入地，中外古今，現實夢幻，
外景內心，無所不至，自由驅遣，打破了寫實限制和時空觀念，不以
客觀的生活事實為依據，而以自我的真情實感為起點，講究內在的藝
術真實，從而引進了虛構和幻想等藝術處理手段，大量運用聯想、暗
示、象徵的藝術手法，以創造性的藝術表現取代瑣屑的描述或直接的
告白，豐富和發展了散文的藝術表現力。這在散文史上是「出格」
的，對後來的散文創作產生過頗為深遠的影響。

---

13 何其芳：〈我和散文〉，見《還鄉雜記》（上海市：文化生活出版社，1949年）。

14 李廣田：〈談散文〉，見《文藝書簡》（上海市：開明書店，1949年）。

　　再者，他們都精心錘鍊語言，追求散文語言的藝術化。早期白話散文以現代口語為工具，完成了從文言到白話的革命，但還殘留著文言的腔調，有著嚴重的歐化傾向，又雜揉著各地的方言土語，呈現出過渡革新時期那種在所難免的紛然雜陳的歷史現象。相對來說，何其芳等的作品受文言、方言的影響少些，因為他們是新的一代，是在「五四」以後新的語言環境中成長起來的，自然能夠擺脫因襲的負擔，突破地域的侷限，以新的文學語言出之。他們受外國文學的影響不小，文法句式也就帶有歐化的痕跡。但他們忠於散文藝術，創作態度相當嚴謹，對語言的藝術錘鍊不惜工本，「一篇兩三千字的文章的完成往往耗費兩三天的苦心經營，幾乎其中每個字都經過我的精神的手指的撫摩」。[15]因此，造就了一種流暢、洗煉、精粹和優美的散文語言，標誌著白話散文的進一步成熟。由於氣質、趣味和修養的差異，他們對於語言的錘鍊各有持色。何其芳精雕細琢，華麗凝鍊。他注重修飾，善於形容，刻意搭配顏色、圖案和音韻，造成五彩繽紛的意象和繁複的句式，使人眼花撩亂，應接不暇。李廣田渾厚素樸，自然有致。他追求行雲流水般的天然美，娓娓道來，親切動聽，出於絮語文體而較之精煉純粹，是出色的散文語言。繆崇群平實精細，委婉曲折。陸蠡細緻洗煉，清新優美。他們的語言風格與李廣田較為近似。麗尼的雕飾接近於何其芳，但不像何其芳那樣堆砌，那樣富有暗示，他的纖麗尚不失自然。他們各以自己的語言風格獲得讀者的歡迎。如果說，現代散文的先驅者在「言文一致」的旗幟下，為現代散文奠定了白話的基礎，那麼，三〇年代這些新秀散文家則在「藝術製作」的感召下，給現代散文創造了較為純粹凝鍊的文學語言，促使散文語言進一步藝術化。

　　從成就和影響來看，何其芳等人的慘澹經營，顯然達到了預期的

---

15 何其芳：〈我和散文〉，見《還鄉雜記》（上海市：文化生活出版社，1949年）。

效果——「為抒情的散文找出一個新的方向」。這個「新的方向」，可以歸結為一句話，就是：散文應該而且能夠發展成為一種具有獨立的藝術價值的文學形式。在中國古典文學中，散文一直佔據著正宗的地位，但它指的是與駢文相對的廣義的散文。五四文學革命以後，受西洋文藝思潮的影響，一向在中國文學中沒有地位的小說和戲劇取代散文而引人矚目，散文藝術一度被忽視了。何其芳等重新把散文提高到獨立的藝術創作的地位，不能不說是上接傳統，下闢新路，其貢獻是不言而喻的。但他們片面追求散文的形式美，有的甚至走入唯美主義的歧途，借藝術為逃避現實風雨的港灣，必然經不起現實和時代的衝擊而難以繼續下去。

他們很快地感受到自我表現的天地過於狹窄，「像一個衰落時期的王國，它的版圖日趨縮小」。[16]何其芳說自己的創作是「一條幾乎走入絕徑的『夢中道路』」，不得不「沉默著過了整整一年」。[17]李廣田承認「對於這些東西，當然不自滿足，但確乎彷彿有了自己的小天地，因此也就忘了外面的大天地，當我關在書房裡捉摸著自己的情感和文字時，外面的暴風雨卻正在進行著」。[18]麗尼斷然宣稱過往的情緒「應該結束了」，兩年間「不敢再寫一個字」。[19]陸蠡感到「文章愈寫愈鑽進牛角尖，正如人生的路愈走愈窄一樣」。[20]繆崇群也說自己「也是在『大時代』的搖籃裡生長著，在漸漸地接近新生」。[21]時代精神的變化發展，藝術源泉日益枯窘的危機感，迫使他們深入內省，推動他們衝破孤獨寂寞，走出書齋斗室，去接觸較為廣闊的現實世界，感受更為

16 何其芳：〈我和散文〉，見《還鄉雜記》（上海市：文化生活出版社，1949年）。

17 何其芳：《刻意集》（上海市：文化生活出版社，1938年），〈序〉。

18 李廣田：〈自己的事情〉，見《文藝書簡》（上海市：開明書店，1949年）。

19 麗尼：《黃昏之獻》（上海市：文化生活出版社，1935年），〈後記〉。

20 轉引自唐弢：〈聖泉紀念〉，見《回憶‧書簡‧散記》（上海市：上海文藝出版社，1979年）。

21 繆崇群：〈短簡〉，見《碑下隨筆》（上海市：文化生活出版社，1948年）。

深重的苦難和不幸，體驗更為重大的生活和鬥爭，使他們漸漸「忘記了個人的哀樂」，而關心起「人間的事情」，藝術天地才「漸漸地闊大起來」。[22]他們終於發現文藝的根株「必須深深的植在人間，植在這充滿了不幸的黑壓壓的大地上。把它從這豐饒的土地裡拔出來一定要枯死的，因為它並不是如一些幻想家或逃避現實者所假定的，一棵可以托根，生長，並繁榮於空中的樹」。[23]伴隨著生活經驗、思想感情和藝術見解的深刻重大的變遷，他們的散文創作也發生了顯著的變化。

變化最大的數何其芳。他像做夢者突遭鞭打一樣，猛然從幻美中驚醒過來，惺忪的雙眼開始關注現實人生的一角和身外的不幸，寫出了《還鄉雜記》這樣具有現實主義精神的作品。之後的《星火集》正、續編就是由此起步的。但是，他的思想進展並沒有攜著藝術同行，他矯枉過正，忽視了藝術錘鍊，放棄原先的追求，而轉向寫作其他的散文形式──雜文和報告文學。他在轉變進化中不無可惜地失去了自己的藝術個性。李廣田在一九三五年寫作《銀狐集》之際，就「漸漸的由主觀抒寫轉向客觀的描寫一方面」[24]，到了抗日戰爭，進一步擴大了題材，也從抒情趨於議論，雖然大多還保持著樸素親切的格調，有的還是失掉了原來的藝術光彩。繆崇群在抗日戰爭時期爆發出極大的愛國熱情和創作熱情，獲得了豐碩成果。他在大時代的搖籃裡獲得新生的同時，依然不放鬆自己的藝術追求，因而能夠保持並發展自己的風格，這在五人中是特出的。麗尼較早地結束「個人底眼淚」，可惜也較早地告別散文創作。當他眼見山河淪落，不禁呼喚出：「江南，美麗的土地，我們的」（〈江南的記憶〉），不料這卻成為他散文的絕響，生活重累使他無暇顧及散文藝術了。陸蠡一九三六年以後的創作也擴充了社會性題材。麗尼和陸蠡的散文創作時間較短，

---

22 何其芳：〈我和散文〉，見《還鄉雜記》（上海市：文化生活出版社，1949年）。

23 何其芳：《刻意集》（上海市：文化生活出版社，1938年），〈序〉。

24 李廣田：《銀狐集》（上海市：文化生活出版社，1936年），〈序〉。

基本保持著最初的藝術風貌，不過後來敘事因素增多，抒情成分減弱，詩味似乎淡了些。他們五人的變化發展不盡相同，得失也不一，但發展趨勢大體一致：從三〇年代中期開始，經受現實生活的衝擊和抗戰浪潮的推動，逐步開拓了生活視野和藝術視野，突破了「為個人而藝術」的侷限，從自我到世界，從幻想回到現實，從主觀的抒發轉向客觀的描寫，終於走上現實主義的寬廣道路。顯而易見，這是順應著我國現代散文的發展潮流的。郁達夫曾指出這是「時代的潮流與社會的影響」——「兩重的客觀條件」促使「自我」和「社會」溝通。[25]魯迅主張：「生存的小品文，必須是匕首，是投槍，能和讀者一同殺出一條生存的血路的東西」。[26]現代散文正是沿著魯迅所昭示的方向日益發展，在三〇年代越來越「和實生活發生關係」[27]，到民族民主解放戰爭年代更與時代密切相關，這是誰也無法逆轉的發展趨勢。五位新人的散文創作道路也從一個側面顯示了這一點。

　　透過這種文學現象，可以發現這樣一個重要的歷史事實：他們起初把自己侷限在狹小的圈子裡，感受自然真切細微，表現盡可能充分獨到，但也往往容易枯窘；後來開拓了視野，思想內容不斷得以充實發展，卻很難在藝術上有新的突破，有的反而退步了。對此，李廣田後來有所體會，覺得「生活比寫作重要，也比寫作困難。最要緊的是改造自己的生活。要打破自己的小圈子，看見、認識、並經驗那個大圈子的生活，要使自己和世界相通，要深知那血雨腥風和深知身邊瑣事一樣，要使身邊瑣事和血雨腥風不能分開。這自然很不容易，但既

25 郁達夫：《中國新文學大系・散文二集》（上海市：良友圖書印刷公司，1935年），〈導言〉。

26 魯迅：〈小品文的危機〉，收入《魯迅全集》第4卷（北京市：人民文學出版社，1981年）。

27 郁達夫：《中國新文學大系・散文二集》（上海市：良友圖書印刷公司，1935年），〈導言〉。

是應當的，就是我們所必須努力達到的」。[28]他們很不容易地邁出了第一步，打破自己的小圈子，經驗大圈子的生活，使自己和世界相通。但限於客觀條件和某些主觀原因，總達不到「深知那血雨腥風和深知身邊瑣事一樣」的程度。因而，後來的作品有的寫得浮光掠影，總不及自我表現的真切和深刻。不過，他們後期創作藝術上的缺陷還有著更為內在的原因。後來，認真的何其芳對此作了恰當的解釋，他認為：「在那些時候，由於否定了過去的風格而新的風格還沒有形成，由於否定了過去的藝術見解而新的藝術見解又還比較簡單，只是強調為當前的需要服務，只是強調內容正確和寫得樸素，容易理解，而且由於沒有從容寫作的時間，常常寫得太快，太容易，這也是一些原因。現在看來，只講求藝術的完美和不講求藝術的完美，都是不行的。」[29]縱觀這五位散文家的藝術演變，比較他們前後創作的成敗得失，我們覺得何其芳的自省切中膝理，很有普遍意義。當他們苦於找不到光明出路之際，他們便借藝術作為逃避黑暗現實之所，沉浸在自己創造的幻美之中。雖然境界較窄，情思纖弱，卻在散文藝術方面慘澹經營，刻意求工，做出了探索性的貢獻。當他們跟隨時代前進，逐步認清方向的時候，本該努力使藝術與思想並進，卻由於藝術觀的矯枉過正，而放棄原先的藝術追求和認真態度，到頭來吃了「不講求藝術美」的虧。散文，同其他文藝形式一樣，需要真善美的和諧統一，需要艱苦嚴肅的藝術創造，它有輕便敏捷的長處，可以緊密配合當前的政治需要，發揮「輕騎兵」的戰鬥功能，但若因此走向極端，應景作文，粗製濫造，即使內容無可非議，也難以保持住藝術生命力。總而言之，何其芳等人的散文創作，早期得之於對散文藝術的潛心追求和銳意創新，失之於雕琢堆砌的唯美傾向，後期得之於和時代與人民

---

28 李廣田：〈從身邊瑣事到血雨腥風〉，見《文學枝葉》（上海市：益智出版社，1948年）。

29 何其芳：《散文選集》（北京市：人民文學出版社，1957年），〈序〉。

結合，失之於對散文藝術的片面理解。如今，陸蠡、繆崇群、李廣
田、麗尼、何其芳五人都早已相繼作古，他們的成敗得失也成為歷史
遺訓，啟示著後人繼續探索前進。古人云：「後之視今，猶今之視
昔」。歷史的辯證法總在提醒後人觀今鑒古，避短揚長，努力超越前
人去開拓新的藝術天地。

　　　　　——本文選自《現代散文史論》（福州市：福建教育出
　　　　　　版社，1994年）；原題〈「為抒情的散文找出一個
　　　　　　新的方向」——談三十年代幾位青年散文家的創
　　　　　　作〉，原刊於《福建師大學報》一九八二年第四期

戰時散文縱橫談

　　抗日戰爭全面爆發後，中國社會進入戰時大動盪、大變遷狀態。在中華民族處於生死攸關、救亡圖存的非常時期，中國新文學作家，除了個別奴顏事敵的民族敗類外，都與我們的民族和人民同命運，共患難，無條件地服從民族解放戰爭的召喚，自覺地以自己的文學活動參與現實的戰鬥，忠實地履行著國民的職責。這場戰爭極大的改變了廣大作家的生活狀態和精神面貌，促使他們的散文創作發生了相應的重大變化。由於戰爭進程的起伏變遷，又由於這時期客觀上形成了不同政治區域並存交錯和文化據點散佈各地的特殊格局，作家們的散文創作也就因時空處境之異而呈現不同的面貌，從而構成了戰時散文四處開花、多樣共榮、遷流曼衍、此起彼伏的景觀，決定了我們必須採用縱橫交織的觀照方式才能較清晰地勾畫出其整體輪廓。

一

　　抗戰初期散文有不同凡響、慷慨激昂的起調：為民族解放戰爭吶喊助威，向全世界控訴敵寇慘絕人寰的血腥暴行，傾吐國人鬱積多年的救亡呼聲，表達中華兒女抗戰到底的堅強意志和敵愾同仇的民族精神，以熱烈高亢、悲壯有力的歌調融入全民族的戰鬥大合唱，與抗戰初期轟轟烈烈的戰鬥氣氛是相當諧調的。

　　在國共合作、共赴國難的新形勢下，廣大革命作家繼承和發展現代散文反帝愛國的精神傳統，自覺適應新時代的需要而調整自己的歌

調，唱出新的戰歌。郭沫若在民族垂危關頭，別婦拋雛，回國請纓。他的〈在轟炸中來去〉、〈前線歸來〉等「文藝性的生活記錄」反映自身回到祖國、投入抗戰洪流的獨特經歷，以眼見耳聞的前後方戰鬥事實展示了全民抗戰高潮的到來，表現了一位偉大愛國者不計個人恩怨、盡力於團結抗日大業的崇高情懷。茅盾的《炮火的洗禮》既有熱情的呼喊，又有冷靜的分析，他表白說：「我是一個所謂文化人。我知道文化的繁榮滋長，需要和平的環境，但更需要獨立自由的精神。個人從事文化事業時固然如此，一個民族發揮其才智對世界文化貢獻時，也是如此。因此我憎恨戰爭，也憎恨專制政治和侵略的帝國主義。但是為了爭取獨立自由，我無條件地擁護個人對環境、民族對外來侵略的戰爭。中國民族現在被迫對日本帝國主義作決死的戰爭，我覺得是無上的光榮。」[1]這種認識和態度代表了中國作家對戰爭的基本看法和基本態度。許多革命作家或投筆從戎，或奔走於後方救亡活動。從新的生活體驗出發，寫下了血與火交織的新篇章。他們熱情歌頌前方將士的獻身精神，憤怒抨擊敵偽的殘暴和無恥，在維護抗日民族統一戰線的前提下，也適當揭露前後方的問題，在表達自己熱烈高昂的愛國激情的同情，也坦露內心對當局的失誤和社會的弊端的不滿和憂慮，並不一味唱讚歌，這是他們比當時一般作家稍勝一籌之處。

許多小資產階級作家在全民動員、群情鼎沸時代轉變立場，改弦更張。他們深受抗戰熱潮的召喚和鼓舞，走出原來狹窄的生活圈子，告別過往的個人哀樂和藝術趣味，力圖以新的歌調歌唱新的時代生活，普遍變得興奮、開朗、強健、樂觀。豐子愷一反過去超然飄逸的寫作態度，表示要「憑五寸不爛之筆來對抗暴敵」（〈還我緣緣堂〉），其散文新作出現了積極入世抗爭的新主題。繆崇群改變過往病弱自憐的傾向，感到「新中國的兒女們沒有一個是應該憂鬱的」（《眷眷草》

1　茅盾：〈寫於神聖的炮聲中〉，見《炮火的洗禮》（重慶市：烽火社，1939年）。

〈希望者〉),「我也是在『大時代』的搖籃裡生長著,在漸漸地接近新生」(《碑下隨筆》〈短簡〉),這種「新生」的面貌就鮮明地體現在《廢墟集》和《夏蟲集》等作品上。方敬自剖道:「新的時代有力地在我們的情感上劃了一條界限,分明了它的兩種不同的時期。四年來,空前的苦難在鍛鍊我們整個民族的命運。於是我們把思想意志,與力量一齊投進那萬丈光芒的熔爐裡去。到處都是血與肉的搏戰,反抗的呼聲,對自由解放和光明迫切的渴求。到處呈現著生命,呈現著力。這些感召了我的心,不由得不鼓舞,振奮,我因而變得快樂、健壯、熱忱,走到朗闊的天地裡,學著愛人、愛鬥爭、愛真理的歌唱」,因而過往「幽微的音調使我驚訝」,「現在我要彈奏的是另外一種新的響亮的琴」。[2]這種思想感情的變遷是當時許多作家所經歷過的,都真實地表現在他們的散文創作中。把他們抗戰前後的散文作品對照著研讀一番,是可以體會出其情調文風的明顯變化。

新從戰地生活中成長起來的散文作者,一開始就唱出熱烈爽朗的戰歌。他們「穿走在烽火中」,「在全身洋溢著一種戰鬥的歡喜下」[3],在及時報導戰地信息的同時也熱情抒發戰鬥情懷,並創造了「戰鬥者」的抒情主人公形象系列。田一文在〈在戰鬥中〉寫道:「戰鬥者的希望就像天野一樣高遠、廣漠。在北方,我戰鬥著。在南方,我戰鬥著。在祖國的大平原上,在祖國底大風砂中,我勇猛的戰鬥著。我吻著祖國底河流,也吻著祖國底山叢;我熱狂的吻著它們,它們也熱狂的吻著我」,「我底對於生活的愛,領導我去戰鬥」。他知道:「這是一個暴風雨的時代。在這時代裡,我做著暴風雨中的海燕,海燕發出的歌句,是粗暴的歌句,然而,我從心深處發出的歌句,卻也是粗暴的」。嚴杰人「把自己夾雜在一群天真爛漫的孩子中間,讓黃金的童

2　方敬:《雨景》(上海市:文化生活出版社,1942年),〈後記〉。

3　田一文:《金底故事》(重慶市:烽火社,1939年),〈後記〉。

年底每一個尺寸，都游泳在戰鬥的歌聲中」，「將自己的生命許嫁給祖國解放鬥爭的聖業」(《南方》〈家〉)。阿壠投身於戰鬥洪流，把握時代的「總方向」，歌頌「我們今天的新愛國主義」，在〈總方向〉、〈霧·土·星·花〉、〈晨·午·黃昏·夜〉諸篇章中留下了戰士詩人的自我形象。林英強「熱血的注流，是尋定了方向」，「一滴的血都須流在大戰鬥的沙場！」(《麥地謠》〈熱血的注流〉)。楊剛在《沸騰的夢》的序文中抒寫道：「以我生命的真實擔保，我見到了一股真切如火樣鮮明的大力，像彩虹的長帶盤旋不盡的在我民族頭上團團轉動，它溶入這攘攘熙熙、滔滔不絕的浩大人群裡，結成了一顆偉大的創造的心臟。我見這鮮豔心臟登在生命的風輪上拉起全個世界奔馳前進，風輪下飄發著熱烈的火焰！」以奇詭壯闊的意象展現了民族覺醒奮進的雄姿。他們的抒情主人公是「小我」和「大我」的集合體，具有英雄主義、集體主義品格，體現了新一代青年熱愛祖國，在戰鬥洗禮中成長的精神面貌。

　　無論是哪一方面作家的記敘抒情散文創作，都在烽火連天、群情激昂年代共趨於慷慨悲歌、熱情吶喊之路，突出表現了廣大愛國作家在全民抗戰高潮中興奮激動、積極樂觀的精神狀態。固然，其中不免有些宣洩情感、膚淺浮泛之嫌，也有些風格較為單一、藝術加工不足之缺陷；但要知道，這是國人鬱積多年的心聲，是作家夢寐以求的新時代，是民族生死決戰的危急關頭！放在這一特定的歷史條件和精神氛圍中來品評這些作品，其密切配合現實戰鬥、動員民眾、鼓舞士氣的作用是不可低估的，其熱情有餘而深刻不足、藝術上過於顯露和粗糙的缺點是可以諒解的。不過，還應該注意的是其中也有一些作品寫得深切厚實，耐人品讀。如豐子愷、繆崇群、巴金、靳以、方敬等人的一些逃難記、旅行記和抒情小品，楊剛、阿壠、田一文、嚴杰人、林英強等人的一些戰地抒情之作，不僅具有充實真切的生活實感和熱烈飽滿的戰鬥激情，還注意藝術上的錘鍊和創造。楊剛的《沸騰的

夢》就被人譽為「是中國人愛國心的熾烈而雄奇的創造，在現代的散文中很難找出類似的作品來」[4]。林英強的《麥地謠》在當時就被人稱道是「抗戰散文詩」的「先驅」之作。[5]在抗戰初期普遍忽視散文藝術性追求的情形下，嚴杰人重申何其芳戰前的散文藝術觀，繼續強調「每篇散文應該是一種純粹的獨立的創作」，反對那種把散文看成是「一種最低級的文藝樣式」的偏見，批評那種把「一些隨手拈來的散漫無章、毫無組織的文字」稱作「散文」的輕率態度。[6]他們的創作實踐努力揚棄戰前何其芳等人刻意求工的傾向，追求社會性、戰鬥性和藝術性的統一，從而承續了現代「美文」傳統，對四〇年代國統區「美文」創作具有一定影響。

　　總之，抗戰初期記敘抒情散文有新創，也有不足，在特定的時代要求和精神氛圍的影響和制約下形成了自己的色調和特點，在推進散文與現實革命鬥爭密切結合，進一步發揚反帝愛國、寫實戰鬥的精神傳統，開拓戰鬥生活題材和剛健壯美的藝術境界諸方面作出了自己的貢獻。有人明確指出：「抗戰以後，我們的散文中間又散發出新生的健康的生命氣息了」[7]，這一評語出自當時一位女作家之口，雖說不夠具體，但已經注意到戰時散文新生的氣息風貌，倒是值得我們重視的。

二

　　抗戰初期散文所呈現的陽剛壯美流向，為戰爭形勢的變化、統一戰線內部矛盾的表面化和各政治區域社會現實的差異性等客觀因素造

4　胡喬木：〈《楊剛文集》序〉，見《楊剛文集》（北京市：人民文學出版社，1984年）。

5　錫金：〈《麥地謠》序〉，見《麥地謠》（上海市：文藝新潮社，1940年）。

6　嚴杰人：《南方》（桂林市：遠東書局，1942年），〈後記〉。

7　葛琴：〈略談散文〉，《文學批評》創刊號（1942年9月）。

成的新的藝術需求所改變，隨後出現的是受地區性現實制約的豐富多
樣、廣泛拓展的新風貌，是明晦交織、抑揚頓挫、剛柔相濟的新色
調。這種狀況產生於上海淪為「孤島」、文化中心轉移分化之際，延
伸到整個二十世紀四○年代，其中應該著重介紹的是上海「孤島」時
期、四○年代國統區和解放區各自的散文創作面貌。

　　上海失守後，許多文化機關和文化人士撤往後方內地，留居「租
界」的愛國進步作家在日偽橫行的險惡環境裡，利用「租界」的特殊
條件，堅守文化崗位，重建革命文學陣地。他們巧妙利用洋商招牌創
辦自己的報刊雜誌，變換各種戰術同漢奸文學、洋場文學作鬥爭，繼
承和發揚了新文學的戰鬥傳統。在《文匯報》「世紀風」、《譯報》「大
家談」、《申報》「自由談」、《大美報》「淺草」、《正言報》「草原」、
《導報》「早茶」等文藝副刊上，散文和雜文一樣發達興盛。仇重
（唐弢）在一九四○年年底回顧當時「孤島」文壇時指出：「我們知
道抗建是艱苦的歷程，而上海卻至今還處於暗夜。然而這暗夜是並不
沉寂的。作為破壞舊生活的有戰鬥的雜文，作為激發自尊心的有抒情
的散文。路是這樣的艱巨，遙遠，讓我們點起火把來吧。在行進中，
這些正是指示方向，記明路由的里程碑，雖然不入遊覽者之目，但對
於急迫中的趕路人，卻還是必要而又有益的。」[8]簡要概括了「孤
島」散文和雜文的特點與價值。

　　「孤島」散文正如唐弢所指出的那樣，是「暗夜棘路上的里程
碑」，也正如王統照一組作品的總名「煉獄中的火花」那樣，是心靈
備受煎熬而迸發出來的心火，是失去祖國庇護而掙扎在水深火熱之中
的孤島人民的心聲。王統照把失守的上海「孤島」比作「死城」、「囚
城」和「煉獄」，以辭簡味深、情約意遠的哲理性抒情小品譴責敵寇

8　仇重：〈暗夜棘路上的里程碑——「孤島」一年來的雜文和散文〉，《正言報》「草
　　原」，1941年1月20日。

的獸性，伸張反侵略的正義，詛咒「死城」的寒威，表達秉燭待旦的心境，啟迪人們經受住煉獄的磨煉而昇華自我的人格。當時的評論家稱道其散文「富有著哲理和詩意」，「足以啟發和傳導一般讀者走向一個堅定的前途」，[9]「同樣地唱著時代之歌，激發著人類的向上的自尊心」。[10]陸蠡的新作《囚綠記》把「永遠向著陽光生長」的一枝常春藤譽為「永不屈服於黑暗的囚人」，借此歌頌了永不屈服於黑暗和暴力、執著追求自由和光明的精神品質，這對「孤島」讀者的哲理啟示也是相當深刻的。唐弢和柯靈在寫作戰鬥性雜文的同時創作了一些抒情性散文小品。柯靈說他當時「以雜文的形式驅遣憤怒，而以散文的形式抒發憂鬱」[11]。唐弢說自己在「頂苦悶、頂倒楣的時候」愛寫散文詩，「為時代痛哭，為自己的命運痛哭」。[12]這兩位「魯迅風」雜文流派的重要作家，借散文小品抒發抑鬱、苦悶、憤懣和抗爭的情懷，表現此時此地的心境，發揮了散文小品的特長。蘆焚、李健吾的記敘抒情散文反映「孤島」社會現實，體味人生哲理。除了這些知名作家之外，「孤島」散文界還湧現一批新進作家，如白曙、石靈、宗玨、徐翊、坦克、祝敔、何為、黃裳、武桂芳、丁諦、林莽等。他們廣泛抒寫「孤島」生活的見聞感受，真實表達自己的情感願望，反映了身陷困境而不懈抗爭的「孤島」知識青年的精神風貌。

　　「孤島」散文具有共通的思想傾向和精神氣質。一九三九年七月結集出版的唐弢、柯靈、白曙、石靈等八家詩文合集《松濤集》，集中體現了這種共通性。巴人在此書〈編後記〉中指出：「八家所作，風格各異，而氣分相若。」這一評語很能概括「孤島」散文的特殊

9　宗玨：〈「孤島」文學的輕騎〉，《文匯報》「世紀風」，1939年1月2日。

10　仇重：〈暗夜棘路上的里程碑──「孤島」一年來的雜文和散文〉，《正言報》「草原」，1941年1月20日。

11　柯靈：〈供狀〉，見《晦明》（上海市：文化生活出版社，1941年）。

12　唐弢：〈紀伯倫散文詩〉，見《晦庵書話》（北京市：生活・讀書・新知三聯書店，1980年）。

性。他們共同處於「孤島」這一特殊的環境，經受著民族大義的考驗和「煉獄」般痛苦的試煉，因而有著相通的家國之思，興亡之感，以及爭自由、求解放的心聲，也有著相似的沉鬱悲憤、激楚蒼涼的氣息，與上海失守前的文風迥然不同。各家散文又是充分個性化的，如王統照的情約意遠，陸蠡的蘊藉雋永，柯靈的婉約精緻，唐弢的深沉豐厚，蘆焚的素樸洗煉，風格各異，各擅所長。戰時散文從「孤島」作家開始恢復和發揚現代散文個性化、多樣化的優秀傳統，致力追求散文藝術的獨創和完美，這是戰時散文發展過程的重要一環。

　　一九四一年年底日寇進佔租界，「孤島」作家部分撤往後方，留下來的全部轉入地下活動，處於蟄居狀態，散文創作被迫中斷。到了一九四三年七月，柯靈接編並改革《萬象》月刊，隨後范泉創辦《文藝春秋》月刊，發動留滬進步作家重新提筆創作，於是冬眠已久的上海進步文壇才重新蘇醒過來，散文界又開始活躍起來。不久，抗戰勝利，後方作家「復員」回到上海，上海又成為國統區文化中心。四〇年代中後期上海的散文創作活動業已匯入國統區「民主文藝」運動的主流。

三

　　國統區各地散文創作是從戰爭進入相持階段開始形成自己的新特點。這時，戰爭形勢嚴峻，民族苦難深重，政治高壓重新出現，社會矛盾日益暴露，國人熱情積澱昇華，藝術也在反思、揚棄中走向新的成熟。由此出發，二十世紀四〇年代國統區散文，克服抗戰初期普遍存在的題材集中、熱情浮泛、率直顯露、風格單調的侷限，恢復和發展戰前散文個性化、多樣化的藝術傳統，進一步發揚現實主義的批判戰鬥精神和不懈探求救國救民道路、執著追求理想未來的革命精神，向社會生活和精神生活的廣度和深度突進。國統區散文創作活動分佈

在西南後方、東南內地和四〇年代後期的沿海地區；香港和南洋地區的散文有其特殊性，但因為在那裡活動的作家大多是從後方內地過去的，與後方內地文學活動一直關係密切，因而也可以併入此處一起評介。

　　四〇年代國統區的散文創作是相當活躍、豐富的，總體上看並不比二、三〇年代遜色。當時，後方內地的報刊雜誌篇幅有限，主要用於發表短小作品，客觀上促成了散文小品的興盛。重慶的《國民公報》「文群」、《大公報》「戰線」、《中央日報》「平明」和《文藝》戰時半月刊，桂林的《救亡日報》「文化崗位」、《大公報》「文藝」、《文藝生活》、《文藝雜誌》和《人世間》，昆明的《文聚》、《詩與散文》，貴陽的《貴州日報》「新壘」和《大剛報》「陣地」，永安的《現代文藝》，南平的《東南日報》「筆壘」，上饒的《前線日報》「戰地」，以及香港的《大公報》「文藝」、《立報》「言林」和《星島日報》「星座」，等等，都經常以大量篇幅發表大後方作家的散文小品。這時，廣大作家雖然基本上結束逃難流離生活，有了相對安定的寫作環境，但由於時局嚴峻，生計艱辛，大多數人無心從容構造長篇巨制，倒是熱心於將自己隨時隨處的見聞感興及時寫成散文小品。於是在一大批知名作家的帶動下，散文園地出現了新人蜂起、百花競放的繁榮景象。

　　記敘性散文的各種樣式在四〇年代國統區持續發展著。它們承續二、三〇年代所形成的正視現實、面向社會、批判寫實、干預生活的精神傳統，隨著作家人生閱歷的豐富和思想視野的開闊而拓寬發展道路。戰亂流離生活，內地鄉鎮風貌，後方社會弊端，底層人民苦難，復員混亂場景，戰後蕭索氣象，……在記敘散文中得到廣泛而深刻的再現。茅盾以其擅長的批判性寫實手法揭開大後方社會光怪陸離的面紗；巴金以其一貫的熱情筆觸控訴舊社會的黑暗和不公正；豐子愷的隨筆散記染上了僕僕風塵；靳以的《人世百圖》勾勒了人獸面目；繆崇群描摹「人間百相」；李廣田採寫「圈外」人生；馮至從「山水」

那裡「領悟了什麼是生長，明白了什麼是忍耐」[13]；冰心覺得自己的新作《關於女人》「比以前粗壯現實多了」[14]。如此等等，都各有新的內容，新的進展，整體上顯示著他們與現實和底層勞動人民的生活和精神聯繫更貼近更密切了，他們的社會責任感和批判舊世界的思想意識普遍增強了。

四〇年代國統區的抒情散文小品，主要繼承五四以來散文小品以個人抒懷、自我解剖折射現實生活投影、感應時代精神變動的藝術傳統，延續和揚棄三〇年代何其芳等人追求散文藝術美的新風尚，從生活實感出發，在特定歷史條件制約下，形成自己的時代性和地域性特色。就藝術內容而言，它們主要以各個作家抒懷述感的真摯性和獨特性，反映出歷史發展的曲折性和現實生活的嚴峻性，體現了這時期知識分子與民族和人民同命運、共患難的精神聯繫，及其詛咒黑暗、翹望黎明、追求理想、摸索前進的精神風貌。各個作家的抒情自我形象因人而異，但大多可以歸併入「在暗夜中呼喚光明者」或「在黑暗中戰取光明者」的形象系列。從巴金、靳以、李廣田、繆崇群到田一文、劉北汜、陳敬容、莫洛、郭風等，都有聲息相通之處。靳以說自己的作品「是在反動派統治下的一點微小的聲音，是深夜裡飄浮著的一星螢火」[15]。田一文說自己在「曙前」時代「走過的是漫長而又曲折的道路」，從自己當時的作品中可以「看到我的彷徨，也可以聽到我的吶喊，以及我的渴望，嚮往和追求」，「她們是欲曙未曙的投影，即使有一點閃光，也不能照透黑夜」。[16]這些自述不僅道出了他們當時的心態，也概括了四〇年代國統區抒情散文的思想特徵。從表現形式上說，它們大多是抒情小品、散文詩一類短小凝鍊之作，又大多採用

13 馮至：《山水》（上海市：文化生活出版社，1947年），〈後記〉。

14 路因：〈關於《關於女人》的作者謝冰心〉，《人物雜誌》第3年第6期（1948年）。

15 靳以：《過去的腳印》（北京市：人民文學出版社，1955年），〈序〉。

16 田一文：《囊螢集》（廣州市：花城出版社，1984年），〈後記〉。

比興、象徵、暗喻、寓意等間接抒情手法，寫得曲折含蓄。即使是擅長直抒胸臆的作家，這時也注意藝術的節制，如巴金的《龍・虎・狗》，就改變自己過去慣用的告白方式，而改用托物言志、寄情象外等抒情方式。許多作品常見的意象和畫面是曙前、寒夜、冰雪、荒原、星光、燭火、黎明、陽春之類與黑暗和光明、現實和理想、今天和明天等矛盾對立相對應的景物和時序，從而曲折透露自己在欲曙未曙時代的情感意願，隱約把握到了新舊社會處於生死決戰關頭的時代脈搏。這就在整體上顯示了四〇年代國統區抒情散文的美學風貌，既不同於二〇年代覺醒青年那種「大抵熱烈，然而悲涼」[17]的心境和文風，也不同於三〇年代那批青年散文家的「刻意」「畫夢」[18]，還不同於抗戰初期戰鬥抒情之作的慷慨激昂，倒是接近於上海「孤島」時期那種「煉獄中的火花」，猶如「曙前」的「星光」那樣，給人一種溫柔幽美、深沉朗闊的審美感受，啟迪人們堅定地度過黑夜而迎接黎明的到來。莫洛在〈傳遞〉一文中寫道：「雖然我們的文字缺少爆炸的力量；但我們始終沒有忘記傳遞。猶如輕輕搏動翅羽的風吧，也總能使草禾波顛，絮絮喧語。——而我們的文字，在傳遞我們的一點憤怒，一點憎恨，或者，甚至一點時代的憂傷。」他們的散文創作的確傳遞了時代的聲音，溝通了個人與人民的精神聯繫，在「曙前」時刻履行了「啟明星」的藝術使命。

戰時散文從抗戰初期的戰鬥吶喊到四〇年代國統區作家對社會現實的廣泛描寫和對內心世界的深刻表現，從單一到多樣，從熱烈到深沉，逐步走出了一條拓展深化的發展道路，也逐漸豐富和增強了散文的藝術表現力。記敘性散文進一步提高了反映社會性題材的能力，抒情性散文也進一步發揮了敏銳感應現實生活、深入發掘內心世界的特

---

17 魯迅：《中國新文學大系・小說二集》（上海市：良友圖書印刷公司，1935年），〈導言〉。

18 此處借用何其芳《刻意集》、《畫夢錄》這兩個書名。

長，尤其是發展了個人為時代歌唱、為人民歌唱的新傾向，從而開拓了一系列新的藝術境界，繼承和發揚了三〇年代「新小品文」的寫實戰鬥精神。

四

與上海「孤島」和國統區散文交匯構成戰時散文發展主流而又具有獨特風貌的是解放區新天地產生的新型散文。抗戰爆發後，不少文藝人士陸續從上海等地來到延安，分赴敵後抗日民主根據地，與當地的文藝工作者和群眾性文藝活動結合起來，開創了邊區和根據地文學的新局面。經過一九四二年整風運動，廣大革命作家遵循黨的文藝方針，深入工農兵群眾的生活鬥爭，改造小資產階級思想感情，努力熟悉和理解新的生活、新的人物，形成了解放區文學獨特的新風貌。表現在散文創作中，描寫工農兵生活鬥爭、反映根據地民主建設業績和新型的人與人關係、歌頌新人新事的作品大量湧現；散文的描寫對象和閱讀對象變為以工農兵群眾和革命知識分子為主體了，作家個人的抒情述志也開始融化在人民群眾的思想感情之中；散文的語言風格往大眾化和民族化方向邁進了一大步，清新質樸、通俗明快成為一種普遍追求。解放區散文要求「寫出新生活的內容和外觀」[19]，要求為工農兵群眾所「喜聞樂見」，與現實生活鬥爭密切結合，因而從內容到形式都給人煥然一新的感覺。

記敘抒情散文各樣式在解放區的發展是不平衡的。記敘性散文較發達，「純」抒情散文偶有所作，大多數作品是一種以記敘為主而兼有抒情議論成分、紀實述感緊密結合的散文速寫。由於題材都具有現

---

19 孫犁：〈新現實〉，見《文藝學習》，收入《孫犁文集》第4卷（天津市：百花文藝出版社，1982年）。

實性和時代感，也由於寫法上富於紀實性，這種散文速寫就很類似於具有同樣紀實功能的通訊報告。但它還是有別於通訊報告，不必強調通訊報告所必具的新聞性，而注重記實述感融為一體和散文筆調的靈活運用，因而仍屬於記敘抒情散文範疇。當然，解放區作家大多熱心於寫作通訊報告，從中吸取某些特長和手法融入記敘散文創作，從而增強了記敘抒情散文的紀實色彩和敏銳感應生活變遷的能力。各種文體的交叉滲透，在解放區散文創作中表現得相當突出，以致產生出一些像丁玲、吳伯簫、楊朔等人寫的類似報告文學的散文雜記，和像孫犁、蕭也牧等人創作的散文化小說或小說化散文。因此，我們把這類作品統稱為散文速寫。《延安文藝叢書》編者將散文和報告文學分別編為兩卷，雖說個別作品的歸屬尚可爭議，但大體上還是可以反映出解放區散文和報告文學各自的特點和成就。

　　解放區作家既是新生活的歌頌者，又是新生活的參與者。他們不僅親身經歷著外部世界的巨大變化，也切身體驗著內心世界的蛻舊更新。因而，他們在熱情歌頌新生活、新人物的同時，也即興抒發著自己由新現實激發出來的新感受和新激情，以及在新天地中脫胎換骨的精神蛻變。丁玲在《陝北風光》的〈校後記所感〉中自白道：「在陝北我曾經歷過很多的自我戰鬥和痛苦，我在開始來認識自己，正視自己，糾正自己，改造自己。這種經歷不是用簡單的幾句話可以說清楚的。我在這裡又曾獲得過許多愉快。」這種情感經驗是進入解放區的作家所共有的，如何其芳、吳伯簫、陳學昭、嚴文井等人在散文中就表達了這種經過自我搏鬥的痛苦而抵達新生的愉快的情感變遷。在解放區土生土長的新作家如孫犁、蕭也牧等人的散文速寫，則以熟悉人民群眾的生活鬥爭和情感願望、追求客體「真象」與主體「真情」的有機統一[20]而顯示自己的特色。解放區散文的確「不僅是革命根據地

20　參見《孫犁散文選》（北京市：人民文學出版社，1984年），〈序〉。

生活的一面鏡子，而且是戰鬥的號角，明亮的火把」，「首先傳來了春天的氣息」[21]，與國統區散文的色彩音調自然有別；其新創在中國現代散文史上確是「劃時代的，又是繼往開來的」[22]，成為當代散文的一個直接源頭。

　　不過，毋庸諱言，解放區記敘抒情散文遠比報告文學遜色，也不如國統區記敘抒情散文發達。其新創只是一個新開端而已，也不可避免地帶有某種稚氣，甚至在某些方面是付出了一定的藝術代價的。有些作家在否定自己原先的藝術風格之後並未形成新的獨特的風格，有些作家為思想藝術未能同步發展而苦惱，有些作家總是以急就章方式奉獻作品，有些作家未能劃清散文藝術應有的個性化追求和所謂「小資產階級的自我表現」之間的區別而有意迴避「我」的出現，不敢大膽地抒發自己的真情實感；當時的理論批評也未能正確解決這些問題。這顯然影響到解放區散文創作的全面發展，特別是妨礙了抒情散文的進一步發展。因此，在充分肯定解放區散文的創新成就的同時，也應該科學地總結其經驗教訓，才能有益於人們對解放區文學傳統的發揚光大。

五

　　從上述對抗戰以來記敘抒情散文發展演變歷程的縱橫考察中可以發現：順應時代的發展，受各區域社會現實的制約，戰時散文的發展變遷具有階段性和地域性交織展開的基本特點。各種記敘抒情散文樣式在不同時空環境中的發展是不平衡的，散文的題材、主題、色調和風格也因時因地因人而異，顯得紛然雜陳、流轉多變；但總的看來，

---

21 參見《延安文藝叢書·散文卷》（長沙市：湖南人民出版社，1984年），〈前言〉。
22 參見《延安文藝叢書·散文卷》（長沙市：湖南人民出版社，1984年），〈前言〉。

散文的適應性和應變力很強，與時代現實的關係至為密切，它在這一戰鬥時代進一步發揚反帝反封建的革命傳統和現實戰鬥精神，在戰火硝煙的洗禮中煥發了藝術青春，在祖國戰鬥生活的土壤上拓展了發展道路，以自己的時代主旋律譜寫了中國現代散文進行曲的第三樂章！

　　人們一般認為抗戰以來記敘抒情散文收穫不豐，成就有限，甚至走向衰落了。我們覺得不能輕易地下這個結論，因為這時期散文的創作全貌尚未被充分了解，許多有價值的作品也未被發掘出來。據我們現有的初步調查，大體上說它在二、三〇年代散文發展的基礎上有新的進展，特別是在開拓新題材、增強散文寫實戰鬥精神和發展散文紀實藝術與抒情藝術等方面進展較大；不過，在某些題材和體裁上確實趨於消沉，如個人身世題材、日常人生題材、山水遊記、閒適小品、回憶性雜記、自敘傳散文等；這是時代現實制約的產物，也是廣大作家社會意識戰鬥意識普遍覺醒的結果。至於這時期記敘抒情散文的收穫，僅就結集出版的專集而言至少有五百種，約佔現代散文同類作品專集總數的一半。從這個約數和比例來說，並不比二、三〇年代歉收。這時期記敘抒情散文創作界既有一批老作家為中堅，又新崛起一支生力軍，共同促成了記敘抒情散文的持續發展。郭沫若、茅盾、巴金、豐子愷、王統照、柯靈、唐弢、蘆焚、靳以、繆崇群、李廣田、馮至諸家的新作，在思想上和藝術上都有新的突破和新的創造，突出代表了戰時散文的成就和特點。方敬、陳敬容、田一文、劉北汜、莫洛、郭風、黃裳、孫犁等新進作家的作品，給文壇帶來了年輕人的青春氣息和創造活力，藝術水準也是較為整齊的。這說明戰時散文（特別是四〇年代）是繼五四時代和三〇年代之後又一個名家迭出、新人蜂起的興盛時代。

　　史實表明，就記敘抒情散文自身而言，它在抗戰以來還是保持蓬勃發展的勢頭。但為什麼它給人的印象不是如此呢？這是由一系列主客觀因素造成的。客觀上的原因是這時期文化據點分佈各地，相互之

間由於戰爭關係和交通不便而難以溝通，作品的印行流傳都受到限制，散文創作全貌就不大為人們所了解。此外，整個文學發展格局的調整變動，也是值得注意的一種客觀存在。抗戰以來，記敘抒情散文不僅在整個文學界中不能再像五四時代那樣幾乎高踞於「小說戲曲和詩歌之上」了，而且在整個散文界也不得不處於與報告文學和雜文三足鼎立的格局中，也就是說它不像過去那樣引人矚目了，這無疑使人產生盛極轉衰的感覺。主觀上的原因主要是我們對這時期散文的研究極其薄弱，連基本的資料積累也是不完備的，這就加強了人們的錯覺，以為它真得走向衰退的道路。如果說，抗戰文學研究是整個現代文學研究的薄弱環節，那麼，可以說戰時散文幾乎是一塊未被開墾的處女地。本文只是它的一幅鳥瞰草圖，意在引起人們重視它的存在，繼續探索它的奧秘。

　　　　　　——本文原刊於《抗戰文藝研究》一九八八年第一期

戰時淪陷區散文的苦吟

　　中國抗日戰爭時期，因戰局變化而形成國統區、陝甘寧邊區與敵後抗日根據地、淪陷區等不同的政治經濟文化區域，相應形成不同的文學生態和散文景觀。日寇侵佔中國東北、華北、華東、華中大片地區後，在佔領區實行殖民統治，奴役和分化中國人。淪陷區億萬民眾在敵偽法西斯統治的艱險環境中，雖有部分愛國志士投身於地下抗日鬥爭，但大多只能委曲求生，苦熬待旦。也有一些民族敗類，淪為賣國投敵的漢奸。滯留或成長於淪陷區的文化人，也大體分化為前述三種狀況。由於環境險惡，抗日文學不容生存，許多愛國作家只能蟄居封筆，只有部分作品曲折地蘊涵著民族抗爭意識。也由於廣大讀者懷有民族意識，天然排斥那依仗軍刀和金元支撐的漢奸文學。因此，淪陷區散文流行的主要是日常人生的體味，內心感慨的吟詠，故人往事的懷想，文史掌故的漫談，有意迴避民族戰爭、社會矛盾等現實敏感問題，注重個人感懷和藝術經營，大多帶有避重就輕、苦吟低唱的別一格調。

　　淪陷區散文名家大多聚集於華北和華東地區。北京、天津、南京、上海相繼淪陷後，原先的文學期刊幾乎都被迫遷移或停刊了。隨後新辦的報刊和出版機構大多受日偽勢力扶植與控制。側重散文隨筆的期刊，北京有方紀生編輯的《朔風》（1938）、張深切主編的《中國文藝》（1939）、周作人主持的《藝文雜誌》（1943）等；上海有吳誠之主編的《雜誌》（1941）、周黎庵主編的《古今》（1942）、柳雨生主編的《風雨談》（1943）、蘇青主編的《天地》（1943）等。北京新民

印書館、上海太平書局等陸續出版了五十來種散文隨筆集，其中影響
較大的有周作人的《藥味集》和《藥堂雜文》、柳雨生的《懷鄉記》、
紀果庵的《兩都集》、文載道的《風土小記》和《文抄》、蘇青的《浣
錦集》、張愛玲的《流言》、南星的《松堂集》、林榕的《遠人集》
等，在散文史上理應補記一筆。[1]本文選評上述八家散文，著重考察
淪陷區散文書卷化、世俗化和詩化的發展變化。

一　知堂風隨筆的書卷化

淪陷區散文一直流行著以周作人為代表的文史隨筆，主要作家還
有柳雨生、紀果庵、文載道等，沿襲戰前知堂風而更趨於書卷化和知
性化。

周作人（1885-1967）從新文化先驅淪落為漢奸文人的代表，令
人嘆惜和不齒。他在淪陷初期還想躲在「苦住齋」賣文為生，以文化
界蘇武自詡，卻經不起敵偽的威逼利誘，半年後就出席日偽召開的
「更生中國文化建設座談會」，一年半後就失節投敵，出任偽華北教
育總署督辦等偽職。他以偽官身分寫過一些宣揚「東亞共榮」的所謂
「應酬文章」，他自己也羞於收集。而結集出版的《藥堂語錄》
（1941）、《藥味集》（1942）、《藥堂雜文》（1944）、《書房一角》
（1944）、《苦口甘口》（1944）和《立春以前》（1945）等，在延續他
三〇年代閒適文風的基礎上，增添了一些「正經文章」，加重了幾分
「苦藥」味。

1　筆者於二十世紀八〇年代前期參與先師俞元桂教授主編的《中國現代散文史》的編
　　寫工作，當時已搜羅一批淪陷區散文史料，限於主客觀條件而未能入史，只在選編
　　《中國現代散文理論》（1984）、《中國新文學大系1937-1949・散文卷》（1990）中收
　　錄一些選文，並在《中國現代文學總書目》〈散文卷〉（1993）著錄所見淪陷區散文
　　書目。此次修訂該史著，補寫此篇，選介各有代表性的八家散文，以見淪陷區散文
　　的特定狀態和主要傾向。

　　周作人在自編文集序跋和〈兩個鬼的文章〉諸文中一再說明自己的散文隨筆有兩大類，一類是「平淡而有情味」的只談「吃茶喝酒」、「草木蟲魚」的用來「消遣調劑」的「閒適的小品」，猶如「茶」和「酒」，自稱不是他的「主要的工作」；另一類則是「愛講顧亭林所謂國家治亂之原，生民根本之計」的「正經文章」，自以為這是他寫作的絕大部分，像「饅頭或大米飯」，是他的「最貴重的貢獻」。

　　周作人這時的「正經文章」，主要有《藥堂雜文》中的〈漢文學的傳統〉、〈中國的思想問題〉、〈漢文學上的兩種思想〉和〈漢文學的前途〉四文，以及《苦口甘口》第一輯收錄的〈夢想之一〉、〈文藝復興之夢〉、〈我的雜學〉等十篇。這些文章梳理自己對中外文化思想的貫通和見識，誠有經世致用的「資治」目的。代表作〈中國的思想問題〉，著重闡發「以孔孟為代表，禹稷為模範」的原始儒家思想，認為「儒家的根本思想是仁，分別之為忠恕」，「仁即是把他人當做人看待，不但消極的己所不欲勿施於人，還要以己所欲施於人」；其「根本」不僅源於生物本能的「求生意志」，還出自「人所獨有的生存道德」，「此原始的生存的道德，即為仁的根苗，為人類所同具」，「唯獨中國固執著簡單的現世主義，講實際而又持中庸，所以只以共濟即是現在說的爛熟了的共存共榮為目的，並沒有什麼神異高遠的主張。從淺處說這是根據於生物的求生本能，但因此其根本也就夠深了，再從高處說，使物我各得其所，是聖人之用心，卻也是匹夫匹婦所能著力，全然順應物理人情，別無一點不自然的地方」。他認為這是中國人固有的「健全的思想」，「在現今百事不容樂觀的時代，只這一點我覺得可以樂觀」。然而，讓他「憂慮」的是，「中國人民生活的要求是很簡單的，但也就很切迫，他希求生存，他的生存的道德不願損人以利己，卻也不能如聖人的損己以利人。別的宗教的國民會得夢想天國近了，為求永生而蹈湯火，中國人沒有這樣的信心，他不肯為了神或

為了道而犧牲，但是他有時也會蹈湯火而不辭，假如他感覺生存無望的時候，所謂鋌而走險，急將安擇也」，「中國人民平常愛好和平，有時似乎過於忍受，但是到了橫決的時候，卻又變了模樣，將原來的思想態度完全拋在九霄雲外，反對的發揮出野性來，可是這又怪誰來呢？俗語云，相罵無好言，相打無好拳。以不仁召不仁，不亦宜乎。現在我們重複說，中國思想別無問題，重要的只是在防亂，而防亂則首在防造亂，此其責蓋在政治而不在教化」。文中既有回歸儒家仁學根底的見識和期望，又有生物學、人類學、民俗學諸類「物理人情」的依據和說教，還有對統治者「防民亂」的獻策和「防造亂」的諷喻，引經據典，憂生憫亂，可謂苦口婆心而又難免對牛彈琴之譏。

　　周作人這時寫了更多的讀書筆記，也著眼於摘抄和點評明清筆記中順應物理人情、有益經世致用的片言隻語。在一九四三年所作〈《一貫軒筆記》序〉中，他說一九三七年秋冬間「翻閱古人筆記消遣，一總看了清代的六十二部，共六百六十二卷，坐旁置一簿子，記錄看過中意的篇名，計六百五十八則，分配起來一卷不及一條」；選擇標準有兩條：「其一有風趣，其二有常識，常識分開來說，不外人情與物理，前者可以說是健全的道德，後者是正確的智識，合起來就可稱之曰智慧，比常識似稍適切亦未可知」。由此可見，其文抄可謂披沙揀金，自有別擇識見和良苦用心，不只是消閒自娛而已。他此時再三引錄《孟子》〈離婁下〉中一節：「禹稷當平世，三過家門而不入，孔子賢之。顏子當亂世，居於陋巷，一簞食，一瓢飲，人不堪其憂，顏子不改其樂，孔子賢之。孟子曰，禹稷顏回同道。禹思天下有溺者，由己溺之也，稷思天下有饑者，由己饑之也，是以如是其急也。禹稷顏子易地則皆然。今有同室之人鬥者，救之，雖被髮纓冠而救之，可也。鄉鄰有鬥者，被髮纓冠而往救之，則惑也，雖閉戶可也。」並徵引清人焦循、劉獻廷、俞正燮諸家筆記的相關片段，尋思儒家仁學本色，既有正本清源的用意，又有體恤民瘼的修辭，還有為

己辯解的苦心，含蘊曲折豐富。他在讀書筆記中一再稱道漢代王充、明代李贄、清代俞正燮三人的「疾虛妄」精神，認為「疾虛妄的對面是愛真實，鄙人竊願致力於此，凡有所記述，必須為自己所深知確信者，才敢著筆，此立言誠慎的態度，自信亦為儒家所必有者也」（〈《藥味集》序〉）。並在〈我的雜學〉中總結說：「中國現今緊要的事有兩件，一是倫理之自然化，二是道義之事功化。前者是根據現代人類的知識調整中國固有的思想，後者是實踐自己所有的理想適應中國現在的需要，都是必要的事。此即是我雜學之歸結點」。其中，固然有發掘傳統、返本歸真的「竊願」，卻也潛藏著改造傳統、曲為自辯的苦衷。

周作人還寫了一批憶舊感懷的隨筆，收入《藥味集》、《苦口甘口》、《立春以前》、《過去的工作》（1959）和《知堂乙酉文編》（1961）諸集。〈炒栗子〉一文，以幾則書摘轉述北宋炒栗名手李和在汴京被金兵攻破後流落燕山、向南宋使者進獻炒栗的故事，並引錄落水前夕自作的兩首七絕：「燕山柳色太淒迷，話到家園一淚垂。長向行人供炒栗，傷心最是李和兒」，「家祭年年總是虛，乃翁心願竟何如。故園未毀不歸去，怕出偏門遇魯墟」，含蓄抒發亂世遺民的黍離憂思。〈雨的感想〉則真切回味故鄉雨天的情趣，因有河流、小船、石板路等緣故，「下雨無論久暫，道路不會泥濘，院落不會積水，用不著什麼憂慮」，而有書室聽雨、急雨打篷、雨中步行、釘鞋嘎哏諸種鄉土風情，使苦雨齋主人倍感有趣和慰藉。〈無生老母的消息〉寫於抗戰勝利前夕，在淪陷區人民急盼解放之際，他借民間信仰的解讀而傳唱的〈盼望歌〉，卻是「無生母，在家鄉，想起嬰兒淚汪汪。傳書寄信還家罷，休在苦海只顧貪。歸淨土，赴靈山，母子相逢坐金蓮」，「無生老母當陽坐，駕定一隻大法船，單渡失鄉兒和女，赴命歸根早還源」之類傳教歌訣，不禁動情地抒寫道：「經裡說無生老母是人類的始祖，東土人民都是她的兒女，只因失鄉迷路，流落在外，現

在如能接收她的書信或答應她的呼喚，便可回轉家鄉，到老母身邊去，紳士淑女們聽了當然只覺得好笑，可是在一般勞苦的男婦，眼看著掙扎到頭沒有出路，正如亞跋公長老的妻發配到西伯利亞去，途中向長老說，我們的苦難要到什麼時候才完呢，忽然聽見這麼一種福音，這是多麼大的一個安慰。不但他們自己是皇胎兒女，而且老母還那麼淚汪汪的想念，一聲兒一聲女的叫喚著，怎不令人感到興奮感激，彷彿得到安心立命的地方。」這有感同身受的理解和同情，也有己在其中的感慨和祈求，還有集遊子逆子於一身、借他人酒杯澆胸中塊壘的苦楚和排遣，很能表現沉淪沒頂之際惶惑悲哀的心曲。

在《立春以前》的跋文中，周作人自稱：「我對於中國民族前途向來感覺一種憂懼，近年自然更甚，不但因為已亦在人中，有淪胥及溺之感，也覺得個人捐棄其心力以至身命，為眾生謀利益至少也為之有所計議，乃是中國傳統的道德，凡智識階級均應以此為準則，如經傳所廣說。我的力量極是薄弱，所能做的也只是稍有議論而已」。剔除其中的自詡成分，倒是符合他淪落時期的思想心理和寫作實際，也代表了一批落水文人的普遍心態。他們與漢奸政客有點差別，背負的思想負擔較重，內心顧忌較多，以文附逆之際，還有白紙黑字的忌憚，既不得不多加修飾和掩藏自己的心思，又不能不顯示一點自己的見識和專長，從而形成亦真亦假、似藏似露的群體作風。周作人淪陷期的坐而論道，起而事偽，顯然是喪失氣節、有辱斯文的行為，文中卻有苦口藥味，淪胥哀音，加上文體老到，含蘊曲折，充分體現了附逆文人特別複雜糾結的心態。若不因人廢文，還是具有品鑒惕戒的文史價值。

柳雨生（1917-2009），名存仁，一九三九年畢業於北京大學國文系。淪陷期在上海依附敵偽，創辦《風雨談》月刊，協辦太平書局。他在上海淪陷前夕出過文史隨筆《西星集》，一九四四年結集出版的《懷鄉記》收錄散文二十五篇。其中，失足前所寫〈漢園夢〉一組作

品，憶述北大舊事逸聞，從教學和生活瑣事的娓娓漫談中，勾勒出胡適、錢穆為代表的兩類教授或動或靜、或仁或智的多樣風采，映現了北大自由民主、包容闊大的精神氣象，可謂令人神往的漢園夢。而壓卷的〈懷鄉記〉一組三篇長文〈異國心影錄〉、〈海客談瀛錄〉和〈女畫錄〉，均為附逆後應邀參加「大東亞文學者大會」的訪日隨筆。其「心影」轉變為「像一頭沒有家的小貓」在異國遨遊之際「心裡異樣的感觸」。主要記述與日本「文學報國會」一批軍國主義作家交往的印象和情誼，以及遊覽所見的風物民俗，貫穿著「親善」、「共榮」之文心。他在〈異國心影錄〉中自詡：「我之所以要寫這篇東西，是代表了一個十足的真實的中國人應該有的舉動」，而三文中一再申述的卻是：「在我的心裡看起來，以直報怨是中人之性，我不願多說，以德報德都未免有一點兒殘忍」，「我想，做人的道理，最高尚的是應該超乎以德報德的恩仇的觀念之外的。一個人是如此，一個民族國家其實也是如此」，「我們不但應該以德報德，並且應該用投飼餓虎的偉大精神，用一切的努力，去拯救宇宙全人類正在掙扎苦痛中的水深火熱的生活」；「現在中國的局面，是破碎的，消極的說，我們所想謀的是安定保全，並不見得就是『偏安』。積極的說，我們要想從根本上使日本的國民明瞭中國，認識中國四十年來爭取自由平等的奮鬥，中國強盛了，對於日本決無什麼不友善的地方，日本對中國好，是有利無弊的，而中國的同胞們，也要反躬自省，努力研究日本，努力了解日本的國民性，生活，習慣，思想，社會人物，和其所以能夠強盛之道」；「東亞之地域至廣，百年以來，被侵略被歧視而有待於解放之民族，亦極眾多，在此東亞地域內，必先安定民生，使各民族各國家之庶眾，均能得適宜圓滿之生活，有無相通，截長補短，而致力於經濟之提攜，文化之溝通，則一切主張，一切理論，始有確切之寄託，不致成為空洞，形同畫餅」。這樣的「心影」比周作人和其他附逆文人直白露骨得多，堪稱典型的大言不慚的媚敵說辭。

　　紀果庵（1909-1965），又名庸，河北薊縣人。一九三三年畢業於北京師範大學國文系，曾任北京孔德學校、宣化師範學校教員。一九四○年後，受漢奸樊仲雲的拉攏和提攜，南下出任南京汪偽政府教育部秘書等偽職。他在淪陷期寫了上百篇散文隨筆，一九四四年出版的《兩都集》僅收三十篇；此外結集為《篁軒雜記》，當時曾預告出版，卻延擱至二○○九年，才編入同名散文選集，並有後人輯編的文史隨筆集《不執室雜記》，均由臺北秀威出版社印行。

　　紀果庵由北入南，寫起〈兩都賦〉，自有比較視野和歷史滄桑感。開篇立意，「南京雖老而新，北京似近而頗古」，一語總括兩都的歷史特點，統領全文的脈絡關節。在鋪陳比較兩都建置、風物、文化、吃住、娛樂諸方面的差別和優劣之中，「對於舊都起莫名的懷念，恰似遊子之憶家鄉」，也感歎「南京是太不幸運了，在近一百年中，不知遭逢多少次兵災戰禍」，「可惜這次事變，只剩下些燒毀的殘骸，在晚照中孤立著。尤其是自下關進城，首先看到交通部原址，那美輪美奐的彩色梁棟，與炸藥的黑煙同時入目增愁，不禁令人生『無常』之感」。遭逢戰亂，生民塗炭，他在忍辱偷生之中，禁不住懷念昇平年代的風土民俗，寫出〈語稼〉、〈風土小譚〉、〈林淵雜記〉、〈北平的味兒〉等懷舊文章。〈林淵雜記〉引「羈鳥戀舊林，池魚思故淵」入題，一往情深地懷想回味故鄉社戲、廟會、節慶的繁華歡樂景象，而結句以「滿目悲生事」留下現實的深長慨歎，誠如該文開頭為鄉愁、清談、頹廢一類文字所辯解的那樣：「我想頹廢之後也未嘗沒有苦痛，苦痛而作為頹廢的樣子表現出來，乃是更深的苦痛，或即是苦悶」。這是其文含蘊頓挫之所在，比淪陷區其他同道更深切地體味到世變之傷，黍離之悲。在〈不執室雜記〉、〈《兩都集》跋〉中，他解釋說：「懷舊之感，依戀之情，每當亂世，人所愈增，師友凋零，親戚走散，一也；民生艱苦，彌念太平，二也；兵戈遍地，無所求生，窮則反本，舊亦本也，三也。凡此諸情，若不得瀉，亦是苦惱，

或則譏為清談無用，或詬為遁逃避世，不知今日之罪，不在清言，而在渾濁，不在遁避，而在貪得也。」這切合其人生體驗和創作心理，也能體現委曲求生者的深長苦衷和微眇夢想。

紀果庵在《篁軒雜記》自序說：「回憶之文，乃兒時照像，說理之文，乃今日攝影，兒時照像可供今日指點，今日攝影，不亦後此翻檢之資乎？」在懷舊傷今的同時，他還談古道今，以史遣愁。他學周作人，寫起讀書筆記，有〈風塵澒洞室日抄〉、〈不執室雜記〉、〈孽海花人物漫談〉諸系列，雜覽摘抄，也注重人情物理，頗有知堂風。單篇的〈論「從容就死」〉、〈論不近人情〉、〈談文字獄〉、〈說設身處地〉、〈說飲食男女〉等，對故典成說的辨析較為綿密通達，往往借古喻今，談言微中。論「從容就死」之難，引述種種死法，悲喜交織，莊諧雜出，辨明死之「不能從容」「乃人情之常」「卻又有分寸」的道理，嘲諷「封疆大吏可以捲款逃走，而老百姓卻盡著為國捐軀的義務」的現實，認同「平民大可貪生，官吏不當畏死」的主張，隱含為亂世民生辯解的意味。談「不近人情」，則揭開人情世故的面紗，「實即不甚合乎感情的一種禮法」，「有好些是將古籍某一點放大，強調，取著威嚇的體勢，以使人奉行無違的」，「近了人情即是世故」，「實在即是欺騙，似不近也不妨」，「上述乃是指人情之不情者言，亦即說人情有時成了束縛，在受者與投者兩方皆無任何便利與意義；理應廢止，或說，『不近』一點，也算不得什麼稀奇。假使不是如此，而儘量為迎合設想，終其目的，也還是為了自己的利益，那種人情，更其無謂」，從而申述「自甘心於不近人情」的心曲。此類知性隨筆，絮語漫談之中時有自得之見和幽默諧趣。

文載道（1916-2007），原名金性堯，浙江定海人。上海淪陷時，他從《魯迅風》主幹變為《古今》編輯和《文史》主編，捲入附逆漩渦而負疚不已。他在淪陷期所作散文隨筆，輯為《風土小記》和《文抄》，分別由太平書局和新民印書館於一九四四年出版。周作人為

《文抄》作序，把文載道與紀果庵相提並論，說他倆的散文均有「土風民俗」、「流連光景」的傾向，是「文情俱勝的隨筆」，屬於「憂患時的閒適」之「文學的一式樣」。

文載道在《風土小記》跋文自稱：「似乎《文抄》是說理多於抒情，而本集則抒情多於說理」。《文抄》收錄〈知人論世〉、〈借古話今〉、〈談關公〉、〈讀閒書〉、〈讀浮生六記〉、〈魏晉人物志〉等文史隨筆，追隨知堂風而未臻淹博練達之境。相比較而言，《風土小記》也有知堂風味而更具個人特色。開卷首篇〈關於風土人情〉，以夾敘夾議之筆，在吟詠鄉土人情的同時，也傷逝歡今，情理交融。他既有「風土人情之戀」，「亦有感於勝會之不再，與時序的代謝，誠有寧為太平犬，莫作亂離民之感」，還有「欲說還休的無言之慟」，「最可悲矜的」「『孤臣孽子』之心」，如此繁複翻騰的情思聚集筆端，成就了「文情並茂轉折多姿」的一篇佳構。「我以為一切記載風土、節候、景物的著述，也以出諸遺民的筆下者最有聲色。無論寫景，記物，道故實，談勝跡，雖然娓娓道來，卻無不含著至性至情，成為『筆鋒常帶情感』之作」，「這跟見花落淚，對月生悲，遇見婊子當作『佳人』的『才子病』，似乎有截然不同之處。而這不同，也還是植根於各人情感的浮和實、真和濫的上面。所以杜少陵的城春草木之悲，李後主的小樓東風之痛，就成為俯視百代的絕唱了」，「人們在『天翻地覆的大變動』之後，所留下來的，卻是經過千錘百煉之餘的一種生的執著，如陸士衡所謂『嗟大戀之所存，故雖哲而不忘』者是也」。這樣的感興詠懷，抒情究理，情理相生，比文末的直白說理更耐人尋味，確與紀果庵的〈林淵雜記〉可相媲美，而帶有情理交融的個人特長。

《風土小記》中也有一組讀書隨筆，比《文抄》更注重情境理致的營造。〈夜讀〉承傳知堂《夜讀抄》文風，暢談書齋的難得可貴，燈火的澄明親切，最宜夜讀的秋冬情境，午夜可聽的天籟人聲，古人讀書的流風餘韻，兒時夜讀的甘苦溫馨，以及與書齋有關的逸聞趣

事，營造出夜讀的詩意雅趣，表達了自己的夜讀態度：「喜博覽泛
閱。雖明知雜而無當，但我的師原不止一個，只要增益孤陋，有裨聞
見的，就是鄙人夜讀的對象，甚願於燈前茗右，永以為寶也」。其中，
唯有齋名從「星屋」改為「辱齋」，隱含亂世忍辱的苦衷。〈雪夜閉門
讀禁書〉則借此詩題談論文字獄史，例舉從漢魏到明清的幾椿慘案，
剖析專制帝王殘暴而又虛弱的陰暗心理，印證「歷史是一座孽鏡臺」，
「二十四史是一部相斫史」，進而透視「自經這些殘壓之後，一面固
然使民間戰戰兢兢的奉命唯謹，不敢有絲毫的懷二。但一面究也增加
士子一點憤慨和牢騷。而且按諸情理，也以前者為勉強的迫抑，後者
是自然的反應。人之所以異於禽獸者，就因腦襞積較畜生來得深，一
深，就表示思想的複雜，而決非單純的威權所能肅清」。這就昇華了
雪夜閉門讀禁書的詩境，留有他初期「魯迅風」雜文的理趣和辣味。

　　《風土小記》中還有懷人之作三篇：〈憶家槐〉、〈憶若英〉和
〈憶望道先生〉。他與何家槐過從甚密，相知較深，寫起好友就比寫
師長輩陳望道、阿英來得真切有趣。他寫兩人在戰前一年多的日常交
往，在淞滬戰事爆發前夕的鄉居生活，既突出好友天真風趣、積極進
取的性格，又寫出他倆由淺入深、日趨密切的交誼，還感懷摯友的漂
泊遠離，自省眼前處境的尷尬，既有知人之明，也有點自知之明，因
而在懷人三文中稍勝一籌。

　　文載道與紀果庵的隨筆都私淑「知堂風」，從記憶與書卷裡搜尋
寫作材料，於清談閒話之中寄寓悲感苦味，誠有「文情俱勝」的特
色。相比較而言，紀氏較為沉鬱蘊藉，更近似周氏晚年文風；金氏較
為疏放暢達，情理交織而才氣流溢，似有周氏早年風采。「北紀南
金」，都與周作人同氣相求，都以亂世遺民自詡，以文史隨筆見長。
他們在敵偽治下苟且偷生，作文自遣，繞彎子說話，娓娓閒談而又欲
說還休，借舊典故實澆心中塊壘，貌似閒適而蘊含複雜深切的苦澀
味，代表了淪陷區隨筆體書卷氣散文的普遍作風。

二　絮語散文的世俗化

　　淪陷區散文中絮語日常生活體驗而趨於世俗化、市民化的，以蘇青和張愛玲為代表。

　　蘇青（1914-1982），原名馮和儀，一九三三年考入南京中央大學英文系，後因結婚輟學而移居上海，一九三五年開始以原名在《論語》、《宇宙風》等期刊發表作品。上海淪陷後，因婚變而自立，創辦《天地》月刊與天地出版社，改用筆名蘇青賣文謀生，著有自傳體長篇小說《結婚十年》、《續結婚十年》和散文集《浣錦集》（1944）、《飲食男女》（1945）等，流行一時，成為與張愛玲齊名的女作家。

　　蘇青被稱為「大膽女作家」，緣於其寫作勇於自曝隱秘，放言無忌，寫出亂世才女的辛酸遭遇和女性自立的實際訴求。這不僅充分表現在她的自傳體小說之中，在談論飲食男女、家常瑣事的隨筆中也快人快語，直言無諱。她在《古今》上發表〈論離婚〉和〈再論離婚〉姐妹篇，後者比前者更深切地體驗到離婚女人的艱辛痛苦，「娜拉並不是容易做的，娜拉離開了家庭，便是『四海雖大，無容身之所』了」，「離婚在她們看來絕不是所謂光榮的奮鬥，而是必不得已的，痛苦的掙扎」，「不掙扎，便是死亡；掙扎了，也許仍是死亡」，「人總想死裡逃生的呀！」「一個女子在必不得已的時候，請求離婚是必須的。不過在請求離婚的時候，先得自己有能力，有勇氣。至於離婚以後怎麼樣呢？我以為也不必過慮。一個有能力，有勇氣的女子自能爭取其他愛情或事業上的勝利；即使失敗了，也能忍受失敗後的悲哀與痛苦。假如她因沒有能力或決心而不敢想到離婚，或者雖想到而不敢說，或者只說而不敢做，那便只好一世做奴才了。」她把離婚的艱難推至極處，又把怕離婚的心理捉摸透了，從而強調離婚的必備條件「先得自己有能力，有勇氣」，否則「只好一世做奴才」，為女性自主自立提供了經驗之談和理智選擇。

　　她在《天地》上發表的〈談女人〉和〈談男人〉，具有相映成趣的互文性，更大膽更充分地表現她的兩性觀：「許多男子都瞧不起女人，以為女人的智慧較差，因此只合玩玩而已；殊不知正當他自以為在玩她的時候，事實上卻早已給她玩弄去了」；「女子不大可能愛男人，她們只能愛著男子遺下的最微細的一個細胞——精子，利用它，她們於是造成了可愛的孩子，永遠安慰她們的寂寞，永遠填補她們的空虛，永遠給與她們以生命之火」；「有人說：女子有母性與娼婦兩型，我們究竟學母性型好呢？還是怎麼樣？我敢說世界上沒有一個女人不想永久學娼婦型的，但是結果不可能，只好變成母性型了。在無可奈何時，孩子是女人最後的安慰，也是最大的安慰」；「為女人打算，最合理想的生活，應該是：婚姻取消，同居自由，生出孩子來則歸母親撫養，而由國家津貼費用」（〈談女人〉）。「人人都說這個世界是男人的世界，只有男人在你爭我奪」，「其實這些爭奪的動機都是為女人而起；他們也許不自覺，但是我相信那是千真萬確的」，「因為沒有女子不羨慕虛榮，因此男人們都虛榮起來了」；「女人的虛榮逼使男人放棄其正當取悅之道，不以年青，強壯，漂亮來刺激異性，只呈兇殘殺，非法斂財，希冀因此可大出風頭，引起全世界女人的注意，殊不知這時他的性情，已變得貪狠暴戾，再不適宜於水樣柔軟，霧般飄忽的愛了。女人雖然虛榮，總也不能完全抹殺其本能的性感，她們決不能真正愛他。他在精神痛苦之餘，其行為將更殘酷而失卻理性化，天下於是大亂了」；「願普天下女人少虛榮一些吧，也可以讓男人減少些罪惡，男人就是這樣一種可憐而又可惡的動物呀」（〈談男人〉）。這些名句有些驚世駭俗，是此前女性作家在散文中難以啟齒的，她卻侃侃而談，談出自己眼中兩性的同異優劣，直抵心理欲望的隱秘之處，對男性的卑劣予以嘲諷，對同性的虛榮也有諷喻，而為女人謀權益的心意倒是說得入情入理，頭頭是道，並不高蹈誇張。她自白：「《浣錦集》裡所表現的思想是中庸的，反對太新也反對太舊，只主張維持現

狀而加以改良便是了。」[2]張愛玲評說她的寫作「沒有過人的理性。她的理性不過是常識——雖然常識也正是難得的東西」[3]。

蘇青在〈《天地》發刊詞〉中提倡「女子寫作」，並提出五條理由：「蓋寫文章以情感為主，而女子最重感情，此其宜於寫作理由一；寫文章無時間及地點之限制，不妨礙女子的家庭工作，此理由二；寫文章最忌虛偽，而女子因社會地位不高，不必多所顧忌，寫來自較率真，此理由三；文章乃是筆談，而女子頂愛道東家長，西家短的，正可在此大談特談，此理由四；還有最後也就是最大的一個理由，便是女子的負擔較輕，著書非為稻粱謀，因此可以有感便寫，無話拉倒，固不必如職業文人般，有勉強為之痛苦也。」她的女性文學觀自覺意識到女子寫作的便利和特長，前四條也大致切合她自己的寫作實際。她還認為：「散文可以敘述，可以議論，可以夾敘夾議，文體嚴肅亦可，活潑亦可，但希望嚴肅勿失之呆板，活潑勿流於油腔滑調而已。編者原是不學無術的人，初不知高深哲理為何物，亦不知聖賢性情為何如也，故只求大家以常人地位說常人的話，舉凡生活之甘苦，名利之得失，愛情之變遷，事業之成敗等等，均無不可談，且談之不厭。」[4]她主張「以常人地位說常人的話」，拉近散文與生活、作者與讀者的距離，對淪陷區散文流行的知堂風和書卷氣有所規避，開拓了世俗化市井隨筆的寫作天地。

張愛玲（1920-1995），戰前就讀於上海聖瑪利亞女校，開始發表習作。一九三九年赴香港大學求學，香港陷落後中斷學業回到上海淪陷區，專事寫作，以小說《傾城之戀》、《金鎖記》知名於文壇，並著有散文集《流言》（1944）。

2　蘇青：〈《浣錦集》與《結婚十年》〉，見《蘇青文集》（上海市：上海書店出版社，1994年），下冊，頁437。

3　張愛玲：〈我看蘇青〉，《天地》第19期（1945年4月）。

4　蘇青：〈《天地》發刊詞〉，《天地》創刊號（1943年10月）。

　　《流言》收一九四三至一九四四年所作散文三十篇，與蘇青一樣
關注世俗人生和女性境況，但她側重從個人感性體驗來把握日常生活
和生存經驗，「從柴米油鹽，肥皂，水與太陽之中去找尋實際的人生」
（〈必也正名乎〉），以「私語」絮叨著「可愛又可哀的年月呵」（〈私
語〉）。

　　〈私語〉和〈童言無忌〉二文，自述兒時家中浮華生涯中的變
故、沒落、陰暗和抑鬱，揭開童年心理挫傷留下的精神疤痕。因父母
離異，她與後母衝突，被父親監禁在空房裡，「我生在裡面的這座房
屋忽然變成生疏的了，像月光底下，黑影中現出青白的粉牆，片面
的，癲狂的」，「數星期內我已經老了許多年。我把手緊緊捏著陽臺上
的木欄杆，彷彿木頭上可以榨出水來」。尋機逃出家門之際，「當真立
在人行道上了！沒有風，只有陰曆年左近的寂寂的冷，街燈下只看見
一片寒灰，但是多麼可親的世界啊！我在街沿急急走著，每一腳踏在
地上都是一個響亮的吻」。這「私語」發自內心深處，保留原有鮮活
的感覺和意象，道出前後兩重天的深切感受和家人親情倫理的可怕真
相，說來特別悲涼酸楚。

　　〈燼餘錄〉、〈公寓生活記趣〉和〈道路以目〉諸篇，細說港滬戰
時生活的五光十色，最能體現她的現實感：「現實這樣東西是沒有系
統的，像七八個話匣子同時開唱，各唱各的，打成一片混沌。」她經
歷過香港陷落的動盪生活，兩年後寫起〈燼餘錄〉，已把戰爭推至背
景，而將港大一群女同學的各種表現推向前臺。大家儘管經受著空襲
的驚嚇，圍城的困窘，傷亡的威脅，也參加了防空和看護的輔助工
作，但除了個別同學變得幹練了，「我們大多數的學生」，「對於戰爭
所抱的態度，可以打個譬喻，是像一個人坐在硬板凳上打瞌睡，雖然
不舒服，而且沒結沒完地抱怨著，到底還是睡著了」，「我們總算吃夠
了苦，比較知道輕重了。可是『輕重』這兩個字，也難講……去掉了
一切浮文，剩下的彷彿只有飲食男女這兩項。人類的文明努力要跳出

單純的獸性生活的圈子，幾千年來的努力竟是枉費精神麼？」「時代的車轟轟地往前開。我們坐在車上，經過的也許不過是幾條熟悉的街衢，可是在漫天的火光中也自驚心動魄。就可惜我們只顧忙著在一瞥即逝的店鋪的櫥窗裡找尋我們自己的影子——我們只看見自己的臉，蒼白，渺小；我們的自私與空虛，我們恬不知恥的愚蠢——誰都像我們一樣，然而我們每一個都是孤獨的。」這對劫後餘生、戰時人性的拷問，既嚴峻又哀憫，還帶點事後省察的幽默和自嘲。

〈公寓生活記趣〉則於日常生活中尋味樂趣，「許多身邊雜事自有它們的愉快性質。看不到田園裡的茄子，到菜場上去看看也好——那麼複雜的，油潤的紫色；新綠的豌豆，熱豔的辣椒，金黃的麵筋，像太陽裡的肥皂泡。把菠菜洗過了，倒在油鍋裡，每每有一兩片碎葉子黏在筷簍底上，抖也抖不下來；迎著亮，翠生生的枝葉在竹片編成的方格子上招展著，使人聯想到籬上的扁豆花。其實又何必『聯想』呢？筷簍子的本身的美不就夠了麼？」她在〈道路以目〉中進而發揮說：「讀萬卷書不如行萬里路。我們從家裡上辦公室，上學校，上小菜場，每天走上一里路，走個一二十年，也有幾千里地；若是每一趟走過那條街，都彷彿是第一次認路似的，看著什麼都覺得新鮮稀罕，就不至於『視而不見』了，那也就跟『行萬里路』差不多，何必一定要漂洋過海呢？」她在都市凡俗生活中尋美享樂，也從服飾、繪畫、音樂、舞會、戲曲等藝術生活中品味人生，如〈更衣記〉、〈談跳舞〉、〈談音樂〉、〈談畫〉等篇，誠如〈洋人看京戲及其他〉開頭所云：「用洋人看京戲的眼光來看看中國的一切，也不失為一樁有意味的事。」這類別具隻眼、別有會心的絮語散文，很能體現這位都市才女玩味身邊瑣事的才情品位。

張愛玲散文以感性私語見長，比蘇青散文更細膩鮮活，嫵媚多姿，富於個人化、女人味和藝術性。但在女性話題上不如蘇青的明澈真切，她的〈談女人〉多引述他人的名言，自己的感悟雖有一些警

句，也不免紙上得來終覺淺，與蘇青的同題之作不可相提並論。但她倆的女性絮語，都貼近庸常凡俗，回歸女人趣味，小題細作，說長道短，平中見奇，俗中有雅，於現代女性文學浪漫與啟蒙話語之外，另闢女性散文世俗化、女人化、私語化的發展空間。

三　小品散文的詩化

戰前何其芳《畫夢錄》一脈詩化散文，在戰時大後方和淪陷區都得以傳承發展。當時就有論者指出：「有多少人說過了，何其芳的《畫夢錄》的文體支配了事變以後北方散文的趨勢。」[5]其實，支配華北淪陷區散文的首推知堂風隨筆，其次才是何其芳的詩化唯美文風，可舉南星、林榕二家為代表。

南星（1910-1996），原名杜文成，一九三六年畢業於北京大學英語系。戰前已有詩名，出版過詩集《石像辭》。戰時曾任北大英語系講師，與路易士、楊樺合編過《文藝世紀》，著有詩集《離失集》、《春怨集》和散文集《蠹魚集》、《松堂集》。《蠹魚集》署名林棲，一九四一年由北京沙漠書報社初版，所收二十八篇小品大多又收入一九四五年新民印書館初版的《松堂集》。

南星以寫詩的態度創作散文，把現代派詩風帶入散文，走的是戰前何其芳的詩文之路，成為淪陷區詩化散文的代表。《松堂集》內分五輯共收三十五篇。前四輯為詩化散文，吟詠風物友情，抒寫內心感興，營造沉思獨語、微妙精緻的詩境。第五輯為文藝隨筆，品評小泉八雲、勞倫斯、霍斯曼、泰戈爾、露加斯（盧卡斯）、白洛克等名家名作。

5　上官蓉（林榕）：〈散文閒談——一年來的華北散文〉，《中國文藝》第7卷第5期（1943年）。

〈蠹魚〉所想念的「一個遠方的荒城」，當是他大學畢業後前往任教一年的貴陽花溪。儘管當時深感在異鄉的孤獨寂寞，過後思量，「記憶永遠是有所選擇，僅僅把可喜的情景留下，而捨棄多量的煩憂，近來習慣於喧囂和塵土的生活，那座荒城也竟令人想念了」。尤其是那裡的田園風味，城中田地「禾苗如同美麗的海浪，一直湧到城牆的盡頭」，「城外更是無邊際的碧綠了」；這與當下北京古城的生活，「在街上，過多的聲音，過多的車馬，過多的同行者，以塵土互相饋贈。在屋裡，一行行陳舊的書籍，每天作重複的絮談」，形成鮮明的對照；他不禁喊出內心的呼聲：「給我那孤獨吧，但是，也給我那豐富的田野吧」，並吟誦起英國田園詩人德拉梅爾的詩句：「我又想念綠的田野來了，我厭煩書籍了」。文中「遠方的荒城」與「都市的城」的場景對照，強化了他對現實境況的不滿和無奈，對田園詩境的沉迷和追尋。他在〈寒日〉中吟詠過：「陰暗而莊嚴的歲月來了。一切我所盼望的所珍惜的都在遠處」，一語透露他在淪陷區現實生存與理想追求的矛盾與反差。

〈松堂〉則從京郊山野中尋味詩趣。對於西山的松堂，已有不少詩文吟詠過，南星的感覺以「親切」為基調：雖有「身入石洞之感」，卻「覺得對它有些親切，因為看見不久將供我休息的一張床了。我的安心讓我幾乎閒暇地把屋角和屋頂都審視了一回，彷彿是一個初到新居的租客」；「這古老的石屋仍有它的不可思議的撫慰我的力量」；「我和 PH 先是靜默地坐著，後來開始閒談，語聲在各人耳中變得沉重起來，我們覺得奇怪，它們幾乎不像自己的了。因為石牆麼，或山中的黑夜麼？我們似乎都做了故事裡的人物」；「我盡力吸著掩住山的氣息的田野氣息。這第一次來到的地方像變了舊相識似的，我對於兩旁田地中的佇立者覺得異常親近，甚至讓腳步慢下來」。這幽微細膩、真切敏銳的感覺，不是一般遊者的普泛觀感，而是行吟詩人找回的鄉野的特有溫情，聊作寂寞中的一絲慰藉；是隨時隨處都在尋味

詩意的感興，給日常灰色人生添加一點靈光。他在〈家宅〉一文中自白：「為甚麼不能把心思寄託在另外的東西上，或者以現在的住處為家呢？這似乎不可解釋，也許總與自己的生活方式有關吧。不能與廣大的人群結緣，沒有獨特的癖好，也沒有崇高的想像，最能影響我的感覺的都在耳目之間；風的或雨雪的日子讓我興奮或憂傷，秋冬的陽光給我以多量的安靜，屋門對面的牆垣之剝落也是一件纏繞在心上的事。」他在「陰暗與莊嚴的歲月」中，仍固守自己的詩心，孤寂地咀嚼幽微的感覺和遼遠的想像，儼然精神貴族般的葆有精神生活的豐富自足。

南星在〈談露加斯〉的隨筆中體會道：「寫文章最不可少的是真實。一個散文作家可以有一千種寫法，誇張也好，取材於別人也好，純想像也好，這裡面仍然有真實。換句話說，作者不應該為取得大家的歡心而不忠於自己的思想。因此真正的作家一經提筆，便完全忘記和自己作品無關的外面的世界。一個作家，或者單說一個散文家，可以說和小孩子一樣，喃喃不絕地對每個人講說心思，不管人家愛聽不愛聽。因為他只為表現自己，話說出來就完事了。人提筆時若始終保持著這種天真，雖不一定成為偉大的散文家，至少是真實的散文家。」他的散文確實保持著詩人的天真，忘懷世事而專注內心，對身邊瑣事和心理變幻特別敏感，潛心吟味感覺和想像以營造幽玄空靈的詩境，在象牙之塔中沉思獨語，精雕細琢，講求藝術表現的精美，格局不大而精緻有餘。他在淪陷區傳承戰前京派散文尤其是何其芳詩化散文的流脈，於書卷氣、世俗化之外拓展散文詩化之路，也與戰時大後方詩化散文遙相呼應，共同維繫了散文藝術的詩性品位。

林榕（1918-2002），原名李景慈，還有林慧文、楚天闊、慕容慧文、上官蓉等筆名。一九三七年入輔仁大學國文系，開展校園文藝活動，畢業後任北大中文系助教，接編《中國文藝》，著有散文集《遠人集》（1943）和評論集《夜書》（1945）。

　　《遠人集》與南星《松堂集》類似，以詩為文，即景詠懷，但帶有青年人的敏感多情和天真幻想。所收一九三八至一九四二年間的散文小品三十篇，作者在〈後記〉解釋書名說：「我有著對無數遠方友人思念的心情，所以常有所感，在寂寞歲月中，遂記下當時的感觸。這並不是簡單的對景生情，更沒有繁屑的身邊瑣事。我總覺得在這心情的裡面，有我自己的影子，也有我周圍的環境與社會。」他滯留古城就讀教會大學，生活天地狹窄，誠如〈寄居草〉所云：「在我，缺少那一點粗獷的天性，常常把世界縮小到與我的身體相等，而整個的宇宙便像是我自己了。我頂喜歡從小小的縫隙去瞭望廣大的原野」，從一方小窗仰望天空的浮雲，俯視地面的慘劇，感慨著「美麗之中原孕育著無窮的殘忍。人們時常企求那點美麗，卻忘記了美麗以外的東西」。又如〈寂寞裡的吟詠〉那樣，孤寂中對身邊景物倍生感情，對遠別友人倍加懷念，詠歎著「現實是憂鬱，幻想是快樂」，而任憑想像馳遊，變物象為幻象，「若果有一天幻想和現實連繫起來，那才是頂幸福的」，那時紫藤蘿的沉鬱悲哀顏色就變得「像樹上槐花一樣的白，像水裡荷花一樣的紅，像地上野生的花草一樣的藍」，變得美麗耀目、生趣盎然了。他在〈初春散記〉中追尋春天的象徵，既領悟「平常我們雖慣於在理想中過日子，然而實際覺來，理想即空虛，空虛即夢境，人生的歲月遂更值得珍惜，夢中的時光畢竟是短促的」，「驚覺自己是人間的一個過客，匆匆看見盛開的桃花」，又詠歎「冬日使我蟄伏了數不過來的光陰，也使我為朋友為人生而感到無窮的惘悵」，「在惘悵裡我憶念著江南的春天，期待一聲雁叫，等到看過雁飛，又給我心中一片淡漠，我的靈魂欲探險而不能，幻想中我是那『人』字陣裡的一員戰士」，還從溪邊小孩身上看出「新生命」的生長，他們「把生命看得重，抬得高」，「這像荒涼中的一線生機：沙漠裡的駱駝，古井裡的水」。這在「沒有春天」的地方尋覓春意，寄託春思，曲折透露著內心的期待和嚮往。

　　林榕以上官蓉筆名發表的〈散文閒談——一年來的華北散文〉[6]
中，自評說：「慕容慧文，他整個散文的氣息是多少接近一點詩的境
界，這境界像由古典的詩詞得來。我知道他最清楚，他初寫散文的時
候，是眷戀詞曲的時代，那時的短文，自然間流露詩的意境；但後來
他覺得這一傳統的範圍畢竟狹小，因此內容也漸擴大，他所企圖闡發
的是一點人生的真理，透過一個簡短的事實本身，描畫這事件以新穎
彩色，所以散文外表有清淡的形體，就內容看有深穎意見。不過，因
為文字上的技術和造詣，思想的傳達是否能完全恰當，就是可考慮的
了。」他也是何其芳詩化散文的傳人，在感性抒寫、刻意畫夢上有些
相似，而不如《畫夢錄》的綺麗精美，在力求內容擴充上還難以達到
「深穎」境地。他還發表〈現代散文的道路〉、〈叛徒與隱士——現代
散文談〉、〈簡樸與綺麗——現代散文談之二〉[7]等散文評論，張揚現
代散文多樣發展的傳統，也為詩化散文的綺麗文風爭得一席之地。

　　南星與林榕以詩為文，淺吟低唱，並非無病呻吟，也不痛哭喊
叫，而是孤寂難耐，沉潛內心，在沒有詩意的地方尋味詩的感興，從
自我感覺的層面體察「陰暗而莊嚴」的人生意味，以行吟獨語、夢幻
冥想、詠物抒懷、象徵暗示等方式含蓄表達身處困境而心有別戀的幽
微情思，字斟句酌地雕琢精緻的象牙之塔，在唯美追求中脫俗入雅，
造境自慰，體現了淪陷區散文藝術的詩化傾向和文藝青年的創作風尚。

　　前述八家散文代表著戰時淪陷區散文書卷化、世俗化和詩化的三
種主要傾向。書卷化隨筆以周作人為典範，世俗化絮語散文數張愛玲
略勝一籌，詩化散文有南星等傳承何其芳餘脈，從知性、感性和詩性
諸層面拓展散文隨筆在敵佔區艱難生長的空間。儘管有避重就輕之
嫌，或有失節媚敵的污點，卻有亂世遺民複雜難言的苦衷苦味和苦心

6　該文評述一九四二年的華北散文，刊於《中國文藝》第7卷第5期（1943年）。

7　分別刊於《中國文藝》第3卷第4期（1940年），《風雨談》第1、5期（1943年）。

吟詠，難以馴化的民族文化守望和自我個性表達，精心營構的象牙之
塔和微雕藝術，聊以自慰自遣和自娛自足，在淪陷區特殊環境中形成
了特有的普遍的苦吟風和苦澀味。這為戰時中國散文多樣性發展提供
了別樣的亂世哀音、遺民心曲和文體藝術，具有不可忽略的存在價值
和文史意義。紀果庵對當時環境和寫作策略有自覺意識：「無論在什
麼地方，現在都不是有充分言論自由的時代，對於寫散文及雜文，這
是致命的打擊」，「言論不能隨意，說理要看情勢，作文章的人只有逃
避，繞彎子，也許把昔日的昇平，當作甘蔗渣咬個不休，也許東抄西
掠的弄作古今中外的東西澆自己的塊壘，於是被人罵了，清談，濫
調，淺薄。清談是可以誤國的，濫調淺薄是不值一讀的，但是沒有人
能夠原諒其背後之不得已，也並沒看見一個大膽的戰士，敢率直的陳
述了大家的需要文章，——譬如像當年魯迅先生那樣，與打擊者以打
擊。」[8]這固然帶有為自己和同人辯解的意思，但也為人們解讀淪陷
期散文提出了要設身處地、知人論世的問題，理應引起史家和讀者的
深長思之。

　　　　——本文原刊於《文學評論》二○一四年第五期，略有增訂

8　紀果庵：〈散文雜文隨談〉，《讀書》（月刊）第2期（1945年3月）。

英國隨筆及其對中國現代散文的影響

一

　　英國文學史上的隨筆（Essay，或譯為小品文、論文），是散文（Prose）的一種重要形式。英語裡的散文，原是與韻文（Verse）相對而言的，泛指一切不講求韻律和排偶的散體文章，相當於漢語裡與韻文、駢文相區別的廣義散文概念。近代的散文，作為一種文學形式的名稱，是概指與詩歌、戲劇並列的各類散文文學，通常也把小說包括在內，因而後來又出現了把小說分離獨立出去的所謂「非小說性散文」（Nonfictional Prose）的狹義散文概念。「非小說性散文」的內涵與外延就跟中國現代文學「四分法」中的「散文」概念大體對等了，它包含史傳、評論、遊記、特寫、書信、日記、演說辭等體裁，而隨筆小品正是其中較為後起卻又極其盛行、不拘一格而富於文學性的一種，堪稱英國散文的代表文體。

　　隨筆體散文在英國特別發達，但並非英人率先創立，而是由法國傳入英倫三島的。歐洲隨筆的創始人公認是法國文藝復興後期的著名作家蜜雪兒・蒙田（1533-1592）。蒙田於一五八〇年首次刊行了第一部《Essais》（直譯為《嘗試集》，通常意譯為《隨筆集》）。法語「Essai」一詞原指「嘗試」、「試筆」。他把自己新創的這部散文集題名為「嘗試」，並在序文中向讀者自白：「這是部坦白的書」，「我在這裡並沒有擬定什麼目的，除了敘述自己的家常瑣事」，「我自己就是這

部書底題材」,「我要人們在這裡看見我底平凡、純樸和天然的生活,無拘束亦無造作:因為我所描畫的就是我自己」。[1]他從個人的興趣和觀感出發,自由不拘地漫談人生經驗,記錄讀書心得,剖析內心生活,反省道德問題,獨抒己見,坦露心懷,旨在自娛娛人,「只想把它留作我底親朋底慰藉:使他們失了我之後,可以在這裡找到我底性格和脾氣底痕跡,因而更懇摯更親切地懷念我」[2]。這種表現自我、自由不拘的寫作宗旨和行文風格,確是前所未見的一種新嘗試,既開創了散文寫作的一種新體裁,又顯示了這種新文體的基本特徵,從而使「Essai」這個謙遜的命題變成人們所認同的這種新文體的共名。這部隨筆集問世後,引起了歐洲文士的注意。蒙田死後不久,英人約翰・弗洛里奧於一六〇三年把它譯成英文《Essays》,引入英國,備受歡迎。從此,Essay 文體就在英國文苑生根開花、繁衍不衰了。

英國第一個寫作 Essay 的,是文藝復興時期著名思想家弗朗西斯・培根(1561-1626)。一五九七年,即蒙田首次刊行《Essais》之後十七年,其英譯本問世之前六年,培根在英國第一次以《Essays》為書名出版了他的論說文集。該書初版時收入十篇短文,除了書名採用蒙田起用的題名之外,培根的寫作態度和行文風格迥異於蒙田。他的論說文不像蒙田那樣坦露自我、隨筆遣興,而是一本正經地探究人生、談論哲理,各篇論證嚴密,要言不繁,質樸簡約,短小凝鍊,充滿格言雋語,旨在勸世誨人,可說是自創新體,獨標一幟。不過,他的論說文集也像蒙田隨筆集那樣一再擴充,並力求變莊重矜持為從容自在,說明多少受到了蒙田隨筆的影響。儘管如此,蒙田和培根的文風還是涇渭分明,對日後英國文壇的影響也不一樣。簡而言之,蒙田

---

1 〔法〕蒙田著,梁宗岱譯:〈蒙田散文選(一)〉〈給讀者〉,見《世界文庫》第7冊(上海市:生活書店,1935年)。

2 〔法〕蒙田著,梁宗岱譯:〈蒙田散文選(一)〉〈給讀者〉,見《世界文庫》第7冊(上海市:生活書店,1935年)。

開創的是一種率真而活潑的自我表現的親切文體，這就是後人所說的
絮語散文（Familiar Essay）的先導；培根創立的則是一種簡約而謹嚴
的思想表現的質樸文體，這大體相當於後人所說的正規論文（Formal
Essay）。二人所作，恰好觸發了英國隨筆散文兩大類型的萌生，成為
後來者師承的範本。

　　從十七世紀初開始，乘文藝復興、思想解放的東風，在蒙田隨筆
集和培根論說文集的影響下，隨筆體散文在英國逐漸流行起來。著名
劇作家本・瓊生（1573-1637）帶頭兼寫短文，他的《發現集》承繼
培根文風而趨於隨意漫談，可說是議論性隨筆的先導。在此前後，托
馬斯・奧佛伯里、威廉・德萊蒙得、托馬斯・富勒、約翰・彌爾頓、
傑雷米・泰勒、約翰・戴登、威廉・坦普爾、艾薩克・沃爾頓、亞拉
伯罕・考萊等等散文名家，相繼崛起於文壇，以隨筆散文說理、佈
道、寫人、記事、抒感、論辯，各顯身手，多方開創，形成了英國隨
筆散文的第一個熱潮。其中，坦普爾的《雜談集》、沃爾頓的《垂釣
全書》，尤其是考萊的《隨筆集》，直接師承蒙田的寫作風格，坦露個
性，漫談人生，從容閒適，自然親切，是英國絮語散文的最初收穫；
彌爾頓的《論出版自由》、〈論教育〉和戴登的〈論詩劇〉等，發展了
培根、瓊生論說文的論辯性和明晰性，又富於個人激情；奧佛伯里的
《人物記》和約翰・厄爾的《人物世界》等，把古希臘提奧費拉斯特
斯的「人物特寫」承傳下來，發揚光大，使人物小品盛行於十七世紀
文壇；德萊蒙得的《絲柏叢》、布朗的《骨灰甕》和《醫生的宗教》、
泰勒的《神聖之生》和《神聖之死》，思致深遠，韻味豐厚，語調鏗
鏘，意象富麗，開了「詩散文」的先河。十七世紀的英國文壇，雖說
仍受拉丁文學的影響，典重謹嚴、富麗藻飾之風不絕，但已不主故
常，氣象更新，開始普遍運用本民族語言作文，並日趨平易親切、自
由多樣，使剛起步的隨筆散文呈現出多方拓展的景觀。

　　以一七〇四年著名作家丹尼爾・笛福創辦近代第一份期刊《評論

報》（*The Review*）為標誌，英國隨筆散文開始步入了一個蓬勃發展的新時代。整個十八世紀，是英國期刊文學開創、興盛的世紀。自《評論報》（1704-1713）創始以後，定期刊物適應資產階級啟蒙主義運動的需要，如雨後春筍般湧現出來，據統計這時期出版的期刊總數至少有二百二十餘種。[3]其中最著名的期刊有：理查・斯梯爾創辦的《閒話報》（1709-1711），斯梯爾和約瑟夫・艾狄生合辦的《旁觀者》（1711-1712），撒繆爾・約翰遜主辦的《漫遊者》（1750-1752）和《閒散者》（1758-1760），奧利佛・哥爾斯密主辦的《蜜蜂》（1759），以及《遊蕩報》（1785-1787）、《觀察報》（1785-1790）等。由於期刊印行快，發行廣，適合於刊登散文小品，期刊主筆又多是隨筆名家，因而，期刊的興盛就促成了隨筆小品的風行。又由於期刊的讀者主要是咖啡店、茶座和學校裡的各種有文化的人士，作家為期刊撰稿，是直接面向廣大讀者，必須適合公眾的各種興趣和需求，因此隨筆的題材和寫法大為擴展、豐富了。概括地說，十八世紀隨筆在承傳蒙田、培根、布朗、考萊等人傳統的基礎上，個人的視野大大開闊了：不僅熱心於抒寫自我的經驗和意想，探究人生問題和思想哲理，而且廣泛地觀照大千世界，體察風習世態，涉及眾所關心的社會問題，以古典主義的理性精神重新評估一切，力圖重建社會秩序、道德規範和精神風尚，為資本主義上升期的思想啟蒙、移風易俗運動服務。隨筆的體式也更為豐富多樣了：或絮語漫談，或議論風生，或莊諧雜出，或直抒胸臆，因人而異，各具特色，大多是寓教於樂、雅俗共賞的佳品，在民族化、大眾化、文學化方面比十七世紀前進了一大步。

這時期隨筆作者迅速增多，不僅出現了一批專門作家，還吸引了不少小說家、劇作家、詩人以及社會名流為期刊撰稿。笛福、斯威夫特、費爾丁、約翰遜博士、吉斯特菲爾伯爵等知名人士的論說文和小

3　參見方重：《英國詩文研究集》（長沙市：商務印書館，1939年），頁63。

品文，或雄辯激昂，或辛辣恣肆，或莊重整飭，或清淡閒適，雖非專攻，卻以各自的風度和影響壯大了隨筆散文的聲勢。特別是斯梯爾、艾狄生、哥爾斯密三人，專心致志，收穫豐饒，堪稱十八世紀隨筆的代表作家。

　　斯梯爾和艾狄生是十八世紀前期期刊小品的主力，是一代文風的宗師。他們在《閒話報》和《旁觀者》上發表的隨筆小品多達近千篇；取材相當廣泛，涉及當時的社會現實、城鄉習俗、日常生活、軼事趣聞等。他們的態度和宗旨，就像艾狄生在《旁觀者》創刊號上自白的那樣：「我生活在這人世上，倒願以人類的旁觀者自居」，「以旁觀者身分活動於生活的各個方面」，「我若能或多或少有助於國家風化的轉變或進步，那麼，凡有召喚，萬死不辭」。[4]也就是說，他們抱著入乎內而出乎外的處世態度，力圖超然於世俗成見和黨派紛爭之上，以理性主義的清醒眼光審視大千世界，以「旁觀者清」自詡，把自己的閱歷、觀感、學識和意想奉獻於讀者面前，旨在啟蒙民智、移風易俗。這樣，他們既擴大了隨筆的表現天地，又賦予了隨筆的社會使命，既把隨筆表現自我個性的精神傳統發揚光大，又使隨筆突破消閒自娛的侷限而介入現實人生，發揮其寓教於樂的功用，從而把隨筆社會化、大眾化了。這是他們對隨筆發展的一大貢獻。在藝術上，他們的突出貢獻有兩大方面。其一，他們汲取十七世紀人物特寫的經驗，圍繞虛構的《旁觀者》俱樂部的幾個成員，共同創造了以羅吉爵士為主的一批栩栩如生的人物形象，包括作者的自我形象，把散文刻畫人物、剖析心理、塑造典型的能力提高到一個新水準上，對以後寫人散文和小說的發展影響很大。其二，他們採用純正的英語和家常絮語、親朋閒話的筆調，面對讀者，娓娓漫談，寓莊於諧，不拘一格，創造

4　〔英〕艾狄生著，張國佐譯：〈旁觀者〉，見《英國十八世紀散文選》（長沙市：湖南人民出版社，1986年）。

了一種親切而不粗俗、優雅而不浮華的文體，使散文脫去十七世紀典重臃腫的外衣而顯示樸實自然的本色。相比較而言，艾狄生在文體上的貢獻大於斯梯爾。他為人溫文爾雅，富於幽默感，是個典型的英國紳士；為文委婉秀雅，幽默風趣，從容自在，輕鬆活潑，被譽為英語文體的範本。斯梯爾則率真熱切，流暢顯豁，富有激情而缺乏餘味，影響略遜於艾狄生。他們是英國文學史上最早以隨筆出名的專門作家。

哥爾斯密（1728-1774）則是十八世紀後期承上啟下的隨筆名家。他也像艾狄生的「旁觀者」那樣，以「世界公民」的眼光觀照英國社會生活，但他並不把勸誨說教的重負放在肩上，而是從容自在地去體察人生；也不以居高臨下的姿勢向讀者講話，而是平等地誠懇地與讀者談心，以寬厚幽默的心態嘲諷世俗，同情眾生，並較多地流露個人內心的情思和傷感，似乎比艾狄生寫得更為灑脫有趣，真摯可親。所以，他的代表作《世界公民》「不單是洋溢著真情同仁愛，並且是珠圓玉潤的文章」，令人「百讀不厭」。[5]可以說，他的《世界公民》，既是這時期古典主義散文的絕響，又是下世紀浪漫主義散文的先導。

十八世紀的隨筆是在啟蒙主義思潮和古典主義文學氛圍中發展壯大起來的，自然深受理性主義的影響，帶有古典主義文學的特色。它追求理性精神，崇尚溫文爾雅，講究法度簡潔，但也難免理勝於情，雅潔有餘而活趣不足，教化意味濃厚而自我色彩淡化，率性任情、擁抱自然的作品並不多見。這些歷史侷限為十九世紀浪漫主義作家所突破，一種更為率真自由、絢爛多彩的隨筆小品代之而起，使英國隨筆步入了十九世紀的鼎盛期。

十九世紀的英國文苑，像詩壇那樣，名家輩出，佳作蜂起，爭奇鬥豔，異彩紛呈。查理‧蘭姆、威廉‧赫士列特、托馬斯‧德昆西、

5　梁遇春：《小品文選》（上海：北新書局，1930年），〈序〉。

利·亨特、威廉·科貝特、瑪麗·羅素·米特弗德、休·密勒、約翰·布朗等名家成批崛起，乘浪漫主義風起雲湧之際，寫下了英國隨筆史上最燦爛的一章。他們衝破理性主義的約束和古典主義的規範，師心使氣，各逞才情，思如泉湧，自由創造，使整個文苑充滿著空前旺盛的生機活趣，足與浪漫主義詩壇相媲美。

其中，最引人矚目的是蘭姆（1775-1834）。他的隨筆作品並不多，總共才有《伊里亞隨筆集》及其續編二卷六十八篇；題材也平淡無奇，不外是日常瑣事、倫敦見聞、親友故交、過往遭遇、談書論藝、沉思遐想諸類，並非浪漫傳奇。然而，他卻是眾所公認的隨筆大師，他的隨筆一直被譽為英國散文的極品，這又是為什麼呢？依我看來，首先是因為他的人格可愛可親。他把自我的身世、性情、心懷、風度，都充分地表現在《伊里亞隨筆》中；這個無所不在的自我形象又是一個溫柔寬厚、正直剛強、含淚微笑、幽默風趣的人，一個典型的英國人，一個生活在人群之中的普通人，因而備受國人的喜愛，外國讀者也樂於親近他。其次是因為他的視角獨特新穎。他表現自我，並不採取自我告白的直接方式，而是採取假託他人、扮演角色的間接方式，把自我既作為表現對象，又作為觀照對象，使文中的自我表現獲得戲劇性效果；他體察入微，平中見奇，往往從嶄新的觀察點去透視熟悉的日常人生，從中發現許多未經人道的新意和樂趣，使平凡的題材煥發出迷人的光彩。他那顆「愛在人群中過活的心」的確使他獲得了「點泥成金」的審美魔術。[6]第三是因為他的文體美妙動人。他任心閒話，真情流露，親切不拘，無所不達，最富於家常絮語風；他又旁徵博引，融舊鑄新，莊諧雜出，舒卷自如，可說是把古典主義的雅潔雍容與浪漫主義的清新舒放完美地融為一體。所以，他的隨筆不愧是歷代隨筆藝術的集錦，當世浪漫主義散文的峰巔，後世隨筆創作的楷模。

6　參見梁遇春：〈查理斯蘭姆評傳〉，收入《春醪集》（上海：北新書局，1930年）。

　　如果說，蘭姆隨筆以浪漫主義精神融化了古典主義筆法，那麼，他的文友赫士列特（1778-1830）的隨筆則是浪漫主義散文的典型代表。赫士列特的個性迥異於蘭姆，他鋒芒畢露，才氣橫溢，不拘成法，我行我素，隨筆集有《席間閒話》、《直言集》等，代表作〈論出遊〉、〈打架〉、〈青年時的永生感想〉、〈為自己生存〉等名篇，自我擴張，追逐自然，縱筆放談，意象迭出，最富於浪漫主義的精神氣息和藝術色彩。此外，德昆西（1785-1850）的《鴉片吸食者的自白》、《來自深處的呼吸》、《英國的郵車》等名著也富於幻想，充滿激情，而雕章琢句，刻意求工，追求音韻悠揚、色彩絢爛、意象富麗、文情並茂的藝術效果，在當時復興了十七世紀德萊蒙得、泰勒、布朗的「詩散文」傳統，成為後來唯美傾向的先導。科貝特（1763-1835）的《騎馬鄉行記》以鄉野自然為題材，即興漫筆，清新樸實，並且偏重於醜陋現實的揭露和批判，與當時的浪漫主義文風有所區別，倒是和稍後的寫實主義散文較為接近。這些各有代表性的名家傑作，匯成了浪漫主義時代隨筆藝術的絢爛景觀，標誌著英國隨筆的全面成熟。

　　到了十九世紀中期，浪漫主義高潮過去，言志抒情小品銳減，紀實說理散文興起。如托馬斯‧卡萊爾、托馬斯‧巴賓頓‧麥考萊、約翰‧亨利‧紐曼、馬修‧安諾德、約翰‧羅斯金諸家關於時事、歷史、倫理、文藝、教育等方面的論說文，現實針對性較強，各具辯才識見，從不同方面擴大散文藝術的應用範圍。唯有威廉‧梅克皮斯‧薩克雷、亞歷山大‧史密斯等少數作家堅持隨筆小品的創作。薩克雷（1811-1863）在小說創作的同時寫了不少小品文，輯為《轉圈子文集》、《勢利人的書信》、《倫敦雜寫與遊記》等。史密斯（1829-1867）不僅寫過〈論小品文作法〉的專論，還留下了《夢村集》和《最後數頁》兩本小品文集。他倆的隨筆紀實述感，率真親切，維繫了絮語散文閒適風趣的傳統。不過，總的看來，這時期議論性隨筆較發達，抒情性小品較零落。

　　直至十九世紀末二十世紀初，隨筆小品受花樣翻新的各種文藝思潮特別是新浪漫主義、表現主義、印象主義和心理現實主義運動的刺激和推動，而再度興盛起來。新浪漫派代表作家羅伯特・路易斯・史蒂文森和理查・傑弗理給文壇注入了一股清新氣息。傑弗理（1848-1887）的《獵場看守人家居》和《心史》，洋溢著返歸自然、解放心靈的渴求和田園牧歌情趣。史蒂文森（1850-1894）的隨筆集有《內河航程》、《塞文山區騎驢旅行記》、《給少年男女》、《回憶與人生》、《橫渡大陸》等，跟他的小說一樣受到讀者的廣泛歡迎。他的旅行隨筆領略大自然的清新氣息，表現人與自然的融洽關係，如名篇〈徒步旅行〉，足與赫士列特的〈論出遊〉相媲美；他的回憶和自白像蘭姆那樣純真懇切，他那刻意求工而又自然天成、富於個人情致和幽默諧趣的精美文體，一向被譽為蘭姆文體的嫡傳。這兩位隨筆名家上承浪漫主義散文的遺風，下啟新世紀散文的先河。在他們之後，高爾斯華綏的《雜俎集》和《敝衣人》，吉辛的《四季隨筆》，盧卡斯的《爐邊和陽光照到的地方》、《舊燈集》和《遊蕩者的收穫》，貝洛克的《羅馬之路》和《任何論》，加德納的《海灘細石》和《道道犁溝》，比爾博姆的《聖誕花環》和《新事與往事》，切斯特頓的《瑣碎萬端》和《大驚小怪與東拉西扯》，毛姆的《在中國的銀屏上》和《客廳裡的紳士》，林德的《愛爾蘭漫步》、《藍獅》和《錢匣》，沃爾芙的《普通讀者》，赫胥黎的《在邊緣上》、《隨心所欲》和《論人生》，普里斯特萊的《來自小人國的文章》、《猿與天使》和《陽臺及其他》等等，在二十世紀初成批湧現出來，或評論世事，解剖人生，或摹寫印象，探索內心，或即興下筆，或苦心經營，或冷嘲熱諷，或幽默詼諧，多樣共榮，異彩紛呈，使隨筆小品重新煥發出青春活力。這種復興發展勢頭，直至第二次世界大戰爆發，才被突然打斷。隨後，由於社會條件的變遷，生活節奏的加快，讀者興趣的轉移，以及商品文化的侵蝕等方面原因，傳統的隨筆小品雖綿延不絕，卻再也不像從前那樣引人注目了。

　　綜觀英國文藝復興以來隨筆小品的發展演變，概括地說，十七世紀是它的嘗試期、開創期，以培根的論說文、布朗的詩散文、奧佛伯里的人物小品和考萊的絮語散文為代表，奠定了隨筆藝術多樣發展的基礎；十八世紀是它的興盛期、成長期，以斯梯爾、艾狄生、約翰遜、哥爾斯密的期刊小品為主流，擴大了隨筆藝術的表現天地和應用範圍，形成了富於民族風味和個人筆調的優雅文體；十九世紀是它的全盛期、成熟期，以蘭姆、赫士列特、德昆西和史蒂文森為傑出代表，個性解放，自由創造，氣象萬千，美不勝收，足與浪漫主義詩歌相匹敵；二十世紀初是它的復興期、更新期，盧卡斯、比爾博姆、切斯特頓、林德和沃爾芙等人振興傳統隨筆，吸取現代藝術手法，增強了隨筆藝術反映現代生活的能力。三、四百年間，隨筆小品與世推移，遷流曼衍，發展成為英國散文最興盛發達、最引人矚目的一大品種。儘管各時期的風尚有別，各名家的風格各異，但綜合考察一番，還是可以探求出其基本類別、發展主線和共同特質。

　　就基本類型而言，英國隨筆起源於蒙田的絮語散文和培根的哲理論文，由此逐漸演化出 Familiar Essay 和 Formal Essay 的兩大類型。前者類似於中國的小品散文，偏重於記事述感、抒情言志，追求家常絮語般的率真、親切、自然和閒適，如艾狄生、哥爾斯密、蘭姆、赫士列特的作品；即使是用於說理悟道，也出於談心閒話的口吻，力求寫得輕鬆活潑、生動感人。後者大體相當於中國的論說文，偏重於載道說理、議論人生，追求哲理性、邏輯性和論辯性，但又比一般的學術論文或政論文章講究修辭和文采，富於理趣和情致，如布朗、斯威夫特、麥考萊、羅斯金的作品，就以議論風生、激情充沛而吸引讀者。二者既分途發展，各有千秋，又相互滲透，日趨豐美，使隨筆體散文不斷拓展應用範圍，增強表現能力，成為無所不及、自由不拘、豐富多樣、因人而異的文學形式。

　　與此相關，議論性隨筆和抒情性隨筆的交錯展開，構成英國隨筆

發展的主流。十七至十八世紀的啟蒙主義運動，促進了議論性隨筆的
發達興盛，抒情性隨筆尚處於附庸地位，但已嶄露頭角，在考萊、斯
梯爾、艾狄生、哥爾斯密手中獲得一定的發展。十九世紀的浪漫主義
思潮，促成了抒情性隨筆的繁榮鼎盛，由附庸蔚為大國，但議論性隨
筆也不示弱，尤其是赫士列特、德昆西、羅斯金等人二體兼長，各具
其妙。二十世紀初的隨筆，無論是抒情性的，還是議論性的，都各擅
勝場，互補共榮，日趨錯綜多樣。此外，簡約與舒放、樸素與華美、
莊重與閒適、雄渾與秀雅等等文體風格的消長起伏和交融更新，構成
了英國隨筆更為具體複雜的發展歷史。

　　面對英國隨筆五花八門、變幻無窮的歷史現象，要準確而全面地
概括其藝術特質是相當困難的。不過，已有不少學者知難而進，潛心
探求，作出了可貴的努力。但正如中國現代散文家、翻譯家梁遇春所
說的：「自從有小品文以來，就有許多小品文的定義，當然沒有一個
是完全對的」；因而，他也只能「大概說起來，小品文是用輕鬆的文
筆，隨隨便便地來談人生，並沒有儼然地排出冠冕堂皇的神氣，所以
這些漫話絮語很夠分明地將作者的性格烘托出來，小品文的妙處也全
在於我們能夠從一個具有美好的性格的作者眼睛裡去看一看人生」。[7]
方重先生曾進一步歸納出英國隨筆的藝術特點：「其一，個人的，坦
白的態度；其二，閒適的，懇切的格調；其三，內容以日常的形態，
意想，或各自的情感與經歷為宜。」[8]這些界定和論述，代表了中國
學者對英國隨筆的基本看法。他們注意到隨筆藝術的個人性、自由
性、親切性、閒適性等特點，雖說主要是依據 Familiar Essay 一類典
範作品而立論的，但基本上能夠囊括各式隨筆的共通點，可據此加以
闡發。

7　梁遇春：《小品文選》（上海：北新書局，1930年），〈序〉。
8　方重：《英國詩文研究集》（長沙市：商務印書館，1939年），頁130。

　　自從蒙田新創隨筆體裁，並自稱「我寫我自己」以來，無論是培根式的論說文，還是蘭姆式的絮語文，英國隨筆都是作家個人向公眾剖示自我內外面生活、交流思想感情的一種有效方式。它並不侷限於表現作家親身經歷的一切，還廣泛描寫作家所見所聞所感所想的種種，從題材上說，確是大小不拘、無所不及的。關鍵的問題不在於寫什麼，而在於怎麼寫。怎麼寫的首要問題也不在於如何行文布局，而在於怎麼把握和處理題材。隨筆家總是以個人的立場、眼光和興趣為出發點，去觀察、體驗、品評人生世界的五光十色，把自己的閱歷、觀感、意想和判斷作為題旨，統率零散瑣碎的題材，從而在每篇作品中留下鮮明的個人印記。正如蘭姆所說的：「我從來沒有根據系統判斷事物，總是執著個體來理論」。[9]這種立足於個人本位、忠實於自我心靈的觀照方式和思維定勢，當然是英國文藝復興以來個性主義和自由主義思潮流行的產物。它使英國隨筆呈現出因人而異、各具特色的雜多景觀，也使各家隨筆的成就和價值主要應依據各自的才情、素養和個性典型化的程度而定。

　　如果說個性化是隨筆藝術的首要特質，那麼，它與抒情詩就具有同質關係。隨筆和抒情詩「的確是一雙很可喜的孿生兄弟，不過小品文更是灑脫，更胡鬧些罷！小品文像信手拈來，信筆寫去，好像是漫不經心的，可是他們自己奇特的性格會把這些零碎的話兒熔成一氣，使他們所寫的篇篇小品文都彷彿是在那裡對著我們拈花微笑」[10]。梁遇春這一形象性的描述，顯示了隨筆小品的另一特性。自由灑脫，自然天成，隨興遣筆，散漫有致，確是隨筆小品有別於抒情詩的一個顯著特點。這種特性也是自蒙田創始時就形成了的。他聲稱，「如果我希求世界底讚賞，我就會用心修飾我，仔細打扮了才和世界相見」，

9　轉引自梁遇春：〈查理斯蘭姆評傳〉，見《春醪集》（上海：北新書局，1930年）。

10　梁遇春：《小品文選》（上海：北新書局，1930年），〈序〉。

但他不屑於如此，而堅持「我要人們在這裡看見我底平凡、純樸和天然的生活，無拘束亦無造作：因為我所描畫的就是我自己」。[11]蒙田的主張和實踐不僅體現了隨筆小品的寫作特點，而且揭示了這種特點的形成機制。他看出要表現自我的本來面目和純樸生活，就不能梳妝打扮，受制於已成範式，而應以「無拘束亦無造作」的自由、自然的形態出之，從而新創了隨筆這種最自由不拘、自然天成的表現形式，與詩的人工修飾相抗衡。對此，廚川白村作出了進一步的說明：「作為自己告白的文學，用這體裁是最為便當的，既不像戲曲和小說那樣，要操心於結構和作品中人物的性格描寫之類，也無須像做詩歌似的，勞精敝神於藝術的技巧。為表現不偽不飾的真的自己計，選用了這種既是費話也是閒話的 Essay 體的小說家和詩人和批評家，歷來就很多的原因即在此」。[12]像考萊、斯威夫特、艾狄生、斯梯爾、菲爾丁、哥爾斯密、蘭姆、赫士列特、史蒂文森、高爾斯華綏、吉辛等人，或在多方探索之後致力於隨筆小品，或在詩歌、小說、戲劇創作的同時兼寫小品文，無非是因為這種輕便靈活的文體自有其擅長之處。由此可見，隨筆小品又是一種自由文體，比抒情詩更便於作者的個性表現，也更能如實地充分地表現作者的本來面目和人世的原生形態，更親近於讀者的人生經驗和接受心理。這個特長是其他文學形式難以替代的，從而內在地決定了隨筆藝術的生命活力和存在價值。當然，所謂信手拈來，信筆寫去，只是相對而言的，正如梁遇春所說的「像」而已，絕不是不要藝術加工，而是經由作者的人格熔鑄和匠心獨運而得心應手、自然天成的。

　　如果說個性表現的無拘束亦無造作，是英國隨筆藝術的本質屬

---

11 〔法〕蒙田著，梁宗岱譯：〈蒙田散文選（一）〉〈給讀者〉，見《世界文庫》第7冊（上海市：生活書店，1935年）。

12 〔日〕廚川白村著，魯迅譯：〈Essay〉，見《出了象牙之塔》（北京：未名社，1925年）。

性；那麼，親切、閒適、幽默諸特點，可說是它的派生物。並非一切隨筆都具有上述特點，但因為隨筆是真實自然、自由自在地表現作家的見聞感興和個性本色，所以，儘管各家寫作風格千差萬別，也總比寫起其他類型的作品來得親切有趣、隨意從容。這在絮語散文中體現得最為明顯，連論說性隨筆也追求一種閒談漫話、舉重若輕的風致。即使是坐以論道的培根，也勸告人們在「講話以及交談之際，最好能使之具有一些插曲或變化」，認為「講話細枝末節過多，好不容易進入主題，當然令人厭煩，但過於直截了當也不免突兀唐突」。[13]總的看來，英國隨筆大多富於濃厚的家常味、閒適性和幽默感。如果說，個人性、自由性是各國隨筆的共性，那麼，親切、閒適、幽默諸特點卻可以說英國隨筆表現得最突出、最充分。這不僅成為英國許多隨筆家用以吸引讀者的要素和技巧，而且成為他們對待生活和隨筆寫作的一種心態和作風。像艾狄生、哥爾斯密、蘭姆、史蒂文森等代表作家，為人處世的態度不盡相同，卻都有一種寬厚溫和、通情達理的心懷，都有觀照和玩味人生日常的閒情逸致，都把自己看成是人群中普通的一員，都把廣大讀者視為可以交心的朋友，所以都寫得那麼親切隨和、閒適優雅、幽默風趣、雅俗共賞。這種心態和作風，似乎與處在老大帝國裡的中產階級人士的生活方式、文化修養、精神需求相當合拍，所以特別受到推崇，擁有眾多追隨者，成為近代英國隨筆的主流。隨著老大帝國地位的下降，社會生活節奏的加快，中產階層構成的複雜化，以及報刊出版業商業化的加劇，英國隨筆不得不逐漸消退了原有的閒適和風雅，而順應新的社會環境和讀者需求改弦更張了。這也說明諸如閒逸、風雅等色調是派生的，因時因人而異的，與隨筆藝術的本質屬性不能等同視之。

---

13 〔英〕培根著，高健譯：〈說言談〉，見《英美散文六十家》上冊（太原市：山西人民出版社，1983年）。

二

　　人們一般認為中國現代散文是新文學中受外國影響最少、與本民族古典散文傳統最為接近的一個部門。其實，處在新舊文化更替、東西文化交匯的時代，新文學各部門無不受到外國思想文化的影響、滲透，散文也不例外。為了創建既是現代的又是民族的新體散文，光是縱向的承傳更新顯然不夠，還需要橫向的廣採博取作為重要補充。中國現代散文的發展、成熟，並不是很少受到外國影響，而是很好地將外來影響吸收融化了，達到了渾然一體的境地。不能因為它受影響的跡象不是那樣明顯而無視外來影響的存在與作用，反而更應該注意探尋和總結它善於接受消化外來影響的歷史經驗。

　　現代中國散文所接受的外來影響自然是多方面的，既有文學性因素，又有非文學性因素（如社會思潮）；文學性因素中，也不限於散文藝術，還有姐妹藝術的滲透，如西方現代派詩藝。僅就外國散文藝術的影響來說，涉及面也相當廣泛。歐美、俄蘇、日本、印度、阿拉伯諸國度一些主要的散文樣式和許多散文名家及其代表作，都有人加以譯介和借鑑。波德萊爾、屠格涅夫、泰戈爾、紀伯倫的散文詩，是中國現代散文詩草創期的主要範本。布封、法布爾、懷特、伊林的科普作品，啟發中國科普作家創立了科學小品這種新的散文樣式。基希、里德、愛倫堡的通訊報告，促進了中國報告文學的誕生和發展。盧梭的自敘傳，高爾基和羅曼・羅蘭的政論雜文，鶴見祐輔和廚川白村的社會批評，歐文的旅行雜記，阿左林的鄉土散文，以至於尼采的哲學隨想錄，等等，都或多或少影響了中國某些相關文體的發展以及某些散文家的創作。不過，上述各種影響大多是局部性的，無論是在廣度、深度、強度上，還是在持久性上，都不如英國隨筆對中國現代散文的影響。在眾多的外來散文藝術中，還沒有一個國家的散文能夠像英國隨筆那樣引起過中國散文界的廣泛重視，以致人們列舉散文的

外來影響時，往往突出強調英國隨筆對中國現代散文的影響「大且深」。[14]

　　中國新文學中最早涉及應當借鑑外國散文的是胡適，他在一九一八年四月寫的〈建設的文學革命論〉中，談到國外有不少散文樣式值得取法，其中包括蒙田和培根開創的隨筆。最早引進「Essay」這一概念的是劉半農和傅斯年。劉半農在一九一七年五月發表在《新青年》上的〈我之文學改良觀〉中，談及西洋文學定義時，率先引入了「Essay」一詞。稍後，傅斯年在〈怎樣寫白話文〉中討論的散文「以雜體為限，僅當英文的 Essay 一流」。但這些隻言片語，並未引起人們的注意。直到一九二一年六月，周作人在《晨報》上發表〈美文〉，專門介紹和倡導試作 Essay 時，才引起散文作家的重視。他明確指出：「外國文學裡有一種所謂論文，其中大約可以分作兩類。一批評的，是學術性的。二記述的，是藝術性的，又稱作美文。這裡邊又可以分出敘事與抒情，但也很多兩者夾雜的。這種美文似乎在英語國民裡最為發達，如中國所熟知的愛迭生，蘭姆，歐文，霍桑諸人都做有很好的美文，近時高斯威西，吉欣，契斯透頓也是美文的好手。讀好的論文，如讀散文詩，因為他實在是詩與散文中間的橋。……在現代的國語文學裡，還不曾見有這類文章，治新文學的人為什麼不去試試呢？」[15]他的介紹，為正在探索創建現代語體散文的新文學作家打開了異域散文寶庫的一扇大門，提供了新的參照系，此後出現了譯介和取法英國隨筆的熱潮。

　　二、三〇年代中國散文界譯介英國隨筆的風氣很盛。不僅有隨筆

---

14 參見郁達夫《中國新文學大系‧散文二集》〈導言〉、魯迅〈小品文的危機〉、周作人《〈燕知草〉跋》、陳光虞《小品文作法》等，他們都肯定中國現代散文主要受英國隨筆的影響。

15 載《晨報》第7版，1921年6月8日。愛迭生，今譯艾狄生；高斯威西，今譯高爾斯華綏；吉欣，今譯吉辛；契斯透頓，今譯切斯特頓。

理論的介紹和隨筆作品的大量翻譯，還有隨筆名家的評傳和隨筆小史一類文章陸續問世，比較系統地介紹了英國隨筆的歷史和現狀，也比較全面地闡發了隨筆藝術的特長。繼周作人之後，王統照根據美國文藝學家韓德的《文學概論》專著中有關散文的論述寫成的〈散文的分類〉，介紹了英國隨筆的特點及功用；胡夢華在《小說月報》上發表的〈絮語散文〉專論，既論述絮語散文（Familiar Essay）的重要特性，又綜述自蒙田、培根以來的承傳變革。像這類概述英國隨筆發展史的長篇大論，三〇年代還有毛如升的〈英國小品文的發展〉和方重的〈英國小品文的演進與藝術〉。理論譯介方面最有影響的是魯迅翻譯的廚川白村《出了象牙之塔》一書，其中「Essay」和「Essay 與新聞雜誌」兩節文字，成為中國散文作家和散文理論家經常引用的經典論述；此外，若斯節譯了小泉八雲的〈論小品文〉，林疑今全文翻譯了史密斯的〈小品文作法論〉，朱維琪譯出佩特的〈文體論〉。這些重要論文對於中國廣大作家和讀者認識隨筆藝術是大有裨益的，而且在現代中國散文理論批評中留下了深刻影響。

　　伴隨著隨筆理論的傳播，許多隨筆名家名作也陸續譯介進來。周作人在《語絲》上譯介了斯威夫特的《婢僕須知》和藹理斯的《隨想錄》；克士（周建人）、荒野、梁遇春在《奔流》上分別翻譯了懷特、史密斯、盧卡斯的名篇，魯迅在《奔流》創刊號的〈編校後記〉中特別提到他對隨筆譯介工作的支持；梁遇春以英漢對照方式編譯了《英國小品文選》、《小品文選》、《小品文續選》和高爾斯華綏的《幽會》，成為當時許多文學青年的普及讀物；結集出版的譯本還有《英雄與英雄崇拜》（卡萊爾著，曾虛白譯），《現代隨筆集》（赫胥黎等著，張伯符等譯），《英國散文選》（袁嘉華譯），《英國小品文選》（王文川譯）等，散篇的譯品時常出現在《文學》、《現代》、《文藝月刊》、《譯文》、《世界文學》、《新中華》、《論語》、《人間世》、《宇宙風》、《西風》等刊物上，斯梯爾、艾狄生、哥爾斯密、蘭姆、赫士列

特、德昆西、哈得孫、薩克雷、史蒂文森、吉辛、史密斯、高爾斯華綏、貝奈特、盧卡斯、里柯克、貝洛克、切斯特頓、畢爾孛姆、毛姆、林德等近現代隨筆名家的代表作譯出不少。透過這些書單和名單，可以想見二、三〇年代中國著譯家對英國隨筆的涉獵之廣，興趣之濃，了解之深，選譯之精。

　　一般說來，譯介重心和接受重心是一致的，發送者受歡迎的程度與接受者的需求程度和受影響程度成正比；因為一時期的譯介重點不僅反映了該時期讀者主要的需求指向，而且反映了該時期著譯家主要的藝術趣味和藝術需求，讀者和著譯家藝術需求的合拍往往導致一種文學時尚，沉浸其中的作家不管是精通原文的還是借助於譯文的，都會有意或無意、直接或間接地接受其薰染。英國隨筆在二、三〇年代中國散文界受到普遍歡迎，就是當時廣大作者和讀者需求強度的一種突出表現。抗戰以後，中國散文界著重譯介反法西斯戰爭的戰地報告和政論雜文，廣大讀者和作家對英國隨筆的熱情有所消退，但仍有一些著譯家偏愛隨筆藝術，如李霽野翻譯了吉辛的《四季隨筆》全書，王了一、錢鍾書、味橄（錢歌川）等繼續寫作隨筆散文，並在自己的作品中不時提及英國隨筆名家名作，一些文學期刊和專門性外國文學刊物也陸續刊登英國隨筆譯品。

　　總的來看，中國現代散文開創期各流派作家大多對英國隨筆興趣很濃，樂於從中吸取思想藝術養分來充實發展自己的散文創作，這是英國隨筆對現代中國散文的影響最為廣泛的時代；三〇年代左翼作家的接受重心開始轉向蘇聯及其他國家的無產階級文學，只有少數人繼續注意吸收英國隨筆藝術的有益養分，一般的民主主義作家和一些年輕的大學生作者依然偏愛英國隨筆，繼續吸取其思想藝術滋養，準確地說這是中國散文家對英國隨筆的態度開始分化的時代，也可以說是深化的時代，因為這時期散文家對英國隨筆的分析鑑別工作更為深入，擇取融化工作更為自覺；抗戰以後英國隨筆的思想影響除了在個

別作家身上有所反映外，總體上說明顯減弱，其藝術特色已被中國現代散文所同化。英國隨筆在中國的際遇是由中國接受環境和接受者的變化所左右的。

中國現代散文接受重心為何放在英國隨筆這方面呢？郁達夫曾經解釋過這種現象，他以為：「英國散文的影響於中國，係有兩件歷史上的事情，做它的根據的：第一，中國所最發達也最有成績的筆記之類，在性質和趣味上，與英國的 Essay 很有氣脈相通的地方，不過少一點在英國散文裡是極普遍的幽默味而已；第二，中國人的吸收西洋文化，與日本的最初由荷蘭文為媒介者不同，大抵是借用英文的力量的，……故而英國散文的影響，在我們的知識階級中間，是再過十年二十年也決不會消滅的一種根深蒂固的潛勢力。」[16]前者說的是中國的筆記與英國隨筆很相似，這種類似性提供了接受影響的便利條件；後者涉及到語言媒介問題，當時「中國人所懂的外國文，恐怕是英文最多，日文次之」[17]，許多作家可以直接閱讀、欣賞英文隨筆，自然更容易受到影響。這兩方面的原因固然促進了英國隨筆在中國的傳播流行，但並不能充分說明以下問題：既然英國隨筆與中國古代筆記氣脈相通，那為什麼還會引起現代中國散文家的普遍關注呢（而且重視的程度遠遠超過筆記），難道只是其幽默味吸引人嗎？既然中國作家大多精通英語，那為什麼小說、新詩和話劇倒是更多地通過英語或日語譯本接受其他國度文學的影響，唯獨散文偏重於英國隨筆呢？可見光從表面上的相似和語言媒介的便利來解釋是不夠的，還要深入考察作為發送者的英國隨筆和作為接受者的現代中國散文這二者的內在聯繫，即必須找出英國隨筆有哪些突出的素質是中國古代散文所缺乏或

---

16 郁達夫：《中國新文學大系・散文二集》（上海市：良友圖書印刷公司，1935年），〈導言〉。

17 魯迅：〈論重譯〉，見《花邊文學》，收入《魯迅全集》第5卷（北京市：人民文學出版社，1981年）。

不受重視的、又是比外國其他散文更適合中國現代散文發展需要的思
想藝術因素，才能解釋清楚。

三

　　英國隨筆吸引現代中國作家普遍關注的首先是它那濃厚的個人色
彩，比其他散文樣式更自由更直接更充分的自我表現精神。它是在文
藝復興時代人本主義精神氛圍中正式誕生的，經過十九世紀浪漫主義
思潮的推動獲得蓬勃發展，在近代一直擁有世界性影響。作為近代隨
筆的突出代表，它集中體現了隨筆體散文注重個性表現、充滿自由創
造精神的藝術傳統。這恰好是中國古代散文所欠缺或受冷遇的內容，
也恰好是現代中國思想革命和文學革命所需求的內容。這對中國新文
學家突破古文正統觀念的藩籬，充分表現自己的情感意願和個性解放
要求，創建具有現代意義的新體散文，使之「內外兩面，都和世界的
時代思潮合流」[18]，有直接的借鑑意義，因而獲得了中國作家的廣泛
歡迎。

　　中國古代散文有悠久燦爛的歷史，內容廣泛，體式豐富，向來佔
據文學正宗的地位。但總體上說它是與新文學異質的舊文學的一個組
成部分。朱自清說得好，現代「小品散文的體制，舊來的散文學裡也
盡有；只精神面目，頗不相同罷了」[19]。它在漫長的發展過程中形成
了兩個致命的自我否定因素：一是受封建主義「宗經」、「徵聖」、「載
道」觀念的嚴重束縛，貶斥和壓抑作家個性的自由表現；一是言文背
離，貴族化、程式化傾向愈演愈烈。這好像兩重桎梏限制著散文的自
由發展。雖說歷史上時有革新家起而衝擊矯正，也有人無視古文正

---

18 魯迅：〈當陶元慶君的繪畫展覽時〉，見《而已集》，收入《魯迅全集》第3卷（北京
　　市：人民文學出版社，1981年）。

19 朱自清：〈論現代中國的小品散文〉，《文學週報》第345期（1928年11月）。

統，要求「獨抒性靈，不拘格套」[20]，但由於時代條件的限制，終究不能引起古文的質變。近世文壇為桐城遺風所籠罩，構成了對散文變革的直接威脅。因而，「五四」新文學運動在散文領域集中聲討「桐城謬種」，把批判鋒芒直指「文以載道」的正統觀念。先驅者揭露「唐宋八家文之所謂『文以載道』，直與八股家之所謂『代聖賢立言』，同一鼻孔出氣」，「不過抄襲孔孟以來極膚淺極空泛之門面語而已」，把「明之前後七子及八家文派之歸方劉姚」稱為「尊古蔑今，咬文嚼字，稱霸文壇」的「十八妖魔」[21]，把破除對古文的盲目崇拜、倡導「吾輩心靈所至，盡可隨意發揮」、作文「當處處不忘有一個我」作為散文革新的首要任務。[22]儘管他們對傳統散文的有些看法缺乏具體分析，帶有偏激情緒，但主導精神還是為了打破那雙重桎梏，把散文從思想的牢籠和僵化的程式中解放出來。在他們的眼中，散文不復是載孔孟之道、代聖賢之言的工具，而是自由表現作家個人的真情實感和個性特色的一種文學形式。這種以作家個人為本位的散文觀同古文家以「宗經」、「徵聖」、「載道」為本位的散文觀的對立，正是現代散文和古代散文的根本區別所在，也是「五四」以來才普遍覺醒並佔據新文壇主導地位的思想觀念。

在形成個人抒情言志的新散文觀的過程中，英國隨筆的傳播和影響起了推進作用。隨筆向來有自我表現的精神傳統。其創始人蒙田刊行《Essais》時，特意在小序中表白：「我要人們在這裡看見我底平凡、純樸和天然的生活，無拘束亦無造作：因為我所描畫的就是我自己。我底弱點和我底本來面目，在公共禮法所容許的範圍內，都在這

---

20 袁宏道：《袁中郎文鈔》〈小修詩敘〉，收入沈啟無編：《近代散文鈔》上冊（北平市：人文書店，1932年）。

21 陳獨秀：〈文學革命論〉，《新青年》第2卷第6號（1917年2月）。

22 劉半農：〈我之文學改良觀〉，《新青年》第3卷第3號（1917年5月）。

裡面盡情披露。」[23]他的確在隨筆寫作中實踐了這一宗旨，他的內省天性、他的懷疑思想、他的博學睿智、他的閒情逸致等等，無不率真坦露出來。史密斯評論其隨筆吸引讀者的一個主要原因是「他的自剖是坦白的，精到的；因為他所剖白的又是一個很特殊的性格，因而更能引人入勝」[24]。蒙田隨筆傳入英國後，連同時代的培根也受到影響，在新寫的隨筆中也漸漸顯現自我成分，不像原先那樣莊嚴矜持。有人認為對於十六世紀以來的英國散文作家的影響，蒙田和培根既有不同的一面，又有共同的一面，「孟田指示他們一種很坦白而活潑的自我表現；培根啟發他們一種簡約而謹嚴的思想表現。此外他們的共同影響又有兩點——他們的題材大都涉及道德問題——個人的道德問題，而以個人的眼光與個人的興趣為出發點」[25]。他倆文風不同，寫作旨趣卻有相通之處，都從個人立場品評人生世味。相比之下，當然還是蒙田那種「坦白而活潑的自我表現」精神對後世更有影響，成為日後隨筆創作的基本原則。因為隨筆尤其注重自我個性的充分表現，所以歷來的理論批評都著眼於它和作家人格的密切關係。廚川白村對此作了深入的闡述，突出強調「在 Essay，比什麼都緊要的要件，就是作者將自己的個人底人格的色彩，濃厚地表現出來。從那本質上說，是既非論述，也非說明，又不是議論，……乃是將作者的自我極端地擴大了誇張了而寫出的東西，其興味全在於人格底調子（Personal Note）。……作為自己告白的文學，用這種體裁是最為便當的」[26]。國外散文理論家對 Essay 自我表現精神傳統的論述，深刻地影響著中國現代散文的理論建設。周作人在〈美文〉中倡導散文創作

---

23 〔法〕蒙田著，梁宗岱譯：〈蒙田散文選（一）〉〈給讀者〉，見《世界文庫》第7冊（上海市：生活書店，1935年）。

24 〔英〕史密斯：〈小品文作法論〉，據方重《英國詩文研究集》譯文（頁50）。

25 胡夢華：〈絮語散文〉，《小說月報》第17卷第3號（1926年）。

26 〔日〕廚川白村著，魯迅譯：〈Essay〉，見《出了象牙之塔》（北京：未名社，1925年）。

「須用自己的文句與思想」，不可抹殺自己去模仿別人，後來一再強調散文是個人抒情言志的便當形式。胡夢華揭示絮語散文的特質「是個人的（Personal），一切都是從個人的主觀發出來」，說「我們仔細讀了一篇絮語散文，我們可以洞見作者是怎樣一個人」。[27]鍾敬文在〈試談小品文〉中贊同胡夢華的界說，認為散文小品「只要是真純的性格的表露，而非過分的人工的矜飾矯造，便能引人入勝，撩人情思」。[28]朱自清、謝冰心、郁達夫、梁遇春等都把散文看作是自我表現的最好形式。毋須一一引證中國現代散文家的類似看法，也已足夠說明他們的散文觀不同於「文以載道」的傳統觀念，而接近於 Essay 理論。他們都從英國隨筆中找到與正統古文異質的範本，發現自我表現的價值，肯定散文家在散文創作中有充分表現自我個性的權利，確認散文是作家抒情言志、坦露個性的便當形式，從而實現了散文觀念的現代化變革。

伴隨著新散文觀的形成發展，中國現代散文創作煥然一新，自我告白風氣盛極一時。郁達夫概括現代散文頭十年創作特色時指出：「現代的散文之最大特徵，是每一個作家的每篇散文裡所表現的個性，比從前的任何散文都來得強。……我們只消把現代作家的散文集一翻，則這作家的世系，性格，嗜好，思想，信仰，以及生活習慣等等，無不活潑地顯現在我們的眼前」。[29]這固然不只是英國隨筆影響的結果，但不可否認也與它的精神影響密切相關。英國隨筆那種坦白率真、自由灑脫地表達個人的經驗感想、思想情緒、生活態度、內心隱秘以至於偏見、弱點等的寫作態度和藝術內容，不僅從創作原則上啟發中國作家把表現真我作為散文創作的一種自覺追求，把「真誠」、

---

27 胡夢華：〈絮語散文〉，《小說月報》第17卷第3號（1926年）。

28 鍾敬文：〈試談小品文〉，《文學週報》第349期（1928年）。

29 郁達夫：《中國新文學大系・散文二集》（上海市：良友圖書印刷公司，1935年），〈導言〉。

「自然流露」、「人格色彩」視為衡量散文價值的首要標準；還從創作內容上啟發他們擴展個性表現的範圍，多側面多層次多途徑地顯現個性的複雜統一，使他們看到不僅表達對時事政治問題、人生社會問題、道德倫理問題的獨特感觸是富有價值的，而且著重描寫個人生活經驗、身邊瑣事、內心欲求以至於私人感情也是很有價值的，不僅小品散文充滿人格色彩，雜文隨感也能充分表現自我個性，不僅謹嚴簡約是一種美，而且嬉笑怒罵、莊諧並出也是一種美，也許還是一種更富於個性特色的更自然的美。

　　語絲社散文家在這方面很有代表性。他們提倡「自由思想，獨立判斷，和美的生活」，各人的「意見不同，文章也各自不同」，「大家要說什麼都是隨意，唯一的條件是大膽與誠意，或如洋紳士所高唱的所謂『費厄潑賴』」。[30]從週刊的創辦宗旨、編輯方法到週刊上的各類文章，都體現了尊重個性、自由思想、獨抒所信、率真行誠的精神特色，很類似英國十八世紀斯梯爾、艾狄生主辦的《閒話報》一類散文期刊。《語絲》上的散文大多出以隨筆形式，即興抒懷，無所不談，各人憑藉自己的興趣和特長隨意漫談，「有時忽而談〈生活之藝術〉，有時忽而談『女子心理』，忽又談到孫中山主義，忽又談到鬍鬚與牙齒，各人要說什麼便說什麼」[31]，都自由坦露自己的思想立場、生活態度、人格修養和藝術趣味，留下個人的鮮明印記。當時遠在巴黎的同人劉半農收到《語絲》時，給周作人寫信稱道「《語絲》竟把諸位老友的真吐屬，送到我面前」，猶如見到了「啟明的溫文爾雅，玄同的激昂慷慨，尹默的大棉鞋與厚眼鏡……」。[32]後來魯迅概括的「任意

---

30 參見周作人：〈《語絲》發刊辭〉，《語絲》第1期（1924年11月）和〈答伏園論「語絲的文體」〉，《語絲》第54期（1925年11月）。

31 林語堂：〈論語絲文體〉，見《剪拂集》（上海：北新書局，1928年）。

32 劉半農：〈巴黎通信〉，《語絲》第20期（1925年3月）。

而談，無所顧忌」的顯著特色[33]，也說明他們大膽率真、自由不拘地表現了自己的思想藝術個性。這裡需要說明的是，我們並非說《語絲》散文的精神特色只接受英國隨筆的影響，也不是說每個社員都受到它的影響，只是說他們的寫作主張、寫作態度和寫作特色包含有英國隨筆自由主義和個性主義精神的明顯影響，在注重個性表現上與英國隨筆有密切關係。

我們還可以舉出人們公認的受英國隨筆影響較深較單純的散文家梁遇春作為例子，從他身上更容易看出英國隨筆自我表現精神對中國散文的深刻影響。梁遇春被人稱為「中國的愛利亞」[34]。在英國隨筆家中，他委實最喜愛蘭姆及其《伊里亞隨筆》，受其影響最深。在《查理斯‧蘭姆評傳》中，他推崇蘭姆那種「真真地跑到生活裡面，把一切事情都用寬大通達的眼光來細細咀嚼一番」的態度和「執著人生，看待人生然後抱著人生接吻」的精神。他在〈談流浪漢〉、〈觀火〉、〈吻火〉等名文中表現出來的占有人生、享受人生的生活熱情，就和蘭姆的人生態度類似。他認為蘭姆「談自己七零八碎事情所以能夠這麼娓娓動聽，那是靠著他能夠在說閒話時節，將他全性格透露出來，使我們看見真真的蘭姆。誰不願意聽別人心中流露出的真話，何況講的人又是個和藹可親溫文忠厚的蘭姆」。梁氏的人格自然與蘭姆有別，但在率性行誠上是一致的。他縱談人生日常感想時也是毫不掩飾地坦露自己的全人格，他那淚中有笑、笑中有淚的面容就顯現在〈淚與笑〉、〈一個「心力克」的微笑〉、〈苦笑〉諸文中。他稱頌《伊里亞隨筆》「是詼諧百出的作品，沒有一個人讀著不會發笑，同時又會覺得他忽然從嶄新的立腳點去看人生，深深地感到人生的樂趣」[35]，並

33　魯迅：〈我和《語絲》的始終〉，見《三閒集》，收入《魯迅全集》第4卷（北京市：人民文學出版社，1981年）。

34　參見郁達夫：《中國新文學大系‧散文二集》〈導言〉；愛利亞，今譯伊里亞，是蘭姆的筆名。

35　梁遇春：《小品文選》（上海：北新書局，1930年），〈序〉。

由此體會到「做小品文字的人最要緊的是觀察點，無論什麼事情，只
要從個新觀察點看去，一定可以發見許多新的意思，除去不少從前的
偏見，找到無數看了足以發噱的地方」[36]。所以他在一般人熱烈討論
人生觀問題時反而大談特談「人死觀」，在人們品評君子時來談那和
君子正相反的「流浪漢」，時時注意從新的視角透視人生世態。他並
不是刻意學蘭姆的為人，更不是簡單仿效蘭姆的文體，蘭姆的人格文
風是學不來的，也不是他要學的，他學的是蘭姆對待人生的精神態
度，是蘭姆執筆為文時誠懇率真、輕鬆活潑的寫作態度，是蘭姆所說
的「我從來沒有根據系統判斷事情，總是執著個體來理論」[37]這樣一
種隨筆家慣有的思維方式和信賴自我的寫作原則，是蘭姆隨筆的精髓
而不是皮相，所以他譏笑過當時英國隨筆家盧卡斯刻意模仿蘭姆的匠
人習氣。他喜愛的英國隨筆家還有哥爾斯密、斯梯爾、艾狄生、赫士
列特、倪韓德、布朗、德昆西、史密斯、薩克雷、史蒂文森、洛厄
爾、吉辛、貝洛克、路易斯、林德。[38]這些作家個性文風互不混同，
各放異彩，使他認識到散文隨筆最注重也最便於表現自我個性。他說
過：「理想的文體是種由思想內心生出來的，結果和思想成一整個，
互為表裡，像靈魂同軀殼一樣地不能離開──這種對於文體的學說是
英國批評家自 Hazlitt（赫士列特）以至 Spencer（斯賓塞），Pater（佩
特），Middleton Murry（默里）所公認的，也就是 Buffon（布封）所
謂『The style is the Man』（風格即人）的意思。Lamb（蘭姆）文章之
所以那麼引人入勝，也在於他思想和文體有不可分的關係。……最要
緊的是不忘丟了自己的性格。」[39]由此足見他從英國隨筆中體會到隨
筆寫作的要義是人格和文品的有機統一，是不能丟掉自我的個性。所
以，他在〈「還我頭來」及其他〉一文中，把人云亦云、失去自我的

36 梁遇春：《英國小品文選》（上海市：開明書店，1932年），頁30譯注。
37 轉引自梁遇春：〈查理斯蘭姆評傳〉，見《春醪集》（上海：北新書局，1930年）。
38 參見梁遇春：《英國小品文選》（上海市：開明書店，1932年），〈譯者序〉。
39 梁遇春：《英國小品文選》（上海市：開明書店，1932年），頁60-61譯注。

人形象地比做失掉了頭顱的人，表白「『還我頭來』是我的口號，我以後也只願說幾句自己確實明白了解的話，不去高攀，談什麼問題主義，免得跌重。說的話自然平淡凡庸或者反因為它的平淡凡庸而深深地表現出我的性格」，這的確貫徹在其隨筆創作的始終。他的《春醪集》、《淚與笑》，既融匯英國隨筆名家某些精神影響，又不失個人色彩，其中有蘭姆的率真和諧趣，但不像他那樣醇厚和灑脫，自有難言的苦悶和矛盾；有赫士列特的思如泉湧、議論風生，但比不上他的淵深似海；有切斯特頓的奇思異想，但不像他那樣刁鑽古怪，只是愛和「正人君子」唱反調，愛作花樣翻新的文章。他以自己的才思學識和年輕人的激情生氣，率性行文，隨意揮灑，形成縱談、快談、放談的個性風格，輕快中有著二十世紀二〇年代末期中國青年的幻滅感和抑鬱氣息，縱筆時難免泥沙俱下，「玲瓏多態，繁華足媚，其蕪雜亦相當」[40]，實在顯示了「中國愛利亞」的獨特性。顯然，他是出於個人的氣質、素養、偏愛來擇取融化英國隨筆的精神特色以形成個人風格的，這是中國現代散文家接受英國隨筆影響的一位成功代表。

在強調散文隨筆要充分表現自我個性方面，中外散文家都是異口同聲的，但在如何理解作家自我個性方面卻有分歧。史密斯在〈小品文作法論〉中曾涉及作家自我價值的高低不同，認為「自我主義的價值，是完全由自我者的品格而決定」，不能籠統而論。胡夢華、毛如升、方重等評介英國隨筆發展歷史時，都指出英國隨筆家的自我表現有兩種傾向在交互消長著，一種是「出發於自我而終歸於自我」，始終以自我為中心，以表現自己、娛樂自己而自足；另一種是「出發於自我，卻終歸於社會」，「由小我的洩露而進於大我的調和」。[41]前者偏重於個人情趣的玩味和自我人格的修養，後者注重於個人與社會的聯

---

40 廢名：〈《淚與笑》序一〉，見梁遇春：《淚與笑》（上海市：開明書店，1934年）。

41 參見方重：〈英國小品文的演進與藝術〉，《英國詩文研究集》（長沙市：商務印書館，1939年）。

繫，強調個人的社會責任。在富有個人主義、自由主義文化傳統的英國，似乎還是自我主義精神占上風。中國現代散文界也有類似的兩種傾向的消長互補現象，但演變情形卻與英國隨筆不同。從「發見了個人」到「發見了社會」，從自我意識的覺醒到社會意識的覺醒以至於階級意識的覺醒，從個人本位思想向人民本位思想的轉移，這是現代中國散文的發展主潮。許多散文家都經歷了這樣的發展變化過程，其中大多較好地實現了「小我」與「大我」、個人與時代的諧調統一，自覺把表現自我與表現時代有機結合起來，在時代的大浪淘沙中不斷揚棄舊我，更新充實自我，使自我的個性解放要求和人民的個性解放要求一致起來；有的則沒有分清自我個性的自覺追求與所謂「小資產階級的自我表現」的界限，不敢信賴自我、肯定自我，有意迴避自我、掩藏自我，終於付出了失卻自我個性的沉重代價。此外，也有逆向現象，有些散文家固守個人主義、自由主義立場，未能跟隨時代發展而擴展更新自我，難免受「落伍」之嫌，有的甚至將自我孤立、封閉起來，與時代要求對立起來，變為自我至上主義者，從而喪失了自我存在的社會價值。中國現代散文從著重接受英國隨筆的精神影響到逐漸加以揚棄，轉而側重接受新興的無產階級文化思想和社會性、戰鬥性較強的速寫、報告文學的影響，這一接受重心的位移與接受環境的變遷、接受者思想的發展和現代中國民主革命的進程是吻合的。總體上看它強調「小我」和「大我」、個人性和社會性的統一，促進了隨筆散文的蓬勃發展；但有時也有人偏執一方，或獨尊「小我」，或忽視個性，都妨礙了隨筆散文的健康發展。在現代中國散文史上，往往比較注意批評和糾正逃避現實、自我禁錮的藝術傾向，不夠重視及時克服逃避自我、掩藏個性的藝術傾向，當這種偏差占了上風，隨筆散文尤其是抒情性隨筆的發展就受到阻遏，這個歷史教訓應當記取。

四

　　如果說英國隨筆自我表現精神對現代中國散文的影響，是與西方
個性主義思潮、浪漫主義文學思潮的影響交織在一起，共同構成了對
中國古文正統觀念的強烈衝擊，觸發了現代中國散文家對個性表現精
神的自覺追求，促進了個人化、個性化的隨筆體散文的蓬勃發展，那
麼，英國隨筆特有的文體筆調和濃厚的幽默諧趣則獨自構成對現代中
國散文隨筆藝術的直接而顯著的影響。現代中國散文在接受、消化英
國隨筆寫作藝術的影響上取得了極大的成功，達到了融會貫通、渾然
無間的化境。

　　人們公認英國隨筆是近代隨筆散文的典型形態。韓德在他那本有
名的《文學概論》中說：「無論如何，雜文[42]總是特徵的英國型，我們
盡可不必跑到英國文學之外去找這型給與我們的最好例子」[43]；日本
學者野上豐一郎在〈比較文學論要〉中也說：「不限於培根，英國的
很多文人在法國[44]的影響下寫作隨筆，逐漸形成英國固有的形式。可
是之所以導致現在這個樣子的形式，是因為英國取得了特殊的進展的
緣故」[45]；胡夢華也指出過這個事實：「孟田的散文由海峽輸入三島才
大盛起來，而在他的本國倒好像中衰了」[46]。這說明隨筆雖然起源於
法國，但還是在英國紮下根來，並獲得發展成熟；也說明英國隨筆擁
有的世界性影響來自它充分發揮了隨筆藝術的特長，形成了自己特有
的形態。為什麼中國現代散文偏向於取法英國隨筆，也可以從這裡得
到一種解釋。對於 Essay 文體的藝術特性，廚川白村做了形象而精確

42　此為Essay的一種譯名。

43　〔美〕韓德著，傅東華譯：《文學概論》（上海市：商務印書館，1935年），頁329。

44　此處指Essay文體的創始人法國蒙田。

45　〔日〕野上豐一郎著，劉介民譯：〈比較文學論要〉，見《比較文學譯文選》（長沙
　　市：湖南人民出版社，1984年），頁55。

46　胡夢華：〈絮語散文〉，《小說月報》第17卷第3號（1926年）。

的闡述，他寫道：「如果是冬天，便坐在暖爐邊的安樂椅子上，倘在夏天，則披浴衣，啜苦茗，隨隨便便，和好友任心閒話，將這些話題照樣地移在紙上的東西，就是 Essay。興之所至，也說些以不至於頭痛為度的道理罷。也有冷嘲，也有警句罷。既有 Humor（滑稽）[47]，也有 Pathos（感憤）。所談的題目，天下國家的大事不待言，還有市井的瑣事，書籍的批評，相識者的消息，以及自己的過去的追懷，想到什麼就縱談什麼，而托於即興之筆者，是這一類的文章。」[48]他這段關於 Essay 的界說，經過魯迅翻譯進來，成為當時人們廣為徵引的名言，對中國散文家認識 Essay 的特性，藉以反撥桐城派的古文義法，建設現代語體散文新文風產生了廣泛的影響。據廚川白村分析，英國隨筆中「既有培根似的，簡潔直捷，可以稱為漢文口調的艱難的東西，也有像蘭勃（Ch.Lamb）的《伊里亞雜筆》（*Essays of Elia*）兩卷中所載的那樣，很明細，多滑稽，而且情趣盎然的感想追懷的漫錄。因時代，因人，各有不同的體裁的」[49]。這兩種類型的隨筆都為中國作家所熟知，但事實上還是後一類型引起中國廣大作家和讀者的強烈興趣。蘭姆式隨筆藝術的顯著特徵是不拘形式（Informal），家常絮語（Familar），輕鬆活潑，親切自然，一切皆由心中流露出來，代表了英國隨筆的正宗。胡夢華就認為培根「不能算是一個純粹的絮語散文作家」，因為他寫得莊重簡約，欠缺娓語風趣；推崇以蘭姆、赫士列特為代表的絮語散文「信筆寫來，不拘一格；而文章天成，各得其妙。並且都是直率坦白的說法，毫無矯飾虛套」。[50]梁遇春雖說編譯了三種英國隨筆選集，卻從未給培根、瓊生一派謹嚴簡約的作品留下

---

47 通譯為幽默。

48 〔日〕廚川白村著，魯迅譯：〈Essay〉，見《出了象牙之塔》（北京：未名社，1925年）。

49 〔日〕廚川白村著，魯迅譯：〈Essay〉，見《出了象牙之塔》（北京：未名社，1925年）。

50 胡夢華：〈絮語散文〉，《小說月報》第17卷第3號（1926年）。

過篇幅，他開列的自己喜愛的十幾位作家也沒有這兩位英國隨筆的先驅，因為他認為「小品文是用輕鬆的文筆，隨隨便便地來談人生，並沒有儼然地排出冠冕堂皇的神氣」[51]。在這種眼光的審視下，培根等的古典主義文風受到冷落就不足為怪了。從他們的取捨抑揚中可見，中國現代著譯家偏愛輕鬆活潑、絮語漫談、閒適從容、個性鮮明一類隨筆，這和中國現代散文開創期反對古文義法的束縛、要求文體解放的時代呼聲是密切相關的，是中國散文家自我選擇的結果。

　　英國隨筆絮語風對中國現代語體散文的影響是有其現實基礎的。「五四」白話文運動反對言文背離，提倡言文合一，以白話作為文學工具，為語體散文的發展奠定了語言基礎；反對「桐城謬種」及其他復古派的鬥爭，使散文突破「義法」、「規則」一類藝術教條的束縛，解放了散文的自由創造力。在這新舊交替、大破大立的藝術時代，英國隨筆藝術適時傳入，給中國散文家創建現代語體散文提供了新的範型、新的藝術滋養，並啟發他們重新審視古典散文傳統，發現在桐城派古文家所標榜的散文之外別有不拘格套、文無定法的散文天地，重新建構自己的散文藝術觀：散文的「選材與表現，比較可隨便些；所謂『閒話』，在一種意義裡，便是它的很好的詮釋」[52]，「散文的體裁，其實是大可以隨便的，有破綻也無妨」[53]，「我們的散文，只能約略的說，是 Prose 的譯名，和 Essay 有些相像，係除小說，戲劇之外的一種文體」[54]。這裡的「隨便」，並不是任意塗鴉，而是相對於莊重謹慎而言的，相似於不拘形式（Informal）、家常絮語（Familar），意謂隨和自然、親切平易，沒有人工斧痕。這種散文藝術觀自然不同於

---

51 梁遇春：《小品文選》（上海：北新書局，1930年），〈序〉。

52 朱自清：〈論現代中國的小品散文〉，《文學週報》第345期（1928年11月）。

53 魯迅：〈怎麼寫〉，見《三閒集》，收入《魯迅全集》第4卷（北京市：人民文學出版社，1981年）。

54 郁達夫：《中國新文學大系‧散文二集》（上海市：良友圖書印刷公司，1935年），〈導言〉。

桐城派的古文義法，倒是與公安派「獨抒性靈，不拘格套」的看法相通。晚明小品為正統古文家所輕視，卻被現代散文家所推崇，有的甚至認為它與英國隨筆「合成」「中國新散文的源流」[55]；這種重新發現、重新評估的現象固然根源於時代審美尺度的更新，但也和英國隨筆這一新的參照物的出現有關，事實上也是英國隨筆的熱心評介在先，晚明小品的重新評估在後，推崇晚明小品的散文家往往先前就是英國隨筆的傳播者。公安派散文「信腕信口」的寫法與英國隨筆娓娓而談的筆調相似，一樣受到現代中國散文家的重視，但它畢竟不能完全突破文言形式的束縛，難以抵達信口直寫的境地，因而英國娓語體隨筆的成功經驗更能引起中國現代散文家的關注，激發他們創建現代語體散文的熱情。

在英國絮語散文的影響下，中國二、三〇年代文壇形成了談話風散文盛行的局面。追求家人絮語般的親切感人效果，和自由自在地任心閒話的藝術境界，並不是一兩個作家的嗜好，而是當時的一種藝術風尚。魯迅主要是通過廚川白村的介紹和日文譯作了解英國隨筆的，他愛好國外的隨筆體著述，稱道它們「往往夾雜些閒話或笑談，使文章增添活氣，讀者感覺格外的興趣，不易於疲倦」，不滿「中國的有些譯本，卻將這些刪去，單留下艱難的講學語，使他復近於教科書」。[56]他在主編《奔流》時扶植英國隨筆的譯介工作，並為刊物上受人批評的「譯著以個人的趣味為重」的傾向辯護，「希望總有一日弛禁，講文藝不必定要『沒趣味』」。[57]一般以為魯迅的雜感文屬於寸鐵殺人、異常簡練一類，其實它們大多帶有隨筆意味，不乏娓娓道來、逸趣橫生之作，直接受廚川白村、鶴見祐輔、長谷川如是閑等隨筆體

55 周作人：〈《燕知草》跋〉，見俞平伯：《燕知草》（上海：開明書店，1928年）。

56 魯迅：〈忽然想到（二）〉，見《華蓋集》，收入《魯迅全集》第3卷（北京市：人民文學出版社，1981年）。

57 魯迅：〈編校後記〉，《奔流》第1卷第5期（1928年）。

批評文、尼采的哲學隨想錄以及魏晉文章的影響，也間接受斯威夫特等英國隨筆家的影響。他的《朝花夕拾》敘事生動，寫人傳神，舒展自如，情趣盎然，融匯了中國行傳體散文和英國寫人憶舊隨筆的藝術技巧而成為中國現代回憶性散文的代表作。魯迅無疑是能夠博採眾家之長而熔鑄自家獨創風格的散文大師，其中也無疑包含有英國隨筆的藝術影響。葉聖陶公認是風格謹嚴、落筆不苟的斫輪老手，但他也主張散文要自由自在地抒寫自己的經驗意想，推崇平易、親切、有趣的娓語體散文。[58]他欣賞美國歐文《見聞記》「那種詩味的描寫，諧趣的風格」，說自己是在歐文的影響下從事創作的。[59]歐文的散文恰好是師承艾狄生、斯梯爾而自成一家的，從他早期散文受歐文直接影響中多少可以推見他受歐文師輩間接影響的痕跡，如筆調的輕快流麗，寫人敘事的生動傳神。

如果說上述兩家散文受英國隨筆影響比較間接，絮語風味不夠濃厚的話，那麼，周作人、林語堂、朱自清、徐志摩、梁遇春、豐子愷，以至於二十世紀三〇年代李廣田、咪橄、老舍，四〇年代李霽野、王了一、錢鍾書，等等，則直接受到英國隨筆的藝術影響，形成談話風散文的洋洋大觀。周作人散文，無論是浮躁淩屬的雜感文，還是沖淡平和的小品文，都具有一種談話風，胡適很早就說他「用平淡的談話，包藏著深刻的意味；有時很像笨拙，其實卻是滑稽」[60]。他在《自己的園地》〈自序〉中表白：「這只是我的寫在紙上的談話，雖然有許多地方更為生硬，但比口說或者也更為明白一點了」，「我平常喜歡尋求友人談話，現在也就尋求想像的友人，請他們聽我的無聊賴的閒談」。他在散文中再三表示自己要在「流氓」與「紳士」、「叛

---

58 葉聖陶：〈關於小品文〉，見陳望道編：《小品文和漫畫》（上海市：生活書店，1935年）。

59 葉聖陶：〈過去隨談〉，見《腳步集》（上海市：新中國書局，1931年）。

60 胡適：〈五十年來中國之文學〉，見《胡適文存二集》（上海：亞東圖書館，1924年）。

徒」與「隱士」之間保持一種持中、平和的心態，追求理性與激情相互調劑的境地，「依了自己的心的傾向」自由耕種「自己的園地」，在閒適雍容的風度上顯示了英國文化傳統的精神影響。讀他的《自己的園地》、《雨天的書》、《澤瀉集》等，像在聽一位博學長者的閒談漫語。他讀書駁雜，所涉獵的英國隨筆很廣泛，很難說他到底受哪些人的影響，但英國隨筆那種濃厚的絮語風無疑滲透在他的字裡行間。郁達夫稱道他的文體「舒徐自在，信筆所至，初看似乎散漫支離，過於繁瑣，但仔細一讀，卻覺得他的漫談，句句含有力量⋯⋯」[61]在看似不經意的漫筆中自有藝術上的圓熟完美。這種在隨筆體散文領域所抵達的化境是罕見的，梁遇春沒有他的圓熟，豐子愷沒有他的純淨，連林語堂也趕不上他的閒逸。他成為現代散文談話風一派的宗師，是當之無愧的。中國散文家大多是直接閱讀英國隨筆的，對隨筆的娓語筆調、閒適趣味、雍容風度有直接感受，又從中領會到它與中國古代散文中追求自然天成、意到筆隨的藝術傳統有契合之處，因而能夠很好地融會貫通，佔為己用，藉以豐富發展中國現代語體散文的藝術表現力，促使語體散文在藝術上遠比其他白話文學形式成熟得快、成功得早。

　　英國隨筆對中國現代散文產生過廣泛影響的藝術因素，還有幽默一項。魯迅在肯定「五四」以來散文小品的成功「幾乎在小說戲曲和詩歌之上」的同時，承認它「因為常常取法於英國的隨筆（Essay），所以也帶一點幽默和雍容」。[62]郁達夫把幽默味的加強看作是現代散文的特徵之一，並具體闡述了中國現代散文中幽默興盛的近因和遠因：政治上的高壓和言論的不自由迫使作家借用幽默舒散鬱悶情懷，國民

---

61 郁達夫：《中國新文學大系・散文二集》（上海市：良友圖書印刷公司，1935年），〈導言〉。

62 魯迅：〈小品文的危機〉，見《南腔北調集》，收入《魯迅全集》第4卷（北京市：人民文學出版社，1981年）。

生活的枯燥需要幽默趣味的調劑，以及英國隨筆裡那種「極普遍的幽默味」的影響。[63]他倆都肯定中國現代散文受到英國隨筆幽默風的影響。幽默是對喜劇性現象而發的。現代中國社會新與舊的交戰，方生與未死的爭鬥，充滿著悲劇與喜劇。將死未死或僵而不死的腐朽勢力每時每刻都在製造滑稽可笑的東西，日常人生中也不乏離奇古怪的喜劇現象。對此痛加針砭、無情抨擊的屬於諷刺，而出以委婉嘲諷、含笑玩味態度的便是幽默。國外有人把幽默家分為兩類，一類像斯威夫特，「他的幽默很陰鬱，從不能使你大笑」，另一類如狄更斯、馬克‧吐溫，「他們了解人生的淒慘，供你歡喜，使你感覺矛盾，破涕為笑」。[64]前者可說近於諷刺，或說由幽默而進於諷刺，後者採取謔而不虐、寬厚通達的態度，是正格的幽默。這兩類幽默形態也反映在中國現代散文作品中，有的偏重於幽默的批判性，有的偏重於幽默的戲謔成分。郁達夫評說魯迅的幽默「辛辣乾脆，全近諷刺」[65]，這就其主導傾向而言是對的，但魯迅的雜文和回憶性散文中也有溫和寬厚的微笑，如〈從百草園到三味書屋〉中對老夫子的可笑舉止的善意嘲諷便是一例。郁達夫還評說周作人的幽默「湛然和藹，出諸反語」，林語堂的幽默「是有牛油氣的，並不是中國向來所固有的《笑林廣記》」。[66]周、林二氏的幽默帶有英國紳士的氣味，往往莊諧並出，妙語解頤，但周氏較為含蘊，林氏較為奔放，有時流於賣弄噱頭。老舍的幽默類似狄更斯、馬克‧吐溫、薩克雷、毛姆一路，往往以理解、通達的態

---

63 郁達夫：《中國新文學大系‧散文二集》（上海市：良友圖書印刷公司，1935年），〈導言〉。

64 〔美〕約翰‧麥茜著，由稚吾譯：《世界文學史》（上海市：世界書局，1935年），頁183。

65 郁達夫：《中國新文學大系‧散文二集》（上海市：良友圖書印刷公司，1935年），〈導言〉。

66 郁達夫：《中國新文學大系‧散文二集》（上海市：良友圖書印刷公司，1935年），〈導言〉。

度剖析小市民的委瑣心理，使人在笑聲中反省自己。豐子愷、王了
一、錢鍾書等人的隨筆也充滿幽默諧趣。郁達夫認為：「在現代的中
國散文裡，加上一點幽默味，使散文可以免去板滯的毛病，使讀者可
以得一個發洩的機會，原是很可欣喜的事情。不過這幽默要使它同時
含有破壞而兼建設的意味，要使它有左右社會的力量，才有將來的希
望；否則，空空洞洞，毫無目的，同小丑的登臺，結果使觀眾於一笑
之後，難免得不感到一種無聊（Nonsense）的回味，那才是絕路。」[67]
他的意見是針對一概否定幽默和一味提倡幽默的兩種對立意見而言
的，不失為一種公允的看法。英國隨筆幽默味對中國現代散文的滲
透，為中國散文增添了幾分諧趣美。但中國作家往往強調幽默的嚴肅
性，把幽默和諷刺結合起來，注意防止玩世不恭、油腔滑調、為幽默
而幽默的傾向。總的說來，中國現代散文中的幽默味不像英國隨筆中
那樣普遍而濃厚，這是現代中國嚴峻的社會現實所決定的，是不可強
求的。

　　總而言之，中國新文學作家出自創建現代語體散文的客觀需要，
自覺而積極地擇取融化英國隨筆的個性表現精神、娓語漫談筆調和幽
默諧趣藝術，以豐富、提高現代散文的藝術表現力。盧卡契說過：
「任何一個真正深刻重大的影響是不可能由任何一個外國文學作品所
造成，除非在有關國家同時存在著一個極為類似的文學傾向——至少
是一種潛在的傾向。這種潛在的傾向促成外國文學影響的成熟。因為
真正的影響永遠是一種潛力的解放。」[68]正是現代中國語體散文的發
展需要促成英國隨筆藝術為中國廣大作家所偏愛的情形，也正是英國

---

67 郁達夫：《中國新文學大系・散文二集》（上海市：良友圖書印刷公司，1935年），
　〈導言〉。
68 〔匈〕盧卡契著，中國社會科學院外國文學研究所外國文學研究資料叢刊編輯委員
　會編譯：《盧卡契文學論文集（二）》（北京市：中國社會科學出版社，1981年），頁
　452。

隨筆促進了中國語體散文藝術潛力的大解放。從這個意義上說，英國
隨筆對現代中國散文的影響稱得上是「一個真正深刻重大的影響」。

　　——本文選自《無聲的河流——現代散文論集》（上海市：上
　　　海遠東出版社、上海三聯書店，2003年）；第一部分原題
　　　〈英國隨筆發展概觀〉，原刊於《福建師範大學學報》一九
　　　九一年第三期；第二至四部分原題〈英國隨筆對中國現
　　　代散文的影響〉，原刊於《文學評論》一九八七年第四期

日本散文及其對中國現代散文的影響

一

　　日本散文產生於八世紀的奈良時代，至今已有一千三百年的發展歷史，一般以一八六八年的明治維新運動為界，分為古代和現代兩大階段。

　　日本古代散文，從奈良時代起步，在平安時代中期（十一世紀）走向繁榮，經過鎌倉、室町時代四百多年的拓展，到了十七世紀初以後的江戶時代取得多樣豐收，直至十九世紀中葉趨於衰落，被新興的現代散文所取代。在漫長的發展過程中，它逐漸形成漢文體、和文體、和漢混合體並行互補的發展格局，依次產生史傳、日記、隨筆、遊記等散文體裁，並以隨筆體散文形成本民族散文的主流和特色。

　　日本原先沒有自己的文字，只有口傳文學，如上古時代的神話、傳說和歌謠等。約在四世紀前後，漢字和漢學開始傳入日本，促進了日本文化的發展。日本人逐漸學會漢文後，開始運用漢語吟詩作文，或借用漢字作音標拼寫日本話，從而產生了書面文學。在七至十世紀間，日本的書面文學就是借用漢字寫成的，代表作有散文《古事記》和韻文《萬葉集》。到了十世紀前後，他們利用漢字的偏旁和草書發明了本民族特有的表音文字——假名，這才有了得心應手的表達工具，能夠創造名副其實的民族文學。但在明治維新以前，日本的書面文學一直是漢文、日文並用，造成了漢文體、和文體、和漢混合體三

足鼎立、互補共榮的奇特景觀。

日本現存最早的一部散文著作，是七一二年成書的《古事記》。它由「本辭」（神話傳說）與「帝紀」（皇族家史）兩方面內容混合構成，是由史官稗田阿禮口述、太安萬侶執筆編撰的上古史書，明顯帶有從口傳文學轉化為書面文學的歷史特點。因為它保存了許多上古時代生動有趣的神話傳說，在運用漢文、夾用日語音譯從事著述方面取得成功，在敘事、描寫、抒情和刻畫人物諸方面頗為出色，因而具有較高的文學價值，被視為日本散文的奠基之作。在文史哲不分的古代，像《古事記》這類的散文著述甚多。其中，歷史散文盛行不衰，代有名著，並衍化出正史、稗史、傳記、風土記、歷史故事等體式，且大多採用漢文體，仿效中國的史傳文學，如後來的《日本書紀》、《出雲國風土記》、《文德實錄》、《大日本史》、《日本外史》等著作。這是廣義的散文，並非專門的文學創作。

除了用漢文修史寫傳，日本古代文士也大多推崇漢文，以能用漢文為榮，並以漢文進行創作。漢文體散文也因此綿延不絕，在平安、室町時代曾盛行於文壇。平安時代前期（九至十一世紀），是漢文創作的鼎盛期。受到中國隋唐文風的影響，平安王朝的貴族文人或偏重駢賦，追求佳詞麗句，或崇尚古文，注重文道合一，代表作收入《經國集》、《本朝文粹》、《本朝續文粹》等總集中，知名人士有都良香、僧空海、菅原道真、慶滋保胤等。平安末期至鎌倉初期，武士執政，貴族失勢，漢文衰落。到了禪學興盛的室町時代（十四至十六世紀），漢文藉禪僧之力得以復興，並延續到儒學流行的江戶時代。漢文被廣泛地用於談禪說理，載道言志，經國修身，內省諷世，並作為傳世文章而用心經營，出現了名家輩出、佳構林立的盛況。代表作有虎關師煉的《濟北集》、絕海中津的《蕉堅稿》、義堂周信的《空華集》、藤原惺窩的《惺窩先生文集》、太宰春臺的《紫芝園稿》、服部南郭的《南郭先生文集》等。這種漢文創作風氣，直至明治維新時代

才趨於消歇。日本的漢文是日本散文的一大支流，與中國漢唐以來的散文密切相關，可說是古代的海外華文文學的一個分支。它不僅具有獨立的文學價值，對於和文體散文尤其是和漢混合體散文的生成和發展也有促進意義，還成為傳播、吸收漢學的主要途徑。

　　在日本文學史上，第一部以本民族語言創作的散文作品是紀貫之的《土佐日記》（935）。此時，假名文字雖已創立，但為上層社會所蔑視，甚至被說成是「女人的文字」，還沒人用它寫文章。紀貫之是平安時代的著名詩人，《古今和歌集》的主要編纂者，漢學造詣頗深，卻敢為天下先，第一個採用本民族的語言文字寫作散文，開了和文體散文的先河。他以日記的形式記述自己離開土佐返回京都沿途五十五天的見聞感受，並採取假託女性的口吻和敘述方式來使用日語，坦露心懷，品評世俗，就不僅把實用性的日記寫成文學性的日記作品，也顯示了日記文學的多重功能，可用於自敘經歷、紀行述感、談論人生、映現世態，從而確立了日記隨意自由、自我觀照、寫實存真、親切自然的文學品格。這部《土佐日記》的問世，標誌著和文體散文的誕生，並成為日記文、紀行文、自敘傳諸文體的先導。

　　繼《土佐日記》之後，出現了日記文盛行的局面。平安時代一些連本名也沒有留下的才女，卻留下了不朽的日記名著，如藤原道綱母的《蜻蛉日記》（974）、和泉式部的《和泉式部日記》（1008）、紫式部的《紫式部日記》（1010）、菅原孝標女的《更級日記》（1060）等。她們不僅自由運用和文抒寫個人經驗，為建立國語文學作出突出貢獻；還通過自身遭遇和內心生活的真切描述，表現了平安王朝貴族婦女的悲歡哀怨，在一定程度上揭露了一夫多妻制社會貴族男子的荒淫無恥，為閨怨文學、情愛文學奠定了發展基礎。有些日記已突破逐日紀實的格式，採用事後追記或加工改寫的方式，增強了創作意識，在剪裁、結構、行文諸方面較為考究，如《蜻蛉日記》、《更級日記》，藝術性較強，可作為敘事抒情散文來讀。這時期的和文體日

記，大多出自女性之手，偏重於反映宮廷、閨閣生活。後來，日記文的應用範圍逐漸擴大，像《土佐日記》那樣，通過個人經歷反映世態風俗、領略山水自然的作品增多了，如江戶時代松尾芭蕉、小林一茶等人的日記作品，在思想性和藝術性上都有重大進展，代表著古典日記文學的最高水準，對現代日記文學也有深刻影響。從平安時代興起的日記文，終於發展成為日本散文的一種重要樣式。

在女性日記文學興起之際，平安王朝另一位才女清少納言獨創了隨筆體散文的新形式。她在後宮任職期間開始撰寫《枕草子》，約於出宮後的一〇一七年完成。這是一部隨感漫錄的散文集，由三百零五則長短不等、獨立成篇的文章匯編而成，大體可分為類聚、日記、感想三大部分。類聚部分，採寫種種事物，以分門別類的方式和列舉務盡的筆法，歸併和鋪敘事象，知識豐富，徵引廣泛。日記部分回憶宮中生活，擇要記述，感念不已，在展現宮廷生活的貴族氣派的同時也透露了王朝內爭的某些內幕，在形式上不受日期的限制而自由抒寫，已把日記體擴充為回憶性的敘事文。感想部分捕捉日常感興，玩味自然與人生的形形色色，感覺銳敏，體察入微，意到筆隨，不拘一格，最富於獨創性，也最能代表《枕草子》文體的優雅、精細、靈巧和柔美。清少納言在〈題跋〉中自稱：「這本隨筆本來只是把自己眼裡看到、心裡想到的事情，也沒有打算給什麼人去看，只是在家裡閑住著，很是無聊的時候，記錄下來的。」這表明《枕草子》的寫作帶有隨意漫錄、消閑自娛的特性，比日記更為自由靈活，更具審美旨趣。它不僅開創了隨筆體散文的新體式，而且樹立了一種雅致的審美風範，被譽為日本古代隨筆的鼻祖和典範。

與《枕草子》並稱為日本古典隨筆三大名著的另兩部隨筆集，是鴨長明的《方丈記》和吉田兼好的《徒然草》。前者成書於一二一二年，比《枕草子》晚出兩紀年。此時，正值鎌倉時代初期，戰亂頻繁，天災不斷，貴族統治解體，武士政權剛剛建立。鴨長明作為沒落

貴族的一分子，深感「時乖運蹇，為世所遺」，只好遁世出家，在方丈茅庵裡度送餘生。所作《方丈記》，就以浮生虛幻、塵世無常的思想眼光審視和批判現實社會，對天災人禍、亂世憂患雖有痛切的體驗，出色的寫照，卻只能發出無可奈何的悲歎，充滿悲觀厭世的情調，從而成為日本「隱逸文學」之宗。這部作品先從人生的虛幻說起，接著歷述天災人禍的殘酷可怕，最後描述草庵生活的悠閒適意，比《枕草子》講究整體構思。它又是「和漢混合體」散文的先導，文筆洗煉，對仗工整，音韻鏗鏘，格調高逸。在開創隱逸風、追求形式美方面，《方丈記》為隨筆的發展作出了突出的貢獻。

　　吉田兼好的《徒然草》寫於一三二九至一三三九年間，正值鎌倉末期戰亂蜂起之際。吉田兼好與鴨長明一樣，也是一個看破紅塵、遁世出家人，自號兼好法師，不過，他不像鴨長明那樣傷感、厭世，而是更為明智、灑脫地看待人生，把塵世無常看成是「變化之理」，「有趣之事」，認為「人世間正因其變化無常才為可貴」。從這種較為曠達的「無常觀」出發，他玩味人生世態的五光十色，既通曉變化之理，力求順其自然，隨遇而安，又超然物外，冷眼旁觀，對世俗竭盡調侃諷喻之能事。整部《徒然草》，由二百四十三則雜感文組成，內容駁雜，形式多樣，既拓展了隨筆的表現天地，增強了人生批評的知性色彩和禪理情趣，也豐富了隨筆的表現形式，舉凡感懷、說理、雜記、考據、掌故、寓言、語錄、格言，均隨物賦形，駕馭自如。其龐雜而玄妙的理趣和不拘一格的寫法，對後來的隨筆產生了廣泛而深遠的影響，以致出現過《俗徒然草》、《續徒然草》等仿作。

　　到了江戶時代，隨筆盛行不衰，成為日本散文的主流。這時期的隨筆作者驟增，文集繁多，較重要的有：天野信景的《鹽尻》、神澤貞幹的《翁草》、曲亭馬琴的《心語》、新井白石的《焚柴記》、松平定信的《花月草子》、太宰春吉的《獨語》、室鳩巢的《駿臺雜話》、本居宣長的《玉勝間》、向井去來的《去來抄》、小林一茶的《我的春

天》、松崎堯臣的《窗邊抒懷》、馬文畊的《江戶著聞集》、大田南畝的《甲州新話》、松浦靜山的《甲子夜話》，等等。內容龐雜，無所不談，大多偏重於見聞雜纂、讀書札記和博物志之類，以知識性、趣味性、文獻性見長，獨創之作並不多見。

在日記、隨筆中孕育生成的紀行文和寫景文，逐漸發展成為獨立的遊記體散文。《土佐日記》和《枕草子》中，已有紀游寫景文字。平安王朝解體後，歷代幕府的所在地鎌倉、室町和江戶，相繼成為全國的政治、經濟和文化中心，各地交通日漸發達，加上時局動盪，隱風盛行，流民增多，羈旅艱辛，都促使文學從狹窄的宮廷走向廣闊的世間和自然。紀行寫景類散文也就適時興盛起來，由附庸蔚為大國。鎌倉時代的紀行文承傳《土佐日記》的體式，代表作有佚名作者的《海道記》、《東關紀行》和阿佛尼的《十六夜日記》。室町時代的遊記與隱逸風結下姻緣，以詩僧宗祇的《白河紀行》、《築紫道記》為代表。到了江戶時代，旅行風氣更盛，遊蹤遍及各地，最出名的遊記作家是俳聖松尾芭蕉。他晚年雲遊四方，探幽訪勝，以行吟詩人的姿態親近大自然，領略風土人情，玩味人生行旅，著有《風雨紀行》、《鹿島紀行》、《奧州小道》、《更科紀行》、《笈中小札》等遊記集。特別是《奧州小道》，隨意穿行，順口歌吟，真有曲徑通幽、物我合一之妙，歷來被譽為日本古典遊記的極品。

歷經千年之旅，日本散文植根於本民族的生活土壤，在東方文化氛圍中生成發展，與詩歌、物語（小說）和戲曲結伴行進，適時滋生史傳、日記、隨筆、遊記諸品種，分別結出《古事記》、《土佐日記》、《蜻蛉日記》、《枕草子》、《方丈記》、《徒然草》、《奧州小道》等碩果，在吸收中國與印度文化滋養的過程中逐漸形成本民族的散文藝術傳統，以富有東方島國風情與大和民族特性的散文創作為世界散文寶庫增添了一份財富。

二

　　一八五三年，美國艦隊強行駛入江戶灣浦賀港，迫使日本政府開港通商。從此，日本結束了閉關鎖國狀態，被迫向西方列強開放門戶。一八六八年，倒幕運動成功，明治天皇親政，開始推行自上而下的資產階級改革，走上發展資本主義的道路，史稱「明治維新」。從明治維新以來，日本文學開始匯入世界現代文學潮流，進入一個嶄新的發展時代。

　　與古典散文相對而言的日本現代散文，在繼承固有傳統的同時，順應時代劇變的要求，更多地接受歐風美雨的洗禮，從內容到形式都發生了革故鼎新的重大變革，並在各種外來新思潮的激盪下，形成異彩紛呈、爭奇鬥豔的繁富景觀。

　　明治時代（1868-1912）是日本現代散文的創立期。明治前期，西方新學大量湧入日本，思想啟蒙運動廣泛展開。適應時代需要，改革文體的言文一致運動應運而生，啟蒙性的思想隨筆和社會評論率先興起。福澤諭吉的《福澤百話》和《福翁自傳》，中江兆民的《兆民文集》，西周的《致知啟蒙》，福地櫻知的《櫻知放言》，成島柳北的《柳橋新志》，德富蘇峰的《靜思餘錄》，坪內逍遙的《文學雜談》，如此等等，不僅傳播了新思想新知識，體現了破舊立新的時代精神，也為散文變革起了先導作用，開了言文合一、平易暢達的新風氣。到了明治後期，新人輩出，社團蜂起。北村透谷、樋口一葉、正岡子規、夏目漱石、德富蘆花、島崎藤村、國木田獨步、田山花袋、杉村楚人冠、齋藤綠雨、石川啄木等新進作家，開始在文壇嶄露頭角。他們是在明治維新時代成長起來的，大多受過新式教育和新思潮的洗禮，有的還積極參加自由民權運動。他們致力於新文學建設，從不同方面開闢了散文藝術的新天地。

　　浪漫派詩人北村透谷在散文中議論風發，暢所欲言。其詩論富有

革命性、戰鬥性和鼓動性，是日本浪漫主義運動的宣言。其遊記〈回憶富士山〉、小品〈一夕觀〉等名文，感覺清新，激情洋溢，充分體現了浪漫主義的自然觀和個性解放精神。德富蘆花的《自然與人生》、島崎藤村的《千曲川素描》、國木田獨步的《武藏野》並列為明治時代寫景文的三大名著，代表了這時期浪漫派散文的突出成就。他們陶醉於自然美景，從中獲得身心解放和精神自由，熱烈追求自然與人生的諧調與融化，創造了富有詩情畫意和個性色彩的新型寫景文，並在文體解放、語言革新方面顯示了實績，為創立現代意義的散文藝術作出了重大貢獻。

以小說出名的女作家樋口一葉因貧病交加，不幸夭折，留下的幾卷日記於明治末年輯為《一葉日記》出版。她的日記是掙扎在社會底層的知識女性的血淚史和心靈史，貫串著批判黑暗現實、反抗不幸命運、追求婦女自立和解放的精神個性，以自我告白的真切、紀實抒情的交融和行文的暢達優美，確立了現代日記文的藝術價值和時代特色，並為寫實主義散文開了先河。當時創作、出版日記文的還有國木田獨步、夏目漱石、石川啄木等知名作家。

詩人正岡子規在革新俳句、和歌的同時，把繪畫的寫生手法引入文學創作，始倡寫生文。他要求對實物、實景作客觀如實地具象描述，像素描、速寫那樣簡潔質樸、逼真傳神，實質上就是提倡散文的寫實主義。他病逝前幾年在病床上寫的隨筆集《病床六尺》、《仰臥漫錄》等，不帶頹傷氣息，只是沉靜地體察自我身心的變動，是用寫實手法記述人生經驗的出色作品。其〈小園記〉是典型的寫生文，給人如臨其境、如觀油畫的實感。在他的倡導和帶動下，高濱虛子、夏目漱石、寺田寅彥、伊藤左千夫、阪本四方太等人熱心於寫生文創作，並有《寫生文集》、《續寫生文集》、《新寫生文》等專集問世，促使寫實性散文蓬勃發展。

評論家齋藤綠雨在《今日新聞》、《讀賣新聞》等報刊上發表大量

的雜感短評，輯為《霰酒》、《忘貝》、《青眼白頭》等。杉村楚人冠為
《朝日新聞》等報刊撰寫評論，著有《七花八裂》等。他們的筆鋒指
向舊思想舊文化，犀利尖刻，俏皮詼諧，開了「文明批評」和「社會
批評」的先河。

　　小說家夏目漱石早期寫過一些寫生文，隨後把寫實精神貫徹到人
生觀照和內心自剖的各個方面。在《永日小品》、《回首往事》、《十夜
夢》、《在玻璃窗戶的裡面》等散文集中，他玩味世態人情，沉思人生
問題，剖示內心世界，嘲諷陳規陋習，既有現實批判精神，又有人生
探索色彩。島崎藤村繼《千曲川素描》之後，寫了《寄自新片町》等
隨筆集，也轉向人生現實的思索和體味。他與夏目漱石一道，成為明
治末期承前啟後的代表人物，對大正時代的隨筆小品很有影響。

　　從大正時代到昭和前期（1912-1937）是日本現代散文的繁榮
期。這時期，日本發展成為帝國主義列強之一，國內矛盾尖銳，政治
鬥爭激烈。文壇上，派別林立，百家爭鳴，新潮洶湧，時尚遽變，散
文隨筆因其自由靈敏而得以蓬勃發展，並進一步確立了它在現代文學
中的地位。許多報刊雜誌設有隨筆、小品專欄，一九二三年出現了專
門的《隨筆》雜誌。一九二六年成立了「評論隨筆家協會」，該會刊
行過《現代隨筆大觀》。出版界也推出了《感想小品叢書》、《隨筆叢
書》等。明治時代成名的一批作家仍活躍於大正、昭和文壇，如夏目
漱石、島崎藤村、田山花袋、高濱虛子、杉村楚人冠等；新一代散文
家則成批湧現出來，代表人物有「教養派」的阿部次郎、寺田寅彥、
內田百間、森田玉，評論家長谷川如是閑、廚川白村、鶴見祐輔，
「唯美派」的永井荷風、谷崎潤一郎，「白樺派」的有島武郎、武者
小路實篤、志賀直哉，「新思潮派」的芥川龍之介、菊池寬、久米正
雄，等等。新老作家辛勤筆耕，收穫豐饒。

　　出自夏目漱石門下的「教養派」作家，承傳明治末期人生探索的
寫作傾向，著重表現現代人的生活況味和精神動態，注重個性表現和

文體藝術。如阿部次郎的《三太郎日記》、寺田寅彥的《藪柑子集》、內田百閒的《百鬼園隨筆》、森田玉的《木綿隨筆》，在體察內心困擾、吟味人生甘苦、品評世相紛紜諸方面，各有獨到之處。物理學家寺田寅彥還發揮專長，撰寫了大量的科學隨筆。此外，柳田國男寫民俗隨筆，谷川徹三寫哲學隨筆，野尻抱影寫星象隨筆，田部重治、深田久彌寫山嶽隨筆，佐藤垢石寫垂釣隨筆，他們各擅勝場，從多方面拓寬了隨筆的表現天地，增強了隨筆的知性色彩。

評論家長谷川如是閑、廚川白村等人，以雜感短評從事的「文明批評」和「社會批評」，發揚了齋藤綠雨等人的批判精神。長谷川如是閑的《旁敲側擊》、《貓‧狗‧人》和《日本的性格》，廚川白村的《出了象牙之塔》、《走向十字街頭》，針砭社會弊端，解剖國民劣根性，犀利潑辣，諧趣盎然，富於民族自省意識和改造國民性的熱情，具有驚世駭俗、發聲振聵的功效。他們為日本隨筆增強了思想分量和藝術力度。

永井荷風、谷崎潤一郎是「唯美派」小說名家，在隨筆創作上也刻意求工。前者著有《日和下馱》、《雨瀟瀟》、《麻布雜記》、《矢筈草》、《隱士閒話》、《斷腸亭日記》等，後者著有《饒舌錄》、《倚松庵隨筆》、《陰翳禮贊》等。他們的隨筆雖然含有「文明批評」的意味，卻偏重於玩味日常人生情趣，以感覺敏銳細緻、意蘊含蓄玄妙、文筆優雅俊逸見長。

「白樺派」揭起理想主義、人道主義旗幟，反對自然主義、頹廢主義。有島武郎的隨筆跟他的小說一樣，充滿著對幼者的關懷，對人生的熱愛，對冷酷社會的憎恨，寫得率真樸實。武者小路實篤對「新村」理想的追求，帶有烏托邦成分。志賀直哉關切自然萬物和身邊瑣事，即事感懷，因小見大，他的小品文以簡潔、精緻著稱。

「新思潮派」作家芥川龍之介、菊池寬、久米正雄等人，在小說、戲劇創作的同時，兼寫隨筆小品。其中，數芥川龍之介的《侏

儒的話》影響較大。《侏儒的話》見解深刻，妙語迭出，以精煉警策著稱。

此外，薄田泣菫、鶴見祐輔、吉田弦二郎、相馬御風、林房雄、市島春城等人的隨筆小品，在二、三〇年代也有一定的影響。

日本軍國主義發動侵華戰爭和太平洋戰爭期間，在國內實行法西斯專制統治，許多有良知的作家被迫沉默，有些文人蛻變為「皇軍」的傳聲筒，散文也被異化為「從軍記」之類，這是日本現代散文的凋零期。

戰後日本散文隨著民主運動的興起而迅速復蘇，在五、六〇年代又出現了興盛期。一批老作家重返文壇，如永井荷風、谷崎潤一郎、內田百間、森田玉、小崛杏奴等，健筆猶存，新作迭出。評論家笠信太郎的隨筆針砭時弊，弘揚民主，受到讀者歡迎。小說家、詩人兼寫散文的日益增多，如川端康成發掘日本文化傳統的系列作品，壺井榮的詠花小品，井伏鱒二的散文，井上靖的紀行文，三好達治的散文詩，出手不凡，各具特色。一些藝術家和社會人士寫起散文來，各擅勝場，別有風味。盲人音樂家宮城道雄善於捕捉音響，山水畫家東山魁夷熱心與風景對話，作曲家團伊玖磨的眾多隨筆有出口成章之妙，象棋高手升田幸三的經驗之談富於人生哲理。如此等等，約略可見日本戰後散文人才濟濟，作品劇增，盛行於報刊，擴展到各界，呈現出持續發達的態勢。

三

從古代到現代，日本散文與世推移，代有變遷，又善於吸收外來文化的養分，適時更新，在漫長的發展過程中逐漸形成和豐富了自己的民族特色。它紮根於民族生活土壤，反映了本國的風土人情和社會歷史，體現了本民族的精神面貌和審美追求，成為世人認識日本文化的一個重要「窗口」。

　　日本散文本是在東方文化氛圍中發展起來的。日本的傳統文化，主要由固有的神道文化、從中國輸入的儒家文化和佛教文化混合構成。信佛敬神崇儒之風，瀰漫朝野，綿延不絕。其中，佛教禪宗文化的影響相當廣泛、深遠。正如鈴木大拙在《禪與日本文化》中指出的：「日本文化的各個領域可以說都受過禪的洗禮，日本文化的特殊性在很大程度上是禪宗影響的結果。」禪宗所推崇的靜寂頓悟的修持方法和涅槃境界，不僅成為禪僧居士的精神追求，還滲透到民族生活的各個方面，積澱為日本人修身怡性、體物悟道的常見方式和普遍心態。日本散文不僅反映了這種文化傳統和精神生活，而且體現了傳統文化的思維特點和民族風格。

　　日本古代散文的傳世名著，大多偏重於內向自省，富有東方人的玄思逸趣。就日本散文的代表文體日記、隨筆而言，最初的範本《土佐日記》和《枕草子》，已有靜觀默想、隨感漫錄的傾向。紀貫之在《土佐日記》裡記述日常見聞，觀照自我心境，開了自我觀照的先河。清少納言在《枕草子》裡體味自然、人生和宮廷生活，以直覺妙悟、優雅嫻靜著稱，樹立了「獨抒性靈」的典範。到了隱逸文學當令的鎌倉、室町時代，日記、隨筆成為禪僧文士抒寫草庵生活和修持心得的便當形式，進一步增強了玄想色彩。代表作《方丈記》和《徒然草》，就充滿著塵世無常的詠歎情調、了悟人生的禪機理趣和冷眼旁觀的瀟脫風度。郁達夫曾說兼好法師的《徒然草》「真不愧為一部足以代表東方固有思想的哲學書」（〈《徒然草》譯後記〉）。它所體現的東方固有思想主要是佛家的無常觀、老莊的處世哲學和「獨善其身」的人生態度，帶有東方哲人的機智、詼諧、飄逸和深沉。後來松尾芭蕉的紀行文，浪跡天涯，沉湎自然，追尋閑寂幽深的境地，也以修心怡性、風雅自賞為指歸。日本古代散文固然有積極入世、關注現實的不少作品，但正如日本文學史家鈴木修次先生所說的，國人更「欣賞

超然的文學，比之具體更喜歡抽象，比之現實更喜歡超現實」[1]，也就是說更重視內省自娛、修心怡性之類作品。可以說，日本古代散文貫穿著靜觀妙悟、內省玄想的精神傳統，不以經世致用見長，而以修心怡性稱勝。這種傾向，既是禪宗文化入主社會意識的結果，也是內亂頻繁、憂患深重的社會現實造成的。

　　日本古代文人大多出自沒落的貴族、避世的禪僧、閨閣的才女和底層的市民，被目為政治的「局外人」。他們在等級森嚴的封建社會中，無緣參與政事，立言進身；為文或像清少納言所說的，「只是憑了自己的趣味，將自然想到的感興，隨意記錄下來」，或像吉田兼好自述的那樣，「竟日無聊，對硯枯坐，心鏡之中，瑣事紛現，漫然書之」，並不像中國士大夫那樣看重文學的教化功用。他們重視的是文學的精神愉悅、陶冶性情、排憂遣悶、調和身心的功能。因此，他們的散文著重表現日常感興、個人情趣和內心生活。此外，日本島國四季分明，景色優美，人與自然的關係十分密切。鍾愛自然，順應自然，甚至把自然萬物當作神靈的化身來頂禮膜拜，自古以來就成為島國子民的一種習性，也就成為日本散文的一個永恆主題。但是，島國氣候多變，自然災害頻繁，加上戰亂紛爭不斷，社會生產力低弱，客觀上也給諸行無常、人生如夢的思想意識提供了生長、流行的機會和條件。因而，日本散文在歌詠自然美景、玩味人生情趣的同時，往往流露出好景不長、禍福莫測、浮華易逝、榮枯輪迴的悲歎，在樂天知命、灑脫風雅的表象中蘊藏著濃厚的傷逝氣息和憂患意識。對此，日本的一些古典學者稱之為「慜物宗情」、「物哀」傳統，即對現世人生和自然萬物抱著關懷、眷戀、哀憐、惋歎的情感態度；周作人則逕直命名為「東洋人的悲哀」。這種悲涼情調，有的被王朝盛世的回想沖

1　〔日〕鈴木修次著，吉林大學日本研究所文學研究室譯：《中國文學與日本文學》（福州市：海峽文藝出版社，1989年），頁80。

淡了幾分，如《枕草子》；有的經禪理的過濾而變得灑脫曠達，如
《徒然草》；有的在探幽訪勝的行旅中獲得一定的慰藉和排解，如
《奧州小道》。不過，「物哀」情趣已內化為包括散文在內的日本文學
的一種精神傳統，比超然出世的文學思潮積澱著更豐富深切的民族生
活氣息和社會歷史內容，具有更感人肺腑、耐人尋味的人生意味和藝
術魅力。

　　與偏重內省、物哀的精神傳統相諧調，日本古典散文大多追求纖
細優雅、幽玄婉約的美學風格，少見粗獷豪邁、熱烈奔放的壯美之
作。平安王朝的女性散文，嫻靜典雅，婀娜多姿。清少納言的《枕草
子》體物入微，感覺細膩，行文婉約，餘韻悠長，樹立了溫文爾雅、
纖巧柔美的典範。後來的隱逸小品，雖然融入了幾分漢文筆調，較為
簡潔勁健，卻強調禪靜寂悟，追求幽玄含蘊，往往即事寓理，留有餘
味，談言微中，玄妙風趣，如吉田兼好的《徒然草》。江戶時代的隨
筆龐雜多樣，帶上市井生活氣息，仍偏於淒清婉曲、精細柔和，並有
松尾芭蕉的遊記、小林一茶的日記等名著維繫風雅傳統，或以雅致幽
玄著稱，或以機智風趣見長。歷代文士，大多追慕和承襲王朝文學的
貴族趣味，又深受禪宗文化的精神洗禮，山水自然和人文景觀的潛移
默化，喜愛古樸單純、靈巧秀麗、散漫自然、幽靜恬淡的物態意象，
欣賞瀟灑飄逸、溫文爾雅、詼諧風趣、含而不露的風姿神韻。在日
記、隨筆、小品、遊記這類輕巧靈活、隨感漫錄的文學形式中，他們
更直接更突出地表現了自己的審美趣味和個性風度，大多不以氣勢奪
人，而以情韻感人，不以壯美見長，而以優雅稱勝，共同鑄造了日本
散文的古典風範。

　　明治維新後，日本的社會形態發生巨大變革，傳統文化受到西方
各種新學的猛烈衝擊。處於東西方文化碰撞、交匯的急流漩渦和門戶
開放、對外擴張的風雲變幻中的日本近現代文化，表現出活躍邅變、
異彩紛呈的景觀和態勢。順應明治時代以來政治、經濟、文化的變革

潮流，日本散文從內容到形式都發生了革故鼎新的現代化變革，古典美學規範開始讓位于現代審美意識。古文傳統中的內向自省變為個性張揚，憫物宗情變為平等博愛，典雅幽玄變為平易暢達，幻美追尋變為現世探求，如此等等，顯示了從象牙之塔走向十字街頭、從東方精神轉向西方新潮、從貴族趣味趨向平民意識的演變趨勢。維新派思想啟蒙家的散文隨筆開了一代新風氣；浪漫派、自然派、白樺派、新思潮派、普羅派等文學運動，標新立異，競相爭榮；對傳統文明和國民性進行反思和批判的評論家不斷湧現出來，以文明批評和社會批評的深廣度和尖銳性，增強了日本散文的生氣和力度；以西洋文藝為樣板的各種新嘗試紛至沓來，給日本散文帶來了新的手法和體式。顯而易見，日本散文在現代社會獲得了新生，匯入了現代世界文學的發展潮流。

然而，日本現代散文並非割斷與傳統文學的血緣關係，也並非西方舶來品的翻版移植，它還是紮根於本民族的生活土壤，在承傳與革新、引進與改造的矛盾運動中，逐步實現自身的蛻變和新生。

就民族傳統的揚棄、更新而言，一批散文名家起了表率作用。夏目漱石、永井荷風、谷崎潤一郎、志賀直哉、內田百間、森田玉等人的隨筆小品，善於融舊鑄新，或玩味餘裕低徊的情趣，或崇尚恬淡灑脫的風韻，或承傳纖細綿密的筆致，都把傳統的某些因素融入新的文體中，具有濃厚的日本風味。特別是川端康成，在戰後的民族反思和復興的時代潮流中，致力於發掘和弘揚日本文學的傳統美。他承認自己的文風「受到《枕草子》的浸潤」（〈美的存在與發現〉），認為「平安時期至江戶時代的古典文學世界中，流傳、呼應和交織著同樣的古典傳統。這就是日本文學的傳統的脈絡。明治時代引進了西方文學，遇到了巨大的變革。這脈絡好像被切斷，流通著別人的血液。但是，隨著時間的推移，我越發感到古典傳統的脈絡依然是暢通的」（〈日本文學之美〉）。他的小說和散文，公認是古典傳統和現代精神有機結合的典範。

　　即便像德富蘆花、島崎藤村、國木田獨步、廚川白村、芥川龍之
介、東山魁夷等人的散文，或推崇西方浪漫派，或偏向自然主義，或
致力於批判舊文明，或深受懷疑主義的影響，或受過西洋藝術的洗
禮，也努力把外來文化日本化，把傳統文化現代化。蘆花的《自然與
人生》、藤村的《千曲川素描》和獨步的《武藏野》，既洋溢著返歸自
然的浪漫氣息，又積澱著順應自然的民族心理，使自然與人生諧調的
傳統主題獲得了新的生命。東山魁夷與風景對話的系列作品，進一步
闡發了自然對人生的啟迪和促進意義。芥川龍之介的小品文，把傳統
的內省意識和現代的懷疑精神融為一體。廚川白村在從事文明批評和
社會批評的同時，熱心介紹英國 Essay 的理論和創作，著重強調其率
性漫談的特質和批評功能，並從傳統文學中找出與 Essay 同宗的隨筆
文體，確立隨筆的文學地位，把傳統隨筆引上現代化的發展道路。許
多散文家自覺或自發地揚棄古典傳統，使傳統血脈貫通於現代散文
中，保持和發展了日本散文的民族風格。

　　大和民族是個內聚力、消化力極強的民族，既固守傳統，又好學
進取，對外來文化總是以日本式的方法加以吸收和消化，使之完全日
本化。這種態度確如川端康成在〈日本文學之美〉一文中分析的那
樣，固然影響了接受外來文化的深廣度，但有利於把外來的東西轉化
為本民族的東西，創造出「日本式的美」。他不僅懷疑明治以來的日
本能夠真正引進和學到「西方莊重而偉大的文化」，還懷疑平安朝的
文化已把「中國的莊重而偉大的文化」「真正模仿到手了」，從而發現
國人對待外來文化「從一開始就採取日本式的吸收法，即按照日本式
的愛好來學，然後全部日本化」。川端康成的見解，對於我們看待日
本散文如何接受東西方文化的影響而形成自己的民族特色，是很有啟
發的。作為日本文化的有機組成部分的散文藝術，同樣說不上「莊重
而偉大」，卻始終洋溢著濃厚的東洋氣息，帶有鮮明的島國特色，主
要以優雅、纖細、秀麗、婉約、深沉、淡遠、溫厚、中和的「日本式

的美」而著稱於世，引人矚目。可以說，日本散文是以獨特、鮮明的民族風格匯入世界散文寶庫的。日本歷代作家執著地探尋和創造本民族的散文美，既不數典忘宗，又不畫地為牢，以輸入新鮮血液煥發自身的生命活力，其中的成功經驗是值得認真借鑑的。

四

　　中日散文關係的歷史變遷是比較文學研究的一個有趣課題。如果說日本古代散文深受中國文學的影響，吸收了中國散文的某些體式、筆法和格調，甚至直接運用漢文創作了大量的漢文體散文；那麼，日本現代散文就以廣泛地攝取西方文學的滋養，率先地實現蛻舊更新之變革的風姿出現在東方文壇上，啟發和促進了中國散文的現代化革新運動。這一變化，正像昔日的學生變成了先生、落伍的先生退居為學生那樣，富有戲劇性和刺激性，值得從多方面加以研究。這裡要探討的只是中國近現代散文接受日本散文影響的幾個主要問題。

　　首先，應該注意的是中國近代的「文界革命」和「五四」的白話文運動，與日本明治時代的「言文一致」運動，具有更為直接和密切的內在聯繫。

　　中日文學的現代化進程，首先遇到的一大障礙都是言文背離、文體僵化的問題，也就是形式束縛內容、書面語言與口頭語言嚴重脫節的問題，因此都發生了語言革新、文體解放運動。日本的言文一致運動，發端於國門被叩開後的明治初期，在維新運動高漲的年代裡蓬勃發展，到了二十世紀初葉獲得成功，言文接近的新文體逐漸通行於全國，發展成為新文學通用的表現形式。中國的白話文運動，應溯源於晚清文學改良運動。先驅者黃遵憲、裘廷梁、陳榮袞、夏曾佑、梁啟超、王照等人，或主張「言文一體」，或提倡「崇白話廢文言」，或以平易暢達的「新文體」風靡文壇。他們的倡議和做法，顯然受到日本

明治維新前期言文一致運動的啟發。尤其是梁啟超，亡命日本期間，創辦《清議報》、《新民叢報》等，所寫評論文章，趨於平易暢達、自由解放，正如梁容若先生所辨析的那樣：「梁氏幼年為文，學晚漢魏晉，頗尚矜煉。比及渡日辦報，乃大解放，此中消息，頗堪尋味。明治初年，日本福澤諭吉力倡文體通俗化，自作論文，使婢僕閱讀，不能解則修改，實行模仿白香山的老嫗能解。梁氏的解放文體受有這種思想影響不少。《新民叢報》時代的梁氏文章，表現出日本影響最明顯。」[2]到了五四時代，白話文運動乘思想革命和文學革命的東風，重舉義旗，廣泛展開，在理論上實踐上都開創了一個新局面，取得了白話文取代文言文的徹底勝利。對此，梁容若先生在〈日本文學對中國文學的影響〉一文中也有獨到的考察。他指出：「新文學運動，雖然由留美學生胡適發端，而輔翼和完成這種運動的，大半是留日學生。日本在明治十八年（1885，清光緒十一年）四月，已有坪內逍遙發表〈小說神髓〉，提倡寫實主義的創作，打破文學的舊觀念，和陳胡二人的文學革命論相當，卻早了二十二年。就在明治二十年至二十二年（1887-1889，清光緒十三年至十五年），二葉亭四迷的小說傑作《浮雲》出世，實證了坪內的主張，奠定了口語文學的基礎，有如魯迅的〈阿 Q 正傳〉的地位，也遠在以前。至於日本全國教育聯合會決議小學教科書取言文一致的方針，在明治三十四年（1901，清光緒二十七年），早於民九教育部之廢古文者十九年。就這幾項事實來看，新文學運動之直接間接有日本的刺激影響，自屬彰彰明甚。」[3]僅就文體改革這方面來說，白話文運動與言文一致運動，有類似的歷史動因和發展過程，有相似的宗旨、任務、目標和結果，在發生時序上又

2　梁容若：〈日本文學對中國文學的影響〉，見《中日文化交流史論》（北京市：商務印書館，1985年），頁27。

3　梁容若：〈日本文學對中國文學的影響〉，見《中日文化交流史論》（北京市：商務印書館，1985年），頁28-29。

有相繼關係，白話文運動的主幹又大多是留日學生，因而必然受到日本言文一致運動的深刻影響。日本的言文一致運動，推動了口語化新體散文的生成發展。同樣，中國的白話文運動，打破了「美文不能用白話」的迷信，開闢了白話美文的新天地，把中國散文推向一個嶄新的發展階段。可以說，中日兩國的現代散文都受惠於「言文合一」的文體革命，相繼實現了語言形式的更新和解放。

其二，值得重視的是日本現代散文成功地實現了破舊立新的精神蛻變，在溝通東西方散文方面先行了一步，這對中國散文的現代化進程起過一定的示範、推動作用。

眾所周知，近代日本成為中國攝取西洋文化的主渠道。一八七七年，中日兩國正式建交，互派使節。駐日使團中的參贊黃遵憲寫了《日本雜事詩》和《日本國志》，成為第一個切實研究東洋文化和維新運動的中國人。後來旅日華人增多，亡命日本的維新志士和革命黨人也有不少。一八九六年，中國開始向日本派遣留學生，據統計，至一九一九年已有六萬多人留學過日本。學習日本，通過日本學習西方，了解世界，成為當時中國有識之士的一種共識。僅就文學而言，許多後來成為五四新文學主幹的作家，就是在日本期間開始接觸外國新文學、養成新的審美趣味的，如魯迅、周作人、郭沫若、郁達夫等。他們既耳濡目染日本新文學的五光十色，又直接或間接地閱讀到西洋各式各樣的文學名著和理論批評；回國後又致力於翻譯日本新文學或轉譯西方文學，成為新文學的主力軍。確如郭沫若所說的：「中國文壇大半是日本留學生建築成的」[4]。這種情形也體現于現代散文中。

日本的傳統隨筆在現代獲得了新生，這與英美 Essay 文體的引進大有關係。小泉八雲、廚川白村等人介紹過 Essay 理論和創作，從西方文學中找到與日本隨筆同宗的文體，既確立了隨筆與詩歌、小說、

4　郭沫若：〈桌子的跳舞〉，見《桌子跳舞》（上海市：仙島書店，1931年）。

戲曲並列為文學品種的新觀念，又揭示了隨筆便於自我告白的藝術特長。廚川白村在《出了象牙之塔》和《小泉八雲及其他》等論著中，專門論述過 Essay 文體的特質和功能，強調隨筆小品應注重個性表現和人生批評，富有激情、理趣、幽默感，以隨意自由、不拘一格區別於其他文學形式。魯迅相當重視廚川白村的隨筆理論和作品，在一九二五年譯出了《出了象牙之塔》，並在譯後記裡肯定他的隨筆，「於本國的微溫、中道、妥協、虛偽、小氣、自大、保守等世態，一一加以辛辣的攻擊和無所假借的批評」，「有『快刀斷亂麻』似的爽利」，從而稱他是「辣手的文明批評家」。魯迅還譯介長谷川如是閑、鶴見祐輔等人的隨筆，也是看重其隨筆的批評力度和現代氣息的。魯迅的選擇，代表了國人對日本隨筆和西方散文的一種取捨態度，即著重攝取外國散文中富有個性色彩、創新精神和思想鋒芒的作品，以推動本民族散文的現代化。這是最有眼力、魄力和效果的抉擇。在當時眾多的外國散文譯品中，數魯迅翻譯的《出了象牙之塔》影響最為重大、深遠。廚川白村關於 Essay 的論述，經魯迅之手，成為散文作家和評論家的理論指南，對二、三〇年代散文尤其是雜感小品的繁榮起了推波助瀾的作用。徐懋庸在〈魯迅的雜文〉專論中認為：魯迅所譯的廚川白村的《出了象牙之塔》和鶴見祐輔的《思想‧山水‧人物》，尤其是前者，「對於中國雜文的發達，影響之大，恐怕亦不在他自己所作的雜文之下的」。僅就這一範例來說，可見日本現代散文不僅成為中國攝取外國散文的一個重要窗口，還直接影響了中國現代散文的理論建設和創作實踐，對中國散文家致力於創建個性化的現代散文，尤其是以文明批評和社會批評為思想特徵的新型雜文，無疑具有啟迪和借鑑意義。

其三，耐人尋味的是日本散文的獨特風韻，也滲透到現代中國某些作家的散文創作中，成為他們藝術風格的一種素質和標記。這種情形，主要出現在留日出身的一批作家中。他們的青少年時代是在日本

島國度過的，自然受到日本風土習俗、文化教育、語言文學的潛移默化。他們回國後從事新文學活動，也就必然帶有或多或少的日本影響。其中，受日本影響較深的散文家有周作人、徐祖正、羅黑芷、豐子愷、繆崇群等。這裡僅以周作人和繆崇群為例，探尋他們的文風與日本散文的某些聯繫。

　　周作人於一九○六年隨長兄魯迅去日本留學，五年後回國，後來致力於介紹和研究日本文化，甚至投靠過日本侵略者，一生與日本結下難解之緣。他對日本的生活和文化有深切的體驗與感悟，所寫日本題材的隨筆小品深得日本人的生活真趣，如〈日本的人情美〉、〈日本的衣食住〉、〈日本之再認識〉、〈留學的回憶〉、〈東京的書店〉、〈談俳文〉、〈懷東京〉等等。他從日本民間日常生活中，體察東方人相通的習俗人情，感到特別親切有味。所以，他的旅日回憶作品，沒有異域飄泊的慨歎，而有賓至如歸、優遊自在的意趣，幾乎可以混同於日人的作品。他欣賞日語的從容婉轉，俳文的詼諧蘊藉，對於「和平敦厚而又清澈明淨、脫離庸俗而不顯出新異」一類日本文學倍感親切（〈明治文學之追憶〉）。這些愛好無不滲透在他的隨筆小品中，有助於他形成平和沖淡、溫婉雋永的獨特文體。他自稱所受的外來影響，「大概從西洋來的屬於知的方面，從日本來的屬於情的方面為多」（〈我的雜學〉）。其散文的情致，的確更接近於日本隨筆的傳統作風，這又是與中國名士風相契合的。可以說，周作人通過自身的體驗和領悟，找到了中日文化傳統包括散文傳統的契合點及其與自己的個性氣質、藝術趣味的契合點，從而完全融化了日本的影響而不著痕跡。

　　繆崇群於一九二五年東渡日本，就讀於東京慶應大學文學系，一九二八年歸國。他初到東京的時候，正是大地震後從事復興的時代，與二十世紀初周作人旅居東京的情形大不一樣了。他又不像周作人那樣廣泛了解日本文化，執意尋覓東方傳統，更多的是接觸當代日本文學，體味自身的孤苦寂寞，受私小說的感傷告白傾向的影響較深。他

翻譯過《日本小品文》選集，內收德富蘆花、鈴木三重吉、高濱虛子、吉田弦二郎的散文二十一篇。他們的作品吟味自然與人生，抒寫個人心懷，相當細膩綿密。這些散文家的風格特點不僅被他的譯筆忠實地傳達出來，還積澱在他的散文創作中。他那些寫景詠物、即興抒懷的作品，有的受譯作的情境的觸發而成，有的就以寫生文的筆法描寫江戶風物，情調纏綿淒清，文筆婉約柔美，與吉田弦二郎的風格更為接近。他著重吸取日本小品文的抒情藝術，熔鑄精細婉約的個人風格，這在三〇年代新進散文家中是獨闢蹊徑的。

　　無論是周作人式的融會貫通，還是繆崇群式的局部借鑑，中國散文家大多偏重於日本散文的東方情調和傳統風韻，翻譯界也熱心譯介富於日本風味的隨筆小品。這種取向，既反映了日本散文的特長和魅力，也體現了接受主體的趣味和愛好；固然有所偏廢，卻較為合拍，便於消化吸收，有助於弘揚東方散文藝術的優秀傳統。

　　　　——本文原題〈日本散文的民族風格及對中國現代散文的影
　　　　響〉，原刊於《東方叢刊》一九九三年第二至三輯合刊

第二輯
個案篇

魯迅散文的豐富多彩

一　學習魯迅的文學精神

　　魯迅是偉大的文學家、思想家和革命家，是現代散文大師。魯迅的偉大，體現在眾多方面，首要的是魯迅文學的偉大。一直有人認為魯迅只寫過短篇小說，主要寫雜文，沒寫出鴻篇巨制，談不上「偉大」。這是一種偏見，誤以為偉大文學只在長篇大作上，不重實質而只看表面，在思想方法上是簡單片面的。魯迅文學的偉大，不在數量而在品質，至少體現在以下三個層面：一是思想深刻。他在作品中揭示中國社會和國民習性的病根最為深廣透徹，對人生哲理和思想文化的探究也至為深邃睿智，不知超越了多少長篇大論，堪稱偉大思想家與偉大文學家的有機統一。這是舉世公認的思想貢獻，連論敵也無法否認，只能誣稱魯迅「尖刻」、「刻毒」。二是藝術創新。他率先創作現代白話小說，在短篇小說上別開生面，創立新體，一篇近三萬字的〈阿 Q 正傳〉寫活了國民的魂靈，也不知蓋過了多少長篇巨制。他的《朝花夕拾》和《野草》，堪稱中外散文史上的奇葩異卉。他始終堅持雜文創作，創造了雜文諷刺藝術、論辯藝術和語言藝術的高峰。他的創造力和獨創性遠遠超過當時和當今眾多所謂純文學家。三是精神崇高。他的文學宗旨正大高遠，是改造國民靈魂，立人救國，追求現代化，絕非玩文學。他始終致力於掃除封建陰魂，弘揚現代思想，推進思想革命和社會進步。他「橫眉冷對千夫指，俯首甘為孺子牛」，愛恨分明，正氣凜然，以犀利的文筆和崇高的人格樹立為人為文的標高，引領新文學的主潮和發展方向。魯迅文學是思想家、革命家與文

學家三者合一的智慧結晶，是思想性、革命性和藝術性融為一體的文學寶庫。這是最值得珍惜和學習的魯迅文學精神，是放棄崇高者所無法理解的文學勝境。

魯迅文學精神充分表現在具體作品中。閱讀魯迅作品，不僅要理解作品的含意，領會寫作的技巧，更要體會魯迅的文學精神，接受魯迅崇高人格的薰陶。中學語文教材一般都選編二十來篇魯迅作品，常見篇目有小說〈一件小事〉、〈故鄉〉、〈社戲〉、〈風波〉、〈孔乙己〉、〈藥〉、〈狂人日記〉、〈祝福〉、〈阿Q正傳〉，散文〈阿長與《山海經》〉、〈從百草園到三味書屋〉、〈藤野先生〉，散文詩〈秋夜〉、〈雪〉、〈風箏〉、〈好的故事〉，雜文〈中國人失掉自信力了嗎〉、〈拿來主義〉、〈燈下漫筆〉、〈春末閒談〉、〈紀念劉和珍君〉、〈為了忘卻的紀念〉、〈《吶喊》自序〉等。儘管有些教材刪減魯迅作品，有人甚至叫嚷不學魯迅作品，魯迅還是中學語文教材入選作品最多的作家，也是許多師生最為敬重、很想鑽研的現代文豪。魯迅文學不僅是現代文學的典範和精華，而且是現代思想的寶藏和結晶，與當代人的思想感情和藝術感受還是息息相通的，對於當代人提升現代文明素質和語文表達能力也是頗有裨益的。雖然魯迅作品有些難學難懂，正如偉大文學不像通俗文學那樣淺顯易懂，但只要有誠心，有毅力，是有可能通過語言文字的解讀，逐步讀懂魯迅作品的深刻含意和藝術奧秘，逐漸理解魯迅文學的崇高品格和深遠意義。

二　《朝花夕拾》的色香味

魯迅的《朝花夕拾》是一部回憶自己青少年時代生活經歷的散文集，是魯迅作品中最為親切有趣、曉暢易懂的散文名著。原作寫於一九二六年，在《莽原》雜誌陸續發表〈狗・貓・鼠〉、〈阿長與《山海經》〉、〈二十四孝圖〉、〈五猖會〉、〈無常〉、〈從百草園到三味書屋〉、

〈父親的病〉、〈瑣記〉、〈藤野先生〉和〈范愛農〉十篇，總題為《舊事重提》，一九二七年結集時改題為《朝花夕拾》，補寫了〈小引〉和〈後記〉兩篇，於一九二八年出版。魯迅是在四十五歲的時候追憶二十一歲以前的生活經歷的，前七篇寫兒時生活，後三篇分別寫南京求學、留學日本和回鄉從教經歷。他在序言〈小引〉中說：「這十篇就是從記憶中抄出來的，與實際容或有些不同，然而現在只記得是這樣」，「帶露折花，色香自然要好得多，但是我不能夠」。這說明這部作品的回憶性質，題名《朝花夕拾》比《舊事重提》更形象更有詩意，同時也含有事後追憶、無法完全保留原有花露色香的感慨。這是回憶性寫作的實情，總是選寫記憶深刻的往事，重提的舊事正像夕拾的朝花一樣，有些變化和差異，讓自己倍感珍惜，經常回味。也正因為經過時間和記憶的過濾，加上寫作時結合現實人生體驗的咀嚼和反思，寫下的往事就有新的理解和闡發，比幼時的懵懂感覺更真切深刻了。所以，品讀《朝花夕拾》，既要回歸童真狀態，跟魯迅一起體驗早年的生活經歷和心理感受，又要回到年長境地，像作者那樣體味往事的含義和價值，還可以結合自己的經歷感受，設身處地來體會作品中的場景和人事，設想和思索自己是怎樣看待這些陳年舊事的。

　　〈阿長與《山海經》〉寫自己的保姆，按照兒時的真實感受和感情變化來寫人敘事，先貶後褒，先抑後揚，自然分為前後兩部分。前一部分主要寫阿長的普通平凡，甚至寫出她的可恨可笑之處。她連姓名都不為人所知，只是補缺的一個女工，生得黃胖而矮，睡相不好，總是擠得我沒有餘地翻身，還用許多陳規陋習來約束我，真讓我厭煩；所講的「長毛」故事，固然令我驚異，產生「空前的敬意」，也只是疑懼而已，很快就淡薄消失了。特別是她「謀害了我的隱鼠」，更讓我記恨不已。寫夠了這些厭煩可恨之事，他在後一部分筆鋒一轉，寫起自己對繪圖《山海經》的渴慕，「大概是太過於念念不忘了，連阿長也來問《山海經》是怎麼一回事。這是我向來沒有和她說

過的，我知道她並非學者，說了也無益；但既然來問，也就都對她說了」。想不到過後不久，她竟然給我買來了「有畫兒的『三哼經』」，「我似乎遇著了一個霹靂，全體都震悚起來」，「這又使我發生新的敬意了，別人不肯做，或不能做的事，她卻能夠做成功。她確有偉大的神力。謀害隱鼠的怨恨，從此完全消滅了」，「這四本書，乃是我最初得到，最為心愛的寶書」。前後感情從厭煩到敬重的根本變化，符合兒童心理邏輯。給予自己意想不到的驚喜和心理滿足的竟然是連書名也說不清的長媽媽，這既突出了長媽媽關愛自己的真心實意，又消解了此前自己對她的不滿情緒，還強化了自己的心靈感動和思想變化，在一件小事中見出閃光的品性，在平凡人身上發現「偉大的神力」，同時也在「舊事重提」中回味長媽媽給予的各種教育，感念她急人所急、盡心盡力的樸實愛心，從而在篇末直抒自己對長媽媽的懷念和慰安：「仁厚黑暗的地母呵，願在你懷裡永安她的靈魂！」這篇懷念文章，抒寫真人真事真感情，特別真切感人。回憶時並不掩飾阿長的缺點和自己兒時的厭煩，在前後對照的敘述中有貶有褒，寫出兒童心理的真實感受和發展變化，也寫出真實人物的真實形象和閃光之處，所貶的是她的一般缺點和思想侷限，所褒的是她的樸實本質和突出優點，因而蓋過缺陷而突顯光彩，褒貶得當，真中見美，於細微處發掘出感人至深的美質。這是懷人寫實散文的範本。

〈從百草園到三味書屋〉寫幼時的玩樂和學習生活，依據場景變化分成前後兩部分。百草園雖然「只有一些野草；但那時卻是我的樂園」，開頭的回憶就直奔主題，進入「樂園」的境地。先是一段精彩的寫景抒情，把百草園裡動植物的盎然生趣寫得活靈活現，同時也把自己沉湎其中的嬉遊樂趣寫得津津有味，真像回到四十年前的童稚時代。接著轉述長媽媽講述的美女蛇故事，渲染神秘離奇的場景氛圍和驚懼好奇的兒童心理，使百草園含有驚險神奇的另一層趣味。接下來寫冬天的百草園，還有與閏土父子一起在雪地捕鳥的樂趣。他從這三

方面來寫「我的樂園」，完全沉浸在這方小天地中，感覺特別敏銳鮮活，連斑蝥「拍的一聲，從後竅噴出一陣煙霧」的細微動作也記憶猶新，覆盆子「又酸又甜，比桑椹要好得遠」的色味也新鮮如初，寫起來自然是筆底生花，文采飛揚，童趣盎然，餘味無窮。難怪寫到離別時他還追述兒時的疑問和責難，「我不知道為什麼家裡的人要將我送進書塾裡去了，而且還是全城中稱為最嚴厲的書塾」，並故意用後來學的德語「Ade」（再見）和怪異的語調來告別「我的蟋蟀們！我的覆盆子們和木蓮們」，表達出特別的依戀和不滿的混雜情緒。由此過渡到三味書屋，情景大不同了，對著「扁和鹿」行禮拜師，當然呆板無趣，每天的日課也了無生趣，請教「怪蟲」的問題又受到冷遇，這是私塾教育的通病，作者回憶時味同嚼蠟，匆匆帶過，而重點敘寫逃課偷玩、念書取樂、私下描畫的三個片段，既表現兒童天性的不可壓抑和隨機流露，又暗諷私塾教育的陳腐枯燥和背離童心。對照百草園的無限趣味，三味書屋愈顯索然寡味，只有偷玩時才能自得其樂。「讀的書多起來，畫的畫也多起來；書沒有讀成，畫的成績卻不少了」，這是對舊式教育的一個幽默。壽鏡吾先生是本城中極方正、質樸、博學的人，讀起古書很入神，「總是微笑起來，而且將頭仰起，搖著，向後面拗過去，拗過去」，這是一幅活脫的漫畫，也富有幽默味。從百草園到三味書屋，不僅是時空場景的變遷，而且是成長經歷和人生教育的變化，是從樂園到失樂園、從自然成長到人工培育的變遷。作者有意把二者聯繫起來回味，本身就具有前後關聯和對照的關係。關聯之處是保有童心天趣，在百草園自然流露，在三味書屋也隨機生發。對比之中，前後反差很大，兒童天性在自然天地中自由生長，在書塾教育中受到壓抑修改，這不僅含有批判舊教育的思想意義，也帶有教育該如何促進少年兒童健康成長的啟發意義。不同的讀者可以依據自己的成長體會來解讀這篇作品。

　　〈藤野先生〉寫青年時代的留學生活。就寫人來說，寫醫學老師

藤野先生也像寫長媽媽那樣，由表入裡，欲揚先抑。先寫他上第一堂
課的模樣，引出留級生取笑他的掌故。但很快進入正面的描寫，他上
課一週後就約我面談，每週為我改正講義筆記，細心訂正一條血管的
位置並給予和藹而嚴謹的科學教育，還擔心我不肯解剖屍體，向我了
解中國女人裹腳損害足骨的情形。這些課外的身教言傳，顯示他對異
國學子的特別關心，對教學工作的高度負責精神，對醫學科學的誠敬
嚴謹態度。接著寫到講義風波和幻燈片事件，既顯示藤野先生的正義
感，還陳述了自己棄醫從文的緣由，反映了日本歧視中國的時代背
景，為表現主人公藤野先生的人格精神也起到突顯作用。緊接著寫下
惜別的情景，「他的臉色彷彿有些悲哀，似乎想說話，但竟沒有說」，
過後還特意送我一張寫有「惜別」兩字的個人照片，並叮囑我也送他
一張照片，時時通信告訴他此後的狀況，進一步顯示他內心對我的超
越一切的深情厚誼。最後，作者直抒自己對藤野先生的懷念和理解：
儘管多年沒聯繫，「但不知怎地，我總還時時記起他，在我所認為我
師的之中，他是最使我感激，給我鼓勵的一個。有時我常常想：他的
對於我的熱心的希望，不倦的教誨，小而言之，是為中國，就是希望
中國有新的醫學；大而言之，是為學術，就是希望新的醫學傳到中國
去。他的性格，在我的眼裡和心裡是偉大的，雖然他的姓名並不為許
多人所知道」。這是點睛之筆，不僅揭示了藤野先生對醫學事業的執
著精神，還揭示了他在民族歧視嚴重的國度中毫無民族偏見的可貴品
格。作者也不僅稱頌老師的偉大人格，還在結尾抒寫老師的精神影
響。「他的照相至今還掛在我北京寓居的東牆上，書桌對面。每當夜
間疲倦，正想偷懶時，仰面在燈光中瞥見他黑瘦的面貌，似乎正要說
出抑揚頓挫的話來，便使我忽又良心發現，而且增加勇氣了，於是點
上一枝煙，再繼續寫些為『正人君子』之流所深惡痛疾的文字。」這
是神來之筆，把藤野先生給予的影響昇華到精神境界的傳承光大上，
轉化為以筆醫治國民靈魂的精神動力和自覺行動。如果聯繫前文寫到

的私塾先生，藤野先生的精神人格和教育風格更顯得光彩奪目，既令人崇敬又引人親近。

　　從上述三篇散文約略可見《朝花夕拾》的思想藝術特色。魯迅的回憶，視野開闊，思維活躍，感覺靈敏，體察入微，在如實抒寫中不僅表現了自己的成長經驗和真切感受，還表現了當時的風俗人情和社會風貌，可說是自敘傳、人物畫、風俗畫的有機統一。他在過去與當今的時空範圍中自由出入，對人生記憶進行取捨、品味、還原和復活，既回歸童真心靈，直覺過往經歷的甜酸苦辣、喜怒哀樂，又回到寫作時態，把鮮活的往事與現實的感懷聯繫起來細加咀嚼，品出新的味道，發揮了舊事重提、回憶再生的審美意義。他抒寫自己難以忘懷的經歷感受，無論是人生歷程中的重大遭遇，還是日常生活中的瑣碎片段，都是深有體會、飽含感情的，也都是爛熟於心、出口成章的，行文就特別親切活潑、從容流暢，堪稱文情並茂，引人著迷。敘事寫人有機結合，敘述生動，細節傳神，又夾敘夾議，情理交融，深化和昇華了人事場景的情趣意蘊。這部散文像魯迅小說〈故鄉〉、〈社戲〉那樣活潑有趣，而更加真切自然，更能見到魯迅的真性情。

三　《野草》的生命詠歎

　　《野草》寫於一九二四至一九二六年間，比《朝花夕拾》略早些，也是以自我表現為主的。但不是往事回憶，而著重發掘自我內心現時態積蓄的複雜而深邃的思想情感，更切近心靈深處的隱秘，更富於詩的感覺和想像，因而採用散文詩的文學形式，創造了精深瑰奇的藝術世界，成為現代散文詩的巔峰之作，也成為最難解讀的一部魯迅經典。相對來說，語文課本常選的〈秋夜〉、〈雪〉、〈風箏〉、〈好的故事〉諸篇，算是較好品讀的，但也仁者見仁，智者見智。我們要用心靈來品讀原文的語句和意象，體味整篇的建構和含意，才能逐步接近魯迅的詩心。

　　〈秋夜〉是《野草》的第一篇，寫於一九二四年九月十五日，發
表於當年十二月一日《語絲》週刊第三期。這不是悲秋的應景之作，
而是秋夜沉思的心血結晶。魯迅當時正處於「兩間餘一卒，荷戟獨彷
徨」的狀態，充滿獨戰黑暗的孤苦、迷惘、憤激和悲壯的種種複雜感
受，沉入秋夜境地而吟誦出這篇別開生面的千古絕唱。

　　首句就別出心裁，令人耳目一新：「在我的後園，可以看見牆外
有兩株樹，一株是棗樹，還有一株也是棗樹」，立即吸引人們注目於
這複沓的句式所突出的那獨立不倚的一株又一株的棗樹，並隨著作者
「我」的眼光，仰看這上面「奇怪而高」、「自以為大有深意」的夜
空，俯視被它的繁霜和夜氣潑灑凍壞的野花草，覺得小粉紅花在「瑟
縮地做夢」，又注視起被秋霜秋風吹打「落盡了葉子」的棗樹，覺得
「他知道小粉紅花的夢，秋後還有春；他也知道落葉的夢，春後還是
秋。他簡直落盡了葉子，單剩幹子，然而脫了當初滿樹是果實和葉子
時候的弧形，欠伸得很舒服」。這在全神貫注的體察和移情中把夜空
景象和地面生物都擬人化、人格化了，也都寫活寫奇了。從而推出棗
樹抗天的特寫鏡頭：「有幾枝還低亞著，護定他從打棗的竿梢所得的
皮傷，而最直最長的幾枝，卻已默默地鐵似的直刺著奇怪而高的天
空，使天空閃閃地鬼䀹眼；直刺著天空中圓滿的月亮，使月亮窘得發
白」，「鬼䀹眼的天空越加非常之藍，不安了，彷彿想離去人間，避開
棗樹，只將月亮剩下。然而月亮也暗暗地躲到東邊去了。而一無所有
的幹子，卻仍然默默地鐵似的直刺著奇怪而高的天空，一意要制他的
死命，不管他各式各樣地䀹著許多蠱惑的眼睛」。這樣的棗樹刺天
圖，古往今來，獨一無二，是作者的絕妙創造。這裡，不僅賦予棗樹
獨戰夜空、不屈不撓的雄奇人格，還刺破夜空外強中乾、詭譎無行的
醜陋面目，把棗樹與夜空的對立鬥爭推向了高潮，突出了棗樹抗天的
堅韌性、永恆性和崇高性。

　　秋夜的寂靜被「夜遊的惡鳥」的哇叫聲和「夜半的笑聲」打破

了，由此轉入室內夜景的抒寫。哇叫聲並不可惡，既打破沉寂的氛圍，又引發「我」內心的笑聲，在結構上還有承上啟下的過渡轉折作用。哇叫聲和笑聲也都有警醒意味，使「我」的沉思默察轉向室內的燈火和小飛蟲。小飛蟲追逐光亮的亂撞也發出「丁丁地響」，「一個從上面撞進去了，他於是遇到火，而且我以為這火是真的」，這種追光天性是令人敬重而又引人惋惜的，以致不忍心寫成撲火而死。「兩三個卻休息在燈的紙罩上喘氣」，那紙罩「還畫出一枝猩紅色的梔子」，引發的聯想又浮現出後園的情景：「猩紅的梔子開花時，棗樹又要做小粉紅花的夢，青蔥地彎成弧形了……。我又聽到夜半的笑聲；我趕緊砍斷我的心緒，看那老在白紙罩上的小青蟲，頭大尾小，向日葵子似的，只有半粒小麥那麼大，遍身的顏色蒼翠得可愛，可憐。」室內外的觀感到此連成一片，令人感覺沉重而疲倦，「我」也從沉思狀態回到現實，「打一個呵欠，點起一支紙煙，噴出煙來，對著燈默默地敬奠這些蒼翠精緻的英雄們」。這也留下永恆的特寫，引人尋味幼小「英雄們」的可愛，可憐，以及可敬的那與棗樹相通的執著品性。

全文從棗樹下筆，轉向夜空，又俯瞰地面，再平視棗樹，進一步仰視棗樹向夜空的抗爭，然後過渡到室內，領略小飛蟲的撲燈圖景，又浮現室外的景象，緊接著收回思緒，敬奠小青蟲而告終。這樣的文思脈絡，顯然不是按照自然形態排列的，而是全憑自我的視線和思緒整合重構的，具有跳躍交叉、意脈貫通的結構特點，吸引我們追隨作者的視線和思緒，進入特定而特別的「秋夜」境地，跟作者一樣觀看、體察、沉思和移情。所見雖是「秋夜」常見的景物，如夜空、星星、月亮、野花草、粉紅花、落葉的棗樹、夜遊的惡鳥、追光的小飛蟲；但這些尋常的景物在作者的眼中和筆下已顯得不同尋常，並非依樣畫葫蘆的客觀摹寫，而是飽含著作者的主觀感受和審美態度的，都被寫意化、人格化了，並形成了一系列對比和映襯關係。不能簡單孤立地看待這些意象，把他們一一坐實，比這比那，那將肢解一篇有機

統一的作品，難免盲人摸象。而應從作品的有機整體著眼，體會各個意象在作品中的含意和作用，把握意象之間的區別和聯繫。總體上看，夜空與地面是鮮明對立的，奇怪而高的夜空對地面的生物很冷漠和殘酷；地面上的生物又有不同的姿態：有的無可奈何，只好「瑟縮地做夢」；有的執著抗爭，用「一無所有的幹子」直刺夜空，「一意要制他的死命」；有的以哇叫聲打破秋夜的沉寂；有的飛身追求光明，碰壁撲火也在所不惜。這樣的「秋夜」，在整體上就不是自然景象的寫照，而是自然、人生、社會某種狀態的濃縮和象徵，是作者心態的投射和表現。作者正視「秋夜」的蕭殺冷酷，而又蔑視「夜空」的外強中乾，讚賞「棗樹」的韌性抗爭，理解和同情「小粉紅花」的柔弱天真，憐惜和敬奠「小飛蟲」的執著追求，甚至對「夜遊的惡鳥」的哇叫聲也感到竊喜。這些情感思緒，不就是魯迅那直面慘澹人生、在困境中頑強抗戰而又寧願犧牲自己、成全新人的精神寫照嗎？這樣的「秋夜」境界，就不僅是當時後園所見所思的表現，也不僅是當時社會現實的寫照，還可以引申到人生自然的類似境遇，提高到人生哲學的高度來看待，來思索人生該如何應對「秋夜」般境地。顯然，〈秋夜〉不是為寫秋景而寫的，而是借秋景寫心境，抒寫著正視逆境、獨戰黑暗的悲壯心懷，寄寓著魯迅的人格精神和人生哲學，象徵著人生存在的普遍狀態和應有態度。同時也開始奠定了一部《野草》抒寫心境的沉鬱頓挫、幽深瑰奇的精神基調。從〈復仇〉、〈希望〉、〈過客〉、〈死火〉、〈這樣的戰士〉、〈淡淡的血痕中〉等篇，是可以多少領略到〈秋夜〉般的情調意蘊的。

　　從〈雪〉中也可以看到棗樹、小青蟲的影子和粉紅花的夢境。〈雪〉有暖國的雨、江南的雪和朔方的雪三組意象。先由暖國的雨起興，說他「向來沒有變過冰冷的堅硬的燦爛的雪花」，被博識者覺得「單調」，不知他自己是否「也以為不幸」？既點出雨與雪的聯繫和差別，又提出一個難解的疑問。這追問在上下文語境中並無貶抑之

意，似有消解「單調」、「不幸」說、理解暖國雨不能變成雪的意思，並有引發下文的鋪墊作用。由此入題，先寫兒時的切身體驗和感性印象：「江南的雪，可是滋潤美豔之至了；那是還在隱約著的青春的消息，是極壯健的處子的皮膚」。這是總的感覺和形容，比一般「冰冷的堅硬的燦爛的雪花」富於滋潤感，確有青春少女般的美豔。雪野中的山茶、梅花和蜜蜂，孩子們塑雪羅漢的用心、好玩和嬉笑，大羅漢很潔白、很明豔、目光灼灼地嘴唇通紅地坐在雪地裡，這組意象具體表現了江南雪景的滋潤美豔和生機活趣，令人心往神馳，童心復萌。然而，好景不長，江南早晚溫差大，雪羅漢消融得不成模樣，從而顯現了江南積雪的特性，滋潤美豔而難以恆久。這與小青蟲的蒼翠精緻、粉紅花的美好春夢頗有相似相通之處。由此轉入身處北地的雪景抒寫：「朔方的雪花在紛飛之後，卻永遠如粉，如沙，他們決不粘連，撒在屋上，地上，枯草上，就是這樣」，「在晴天之下，旋風忽來，便蓬勃地奮飛，在日光中燦燦地生光，如包藏火焰的大霧，旋轉而且升騰，瀰漫太空，使太空旋轉而且升騰地閃爍」。這是飛動的雪，既燦爛又蓬勃，旋轉升騰，瀰漫太空並使太空旋轉，自有適應而超越凜冽天宇的強健雄奇的生命活力，的確「是孤獨的雪，是死掉的雨，是雨的精魂」。這三個並列而遞進的肯定判斷，是立足全文、相對於暖國雨和江南雪而言的哲理昇華。他孤獨，沒有也毋須其他陪襯，全憑自己的飛舞而顯示壯美的活力，猶如棗樹的獨戰寒秋。他是雨的死而復生，比雨冰冷、堅硬和燦爛，比江南雪更具雪性活力，更能在寒冬永遠「閃閃地旋轉升騰著」，堪稱雨的精魂、雪的魂魄！全文從南到北，由雨到雪，借景寓理，由表入裡，逐層深入地把握雪的美質，表現自己與朔方飛雪相契合的孤獨奮飛的精魂，給人壯美的感受和哲理的啟示。

〈好的故事〉猶如小粉紅花的夢幻，美麗可愛而不免破滅；也像江南之雪的滋潤美豔，卻很快消融了。這是為什麼呢？還是扣緊原文

來賞析吧。開頭寫實，在燈火漸小、煙霧繚繞的昏沉的夜晚，「我閉了眼睛，向後一仰，靠在椅背上」，「在朦朧中，看見一個好的故事」，從日常場景轉入閉眼冥想的境地。朦朧中所見的是「好的故事」，總的說來「很美麗，幽雅，有趣」，「許多美的人和美的事，錯綜起來像一天雲錦，而且萬顆奔星似的飛動著，同時又展開去，以至於無窮」。具體展開的是記憶中坐小船經過家鄉山陰道的印象，兩岸邊普通的景物和人物在澄碧河水中的倒影，隨著打槳而蕩漾起來，變幻無窮，美不勝收，富有田園詩風味。「凡是我所經過的河，都是如此」，「現在我所見的故事也如此」，這兩句概括和強調了「好的故事」的繁多和難忘，因而不嫌重複地一再吟詠這「永是生動，永是展開」的水中鏡像，「現在我所見的故事清楚起來了，美麗，幽雅，有趣，而且分明。青天上面，有無數美的人和美的事，我一一看見，一一知道」。如果到此完篇，這確是《野草》中罕見的一篇好夢，一首田園詩，但只不過是單純的夢想而已，與粉紅花的美麗春夢和隨後所寫〈過客〉中那個小女孩的天真幻想差不多，顯然不能表達中年魯迅更深切的心懷。好在還有最後的抒寫：「我就要凝視他們……」，「我正要凝視他們時，驟然一驚，睜開眼，雲錦也已皺蹙，淩亂，彷彿有誰擲一塊大石下河水中，將整篇的影子撕成片片了」。從原先的「閉目」、「朦朧」，到這裡的「睜眼」、「凝視」，美好的水中幻象頓時只「剩著幾點虹霓色的碎影」，想追回寫下時連「一絲碎影」也不見了，「只見昏暗的燈光，我不在小船裡了」，又回到開頭的現實境地了，「但我總記得見過這一篇好的故事，在昏沉的夜……」最後的抒寫可謂一波三折，先是夢醒幻滅，繼而是留戀不得，最後是難以忘懷，曲曲傳達著理智與感情、寫實與夢幻的纏繞起伏，深刻揭示了好夢難圓、現實灰暗的真相。這是對「好的故事」的解構，看來很煞風景，卻是人生現實的真實寫照，既是對自己夢想的警醒，也是給沉湎於夢想者的一個現身說法。

　　〈風箏〉與前兩篇都寫於一九二五年元月，也寫往事與現實交織
的感觸，但本文觸及兄弟親情中的傷疤，寫出沉重的心懷。早在一九
一九年八月，魯迅就寫過一組散文詩〈自言自語〉，其中〈我的兄
弟〉就是〈風箏〉的雛形，理應聯繫起來比較分析，用來探討魯迅是
如何深化同一題材創作的。先讀〈我的兄弟〉全文：

> 我是不喜歡放風箏的，我的一個小兄弟是喜歡放風箏的。
> 我的父親死去之後，家裡沒有錢了。我的兄弟無論怎麼熱心，
> 也得不到一個風箏了。
> 一天午後，我走到一間從來不用的屋子裡，看見我的兄弟，正
> 躲在裡面糊風箏，有幾支竹絲，是自己削的，幾張皮紙，是自
> 己買的，有四個風輪，已經糊好了。
> 我是不喜歡放風箏的，也最討厭他放風箏。我便生氣，踏碎了
> 風輪，拆了竹絲，將紙也撕了。
> 我的兄弟哭著出去了，悄然的在廊下坐著，以後怎樣，我那時
> 沒有理會，都不知道了。
> 我後來悟到我的錯處。我的兄弟卻將我這錯處全忘了，他總是
> 很要好的叫我「哥哥」。
> 我很抱歉，將這事說給他聽，他卻連影子都記不起了。他仍是
> 很要好的叫我「哥哥」。
> 阿！我的兄弟。你沒有記得我的錯處，我能請你原諒麼？
> 然而還是請你原諒罷！

這篇作品共九段三百多字，分三層抒寫幼時兄弟間關於風箏的一次衝
突及其前因後果。原本是日常生活的一件小事，在當年也不外是小弟
哭著走開了，到後來又全忘了，並沒有傷害到兄弟感情，也沒留下什
麼後遺症。然而，一句「我後來悟到我的錯處」，使小事變得不小

了，頓時有了內省、自責、抱歉和請求原諒而不得的情感波動和內在意味，也有了刻骨銘心的悔恨記憶，不僅在一九一九年三十八歲時寫下這篇短文，還在六年後再度創作了〈風箏〉。

〈風箏〉擴充為十二段一千三百多字，除了增加頭兩段和末一段的時令境況外，主體仍是〈我的兄弟〉句段的充實和細化，卻大為深化了風箏事件的追悔內涵。開頭兩段添加的北京冬天和故鄉春日放風箏的情景，既是對照，又是觸媒，引發了自己心中的「驚異和悲哀」。見到風箏為何驚異和悲哀呢？這是讀者急於了解的問題，作者卻從容回憶久別的故鄉放風箏的故事，慢慢地解開這一謎底。在複述〈我的兄弟〉主幹內容的基礎上，先是詳寫我與小弟對風箏的不同態度，小弟喜歡風箏的稚態可掬，活龍活現，他「張著小嘴，呆看著空中出神，有時至於小半日。遠處的蟹風箏突然落下來了，他驚呼；兩個瓦片風箏的纏繞解開了，他高興得跳躍」，這「在我看來都是笑柄，可鄙的」，「因為我以為這是沒出息孩子所做的玩藝」，弟兄間因興趣和觀念的不同而埋下衝突的種子。於是產生了驚怖的一幕：

> 有一天，我忽然想起，似乎多日不很看見他了，但記得曾見他在後園拾枯竹。我恍然大悟似的，便跑向少有人去的一間堆積雜物的小屋去，推開門，果然就在塵封的什物堆中發見了他。他向著大方凳，坐在小凳上；便很驚惶地站了起來，失了色瑟縮著。大方凳旁靠著一個蝴蝶風箏的竹骨，還沒有糊上紙，凳上是一對做眼睛用的小風輪，正用紅紙條裝飾著，將要完工了。我在破獲秘密的滿足中，又很憤怒他的瞞了我的眼睛，這樣苦心孤詣地來偷做沒出息孩子的玩藝。我即刻伸手折斷了蝴蝶的一支翅骨，又將風輪擲在地下，踏扁了。論長幼，論力氣，他是都敵不過我的，我當然得到完全的勝利，於是傲然走出，留他絕望地站在小屋裡。後來他怎樣，我不知道，也沒有留心。

這是〈我的兄弟〉三至五段百來字的擴寫重組，主要增加過程性的細節描寫和心理描寫，既強化了小弟偷做風箏被毀壞過程的專注、驚惶、絕望的心理起伏，又突出了兄長我當時破獲秘密、破壞風箏的快意和優勝感，以及對小弟痛苦心理的漠視，把這場衝突內在化、心靈化了。

> 然而我的懲罰終於輪到了，在我們離別得很久之後，我已經是中年。我不幸偶而看了一本外國的講論兒童的書，才知道遊戲是兒童最正當的行為，玩具是兒童的天使。於是二十年來毫無憶及的幼小時候對於精神的虐殺的這一幕，忽地在眼前展開，而我的心也彷彿同時變了鉛塊，很重很重的墮下去了。
>
> 但心又不竟墮下去而至於斷絕，他只是很重很重地墮著，墮著。

這比原先那句「我後來悟到我的錯處」的簡單提示具體充實，是對兒童天性的現代認知喚起了「二十年來毫無憶及的幼小時候對於精神的虐殺的這一幕」，而使「我的心也彷彿同時變了鉛塊」，「很重很重的墮著」。這轉折性的自我發覺，拓展和深化了詩境，把「錯處」提升到「精神虐殺」的高度，轉化為內心的鉛塊重負和自我懲罰。於是又有了補過、求恕、救贖的種種想法和行為，卻無濟於事，或時過境遷而不再復歸兒童境地，或「全然忘卻，毫無怨恨，又有什麼寬恕之可言呢？」這種無法補救的「精神虐殺」可見是最深重、最殘酷的，也是最讓我「驚異和悲哀」的。於是在文末進一步吟詠道：

> 現在，故鄉的春天又在這異地的空中了，既給我久經逝去的兒時的回憶，而一併也帶著無可把握的悲哀。我倒不如躲到肅殺的嚴冬中去吧，──但是，四面又明明是嚴冬，正給我非常的寒威和冷氣。

這餘味繚繞的結尾不僅呼應開頭，還強化無可把握的悲哀和自譴贖罪的苦心。全篇籠罩著精神虐殺而救贖無望的複雜情思，顯然比〈我的兄弟〉深切蘊藉，不僅深表歉意，還自責到底，深入發掘出內心深處對兒童實施過精神虐殺的負罪感和以長欺幼的封建禮教遺毒，突出體現了作者那嚴於自剖、勇於擔當的人格精神。這種深揭傷疤的痛楚，在《野草》中比比皆是，讓我們真切感受到魯迅的真實、豐富、深刻和偉大。

魯迅在《野草》結集出版時寫的〈題辭〉中吟詠道：

> 過去的生命已經死亡。我對於這死亡有大歡喜，因為我借此知道它曾經存活。死亡的生命已經朽腐。我對於這朽腐有大歡喜，因為我借此知道它還非空虛。
> 生命的泥委棄在地面上，不生喬木，只生野草，這是我的罪過。
> 野草，根本不深，花葉不美，然而吸取露，吸取水，吸取陳死人的血和肉，各各奪取它的生存。當生存時，還是將遭踐踏，將遭刪刈，直至於死亡而朽腐。
> 但我坦然，欣然。我將大笑，我將歌唱。
> 我自愛我的野草，但我憎惡這以野草作裝飾的地面。
> 地火在地下運行，奔突；熔岩一旦噴出，將燒盡一切野草，以及喬木，於是並且無可朽腐。
> 但我坦然，欣然。我將大笑，我將歌唱。

這裡的一唱三歎，把生命、野草、地面、地火和自我的關係整合為一組意象群，以生命的野草為核心意象，寄寓自我的生命意識和人生態度。生命與野草一樣，有榮有枯，有生有死。生存時儘管「根本不深，花葉不美」，也是一樣地「吸取露，吸取水，吸取陳死人的血和肉」而滋長繁榮；難免屢遭踐踏、刪刈，直至於死亡而朽腐，也證實

自己曾經存活過，並非空虛無物。這樣的生命觀，堅執而坦然，自信而悲壯，才能高唱著「我坦然，欣然。我將大笑，我將歌唱」的野草之歌，吟味著野草似的生存方式、死亡意義和生命哲學，憎惡著「這以野草作裝飾的地面」，渴望著「地火」的「噴出」來「燒盡一切」，以獨到的內心體驗和極度的愛恨情仇來譜寫生命的慷慨悲歌。從這個意義上說，整部《野草》是魯迅精神生命最深切、最奇特的吟唱。其深切，深至心靈最柔韌、最痛楚之處，發出的絕叫聲最為沉鬱慘烈，震撼人心！其奇特，是發常人所未發之聲，見常人所未見之境，富有獨特的感覺和想像，奇詭的意象和象徵，獨創的意境和文體，在現代散文詩史上獨一無二而又無與倫比。

四　魯迅的雜文藝術

　　魯迅雜文，淵博如大海，高超似珠峰，既是現代中國的百科全書和思想寶庫，也是雜文藝術的經典範本和寶貴遺產。現代雜文發端於《新青年》的「隨感錄」，成熟於《語絲》園地，繁榮於三〇年代《申報》「自由談」等報刊，都與魯迅的開創、創造、引領和推進密不可分，大都以魯迅為精神領袖，從而形成魯迅風雜文的發展主流和精神傳統。

　　魯迅畢生以雜文創作為主，收入《魯迅全集》的雜文集有《墳》、《熱風》、《華蓋集》、《華蓋集續編》、《而已集》、《三閒集》、《二心集》、《南腔北調集》、《偽自由書》、《准風月談》、《花邊文學》、《且介亭雜文》、《且介亭雜文二集》、《且介亭雜文末編》、《集外集》、《兩地書》等二十部，約有近千篇。中學語文教材還保留的名篇，按寫作時間為序，先後是〈《吶喊》自序〉、〈春末閒談〉、〈燈下漫筆〉、〈紀念劉和珍君〉、〈為了忘卻的紀念〉、〈拿來主義〉、〈中國人失掉自信力了嗎〉，據此可約略窺探魯迅雜文的思想藝術風采。

　　〈《吶喊》自序〉寫於一九二二年年底，是為小說集《吶喊》而寫的序文。一部著作正文前後的文字說明分別稱為序和跋，或稱為前言、序言和後記、題跋等，有作者自己寫的和別人所寫的兩種情況，一般以說明介紹寫作經過和主要內容為主，也有不少寫成夾敘夾議、抒情說理的好文章，本質上屬於雜文的一種。這篇序文是敘事、說理、抒情結合的自敘文章，作為雜文來讀，可真切了解魯迅的思想歷程、創作緣由和自白藝術。

　　這篇自白，既有《朝花夕拾》式的感性回憶，又有《野草》般的深切解剖，還有雜感文的理性反省，交織寫來，更為集中和明晰地梳理了自己的心路歷程和文學生涯。文中的家庭變故、南京求學、留學日本、棄醫從文等經歷，在後來的《朝花夕拾》中有著生動活潑的具體描寫，這裡只是著重敘述這些生活經驗對於自己的深刻影響。作為家裡的長子長孫，魯迅從小就嚐到祖父入獄、父親病逝、「從小康人家而墜入困頓」的艱辛生活，受到世人的侮蔑、愚弄、奚落和排斥而看見了「世人的真面目」。他在少年時代就離開紹興老家，不走應試老路而去南京學洋務，「走異路，逃異地，去尋求別樣的人們」，既有家道中落、只能報考公費學校的客觀原因，又有求知求新、反叛習俗的主觀要求。他對當時中醫的看法，是源於兒時被欺騙愚弄的痛切感受，又受到新醫學的啟蒙而「悟得」的。他最初的志向是學西醫，「我的夢很美滿，預備卒業回來，救治像我父親似的病人的疾苦，戰爭時候便去當軍醫，一面又促進了國人對於維新的信仰」，可見他學醫帶有既救人又救國的理想。但是，這個美夢被幻燈片所顯示的一群中國人體格強壯而精神麻木的畫面打破了：「我便覺得醫學並非一件緊要事，凡是愚弱的國民，即使體格如何健全，如何茁壯，也只能做毫無意義的示眾的材料和看客，病死多少是不必以為不幸的。所以我們的第一要著，是在改變他們的精神，而善於改變精神的是，我那時以為當然要推文藝，於是想提倡文藝運動了。」這是著名的幻燈片事

件，不僅讓他看到了久違的中國人的真相，也觸發了他原有的對於世人真面目的體察，合力促成了他的思想覺醒和棄醫從文的自覺行為。他以文藝改造國民靈魂的好夢，卻因「背時」超前而沉沒於「生人中」，又使他「反省，看見自己了：就是我決不是一個振臂一呼應者雲集的英雄」。歷經挫傷，看透世相，認清自己，自我麻醉，魯迅坦誠自白了「五四」以前的思想經歷和心理狀態，「再沒有青年時候的慷慨激昂的意思了」。

魯迅中年時代的內心，猶如他的散文詩〈火的冰〉和〈死火〉所創造的意象那樣，被冰谷冷凍了多年，但又被《新青年》發起的新文化運動催熱而燃燒起來。他帶著深重的痛苦體驗而發出疑問：「假如一間鐵屋子，是絕無窗戶而萬難破毀的，裡面有許多熟睡的人們，不久都要悶死了，然而是從昏睡入死滅，並不感到就死的悲哀。現在你大嚷起來，驚起了較為清醒的幾個人，使這不幸的少數者來受無可挽救的臨終的苦楚，你倒以為對得起他們麼？」「然而幾個人既然起來，你不能說決沒有毀壞這鐵屋的希望。」「是的，我雖然自有我的確信，然而說到希望，卻是不能抹殺的，因為希望是在於將來，決不能以我之必無的證明，來折服了他之所謂可有，於是我終於答應他也作文章了」。這段他與《新青年》朋友錢玄同的著名對話，富有形象化象徵性的思想哲理，以鐵屋子象徵封建傳統的根深蒂固，以許多昏睡者比喻精神麻木的廣大國民，以較為清醒者比喻少數先覺者，他們因覺醒而必然遭受更深重的壓迫和不幸，領受更分明更敏銳的痛苦和悲哀，也可能激起更迫切更強烈的抗爭，或許還有毀壞這鐵屋的一點希望。抱著這樣清醒而透澈的認識，他早年以文立人的熱心復活了，義無反顧地投入了喚醒國民、改造靈魂的新文化運動。他說自己的「吶喊」，「聊以慰藉那在寂寞裡奔馳的猛士，使他不憚於前驅」，「聽將令」而不「消極」，自己「也並不願將自以為苦的寂寞，再來傳染給也如我那年青時候似的正做著好夢的青年」。這是他對《吶喊》創

作用意的真切說明，用心良苦，含意深長。

　　從全文看，魯迅的自白坦誠深切，不掩飾，不浮誇，深入剖析人生經歷中的三次關鍵性選擇，深刻表現醫學夢、文學夢、啟蒙夢三者的起伏變化，不僅說明了《吶喊》創作的來由和用意，有助於人們品讀和領會他的小說及其他作品，更是理清了自己的思想發展脈絡，展現了自己探尋救人救國道路的艱難歷程和不折不撓的執著精神，成為人們學習、理解和研究魯迅的一篇重要文獻。魯迅在〈寫在《墳》後面〉一文中說道：「我的確時時解剖別人，然而更多的是更無情面地解剖我自己」，從本文和《野草》、《朝花夕拾》、《兩地書》以至於小說《吶喊》、《彷徨》等作品，都可以看到他操刀自剖的嚴峻而坦然的神情，也可以領略到魯迅在人生長途中探索前行的可敬而可親的身影。

　　〈春末閒談〉寫於一九二五年四月二十二日，正值春末時節，卻閒談起盛夏細腰蜂的故事，看來有些跑題，所以開頭先解釋一下，「也許我過於性急之故罷，覺著夏意了，於是突然記起故鄉的細腰蜂」。這解釋似通不通，言此及彼，在閒談戲語中引入「突然記起」的正題，一開頭就有雜文有感而發、隨意漫談的風味；讀完全文，就可領會論題切迫，閒談不閑，不能不「性急」。頭三段談論細腰蜂捕捉小青蟲的把戲，特別生動風趣。寫它捕蟲飛走的情景，「青蟲或蜘蛛先是抵抗著不肯去，但終於乏力，被銜著騰空而去了，做了飛機似的」，「瞥見二蟲一拉一拒的時候，便如睹慈母教女，滿懷好意，而青蟲的婉轉抗拒，則活像一個不識好歹的毛鴉頭」，這擬人的妙喻真讓人忍俊不禁，更讓人想探個究竟。引述老前輩的開導和考據家的異說，也令人好奇，引人探究。於是科學來「攪壞了我們許多好夢」，揭穿了細腰蜂的鬼把戲：「這細腰蜂不但是普通的兇手，還是一種很殘忍的兇手，又是一個學識技術都極高明的解剖學家。她知道青蟲的神經構造和作用，用了神奇的毒針，向那運動神經球上只一螫，它便麻痺為不死不活狀態，這才在它身上生下蜂卵，封入窠中。青蟲因為

不死不活，所以不動，但也因為不死不活，所以不爛，直到她的子女
孵化出來的時候，這食料還和被捕當日一樣的新鮮。」這是多麼殘忍
而高明、神奇而可怕的麻痺術啊！

　　中間四段談論歷代統治術的陰險狡詐而又難以奏效，是全文的重
點和主旨所在。由細腰蜂麻痺術的精明可怕引發了作者的深廣聯想。
愛羅先珂的擔憂發愁和作者跟著「皺眉歎息」，雖有「所見略同」之
意，卻表明二者見識的差異。作者閱歷更廣，見識更深，愛羅先珂所
憂慮的人間「毒針」，早有「我國的聖君，賢臣，聖賢，聖賢之徒」
在炮製和施行了。文中所列舉的「君子勞心，小人勞力」等愚民統治
術，包括現實中流行的「學者的進研究室主義，文學家和茶攤老闆的
莫談國事律，教育家的勿視勿聽勿言勿動論」等等，在實質上都是細
腰蜂式的麻痺術，這就揭穿了愚民統治術的險惡用心。作者還進一步
揭示了「治人者雖然盡力施行過各種麻痺術，也還不能十分奏效，與
果蠃並驅爭先」的荒謬可笑本質。他以反諷的筆調，歸謬的手法，戲
擬統治者的心思和口吻，設想他們的「棘手」之處，只能採用「禁止
集合」、「防說話」等專制手段，還是「無法禁止人們的思想」，從而
對造物主恨恨不平了，「一恨其沒有永遠分清『治者』與『被治者』；
二恨其不給治者生一枝細腰蜂那樣的毒針；三恨其不將被治者造成即
使砍去了藏著的思想中樞的腦袋而還能動作——服役」，以致為了維
護暫時的統治，「也還得日施手段，夜費心機，實在不勝其委屈勞神
之至……」這是絕妙的諷刺，誅心的妙論，突出體現了魯迅雜文的犀
利鋒芒。

　　最後一段更是異想天開，妙處橫生。一想統治者夢寐以求的是被
治者「沒有了頭顱，卻還能做服務和戰爭的機械」；二想《山海經》
神話中的刑天，沒有能想的頭卻還活著，有目有口，能看能吃能幹
活，正是闊人所理想的好國民；三想刑天還要「執干戚而舞」，死也
不肯安分，連隱士陶淵明也歌詠他「猛志固常在」，保有精神的頭

顧，令闊人的天下無法太平；四想「特殊知識階級」標榜精神文明而喪失「精神的頭」的情形。在奇思異想中莊諧雜出，深化了麻醉統治術險惡、荒謬而終將失敗的主旨，強化了全文的諷刺效果。

〈燈下漫筆〉寫於一九二五年四月二十九日，與〈春末閒談〉僅隔一週，題目又相對應，主題都是剖析中國歷史和國民性，可視為姐妹篇。本文有兩則，之一論治亂循環，之二談吃人文明，中學語文教材一般選取第一則。

〈燈下漫筆〉之一，從親身經歷的一件往事下筆：民國初年時局動盪，鈔票貶值，現銀又流通起來，自己和人們一樣，在恐慌之中只好折價用鈔票兌換銀元，不嫌累贅，不計損失，反而安心高興起來；由此引發感想，轉入正題：「但我當一包現銀塞在懷中，沉墊墊地覺得安心，喜歡的時候，卻突然起了另一思想，就是：我們極容易變成奴隸，而且變了之後，還萬分喜歡。」這看似小題大做，實為借題發揮，別有見地，因為他熟知歷史和現實，從切身體驗中體會到民眾的普遍心理，透過現象看到問題的實質，洞見國人的奴性心理和奴隸處境。「中國人向來就沒有爭到過『人』的價格，至多不過是奴隸，到現在還如此，然而下於奴隸的時候，卻是數見不鮮的」。這是歷代統治者造成的，他們玩的把戲是「『將人不當人』，不但不當人，還不及牛馬，不算什麼東西；待到人們羨慕牛馬，發生『亂離人，不及太平犬』的歎息的時候，然後給與他略等於牛馬的價格，有如元朝定律，打死別人的奴隸，賠一頭牛，則人們便要心悅誠服，恭頌太平的盛世」。他引經據典，歷數改朝換代時期的治亂更替，抨擊官府和強盜的殺掠爭鬥，體察百姓的怕亂苟安心理，從而直截了當地把一部中國史概括為兩個時代的循環：「一，想做奴隸而不得的時代；二，暫時做穩了奴隸的時代。」這論斷一針見血，振聾發聵！他聯繫現實，暗諷又處在「想做奴隸而不得」的時代，而使「復古的，避難的，無智愚賢不肖，似乎都已神往於三百年前的太平盛世，就是『暫時做穩了

奴隸的時代』了」，熱切希望人們特別是新一代青年「不滿於現在」
而「創造這中國歷史上未曾有過的第三樣時代」，絕不能重蹈歷史的
覆轍。儘管他當時對「第三樣時代」還不明朗，但含意明確，是與前
兩種時代截然不同的一個新時代，是擺脫奴隸枷鎖、爭得做人地位的
嶄新時代。

　　〈燈下漫筆〉之二是緊接上文談古論今反封建奴役的主題而另闢
蹊徑的，承前文已涉及的「國學家的崇奉國粹，文學家的讚歎固有文
明，道學家的熱心復古」等現象而轉入對「中國固有文明」的集中批
判。他從外國人參與讚頌「中國固有文明」的現象入手，透視封建主
義文明的「吃人」實質：「有貴賤，有大小，有上下。自己被人淩
虐，但也可以淩虐別人；自己被人吃，但也可以吃別人。一級一級的
制馭著，不能動彈，也不想動彈了」，這種以等級制為基礎的封建禮
教文明，「其實不過是安排給闊人享用的人肉的筵宴」，「不但使外國
人陶醉，也早使中國一切人們無不陶醉而且至於含笑。因為古代傳來
而至今還在的許多差別，使人們各各分離，遂不能再感到別人的痛
苦；並且因為自己各有奴使別人，吃掉別人的希望，便也就忘卻自己
同有被奴使被吃掉的將來。於是大小無數的人肉的筵宴，即從有文明
以來一直排到現在，人們就在這會場中吃人，被吃，以凶人的愚妄的
歡呼，將悲慘的弱者的呼號遮掩，更不消說女人和小兒」。對此，他
早在七年前的小說〈狂人日記〉中批判過，因為「這人肉的筵宴現在
還排著，有許多人還想一直排下去」，促使他在雜文中一再加以抨
擊，大聲疾呼「掃蕩這些食人者，掀掉這筵席，毀壞這廚房，則是現
在的青年的使命！」

　　〈春末閒談〉和〈燈下漫筆〉是魯迅雜文中談史論今、嬉笑怒罵
的名篇。閒談漫筆的隨筆體裁，給予作者自由廣闊的思辨空間和隨意
揮灑的創作自由。他把歷史與現實、微觀與宏觀有機結合起來，從淵
博學識中提取典型材料，從生活現象中發掘普遍問題，透過現象抓住

要害，深入剖析，觸類旁通，見常人所未見，直搗「鐵屋子」的思想根基。他以理性的照妖鏡洞徹一切鬼把戲，在漫畫似的形象化勾勒中揭穿統治者的真面目，在夾敘夾議、舒卷自如中飽含著憤怒與鄙夷的戰鬥激情，充滿著嬉笑怒罵、所向披靡的諷刺鋒芒，透露出真理在握、沉著應戰的哲人風度。這是隨筆體諷刺性雜文最有代表性的經典作品。

〈紀念劉和珍君〉和〈為了忘卻的紀念〉則是紀念性雜文的代表作。前者寫於一九二六年四月一日，距「三一八慘案」剛兩週。北洋軍閥政府鎮壓學生愛國運動，製造了震驚中外的「三一八慘案」。魯迅在當日正在寫的雜文〈無花的薔薇之二〉中就寫下四至九則予以抨擊，並稱之為「民國以來最黑暗的一天」；隨後還寫了〈死地〉、〈可慘與可笑〉、〈淡淡的血痕中〉等。在極度哀痛憤怒之中，他寫下這篇堪稱千古絕唱的〈紀念劉和珍君〉。

〈紀念劉和珍君〉不是一般的悼念文章，而是一篇戰鬥檄文，也是一篇哲理詩篇。開頭交代寫作緣由，在想寫該寫而又悲憤無語的狀態下，還是「深味這非人間的濃黑的悲涼；以我的最大哀痛顯示於非人間，使它們快意於我的苦痛，就將這作為後死者的菲薄的祭品，奉獻於逝者的靈前」，表明他對非人間的極端痛恨，對遇難者的深沉虔敬，開篇就充滿著大愛大憎、悲憤交加的激情。第二節將思想激情昇華為哲理警句：「真的猛士，敢於直面慘澹的人生，敢於正視淋漓的鮮血。這是怎樣的哀痛者和幸福者？然而造化又常常為庸人設計，以時間的流駛，來洗滌舊跡，僅使留下淡紅的血色和微漠的悲哀。在這淡紅的血色和微漠的悲哀中，又給人暫得偷生，維持著這似人非人的世界。我不知道這樣的世界何時是一個盡頭！」這是哲理詩句，在散文詩〈淡淡的血痕中〉成為核心內容，表達的是作者心中對慘案對人生現實的深刻體驗和反思，給全篇的立意確定了詩化哲理的制高點。

隨即進入第二部分三至五節的紀念內容，回憶與劉和珍交往的往

事及細節，描述劉和珍遇難的經過和場景，推崇「她不是『苟活到現在的我』的學生，是為了中國而死的中國的青年」，突出她「始終微笑著」的溫和性情和「欣然前往」、「臨難竟能如是之從容」的勇毅品格：

> 始終微笑的和藹的劉和珍君確是死掉了，這是真的，有她自己的屍骸為證；沉勇而友愛的楊德群君也死掉了，有她自己的屍骸為證；只有一樣沉勇而友愛的張靜淑君還在醫院裡呻吟。當三個女子從容地轉輾於文明人所發明的槍彈的攢射中的時候，這是怎樣的一個驚心動魄的偉大呵！中國軍人的屠戮婦嬰的偉績，八國聯軍的懲創學生的武功，不幸全被這幾縷血痕抹殺了。但是中外的殺人者卻居然昂起頭來，不知道個個臉上有著血污……。

文中對三個女子的英勇獻身精神的崇敬溢於言表，對段祺瑞政府槍殺無辜青年學生的野蠻行徑怒不可遏，對流言家的卑劣言行嗤之以鼻，以血寫的事實反擊所謂「暴徒」、「受人利用」的謊言，迸發出悲憤激昂的哲理警句：

> 慘像，已使我目不忍視了；流言，尤使我耳不忍聞。我還有什麼話可說呢？我懂得衰亡民族之所以默無聲息的緣由了。沉默呵，沉默呵！不在沉默中爆發，就在沉默中滅亡。

這是激憤的控訴和戰鬥的吶喊，也是血寫的格言和哲理的啟示。

最後兩節進一步開掘慘案的教訓和意義。他照應開頭對世間冷漠健忘的感歎，繼續抨擊當局者的兇殘和流言家的下劣，進而深究慘案的三層意義：一是徒手請願無濟於事，「人類的血戰前行的歷史，正

如煤的形成，當時用大量的木材，結果卻只是一小塊，但請願是不在其中的，更何況是徒手」。二是「血痕」必將「擴大」，不僅會「浸漬了親族，師友，愛人的心，縱使時光流駛，洗成緋紅，也會在微漠的悲哀中永存微笑的和藹的舊影」，還將使「苟活者在淡紅的血色中，會依稀看見微茫的希望；真的猛士，將更奮然而前行」。三是「中國的女性臨難竟能如是之從容」，「這一回在彈雨中互相救助，雖殞身不恤的事實，則更足為中國女子的勇毅，雖遭陰謀秘計，壓抑至數千年，而終於沒有消亡的明證了。倘要尋求這一次死傷者對於將來的意義，意義就在此罷」。魯迅的獨到見識遠超當時所有的紀念文章，他的沉痛悲憤和血性骨氣也是無人可以匹敵的，稱之為千古絕唱一點也不過分。

　　〈為了忘卻的紀念〉類似於上文，有些中學語文教材或剔除或保留或不選，曾引起很多爭議。僅就文章而言，無疑是情深意切、有血有肉的紀念文傑作。「左聯五烈士」被秘密殺害於一九三一年二月七日晚，當時左聯刊物《前哨》出版了「紀念戰死者專號」，發表了〈中國左翼作家聯盟為國民黨屠殺大批革命作家宣言〉、〈為國民黨屠殺同志致各國革命文學和文化團體及一切為人類進步而工作的著作家思想家書〉和〈被難同志傳略〉、〈被難同志的遺著〉等，魯迅參與此事，並寫了〈柔石小傳〉、〈中國無產階級革命文學和前驅的血〉等，堅稱「我們現在以十分的哀悼和銘記，紀念我們的戰死者，也就是要牢記中國無產階級革命文學的歷史的第一頁，是同志的鮮血所記錄，永遠在顯示敵人的卑劣的兇暴和啟示我們的不斷的鬥爭」。烈士遇害兩週年紀念日之深夜，魯迅又寫下〈為了忘卻的紀念〉，發表於一九三三年四月出版的《現代》月刊。這是痛定思痛的長歌當哭，也是無法忘卻的「十分的哀悼和銘記」，「永遠在顯示敵人的卑劣的兇暴和啟示我們的不斷的鬥爭」，具有感人肺腑的震撼力。

　　全文著重記述與自己交往較深的殷夫、柔石兩烈士的文藝活動和

遇難經過。選寫與殷夫三次相見的情形，展現兩人情誼從同好裴多菲
到志同道合的發展過程，既說明相識的起因，澄清別人記載不確實之
處，又顯示殷夫的詩人性格，並非「高慢」而是敏感，熱情，熱愛裴
多菲，既是詩人又是革命者，多次被捕而不屈不撓。寫到柔石，作者
對他接觸更多，了解頗深，就從日常交往的記述中寫出他的迂執、敬
業、善良和硬氣。他參與朝花社文藝活動，認真承擔雜務工作，借錢
出書刊，虧本後就拼命譯書還款，表明他對事業的執著和負責精神。
他相信人們是好的，在現實中碰了釘子也只是歎息「真會這樣的
麼」，說明他本性善良天真。他和女性一同走路總要相距三四尺，跟
我同行「可就走得近了，簡直是扶住我，因為怕我被汽車或電車撞
死」，這情形的有趣對照，鮮明地體現了他那矜持而善良的品格。作
者看重他的品行，說他是自己在上海時「一個惟一的不但敢於隨便說
笑，而且還敢於托他辦點私事的人」，「無論從舊道德，從新道德，只
要是損己利人的，他就挑選上，自己背起來」。他對雙目失明的母親
的「拳拳的心」，他被捕還記掛著我，明知「周先生地址」而決不出
賣給敵人，在獄中還想跟殷夫學德文，還誤以為以前政治犯不上鐐
銬，更在關節口上見出他品性的善良、迂氣和硬氣。作者在追憶時連
帶提及馮鏗、李偉森、胡也頻三位青年文學家，又重提殷夫留下的裴
多菲詩集，引述其中的譯文「生命誠寶貴，愛情價更高；若為自由
故，二者皆可拋！」含蓄暗示「五烈士」都是為自由而投身革命、英
勇獻身的。同時通過引述柔石來信和有關信息，反映他們的獄中生活
和被殺情形，控訴反動當局的白色恐怖和血腥暴行。魯迅從自己的視
角來敘事寫人，紀念烈士，「沉重的感到我失掉了很好的朋友，中國
失掉了很好的青年」，充滿著「忍看朋輩成新鬼，怒向刀叢覓小詩」
的悲憤感情，從開頭一直流貫到最後，激盪出悲憤交加、沉鬱頓挫的
絕唱：「不是年青的為年老的寫紀念，而在這三十年中，卻使我目睹
許多青年的血，層層淤積起來，將我埋得不能呼吸，我只能用這樣的

筆墨，寫幾句文章，算是從泥土中挖一個小孔，自己延口殘喘，這是怎樣的世界呢。夜正長，路也正長，我不如忘卻，不說的好罷。但我知道，即使不是我，將來總會有記起他們，再說他們的時候的。……」這樣的世界，這樣的長夜，不是文字紀念所能打破的；與其沉湎於紀念，不如忘卻，擺脫悲哀，前仆後繼地走著長路，堅信總會有勝利的時候，那才是對他們的最好紀念！這或許是「為了忘卻的紀念」的題名和全文，在「哀悼和銘記」的同時寄寓的戰鬥感召和哲理啟示吧。

上述二文都是血寫的紀念文章，既有對先烈品行的讚頌，又有對兇手暴行的控訴，還有對慘案意義的思索和發掘，比一般紀念文寫得沉痛悲憤，蘊涵深廣。比較而言，〈紀念劉和珍君〉更像釋憤抒情的雜文，以立意高遠、情理激越而令人奮然前行。〈為了忘卻的紀念〉則像帶有雜文味的記敘抒情散文，以情深意切、含蓄蘊藉而耐人咀嚼不已。

魯迅雜文更多的是短小精悍的篇章，一九三四年所寫的〈拿來主義〉、〈中國人失掉自信力了嗎〉可作範例。〈拿來主義〉論如何對待外來文化的問題。他在九年前的《看鏡有感》中就廣徵博引，談古道今，提倡「放開度量，大膽地，無畏地，將新文化儘量地吸收」。而今提煉出「拿來主義」，從正反兩方面評述「閉關主義」、「送去主義」的荒謬和危害，論證「拿來主義」的正當和必要。他看出從「閉關主義」變為「送去主義」的內在聯繫和嚴重危害，諷刺「送去主義」不懂得「禮往尚來」的儀節，「大度」到「只是給與，不想取得」，不給子孫後代「留下一點禮品」，將使「他們拿不出東西來，只好磕頭賀喜，討一點殘羹冷炙做獎賞」。為此，「我只想鼓吹再吝嗇一點，『送去』之外，還得『拿來』，是為『拿來主義』」。在反諷中說清道理，既形象又風趣。接著先辨析「送來」與「拿來」的本質區別，外國列強「送來」的鴉片、廢槍炮、香粉、電影等洋貨，使我們「嚇

怕了」，因為那是恃強入侵而「送來」的，不是我們主動「拿來」的，「所以我們要運用腦髓，放出眼光，自己來拿！」這是全文的中心論點，是「拿來主義」的精髓。再設喻分析孱頭、昏蛋、廢物三種對待所得「宅子」的可憐、可笑、可惡態度，提出有選擇地「或使用，或存放，或毀滅」的正確態度和得當方法，「那麼，主人是新主人，宅子也就會成為新宅子」，而關鍵還在於「首先要這人沉著，勇猛，有辨別，不自私」，這就嚴密而深入地論證了「自己來拿」的必要條件和充分條件，也為結論「沒有拿來的，人不能自成為新人，沒有拿來的，文藝不能自成為新文藝」提供了形象化的理據。全文才一千三百多字，卻把「拿來主義」說得頭頭是道，既深入淺出，又生動風趣，體現了魯迅雜文說理形象化、精煉而雋永的特色。

〈中國人失掉自信力了嗎〉是篇駁論，不到八百字，更為簡練犀利。開頭就列舉事實，樹立靶子：從自誇地大物博到希望國聯主持公道，再到一味求神拜佛、懷古傷今，有人就據此現象提出「中國人失掉自信力了」的論調。這論調似是而非，魯迅借此推論，「如果單據這一點現象而論，自信其實是早就失掉了的」，因為「先前信『地』，信『物』，後來信『國聯』，都沒有相信過『自己』。假使這也算一種『信』，那也只能說中國人曾經有過『他信力』，自從對國聯失望之後，便把這他信力都失掉了」。這就用歸謬法把「失掉」論推到極處，見出其混淆「自信」與「他信」的謬誤。他進而透過現象看本質，「一到求神拜佛，可就玄虛之至了，有益或是有害，一時就找不出分明的結果來，它可以令人更長久的麻醉著自己」，只是在發展著已有慣用的「自欺力」。作者遠比一般人看得深透，創造出一語中的、精確透底的「他信力」和「自欺力」，不僅有力批駁了所謂「失掉了自信力」的謬論，更是尖銳抨擊了反動當局喪權辱國而又自欺欺人的行徑。他在去蔽見真中有破有立，層層深入，進一步從正面論析「我們有並不失掉自信力的中國人在」，「我們從古以來，就有埋頭苦

幹的人，有拼命硬幹的人，有為民請命的人，有捨身求法的人，……這就是中國人的脊樑」，「這一類的人們，就是現在也何嘗少呢？他們有確信，不自欺；他們在前仆後繼的戰鬥，不過一面總在被摧殘，被抹殺，消滅於黑暗中，不能為大家所知道罷了」。這些從古到今的中國人的脊樑，不必具體列舉而讓人們聯想甚多，都充分證實：「說中國人失掉了自信力，用以指一部分人則可，倘若加於全體，那簡直是誣衊」，「要論中國人，必須不被搽在表面的自欺欺人的脂粉所誑騙，卻看看他的筋骨和脊樑。自信力的有無，狀元宰相的文章是不足為據的，要自己去看地底下」。這是思辨哲理，不僅充分說明中國人還有並不失掉自信力的許多脊樑的中心論點，還再次揭穿「失掉」論的片面性和欺騙性，也啟示人們看待問題要辯證，看人要看他有無「筋骨和脊樑」，不能看上層人士而要看底層民眾，做中國人要有「中國人的脊樑」。真是言簡意賅，意味深長！

　　僅從以上七篇作品，也約略可見魯迅雜文的風骨，魯迅精神的脊樑。在現代知識分子中，魯迅的脊樑骨最為堅韌剛強，充分表現在他的著作尤其是雜文之中。他是思想文化界「真正的猛士」，敢於直面慘澹的人生，敢於正視淋漓的鮮血，全力攻打「鐵屋子」，深入解剖國民性，也「更無情面地解剖我自己」，在黑暗瀰漫、鬼魅橫行的天地中永遠握緊「匕首」和「投槍」，戰鬥在思想文化鬥爭的最前沿，以強悍的思想激情感召廣大讀者驚醒起來，奮起抗爭，掃蕩陰霾，戰取光明，從而形成了現代雜文的思想啟蒙與現實戰鬥相結合的精神傳統。他鐵肩擔道義，辣手著文章，論時事不留面子，砭錮弊常取類型，用形象和事實說理，以思想和激情融會素材，在獨立思考、自由揮灑中創造了雜文諷刺藝術、論辯藝術、抒情藝術和語言藝術的高峰與寶庫。其中有拼命硬幹的戰鬥意志，也有為民請命的人道精神；有仗義執言的冷嘲熱諷，也有釋憤抒情的歌哭笑罵；有閒談漫筆的從容論戰，也有直擊要害的短兵相接；有針針見血的銳利鋒芒，也有談言

微中的含蓄筆調；有精警奇特的格言警句，也有言近旨遠的日常話語……如此等等，相輔相成，造就了魯迅雜文多樣統一的陽剛壯美，表現了魯迅藝術旺盛雄奇的創造活力，體現了魯迅精神的豐富性和崇高性。

魯迅雜文的思想精神和文體藝術博大精深，豐富多彩。解讀魯迅雜文，首先應看到魯迅雜文的豐富性，不能簡單理解「匕首」和「投槍」，更不能把魯迅看成是只會「橫眉冷對」，而應該尊重歷史，還原真實的魯迅，讓人接近可敬可親的魯迅。魯迅在〈小品文的危機〉中對雜文小品的經典論述是：「生存的小品文，必須是匕首，是投槍，能和讀者一同殺出一條生存的血路的東西；但自然，它也能給人愉快和休息，然而這並不是『小擺設』，更不是撫慰和麻痺，它給人的愉快和休息是休養，是勞作和戰鬥之前的準備。」其要義有三點，一是雜文的戰鬥性，雜文是匕首投槍式的文藝武器，「鋒利而切實」；二是雜文的功能性，強調雜文要為生存而戰，在風沙撲面、狼虎成群的時代，在要悶死人的「鐵屋子」裡，感召讀者「一同殺出一條生存的血路」，具有神聖而崇高的戰鬥目標；三是雜文的戰鬥性與藝術性有機統一，既召喚人們勞作和戰鬥，也給人愉快和休息，它給人的審美快感與「小擺設」截然不同，不是麻醉人的，而是滋養和激發人們更好地為生存而勞作和戰鬥。從前述的七篇雜文中，就可以領會戰鬥性雜文，也是內容豐厚，戰法多樣，血性充沛，理趣盎然，絕非單一的橫眉怒目和冷嘲熱諷。

第二，解讀魯迅雜文，要體會魯迅雜文的崇高性，不能貶低諷刺藝術，更不能曲解「嬉笑怒罵」的意義。魯迅雜文問世以來，一直有人加以攻擊，說它罵人，尖刻，刻毒，至今還有人如此喋喋不休。嬉笑怒罵皆文章，確是魯迅雜文的獨特創造和顯著特色，也是諷刺文學所抵達的極高的自由創造境地。諷刺是審醜的藝術，是喜劇的一個範疇，是理性批判的制敵利器，在嬉笑怒罵中不僅徹底否定了假惡醜，

同時也強烈肯定了用以否定的真善美的理想追求，簡言之是破中有立，大破大立。魯迅在〈什麼是「諷刺」？〉、〈論諷刺〉、〈漫談「漫畫」〉、〈辱罵和恐嚇決不是戰鬥〉等文中說得好：「『諷刺』的生命是真實；不必是曾有的實事，但必須是會有的實情」，「諷刺作者雖然大抵為被諷刺者所憎恨，但他卻常常是善意的，他的諷刺，在希望他們改善，並非要捺這一群到水底裡」，「如果貌似諷刺的作品，而毫無善意，也毫無熱情，只使讀者覺得一切世事，一無足取，也一無可為，那就並非諷刺了，這便是所謂『冷嘲』」；「戰鬥的作者應該注重於『論爭』；倘在詩人，則因為情不可遏而憤怒，而笑罵，自然也無不可。但必須止於嘲笑，止於熱罵，而且要『喜笑怒罵，皆成文章』，使敵人因此受傷或致死，而自己並無卑劣的行為，觀者也不以為污穢，這才是戰鬥的作者的本領」。據此論諷刺，論笑罵，就要看是否真實、善意和得當，如果刺準了，罵痛了，使挨罵者有所觸動，或忌恨，或醒悟，那是諷刺的威力，笑罵的上品。魯迅雜文深刨「祖墳」，破毀「鐵屋子」，針砭時弊痼疾，發掘中國人的「脊樑」，憧憬「第三樣時代」，充滿大愛大憎的激情和啟蒙救亡的抱負，大都具有鐵肩擔道義、辣手著文章、含笑談真理、憤怒出詩人的崇高性和雄奇美。即便是被目為「罵人」「刻毒」的〈喪家的、資本家的乏走狗〉，那也是對論敵語含殺機、「給主子嗅出匪類」、「以濟其『文藝批評』之窮」的「乏走狗」相的絕妙寫照，有著無法掩飾磨滅的真實性和典型性，也有著諷刺的神聖性和崇高性，把它看成是人身攻擊，那是誤讀或曲解。

　　第三，解讀魯迅雜文，還要闡發魯迅雜文的經典性，既要理解其現實戰鬥的普遍意義，又要闡發其歷久彌新的思想意義，還要闡述其雜文藝術的典範意義。時下流行「魯迅過時論」。魯迅早在編輯第一個雜文集《熱風》所寫的〈題記〉中不無「悲哀」地說：「我以為凡對於時弊的攻擊，文字須與時弊同時滅亡，因為這正如白血輪之釀成

瘡癤一般，倘非自身也被排除，則當它的生命的存留中，也即證明著病菌尚在。」他是多麼希望自己的文字能與時弊痼疾同歸於盡啊！然而，他畢生針砭的錮弊有些確實消亡了，有些卻依然存在，或死灰復燃，如果魯迅地下有知，那將是怎樣的「悲哀」啊，又將是如何的奮筆疾書！顯然，魯迅雜文並未過時，還廢不得，還有警世啟蒙的深遠意義。魯迅雜文的風骨，魯迅精神的脊樑，魯迅雜文藝術的創造，更是我們應該倍加珍惜、刻苦學習的寶貴遺產。

————本文選自《汪文頂講現代散文》（長沙市：
湖南教育出版社，2012年），略有增刪

周作人的雜文與小品文

　　現代散文史上曾有「文壇雙星」、「周氏兄弟」的美稱，指的是魯迅（周樹人）、周作人兄弟。他倆在「五四」新文學運動並肩崛起，在《語絲》時期也未受兄弟失和影響而聯手作戰，在大革命失敗以後終因思想文化的分歧而分道揚鑣，各自發展成為現代散文兩大思潮流派的領銜作家和精神領袖。魯迅引領著散文尤其是雜文的革命現實主義發展方向，周作人則拓展著雜文小品的個人自由主義園地，在三〇年代文壇形成對立競爭而又互補共榮的局面。

　　周作人（1885-1967），浙江紹興人，比長兄魯迅小四歲，常用筆名有啟明、豈明、知堂等。早年經歷與魯迅差不多，從三味書屋到江南水師學堂，再到日本留學五年，一九一一年回國後在浙江從事教育工作。一九一七年應聘北京大學文科教授後，參與《新青年》活動，提倡「思想革命」和「人的文學」，參加發起文學研究會和創辦《語絲》週刊，以翻譯、創作和評論活躍於新文壇，與魯迅齊名。三〇年代成為「論語派」散文的精神領袖。抗戰爆發後滯留北京，不久淪為漢奸，抗戰勝利後被國民政府判刑入獄，一九四九年年初出獄。後來一直居家以翻譯和著述謀生，直至去世。一生著有散文集《自己的園地》、《雨天的書》、《知堂文集》等二十多部，今匯編為《周作人散文全集》十五卷出版。

　　周作人在抗戰時期喪失民族氣節，為國人所不齒。不過，他前期的文學業績與漢奸無關，不應受到株連，而應實事求是地加以科學評價。魯迅在世時，儘管兄弟絕交多年，又不滿意他隱遁自娛的處世態

度和創作傾向，但與外國文友談起現代中國有成就的散文家，還是首推周作人。魯迅的胸懷、眼光和態度很值得敬重和學習。周作人前期散文的成就和影響，在當時和當今都得到文學界的重視。雖說目前中學語文教材還不便選錄其作品，但這裡不妨選介若干名篇，以便課外有興趣者領略其別樹一幟的散文風貌。

周作人曾說自己的散文小品有兩大類，一類是「平淡而有情味」的只談「吃茶喝酒」「草木蟲魚」的用來「消遣調劑」的「閒適的小品」，對此，他比作「茶」和「酒」，數量不多，不是他的「主要的工作」，他自己並不看重；另一類則是「愛講顧亭林所謂國家治亂之原，生民根本之計」的「正經文章」，自認為這是他小品文創作的絕大部分，像「饅頭或大米飯」，是他的「最貴重的貢獻」。[1]這個自白倒是符合他的創作實際，但與讀者的喜好和史家的評價有很大差別。還是從他的作品出發，先品嚐他的「饅頭或大米飯」吧。

一九二六年「三一八慘案」發生後，周作人立即在《語絲》、《京報副刊》上發表了十多篇雜文，譴責血腥暴行，哀悼死難烈士。其中，〈關於三月十八日的死者〉寫得相當沉痛悲憤，像魯迅的〈紀念劉和珍君〉那樣廣為傳誦。全文四節，開頭一節寫五天來自己深受慘案刺激而心思紛亂，簡直什麼事都不能做，大家也把「切責段祺瑞賈德耀，期望國民軍的話都已說盡，且已覺得都是無用的了」，因而「把心思收束一下，認定這五十多個被害的人都是白死，交涉結果一定要比滬案壞得多，這在所謂國家主義流行的時代或者是當然的，所以我可以把徹底查辦這句夢話拋開，單獨關於這回遭難的死者說幾句感想到的話」。這在交代寫作緣起的同時，既譴責反動當局的兇殘冷酷，又感慨被害者的冤屈難伸，婉轉陳述中深藏著悲憤之情。第二節訴說對於死者的哀悼和惋惜的感想。「我的哀感普通是從這三點出

1　參見周作人〈自己的文章〉、〈我的雜學〉、〈兩個鬼的文章〉等文。

來，熟識與否還在其外，即一是死者之慘苦與恐怖，二是未完成的生活之破壞，三是遺族之哀痛與損失。這回的死者在這三點上都可以說是極重的，所以我們哀悼之意也特別重於平常的弔唁。」這在人之常情的分析中強調了對於這回「無辜被戕的青年男女」的特重的哀悼之意。同樣，他表達這回的特別惋惜心意，也有層次遞進，一是凡青年夭折都可惜，二是人功的毀壞青春更可歎息，三是最為可惜的，「這回的數十青年以有用可貴的生命不自主地被毀於無聊的請願裡，這是我所覺得太可惜的事」。既抨擊人為慘案，又反思請願行為，從生命價值的角度發掘出惋惜的深意。這與魯迅的認識同中有異，都認為請願無用，要珍惜青年生命；但魯迅是從「人類的血戰前行的歷史」高度來否定「徒手的請願」的，要激發的是「真的猛士，將更奮然而前行」；周作人還只是惋惜可貴生命的被毀。第三節抄錄他前一天所寫的〈可哀與可怕〉第一段，引證「十分可哀」的情景，抨擊執政府殺人又搶屍的罪惡勾當，與本文各節有機連接。最後一節以兩幅輓聯來總結全文：

> 死了倒也罷了，若不想到二位有老母倚閭，親朋盼信。
> 活著又怎麼著，無非多經幾番的槍聲驚耳，彈雨淋頭。
>
> 赤化赤化，有些學界名流和新聞記者還在那裡誣陷。
> 白死白死，所謂革命政府與帝國主義原是一樣東西。

前者紀念死者與批判現實相映襯，故作反語，強忍悲憤；後者則怒不可遏，鋒芒畢露，叱責誣陷家的無恥造謠，痛罵賣國政府與帝國主義製造「三一八慘案」和「五卅慘案」是一樣東西。這是雜文化的輓聯，情理交融，意味深長，成為全文最為人傳誦的名句。從這篇紀念性雜文可見，在《語絲》時代，在重大事件中，周作人的政治立場、

思想觀點和情感態度與魯迅和《語絲》社同人並無二致，他以自己的
理智看透世態，以克制的筆墨仗義執言，在共同對敵的口誅筆伐中開
始顯示出自己的風格特色，以隱忍悲憤、綿裡藏針見長。

　　寫於同年六月的〈奴才禮贊〉是篇千字文，列為其系列雜文「我
們的閒話十七」，發表在《語絲》第八十四期。以閒話形式寫雜文，
是當時《語絲》社同人和《現代評論》社同人的普遍作風，都追求雜
感的隨意性和趣味性。這篇雜文反語連篇，幽默風趣而帶刺，對奴性
的嘲諷相當辛辣，可與魯迅同類雜文相媲美。開頭一句就提出「禮
贊」的對象：「天下自古有奴隸，惟奴才為稀有可貴。為什麼呢？」
緊接著辨析奴隸與奴才的本質差別：奴隸是被迫服役，心有不服，或
圖謀反抗；奴才則甘心情願做狗腿，「無論你怎樣待他，不要他，給
他可以逃脫的機會，他總是非請安叩頭或打屁股不行；一定要戴一頂
空梁帽直站在門口，聽候吩咐」，這傳神畫像已讓人忍俊不禁，又一
句妙喻「他是天生而非人為的，在這一點上奴才的確與詩人一樣，一
樣難得的」，就讓人笑出聲來了。第二段由上文的天下奴才的「稀有
可貴」、「難得」談到國產的常見：「要嚴格的統計奴才全數與人口的
比例，去和別國比較，還沒有人這樣辦過，我不知道到底成績如何，
但略為玄學一點照我們的感覺說去，中國似乎當得起說是最富於奴才
的國。」亦莊亦諧的話語帶著一點心酸，說來就不好笑了。舉例說明
後，他又說起反話：「喔，喔，這是何等的榮譽，我們有這許多像詩
人一樣難得的東西！倘若奴才少幾個，中國怎麼會精神文明得像現在
這個樣子，怎麼會這樣的幸福安吉？這的確是值得最高的頂禮的，最
可尊重的了。」反話正說，意在言外，引人聯繫現實加以深思。最後
一段僅百字，引述祖父說的故事：「有滿洲武官朝見嘉慶皇帝，本應
自稱奴才的現在卻口口聲聲稱作奴家，嘉慶皇帝想笑，怕得他要得失
儀之罪，勉強忍住，把下嘴唇都咬出血來了。」奴家是舊時女子自
稱，武官要麼更作賤自己，要麼不懂得稱謂差別，都要讓主子咬牙忍

笑了。祖父詼諧，作者引用時稍加發揮就嘎然而止：「我聽了這個故事，覺得奴才這件物事不但是可貴也還有點可愛了。休哉！」「可貴」已說過，「可愛」也是反話，有點費解，也許指奴氣十足、醜態可掬吧。奴才「這件物事」確是「可貴」和「可愛」的「東西」。在千把字的短文中，閒話奴才，遊刃有餘，「禮讚」有加，反語連篇，令人笑口常開，回味無窮。這是周作人雜文的特長和魅力。儘管不像魯迅那樣深廣警辟、犀利潑辣，但也自有博識機智、幽默婉諷的個人特色，讀來當是益智健脾的。

　　嚐過周作人的雜文風味，再來品味他的閒適小品，感覺很不一樣，但也有相似相通之處。先讀他吟詠故鄉風物的〈烏篷船〉。該文寫於一九二六年一月十八日，以書信體向將到紹興的「子榮君」介紹故鄉的烏篷船。先說明烏篷船有三種，最適用的是不大不小的三明瓦，對此做了細緻的介紹，引發你想坐的興趣。隨後大段抒寫在水鄉坐船出行的趣味，引導你坐船不能像乘電車那樣性急，要有從容觀賞的心態。「你坐在船上，應該是遊山的態度，看看四周物色，隨處可見的山，岸旁的烏桕，河邊的紅蓼和白蘋，漁舍，各式各樣的橋，困倦的時候睡在艙中拿出隨筆來看，或者沖一碗清茶喝喝」，「夜間睡在艙中，聽水聲櫓聲，來往船隻的招呼聲，以及鄉間的犬吠雞鳴，也都很有意思。雇一隻船到鄉下去看廟戲，可以了解中國舊戲的真趣味，而且在船上行動自如，要看就看，要睡就睡，要喝酒就喝酒，我覺得也可以算是理想的行樂法」。這裡是態度決定一切。用功利的眼光來看，坐船比乘車慢，沿途景象也一般，性急者就要不耐煩，無法領略其中的趣味。換一種心態，用遊玩觀賞的態度來看，沿途風景隨著小船緩緩行駛而變化不息，夜間也可以聽到各種聲音的此起彼伏，平常的景象就轉化成有意思的欣賞對象，心靈也就從功利打算中超脫出來，變得自由自在，感覺什麼都有滋有味。這是生活的藝術化，也是藝術的生活化，用審美的眼光看待生活，就能平中見奇，化俗為雅，

體會到日常生活的種種趣味。讀到這篇文章，你會聯想到魯迅那篇
〈好的故事〉，兄弟倆對坐船觀賞山陰道兩岸風景有著同樣美好的記
憶和優美的抒寫。魯迅在懷想中警覺，直面慘澹人生，但也「總記得
見過這一篇好的故事」。周作人在文末也點到家鄉戲場變味去不得
了，有點今不如昔的滄桑感，借古諷今的雜感味，但他津津樂道、心
往神馳的還是田園詩趣和優遊境地。讀著〈烏篷船〉，我們會不知不
覺地變成收信人「子榮君」，聽從他的誘導，以優遊的態度坐在船
上，隨心所欲地領略其中的詩情畫意。

　　此前的一九二四年十二月，他寫過〈喝茶〉，先闡釋日本茶道的
意思，「用平凡的話來說，可以稱作『忙裡偷閒，苦中作樂』，在不完
全的現世享樂一點美與和諧，在剎那間體會永久，是日本之『象徵的
文化』裡的一種代表藝術」。由此談起「我個人的很平常的喝茶觀」。
一是「喝茶以綠茶為正宗」，「我的所謂喝茶，卻是在喝清茶，在鑑賞
其色與香與味，意未必在止渴，自然更不在果腹了」。也就是說品味
清茶的自然本色，作為日常生活的賞玩享樂。二是「喝茶當於瓦屋紙
窗下，清泉綠茶，用素雅的陶瓷茶具，同二三人共飲，得半日之閑，
可抵十年的塵夢。喝茶之後，再去繼續修個人的勝業，無論為名為
利，都無不可，但偶然的片刻優遊乃正亦斷不可少」。這裡講究喝茶
的環境氛圍，為片刻優遊也就是暫時的自得其樂尋找正當的理由。他
在年初寫的〈北京的茶食〉中說得更明白：「我們於日用必需的東西
以外，必須還有一點無用的遊戲與享樂，生活才覺得有意思。我們看
夕陽，看秋河，看花，聽雨，聞香，喝不求解渴的酒，吃不求飽的點
心，都是生活上必要的──雖然是無用的妝點，而且是愈精煉愈
好。」從精神需求的角度肯定閒適情趣，講這類情趣的無用之用和精
益求精。三是「喝茶時可吃的東西應當是清淡的『茶食』」，如豆腐乾
之類，日本用茶淘飯，「很有清淡而甘香的風味」，「中國人未嘗不這
樣吃，唯其原因，非由窮困即為節省，殆少有故意往清茶淡飯中尋其

固有之味者，此所以為可惜也」。他在考究各種茶食之後，留下惜歎聲作結，既有對國人困苦的憂憫，又有對清茶淡飯固有之味的尋味，呼應了上文「很平常的喝茶觀」。這樣的喝茶觀，也有「忙裡偷閒，苦中作樂」，「在不完全的現世享樂一點美與和諧，在剎那間體會永久」的茶道味，只是更帶有個人化和日常生活化的趣味罷了。

周作人的「閒適小品」著手於二○年代，代表作還有〈故鄉的野菜〉、〈北京的茶食〉、〈苦雨〉、〈蒼蠅〉、〈鳥聲〉、〈談酒〉、〈兩株樹〉等，大多收入他的《澤瀉集》。它們被公認為現代小品散文的經典名篇，周作人也由此贏得「小品文聖手」的讚譽。這類小品的題材瑣屑平常，然而經由作者的細心體味，從容道來，卻有著優雅的情趣，沖淡的神韻，含蘊的意境，親切的風味，極大提升了這類抒寫日常生活散文的審美境界，成為「美文」的範本。

在《語絲》時期，周作人一方面寫著抨擊時弊痼疾的批評性雜文，一方面寫著優遊自得的閒適小品，看似判若兩人，有雙重性格。他當時有篇〈兩個鬼〉的自剖文章，生動風趣地訴說心頭住著「紳士鬼」和「流氓鬼」，「在那裡指揮我的一切的言行」。「這是一種雙頭政治，而兩個執政還是意見不甚協和的，我卻像一個鐘擺在這中間搖著」。「我愛紳士的態度與流氓的精神」，「我為這兩個鬼所迷，著實吃苦不少，但在紳士的從肚臍畫一大圈及流氓的『村婦罵街』式的言語中間，也得到了不少的教訓，這總算還是可喜的。我希望這兩個鬼能夠立憲，不，希望他們能夠結婚，倘若一個是女流氓，那麼中間可以生下理想的王子來，給我們作任何種的元首」。簡單說，紳士鬼代表理性節制和外在風度，流氓鬼代表感性衝動和內心追求，他力求加以折衷調和。對於心中的兩個鬼，他曾換個說法，在稍後〈《澤瀉集》序〉中說：「戈爾特堡批評藹理斯說，在他裡面有一個叛徒與一個隱士，這句話說得最妙：並不是我想援藹理斯以自重，我希望在我的趣味之文裡也還有叛徒活著。我毫不躊躇地將這冊小集同樣地薦於中國

現代的叛徒與隱士們之前。」可以說，雜文和小品這兩種文體風格，是他「叛徒與隱士」、「流氓鬼與紳士鬼」的雙重性格的表現，兩者既有矛盾衝突，又有互助調和，因而在閒適趣味的小品裡也有叛徒和流氓鬼意味，在幽默諷刺的雜文裡也有紳士與隱士的灑脫風度。到了三〇年代的《論語》時期，他的紳士氣隱逸風抬頭，但還保留一些對封建傳統和污濁世風的自由批評的叛逆精神。直到下水投敵後，他背叛民族大義，所作雜文小品儘管富於苦澀難言之隱，但喪失了民族氣節和自我人格，理所當然地受到人們的唾棄。

—— 本文選自《汪文頂講現代散文》（長沙市：

湖南教育出版社，2012年）

冰心散文的審美價值

　　冰心在散文創作上歷時最長，收穫豐饒，編入海峽文藝出版社一
九九四年《冰心全集》的散文作品計有八百八十多篇。對於冰心散文
的評價，歷來大抵是充分肯定其文體藝術，尤其是早期創作的突出成
績，而對其思想傾向則有所保留，又較少涉及她後來的創作。從「五
四」起步，冰心七十五年來的散文創作，前後自然有因時而異的不同
風貌，但也有一以貫之的文心氣格，構成其獨特的、和諧的審美世
界。因此，有必要綜合考察冰心創作的一貫性和獨特性，以內容與形
式有機統一的觀點探討和評估冰心散文不可替代的審美價值。

一

　　冰心在三〇年代初出版的《冰心全集》自序中說：「我知道我的
弱點，也知道我的長處。我不是一個有學問的人，也沒有噴溢的情
感，然而我有堅定的信仰和深厚的同情。在平凡的小小的事物上，我
仍寶貴著自己的一方園地。我要栽下平凡的小小的花，給平凡的小小
的人看！」這裡的自白，表明她的創作立足於自己的個性本色和生活
體驗，有意選擇切合自身特長的題材、體式與讀者對象，以堅定的信
仰和深厚的同情墾殖自己的園地，並對這方園地的價值取向和審美意
義抱有自信心和使命感。

　　冰心執著開墾的一方散文園地，當然是伴隨著生命歷程日漸擴充
的。早年的《往事》、《寄小讀者》和〈山中雜記〉等，在「五四」新

思想尤其是人道主義的影響下，以「愛的哲學」領悟人生，謳歌親情、友愛、童真和自然美，尋味人生的樂趣和慰藉，探求生命的奧秘和意義，營造了一方和愛溫柔的精神樂園。步入中年後，她涉世漸深，感歎「四海皆秋氣，一室難為春」，在《平綏沿線旅行紀》、〈默廬試筆〉和《關於女人》等作品裡拓寬了取材面，增強了現實感，也鞏固和深化了她原有的精神信念。從海外回到新中國後，她年過半百而青春煥發，以《歸來以後》、《櫻花贊》和《拾穗小札》諸多篇章，反映祖國的新生氣象和世界人民的友好交往，表達了一位跨時代老作家擁抱新生活的熱情和忠誠。度過十年浩劫的冰心老人仍然擁有一顆年輕的心，而且磨煉得相當強韌、清澈、睿智和老辣，爆發出旺盛的創作活力，所作《晚晴集》、《我的故鄉》、《關於男人》、《冰心九旬文選》等，竟有四百五十餘篇之多，超過了前六十年的數量。其中既有抒懷言志、醇厚老到的散文小品，又有仗義執言、犀利老辣的雜感隨筆，抵達了剛柔相濟、爐火純青的境地。從《往事》到《冰心九旬文選》，冰心散文展示著一位世紀同齡人與時俱進、蜿蜒起伏的心路歷程，也映現了時代風尚和新文學的推移變遷，較完整地體現了二十世紀中國新體散文的行進軌跡。

「創作總根於愛」[1]，魯迅的名言揭示了創作心理的一條普遍規律。這對冰心來說尤其貼切。冰心創作不僅是「總根於愛」的範例，還獨具「總歸於愛」的特色。因為冰心還把愛作為文學母題、價值尺度和精神歸宿，以愛心為文心，以布愛為天職。這在她早期散文中表現得最為突出。成名作〈笑〉就開啟了愛的心幕，顯露愛的笑容，那是天上人間融為一體的神奇美妙的意象，能使心靈「光明澄靜，如登仙界，如歸故鄉」。作者的心幕被愛的微笑拉開之後，競相湧出的有她從小承受的家人親朋之愛，遠遊領會的異邦姐妹間的溫情，與小孩

1　魯迅：〈小雜感〉，見《而已集》，收入《魯迅全集》第3卷（北京市：人民文學出版社，1981年）。

子息息相通的童真，跟自然萬物親近同化的生趣……這些實感印象一經她愛的良知的點化，就昇華為人生的要義，煥發出誘人的光華：「愛在右，同情在左，走在生命路的兩旁，隨時撒種，隨時開花，將這一徑長途，點綴得香花瀰漫，使穿枝拂葉的行人，踏著荊棘，不覺得痛苦，有淚可落，也不是悲涼。」（《寄小讀者》〈通訊十九〉）顯然，愛意溫情瀰漫於《往事》、《寄小讀者》和〈山中雜記〉中，成為冰心早期創作的意向指歸和精神標記。

應該說，冰心在擇取愛作為人生指針和審美焦點的過程中是有過矛盾的。〈問答詞〉裡，「我」和「宛因」的對話實質上是作者在自問自答，通過「自己證實，自己懷疑」的方式揭開了「天國樂園」與「社會污濁，人生煩悶」的衝突，也以自省的方法領悟人生的真諦就在於腳踏實地地履行自身的使命。《寄小讀者》〈通訊十二〉裡的印證就經歷了「心潮幾番動盪起落」，才「透澈地覺悟」，「死心塌地的肯定了我們居住的世界是極樂的。『母親的愛』打千百轉身，在世上幻出人和人，人和萬物種種一切的互助和同情。這如火如荼的愛力，使這疲緩的人世，一步一步的移向光明！」從而確定了自己的職責，「我只願這一心一念，永住永存，盡我在世的光陰，來謳歌頌揚這神聖無邊的愛！」這個信念在後來雖然屢遭衝擊，卻從未被摧毀，只是有所變遷、逐漸深化而已。

慈母病逝對冰心來說是一次極嚴峻的考驗。她嚐到喪母的深悲極慟，寫下長歌當哭的〈南歸〉。在輓悼母愛的同時，她雖慨歎「人生本質是痛苦，痛苦之源，乃是愛情過重。但是我們仍不能不飲鴆止渴，仍從痛苦之愛情中求慰安。何等的癡愚呵，何等的矛盾呵！」卻甘當情癡，反躬自勉「以母親之心為心」，「成為一個像母親那樣的人！」她義無反顧地負起身體力行的使命，開始以母性的愛心關愛一切，即便在戰亂流離中「嚐盡了愛的痛苦」，也堅信「人類是有愛的」，人類世界中「只有愛，只有互助，才能達到永久的安樂與和

平」，進一步體認作為「人類以及一切生物的愛的起點」的「母親的愛」，「是慈藹的，是溫柔的，是容忍的，是寬大的；但同時也是最嚴正的，最強烈的，最抵禦的，最富有正義感的！」（〈給日本的女性〉）這就豐富和深化了愛的內涵，使之增強了莊肅神聖的命意。這在她四〇年代的散文中有著鮮明表現。到了舉國討伐「人性論」的年代，冰心不能不從理念上清算「愛的哲學」，接受「愛是有階級性的」學說；而在國際題材和兒童題材的散文中，她總是留心捕捉階級友愛、和平友好的動人情景，多少體現了自身的思想個性。新時期的思想解放運動，啟動了她那被冰凍多年的愛心。她不僅在一系列憶舊抒懷作品中張揚愛的美善內涵，即使在眾多「醒世文章」中表達的憂憤意識，也正如蕭乾所說的，是一種「植根於愛的恨」[2]。

縱觀冰心散文，愛的主旨一脈相承，貫串始終，構成其「堅定的信仰和深厚的同情」的內核。冰心立足於人生對愛的渴求，從切身體驗起步，隨時隨地在發掘、尋味、擴張和昇華愛的精神意蘊，也在漫長的探索中逐漸揚棄泛愛思想而深化愛的社會歷史內容，把愛內化為自身的精神意志和審美品格，提升為人格良知的標尺和風範，堪稱在新文學史上對愛之母題進行著一次最執著、最深入的審美巡禮和精神建構。

人們對「愛」本就眾說紛紜，對冰心式的愛也就頗有爭議，其中癥結在於「泛愛」。冰心早期散文確有泛愛傾向，以為愛是人類的天性，世界的本質，是博大無私、普遍永在的，是同質等量、無須分辨的。這在慣用階級分析方法的許多論者看來，當然是抽象、虛幻，難以認同的。不過，需要指出的是，冰心的泛愛並非無原則地愛一切，她早就「不能忍受」諸如民族壓迫、強權霸道之類「以人類欺壓人類的事」，連骨肉手足之間若有逞強掠奪之舉，也要「奮然的，懷著滿

2　蕭乾：〈能愛才能恨〉，見卓如：《冰心傳》（上海市：上海文藝出版社，1990年）。

腔的熱愛來抵禦」（《寄小讀者》〈通訊十八〉）。其愛憎相當分明嚴正，只是她當時用以分辨是非的原則不外正義、公理、人道之類，並且一直認定「只有懷著偉大的愛心的人」，「才會憎恨強權，喜愛真理」，「把愛和憎分得清楚分明」（〈從去年到今年的耶誕節〉）。冰心曾慨歎「人世間是同情帶著虛偽，人世間是愛戀帶著裝誣」（《往事》〈以詩代序〉），但正如她所表白的，「人世的黑暗面並非沒見到，只是避免去寫它」，因為她覺得「這社會上的罪惡已夠了，又何必再讓青年人盡看那些罪惡呢？」[3]這樣的分辨取捨，體現了冰心審美的純潔性和傾向性，表明她對醜惡現象的蔑視，對美好事物的專注，著眼於愛與美的淨化而警惕負面因素的侵蝕，從而造就了其散文單純柔和的品格，也相應地制約著她感應人生世態的深廣度。就冰心所關注的審美對象而言，如母愛、童真、友情、自然萬物之愛等，固然有因人而異的種種形態，但也有眾所珍視的共同美質。冰心著重發掘其中息息相通的愛心溫情，領悟愛的共相而張揚愛的普遍意義，這樣的「泛愛」意識本屬於審美範疇應剖析的現象，而不能簡單地從政治上給予一筆抹殺。

　　審美對象的客觀意義和藝術家的審美闡發之間無疑存在著各式各樣的結合形態，文學上對於愛的描寫和闡釋更是如此。冰心所謳歌的愛，只有在作者把它誇大為濟世的秘方的時候，才顯得虛幻和幼稚。但透過冰心所賦予愛的那道光圈，我們又不能不說，箇中情思是現世的、具象的，既親昵又聖潔，既溫柔又莊肅，既平凡又珍貴，既單純又豐滿，真切把握到人與人、人與社會、人與自然之間既有或應有的情感關聯和精神協調，深入觸及到人生的精神需求和終極目標。這就不僅能給予焦渴的心田以慰藉和愉悅，促進人際物我之間的溝通與親

3　子岡：〈冰心女士訪問記〉，見范伯群編：《冰心研究資料》（北京市：北京出版社，1984年）。

善，還能啟發人們思索生命的意義和目的，追求合理的人生和理想的社會，在審美教育和精神建構上具有不可低估、並未過時的積極意義。例如在《寄小讀者》中，冰心歌頌母愛的擴張力和感召力，但她不把母愛侷限於人倫親情的範圍內，而是把它昇華為人與人之間相親相愛感情的典範和牢不可破的精神紐帶，就充分闡發了這種純真情愫的審美意義。況且形象往往大於思想，作者的旨趣只是對感情畫面的某種概括和點染，有時並不能窮盡情境的蘊涵。如《往事》之七的篇末點題：「母親呵！你是荷葉，我是紅蓮。心中的雨點來了，除了你，誰是我在無遮攔天空下的蔭蔽？」著重揭示母愛撫慰和庇護心靈的意義；但文中最動人的情景是荷葉為庇護紅蓮而獨自抵禦暴風雨的吹打，顯示著母愛處變不驚、不畏強暴、柔韌剛強、自我犧牲的精神品性。這一意蘊倒成為冰心後來《關於女人》等散文著重闡發的題旨。由此可見，冰心對愛的發掘和領悟是漸進層遞的，日趨思與境、愛與美的會通融合。當她調準愛的審美焦距，在人際、天人之間洞察萬有的關聯和溝通，在人性、人情層面體認相愛的和諧與莊嚴，就把世界萬物視為有生命可協同的有機整體，把人間現世既有而珍貴的溫情愛意昇華為富有詩意的人生境界和合目的性的理想追求，從而脫盡宗教式布愛的說教和誇飾，以和愛之美來囊括人情物理的同一性和諧調美，去誘發人類的同胞感、友愛心與親和力。這種價值指向，在「亂世」雖說難以被普遍認同，卻不失為一種精神渴求，在「順世」則越發顯示出特有的感召力。愛的世界，理應成為人類文明進化的歸趨。

二

如果說，「愛」是冰心散文的聚焦點，那麼，往事、兒童、山水、人物題材則是它的四方敏感區。冰心散文一貫關注這些題材領

域，環繞愛心構築了四條光彩耀眼的風景線，既輻射愛的光輝，又散發著各自的魅力。

人們的往事回憶，大體上有三種價值取向，或因已流逝而倍覺珍惜，或憑藉閱歷而反思歷史，或發掘人格印痕而領悟人生。冰心散文更注重後者，著眼於尋味生命歷程尤其是童年生活的豐富蘊涵。她不僅在早年「憑著深刻的印象」追述《往事》，展示「生命歷史中的幾頁圖畫」，讓童稚之夢、家人之愛、大海之戀、童真之趣不絕如縷地流向筆端；直到晚年對於故鄉、童年的甜蜜回憶，仍像「初融的春水，湧溢奔流」，寫下大量文章，曾匯編為《記事珠》、《我的故鄉》等專集。她說回憶中留下的痕跡，「最深刻而清晰的就是童年時代的往事。我覺得我的童年生活是快樂的，開朗的，首先是健康的。該得的愛，我都得到了，該愛的人，我也都愛了。我的母親，父親，祖父，舅舅，老師以及我周圍的人都幫助我的思想、感情往正常、健康裡成長。二十歲以後的我，不能說是沒有經過風吹雨打，但是我比較是沒有受過感情上摧殘的人，我就能夠禁受身外的一切。」(〈童年雜憶〉)這裡的深情回味，表明冰心散文的往事追憶，主要不是戀舊心理的驅動，而是審美心理的一種定向，她已把童年的美滿生活視為愛的結晶，美的範本，生命的搖籃，幸福的源頭，再三加以追尋、體認和闡發。因此，她追懷往事的系列散文，較少染上失樂園般的傷逝氣息或針砭現實的反諷意味，更多地是體味和昇華童年時代的純真與活趣，感念和弘揚父母師長的至愛與美德，領悟生命哺育的真諦和價值，探索人格塑造的途徑和成效，這是冰心區別於其他作家同類作品的一個顯著特徵。

冰心對往事的每一次回味，既是鮮活如初，又是新意迭出。編入《記事珠》裡的〈夢〉、〈我的童年〉(一、二)和〈童年雜憶〉四篇，分別寫於二十一、四十二、七十九和八十一歲，可以代表她不同時期對童年的感悟。年輕時的童年夢，既神往於男裝小軍人那橫刀躍

馬的壯美生涯，又迷離於姐妹群裡調脂弄粉的溫柔境地，體認這兩種
環境交錯造就了自身既矯健又嬌柔的性情。她順應境遇的造化，但對
生命的流變、女子的規約不免懷有無窮的悵惘，帶上了生命意識初覺
者工愁善感的印記。到了中年寫〈我的童年〉，已意識到童年「是生
命中最深刻的一段；有許多印象，許多習慣，深固的刻劃在他的人格
及氣質上，而影響他的一生」，並非隨著時光流逝而失落。因此，她
著重發掘和領悟生命中所積澱的童年印痕的內涵和意義，借此強調從
小養成健全人格的重要性，在感念父母養育愛化之恩的同時也「常常
警惕我們應當怎樣做父母」，抵達了明心見性、反躬自勉的境地。晚
年續寫的〈我的童年〉和〈童年雜憶〉等，追述的畫面更為開闊，尤
其是增添了啟蒙教育、文化薰陶、社會影響和家國意識諸內容，把個
體生長與時代環境有機聯繫起來。她進一步確認童年形成的健全心
理，經得起風吹雨打，有助於樹立堅定的精神信念。歷經滄桑的冰心
老人，一貫保有積極樂觀的人生信仰和柔韌強健的人格力量，這與她
童年天性的健全發展確有內在聯繫。她的生命體驗尤其是童年經驗，
經過歲月的淘洗而遺留在記憶深處的，沉澱於人格氣質裡的，越發顯
示出生命和人性的魅力。應該說，她再三描繪的不只是令人嚮往的兒
童樂園，還是耐人尋味的生命現象，引人深思的立人之道，昭示來者
的人生箴言。

　　冰心一貫熱心為少年兒童寫作。她認為：「給兒童寫作，對象雖
小，而意義卻不小，因為，兒童是大樹的幼芽，為兒童服務的作品，
必須激發他們高尚美好的情操，而描寫的又必須是他們的日常生活中
所接觸關心，而能夠理解、接受的事情。」[4]她早已體認兒童教育的
至關重大，注重從小養成健康美好的心靈，因而從早年為《晨報》
「兒童世界」寫《寄小讀者》開始，先後寫了「三寄」等大量的兒童

4　冰心：〈漫談關於兒童散文創作〉（1979），收入《冰心全集》第7卷（福州市：海峽
　　文藝出版社，1994年）。

通訊。「三寄」始終跳躍著一顆純真的童心。這顆童心既是天真活潑
的，與小讀者息息相通，又是成熟健全的，理解和關愛兒童的一切，
自覺負起滋潤幼苗的天職，懷有一副慈母心腸。她在《寄小讀者》開
篇裡就表白：「我從前也曾是一個小孩子，現在還有時仍是一個小孩
子」，「我若不是在童心來復的一剎那頃拿起筆來，我決不敢以成人煩
雜之心，來寫這通訊。」當時，她雖已大學畢業，出洋留學，但仍像
剛離開母親懷抱的姑娘那樣，童心未泯，兒女情長。諸多感懷，如母
愛的回味，遊子的鄉思，病友的愛憐，山中的嬉遊和異域的觀感等
等，充滿著純真的童趣，溫存的愛心，美妙的直覺和鮮活的詩意，大
抵是赤子之心與大姐情懷交融的產物。這一切又出之於姐弟談心般的
親昵口吻，表裡都兒童化了，自然最能打動小讀者的心弦，成為新文
學史上最受小讀者喜愛的審美教育書簡。中老年續寫的兒童通訊，主
要以慈母愛心關懷兒童的身心成長，內容比以前開闊重大，文體也親
切活潑，切合小讀者的精神需要，但畢竟淡化了童真稚氣，影響就不
如「初寄」強烈而持久。從冰心一直關愛兒童身心健康的創作傾向來
看，顯然帶有其童年體驗和母性心懷的深刻印記。她推己及人而又反
求自身，以啟迪童真愛心、陶冶美好情操為己任，致力營造有益於兒
童身心成長的精神天地，這跟她一再追懷童年家園的旨趣是殊途同
歸的。

　　冰心曾把山水和人物列為自己的兩大「癖愛」[5]。她的寫景寫人
散文，始終把人與自然、人與人的溝通、協調作為主要的價值取向和
精神追求，從而在生態環境和人際領域拓展了她的審美天地，營造民
胞物與、萬有相通的精神家園。

　　冰心從小生活在山陬海隅，跟大自然朝夕相處，受故鄉山水的薰
陶如同家庭教養一樣直接而深刻，後來又通過旅行開闊了視野，因而

5　冰心：《平綏沿線旅行記》〈序〉（1935），收入《冰心全集》第3卷（福州市：海峽文
　　藝出版社，1994年）。

對於各地美景都有獨到的體察和出色的寫照。她既喜愛秀麗瑰奇、生
意盎然的南國風物，也愛好雄偉坦蕩、莊嚴蒼涼的北方景觀；既熱愛
祖國的錦繡河山，也眷戀異域的每處遊蹤。她總是以博愛的心懷親近
自然萬物。這與她童年易地生長所培育起來的樸素健全的自然美感有
著天然聯繫，跟她信服「宇宙和個人的靈中間有一大調和」的泰戈爾
學說也有密切關係[6]。冰心早就把地理環境、自然美景視為陶冶人
格、造就作家的必要條件[7]，認為「我們都是自然的嬰兒，臥在宇宙
的搖籃裡」[8]，強調人類深受自然母親的愛化哺育，應與自然生命取
得調和同一，從中吸取精神滋養和生命活力。因此，她總是虛懷甚至
帶著虔敬心情靜對山水自然，不僅敏銳捕捉各種景觀的風姿神韻，還
留心體察萬物之間的關聯諧調，深入領悟自然生命與自我性靈的默契
和交融，潛心營造神與物遊、物我同化的境界。特別是對於那些早已
融入自我生命的景觀，如大海、星空、慰冰湖、青山、綠樹、雲霞等
等，她的歌詠抵達了渾然兩忘、物我相生的境地。例如，她筆下的大
海，就一直與自己的生命體驗和人格追求融為一體，具有「溫柔而沉
靜」、「超絕而威嚴」、「神秘而有容，也是虛懷，也是廣博」的精神品
格。冰心在感悟大海的同時也被大海同化了，她賦予大海的靈性又無
疑融入了自身的襟懷和抱負。她以「海化」青年與讀者共勉，借自然
以淑性勵志，是充分發揮了大自然化育生命、滋潤心靈、昇華人格的
審美意義。這與退隱山林的名士迥異其趣，也不同於把自然和文明對
立起來的藝術觀念，卻與「天人合一」的古典理想遙相呼應。

6　冰心：〈遙寄印度哲人泰戈爾〉（1920），收入《冰心全集》第1卷（福州市：海峽文
　　藝出版社，1994年）。

7　冰心：〈文學家的造就〉（1920），收入《冰心全集》第1卷（福州市：海峽文藝出版
　　社，1994年）。

8　冰心：《繁星》〈一四〉（1921），收入《冰心全集》第1卷（福州市：海峽文藝出版
　　社，1994年）。

　　冰心先後寫過百來篇人物素描和憶悼文章，匯編為《關於女人和男人》。從家庭到校園，從國內到異邦，從奇女子到好男兒，從普通人到大人物，她所結識所敬重、所眷戀的人物奔赴筆下的，不僅日漸豐富多樣，還越發閃現出各自的人格光彩。冰心品藻人物，一貫看重品行操守、情義氣度。她認為「女人的美可分為三種：第一種是乍看是美，越看越不美；第二種是乍看不美，越看越覺出美來；第三種是一看就美，越看越美！」[9]徒有美貌的，她從不欣賞；表裡完美的又相當罕見；倒是具有內涵美的，成為她發掘和讚賞的主要對象。她既善於從凡人瑣事中發現高尚優美的心靈，如〈張嫂〉和〈記富奶奶〉；又能夠在傑出人物身上感知可敬可親的品德，如〈痛悼鄧穎超大姐〉和〈悼念林巧稚大夫〉。她筆下的女人和男子，大多不以事功名望令人生畏，而以人格魅力引人入勝。〈記薩鎮冰先生〉、〈永遠活在我們心中的周總理〉諸篇，就是範例。描寫文化界友人的篇章，更是如此。她把朋友分為「有趣」、「有才」、「有情」三種，並以「有情」為至交密友的先決條件。[10]既強調朋友間志趣相投、同道精進的意義，又重視友伴中性格互補、殊途同歸的價值，視友情為「人我關係中最可寶貴的一段姻緣」，「大海中的燈塔，沙漠裡的綠洲」，人生路上「並肩攜手，載欣載奔」的精神動力。[11]因此，儘管她前後寫了各式各樣的人物和交誼，仍有一貫的審美取向，在寫實求真的基礎上凸現的是各人的美德人品，渲染的是濃郁的友愛人情，展示的是社會生活中一個個大寫的人，高尚的人，可敬可佩而又可愛可親的人，從而構成人格美人情美同在的人物長廊。這與她的童真家園和山水畫卷

9　冰心：〈我的同學〉（1943），收入《冰心全集》第3卷（福州市：海峽文藝出版社，1994年）。

10　冰心：〈我的良友〉（1945），收入《冰心全集》第3卷（福州市：海峽文藝出版社，1994年）。

11　冰心：〈再寄小讀者〉〈通訊二〉（1942），收入《冰心全集》第3卷（福州市：海峽文藝出版社，1994年）。

的精神意蘊息息相通，而更為壯闊、豐美，更具有人格的感召力，更能引人向上思齊。

　　無論是往事追憶，兒童通訊，山水遊記，人物畫廊，冰心散文抒發的是健康、純正、高尚、聖潔的情思，創造的是引人向上、洗滌心懷的真善美同一的境界，沒有夾雜什麼灰色、病態、乖戾、偏激的情緒，也不玩什麼阿世、媚俗、炫奇、牟利的花樣。即使「微帶著憂愁」，也「滿蘊著溫柔」；即使「頭上頂著兩團『火』」，「我的一顆愛祖國、愛人民的心永遠是堅如金石的」[12]。一切都出於愛心，都為了怡性淑世、移風易俗，堪稱得性情之正，合美善之旨。她始終著眼於人的倫理關係和精神生活，立足於人際和諧、人格完善、精神高尚的美學理想，著力發掘、體味和弘揚人與人、人與自然、人與社會之間的和愛，人生常態中健全、美好、高貴的品性，人類既有而應有的向善的追求和人性的尊嚴。她早就願有「太初洪水」般的「十萬斛的水」來洗淨「宇宙間山川人物」，造就清明和愛美滿的大同世界（〈新年試筆〉）；直到「無顧無慮，無牽無掛，抽身便走」的老境，還夢繞魂縈於「靈魂深處永久的家」，不只是充滿父母之愛、手足之情的中剪子巷老家，而且是大街小巷裡男女老幼親如一家、互助相安的社會大家庭，這才是她畢生追尋的精神家園（〈我的家在哪裡？〉）。她又一貫擁有任何力量也奪不走毀不掉的「最寶貴的珍寶」，「那就是我對於人類的信心！」（〈丟不掉的珍寶〉）「我尊敬生命，寶愛生命，我對於人類沒有怨恨，我覺得許多缺憾是可以改進的，只要人們有決心肯努力。」（〈我的童年〉）這樣的精神信念和理想追求造就了冰心散文的清正之氣，和樂之音。她堅信「只要人心中有了春氣，秋風是不會引人愁思的」（《寄小讀者》〈通訊八〉）。她的散文就致力營造「春

_____

12　參見冰心：《寄小讀者》〈通訊二十七〉（1926）、〈五行缺火〉（1992）、〈世紀印象〉（1991）諸篇，收入《冰心全集》第1卷、第8卷（福州市：海峽文藝出版社，1994年）。

「氣」般溫潤清新的精神世界，讓生命的活水、童真的心泉、山水的靈性和人格的光彩去激發讀者心中的審美體驗和美好嚮往，陶養和溝通人們心中的「春氣」以抵禦「秋風」的侵襲。這或許是她一貫「喜歡描寫快樂光明的事物」[13]的良苦用心和價值所在吧。

三

　　冰心早就覺得自己的筆力「宜散文而不宜詩」，後來一再說明她喜愛散文的理由是散文比詩自由靈活，更便於即興抒寫心中的真情實感，及時感應人生的變幻多姿，充分保有美感的鮮活生趣。[14]冰心並不因為散文的輕便易寫而粗製濫造，也不因為寫慣散文而墨守成規，而是把握住散文隨物賦形、自由創造的藝術特性，在長期的創作實踐中不斷追求情文並茂、形神兼到的散文美，形成和完善個人獨創的文體風格。

　　冰心認為：「文章寫到有了風格，必須是作者自己對於他所描述的人、物、情、景，有著濃厚真摯的情感，他的抑制不住衝口而出的，不是人云亦云東抄西襲的語言，乃是代表他自己的情感的獨特的語言。」[15]這裡涉及風格構成中情與文的辯證關係，啟發我們從情感生發與形式生成的同構對應視角來考察冰心散文的獨特風格和藝術成就。

　　冰心創作向來信守「須其自來，不以力構」的原則，「總想以

13　冰心：〈歸來以後〉（1953），收入《冰心全集》第4卷（福州市：海峽文藝出版社，1994年）。

14　參見冰心：〈我的文學生活〉（1932）、〈關於散文〉（1959）、〈談散文〉（1961）、〈漫談散文〉（1981）、〈我與散文〉（1985）諸篇，收入《冰心全集》第3卷、第5卷、第7卷（福州市：海峽文藝出版社，1994年）。

15　冰心：〈關於散文〉（1959），收入《冰心全集》第5卷（福州市：海峽文藝出版社，1994年）。

『真』為寫作的唯一條件」，不肯「不自然地，造作地，以應酬為目的地，寫些東西」[16]。她的確很少勉強自己硬做文章，有時難免應索稿或趕任務而寫下的東西，大多不是缺乏生氣，就是浮光掠影，她曾把此類文章打入「差勁」之列。[17]她習慣於在興會淋漓、情感湧溢之頃信筆揮灑，總以「心裡有什麼，筆下寫什麼」為宗旨。這從創作機制上確保冰心散文是情至文生、意到筆隨、率真見性、自然天成的產物。她的眾多作品就是聽憑這「自來」的文思寫下的，「如〈南歸〉，我是在極端悲痛的回憶中寫的，幾乎不經過思索，更沒有煉字造句的工夫，思緒潮湧，一瀉千里！又如《寄小讀者》，執筆時總像有一個或幾個小孩子站在我面前，在笑、在招手……又如《往事》，那都是我心版上深印的雪泥鴻爪，值得紀念，不記下可惜，這又是一種。還有的是一人、一地、一事，觸動了我的感情，久久不釋，如〈尼羅河上的春天〉，〈國慶日前北京郊外之夜〉，〈一隻木屐〉，寫來也很自然而迅速。此外為追悼朋友之作……也不需要打什麼稿子，順著自己的哀思，就寫成一篇文章。」[18]這幾類散文以其爛熟於心、成竹在胸、至情流露、生氣貫注之成功，證實了冰心的一句名言：「當作者『神來』之頃，不但他筆下所揮寫的形象會光華四射，作者自己的風格也躍然紙上了。」[19]

　　冰心散文的即興抒寫，至情流露，有其相應的表現形式。她深諳

---

16 參見冰心：〈文學家的造就〉（1920）、〈一封公開信〉（1930）、《寄小讀者》〈通訊十六〉（1924）、〈閒情〉（1923）諸篇，收入《冰心全集》第1卷、第2卷（福州市：海峽文藝出版社，1994年）。

17 《冰心散文選》〈自序〉（1982），收入《冰心全集》第7卷（福州市：海峽文藝出版社，1994年）。

18 《冰心散文選》〈自序〉（1982），收入《冰心全集》第7卷（福州市：海峽文藝出版社，1994年）。

19 冰心：〈關於散文〉（1959），收入《冰心全集》第5卷（福州市：海峽文藝出版社，1994年）。

「因情立體，即體成勢」[20]的規律，順應情思湧溢而設體蓄勢，謀篇布局，首先在體勢氣脈上追求意到筆隨，生氣貫通。她的感興，或由回憶沉思引發，或由即景觀物觸動，都是有來由，可捉摸，有形有色有聲息有血肉的。這是其文興象渾然、情境合諧的內在依據，也是她往往採用書信體、回憶體、速寫體和隨想錄的重要原因。落實到具體的篇章結構上，冰心散文不以意匠經營取勝，而以自然流布見長。這與朱自清式的「縝密」有別，又不同於徐志摩式的「跑野馬」。她的自由不拘仍受制於「不絕如縷，乙乙欲抽」的柔婉情思和溫文爾雅、端莊含蓄的才女性情，有流水行雲式的從容自在，也有草蛇灰線式的曲折有致，在體勢上顯得暢達而婉約，纏綿而俊爽，堪稱和暢流溢。例如成名作〈笑〉，由雨後情景的慰藉起興，回眸動心於牆上安琪兒畫幅的微笑，霎時如受神啟，心幕頓開，人間不同時空的相似畫面連袂而來，融為一體。這裡，思緒即興生發，畫面隨機更迭，一「笑」貫通諸景，文氣輕快順暢，起承開合自如，正吻合於遊絲般感興的飄忽合攏、輕靈柔和，通篇洋溢著會心微笑的天然生氣。其瞬間湧上心頭的諸多情景片段，大抵選用類似於〈笑〉的體式和筆致，如早年的《往事》和晚年的「想到就寫」。《寄小讀者》更是「行雲流水似的，不造作，不矜持，說我心中所要說的話」（〈通訊二十五〉）。這固然是「即體成勢」的結果，即書信體給她設定了與小讀者談心的姿態和口吻，但前因還在於「因情立體」。因為她此時客居異邦，遊子心懷，善感多思，加上情繫小讀者，就採用通訊這種更為自由親切的文體，讓錯綜湧溢的感懷汨汨而出，行於所當行，止於所當止，有時甚至不自覺地越出小讀者的範圍而專注於「自己抒情」[21]。這樣，情感興會與體勢生成諧調共振，自由奏鳴，《寄小讀者》從而成為冰心文體成熟的標誌和範例。

---

20 劉勰：〈定勢〉，見《文心雕龍》（北京市：中華書局，1985年）。

21 冰心：〈我是怎樣被推進兒童文學作家隊伍裡去的〉（1980），收入《冰心全集》第7卷（福州市：海峽文藝出版社，1994年）。

　　冰心散文的獨特風格更為具體地表現在語體層面。人們細緻探討過冰心的語言特色，就文白融化、散中帶駢、文中有詩、辭采清麗諸因素發表了不少高見，並視之為「冰心體」的主要內容。文體研究無疑要深入到遣詞造句、聲韻色調諸細微處，才能見微知著而不流於空疏。但也必須像冰心那樣把文辭視為「代表他自己的情感的獨特的語言」，就是說要從情辭關係著眼，探討其表情達意的語言是否發自內心，真切傳神，打上個人獨創印記，把語言分析真正納入風格學範疇，與作者的情感個性有機聯繫起來，才不至於拆散七寶樓臺。

　　冰心歷來信服「言為心聲」的古訓，認定散文寫作是作者在「感情湧溢之頃，心中有什麼，筆下就寫什麼；話怎麼說，字就怎麼寫；有話即長，無話即短；思想感情發洩完了，文章也就寫完了」，這樣的文章「應該都是最單純，最素樸的發自內心的歡呼或感歎，是一朵從清水裡升起來的『天然去雕飾』的芙蓉」[22]。這對於散文的要求看似不高，實為難以企及。因為要臻此化境，除了要有率真行誠的態度和優美高尚的性情，還要有得心應手、無所不達的筆力。嚐過「文字情緒不能互相表現的苦處」的[23]，古往今來，何止冰心一人？像冰心那樣自責曾「努力出稜，有心作態」地寫過「鍍金蓮花似地、華而不實的東西」的[24]，雖說罕見，而「鍍金蓮花」卻又屢見不鮮。於是，文學上自然就有「情盡乎辭」、「情溢乎辭」與「辭溢乎情」諸種差別[25]。冰心曾自白：「去國以前，文字多於情緒。去國以後，情緒多於

22　冰心：〈《垂柳集》序〉（1982），收入《冰心全集》第7卷（福州市：海峽文藝出版社，1994年）。

23　冰心：《寄小讀者》〈通訊十六〉（1924），收入《冰心全集》第2卷（福州市：海峽文藝出版社，1994年）。

24　冰心：〈《垂柳集》序〉（1982），收入《冰心全集》第7卷（福州市：海峽文藝出版社，1994年）。

25　參見朱光潛：〈情與辭〉，《朱光潛美學文集》第2卷（上海市：上海文藝出版社，1982年），頁354。

文字」²⁶。相對而言，是有如許差異。分別寫於出國前後的兩組《往事》，雖然都是對自身生命歷程的細心回味和出色寫照，前者卻多少留有「做」文章的痕跡，所著力渲染的情意往往反而不如後者流露出來的深切濃郁。當然冰心散文中情辭矛盾並不突出，大多是接近或屬於「情盡乎辭」一類的。

《寄小讀者》是情辭俱至的範例。作者當時的弱遊心懷，客居情狀，種種興感意態，一一流露於字裡行間，而語言的種種能指因素又都充分調動起來，合力給種種感興以完形和融化。為了說明問題，就舉〈通訊十九〉為例。在這篇總結青山沙穰療養院生活體驗的通訊中，她「要以最莊肅態度來敘述」所感念不已的「愛」與「同情」。溫柔而聖潔的情致與莊肅帶著親熱的筆調，合諧構成全篇和暢雅健的體勢。遣詞造句以流麗暢達的白話為本體，融入一些古文成分，如文言詞彙、駢偶句式、排比辭格等，合成吟詠語調，在抑揚頓挫、轉折層遞之間體現著一脈情思的生展衍化。「同情和愛，在疾病憂苦之中，原來是這般的重大而慰藉！我從來以為同情是應得的，愛是必得的，便有一種輕蔑與忽視。然而此應得與必得，只限於家人骨肉之間。因為家人骨肉之愛，是無條件的，換一句話說，是以血統為條件的。至於朋友同學之間，同情是難得的，愛是不可必得的，幸而得到，那是施者自己人格之偉大！此次久病客居，我的友人的饋送慰問，風雪中殷勤的來訪，顯然的看出不是敷衍，不是勉強。至於泛泛一面的老夫人們，手抱著花束，和我談到病情，談到離家萬里，我還無言，她已墜淚。這是人類之所以為人類，世界之所以成世界呵！」如此迴旋往復而又一氣呵成，長吁短歎而又激昂俊爽的旋律，彈奏出內心的歡呼：「愛在右，同情在左，走在生命路的兩旁，隨時撒種，隨時開花，將這一徑長途，點綴得香花瀰漫，使穿枝拂葉的行人，踏

---

26 冰心：《寄小讀者》〈通訊十六〉（1924），收入《冰心全集》第2卷（福州市：海峽文藝出版社，1994年）。

著荊棘，不覺得痛苦，有淚可落，也不是悲涼。」這裡，情感意念轉化為意象文采，文氣聲韻渲染著溫情愛意。意趣既見之於語義句式，又流布於音節語調。這樣的「情盡乎辭」，就不是一泄無餘，粗率質直，而是語語含情，聲情並茂，辭盡味長，餘音繞樑，堪稱情文相生，體性同一。所謂清麗、典雅、細膩、婉約等等考語，似乎都可以從這個意義上加以闡釋和定位。如果「單從文體變遷上講」，周作人的見解不無道理，「志摩可以與冰心女士歸在一派，彷彿是鴨兒梨的樣子，流麗輕脆，在白話的基本上加入古文方言歐化種種成分，使引車賣漿之徒的話進而為一種富有表現力的文章」，「是很大的一個貢獻」[27]。但也不免帶點把風格殊異的兩家拉扯在一起的牽強。冰心文體的流麗輕脆，理應聯繫郁達夫所說的作者那「意在言外，文必己出，哀而不傷，動中法度」的中國式「才女的心情」及其「文章之極致」[28]，才能從體性上把她和徐志摩等區別開來。

　　冰心散文的率性抒懷還是動中法度的。散文雖然比詩歌、小說、戲劇更少受特定形式規範的拘束，但也受制於一定的藝術法則，具有自身的形式感和自由度。古今散文，歷來有信守成法與自成律度的兩大傾向及其種種形態。現代散文開創期當然以打破舊規、自創新體為主潮，冰心躬逢其盛，與同代先進一道起步，以獨創的「冰心體」為新型散文樹立了一種風範。冰心在藝術上也不是「過激派」，而是溫和穩健的改良派，一如為人的溫婉莊淑。因此，她忠實於「心中有什麼，筆下寫什麼」的信念，但她心中懷有的文思本就偏於中和純正，帶著傳統教化、古典陶冶的印記和中國慈母、東方才女的本色，再經藝術審美的陶煉熔鑄，筆下所流淌的就愈加和暢雅潔，真率而有節制，自然而有匠心，暢達而有餘味，柔婉而有氣骨，可說是從心所欲

---

27 周作人：〈志摩紀念〉，見《看雲集》（上海市：開明書店，1932年）。

28 郁達夫：《中國新文學大系·散文二集》（上海市：良友圖書印刷公司，1935年），〈導言〉。

不逾矩，讓古典氣息化入了現代美文。不必說初期〈笑〉、《往事》一類作品帶有剛從古典詩文母體脫胎而出的某些痕跡，就是「最自由，最不思索」[29]的《寄小讀者》，在抒情方式、結構藝術和行文用語諸方面，也化用了不少古文筆法和詩詞格調。如前段的引文，以意役法，一氣貫通，其中的承轉、層遞、呼應、抑揚、緩急、輕重，是自然有致、調度得體、環環相扣、可吟可誦的。冰心在散文創作中自由揮灑，得心應手，固然是文體解放、不拘成法使然，但也說明她擁有豐富的詞彙，熟悉種種法度技巧，以藝術修養深厚抵達自由創造的境地。冰心在晚年還說：「我的初期寫作，完全得力於古典文學，如二三十年代的〈寄小讀者〉、〈往事〉等。」（〈我與古典文學〉）因此，應該說冰心散文不僅在語體上融會了文言成分，在筆法上也化用了古典詩文的諸多技巧，為現代散文開創期提供了「出新意於法度之中」[30]的成功範例，樹立了率真自然而又和諧優雅的美文範式，在文體變革上是起著承先啟後的歷史作用的。

　　　　　　　——本文原刊於《文學評論》一九九七年第五期

---

29 冰心：《寄小讀者》〈四版自序〉（1927），收入《冰心全集》第2卷（福州市：海峽文藝出版社，1994年）。

30 蘇軾〈書吳道子畫後〉語，見《蘇軾文集》（北京市：中華書局，1986年），第5冊，頁2210。

朱自清的本色散文

朱自清，字佩弦。原籍浙江紹興，一八九八年十一月二十二日生於江蘇東海，長於揚州，故自稱揚州人。一九二〇年從北京大學畢業後，曾到江浙一帶中學教書。一九二五年起一直擔任清華大學中文系教授，曾遊歷歐洲一年，抗戰時期隨清華大學遷居昆明，執教於西南聯大；一九四八年八月十二日病逝於北京。著有《朱自清全集》十二卷（江蘇教育出版社，1996年），其中一至四卷為散文卷。

朱自清在北大讀書時，適值「五四」新文學運動勃興之際。他加入新潮社和文學研究會，從新詩起步走上新文學道路，以長詩〈毀滅〉成名於詩壇。一九二四年以後轉向散文創作，陸續結集出版了《蹤跡》（詩文合集）、《背影》、《你我》、《歐遊雜記》、《倫敦雜記》、《標準與尺度》、《論雅俗共賞》等，以〈槳聲燈影裡的秦淮河〉、〈荷塘月色〉、〈背影〉、〈兒女〉、〈給亡婦〉等寫景抒情名篇膾炙人口，卓立於現代散文園地。

朱自清散文主要有遊記、抒情小品和雜文諸類作品，起始以寫景美文成名，繼而以親情小品稱勝，最後以知性雜文見長。

朱自清的遊記善於寫景狀物，緣情造境。〈槳聲燈影裡的秦淮河〉是他的第一篇紀遊散文，卻出手不凡，一舉成名。他與好友俞平伯同游秦淮河，暫時舒放心懷，盡情領略剎那間的遊樂雅興。既開放五官感覺，接納紛繁意象而浮想聯翩，又凝目細辨，體察入微，聚焦於槳聲燈影、水光月色而移步換形，顧盼生姿，把秦淮河燈月交輝、槳聲悠揚、畫舫淩波、歌笑盈耳的情景氛圍，描繪得如油畫一般細膩

精美，逼真盡態；同時也把自我流連光景、率性遊樂而又坐懷不亂、悵然若失的內心波動，抒寫得起伏跌宕，神情畢現。他精心結撰，刻意求工，雕琢字句，講究修飾，儘管有些做作卻不失暢達，以精細縝密、文情並茂著稱，與俞平伯的同題遊記各具其妙，並列為早期白話遊記的雙璧。稍後的〈荷塘月色〉在緣情造境上更勝一籌，抵達物我同化、心與境諧的境地。作者為排解內心的「不寧靜」而探訪月光下僻靜的荷塘，「像超出了平常的自己，到了另一個世界裡」。情隨境遷，境由心造。那淡淡月光，薄薄雲霧，絲絲微風，田田綠葉，朵朵荷花，縷縷清香，交融構成清幽美妙之境，與心中的沉思默想相諧調，同化為安寧自在、恬靜平和的理想境界。寫起這類風景，他總是融情入景，以文作畫，得心應手，逼真傳神。如：「微風過處，送來縷縷清香，彷彿遠處高樓上渺茫的歌聲似的。這時候葉子與花也有一絲的顫動，像閃電般，霎時傳過荷塘的那邊去了。葉子本是肩並肩密密地挨著，這便宛然有了一道凝碧的波痕。」以精確的觀察和描繪，新奇的聯想和比喻，把剎那間的動態，微妙的感覺，寫得活靈活現，堪稱美文的範例。除了這類寫景美文，朱自清遊記還有旅行記、風土記之類作品，如《背影》乙輯的〈旅行雜記〉和〈海行雜記〉，三〇年代的〈說揚州〉、〈南京〉以及遊歷歐洲六國的《歐遊雜記》和《倫敦雜記》等。這類遊記不單寫風景名勝，兼記風土人情，發揮精細切實的特長而淡化抒情色調，影響似不如早年的寫景美文。

　　最能體現朱自清散文特色的是以〈背影〉為代表的一批抒寫親情友情的小品文。他深受傳統文化影響，重人倫，講情義，為人溫厚，待人誠懇，所熟悉的主要是家庭、學校、文化界的生活經驗和知識分子的思想情調，寫起日常人生的真情實感，就特別親切自然，真摯動人。他曾在〈冬天〉一文裡追懷與父親、朋友、妻兒過冬的情景，結語寫道：「無論怎麼冷，大風大雪，想到這些，我心上總是溫暖的。」這種溫暖人心的人情之美，在朱自清散文中表現得相當真切、

醇厚，富有創意和餘味。代表作〈背影〉只是一篇樸實無華的千字文，只是如實寫照一個普通平凡的「背影」，卻從細微處見精神，從平實中見深情，從常人熟視無睹的「背影」透視父愛的無微不至，從家常絮語般的字裡行間流露人之子的感念之情，以父子間的真情交流引發人們的感情共鳴。「我看見他戴著黑色小帽，穿著黑布大馬褂，深青布棉袍，蹣跚地走到鐵道邊，慢慢探身下去，尚不大難。可是他穿過鐵道，要爬上那邊月臺，就不容易了。他用兩手攀著上面，兩腳再向上縮；他肥胖的身子向左微傾，顯出努力的樣子。這時我看見他的背影，我的淚很快地流下來了。我趕緊拭乾了淚，怕他看見，也怕別人看見。」父親手腳並用爬上月臺這一特寫鏡頭，既顯示了父親為兒子不辭勞苦的內心，也表現了兒子對父親感激涕零的情狀。這樣的「背影」凝聚了他對父愛的獨特發現和深刻體認，高度概括了普天下深厚純樸的父子親情，具有以小見大、以形傳神的藝術表現力，確是「最不能忘記的」。〈背影〉又不純是親情的慰藉，還有世味的咀嚼。那「禍不單行」、「東奔西走」的家境，既增添了「背影」意象的厚重分量，又渲染了世道艱辛的人生況味，使〈背影〉的意蘊更為厚實，耐人尋味。朱自清抒寫的親情友情，如〈兒女〉、〈給亡婦〉、〈白采〉、〈懷魏握青君〉諸篇，與〈背影〉一脈相通，咀嚼著人生日常的甜酸苦辣，流淌著悲欣交集的真情實感，都富於現實感和人生味。從〈背影〉開始，朱自清散文注重從日常人生取材，抒寫身邊瑣事，體味人情世態，並自覺克服初期寫景文過於雕琢的習氣，脫落鉛華，返璞歸真，追求口語化和談話風，在現代散文開創期樹立了平易自然、樸實清新的美文風範。正如李廣田後來所說的：「朱自清先生的《背影》，雖然只是薄薄的一本小書，而且出版已經那麼多年了，但它一直也還是一個最好的散文範本，它叫我們感到寫散文並不困難，並覺得無論什麼事物都可以寫成很好的文章，它那麼自然，那麼醇厚，既沒有那些過分的傷感，又沒有那些飛揚跋扈的氣息，假如說散文之中

也有所謂正宗的話，我以為這樣的就是。」[1]

　　朱自清在四〇年代中後期走出書齋，參與民主鬥爭，轉向雜文寫作。《標準與尺度》、《論雅俗共賞》二集，既延續他早年關注現實人生的傾向而發展了現實批判精神，又發揮他積學豐厚、閱世深廣的專長而著力於歷史與文化的深入剖析，以博識練達的知性雜文顯示了學者鬥士的特色。〈論氣節〉對「氣節」意念的剖析入微，〈論書生的酸氣〉對「寒酸」意味的追根究柢，〈論吃飯〉對吃飯問題的談古論今，〈論雅俗共賞〉對雅俗觀念的溯源辨流，都能貫通古今，熔鑄史論，而寫得深入淺出，談言微中，溫文細語而又筆底藏鋒，已把學識轉化為理趣，把議論轉化為談話，在現代雜文中別具一格。

　　朱自清散文在描寫、抒情和說理方面都有突出的成就，對文體精益求精，創造了文如其人、用筆如舌的談話風散文，以樸素自然的語言表現本真的思想感情，在現代散文史上開創了本色散文的發展道路。

　　　　　　——本文選自黃修己主編：《20世紀中國文學史》上卷
　　　　　　　　　　（廣州市：中山大學出版社，2004年）

1　李廣田：〈談散文〉，見《文藝書簡》（上海市：開明書店，1949年）。

郁達夫等人的遊記

　　遊記是古老的文體，在中國古代散文史上有柳宗元的〈永州八記〉、徐霞客的《徐霞客遊記》、袁宏道的《袁中郎遊記》等名著，形成了記游寫景、采風訪勝、考察地理、吟詠自然的深厚傳統。「五四」新文化運動興起之後，遊記因社會開放、旅行便利而興盛發達，也因思想解放、個性高揚而異彩紛呈。現代遊記不僅擴大了遊歷天地，廣泛涉及海內外的自然山水和風土人情，而且更新了思想眼光，對自然與自我和人生的關係具有作者各自的體察和感悟，在記遊述感、寫景抒情、物我交融、形神兼到等方面都有創新性和個性化的藝術表現和審美追求，呈現出氣象萬千、美不勝收的繁富景觀。

　　現代遊記有山水遊記、旅行記和風土記等品種。山水遊記注重自然風景，以寫景抒情為主，如朱自清的《蹤跡》（詩文合集），孫福熙的《山野掇拾》，王世穎、徐蔚南的《龍山夢痕》，徐志摩的《巴黎的鱗爪》，鍾敬文的《西湖漫拾》和《湖上散記》，郁達夫的《屐痕處處》和《達夫遊記》等。旅行記則兼記社會見聞和旅途生活，如瞿秋白的《餓鄉紀程》（又名《新俄國遊記》），梁紹文的《南洋旅行漫記》，孫伏園的《伏園遊記》，巴金的《旅途隨筆》，茅盾的《見聞雜記》等。風土記著重描述特定地域的風俗人情，如沈從文的《湘行散記》，味橄的《北平夜話》，郁達夫的《閩遊滴瀝》，胡仲持的《三十二國風土記》，羅莘田的《蒼洱之間》等。各類遊記各有側重，又有交叉，或遨遊神州大地，或領略異域風情，或流連山水名勝，或吟詠草木蟲魚，或采寫行旅見聞，或抒寫漂泊心懷，都自由揮灑，各具特色。

　　郁達夫是現代文學史上最負盛名的遊記作家。他出生於浙江富
陽，一九一三年赴日留學九年，回國後奔波於安慶、北京、武漢、廣
州、上海等地高校執教，參加創造社活動，從事文學創作和翻譯，以
小說〈沉淪〉、〈春風沉醉的晚上〉、〈遲桂花〉和散文〈還鄉記〉等名
作享譽文壇。一九三三年舉家移居杭州後，曾多次出遊，著有《屐痕
處處》、《達夫遊記》等，大大提高了遊記創作的水平和地位。他從小
深受家鄉富春江靈山秀水的陶冶，後來又旅居各地，飽讀詩書，見多
識廣，受到古代田園詩風和浪漫派回歸自然的深刻影響，養成愛好自
然、精於賞玩的靈性才情。他在小說和散文中早就善於描寫風景，營
造情境，寫起山水遊記就更為嫻熟老到，傳神盡相。

　　《達夫遊記》匯編了他一九三六年之前的遊記作品，其中的〈釣
臺的春晝〉、〈浙東景物紀略〉最為出色。〈釣臺的春晝〉是單篇遊
記，記述他獨自探訪富春江上游釣臺嚴陵的遊程，由夜遊桐君道觀和
晝游釣臺嚴陵兩部分組成。當晚夜宿桐廬縣城，乘興先遊桐君山，一
覽市井燈火和星雲月影，「覺得這江山的秀而且靜，風景的整而不
散，卻非那天下第一江山的北固山所可與比擬的了。真也難怪得嚴子
陵，難怪得戴徵士，倘使我若能在這樣的地方結屋讀書，以養天年，
那還要什麼的高官厚祿，還要什麼的浮名虛譽哩？一個人在這桐君觀
前的石凳上，看看山，看看水，看看城中的燈火和天上的星雲，更做
做浩無邊際的無聊的幻夢，我竟忘記了時刻，忘記了自身，……」這
流連忘返、想入非非的情景，既寫出桐廬勝景的迷人，又洩露他嚮往
逸士、超脫世俗的心懷，為下文抒寫釣臺情景也做了鋪墊和烘托。次
日乘小船溯江而上釣臺，先概述行程所見所思，「驚歎了半天，稱頌
了半天，人也覺得倦了」，迷糊中回想起一次飲酒賦詩、遣悶抒憤的
情形。這個穿插有些突兀，卻別有深意，聯繫全文來看，開頭有避禍
出行的交代，前文有遺世獨立的幻夢，最後還有鄙夷官迷、破壁題詩
的言行，都表明此行不全是遊山玩水，還含有憤世嫉俗、尚友古人的

深意，所引律詩就表現了他不滿黑暗現實、「悲歌痛哭終無補」的悲憤心態。這成為全文的內在線索，深化了探訪釣臺嚴陵的精神意義。當行船到了釣臺山腳下，他被船家叫醒過來，對眼前的景色做了傳神寫照：

> 清清的一條淺水，比前又窄了幾分，四圍的山包得格外的緊了，彷彿是前無去路的樣子。並且山容峻削，看去覺得格外的瘦格外的高。向天上地下四圍看去，只寂寂的看不見一個人類。雙槳的搖響，到此似乎也不敢放肆了，鉤的一聲過後，要好半天才來一個幽幽的迴響，靜，靜，靜，身邊水上，山下岩頭，只沉浸著太古的靜，死滅的靜，山峽裡連飛鳥的影子也看不見半隻。

他的感覺特別靈敏精微，捕捉住這方靜景的形神，把山勢包得格外緊、槳聲也不敢放肆的場景寫活了，以「鉤的一聲過後，要好半天才來一個幽幽的迴響」這句神來之筆，寫出此時有聲勝無聲的幽靜之境。從江上仰望釣臺，「只看得見兩個大石壘，一間歪斜的亭子，許多縱橫蕪雜的草木」。爬上釣臺，「立在東臺，可以看得出羅芷的人家，回頭展望來路，風景似乎散漫一點，而一上謝氏的西臺，向西望去，則幽谷裡的清景，卻絕對的不像是在人間了」。他觀賞釣臺風景之後，回到嚴子陵祠堂，看到過路高官和鄉賢的不同題詩，也乘機題寫原先吟詠過的那首舊作，再次表達憤世慕賢的心懷。全文記遊蹤，賞清景，憑弔古人，譴責世道，把探訪釣臺嚴陵的游程寫得搖曳多姿，別開生面，具有獨抒懷抱、排遣憤懣的個人特色。

〈浙東景物紀略〉是系列遊記，有〈方岩紀靜〉、〈爛柯紀夢〉、〈仙霞紀險〉、〈冰川紀秀〉四篇，都著重描寫各處風景的顯著特色，以點帶面連袂而成浙東景物的一幅長卷。僅以〈方岩紀靜〉為例，可

見其寫照傳神的大手筆。他開頭交代方岩香火旺盛、盛名遠播的民俗
緣由後，特意說明「我們的不遠千里，必欲至方岩一看的原因，卻在
它的山水的幽靜靈秀，完全與別種山峰不同的地方」。為此，他著力
突顯方岩之靜，先總寫群峰的奇特壯觀：

> 方岩附近的山，都是絕壁陡起，高二三百丈，面積周圍三五里
> 至六七里不等。而峰頂與峰腳，面積無大差異，形狀或方或
> 圓，絕似碩大的撐天圓柱。峰岩頂上，又都是平地，林木叢
> 叢，簇生如髮。峰的腰際，只是一層一層的沙石岩壁，可望而
> 不可登。間有瀑布奔流，奇樹突現，自朝至暮，因日光風雨之
> 移易，形狀景象，也千變萬化，捉摸不定。山之偉觀到此大約
> 是可以說得已臻極頂了罷？

這種岩峰比中國畫裡的奇岩絕壁和外國小說中的大石面還要雄偉神
奇，「尤其是天造地設，清幽岑寂到令人毛髮悚然的」五峰書院所在
的一區境界：

> 北面數峰，遠近環拱，至西面而南偏，絕壁千丈，成了一條上
> 突下縮的倒覆危牆。危牆腰下，離地約二三丈的地方，牆腳忽
> 而不見，形成大洞，似巨怪之張口，口腔上下，都是石壁，五
> 峰書院，麗澤祠，學易齋，就建築在這巨口的上下顎之間，不
> 施椽瓦，而風雨莫及，冬暖夏涼，而紅塵不到。更奇峭者，就
> 是這絕壁的忽而向東南的一折，遞進而突起了固厚、瀑布、桃
> 花、覆釜、雞鳴的五個奇峰，峰峰都高大似方岩，而形狀顏
> 色，各不相同。立在五峰書院的樓上，只聽得見四周飛瀑的清
> 音，仰視天小，鳥飛不渡，對視五峰，青紫無言，向東展望，
> 略見白雲遠樹，浮漾在楔形闊處的空中。一種幽靜，清新，偉

大的感覺，自然而然地襲向人來；朱晦翁，呂東萊，陳龍川諸道學先生的必擇此地來講學，以及一般宋儒的每喜利用山洞或風景幽麗的地方作講堂，推其本意，大約總也在想借了自然的威力來壓制人欲的緣故，不看金華的山水，這種宋儒的苦心是猜不出來的。

這猶如一系列電影鏡頭，由遠及近，又由近推遠，將全景和局部一一展現在眼前；又比電影畫面進一步滲透作家的深切感受，捕捉到襲人而來的一種幽靜、清新、偉大的感覺，體會到宋儒借自然抑人欲的一番良苦用心。身處這樣的造化奇境油然而生的敬畏心和崇高感，真能「使人性發現，使名利心減淡，使人格淨化」[1]。他抓住各地自然山水的特別之處，把審美焦點移向自然美本身，潛心於自我與自然的交流和對話，將自己的主觀感受融匯進去，用優美流麗的文字描寫出來，達到了窮形傳神的藝術境界。

　　郁達夫還有〈故都的秋〉、〈北平的四季〉一類未收入《達夫遊記》的另類遊記，不記遊蹤而綜合描寫某地景觀，屬於風土記，實際上也是他旅居遊歷的一種經驗結晶和藝術表現。他早年在北京旅居過，後來又經常來往，對北京的風物人情有自己深切的體驗和感悟，寫來就得心應手，別有風味。前後二文都從季節入手，體察不同季節的不同風情。

　　〈故都的秋〉專嚐秋味。他見多識廣，在廣泛比較中首推北國秋意最濃，「特別來得清，來得靜，來得悲涼」。據此展開具體描寫，先簡單列舉、一筆帶過「陶然亭的蘆花，釣魚臺的柳影，西山的蟲唱，玉泉的夜月，潭柘寺的鐘聲」等令人想念、眾所周知的名勝秋景，而著墨於日常隨處可見可感的秋意，更能體現北國秋意的深濃。牽牛花

1　郁達夫：〈山水及自然景物的欣賞〉，見《閒書》（上海市：良友圖書印刷公司，1936年）。

的朝開暮謝，槐樹落蕊的微細柔軟，秋蟬的衰弱的殘聲，紅棗等秋果的琳琅滿目，都自然而然地使人「感覺到十分的秋意」，尤其是涼風秋雨，使人微歎著互答著說：「唉，天可真涼了──」「可不是麼？一層秋雨一層涼啦！」北京人唸起來特別有味道，真是天涼好個秋！他進而從中外詩文中體會秋味愛好的普遍性，「足見有感覺的動物，有情趣的人類，對於秋，總是一樣的能特別引起深沉，幽遠，嚴厲，蕭索的感觸來的」，「可是這秋的深味，尤其是中國的秋的深味，非要在北方，才感受得到底」，南國之秋雖有「特異的地方」，但比起北國的秋來，「正像是黃酒之與白乾，稀飯之與饃饃，鱸魚之與大蟹，黃犬之與駱駝」。這裡的領悟和比較，妙喻和博喻，又都回到故都秋味最美的旨趣上，所以結語一往情深、不無誇張地說：「秋天，這北國的秋天，若留得住的話，我願意把壽命的三分之二折去，換得一個三分之一的零頭。」

　　〈北平的四季〉則依次品鑒冬、春、夏、秋的不同風味。他對一般人所最怕過的北平的冬天，花費近半篇幅加以重點品味，因為「要想認識一個地方的特異之處，我以為頂好是當這特別處表現得最圓滿的時候去領略」，「北平的冬天，冷雖則比南方要冷得多，但是北方生活的偉大幽閒，也只有在冬季，使人感受得最澈底」。他領略著四合院內外兩重天的生活場景，雪地裡溜冰、做雪人、趕冰車雪車、與朋友郊遊的特別風情，冬宵三兄弟徹夜閒聊的深沉情調，深有會心地總結說：「北平的冬季，是想賞識賞識北方異味者之唯一的機會；這一季裡的好處，這一季裡的瑣事雜憶，若要詳細地寫起來，總也有一部《帝京景物略》那麼大的書好做」。接著「略寫一點春和夏以及秋季的感懷夢境」，也是抓住特點寫照傳神的。春天是來去匆匆，新綠耀眼。三伏天也感不到炎熱與薰蒸。秋天的回味「也更覺得比別處來得濃厚」，「北平的秋，才是真正的秋」，所以他專門寫過〈故都的秋〉，這次只補充寫點郊外的秋色。他感到「在北平，春夏秋的三季，是連

成一片；一年之中，彷彿只有一段寒冷的時期，和一段比較得溫暖的時期相對立」，這是他在全文構思中把四季分為冬季與春夏秋三季兩大塊的內在依據吧。他統觀北平的四季，覺得「每季每節，都有它的特別的好處；冬天是室內飲食奄息的時期，秋天是郊外走馬跳鷹的日子，春天好看新綠，夏天飽受清涼」，排比對照，一語中的！更微妙的是「各節各季，正當移換中的一段時間哩，又是別一種情趣，是一種兩不相連，而又兩都相合的中間風味，如雍和宮的打鬼，淨業庵的放燈，豐臺的看芍藥，萬牲園的尋梅花之類」，這說得有些幽玄，倒是把北平四季流轉過渡的特有風味傳達出來。他在日寇進逼華北、故都日就淪亡之際，寫出「一年四季無一月不好的北平」，還飽含感時憂國的深情厚意，在文中已有「哀歌」、「巨魔」的暗示，在文末也就直抒胸臆了：「我在遙憶，我也在深祝，祝她的平安進展，永久地為我們黃帝子孫所保有的舊都城！」對於大好河山，每一個中華兒女，無論何時何地，都會有這樣深厚的珍愛之情吧！

　　郁達夫的山水遊記和風土記都善於捕捉各處風物景觀的特點，體察自然與人生的關係，融入自我的獨到感悟，創造形神兼備、情景交融的境界。品讀他的遊記，使人如臨其境，感同身受，不僅獲得精神滋養，還能提升欣賞自然的審美能力。

　　小說家老舍也寫過不少散文小品，其中的〈想北平〉和〈濟南的冬天〉二文與郁達夫的〈故都的秋〉、〈北平的四季〉一併選入中學語文課本。老舍是地道的北京人，以寫京味小說著稱。一九三六年在青島山東大學任教期間寫的〈想北平〉，是篇思鄉的抒情散文，也帶有風土記的因素。與郁達夫的欣賞眼光有別，老舍是滿懷全身心的真愛來謳歌北平的，「我所愛的北平不是枝枝節節的一些什麼，而是整個兒與我的心靈相粘合的一段歷史，一大塊地方，多少風景名勝，從雨後什剎海的蜻蜓一直到我夢裡的玉泉山的塔影，都積湊到一塊，每一小的事件中有個我，我的每一思念中有個北平」，「因為我的最初的知

識與印象都得自北平，它是在我的血裡，我的性格與脾氣裡有許多地方是這古城所賜給的」。他又到過倫敦、巴黎、羅馬等著名都城，在整體比較中更真切地把握住北平古都的特色：一是北平的生活氣氛溫和安適，居家「像小兒安睡在搖籃裡」，不像巴黎那樣「太熱鬧」，「北平也有熱鬧的地方，但是它和太極拳相似，動中有靜」。二是北平的城建布局「在人為之中顯出自然，幾乎是什麼地方既不擠得慌，又不太僻靜」，「北平的好處不在處處設備得完全，而在它處處有空兒，可以使人自由的喘氣；不在有好些美麗的建築，而在建築的四圍都有空閒的地方，使它們成為美景」。三是北平的花多菜多果子多，「使人更接近了自然」，城內「沒有像倫敦的那些成天冒煙的工廠」，城外「緊連著園林，菜圃與農村」，採菊東籬下，是可以悠然見西山或北山的。他的詠歎發自內心深處，他的語言又是滿口京腔，道出了心目中老北京的整體情調，堪稱寫意傳神、文情並茂的北京頌！

　　〈濟南的冬天〉是老舍於一九三一年初到齊魯大學執教時寫的一組濟南印象記之一。全文僅千把字，從天氣到山水，誘導人們品賞濟南冬天風和日麗、山明水秀的美妙之處：「一個老城，有山有水，全在藍天底下，很暖和安適的睡著，只等春風來把它們喚醒，這是不是個理想的境界？」這一總體把握，把濟南城擬人化、人性化了。一圈小山也「好像把濟南放在一個小搖籃裡」，還會安慰人們說：「你們放心吧，這兒準保暖和。」下點小雪的山景就更秀美了，矮松竟然「好像小日本看護婦」，夕照中山腰「那點薄雪好像忽然害了羞，微微露出點粉色」，城外山坡上的村莊和白雪簡直是一張名家的水墨畫。泉城的河水「不但不結冰，倒反在綠藻上冒著點熱氣」，「天兒越晴，水藻越綠，就憑這些綠的精神，水也不忍得凍上」。水中的照影更是上下交融，「全是那麼清亮，那麼藍汪汪的，整個是塊空靈的藍水晶」。山水既美妙又有情，富有詩情畫意和人生氣息。老舍在齊魯大地生活過七年，視為第二故鄉，寫起齊魯風物，一如〈想北平〉那樣的鍾情和親熱，鮮活和傳神。

　　詩人徐志摩的遊記名篇〈我所知道的康橋〉，全文共四節五千來字，入選高中語文讀本時僅節選其中的三、四兩節。徐志摩是著名的新月派詩人，在散文上也卓有成就，著有《落葉》、《巴黎的鱗爪》、《自剖》、《秋》等散文集。他留學歐美，幾度在劍橋大學浸染過，深受浪漫主義精神的洗禮，認為「大自然才是一大本絕妙的奇書，每張上都寫有無窮無盡的意義，我們只要學會了研究這一大書的方法，多少能夠了解他內容的奧義，我們的精神生活就不怕沒有滋養，我們理想的人格就不怕沒有基礎」（《落葉》〈話〉）。他對大自然的解讀，是潛心投入、感通靈性的，不僅寫出「我所知道的康橋」的天然景色和學生生活，更是把康橋的靈性與自己的康橋情結融為一體，寫出他心靈的康橋聖地和理想境界。他在頭兩節交代與康橋結緣經過後，就圍繞康河縱筆抒寫兩岸的秀麗風光，真是移步換形，搖曳多彩，如詩如畫，引人入勝。在他的筆下，一切景觀都心靈化了，一切景語都是情語和心語。例如：康河上游「有一個果子園，你可以躺在累累的桃李樹蔭下吃茶，花果會掉入你的茶杯，小雀子會到你桌上來啄食，那真是別有一番天地」，「上下河分界處有一個壩築，水流急得很，在星光下聽水聲，聽近村晚鐘聲，聽河畔老牛努草聲，是我康橋經驗中最神秘的一種：大自然的優美，寧靜，調諧在這星光與波光的默契中不期然的淹入了你的性靈」，這樣的情景令人著迷，領受到天人感應交融的美妙神奇。又如：

　　　　我這一輩子就只那一春，說也可憐，算是不曾虛度，就只那一
　　　　春，我的生活是自然的，是真愉快的！（雖則碰巧那也是我最
　　　　感受人生痛苦的時期。）我那時有的是閒暇，有的是自由，有
　　　　的是絕對單獨的機會。說也奇怪，竟像是第一次，我辨認了星
　　　　月的光明，草的青，花的香，流水的殷勤。我能忘記那初春的
　　　　睥睨嗎？曾經有多少個清晨，我獨自冒著冷去薄霜鋪地的林子

裡閒步──為聽鳥語，為盼朝陽，為尋泥土裡漸次蘇醒的花草，為體會最微細最神妙的春信。啊，那是新來的畫眉在那邊凋不盡的青枝上試它的新聲！啊，這是第一朵小雪球花掙出了半凍的地面！啊，這不是新來的潮潤沾上了寂寞的柳條？

這裡，驚喜的情感籠罩著初春的景物，敏感的心靈感應著初春的氣息，那麼敏銳，那麼細膩，那麼微妙和驚奇，堪稱以心觸物、緣情寫景、景語與心語渾然一體的範例。他從大自然中不僅獲得美感愉悅，還更深切地體悟到一種生命哲理：「人是自然的產兒，就比枝頭的花與鳥是自然的產兒；但我們不幸是文明人，人世深似一天，離自然遠似一天。離開了泥土的花草，離開了水的魚，能快活嗎？從大自然，我們取得我們的生命；從大自然，我們分取得我們繼續的滋養。那一株婆娑的大木沒有盤錯的根柢深入在無盡藏的地裡？我們是永遠不能獨立的。有幸福是永遠不離母親撫育的孩子，有健康是永遠接近自然的人們。不必一定與鹿豕遊，不必一定回『洞府』去：為醫治我們當前生活枯窘，只要『不完全遺忘自然』一張輕淡的藥方，我們的病象就有緩和的希望。在青草裡打幾個滾，到海水裡洗幾次浴，到高處去看幾次朝霞與晚照──你肩背上的負擔就會輕鬆了去的。」這道理並不深奧，也不難踐行，但真能從自然生命中汲取滋養，陶冶性靈，那還是不容易的，不僅要身體力行，還要有熱愛自然的赤子之心。

　　品讀遊記名篇，是一種美妙的精神遊歷。不僅有如臨其境、神遊世界之感，聊慰無法親歷的缺憾，還可以像作者那樣觀賞和領悟自然與人生，體察作者的心靈感應和精神訴求，尋味自然與文化的底蘊，從中吸取精神滋養，陶冶思想性情，增強感受自然的審美能力和關愛自然的自覺意識。

──本文選自《汪文頂講現代散文》（長沙市：

湖南教育出版社，2012年）

豐子愷的隨筆藝術

　　豐子愷是位多才多藝、風格獨特的藝術家。他不僅是現代漫畫的開路先鋒，也是散文隨筆的名家老手，還是知名的音樂家和書法家。他十七歲進杭州省立第一師範學校，愛好圖畫和音樂，一九二一年自費赴日本留學，一年後回國任美術、音樂教師和書店編輯，一九三〇年起專門在家著書作畫。抗戰後又當了幾年教師，一九四四年起又在家專心創作。他的生活和藝術連為一體，創作是他的第二生命，各樣作品都打上他全人格的印記。從他的畫品文風中可以想見他天真誠懇、善良博愛、恬靜溫和、瀟灑風趣的神情姿態。外國人說他是「現代中國最像藝術家的藝術家」，像「陶淵明、王維那樣的人物」[1]；朋友稱頌他「從頂至踵，渾身都是個藝術家」[2]；評論家推斷他的作品是「一個赤裸裸的自己」[3]。他以漫畫和隨筆名聞遐邇，形式有別，卻同出一源，各擅其長。在赤裸裸地表現自己的真情實感和藝術個性方面，他的隨筆比漫畫來得直接、深切和豐富，在他的藝術生涯中和現代散文史上都占有不可忽視的一席重要位置。

　　在新文學領域，豐子愷可說是一個專門的散文家。他對現代散文發展的貢獻，不僅在於筆耕不懈，收穫豐饒，更主要的是以自己的藝

1　〔日〕吉川幸次郎選譯《緣緣堂隨筆》時對豐子愷的評語，見《率真集》附錄〈讀《緣緣堂隨筆》〉。

2　朱光潛：〈緬懷豐子愷老友〉，見《藝文雜談》（合肥市：安徽人民出版社，1981年）。

3　王西彥：〈赤裸裸的自己──《豐子愷散文選集》序言〉，見《豐子愷散文選集》（上海市：上海文藝出版社，1981年）。

術視角觀照和品評人生世態，以獨特的藝術風格豐富和發展了隨筆散
文的藝術表現力，以個人的筆情墨趣為現代散文增添了一分情趣美。
他從一九二五年開始寫作發表散文隨筆，先後結集出版過《緣緣堂隨
筆》（1931）、《子愷小品集》（1933）、《隨筆二十篇》（1934）、《車廂
社會》（1935）、《緣緣堂再筆》（1937）、《子愷近作散文集》（1941）、
《教師日記》（1944）和《率真集》（1946）等，始終堅持隨意抒寫、
絮語漫談的寫作態度，繼承文學研究會為人生的文學傳統，專注於描
寫人生日常生活現象，「泥龍竹馬眼前情，瑣屑平凡總不論。最喜小
中能見大，還求弦外有餘音」[4]，較充分地發揮了散文隨筆的藝術功
能。他是現代散文史上一位有代表性的風格作家。

　　豐子愷的散文創作稍後於漫畫一步。在〈我的漫畫〉（1947）一
文中，他把自己二十多年的漫畫創作歷史約略分為描寫「古詩句」、
「兒童相」、「社會相」、「自然相」四個時期。初期活用古詩詞意境作
畫，尚屬於「被動的創作」。從勾描兒童相開始進入「自動的創作」，
同時開始創作散文隨筆。在散文創作中，最初交錯表現的題材是人生
問題和兒童生活，相當於漫畫創作第二期；繼而擴展到社會生活相，
以至於戰時生活相。其漫畫和散文的發展過程與取材範圍雖不盡相
同，卻大體吻合。因為二者都是根源於他的生活經驗，都是他得心應
手的表現形式，本同末異，恰好相映成趣。他的漫畫以筆法別致、情
趣盎然為時人所看重，有人甚至抑文揚畫，否定其散文成就，大有勒
令作者擱筆之意。[5]倒是散文行家郁達夫讚賞他的散文，在他編選的
《中國新文學大系・散文二集》中選入豐子愷的五篇作品，並在〈導
言〉中指出：「人家只曉得他的漫畫入神，殊不知他的散文，清幽玄

4　豐子愷：《豐子愷畫集》（上海市：上海人民美術出版社，1963年），〈代自序〉。

5　如上海仿古書店一九三六年出版的盜版書《豐子愷創作選》的編者陳筱梅，在
　　〈序〉中指責豐子愷散文是「不尷不尬的半幽默式的文章」，要作者「在文字方面
　　買賣」關起「店」、「宣告停止營業」。

妙，靈達處反遠出在他的畫筆之上。」他的散文在三〇年代就被譯介
到日本，日本知名散文家谷崎潤一郎專門寫了讀後感，把他比諸日本
著名散文家內田百間氏，稱道其隨筆是「藝術家的著作」[6]。其實，
豐子愷的漫畫和散文異曲同工，各擅其長，沒必要抑此揚彼。正如他
體會的那樣：「在得到一個主題以後，宜於用文字表達的就寫隨筆，
宜於用形象表達的就作漫畫」，「或用線條，或用文字，表現工具不同
而已」。[7]

一

　　豐子愷散文對人生根本問題的體察思考，集中體現在他創作初期
的一些作品中，也延伸到三〇年代以後的創作中，代表性作品有〈剪
網〉、〈漸〉、〈大帳簿〉、〈晨夢〉、〈秋〉、〈陌巷〉、〈兩個「？」〉、〈無
常之慟〉、〈大人〉諸篇。他是文學研究會會員，與葉聖陶、朱自清、
夏丏尊等過從甚密，在二〇年代探討人生意義的風氣影響下開始從事
散文創作，因而，他在起始階段也把注意力放在這類切身問題上。但
他和文學研究會同人的現實主義態度不一樣，著重從佛教哲理角度來
探究人生底蘊，帶有釋家慈悲虛無、超脫神秘的宗教意味，這是由於
他接受業師李叔同先生（弘一法師）影響、信奉佛教哲學造成的。在
〈漸〉、〈大帳簿〉、〈陌巷〉、〈兩個「？」〉諸文中，他坦露了皈依佛
教的心靈歷程。他生來多情善感，從小就愛窮究一切，對於人生存在
的「時間」和「空間」形式的神秘莫測一直帶著大問號，為變化無常
的世事、不可捉摸的命運而苦惱，對現實的黑暗、人生的苦悶也找不

6　〔日〕谷崎潤一郎著，夏丏尊譯：〈讀《緣緣堂隨筆》〉，見豐子愷：《率真集》（上海
　　市：萬葉書店，1946年）。

7　豐子愷：〈我的漫畫〉（1947），見《緣緣堂隨筆》（北京市：人民文學出版社，1957
　　年）。

到合理的解釋，疑惑與悲哀與日俱增，精神負擔愈來愈重，直到他受佛理啟發，才豁然開朗，自我解脫。他覺得人在「無窮大的宇宙間的七尺之軀」猶如「滄海一粟」，在「無窮久的浩劫中的數十年」不過是「電光石火」，慨歎「世事無常」，「人生如夢」，因而產生「我覺得生榮不足道，而寧願歡喜讚歎一切的死滅」、「我但求此生的平安的度送與脫出而已」這樣悲觀超脫的人生觀，神往於那種「能於無形中將身心放大」、「超越自然力」的「大人格」，也就是能「收縮無限的時間並空間於方寸的心中」、「納須彌於芥子」的佛家。看來，他接受佛教虛無思想的影響，起源於他對現實社會的不滿和失望，對神秘莫測的自然和渺茫難知的人生的疑惑和悲哀，帶有窮究人生真相、尋求解脫方法的特點，與迷信和盲從不可同日而語。他從不滿現實、懷疑人生出發，對世事紛紜、人生苦難作出虛無的解釋，對世俗人事抱著超脫態度，反映的是無力改變黑暗現實的知識分子企求超越現實而尋找精神寄託這樣一種典型心理。儘管這是一種心造的幻影，但其中蘊含的人間苦卻是現實的投影，他只不過是借此對付現實，求得心理平衡罷了。

　　豐子愷從佛理玄思中獲得對苦難現實的一種精神超越，卻沒有從佛國的極樂世界獲得理想追求的滿足，也許那種不食人間煙火的涅槃境界對他來說是高不可攀的。他憧憬的還是人間的大同世界，「天下如一家，人們如親族，互相親愛，互相幫助，共樂其生活，那時陌路就變成家庭」（〈東京某晚的事〉）。這是一個充滿人情味的、桃花源式的理想王國，在他想像中倒是合情合理的。但他不知道怎樣實現這種理想社會，也不敢肯定它能夠實現，只能停留在假定和憧憬上。現實社會的黑暗使他看不到光明的出路，空幻的理想依然撫慰不了他的苦悶的心靈。這時，身邊一群天真活潑的孩子成了他憧憬的具體對象，喚醒了他失去已久的一顆童心，他轉而成為一個兒童崇拜者。他當時的心靈，被兒童佔據著，「時時在兒童生活中獲得感興」，「玩味這種

感興，描寫這種感興」，成了他當時「生活的習慣」。[8]

　　豐子愷描寫兒童生活相的隨筆，大多是現代散文史上膾炙人口的名篇，像〈華瞻的日記〉、〈給我的孩子們〉、〈兒女〉、〈作父親〉和〈送阿寶出黃金時代〉等文，可以和冰心的《寄小讀者》相媲美，在童趣玩味、童真禮讚、父愛流露等方面實勝過冰心，正如郁達夫稱道他「對於小孩子的愛，與冰心女士不同的一種體貼入微的對於小孩子的愛，尤其是他的散文裡的特色」[9]。冰心寫給兒童的散文，以平等對話、感情誘導方式來啟發兒童「愛」的思想，是她「愛的哲學」的一種表現。她只是和兒童站在同等地位上，以自己的童心和溫情感染小讀者，還達不到一種與兒童打成一片、對兒童體貼入微的境界。因而，茅盾認為：「指名是給小朋友的《寄小讀者》和〈山中雜記〉，實在是要『少年老成』的小讀者或者『猶有童心』的『大孩子』方才讀去有味兒。」[10]豐子愷不僅熱愛兒童，與兒童平等相待，更進一步信奉「兒童本位」，覺得成人受世智塵勞蒙蔽，反不如兒童純潔真誠。他把自己化為兒童，用兒童的心眼寫下的〈華瞻的日記〉，不僅心思、感覺、情緒完全屬於兒童的，連敘述的口吻、行文的稚氣也是兒童的，對兒童心理體察到可以亂真的地步，這在現代作家中，恐怕只有豐子愷抵達此境了。豐子愷讚美的是兒童的人格美，天真，誠實，純潔，健全，活潑，熱情，自然，生命力旺盛，創造欲強烈，心胸寬廣，人格完整，幾乎把一切美好的詞句都加在兒童身上。面對這樣完美的人性，怎不叫他崇拜得五體投地呢！宗教虛無縹緲的極樂世界吸引不了他，人間理想的大同世界不過是他的憧憬，只有這曇花似的兒童天國在他眼前閃現過，以其特有的人情美勾住了他的靈魂。

8　豐子愷：〈談自己的畫〉，見《車廂社會》（上海市：良友圖書印刷公司，1935年）。

9　郁達夫：《中國新文學大系・散文二集》（上海市：良友圖書印刷公司，1935年），〈導言〉。

10　茅盾：〈冰心論〉，《文學》第3卷第2期（1934年）。

　　對於豐子愷這些謳歌童真的作品，有的人從「逃避現實」方面加以否定。也許作者就預料到人們不能很好理解他的一番苦心，所以多次在自敘文中加以辯白過。在〈我的漫畫〉中，他解釋道：

> 我向來憧憬於兒童生活，尤其是那時，我初嘗世味，看見了當時社會裡的虛偽驕矜之狀，覺得成人大都已失去本性，只有兒童天真爛漫，人格完整，這才是真正的「人」。於是變成了兒童崇拜者，在隨筆中漫畫中，處處讚揚兒童。現在回憶當時的意識，這正是從反面詛咒成人社會的惡劣。這些畫我今日看時，一腔熱血，還能沸騰起來，忘記了老之將至。

他歌頌兒童的起因、動機和效果，在這裡說得再明白不過了。的確，他往往用兒童生活的健全來反襯成人社會的病態，反省自己內心的異化，企圖以此來喚醒童心，矯正世風，促使社會兒童化。這種返璞歸真的想法，從社會發展觀來說當然是幼稚可笑的，但從人生理想追求來看，固然有虛幻的一面，卻也有人性復歸、人性完善的合理要求的一面。對人們真誠、純潔、活潑、健全等美好品性的歌頌和追求，是正當的，無可非議的。在階級鬥爭尖銳化的二、三〇年代，作者未能以階級分析的眼光審視童真人性主題，這是他世界觀的侷限，不必為他諱言，也不必任意拔高其歷史意義，但也不能一筆抹殺其思想價值。其實，他當時也知道兒童的黃金時代有限，兒童天國只是曇花一現，但他還是抱著「蜘蛛網落花」的態度力圖保留一點人生黃金時代的痕跡，這就不能僅僅把他看作是兒童世界的留連忘返者，其移情矯世之用心是可以感覺出來的。

　　兒童崇拜、佛理玄思是豐子愷早期散文交錯展開的兩個主題，是他不滿現實而避開現實的兩種表現。一方面，他沉湎於自己的精神生活中，超越了有形的現實生活，甚至遁入空門探究佛理；另一方面，

他神往於兒童世界的純真美好，反照世俗社會的虛偽污濁。佔據他心頭的只有宗教、兒童和藝術。他生活在自己的精神世界中，他的創作成了他的精神生活的率真表現。可以說，他早期散文帶有消極浪漫主義、神秘主義、感傷主義的藝術傾向。從革命現實主義眼光來看，難怪柔石不滿他「態度的那麼飄然」，「幾乎疑心他是古人，還以為林逋姜白石能夠用白話來做文章了」[11]。他不是時代的弄潮兒，他只是大時代圈外的一介書生。他無力改變現實，也找不到正確出路，只能暫時遺世獨立，我行我素。但他畢竟是現代社會中的一分子，現實總是要不斷「襲擊」他，使他做不穩現代隱士。宗教的精神超越敵不過實生活的強大牽制力，兒童樂園也必然撞碎在現實鐵壁上。當他自覺意識到宗教和兒童崇拜的無力虛幻，心中就失去了它們的地位，精神生活中頓時出現了空白。

二

　　豐子愷散文從描寫兒童相到審視社會相，是以其切身體驗為基礎的。他看到現實生活裡「沒有『花生米不滿足』的人，卻有許多麵包不滿足的人」，「沒有『快活的勞動者』，只見鎖著眉頭的引車者，無食無衣的耕織者，挑著重擔的頒白者，掛著白鬚的行乞者」，「沒有像孩子世界裡的號啕的哭聲，只有細弱的呻吟，吞聲的嗚咽，幽默的冷笑，和憤慨的沉默」，「沒有像孩子世界中所見的不屈不撓的大丈夫氣，卻充滿了順從、屈服、消沉、悲哀，和虛偽、險惡、卑怯的狀態」，總之看到的是與兒童天國和自己的理想世界截然不同的一個充滿苦難和不幸的現實世界。他看到這種狀況，一方面以「這社會裡的一分子」的態度「體驗著現實生活的辛味」，另一方面以審美的眼光

---

11 柔石：〈豐子愷君底飄然的態度〉，《萌芽》第1卷第4期（1930年）。

從旁觀照這些「可驚可喜可悲可哂的種種世間相」。[12]他忠實於自己的見聞感受，以此來糾正他早先人生觀和藝術觀的偏頗，不再說藝術「不是世間的事業一部分，而是超然於世界之表的一種最高等的人類活動」[13]這類空飄飄的話了，而意識到：「文藝之事，無論繪畫，無論文學，無論音樂，都要與生活相關聯，都要是生活的反映，都要具有藝術的形式，表現的技巧，與最重要的思想感情。藝術缺乏了這一點，就都變成機械的，無聊的雕蟲小技」[14]，甚至呼籲藝術家「到紅塵間來高歌人生的悲歡，使藝術與人生的關係愈加密切」[15]。隨著他生活視野的開闊，人生態度的進展和藝術觀念的轉變，他的散文隨筆開拓了描寫世間相的新領域。但它們的發展變化是漸進的，充滿著矛盾。他的生活視野較前開闊了，生活實感增強了，但他畢竟生活在書齋中，見聞限於身邊的小天地。他擺脫了悲觀虛無的思想負擔，但保留了超脫閒適的生活態度，宗教思想的影響依然存在。有位評論家概括了他當時性格的兩重性：「一個是出世的、超脫物外的、對人間持靜觀態度的；另一個是入世的、積極的、有強烈愛憎感情的。」[16]這兩重人格的交戰，總的看來當時是以後者佔先的。所以，社會相成為他當時注目的中心題材。他逐步從超現實境界回到現實主義道路上。

　　他剛從超俗境界轉入現實世界，一顆未練的童心對世俗黑暗特別敏感，兩重人格的交戰特別強烈。〈車廂社會〉一文突出地表現了這種形態。他敏銳地發現車廂社會是人類社會的縮影，旁觀玩味其中種

---

12 豐子愷：〈談自己的畫〉（1935），見《車廂社會》（上海市：良友圖書印刷公司，1935年）。

13 豐子愷：〈藝術鑑賞的態度〉（1929），見《藝術趣味》（上海市：開明書店，1934年）。

14 豐子愷：〈版畫與兒童畫〉（1936），見《藝術漫談》（上海市：人間書屋，1936年）。

15 豐子愷：〈談中國畫〉（1934），見《藝術趣味》（上海市：開明書店，1934年）。

16 王西彥：〈赤裸裸的自己──《豐子愷散文選集》序言〉，見《豐子愷散文選集》（上海市：上海文藝出版社，1981年）。

種可驚可喜可哂的眾生相，覺得「人生好比乘車，有的早上早下，有的遲上遲下，有的早上遲下，有的遲上早下，上車紛爭座位，下了車各自回家。在車廂中留心保管你的車票，下車時把車票原物還他」，嘲笑了人事的紛紜和世態的滑稽。但他對車廂社會裡種種不合理現象就不能夠如此冷眼以待了。他不滿人與人之間的隔膜、勢利和不平等關係，嘲諷那些自私自利的強佔座位者，同情那些「和平謙讓的鄉下人」，憧憬一種公平合理的「車廂社會」，表現了自己的鮮明愛憎和熱烈嚮往。出世和入世的兩種人格奇妙地統一起來，「顯正」和「斥妄」[17]的兩條途徑走到一塊了。〈兒戲〉、〈榮辱〉、〈閑〉、〈放生〉諸篇，主要體現出旁觀玩味的傾向，帶有「閒適」、「幽默」趣味。〈蝌蚪〉、〈楊柳〉、〈手指〉、〈吃瓜子〉、〈山中避雨〉和〈午夜高樓〉等篇側重描寫日常生活感興，或象徵生活的艱辛和淒苦，或品評物理人性的優劣高下，或擔憂消閒亡國，或體察「樂以教和」，具有生動的情趣和雋永的理趣。〈樓板〉、〈鄰人〉、〈兩場鬧〉、〈作客者言〉諸文觀照世態炎涼，人情澆薄，厭惡和嘲諷之狀溢於言表。〈雲霓〉、〈肉腿〉、〈故鄉〉、〈都會之音〉、〈窮小孩的蹺蹺板〉、〈記鄉村小學所見〉、〈半篇莫干山遊記〉數篇，反映城鄉社會的現狀，同情勞動人民的苦難和掙扎，憂慮農村的衰敗和都會的墮落，突出表現了他已經走出宗教和兒童的天地，關心起世間多數人的生活，不僅入世，而且憂世了。面對現實，豐子愷思想性格中積極入世的一面逐漸占了上風，他的愛憎感和是非觀與審美觀照逐步結合起來，漸漸取代了他的旁觀玩味態度。

---

17 豐子愷活用佛教說法，理解文藝有「顯正」和「斥妄」的兩種功能，即揚善抑惡，褒美貶醜的對立統一。參見〈我的漫畫〉一文。

三

　　促使豐子愷思想和創作發生重大轉變的還是抗日戰爭的漫天烽火。戰火燒毀了他苦心營造、安居多年的「緣緣堂」，迫使他投入流亡隊伍，走向更為廣闊的現實世界。他的愛國熱忱和社會責任感空前發揮出來，一反過去超然態度，立意「憑五寸不爛之筆來對抗暴敵」[18]，積極投入抗戰文藝活動。他發展「顯正」和「斥妄」並用的文藝觀，提出文藝功能有類似「粥飯與藥石」兩種相互補充的形態，認為「病時須得用藥石；但復健後不能仍用藥石而不吃粥飯。即在病中，除藥石外最好也能進些粥飯。人體如此，文藝界也如此。」他認識到：

　　　　我們中華民族因暴寇的侵略而遭困難，就好比一個健全的身體
　　　　受病菌的侵害而患大病。一切救亡工作就好比是劇藥，針灸，
　　　　和刀圭，文藝當然也如此。我們要以筆代舌，而吶喊「抗敵救
　　　　國」！我們要以筆代刀，而在文藝陣地上衝鋒殺敵。
　　　　但這也是暫時的。等到暴敵已滅，魔鬼已除的時候，我們也必
　　　　須停止了殺伐而回復於禮樂，為世界人類樹立永固的和平與幸
　　　　福。[19]

這種見解，一方面糾正了他過去的超功利文藝觀，促使他順應抗戰救亡宣傳的時代要求，發揮文藝的戰鬥功能，另一方面發展了他的人道主義文藝觀，強調文藝的根本任務還在於提升人的精神生活，促進社會發展完善。可見，這時候他已把文藝的怡情和致用的功能統一起來。在八年抗戰和三年內戰期間，外寇橫行，當權無道，社會一直處

18　豐子愷：〈還我緣緣堂〉，見《子愷近作散文集》（成都市：普益圖書館，1941年）。

19　豐子愷：〈粥飯與藥石〉，《立報》「言林」，1938年4月16日。

於病態之中，客觀上更需要「藥石」。因而，豐子愷一再表明「惡歲詩人無好語」，其散文主要描寫戰時戰後生活實感，大多是揭露批判、憂國感時之作，加強了現實主義精神。

豐子愷戰時散文站在愛國主義和人道主義立場上抨擊敵寇慘無人道的罪行，歌頌全國人民團結抗戰的新氣象，表現中華民族不可征服的凜然正氣，洋溢著強烈的時代戰鬥氣息。〈中國就像棵大樹〉借一棵被斬伐過半、卻生機不絕、怒抽新枝的大樹，象徵中華民族自信心。他親身感受到「中國人因了暴敵的侵凌，而內部愈加親愛，愈加團結起來」，堅信「我們四百兆人團結所成的城，是任何種炮火所不得攻破的！」（〈愛護同胞〉）原是悲觀虛無的佛教居士而今變成樂觀自信的民族主義者；原先嘲諷人間的隔膜和傾詐，現在看到國民的親愛和團結。由此足見民族革命戰爭對作家思想和創作的深刻影響。戰時他嚐過流離失所、到處為家的滋味，據此寫作的一系列避難記、旅居記富於生活實感和個人情趣，在內容的深切和技巧的嫻熟方面都不亞於其描寫兒童相和社會相的優秀作品。〈辭緣緣堂〉是「避難五記之一」，題材來自親身經歷，下筆前已向舊友新知敘述過多遍，早就爛熟於心，一旦得閒，乘興握筆，過往的流亡生活就活龍活現地湧到筆下，使這篇洋洋灑灑一萬五千言的長文具有一種自然天成、渾然一體的魅力。當時盛行的流亡記，大多是急就章，難免缺乏藝術加工，文獻價值超過藝術價值，像〈辭緣緣堂〉這類內容和形式完美結合的散文佳作是鳳毛麟角。豐子愷通過自家流亡生活的全景反映出戰時人民的共同遭遇。他表示：「環境雖變，我的赤子之心並不失卻；炮火雖烈，我的匹夫之志決不被奪，他們因了環境的壓迫，受了炮火的洗禮，反而更加堅強了。杜衡芳芷所生，無非吾土：青天白日之下，到處為鄉」，集中代表了離亂時代人民臨危不亂、堅貞不屈的生活態度和「寧做流浪者、不當亡國奴」的民族氣節。〈藝術的逃難〉雖保留著宗教的因緣思想的痕跡，但這是事後追憶時的從容遐思，當時情景

卻是讓他急白了頭髮。〈蜀道奇遇記〉帶有獵奇趣味，以人倫顛倒的
奇聞趣事來控訴「萬惡的戰爭」，趣味性掩蓋了思想性，不能說是成
功之作。〈重慶覓屋記〉，〈沙坪小屋的雞〉、〈沙坪的美酒〉、〈白鵝〉、
〈白象〉敘寫閒居生活瑣事，保持了其戰前散文的藝術特色。儘管他
有些作品未能脫盡旁觀玩味、消閒自娛色彩，但從總的傾向來看，他
描寫戰時生活相的散文還是與時代精神和現實發展諧調一致的。

　　抗戰勝利後，他看見「那些『劫收』的醜惡，物價的飛漲，交通
的困難，以及內戰的消息，把勝利的歡喜消除殆盡」（〈謝謝重慶〉）。
他憤而抨擊「貪污的貓」，痛罵「貪贓枉法，作惡為非」，「危害國
家，蹂躪人民」的「官匪」（〈口中剿匪記〉），熱切盼望「長夜」之後
的「天亮」，憧憬著更換「一盞長明燈，光明永遠不熄」（〈新年小
感〉）。作者批判現實、嚮往光明的態度更為積極堅定。因而，一到
「長明燈」點亮，新中國誕生，他切身感受到一個理想社會正在變為
現實，此後，他開始了「欣將彩筆畫新猷」[20]的更生期。

四

　　從人生問題的玄思、童真生活的崇拜到社會現象的冷眼觀照，再
到戰時生活的真切描寫和黑暗現實的揭露批判，豐子愷散文的創作態
度、取材範圍和思想追求的發展演變，從一個方面昭示了現代散文的
發展趨勢：在現代民主革命進程制約下，散文這種直接表達生活經驗
和思想感情的文學形式，總是伴隨著時代的發展、作家生活和思想的
變遷而開拓自己的發展道路；即使是起點落後於時代要求的作家，只
要他不故步自封，復古倒退，而堅持進步，正視現實，終將跟上時代
發展，走上現實主義道路。豐子愷從不滿現實出發，一度逃脫現實，

---

20 豐子愷：《豐子愷畫集》（上海市：上海人民美術出版社，1963年），〈代自序〉。

最終還是回歸現實、干預現實，這在現代散文家中很有代表性。他的道路表明，向虛空尋找精神解脫是行不通的，唯有投入變革現實的鬥爭才是正確的出路；逃避現實的藝術傾向必將被迫近現實、深入現實的現實主義傳統所替代。

　　豐子愷散文在動態發展中逐步形成了自己相對穩定的藝術個性，具體表現在觀照角度、取材傾向和表達方式諸方面的統一上。出自藝術家的赤子之心和銳敏感受，他總是超越實利或成見的束縛，善於從瑣屑平凡的人生日常生活中發現藝術題材，「一粒砂裡見世界，半瓣花上說人情」，在題材處理上顯示出獨特的觀照方式和細緻入微的體察能力。受他生活視野的限制，其散文只有寥寥幾篇觸及了眾所注目的重大題材，絕大多數取材於人們習以為常的生活瑣事。日常生活在他的慧眼觀照下，竟呈現出五光十色、千形萬狀的本相，蘊含著豐富深切、耐人尋味的人生情趣。谷崎潤一郎讚歎說：「他所取的題材，原並不是什麼有實用或深奧的東西，任何瑣屑輕微的事物，一到他的筆端，就有一種風韻，殊不可思議。」夏丏尊也稱頌他「對於生活有這樣的咀嚼玩味的能力」[21]。不為成見束縛，以濃厚趣味體察一切，從平凡瑣屑中寫出自己獨特的感興，嚼出耐人尋思的人生味，把日常生活藝術化，這是豐子愷散文之特長。其成功啟示人們不能輕視細微題材，只要感受深切獨到，它同樣具有藝術魅力。豐子愷散文題材廣泛，「宇宙之大，蒼蠅之微」，有感而發，不拘一格，相較而言，還是以人生日常生活題材見長。當然，有些作品不免流於趣味主義，選材不嚴，挖掘不深，格調不高，這和他當時的旁觀出世思想和遠功利的藝術趣味是相通的，也和他受「論語派」文風影響有關；但總的看來，他的取材大多來自人情世態，往往小中見大，平中見奇，留有餘味；他的旁觀玩味的傾向，帶有遠功利的色彩，但也有怡情矯世功

21　夏丏尊：〈《子愷漫畫》序〉，見《平屋雜文》（上海市：開明書店，1935年）。

用，使他能夠不為急功近利思想所限制，把日常生活拿來細細品賞，品出不同尋常的意味。在現代散文史上，現實重大題材容易引起作家的關注，日常瑣屑題材往往被人輕視，豐子愷散文恰好彌補了這方面的欠缺，而且大多能夠超出「論語派」消閒玩世的流行文風，所以自有不可忽略的價值。

豐子愷散文大多採用隨筆體。隨筆是一種隨意抒寫、靈活自由的散文體裁，適宜於表達零散的、片斷的、變化不定的生活場景和思想感興。作者採用隨筆體裁，一方面是由題材決定的，另一方面出自其散文觀。他信奉「文章本天成，妙手偶得之」的主張，力主自然、率真、立誠的創作態度，堅持寫作隨筆「總得隨我的筆，我的筆又總得隨我的近感」[22]。這和廚川白村對 Essay 的解釋，周作人提倡的談話風，葉聖陶說的「自由自在寫他的經驗和意想」[23]的看法，都是相通的。即興執筆，隨意揮灑，自然天成，渾然一體，可說是豐子愷散文的寫作特色，也是隨筆體散文的藝術本色。他發揮隨筆自由活潑、閒談絮語的特長，不矜持，不造作，不雕琢，讓「身邊的瑣事，日常的見聞，斷片的思想，無端的感興，率然地、雜然地流露著」[24]，題材和形式、筆調融化無間。無論是寫實還是寫意，他總是從容下筆，以筆代口，吞吐自如，得心應手，如行雲流水，似家常閒話，獨具一種親切感和自然美。郁達夫稱道的「靈達處反遠出在他的畫筆之上」的話，說出了其隨筆文字的長處。趙景深也讚歎說：「他只是平易的寫去，自然就有一種美，文字的乾淨流利和漂亮，怕只有朱自清可以和他媲美。」[25]他有時過於縱筆，難免出現結構鬆散、語言蕪雜的弱

---

22 豐子愷：〈惜春〉，見《車廂社會》（上海市：良友圖書印刷公司，1935年）。

23 葉聖陶：《未厭居習作》（上海市：開明書店，1935年），〈自序〉。

24 豐子愷：〈勞者自歌（十三則）〉〈一〉，見《緣緣堂隨筆集》（杭州市：浙江文藝出版社，1983年）。

25 趙景深：〈豐子愷和他的小品文〉，《人間世》第30期（1935年）。

點。他吸取中國畫富於筆情墨趣的筆法，也吸收歐美絮語散文和日本隨筆的筆調，行文帶有情趣，時露機警和幽默，常有令人發噱之處，在活潑灑脫、親切有趣方面，卻是他人所不及的。上述這些基本特徵，是豐子愷隨筆相對穩定的藝術素質，是貫串於他的各類隨筆作品當中的。

依據功用不同，豐子愷的隨筆體散文大體可分為哲理的、抒情的、記敘的三種。其偏重於論理悟性的隨筆，大多用來探究人生底蘊，進行佛理玄思，研討藝術經驗，回味日常體會。作者始終堅持有感而發、娓娓清談的寫作態度，從日常生活感興中領悟出人生哲理，或把抽象哲理融化在切身感受之中，清幽玄妙，談言微中，使人在不知不覺中受其哲理啟示。

豐子愷的抒情性隨筆以兒童生活和個人生活題材見長。人倫之常，親子之情，個人感興，這種傳統題材在「五四」個性解放思潮推動下獲得了新的發展和新的表現。推崇個性，尊重人情，表現自我真情實感，成為新的風氣。豐子愷一顆赤子之心，碰到世間人性的隔膜、冷酷，卻在一群天真純潔的孩子當中找到知心，因而熱烈讚美童真，率真地表現出自己的親子之愛和嚮往之情，也坦白無飾地顯露自省感傷情懷。舐犢情深，至情流露。這些作品引起了強烈而普遍的共鳴，可以在散文史上長存不朽。他在日常生活中的悲歡甘苦，對人生世態的喜怒愛憎，也無不坦然披露出來。他赤裸裸地坦露心懷，不隱瞞，不矯飾，自然流露，誠懇真摯，將自己的志趣性情和盤托出，所以從他的文品就可以想見他的人品。在抒情藝術方面，蘊藉是一種美，率真也是一種美。前者的美帶有形式的，人工的意味，後者的美則純粹是內容的，自然的。豐子愷的抒情文便是以人情之美來感染人的。

豐子愷隨筆中的記敘性作品著重勾描人生世態，回憶個人生活經歷，雜記身邊瑣事，反映的生活面較為廣泛，寫實性較強。他從漫畫

中吸取白描、速寫的藝術技巧，狀物繪形，活靈活現。他喜愛華盛頓・歐文的《見聞雜記》，其寫法對豐子愷散文也有影響。作者以抒情的態度，從容抒寫見聞觀感，時而議論幾句，時而幽默一下，時而感慨一番，不拘一格，趣味橫生，不像某些紀實作品那樣平鋪直敘，枯燥無味。

「風格即人」，這句名言在豐子愷隨筆中完全得到印證。所以，更確切地說，豐子愷是新文學史上表現了自我全人格的隨筆專家。在開拓、發掘人生日常生活題材上，在表現自我真情實感和藝術個性方面，在提高隨筆散文的表現力和建設活潑風趣的新文風上，豐子愷對現代散文發展的貢獻是獨到而突出的。這位可親可敬的藝術家死於十年浩劫之中，但他的道德文章是不朽的。正如他的老朋友葉聖陶在悼詩中所說的，「瀟灑風神永憶渠」，他值得廣大讀者的深深懷念。

　　　　　——本文原題〈豐子愷：「最喜小中能見大，還求弦外
　　　　　　有餘音」〉，選自《中國現代散文十六家綜論》
　　　　　　（上海市：華東師範大學出版社，1989年）

林語堂的幽默閒適小品

　　周作人開創的現代閒適小品流脈，在二十世紀三〇年代以來林語堂、梁實秋等人的散文創作中得以延續和拓展。

　　林語堂，福建平和人。一九一六年畢業於上海聖約翰大學，到清華學校任英文教員；一九一九年赴美國哈佛大學研究比較文學，後又到德國萊比錫大學研究語言學，獲哲學博士學位。一九二三年回國後，歷任北京大學、北京女子師範大學、廈門大學教授，並擔任《語絲》雜誌的主要撰稿人。

　　林語堂在《語絲》時期寫的雜文，於一九二八年結集為《翦拂集》。這是林語堂散文的成名作，留下他初上新文化戰場血氣方剛、鋒芒畢露的身姿。他在《翦拂集》首篇〈祝土匪〉中，以「揭竿作亂」的「土匪傻子」自居，宣稱「我們生於草莽，死於草莽，遙遙在野外莽原，為真理喝彩，祝真理萬歲」。他站在民主、自由的立場上，本著一股「草莽」闖將的勇氣，直言不諱地議論時政，抨擊軍閥，討伐文妖，批判國粹，提倡歐化和改造國民性，與《語絲》主將魯迅、周作人同一步調，而顯現憨直勇猛、悍潑放恣的個性文風。如〈丁在君的高調〉、〈讀書救國謬論一束〉、〈文妖說〉、〈閒話與謠言〉、〈討狗檄文〉、〈泛論赤化與喪家之狗〉、〈「發微」與「告密」〉等。

　　大革命失敗後，林語堂離開武漢來到上海，準備專事著述。他抱著「翦紙招魂」[1]的心態追懷和告別過去的戰績，開始走上「由草澤

1　林語堂：〈《翦拂集》序〉，見《翦拂集》（上海：北新書局，1928年）。

而逃入大荒中」「孤遊」[2]的道路，逐漸從「語絲派」的骨幹轉變為「論語派」的主將。從一九三二年九月創辦《論語》半月刊到一九三六年八月出國旅美，這是林語堂文學生涯的黃金時代和散文創作的成熟期。在短短的四年中，他主編《論語》、《人間世》和《宇宙風》三個小品文刊物，發表了近三百篇作品，出版了散文集《我的話》上編《行素集》和下編《披荊集》，以提倡和創作幽默閒適小品而著稱於世。

林語堂在《論語》時期形成了自己的散文觀，大力提倡「性靈」、「幽默」和「閒適」。他承傳周作人的「言志」說，把明末公安派的「性靈文學」和西方表現主義的美學觀融合起來，認為：「性靈就是自我」，「文章者，個人之性靈之表現。性靈之為物，惟我知之，生我之父母不知，同床之吾妻亦不知。然文學之生命實寄託於此」，「性靈二字，不僅為近代散文之命脈，抑且足矯目前文人空疏浮泛雷同木陋之弊。吾知此二字將啟現代散文之緒，得之則生，不得則死。」[3]因此，他強調散文的自我表現和獨抒性靈，但把自我性靈視為天馬行空、神秘莫測的唯心之物。他最早把英文 Humour 譯為幽默，在三〇年代又再提倡幽默，進一步認定幽默不僅是一種語言格調和喜劇形態，更是一種人生態度和創作心態。他在〈論幽默〉一文中再三申述：「幽默本是人生之一部分」，「幽默到底是一種人生觀，一種對人生的批評」，「幽默是溫厚的，超脫而同時加入悲天憫人之念」，「幽默只是一位冷靜超遠的旁觀者，常於笑中帶淚，淚中帶笑」，「幽默與諷刺極近，卻不定以諷刺為目的。諷刺每趨於酸腐，去其酸辣，而達到沖淡心境，便成幽默」，「愈是空泛的、籠統的社會諷刺及人生諷刺，其情調自然愈深遠，而愈近於幽默本色」。可見，他的幽默觀，是以超然旁觀的態度、溫厚寬容的心懷和會心的微笑來把

2　林語堂：〈《大荒集》序〉，見《大荒集》（上海市：生活書店，1934年）。

3　林語堂：〈論文〉，見《大荒集》（上海市：生活書店，1934年）。

玩人生社會的種種笑料，帶有含笑玩味、謔而不虐的特徵。他在
〈《人間世》發刊詞〉、〈論小品文筆調〉諸文中所說的「閒適」，也不
僅是指一種閒談式娓語式的個人筆調，還作為一種寫作立場和文體追
求，強調其超然自在、隨意自由、獨抒性靈、幽默自適的本體意義，
從而與他的性靈觀、幽默觀融為一體，成為三〇年代自由主義文學的
一面旗幟。

　　《我的話》上下二集是林語堂小品文的代表作。他在序文中自
稱：「信手拈來，政治病亦談，西裝亦談，再啟亦談，甚至牙刷亦
談，頗有走入牛角尖之勢，真是微乎其微，去經世文章遠矣。所自奇
者，心頭因此輕鬆許多，想至少這牛角尖是我自己的世界，未必有人
要來統制，遂亦安之。孔子曰：汝安則為之。我既安矣，故欲據牛角
尖負隅以終身。」他以自由主義立場，既無所不談又我行吾素，據牛
角尖而賞玩世俗，雖有〈談言論自由〉、〈論政治病〉等譏評時政、吐
露憤懣的諷世文章，但更多的是寬泛的人生批評和個人的自我表現，
最能代表其散文的特色和成就。〈有不為齋解〉列舉了有不為不屑為
的眾多事項，〈言志篇〉抒寫了自己有志去求的幾種願望，歸根到底
還是一句話：「我要有能做我自己的自由，和敢做我自己的膽量。」
他固守個人自由、人格獨立的立場是矢志不移的，但已帶有名人雅士
講究閒情逸趣的作派，與《語絲》時代的以「土匪傻子」自居的自我
個性不可同日而語了。〈我怎樣買牙刷〉、〈論西裝〉所談的難免有些
小題大做，卻能從穿衣刷牙之類瑣屑平凡的日常生活中體察世人盲從
時俗、愛慕虛榮的可笑心理，通過借題發揮、以小見大來調侃人生、
嘲諷世俗，可說是寬泛的人生批評，富有平中見奇、寓莊於諧的幽默
味。他自詡「道理參透是幽默，性靈解脫有文章」[4]，他是看透世事
而超然應對，旁觀玩味，自然別有會心，涉筆成趣，另闢幽默閒適小

4　林語堂：〈雜說〉，見《我的話：行素集》（上海市：時代圖書公司，1934年）。

品之路而樂此不疲。正如郁達夫所說的，這是「時勢使然，或可視為消極的反抗，有意的孤行」[5]。從消極反抗、有意孤行的視角看待林語堂的幽默閒適小品，也是郁達夫說得較為公允和中肯：「在現代的中國散文裡，加上一點幽默味，使散文可以免去板滯的毛病，使讀者可以得一個發洩的機會，原是很可欣喜的事情。不過這幽默要使它同時含有破壞而兼建設的意味，要使它有左右社會的力量，才有將來的希望；否則空空洞洞，毫無目的，同小丑的登臺，結果使觀眾於一笑之後，難免得不感到一種無聊的回味，那才是絕路。」[6]

　　林語堂的幽默閒適小品還在文體建設上作出新的貢獻。他認為小品文取材自由，本無範圍，「特以自我為中心，以閒適為格調」[7]。他所界定的自我中心和閒適格調，在文體層面指的是「個人筆調」與「閒適筆調」（或稱「閒談體」、「娓語體」）的統一，即「個人娓語筆調」，可說是以個人話語來談天說地，「認讀者為『親熟的』（familiar）的故交，作文時略如良朋話舊，私房娓語」[8]。這種小品文體遠承明末性靈小品和西方絮語散文（familiar essay）的作風，近傳「語絲文體」的筆調，而突顯個人化的娓語閒談，打上了林語堂個人愛好和風格追求的印記。他標舉的理想散文，「乃得語言自然節奏之散文，如在風雨之夕圍爐談天，善拉扯，帶情感，亦莊亦諧，深入淺出，如與高僧談禪，如與名士談心，似連貫而未嘗有痕跡，似散漫而未嘗無伏線，欲罷不能，欲刪不得，讀其文如聞其聲，聽其語如見其人」[9]。在文體創造上，林語堂尚未達到「欲刪不得」的境地，卻

5　郁達夫：《中國新文學大系·散文二集》（上海市：良友圖書印刷公司，1935年），〈導言〉。

6　郁達夫：《中國新文學大系·散文二集》（上海市：良友圖書印刷公司，1935年），〈導言〉。

7　林語堂：〈《人間世》發刊詞〉，《人間世》第1期（1934年）。

8　林語堂：〈論小品文筆調〉，《人間世》第6期（1934年）。

9　林語堂：〈小品文之遺緒〉，《人間世》第22期（1935年）。

有率性漫談、親切風趣、亦莊亦諧、似俗似雅的特長，為小品文的個人筆調增添了一種閒逸風趣的娓語體，與周作人的沖淡、梁實秋的雅致有別。如〈秋天的況味〉，全文不分段，只是潛心與自然對話，隨著心緒的流轉娓娓道來，從抽煙的感覺想到秋天的意味，談起自己對秋意的偏愛和理解：「秋是代表成熟，對於春天之明媚嬌豔，夏日之茂密濃深，都是過來人，不足為奇了，所以其色淡，葉多黃，有古色蒼龍之慨，不單以蔥翠爭榮了」，「大概我所愛的不是晚秋，是初秋，那時暄氣初消，月正圓，蟹正肥，桂花皎潔，也未陷入凜冽蕭瑟氣態，這是最值得賞樂的」。又從初秋的況味扯到相似趣味的事物，推及人生之秋的樂趣，「大概凡是古老，純熟，薰黃，熟練的事物，都使我得到同樣的愉快」，「人生世上如歲月之有四時，必須要經過這純熟時期，如女人發育健全遭遇安順的，亦必有一時徐娘半老的風韻，為二八佳人所絕不可及者」。這篇名文還是林語堂小品中的精煉雅致之作，卻也「善拉扯，帶情感，亦莊亦諧，深入淺出」，富於閒情逸趣，猶如私房娓語，堪稱幽默閒適小品的範例。林語堂在〈論小品文筆調〉中申明：「理想中之《人間世》，似乎是一種刊物，專提倡此種娓語筆調，聽人使用此種筆調，去論人世間之一切，或抒發見解，切磋學問，或記述思感，描繪人情，無所不可，且必能解放小品筆調之範圍，使談情說理，皆足當之，方有意義」，「其與非小品文刊物，所不同者，在取較閒適之筆調語出性靈，無拘無礙而已」，「至於筆調，或平淡，或奇峭，或清新，或放傲，各依性靈天賦，不必勉強」。這比「以閒適為格調」的口號通達些，對文體解放和多樣化確有促進作用。可是，他和「論語派」同人卻一味推行幽默閒適小品，在文壇掀起清談之風，無視「風沙撲面，狼虎成群」時代的要求，必然被左翼作家目為「小擺設」和「小品文的危機」而加以批判和矯正[10]。

---

10 參見魯迅《南腔北調集》〈小品文的危機〉、《且介亭雜文二集》〈雜談小品文〉和陳望道主編的《小品文和漫畫》一書。

　　林語堂舉家旅居美國後，主要以英文寫作小說和介紹中國文化習俗的隨筆，著有長篇小說《瞬息京華》、《風聲鶴唳》、《唐人街》、《朱門》、《遠景》、《紅牡丹》、《賴柏英》和散文《生活的藝術》、《蘇東坡傳》、《武則天傳》等，在英語寫作上為華人贏得了世界性聲譽，曾被推選為國際筆會副會長，並被提名為諾貝爾文學獎的候選人。他於一九六六年到臺北定居，晚年回歸小品文寫作，著有《無所不談合集》和自傳〈八十自敘〉。他的無所不談，仍有《論語》時期的餘風，平易親切，閒散風趣，而趨於嫻熟老到。他的自傳，回顧生平心跡，自剖「一捆矛盾」，既給後人留下可資研討的文獻資料，也為散文傳記的寫作留下了「個人娓語筆調」。他在〈八十自敘〉文末吟誦道：「我最愛秋天，因為秋葉泛黃，氣度醇美，色彩富麗，還帶著一點悲哀的色調，以及死亡的預感。它金黃的豔色不道出春天的無邪，不道出夏日的權威，卻道出了晚年的成熟和溫藹智慧。它知道生命的期限，心滿意足。由人生苦短的認識和豐足的經驗中產生一支色彩的交響樂，比一切樂曲更充實……」這與〈秋天的況味〉前後呼應，不愧為「語堂風」的絕響。

　　　　　　　　　　——本文選自黃修己主編：《20世紀中國文學史》上卷
　　　　　　　　　　　　　　　（廣州市：中山大學出版社，2004年）

梁實秋的雅舍小品

　　作為一名散文家，梁實秋獨標一格，成就顯著，已得到普遍重視。臺灣學者早已確認其散文大家的歷史地位，大陸學界也開始研究他的散文作品。隨著海峽兩岸文化交流的日漸發展，通過各方人士的共同努力，梁實秋散文的特性和價值、貢獻和地位，是可以得到科學的評估、闡發的。

　　梁實秋從一九二七年開始寫散文，直至一九八七年病逝絕筆，前後歷時六十年，洋洋百萬言，結集出版過《罵人的藝術》、《雅舍小品》（四集）、《秋室雜文》、《實秋雜文》、《雅舍雜文》、《清華八年》、《談徐志摩》、《談聞一多》、《秋室雜憶》、《槐園夢憶》、《西雅圖雜記》、《白貓王子及其他》、《看雲集》、《雅舍談吃》、《梁實秋札記》和《雅舍散文》（二集）等二十餘種，涉及小品、雜感、遊記、回憶錄、讀書札記諸文體。他早年寫過新詩，致力於文學評論。一九二七年出版《罵人的藝術》，初露小品鋒芒，隨即韜光養晦了。直至一九四〇年應邀為重慶《星期評論》週刊撰寫專欄「雅舍小品」，才一發而不可收，並獲得意外的成功。可以說，梁實秋的散文創作是從四〇年代正式起步的，他作為散文大家的歷史地位也是由《雅舍小品》奠基的。

一

　　寫《雅舍小品》的時候，梁實秋已近不惑之年，各方面修養較為深厚。小時親炙故都風情，身經兵亂之災；年輕時幸逢「五四」新

潮，眼界大開，個性高揚，又飄洋過海，遊學美國，領略異域風物，飽嚐離愁別緒；回國後涉足社會，南來北往，看夠了世事變幻，嚐遍了人生五味，見識日增，年事漸長，不知不覺間，就到了中年，春華消退，秋思老成，委實能夠「相當的認識人生，認識自己」[1]了。他不僅有豐富的閱歷，又有真才實學。清華八年的正規教育打下了他的國文、英文基礎，清華文學社的活動培養了他的文學愛好和寫作才能；留美三年又主修英美文學，師從新人文主義批評家白璧德教授，青春的浪漫才情受到古典理性的洗禮而獲得昇華；學成歸國後，歷任南北數大學教授，編過《新月》等報刊，捲入文壇風波，從事文學批評，講授英美文學，譯介莎翁戲劇，堪稱才學過人、詩書滿腹。他還有一套自己的文學主張。早年推崇浪漫主義，師事白璧德教授後，就皈依並堅守古典主義立場了，再三強調文學的理性精神、高雅標準、內在紀律和普遍人性論，與無產階級革命文學尖銳對立。關於他的文學評論，可以說捷克學者高利克博士的評斷和定位較為公允：「梁先生也許不是一位偉大的批評家，但在當時中國的『新人文主義者』和自由派批評家之間，梁先生無疑是最傑出的。」[2]也就是說，他是白璧德人文思想、文藝思想在中國的忠實信徒和傑出代表。他論散文，也標舉簡潔典雅之審美準則，推崇古典主義文風。[3]姑且不論這些主張的得失，就他本人而言，無疑是抱定這種文學信仰而身體力行、矢志不移的。簡言之，中年時代的梁實秋，可說是才學識兼備，積累豐厚，修煉到家，不鳴則已，一鳴自能驚人。其學養、閱歷、性情、氣度，就充分體現在《雅舍小品》之中，並造就了《雅舍小品》這顆晶瑩剔透的藝珠。

1　梁實秋：〈中年〉，見《雅舍小品》（臺北市：正中書局，1949年）。

2　轉引自余光中編：〈國際學界看梁實秋〉，見《秋之頌》（臺北市：九歌出版社，1988年），頁568-569。

3　參見梁實秋：〈論散文〉，《新月》第1卷第8號（1928年）。

　　《雅舍小品》初集三十四篇，寫於一九四〇至一九四七年間。此時，國難當頭，戰亂頻仍。處於大動盪時代的梁實秋，雖說也關注時勢，憂患深重，甚至還參與政事，為國效力，履行國民職責，但畢竟是個自由主義者，力圖超然獨立，安時處順，自謀心境的平和豁達，不再介入現實紛爭。在散文創作中，他迴避時行題材，不為時尚所左右，而我行我素，自闢蹊徑，專注於日常人生之五光十色，大小不拘，俯仰自得，輕功用，重韻味，節制情感，發掘理趣，刪芟枝蔓，追求雅潔，形成了獨特的創作傾向和藝術品格。

　　此集開篇之作〈雅舍〉就顯示了個人風格，奠定了這一系列小品文的基調。作者在文中雖然涉及國難時期的住房問題，如實描述雅舍的簡陋與困擾，卻不怨不怒，心平氣和，隨遇而安地玩味起箇中情趣。在他的筆下，不僅雅舍的月夜清幽、細雨迷濛、遠離塵囂、陳設不俗令人心曠神怡，就是鼠子瞰燈、聚蚊成雷、風來則洞若涼亭、雨來則滲如滴漏之類景觀也別有風味，甚至連暴風雨中「屋頂灰泥突然崩裂」的情景也如「奇葩初綻」一樣可觀可歎。總之，雅舍所給予之「苦辣酸甜」，在作者看來，都是人生應得而又難得的情味，足供玩索，何復他求？這裡，生活的體驗已昇華為審美的玩味，困苦的境遇已轉化為觀賞的對象，從中表現出來的是一種審美體味對實用功利的克服和超越，是一種隨緣賞玩、豁達自由的審美心態，是一種常人難以抵達的安時處順、優遊自得的人生境界，頗有劉禹錫〈陋室銘〉、蘇東坡〈超然臺記〉之風韻。作者並非看破紅塵，隱居斗室，而是順應境遇，知足自娛，入乎內而出乎外，入則冷暖自知，出則優遊自在，可謂出入自如，毫無滯礙。這是一種人生藝術，是中年梁實秋長期修煉出來的一種處世妙方，是「雅舍」精神的內核。這種精神實質內在地決定了〈雅舍〉的藝術風貌，既充滿生活氣息又富有哲理意味，既樸素親切又有雅人深致，舒徐自在而又簡潔雋永，錘字煉句而又渾然天成，通體顯得中和、適度、自然、大方。這樣的人品文調，

當屬於曠達俊逸、優雅淡遠之類吧，與中國名士風一脈相承，在當時不能不說是一種特殊的存在。

〈雅舍〉的精神風貌時隱時顯地復現於隨後的一系列作品中。他安時處順，隨緣玩味，所遇所見皆能靜觀自得，妙悟真諦。人到中年，固然有種種變異可哂可歎，但更有「中年的妙趣」可供體味認同，何苦勉強地「偷閒學少年」或「中途棄權」徒悲傷呢？「中年的妙趣，在於相當的認識人生，認識自己，從而作自己所能作的事，享受自己所能享受的生活」（〈中年〉）。這種中年心態，既不奢求也不自棄，順乎自然，安身立命，固然談不上銳意進取，但也說不上悲觀虛無，倒是可以說達觀樂生、安分執中。他是熱愛人生、依戀塵世的，隨時隨處都在興致勃勃地品嚐人生的各種況味，深感生活的豐富有趣。但他並不隨波逐流，沉溺於聲色之娛、感官之樂，而是自主自律，能入能出，有所為有所不為，尋覓人生真趣，專求精神愉悅。他欣賞的是「風聲雨聲、蟲聲鳥聲」那樣「自然的音樂」（〈音樂〉），嚮往的是「風雨故人來」、「把握言歡，莫逆於心」那樣的神交境界（〈客〉），安享的是「我有一几一椅一榻，酣睡寫讀，均已有著，我亦不復他求」的恬淡生活（〈雅舍〉），躬行的是「作自己所能作的事，享受自己所能享受的生活」之處世哲學，追尋的是精神上的自由和快樂，總之是適性相安，怡然自得，而不是縱欲享樂。這樣的人生情調固然優雅恬適，但在動盪的時代、喧囂的塵世中卻相當難得，觸目可見的倒是其他色調的人生。

對於各色各樣的世相，梁實秋也能隨緣玩味，自得其趣。他見多識廣，深知人心不同各如其面，天下之大無奇不有，總是盡可能真切地加以體察和理解，力求洞悉世事，參透人情。由於他通達事理，理解人生，所以他不過分非難他所看不慣的一切，只是給予善意的調侃，委婉的諷喻，有時還反躬自嘲，發人深省。例如在〈男人〉一文中，他挖苦同性的髒、懶、饞、自私和無聊等等弱點，既針針見血，

令人難堪，又止於笑罵，引人自省，可謂善戲謔而不為虐。與姐妹篇〈女人〉相比，本篇寫得較為辛辣恣肆，似乎更多地融入了一位男性作家對同性劣根性的自嘲自訟意味，但還是心存溫厚，留點情面，跟〈臉譜〉中對傲下媚上的「簾子瞼」之冷嘲熱諷畢竟有所區別，富有婉諷的分寸感。他的筆鋒固然刺痛過某些腦滿腸肥的官僚商賈（如〈豬〉），針砭過某些陳規陋習和人性痼疾（如〈謙讓〉），也流露過心中的牢騷不平（如〈匿名信〉），卻大多是針對普遍存在的人生笑料和常人難免的缺點失誤，諸如溺愛孩子、追趕時髦、虛榮好勝、偏執狹隘之類通病，又大多是採取謔而不虐、亦莊亦諧的筆調加以漫畫化、喜劇化，談笑風生，妙語連篇，像貓爪戲人而不傷人，使人在笑聲中接受作者的善意指摘，努力改善自身的尊容作派。這是一種高超的幽默藝術，既不憤世嫉俗，亦非玩世不恭，而是含笑玩味，寓莊於諧，調侃世俗，善解人意，深得幽默三昧，非智者兼仁者難以做到。

　　對於優雅恬適之人生境界的體味和神往，對於世俗生活之醜陋現象的玩味和幽默，構成了《雅舍小品》初集藝術內涵的兩大層面。二者相映成趣，都把人生藝術化了。前者把人生詩意化，後者把人生喜劇化；前者是後者的昇華，多為作者言志抒懷之作；後者又是前者的衍化，是居高臨下的幽默小品。二者相輔相成，正反合一，都體現了作者俯仰自得、優遊自在的雅士風度。他在〈雅舍〉篇末自稱：「長日無俚，寫作自遣，隨想隨寫，不拘篇章。」的確，他心有餘閒，隨緣賞玩，旨在愉悅性情，調劑生活。這種寫作態度顯然來自他安時處順、出入自如的處世態度，外化為溫文容與、恬淡雅致的藝術風格，表裡諧調，情理中和。這一格調的散文，固然缺乏時代氣息，不能激動人心，卻富有藝術情趣和名士風雅，溫柔敦厚，慰情益智；雖非時代的急需品，但也是一種不可或缺的藝術品。只因時局劇變，紙價暴漲，已經結集製版的《雅舍小品》在大陸未能及時印行，影響有限；直至作者去臺灣後不久，才由臺北正中書局正式出版，風行開來，對

臺灣散文產生重大而深遠的影響。因此，準確地說，《雅舍小品》雖然標誌著梁實秋散文藝術的成熟，它的歷史地位卻是到了臺灣之後才得以確立的。

二

　　人們普遍認為梁實秋的散文創作始終堅持自己的風格。這個看法重視梁氏文風的一貫性、統一性，是可以成立的，但不能借此而忽視其散文的多樣性、漸進性。事實上，他到臺灣後的散文創作，在保持《雅舍小品》初集之風格特色的同時，還是有所進展、變化的。他並不固步自封，作繭自縛，而是自由創造，精益求精，逐漸從一個有風格的散文作家發展成為臺灣散文的一代宗師。

　　初到臺灣，他有「避地海曲，萬念俱灰」[4]之歎，對現實政治失望得很，也一度埋頭教學，較少寫作散文。五、六○年代間，只寫了《秋室雜文》（1963）、《談徐志摩》（1958）、《清華八年》（1962）、《談聞一多》（1967）和《秋室雜憶》（1969）等作品，取材於現實人生的更少了，憶舊懷友的文章卻多起來了。這是一種新的跡象，說明作者流落孤島，雖能隨遇而安，卻有難言的苦衷，深情的鄉思，無法像雅舍時期那樣優遊自在了。他心懷隱痛，連藏書被蛀、晴天曬書之類小事，也會引起他「內心激動，久久不平」，「不禁想起從前在家鄉曬書」之種種往事，甚至聯想到「南渡諸賢，新亭對泣」的歷史典故，感觸萬端，憂思百結，從而寫下〈曬書記〉這篇沉鬱頓挫的散文。他侷處小島，對駱駝南徙後水土不服、委頓以死的悲慘命運相當敏感，不禁興起「人何以堪」的沉重慨歎（〈駱駝〉）。他在〈拜年〉中一唱三歎道：「初到臺灣時，大家都是驚魂甫定，談不到年，更談

4　梁實秋：〈豈有文章驚海內──答丘彥明女士問〉，《聯合文學》第31期（1987年）。

不到拜年，最近幾年來，情形漸漸不對了，大家忽地一窩蜂拜起年來了」，「到了新正，荒齋之內舉目皆非，想想家鄉不堪聞問，瞻望將來則有的說有望，有的說無望，有的心裡無望而嘴巴裡卻說有望，望，望，望，我們望了十多年了，以後不知還要再望多麼久。人是血肉做的，一生有幾個十多年？過年放假，家中閑坐，悶得發慌，會要得病的，所以這才追隨大家之後，街上跑跑，串串門子，不為無益之事，何以遣有涯之生？誰還真個要給誰拜年？拜年？想得好？興奮之後便是麻痹，難得大家興奮一下」，「這樣說來，拜年豈不是成了一種『苦悶的象徵』？」這樣的感慨和傷心話，常見於《秋室雜文》，富有概括性和普遍性；沉鬱悲涼而又婉約蘊藉，成為他入臺初期作品的一種基調，與「雅舍」風度顯然有別。即使是同樣描寫寄居生活的，新作〈平山堂記〉固然保持了〈雅舍〉那種隨緣領略、苦中回甘的情趣，但已增添了幾分惆悵，幾聲慨歎，「流亡味」、「苦澀味」似淡實濃，再豁達也難以排解。應該說，時局劇變，大陸易幟，這對於梁實秋一類親近民國政府的知識分子來說，是一個無法接受而又無可奈何的歷史事實；老大離家，流落他鄉，又是他們不得不飽嚐的一顆苦果。這種遭遇，打破了梁實秋的安靜生活，也開拓了他的生活視野；衝擊過他的人生態度，也砥礪了他的性格修養。他就是在流離困苦中日趨老成練達，逐漸切入人生內裡，其新作也隨之增強了內涵的分量和深度，連色調也融入了一些厚重深沉的因素。可以說，初到臺灣的前二十年，是梁實秋散文創作的漸變期、拓展期，正醞釀著新的高潮。

　　梁實秋散文創作的新高潮，是從《雅舍小品續集》（1973）的問世開始形成的，直至病逝而告終。在最後十幾年生涯中，他接連寫了三集《雅舍小品》、兩集《雅舍散文》，以及《槐園夢憶》、《白貓王子及其他》、《看雲集》、《雅舍雜文》、《雅舍談吃》等等，共十四種近四百篇。這對於一個年逾古稀而又另有著譯工作的老年人來說，已是一個相當驚人的數目了；更令人驚喜的是這些作品的水準大致整齊、高

雅，風韻不減當年，堪稱晚霞滿天，文壇奇觀。

　　晚年力作，首推《雅舍小品》續集、三集和四集。這三集共收一百零九篇作品，連同初集的三十四篇，於一九八六年五月出版過合訂本。前後期的《雅舍小品》有著一以貫之的精神格調，但同中有異，進展不小。先比較一下〈老年〉和〈中年〉二文，就能說明一點問題。從意蘊上說，二文一脈相承，都表達了一種頗具達士風味的安時處順、隨緣適意的人生襟懷。不過，〈中年〉體悟到的人生妙趣和處世哲學固然通達，卻多少帶有矜持自賞的優越感；到了〈老年〉才脫盡那點中年意氣，既不諱老歎老，也不以老賣老，而是順乎自然，安享老境，抵達了明心見性、安然自在的人生境地。就文調而言，二文都是夾敘夾議、亦莊亦諧、溫文容與、雅潔有致的。但〈中年〉較為酣暢恣肆，雖說放而能收，諧趣盎然，卻不夠含蓄，筆鋒較露；〈老年〉則趨於內斂，言簡意賅，博洽濃縮，簡約古樸，又不失容與之態、俊逸之風、淡遠之韻，在節制藝術上達到了爐火純青的化境，更耐人咀嚼。正如〈老年〉所顯示的那樣，晚年續作的《雅舍小品》在人生和藝術追求上是進入了更高的境地。這是一個「內心湛然」、「怡然自得」的人生境界，是一個「整潔而有精神，清楚而有姿態，簡單而有力量」[5]的藝術境界。如〈手杖〉、〈退休〉、〈臺北家居〉、〈喝茶〉、〈飲酒〉、〈職業〉、〈快樂〉諸篇，都堪稱人情練達、文章老到的妙品。

　　在人生和藝術修煉上更上層樓的梁實秋，也開始把羈旅鄉思、悼亡親情提升到明淨淡遠的境界。他不再像入臺初期那樣悵惋悲歎，但還是深情追懷故國風物舊時情，經過心靈的再三回味，業已變得溫馨醇厚，成為晚年的一種精神慰藉。後期《雅舍小品》中的〈窗外〉、〈商店禮貌〉、〈北平年景〉、〈正月十二〉、〈同學〉、〈過年〉、〈北平的

5　梁實秋：〈作文的三個階段〉，見《實秋雜文》（臺北市：仙人掌出版社，1970年）。

冬天〉諸篇，《白貓王子及其他》裡的名篇〈「疲馬戀舊秣，羈禽思故棲」〉、《雅舍散文》裡的〈東安市場〉，以及整部《槐園夢憶》、《看雲集》、《雅舍談吃》等等，匯合了他晚年懷舊思鄉的汩汩心泉。他身在異鄉，心遊故園，從精神上填補了「有家歸不得」的缺憾，獲得了如臨其境的撫慰。在他的筆下，故居的庭院，兒時的瑣事，北平的風情，年節的氛圍，親友的音容，家鄉的小吃，無不意態宛然，鮮活如故，令遊子神往不已，回味無窮。回味固然不如重嚐，難免有些惆悵，但慰情聊勝於無，何況故鄉風情是那樣的溫馨親切，怎不叫人暫時地忘懷得失而沉醉其中呢？如〈北平年景〉所追懷的那樣，有鮮活的場景氣象，歡騰的聲息氛圍，溫馨的天倫之樂，濃郁的民俗風情，歷歷在目，記憶猶新，足夠遊子玩味一番了，遠比苦中作樂的〈拜年〉有趣得多。這不只是一劑「慰情」的良方，還是一種「神歸」的捷徑。又如整部《雅舍談吃》，美味與鄉情總是水乳般交融在一起，不僅惹人垂涎，更撩人情思，這是它比一般的飲食小品更沁人心脾的主要原因。尤其是悼念亡妻的長篇傑作〈槐園夢憶〉，忍痛沉思，長歌當哭，「在回憶中好像我把如夢如幻的過去的生活又重新體驗一次」，身心似已脫離現實喪偶的苦海而飛回過往的境遇，重嚐溫馨的家居樂趣，復見賢妻的音容笑貌，體味情愛的聖潔永恆，這不是比痛哭流涕更感人肺腑、經久耐讀嗎？應該說，嚐過流離之苦、喪偶之痛的梁實秋，在晚年已更能消化痛苦，把住心舵，自由自在地回顧返照那漫漫征途上的種種生離死別、起落興亡了，也更能克制傷感，以理節情，恰如其分地抒寫心中的種種意想感懷、深情幽思了。這就使他晚年的懷舊思鄉散文顯得特別蘊藉醇厚，耐人尋味。

　　同時，他對世態百相的觀照玩味，也抵達「君子無入而不自得」之境地。除了政治問題，他一如既往，無所不談，瑣屑如牙籤、頭髮、痰盂、乾屎橛，平凡如洗澡、睡覺、看報、吃相，習見如請客、送禮、排隊、照相，莊重如廉、勤、讓、儉，鄙俗如髒、懶、饞、

鼾，如此等等，順手拈來，別有會心，涉筆成趣。其自得之「趣」，鮮活多姿，引人入勝。有盎然的物趣，如〈樹〉所體察到的，「我嘗面對著樹生出許多非非之想，覺得樹雖不能言，不解語，可是它也有生老病死，它也有榮枯，它也曉得傳宗接代，它也應該算是『有情』。……我想樹沐浴在薰風之中，抽芽放蕊，它必有一番愉快的心情。等到花簇簇，錦簇簇，滿枝頭紅紅綠綠的時候，招蜂引蝶，自又有一番得意。落英繽紛的時候可能有一點傷感，結實累累的時候又會有一點遲暮之思。我又揣想，螞蟻在樹幹上爬，可能會覺得癢癢出溜的；蟬在枝葉間高歌，也可能會覺得聒噪不堪。總之，樹是活的，只是不會走路，根紮在那裡便住在那裡，永遠沒有顛沛流離之苦。」這是物我同化之趣，沒有民胞物與的心懷是體察不到的，沒有得心應手的功夫也是傳達不出的。有溫厚的諧趣，如〈請客〉所渲染的，「若要一天不得安，請客；若要一年不得安，蓋房；若要一輩子不得安，娶姨太太」，真是妙語連珠，幽默風趣，非「世事洞明人情練達」者說不出口。有獨到的意趣，如〈髒〉篇末所發掘的，「其實，髒一點無傷大雅，從來沒聽說過哪一個國家因髒而亡。一個個的縱然衣冠齊整望之岸然，到處一塵不染，假使內心裡不大乾淨，一肚皮男盜女娼，我看那也不妙」，堪稱出奇制勝，談言微中。還有深長的理趣，如「舊的東西之可留戀的地方固然很多，人生之應該日新又新的地方亦復不少。……舊的東西大抵可愛，惟舊病不可復發」（〈舊〉），「溝是死的，人是活的！代溝需要溝通，不能像希臘神話中的亞歷山大以利劍砍難解之繩結那樣容易的一刀兩斷，因為人終歸是人」（〈代溝〉），……如此言近旨遠的警句雋語是俯拾即是、不勝枚舉的。總之，作者到了晚年，似已參透人情物理，自能從心所欲而不逾矩地把玩品評一切了，所作散文無不得心應手、圓熟雅健，可謂「庾信文章老更成」，「鉛華洗盡見真淳」。甚至連讀書札記一類文字也寫得遊刃有餘，趣味橫生，非飽學之士、斲輪老手而不能抵達這種境地。

　　梁實秋晚年散文持續高產，佳作連篇，創作力相當旺盛；筆路也開闊了，在言志小品、懷舊散文和浮世雜感、讀書札記諸方面均有建樹，格調雅健老到，自然成為臺灣散文家眾所景仰的「魯殿靈光」。其影響已越過海峽，在海外華人和大陸讀者中找到了越來越多的知音。這一歷史進程是值得留意的。

三

　　梁實秋散文的發展歷程可說是一種自然進程，是隨著閱歷、修養的豐厚和思想性格的成熟而日漸老到圓熟的，前後沒有重大的變動和落差，而確有一以貫之的風格特色，始終追求高雅的藝術格調。這在邅變的時代和文壇實屬鳳毛麟角，可作特例考察。

　　梁實秋散文所建樹的高雅格調，主要表現在心態悠閒、情趣優雅和文體雅潔諸方面。

　　就創作心態而言，他心有餘閒，隨緣玩味。他嚮往那種「心胸開朗，了無執著」、「把生活當作藝術來享受」、能「隨遇而安的欣賞社會人生之形形色色」、「有閒情逸致去研討『三百六十行』」的人格氣度和生活態度[6]，在審美活動中把生活藝術化，也把藝術生活化了。除了有意迴避尖銳性題材之外，日常所見所聞，無論大小雅俗，他都順手拈來，虛懷靜觀，努力保持優遊自得的審美心態，潛心營造適意自足的藝術世界，以求愉悅性情、調劑人生，使生活閃現出原有的藝術情味，使人們善於觀賞日常生活。因此，他的散文雖無抗世壯舉，卻有淑世心懷，雖說疏遠時代問題，卻充滿人生氣息，固然缺乏陽剛之氣，卻以溫柔敦厚感人，的確有別於抗爭、戰鬥的散文，也有別於哀怨、傷感的散文，而被目為「閒適的散文」。

6　梁實秋：〈悼齊如山先生〉，見《秋室雜文》（臺北市：文星書店，1963年）。

　　就情趣意蘊來說，他的散文雖以閒適為格調，卻不能簡單等同於「消閒小品」。消閒小品以阿俗媚世為特徵，或帶清高自賞之習氣，梁實秋散文則從不迎合低級趣味，也並非不食人間煙火，而是自主自律，獨標高格，以陶冶性情、弘揚人性為指歸。他抒寫閒情逸趣，表達的是安時處順、自由自在的人生襟懷、恬淡心境和生命情調，不避世歸隱而自有雅人深致。他賞玩塵世況味，調侃人生陋習，機智閃爍，諧趣迭出，卻謔而不虐，寓莊於諧，適可而止，不墮惡俗，深得幽默真諦，富有淑世之心。他談古道今，旁徵博引，卻不賣弄學問，炫耀自己，而是融會貫通，娓娓道來，不失學者本色。他的散文以理節情，化俗為雅，趣味醇正，蘊涵淡遠，熔性情、經驗、學識於一爐，集雅人、達士、學者散文為一體，自能卓然獨立，成為繼周作人之後的閒適派散文大家。

　　就語體文調而論，他的散文表裡諧調，文質彬彬。他以為「散文的文調雖是作者內心的流露，其美妙雖是不可捉摸，而散文的藝術仍是所不可少的。散文的藝術便是作者的自覺的選擇。……散文的美妙多端，然而最高的理想也不過是『簡單』二字而已。簡單就是經過選擇刪芟以後的完美的狀態」[7]。他固然信任心中情思的自然流露，但畢竟注重自覺的藝術加工，善於節制，捨得割愛，一貫追求簡練雅潔。用字則文白相濟，造語則刪繁就簡，行文則放而能收，謀篇則散中見整，講究聲韻、語調、章法和文氣的諧調，力戒繁冗、堆砌、生硬、粗陋諸弊端，在散文藝術上精心推敲，刻意求工，而又不露斧鑿痕跡，不失親切自然、瀟灑容與之風韻，堪稱正格文章，在現代語體散文史上並不多見。

　　梁實秋曾強調「文章要深、要遠、要高，就是不要長。描寫要深

7　梁實秋：〈論散文〉，《新月》第1卷第8號（1928年）。

刻，意想要遠大，格調要高雅，就是篇幅不一定要長」[8]；「我們為文還是應該刻意求工，千錘百煉，雖不必『擲地作金石聲』，總要盡力洗除一切膚泛猥雜的毛病」[9]；並認為「所貴乎為文學家者，乃在於他有高度的節制力（élanfrein），節制其氾濫的情感，節制其不羈的想像，納之於正軌，繩之以規矩，然後才能有醇厚的作品」[10]。他的散文創作就是這種散文審美追求的實踐和示範，大多是言簡意深、雅致醇厚的小品（即便是長篇回憶錄也是由許多相對獨立的片斷連綴而成的）。它不以雄奇壯美見長，而以淡雅婉約取勝，不以力度打動人，而以韻味吸引人，不是供人消遣的，而是耐人品味的，固然不能震世駭俗、催人奮起，卻有益智怡性、潛移默化之功，雖說難以人人讚賞，但在讀書界已日漸「走紅」，它的幽雅是越來越受到人們的青睞了。

　　從中年到晚年，梁實秋散文的風格大致不變，《雅舍小品》幾乎成了其人其文的代名詞，這種現象已成為中國現當代散文園地裡的一個奇觀。應該說，作為一個散文家，梁實秋是大器晚成的。他是在思想性格基本定型、閱歷學養相當深厚的中年時代開始潛心創作散文的，一出手就奠定了自己的風格基調，找到了自己的發展方向；隨後的創作就沿著自己開闢的道路穩步邁進，日漸拓展。這個特點決定了他的散文創作能始終擁有自己的特長和活力，保持個人風格的一貫性和穩定性，不為時尚所左右，不致失卻了個性特色。這固然是難能可貴的，特別是他的散文富有中國風味，尚雅求簡，融舊鑄新，在現代散文中樹立了承傳古典藝術的成功範例，自有不可低估的歷史貢獻。不過，固守自己的風格也限制了自己的發展，在形成獨特性的同時也就帶上了他難以克服的侷限性。他的散文不僅有意疏遠時代主潮，在

8　轉引自胡有瑞：〈春耕秋收──訪梁實秋談讀書寫作〉，見《秋之頌》（臺北市：九歌出版社，1988年），頁355。

9　梁實秋：〈作文的三個階段〉，見《實秋雜文》（臺北市：仙人掌出版社，1970年）。

10　梁實秋：〈漫談散文及其他──答丘秀芷女士問〉，見《秋之頌》（臺北市：九歌出版社，1988年），頁426。

四〇年代不寫「與抗戰有關」的題材，對臺灣當代社會的變遷也較為隔膜，時代氣息不濃，精神追求偏舊，境界不夠闊大宏富，無力把握現代生活的深刻變化和繁富景觀；而且在藝術上守成多於創新，雅致有餘，通俗不足，審美趣味偏於古典藝術的雅正中和，可說是中國古典散文的傳人、現代閒適派散文的後勁，而非臺灣「現代散文」創新派[11]的先驅，無法開創一代新風氣。應該看到，梁實秋散文在思想藝術上都帶有一定的保守性，無論時勢推移，風氣變幻，他都努力固守自己的古典主義立場和人格本色，維繫傳統文化的雍容風度、閒逸情致、高雅格調，以至於名士式貴族化氣派。這樣的散文是其時、其地、其人的自然產物，是難以仿效的，但又值得揣摩和借鑑。

——本文原題〈春華秋實　圓熟雅致——略論梁實秋的散文〉，

原刊於《福建師範大學學報》一九九二年第四期

---

11 指二十世紀七〇年代以來以余光中為代表的一批新進作家對散文藝術的革新和探索。

何其芳散文的流變

　　在二十世紀三〇年代新進散文家中，何其芳知名於世，影響很大。他的處女作《畫夢錄》以藝術上的獨創性獲得《大公報》一九三六年度文藝獎，為抒情散文的發展開創了追求形式美的新風氣，對當時和後來的散文創作產生了重大影響。但他逐漸厭棄這種刻意畫夢、苦求精緻的創作傾向，隨著生活和思想的變化發展，他後來的散文創作在不斷地自我否定中謀求新的出路，努力從雕飾幻想走向樸實自然。他思想上政治上的進步，給他的散文新作增添了新的思想光彩和新的藝術因素，但在藝術創造方面並未達到新的高度。他承認這個事實：「當我的生活或我的思想發生了大的變化，而且是一種向前邁進的變化的時候，我寫的所謂散文或雜文都好像在藝術上並沒有什麼進步，而且有時甚至還有些退步的樣子。」[1]這種思想和藝術的發展不平衡的矛盾現象，在新文學史上具有普遍性，在何其芳的散文創作中表現得相當突出。

　　何其芳的散文創作大體經歷了這樣的三個發展階段：起始階段創作了《畫夢錄》（1933-1936）和《刻意集》（1932-1937），這是他自我表現、雕飾幻想、致力於抒情散文的藝術創新的刻意畫夢階段；繼之而起的是他從夢境回到現實、從唯美主義走向現實主義的過渡階段，以《還鄉雜記》（1936-1937）為主要標誌；隨後發生的蛻變，從抗戰初期從事抗日救亡的文學活動開始，直到奔赴延安以後，經過一

1　何其芳：〈《何其芳散文選集》序〉，見《何其芳文集》第3卷（北京市：人民文學出版社，1983年），頁37。

番痛苦磨煉才基本完成，這個過程反映在《星火集》（1938-1945）和
《星火集續編》（1944-1949）中。從《畫夢錄》起步，中經《還鄉雜
記》的過渡，最後轉到《星火集》這樣一條新路上，他的寫作道路是
和他的生活道路相吻合的。他的思想發展有個顯著特色，就是從自己
的生活經驗出發，不斷進行自我反思，依靠自己的獨立思考摸索著前
進道路，雖說走得緩慢艱難，但一步一個腳印，終於投入革命行列。
他的散文創作追蹤自己的每個足跡，真實表現自我探索中的矛盾衝
突，顯現了一位小資產階級作家轉變成為無產階級文藝戰士的曲折
歷程。

一

　　何其芳從事散文創作，最初主要出自兩方面的內在要求。一方
面，他當時生活寂寞，思想苦悶，不滿黑暗現實，而又看不見出路，
便向藝術之宮尋找精神寄託。他抱著「文藝什麼也不為，只為了抒寫
自己，抒寫自己的幻想、感覺和情感」[2]的態度，先從寫詩開始，接
著發現散文這種「不分行的抒寫更適宜於表達我的鬱結與頹喪」[3]，
因而寫起散文來。另一方面，他當時在北京大學讀書，和同學卞之
琳、李廣田、朱企霞一起，經常談論到散文創作，「覺得在中國新文
學的部門中，散文的生長不能說很荒蕪，很孱弱，但除去那些說理
的、諷刺的，或者說偏重智慧的之外，抒情的多半流入身邊雜事的敘
述和感傷的個人遭遇的告白」，散文藝術不大為人所重視。他不滿意
抒情散文的這種狀況，「願意以微薄的努力來證明每篇散文應該是一

2　何其芳：〈《夜歌和白天的歌》初版後記〉，見《何其芳文集》第2卷（北京市：人民
　　文學出版社，1982年），頁253。

3　何其芳：〈夢中道路〉，見《何其芳文集》第2卷（北京市：人民文學出版社，1982
　　年），頁65。

種純粹的獨立的創作，不是一段未完篇的小說，也不是一首短詩的放大」，立意「為抒情的散文找出一個新的方向」。[4]由此可見他有意革新散文藝術，自覺地把散文當作一種獨立的藝術形式，刻意追求散文藝術的完美和獨創。抱著自我表現的藝術觀和藝術創新的散文觀，在《水星》編者卞之琳的督促下，他和李廣田、朱企霞一道實踐了這種共同的藝術追求。

何其芳以寫詩的態度來寫散文，創作態度相當嚴謹認真。在長達兩年的苦心雕琢中，終於成就了一顆玲瓏剔透的藝術珍寶。他的《畫夢錄》剛出版，立即在散文界和青年讀者中間引起很大的反響。評論家劉西渭（李健吾）和李影心發表了書評，肯定它在藝術上的成功。《大公報》文藝獎評選委員會認定「《畫夢錄》的出版雄辯地說明了散文本身怎樣是一種獨立的藝術製作，有它超達深淵的情趣」[5]，把唯一的散文獎的榮譽給了它。這本連同「代序」只有十七篇作品的散文結集，為什麼一下子就轟動文壇呢？難道像當時有人所指責的那樣，只是批評家的偏好，「舊精靈的企圖復活，舊美學的新起的掙扎，新文學的本質的一種反動」[6]嗎？果真如此的話，理應早該被歷史淘汰了。但為什麼還可以再三出版，流傳下來，連雜文家聶紺弩至今還在稱道它，把它和魯迅的《野草》、曹白的《呼吸》並舉，列為自己最喜愛的三本散文集之一呢？[7]事實說明它自有吸引人的藝術魅力。

何其芳曾多次追述自己寫作《畫夢錄》時的生活和心境，他說：

4　何其芳：〈我和散文——《還鄉雜記》代序〉，見《還鄉雜記》（上海市：文化生活出版社，1949年）。該序文收入《何其芳散文選集》、《何其芳文集》時略有修改，如「每篇散文應該是一種純粹的獨立的創作」刪去「純粹的」三字，「為抒情的散文找出一個新的方向」後半句改為「發現一個新的園地」。為此，本文引用該文原版本。

5　一九三七年五月十二日《大公報》關於得獎作品評語。

6　艾青：〈夢·幻想與現實——讀《畫夢錄》〉，《文藝陣地》第3卷第4期（1939年）。

7　參見《紺弩散文》（北京市：人民文學出版社，1981年），〈序〉。

　　《畫夢錄》是我從大學二年級到四年級中間所寫的東西的一部
　　分。它包含著我的生活和思想上的一個時期的末尾，一個時期
　　的開頭。〈黃昏〉那篇小文章就是一個界石。在那以前，我是
　　一個充滿了幼稚的傷感，寂寞的歡欣和遼遠的幻想的人。在那
　　以後，我卻更感到了一種深沉的寂寞，一種大的苦悶，更感到
　　了現實與幻想的矛盾，人的生活的可憐，然而找不到一個肯定
　　的結論，……前一個時期，就稱它為幻想時期吧，我只喜歡讀
　　一些美麗的柔和的東西；第二個時期，應該是苦悶時期了，雖
　　說我仍然部分地在那類作品裡找蔭蔽，卻更喜歡 T.S. 愛略忒的
　　那種荒涼和絕望，杜斯退益夫斯基的那種陰暗。[8]

　〈黃昏〉寫於一九三三年初夏。在此之前，他主要接受浪漫主義文學
和唯美主義文學的影響，喜愛安徒生、泰戈爾、但尼生、羅塞諦、王
爾德以及冰心、廢名、徐志摩等人的詩文童話，以美麗的幻想自我安
慰，逃避現實，沉迷於意象世界的五光十色。在此之後，由於日寇進
逼華北，北京受到威脅，學校提前放假，他回過家鄉一次，多看了一
些人間的不幸，體驗到童年幻想的破滅和青春追求的失敗，從小以來
的生活經驗的累積醞釀著一次變化。他無心再玩味那些美麗的遼遠的
幻想和溫柔的浪漫感傷情緒，他的藝術愛好轉向艾略特、陀思妥耶夫
斯基、梅特林克、霍普特曼、巴羅哈、阿左林以及高爾基的早期作
品，主要和他們作品中那種深重的孤寂、絕望、抑悶情緒發生共鳴。
由於他長期生活在書齋中，躲在象牙之塔內，忽視和脫離現實生活，
所以這一次的現實刺激並沒有驚醒他，他只是發現幻想和現實的矛
盾，垂下幻想的翅膀，陷入內心的苦悶深淵。沉迷於遼遠的幻想，玩

8　何其芳：〈給艾青先生的一封信——談《畫夢錄》和我的道路〉，《文藝陣地》第4卷
　　第7期（1940年）。

味著深沉的抑悶，苦心經營著美麗的文字建築，便是他早期散文創作的基本傾向。

　　《畫夢錄》除了頭四篇寫於幻想期之外，其餘十三篇都寫於苦悶期。前者訴說的是「溫柔的獨語」，後者傾吐的是「悲哀的獨語」、「狂暴的獨語」，情調色彩略有差別，但本質上都是一位孤獨者的自我表現。他的生活體驗屬於「狹而深」一類，多情善感，直覺敏銳，自我意識相當強烈，個人內心活動的細微變化都不會放過，因而他抒寫自己的幻想、感覺和情緒相當細緻，相當深切。他把自己青春期的哀樂得失寫得楚楚動人：「我曾有一些帶傷感之黃色的快樂，如同三月的夜晚的微風飄進我夢裡，又飄去了。我醒來，看見第一顆亮著純潔的愛情的朝露無聲地墜地。我又曾有一些寂寞的光陰，在幽暗的窗子下，在長夜的爐火邊，我緊閉著門而它們仍然遁逸了。我能忘掉憂鬱如忘掉歡樂一樣容易嗎？」（〈黃昏〉）他把孤獨感拿來細細玩味：「設想獨步在荒涼的夜街上，一種枯寂的聲響固執的追隨著你，如昏黃的燈光下的黑色影子，你不知該對它珍愛抑是不能忍耐了：那是你腳步的獨語」；「黑色的門緊閉著：一個永遠期待的靈魂死在門內，一個永遠找尋的靈魂死在門外。每一個靈魂是一個世界，沒有窗戶。而可愛的靈魂都是倔強的獨語者」（〈獨語〉），寫出自己忘記人而又被人忘記了、安於孤獨而又有些不甘的複雜情緒。他在〈夢後〉顯示了兩個時期兩種不同的夢景：從前是一片煥發著柔和的光輝的白花，一道在青草間流淌的溪水，一個穿燕羽色衣衫的少女，一尊象徵美、愛與純潔的聖女像，那是溫柔迷人的；如今變為一片荒林，一城暮色，一條暗淡的不知往何處去的旅途，一方四壁徒立如墓壙的斗室，這是荒涼陰暗的；他把青春少年的美夢和成年人的遲暮感借對照突現出來，把厭倦人生而又執著人生、對人生抱著不可為而為的矛盾暴露出來。他在被黑暗現實糾纏得好苦、想給全世界的人一個白眼時，驕傲地宣稱「對於人生我動心的不過是它的表現」，大有憤世嫉俗、超越一切

之氣概；但緊跟著看見人間「那些刻滿了厭倦與不幸的皺紋的臉」，他還是流下憤怒和同情的眼淚（〈扇上的煙雲〉）。他「感覺到人在天地之間孤獨得很，目睹同類匍匐將入於井而無從救援，正如對一個書中人物之愛莫能助」（〈岩〉）。可見，作者是真切地感受著社會的陰暗和人間的寒冷，他的苦悶和頹喪是源於對人生不幸的愛莫能助和對出路的獨自探求而不可得，他對於人生實在是充滿了熱情和渴望，只是被壓抑得無處發洩而變態了。他這些溫柔的、悲哀的、狂暴的獨語，構成這樣一個抒情主人公形象：不滿黑暗現實而又找不到出路、只好沉入內心探索、借藝術世界抵抗和隔絕現實世界的孤獨者，這是當時一部分小資產階級知識分子的典型寫照。他把自己的苦惱和矛盾、不滿和渴求、所得和所失，把個人和社會、幻想和現實的衝突，把現代人的抑悶和痛苦，深入細緻地表現出來，自然容易引起同樣迷失道路的一批小資產階級知識分子的感情共鳴。他並不是無病呻吟、精神自瀆；而是有痛呻吟、自我排遣；他抒寫的情思當然不能說是健康、壯闊和積極的，但更不能說是腐朽和反動的，只能說是病態的，纖弱的，掙扎的，被黑暗現實扭曲的，其實也是時代的苦悶和社會的黑暗的一種投影。不可否認，在大革命失敗後的新黑暗時代裡，除了左翼作家和激進的革命民主主義作家之外，許多敏感脆弱的小資產階級知識分子，尤其是少經世事的青年，都有過程度不同的苦悶憂鬱、彷徨迷路、悲觀失望的心理感受。巴金用「心的呼號」喊出痛苦，豐子愷向宗教尋找精神寄託，何其芳借藝術幻想排遣內心鬱悶，表現形態不同，精神苦悶倒是一致的。在表現孤獨者苦悶矛盾的內心生活方面，何其芳的深切敏銳、細緻獨到是難以匹敵的，所以在當時能夠贏得許多讀者的喜愛。

何其芳認為散文藝術具有獨立的審美價值，刻意追求藝術形式的獨創和完美，創造出精緻綺麗的新文風。他吸取西方現代抒情藝術和敘事技巧，大量採用象徵暗示、自由聯想、夢幻冥思、意象堆砌、直

覺交錯的表現手法，打破「身邊雜事的敘述和感傷的個人遭遇的告白」的寫作方式，對素材進行藝術加工和主觀再創造，致力於意象的豐滿、情調的柔和以及整體的完美，帶有濃厚的現代藝術氣息和唯美主義色彩。他並不直接傾訴內心的枯燥和渴求，而是訴諸形象直觀：憔悴的柳綠，乾裂的大地和樹根，煩躁的白鴨，憤怒的鷹隼，借助它們的焦渴難耐曲折表達出來（〈雨前〉）。正如他所說的：「我不是從一個概念的閃動去尋找它的形體，浮現在我心靈裡的原來就是一些顏色，一些圖案。」[9]由這些顏色、圖案構成的圓滿的意象，富於象徵暗示意味，耐人咀嚼。他「有時敘述著一個可以引起許多想像的小故事，有時是一陣伴著深思的情感的波動」[10]。每個小故事留有空白，給人以揣測發揮；又能聯想出新的故事，擴大人們的想像天地。〈哀歌〉就很典型。它憑藉童年記憶，娓娓敘說舊家庭三個姑姑的閨閣生活和婚姻悲劇，沒有什麼情節，只有朦朧的面影和片斷的素描，巧妙地穿插了中世紀歐洲那些充滿了哀愁和愛情的古傳說，以及阿左林描寫西班牙古舊風習的散文片斷，超越時空，自由聯想，把中外舊式少女的哀怨憂愁融匯在一塊，增強了哀愁的重量。他的敘述方式是主觀的，抒情的，憑藉印象和記憶，伴隨著內心的情感波動，平靜地親切地敘述他熟悉和感動的故事。他的聯想是很微妙的，當他憂鬱的思索著人的命運時，他想起了〈弦〉，鄉下算命老人手中的一張三弦。「當他坐在院子裡數說著人的吉凶禍福，他的手指就在弦上發出琤琮聲，單調，零亂，恰如那種術士語言」，三弦的顫動使人的心弦顫抖，不可知的命運令人困惑憂傷，整篇作品籠罩在三弦聲造成的飄渺神秘的氣氛中。何其芳散文的敘事抒情技巧都致力於創造撲朔迷離、柔和美

9　何其芳：〈夢中道路〉，見《何其芳文集》第2卷（北京市：人民文學出版社，1982年），頁66。

10　何其芳：〈我和散文──《還鄉雜記》代序〉，見《還鄉雜記》（上海市：文化生活出版社，1949年）。

麗、新奇別致的藝術氛圍，以諧調飄忽的幽思、朦朧的幻覺和波動的情感，每篇作品都要獨立構成一個多樣統一的意象境界，都要精心構圖，精心抹彩，精心調節音律，讓語言文字的音形色發揮出最大的藝術表現力，去完成一個個精緻綺麗的文字建築。他是自覺的藝術家，他是在創造而不是在摹寫，他把自我表現和藝術再創造結合起來，人工雕琢甚過自然流露，形式溢過內容，開創了追求散文形式美的新風氣。它的形式創造證明了「每篇散文應該是一種純粹的獨立的創作」，散文應該而且能夠成為一種具有獨立的藝術價值的文學形式。它在現代散文發展史上的意義在於提高了散文藝術的地位，豐富了散文的藝術表現力，促進了文藝性散文對美的自覺追求。

二

一九三五年八月，何其芳大學畢業後到天津南開中學任教。在這個「製造中學生的工廠」裡，生活比在大學宿舍裡還要陰暗。「在這種生活裡我再也不能繼續做著一些美麗的溫柔的夢，而且安靜地用心地描畫它們。」[11]他凝著忍耐繼續寫了幾篇，但愈覺枯窘，終於沉默下來。從他這時為《畫夢錄》寫的「代序」〈扇上的煙雲〉、為《燕泥集》寫的〈後話〉和應《大公報詩刊》寫的自述〈夢中道路〉這幾篇帶有自省色彩的作品來看，作者正處於極度矛盾苦悶之中，處於從夢中驚醒過來的前夜。他開始「有一點厭棄我自己的精緻」，自責「為什麼這樣枯窘」，為什麼「獨自摸索的經歷的是這樣一條迷離的道路？」這種反思標誌著刻意畫夢階段的結束，正醞釀著一次突破，一個新的開始。一九三六年夏天他離開天津，再次返鄉，此後到山東萊陽鄉村師範學校教書，殘酷現實的鞭子終於把他打醒過來。「因為看

---

11 何其芳：〈我和散文——《還鄉雜記》代序〉，見《還鄉雜記》（上海市：文化生活出版社，1949年）。

著無數的人都輾轉於饑寒死亡之中，我忘記了個人的哀樂」，「現在我最關心的是人間的事情」。[12]他從個人的苦悶深淵自拔出來，從自我中心主義轉到人道主義立場上，從夢境回到現實，從個人內心轉向人間生活，開始「要使自己的歌唱變成鞭子，還擊到這不合理的社會的背上」[13]，從而開拓了自己的生活道路和藝術視野，帶來了詩情文思的復活。他重新操筆寫作了具有批判現實主義精神的遊記體散文《還鄉雜記》。

　　讓歌唱變為鞭笞，還擊到不合理的舊社會的身上，這是《還鄉雜記》批判現實主義特色的突出表現。在首篇〈嗚咽的揚子江〉中，他鞭打著所謂「四川是民族復興的根據地」的自欺欺人之談，揭露出交通事業的腐敗落後和紳士名流的自私無恥，關切著內地人民的饑寒困苦，「從這狹隘的峽間的急流，我聽見了一隻嗚咽的歌，不平的歌，生存與死亡的歌，期待著自由和幸福的歌」。在〈街〉中，他詛咒著「這由人類組成的社會實在是一個陰暗的、污穢的，悲慘的地獄」。他筆下的「天府之國」變為：「乾旱的土地；焦枯得像燒過的稻禾；默默地彎著腰，流著汗，在田野裡勞作的農夫農婦」，「為饑餓，貧窮、暴力和死亡所統治了。無聲地統治，無聲地傾向滅亡」，但他並不絕望，「在樹蔭下，在望著那浩浩蕩蕩的東去的揚子江的時候，我幻想它是渴望地憤怒地奔向自由的國土，又幻想它在嗚咽」（〈樹蔭下的默想〉）。揚子江在這裡成為勞苦人民不幸和希望的象徵，作者的憤怒和渴求化為人民的心聲。把《還鄉雜記》拿來和《畫夢錄》後面幾篇描寫童年家鄉回憶的作品相比較，可以明顯地看出：從一己的哀樂得失轉向人民大眾的不幸和掙扎，從溫情的撫慰變為憤怒的抗議，作

---

12 何其芳：〈我和散文——《還鄉雜記》代序〉，見《還鄉雜記》（上海市：文化生活出版社，1949年）。

13 何其芳：〈《刻意集》序〉，見《何其芳文集》第2卷（北京市：人民文學出版社，1982年），頁123。

者的視野的確開闊了，作者的情感也變粗起來了，個人主義讓位於人
道主義，批判現實代替了逃避現實，這在何其芳思想和創作發展道路
上是一個長足的進步。

　　開始向舊我告別，在自我否定中邁出關鍵性的第一步，這是《還
鄉雜記》另一新的特色。〈嗚咽的揚子江〉就初步檢查前幾年「把自
己關閉在孤獨裡，於是對於世界上的事都感到淡漠」的超脫態度，切
身感覺到在民族鬥爭和階級鬥爭中「果然沒有真正的第三種人的存
在」。〈街〉否定過去「沉醉、留連於一個不存在的世界」，也透露出
剛從夢中醒來對未來認識的迷茫情緒。〈老人〉在回憶幾位老人身影
並做著自己的老人夢之後筆鋒一轉，清醒地意識到：「在成年和老年
之間還有著一段很長的距離。我將用什麼來填滿呢？應該不是夢而是
嚴肅的工作。」最後一句，是他對過去畫夢傾向的否定，為當時和後
來樹立一個生活的指南。這種自我解剖的傾向在一九三七年五至六月
間接連為《刻意集》寫的〈序〉和為《還鄉雜記》寫的代序〈我和散
文〉兩篇中表現得最為突出。「我再也不憂鬱地偏起頸子望著天空或
者牆壁做夢。現在我最關心的是人間的事情」，「當無情的鞭子打到背
上的時候應當從夢裡驚醒過來，看清它從哪裡來的，並憤怒地勇敢地
開始反抗。」這種人生觀不僅和那「對於人生我動心的只不過是它的
表現」之超然態度不可同日而語，就是「對於人間的不幸和苦痛我的
驕傲只有低下頭來變成了憤怒和同情的眼淚」的態度也不能與之相
比，表明他正在掙脫個人主義的束縛，告別波德萊爾似地看雲做夢的
舊我，面向現實人生，進而反叛舊世界了。他的藝術觀也隨之發生深
刻的變化，達到〈夢中道路〉等文尚未達到的結論：「詩，如同文學
中的別的部門，它的根株必須深深地植在人間，植在這充滿了不幸的
黑壓壓的大地上。把它從這豐饒的土地裡拔出來一定要枯死的，因為
它並不是如一些幻想家或逃避現實者所假定的，一棵可以托根、生長

並繁榮於空中的樹。」[14]這個轉變在他的創作道路上具有重大意義，標誌著他走出象牙之塔，回歸現實大地，從唯美主義轉向現實主義。何其芳散文的自省反思總是伴隨著他生活和思想的發展變化而進行；這成為他抗戰以後雜文和散文寫作的一個顯著特色。

誠然，《還鄉雜記》也表現出作者生活和思想的侷限性。他畢竟是個剛從夢幻世界回到現實生活、從狹隘斗室走向廣闊天地的青年。「這時我又發現對於家鄉我的知識竟也可憐得很，最近這十三天的停留也沒有獲得多少新的。真要描寫出那一角土地的各方面不是我的能力所能達到。我只有抄寫過去的回憶。」[15]抄寫過去的記憶，便成為全書的取材特色。但這種抄寫已不同於《畫夢錄》後半那些同樣追述家鄉往事的作品，主要差別在於作者進而抨擊社會，針砭時弊，解剖自我，嚮往未來。〈街〉在這方面很能說明問題。他從現實的衰敗看到過去的影子，驚異於時間的停滯；又從童年的記憶對比發現社會不僅沒有半點進步，反而更傾向於衰亡。這種感覺和發現，對作者來說是新鮮的，是他面向現實的結果，但在新文學中早被普遍描寫過，深刻揭示過。對現實的認識不夠深廣，使他不能正面描寫和深入揭露現實生活，不能為文學史增進新穎獨到的東西；這說明一個藝術家要忠實於藝術，首先要忠實於生活，要有新的發現，首先要有深廣的生活經驗。這不能苛求當時的作者，因為先前他走的是那麼一條夢中道路。

與新的藝術內容相適應，《還鄉雜記》的藝術形式也有所改變，揚棄了《畫夢錄》雕飾幻想的文風而變為比較樸素自然，又不失流麗細緻。由於開始面向現實而又對現實認識不足的內在矛盾，作者自然把筆觸引向童年記憶，採用回憶和現實交錯展開的藝術構思，觸景憶

---

14 何其芳：〈《刻意集》序〉，見《何其芳文集》第2卷（北京市：人民文學出版社，1982年），頁123。

15 何其芳：〈我和散文──《還鄉雜記》代序〉，見《還鄉雜記》（上海市：文化生活出版社，1949年）。

舊，懷舊傷今，自由聯想而又焦點集中，批判地寫實而又不放棄抒情
機會，如〈街〉把所見所憶所感集中在一條街上錯綜展現出來，造成
諷刺批判和憂鬱傷感混雜的藝術效果。這繼承了《畫夢錄》後半「平
靜地自然地親切地敘述故事」的特長，也許有所借鑑阿左林描述西班
牙古老風俗畫的散文藝術。〈街〉與阿左林的〈葉克拉〉，〈私塾師〉
與〈卡樂思神父〉的寫法是相通的，阿左林散文樸素而精巧的風格對
何其芳的散文創作是有影響的。題材的變換，敘寫的自然，要求他的
散文語言也要重新洗煉。他從過於雕飾堆砌、單純追求繁富意象的唯
美主義作風中逐步掙脫出來，而又沒有放棄優美凝鍊的語言風格，堅
持錘鍊字句，又力求自然行文，多少也殘留一些斧斤痕跡。同樣描寫
黃昏街頭的獨步踟躕，這時寫下的是：

> 當我正神往於那些記憶裡的荒涼，黃昏已靜靜地流瀉過來像一
> 條憂鬱的河，湮沒了這個縣城。我踟躕在一條街上。……我踟
> 躕在我故鄉裡的一條狹小、多曲折、鋪著高低不平的碎石子的
> 街上，彷彿垂頭喪氣地走進了我的童年。

此時此地的情景，散文家的自我形象，仍然清晰如畫，宛在眼前，句
式還是那麼繁縟，但已經看不出〈黃昏〉那種刻意搭配聲色形體、苦
心追求象徵暗示和儘量省略留有空白的作風，表現出較為明晰自然而
又有些修飾形容這樣混雜的特點。

　　《還鄉雜記》從內容到形式都顯示出作者開始從雕飾幻想走向樸
實自然，二者交錯正是這個過渡階段的特有現象。如果說，《畫夢
錄》和《星火集》中間隔著一道鴻溝，那麼，《還鄉雜記》剛好是一
座橋，溝通了此岸和彼岸。它在何其芳的散文創作道路上起到了承先
啟後的過渡作用。

三

　　有些人以為何其芳的覺醒是由抗戰促成的，何其芳不同意這種說法。他說：「我並不否認抗戰對於我有著不小影響，它使我更勇敢，它使我脫離了中學教員的生活，它使我過著新的快樂的生活，然而我的覺醒並不由於它。」[16]如前所述，他的覺醒來自戰前社會現實的不斷刺激和其生活視野的逐漸擴大，是由漸進而達到的。他主觀上熱愛人生，追求理想，不滿現狀，這是他轉變、進步的內在動力。他從自我關閉走向人生現實，看見更深廣的苦難和不幸，他的反叛意識和人生責任感就佔了上風。在這新的起點上，面對日本帝國主義的侵略，他的愛國主義思想也覺醒了，他才能夠自覺地投入抗日救亡鬥爭。所以他說「對於我抗戰來到得正是時候」[17]。他進一步發展了《還鄉雜記》時期新確立的文學觀，更明確了作家的時代職責：「我們相信脫離了人生，脫離了時代，脫離了為這民族的自由而戰鬥，而死傷，而受著苦難的群眾，無論任何形式的文學作品都不會偉大起來。」[18]他終於徹底否定脫離現實鬥爭的唯美主義傾向，從《還鄉雜記》開始的現實主義道路出發，進而把自己的文學工作同時代和群眾結合起來，為民族民主革命戰爭服務，開始走上革命現實主義道路。

　　他從山東回到四川後，見到家鄉萬縣和省會成都依然處於沉睡狀態，深感啟蒙工作的急需。他和友人創辦《工作》雜誌，轉向雜文寫作，以雜文為思想武器批判後方的腐敗，宣傳抗日救國的思想，闡明現時的工作意義。他批判「奉命工作」、敷衍抗戰的消極行為，譴責

---

16 何其芳：〈給艾青先生的一封信——談《畫夢錄》和我的道路〉，《文藝陣地》第4卷第7期（1940年）。

17 何其芳：〈給艾青先生的一封信——談《畫夢錄》和我的道路〉，《文藝陣地》第4卷第7期（1940年）。

18 何其芳：〈論工作〉，見《星火集》（重慶市：群益出版社，1945年）。

讀經復古、歧視婦女、虐待兒童和知識分子自私自利的醜惡現象，抨擊附逆叛國的漢奸之流，也鞭打自己的過去，堅信著抗戰的正義性和必定勝利。這些雜文愛恨分明，鋒芒畢露，和抗戰的脈搏一同跳動著，表現出一個受民族革命戰爭鼓舞的初上戰場的新兵的激動、興奮和民族責任感。然而，身處成都這個「在陽光燦爛的早晨還睡著覺」的環境，他的呼聲好似空谷足音，得不到聲援呼應，反而招來嘲笑非議。他感到個人的孤單無力，不能再呆在這種環境裡。這直接促成他奔赴延安，去尋找新的夥伴。當然，他當時對此行還認識不足。他是「帶著一腦子原有的思想與個人的願望」[19]，甚至還帶著「請你們容許我仍然保留批評的自由」的念頭，向延安進發的。只有到了延安，生活在這個新的世界裡，「從環境，從人，從工作學習了許多許多」[20]，特別是從參加延安文藝座談會以後，經過痛苦的脫胎換骨的思想鬥爭，他才完全拋掉舊我，徹底實現從小資產階級到無產階級的根本轉變。

何其芳去延安所帶的個人願望是：到前方搜集材料，專心寫報告文學。他獻給延安的第一支頌歌是〈我歌唱延安〉。它忠實地報告延安的新生和進步，熱情地歌唱延安充滿了「自由的空氣，寬大的空氣，快活的空氣」，「彷彿我曾經常常想像著一個好的機會，好的地方，而現在我就像生活在我的那種想像裡了」，這真切地表達了一個經歷舊世界苦悶的知識分子來到他夢寐以求的理想社會時的激動和喜悅。當然，初到新天地，不可能寫得深刻充分，他後來自我批評道：「有些更本質的東西我當時還是不大理解的。我那篇報告就沒有著眼於那種翻天覆地的大變動：在那裡曾經是奴隸的勞動人民已經作了主人。更進一步的問題，我的思想感情與勞動人民的思想感情還有很大

---

19 何其芳：《星火集》（重慶市：群益出版社，1945年），〈後記〉。
20 何其芳：〈一個平常的故事〉，見《星火集》（重慶市：群益出版社，1945年）。

的分歧。」[21]不過，他描寫的這個理想變為現實的嶄新世界，在當時對於後方廣大讀者來說，還是很有魅力的。從作者的創作道路，從現代散文的發展過程的角度來看，這又是一個新的起點：描繪和歌唱新的現實，新的人物，新的思想感情。如果說，過去作者的思想追求還落後於時代主導精神，那麼這時他已經站在時代前列了。此後他的報告文學作品，都是沿著這個新的方向發展著。他奔赴華北前線，搜集素材，寫作通訊報告，描寫八路軍和抗日群眾的英勇鬥爭和魚水深情，揭露日寇的殘暴本性及其不可避免的縱火自焚的歷史悲劇，以自己的見聞感受反映了華北前線的戰爭生活。但由於作者當時還沒有真正解決和工農兵相結合，徹底改造自己的小資產階級思想感情的根本問題，身入而未心入前線去了解和熟悉新的生活新的人物，反而好像在前線作客或生活在同樣浮在表面的知識分子的小範圍內，所以，前線那種火熱的鬥爭生活，新型的人物形象，便不可能在他的報告中得到更深廣有力的反映，他只能根據自己的一點見聞和間接得來的材料加工成篇。在〈七一五團在大青山〉一文中，他寫道：

> 我徒然吃力地敘述了我的故事，我徒然讓我的想像追隨我所聽來的事實奔馳了一個寥闊的區域，一個季節，因為我幾乎一點兒也沒有敘述出你，年輕的快活的七一五團，在那個有著濃厚的色彩的地方，完成著一個偉大的艱苦的任務時所經歷的動人的戰鬥、事件和日常生活。我才知道比較於實際的行動，歷史是多麼貧乏無味。我才知道比較於生活的事實，傳說是多麼拙笨。我才知道比較於生活本身，想像和推論是多麼沒有顏色。我才知道與其作一個成功的故事重述者，我還是寧願作一個生活中的失敗的人物。

---

21 何其芳：《星火集》（重慶市：群益出版社，1945年），〈後記〉。

面對新生活本身，何其芳感到自己的貧乏和描寫的無力，他幾乎失去了繼續寫作報告文學的信心，只好回到抒寫自己所熟悉的生活和感情的路子上。

　　但是，他的回歸不是簡單重複過去，而是一次螺旋式的上升。他的〈夜歌〉組詩完全是內心自我鬥爭的坦露。〈一個平常的故事〉、〈為人類工作〉，〈論「土地之鹽」〉、〈論快樂〉、〈高爾基紀念〉和〈饑餓〉諸文都是抒寫自己所熟悉的題材。這些散文和他的〈夜歌〉一樣，反映了新我和舊我的思想衝突和感情糾葛，帶著從小資產階級知識分子轉變為無產階級文藝戰士這一過渡時期的痕跡。〈饑餓〉是他「覺得還寫得動人的文章，意思也是好的」，他個人的夢接近了大多數中國人的夢，貧窮者的夢，饑餓者的夢，但也難免存在著「與勞動人民還是同夢而又不同夢」的矛盾[22]，他的饑餓的夢的內容仍是牛奶、糕點和筵席，在不經意的描寫中露出小資產階級的自我形象。這種矛盾，這種小資產階級自我感情的頑強表現，只有經過一九四二年的整風運動才基本得到克服。他後來在《星火集》與《夜歌和白天的歌》的後記中深刻反省自己，嚴格解剖過渡時期的思想矛盾，標誌著蛻變階段的完成。此後他交錯地寫作雜文和記敘文。從反映現實生活的深廣性來看，《星火集續編》在《星火集》的基礎上有所發展，他徹底根除了小資產階級的自我表現，力求寫得正確、樸實。但由此而帶來避免自我出現，忠於客觀描寫，則多少限制住自己的手腳，抑制了自己的藝術個性的發展。

　　《星火集》正續編在藝術探索上有得有失。他否定了唯美主義的藝術傾向，致力於文學與新的時代新的群眾相結合。他面對的是新的生活內容，需要創造新的藝術形式，幾乎一切從頭開始，隨即產生一種新的笨拙。他基本拋棄了抒情散文的藝術形式及其早期積累的藝術

---

22 何其芳：《星火集》（重慶市：群益出版社，1945年），〈後記〉。

經驗，轉向寫作雜文和報告文學這兩種他較為生疏的文學形式，當然不能得心應手。他的雜文過於直露，明晰有餘，含蘊不足，缺乏現代雜文那種詩與政論結合的藝術光彩。他的報告似有堆砌素材、平鋪直敘之嫌。〈一個太原的小學生〉較為突出。〈老百姓和軍隊〉、〈七一五團在大青山〉較注重藝術加工，但仍然內容溢過形式，無力使生動的故事增色。倒是那幾篇自我解剖、抒寫自己的作品，如〈一個平常的故事〉、〈饑餓〉和〈論快樂〉，揚棄了過去的藝術風格，而寫得情文並茂。他的作品以新的生活新的人物為藝術內容，又是面對新的讀者，當然需要新創一種大眾易於接受的藝術形式和藝術語言，通俗樸素便是他這時追求的目標。因而，他幾乎不用比喻象徵暗示的表現技巧，改用白描直敘；不用繁富綺麗的長句，而接近於平淡明白的口語。他想描摹出生活本身的天然美，但由於深入生活不夠，對新的文學形式又不熟練，他感到自己筆下的無力和蒼白，苦惱於藝術上的退步。

對於這種思想和藝術的發展的不平衡性，人們一般認為：原因在於作家對新的內容和新的形式還不適應，需要一段學習和實踐的時間。固然，面對嶄新的生活，要有個熟悉和認識的過程，要探索一種適宜把握它的新形式。這種認識和探索，不可能一蹴而就，往往伴隨著失敗的痛苦和成功的歡樂，經歷著幾上幾下，可能出現停滯徘徊甚至退步的現象。何其芳的藝術探索說明這確是一個艱難曲折的過程，說明對新的內容和形式的不大適應確是造成其散文藝術與思想發展並不同步的一個原因。但問題遠非這樣簡單，還有更為直接的個人原因和更為複雜的社會原因值得思考。更為直接的個人原因表現在這時期作家新確立的藝術觀帶有一定的片面性。他從個人主義、唯美主義傾向束縛下解脫出來，確立了為時代和人民而藝術的新觀念，這是他文藝思想的一個根本性轉變，無疑是正確的；但他由此走上另一個極端：「只是注意到了為當時的需要服務，只是注意到了內容正確和寫得

容易理解，有些忽視藝術性的重要」[23]。由於忽視藝術性，忌諱犯唯美主義舊病，他基本拋棄過去的藝術經驗，「不講求藝術的完美」[24]，因而妨礙了散文藝術的進展。與此相關，他在正確否定為個人而藝術的舊傾向、樹立為新現實新讀者服務的新觀念的同時，還沒有很好劃清作家追求自己的思想藝術個性與所謂小資產階級的自我表現的界限，不敢大膽表現自己對新生活的獨特感受，有意迴避個性表現。作者當時處於新我克服舊我的過程中，恐怕舊我殘餘會夾雜在新的思想感受中頑強表現出來，擔心個人的思想感受不一定正確，與人民群眾有距離，給讀者帶來不好的影響，用心良苦，可以理解。但因此導致不敢大膽抒情，連個人的切身感受也儘量迴避，這就有些偏頗了。這種心境有礙於作家對生活素材的主觀熔鑄和開掘生發，束縛了自身想像力和創造力的充分發揮，當然有損於散文藝術的提高和完善。忽視藝術性，迴避個性表現，這種心態不僅僅是何其芳散文創作所特有的，在解放區其他作家作品中也有程度不同的表現形態。這說明這種心態的產生有其複雜的社會原因。解放區文學在反映新的世界、新的人物上，在創造新的藝術形式和藝術語言上，在追求大眾化和民族化上，給新文學開拓了一個嶄新局面。理論批評界在引導作家深入新生活、面向工農兵群眾和自我思想改造等方面，給作家們指明了前進方向；但在正確強調這些方面的同時，往往忽視甚至排斥其他方面。簡單化的政治批評，籠統地批判「自我表現」，沒有劃清政治問題與藝術問題、講究藝術形式美與形式主義、追求創作個性和小資產階級自我表現等界限，如此等等問題，造成不少作家只注意內容正確，及時為當前需要服務，努力寫得通俗易懂，而不敢充分表現自己的獨到體

---

23 何其芳：〈關於寫作的通信〉，見《文學藝術的春天》（北京市：作家出版社，1964年），頁164。

24 何其芳：〈《何其芳散文選集》序〉，見《何其芳文集》第3卷（北京市：人民文學出版社，1983年），頁37。

會，不敢執意追求藝術的完美豐富，以免招來種種非議。這種氣氛及其導致的作家的不正常的創作心態，當是妨礙解放區散文尤其是抒情散文進一步發展的一個重要原因吧。

四

　　綜觀何其芳的散文創作，可以看出從《畫夢錄》通往《星火集》的發展軌跡，發現其中的成敗得失。他從刻意畫夢的唯美主義傾向轉到革命現實主義道路，這是時代推動和他主觀努力的結果。一個認真誠實的作家，雖一度離開現實，走入迷途，但舊中國並沒有給他準備真正的象牙之塔，現實的鞭子並不因為他癡戀文藝女神而不忍心鞭打他，他畢竟生活在「這充滿了不幸的黑壓壓的大地上」，終於不能繼續歌吟虛幻的世界，不能不低下頭來注視地上的現實並開始反叛不合理的社會。「由於重複又重複的經歷、感受，我才得到一個思想；由於過分沉重的壓抑，我才開始反叛。」[25]他終於從個人的切身經驗中發現「精神上的新大陸」，以個人的獨特腳步一步步地走向現實，走向人民，走向革命。這在現代作家中很有代表性，突出反映了新文學的發展方向和現代中國知識分子的歷史歸宿。當他苦於找不到光明出路、只好把自己侷限在狹小天地時，他的藝術感受自然能夠體察入微，在藝術上慘澹經營，刻意求工，為現代散文抒情藝術的發展做出了獨特的貢獻，但視野狹窄，文思容易枯窘；當他認清前進方向、開闊生活視野後，本該努力使藝術與思想和生活同步前進，卻由於藝術觀的矯枉過正，而放棄原先的藝術追求，到頭來吃了「不講求藝術的完美」的虧。生活是嚴峻的，藝術也是嚴峻的，只有既忠實於生活而又忠實於藝術的人，才能同時成為生活和藝術的主人，只有既執著追

---

25 何其芳：〈一個平常的故事〉，見《星火集》（重慶市：群益出版社，1945年）。

求思想內容的充實深厚而又執著追求藝術表現的圓滿完美的人，才能
使自己的藝術創作與思想發展諧調起來。這是何其芳散文創作道路留
給人們的一點思想啟示。

——本文原題〈何其芳：從刻意畫夢到質樸紀實〉，

選自《中國現代散文十六家綜論》（上海市：

華東師範大學出版社，1989年）

李廣田的散文畫廊

　　在二十世紀三〇年代一批新進作家中，李廣田與何其芳齊名。當時他倆同在北京大學讀書，最初是以詩會友的，隨後又一起致力於散文藝術的創新。他們都受過西方現代文學的影響，起始傾向於為個人而藝術，「關在書房裡捉摸自己的情感和文字」[1]，潛心追求散文藝術的獨立和完美。後來，他倆都逐漸突破個人生活的小圈子，不斷拓展自己的藝術視野，走上與時代和人民結合的寬廣道路，從小資產階級知識分子轉變成為民主革命鬥士和無產階級文藝戰士。這兩位新進作家幾乎同時起步、同樣知名和同步發展的巧合，並不是偶然的，而是由共同的時代背景、類似的生活處境和相通的人生追求等一系列主客觀因素的合拍促成的。這種共趨性雖說不是新文學史上獨一無二的特例，卻也稱得上是同類現象的典型代表，突出地反映出這批新人的心路歷程和發展趨向，在新文學園地裡留下了聲氣相通的探索者的足跡。

　　當然，李廣田與何其芳的共同追求並不是互相重複地走著同一路線，而只是朝著同一方向摸索前進。他倆的共趨性並非淹沒了自己的個別性，而是以各自的藝術個性去追求共同的目標。由於生活際遇、藝術愛好、天資性情諸方面的差異，決定了他倆的散文創作具有不同的藝術風格。來自齊魯平原農家的李廣田，比走出川南山鄉舊家庭的何其芳年長六歲，閱歷更豐富，鄉下人氣息更濃厚，而且帶有山東人樸實淳厚、堅忍穩重的素質。他也有年青人愛好幻想的天性，但不像

1　李廣田：〈自己的事情〉，見《文藝書簡》（上海市：開明書店，1949年）。

何其芳那樣空靈超然，正如他在〈地之子〉一詩中所自白的那樣：

> 我在地上，
> 昂了首，望著天上。
> 望著白的雲，
> 彩色的虹，
> 也望著碧藍的晴空。
> 但我的腳卻永踏著土地，
> 我永嗅著人間的土的氣息。

可以說，他是帶著鄉野的泥土氣息和農人的質樸本色步入文壇的。他曾「憑了一種前進的熱情」參加過共產主義青年團，但由於「認識不夠」，加上「誤認為文學與革命是不能合諧的」[2]，因而退出組織，想專心從事文學活動，不料因閱讀、傳布蘇俄作品而被當地軍閥拘捕入獄，一直到北伐軍打到濟南才獲得自由。同當時進步青年一樣，他經歷了大革命失敗後的苦悶和幻滅的情緒體驗，接受過西方浪漫派、頹廢派、象徵派文學的影響，一度脫離現實，自我關閉。但他的鄉下人氣質使他更喜愛歐洲幾位散文家的鄉土作品，他從瑪爾廷、懷特、何德森和阿左林諸家散文中受到更多的陶冶和啟示，這有助於他找到和形成自己的藝術風格。他以質樸親切、渾厚恬淡的文風在三〇年代新崛起的散文家中獨樹一幟，引人注目。他從鄉土出發，穩步走向時代和人民，在保持自己的主導風格的基礎上豐富發展，較好地將自己的生活、思想和藝術協調起來，不像何其芳後來那樣拋棄原先形成的藝術風格。他以自己的全人格熔鑄了一貫而不凝固的獨特風格，以自己的藝術風格的統一性和獨特性在現代散文史上占有一席位置。從他始

2　李廣田：〈自己的事情〉，見《文藝書簡》（上海市：開明書店，1949年）。

終追求散文美和個人風格的意義上說，他比何其芳更像是一個自覺的
散文藝術家和風格作家，影響更持久，總的看來收穫更豐，成就更
大。如果說，何其芳早期散文是「但開風氣不為師」，李廣田則是始
終致力於建立自覺追求散文藝術美的新傳統，似乎有意以自己的創作
和理論去引導和促進一個注重藝術性的散文流派的形成和發展，因而
說他是這一派散文的中堅分子和代表作家並不過分。

一

　　李廣田在為自己的散文集寫的序文和〈自己的事情〉一文中，回
顧自己的生活道路和創作演變過程。他認為自己散文創作經歷了這樣
的變化發展：「漸漸地由主觀抒寫變向客觀的描寫一方面」[3]，從早期
嚮往「日邊清夢斷」、「日色冷青松」的沖淡冷寂境界轉到「為人民說
話」、讓「生命無時不在烈火裡燃燒」的戰鬥立場上。[4]他的創作總是
伴隨著他生活和思想的發展而發展，適應時代的變化而變化。以抗戰
爆發為界，可分為前後兩個既有區別又有聯繫的發展階段。前期寫了
《畫廊集》（1936）、《銀狐集》（1936）和《雀蓑記》（1939）三書
五、六十篇作品，從最初的主觀抒情、內心探索逐漸轉向鄉土現實和
人生日常的描寫，本身就有個發展變化的漸進過程。經過抗戰以後流
亡生活的磨煉和大後方民主鬥爭的促進，他接觸馬克思主義和革命青
年，思想上起了一個質的變化，散文作品《圈外》（1942）、《回聲》
（1943）和《日邊隨筆》（1948）在前期發展變化的基礎上，進一步
面向時代現實的生活鬥爭，發展了揭露現實、針砭時弊、積極抗爭的
現實主義精神。他的散文在自我揚棄中穩步發展，思想內容的充實擴

3　李廣田：《銀狐集》（上海市：文化生活出版社，1936年），〈題記〉。

4　參見李廣田：《日記隨筆》（上海市：文化生活出版社，1948年），〈序〉。

展和藝術形式的演變豐富大體同步進行，這是他散文創作道路的一個
顯著的特點。

　　李廣田散文創作的起點是個人的主觀抒寫。他的第一篇散文作品
〈獄前〉沒有收入《畫廊集》，發表在一九三〇年四月《未名》終刊
號上。文章以內心獨白方式追述自己入獄前的思想波動和被捕經過，
表現熱血青年在黑暗年代追求理想的艱險和勇敢，情調高昂憤激，與
《畫廊集》迴然不同。這留下他早年受大革命高潮和新文學運動的鼓
舞而煥發出的青春氣息和革命熱情的印痕。在新的黑暗時代裡，他脫
離了時代漩渦，關在書房裡捉摸自己的情感，不管外面的暴風雨正在
進行著，「確乎彷彿有了自己的小天地，因此也就忘了外面的大天
地」⁵。他開始歌吟孤獨、寂寞、苦悶、憂鬱、迷惘、頹唐之類感傷
消沉情調，坦露內心的不滿和追求，表現知識分子在大革命失敗後找
不到出路的精神狀態。一封訴說寂寞的友人來信引起他心靈的共鳴，
他嚐到「前不見古人，後不見來者」那種孤獨悲愴情味，同情和理解
那種厭於浮世爭逐、不計世俗毀譽而自甘寂寞、埋頭工作的生活態度
（〈寂寞〉）。他同情而又痛惜離群索居、落伍頹唐的青年朋友，敏銳
地感到生活的沉悶和黑暗的重壓，想衝破這種氛圍而缺乏自信力
（〈黃昏〉）。他為死於白色恐怖的老同學而心潮起伏（〈記問渠君〉），
為有為青年失志潦倒而感到心寒（〈秋〉），彷彿失去了過往許多可寶
貴的東西，心頭留下的都是空白（〈秋雨〉）。透過這些抒寫，使人感
受到時代氣氛的陰晦淒涼，知識青年生活的暗淡無光和精神創傷的深
重痛苦，這多少是大革命失敗後社會黑暗的一種投影。因為「到了成
年的現在，也還是苦於寂寞」，於是對童年那種「雖然天真而不爛漫
的時代的寂寞，現在也覺得頗可懷念了」（〈悲哀的玩具〉），「幼年的
故鄉之夢」就被他當作「最美的夢」而不捨地追尋著（〈無名樹〉）。

5　李廣田：〈自己的事情〉，見《文藝書簡》（上海市：開明書店，1949年）。

從不滿現實黑暗、苦於找不到出路,而回想童年故鄉,追尋過往夢痕,企求從中獲得慰藉,正是一位來自鄉間又囿於書齋的知識青年所自然誘發的心理意向。然而,他的童年之夢並不完美迷人,而且畢竟成為過往,只不過是一種「悲哀的玩具」而已。它們仍然無法排遣成年人的寂寞感,他不能不感歎「人生活著是一樁事實,而這人生也就是一件極可惋惜的事實」(〈無名樹〉),人生事實儘管不如意,但無法擺脫。他覺得人生就是走在道上,路是永長的,前途是有希望的,但路上的荊棘和手腳的不利給人生帶來了苦難和曲折;他只能正視這種人間苦,意識到「真正嚐味著人生苦難的人,他才真正能知道人生的快樂,深切地感到了這樣苦難與快樂者,是真地意識到了『實在的生存』者」(〈秋天〉)。從惋惜人生不幸到理智地領略人生情味,「太多的感情讓位給開始抬頭的智慧」[6],這意味著他開始擺脫浪漫感傷情緒而追求一種適應人生現實的理性精神,預示了從主觀抒寫轉入客觀的描寫的發展趨勢。

從主觀抒寫之中的追尋「幼年的故鄉之夢」出發,李廣田的筆觸漸漸擴展到鄉土生活的其他方面。風土人情,人事哀樂,鄉村衰敗,逐漸成為他描寫的重心。收入《畫廊集》內的〈父與羊〉、〈悲哀的玩具〉、〈投荒者〉、〈種菜將軍〉、〈野店〉和〈畫廊〉等篇章,逐漸從抒寫個人生活感受轉向描寫鄉土風習人事,開始形成一條自己的鄉土「畫廊」。但佔據這條畫廊前頭的人物主要限於自己最親近的人:生父、養父和兄弟。到了《銀狐集》和《雀蓑記》才展現出各種各樣的鄉野人物:農夫的勞苦辛酸,婦女的善良屈辱,瞎子的求生意志,啞巴的冒險生計,舊軍人的威勢和落魄,讀書人的潦倒和清高,土棍的橫行霸道,地主的兇殘無恥,這些生活在日趨破敗的舊鄉村中的人生面影,把他的「畫廊」裝點得多姿多彩。

6　李廣田:《日邊隨筆》(上海市:文化生活出版社,1948年),〈序〉。

　　其中最引人注目的是〈老渡船〉、〈柳葉桃〉、〈成年〉和〈山之子〉中的四位主人公，以及〈桃園雜記〉和〈山水〉所描繪的鄉野背景。〈桃園雜記〉敘述家鄉因為年頭不好，連桃業也遭了末運，與當時廣大農村的經濟破產同一命運。〈山水〉展示平原兒女虛構的改變自然築山引水的壯麗圖景，把平原之子的悲哀和希望寫照出來。這構成他鄉土人物的活動背景。被生活重負壓垮的老渡船，備受舊家庭摧殘得發狂致死的柳葉桃，為舊風習束縛的少年老成的新一代，以及「把自己的生命掛在萬丈高崖之上」去採折紅百合花來謀生的山之子，一個個爭先恐後地跑到作家筆下訴說自己的苦難和不幸。作者為他們痛苦流淚，打抱不平，他的鄉下人氣質使他完全站在勞動人民立場上，他的感情融入他所描寫的人物之中。因而，他的「客觀的描寫」並不是不動感情的客觀的描寫，「儘管這些文字中沒有一個『我』字存在，然而我不能不承認我永在裡邊」。[7]和主觀抒寫時期的差別僅僅在於主觀內容的不同，不在於它的有無。以前抒寫的是個人的傷感，現在以客觀的題材為主，個人的感情由客體對象觸發，並融入客體對象，情感內容擴展豐富了，更具有審美價值。

　　李廣田散文抒情內容的充實豐富，還可以從同時寫作的抒情小品中得到說明。最初發表在《大公報》「文藝」上，後來收入《雀蓑記》集內的〈馬蹄篇〉一組五章可作代表，個人內心的探索和追求已經較少帶上感傷消沉色調，增強了積極進取精神，還閃現出關心眾人甚過自己的思想光彩。

　　李廣田散文在鄉土生活天地裡逐漸開拓視野，充實內容，形成和發展了自己的畫廊，在三〇年代的鄉土散文中獨放異彩。他寫出樸野的小天地中的「美和真實」，的確和他所喜愛的英國作家瑪爾廷、懷特、何德森一派鄉土自然題材的散文作品相似，把他評論瑪爾廷散文

7　李廣田：《銀狐集》（上海市：文化生活出版社，1936年），〈題記〉。

的話移來說明他自己的鄉土作品是恰當的：「在他的書裡，沒有什麼戲劇的氣氛，卻只使人意味到醇樸的人生，他的文章也沒有什麼雕琢的詞藻，卻有著素樸的詩的靜美。」[8]但他畢竟不能那樣一味讚美田園風光，忽視「生活的疲倦和人生的爭執」，從容追慕沖淡平和境界，他生活在二十世紀三〇年代的舊中國，他寫的是苦難的人生，因而他的愛憎喜怒和感時憂民之狀必然表現出來，舊中國鄉村衰敗的景象必然給他的作品罩上沉鬱的氛圍。他的鄉土作品還是以濃厚的中國風和泥土氣息吸引人的。雖然他當時追求靜美恬淡的文風，但他正視現實，不能不為不幸者鳴不平，不能不對舊社會表示不滿，不能不向瑪爾廷和周作人告別，他的沖淡恬靜擺脫不了現實人生的陰影，帶有沉鬱悲愴的個人特點。

二

　　由於抗日戰爭的影響，他走出鄉土，流亡到後方內地，在開闊生活視野的同時進一步開闊了藝術視野：「客觀的描寫」擴展到後方內地的社會生活，「主觀抒寫」也變得尖銳深刻了，洋溢著時代的戰鬥精神。

　　流亡記《圈外》著重揭露內地社會的黑暗落後，也「努力從黑暗中尋取那一線光明，並時常想怎樣才可以把光明來代替黑暗」[9]。他以為「『人的改造』應當是長期抗戰中的一大收穫。假定根本沒有這一收穫，則抗戰勝利恐無希望，即僥倖勝利，也保持不住」（〈西行草〉），希望喚醒民眾，改造國民靈魂，「從頹敗線過渡到新生線」。他自己正是在這暴風雨時代中把自己改造過，以民主革命鬥士的新姿態戰鬥在大後方的思想文化戰線上。《圈外》、《回聲》和《日邊隨筆》

8　李廣田：〈道旁的智慧〉，見《畫廊集》（上海市：商務印書館，1936年）。

9　李廣田：《圈外》（重慶市：國民圖書出版社，1942年），〈序〉。

就是這一轉變過程的產物。在「想做得好一點的念頭和想生活得好一點的念頭」的矛盾衝突中，儘管生活艱難，苦惱纏身，他還是選擇前者，清貧自守，不僅要「在這暴風雨中工作」，還要「為了這暴風雨而工作，為這時代留一點痕跡，為這時代盡一些力」（〈一個畫家〉）。他完全擺脫靜美文風的束縛，不止於不滿現實，同情弱者，進而積極干預現實，抨擊黑暗，為人民抗爭，為民主鬥爭吶喊，發揚了現實主義的批判傳統和戰鬥精神。〈沒有太陽的早晨〉通過王嫂一家和地主毛家的矛盾，揭露了階級壓迫的血淋淋的事實，較之〈老渡船〉、〈柳葉桃〉和〈山之子〉，更深刻地反映了勞動人民的苦難及其社會根源，批判了那個沒有太陽的黑暗社會。還刻畫了王嫂不堪壓迫、自發反抗的性格，這是他散文前所未有的。當然，「由於我自己看不見太陽，我心裡的太陽還沒有升起來，所以也就只能把那時看作『沒有太陽的早晨』了」[10]。在〈空殼〉、〈他說：這是我的〉、〈手的用處〉中，批判鋒芒直指反動統治者，暴露他們的獨裁專制、自私殘暴和掩過飾非的醜惡行徑。在〈說吃〉中，他揭示出統治者的窮奢極欲、「無下箸處」正是勞動人民忍饑受凍、「無箸可下」的根源，暗示人們應該聯合起來，「為了生命而去爭取」生存的權利和根本的解放。他歌頌勞動者的建設和創造，聲討統治者竊據人民的勞動果實，思考「如何去做自己的工人，去做自己的工程師，去為我們自己而建築居室」的根本問題（〈建築〉）。他歌唱〈民族的頷首〉、〈新人的站起〉，敬慕那種為理想和真理而奮鬥、獻身的志士仁人（〈日邊隨筆（三）〉〈一〉），歌頌不畏艱險、執著追求的探索者（〈一粒砂〉）。他愛恨分明，思想敏銳，隨筆抒感，富於時代氣息。在保持質樸親切的個人風格的基礎上，告別了「日邊清夢斷」、「日色冷青松」的境界，增添了熱切朗闊、犀利潑辣的陽剛之美，從而豐富和發展了自己的藝術風格。

───────────

10 李廣田：《散文三十篇》（北京市：作家出版社，1956年），〈序〉。

　　縱觀李廣田散文創作的發展演變，可見他的藝術視野日漸開闊，思想見解日益深刻，文風情調不斷豐富發展，藝術生命越來越年輕，也越來越老練。雖說後期情趣淡薄了，卻發展了理趣一路，文風轉變了，素質卻沒變。他始終忠於散文藝術，追求散文的自然美、本色美，追求個人的獨特風格。他在四〇年代致力於文學批評時注重總結和研究散文創作經驗，從理論上指導文學青年的散文創作，就是一個明證。在開拓新題材方面，他總是堅持寫自己體驗過的感受深切的社會生活和人生日常。在變換調整表現形式和藝術風格方面，他不走極端，不完全拋棄自己，而是揚棄自己，發展自己。跟他的為人處世一樣，他的散文創作也是穩健厚實的。因此，在思想和藝術的變化發展中，雖說也有過不相協調的地方，但總的看來還是平衡的，持續發展的，避免了像何其芳那樣突出的矛盾。在追隨時代進步和新文學發展的青年作家中，他是成功者的代表。

三

　　從三〇年代初到四〇年代末，李廣田寫過一百多篇散文作品，如果把他的《文學枝葉》、《文藝書簡》這類以散文筆調談文論藝的短篇文字計算在內，數量就更多了。他運用的形式包括抒情小品、散文詩、遊記、旅行記、速寫、人物素描、文藝雜感、短篇評論、書簡、日記，等等。綜合來看，並從現代散文發展過程而言，我們認為：他的散文在抒情散文詩化、寫人敘事散文小說化、雜感短評理趣化和散文語言本色美諸方面取得顯著的成就，為現代散文藝術的豐富和發展做出了重要貢獻。

　　李廣田一貫推崇散文藝術。早年熱心介紹外國散文，寫過研究英

國十九世紀散文名家蘭姆和赫士列特的論文[11]，評介過瑪爾廷、懷特和何德森一派的鄉土散文作品。李廣田不僅從中感受到思想情趣的親切怡人，也欣賞他們的散文風格，那種家常絮語般的口氣，自然灑脫的風度，樸素清麗的文字，簡潔生動的片斷描寫，從容自如的個人抒懷，隨時隨地的點滴感興，真實自由的人格表現，以及「在平庸的事物裡，找出美與真實」的藝術眼光，都充分顯示出散文的藝術本色和奇特魅力，都能夠吸引他，陶冶他，啟發他，幫助他找到和形成自己的表現方式和藝術風格。他和何其芳、卞之琳、朱企霞、方敬等一道致力於散文藝術的創新和獨立，後來他從理論上加以總結。他認為，「散文可以分為兩大類：第一類就是所謂『散文』，也可以說是本位的散文；第二類也就是非本位的散文，其中有近於小說的，有近於詩的，也有近於說理的」[12]。不同形式的散文有不同的特點和功能，但也有共同的特性。「散文之所以為散文就在於『散』，就像我所舉的那比喻，像河流自然流布一樣。不過話得說回來，散文既然是『文』，它也不能散到漫天遍地的樣子，就是一條河，它也還有兩岸，還有源頭與匯歸之處，文章當然也是如此。所以，我寧願告訴你，好的散文，它的本質是散的，但也須具有詩的圓滿，完整如珍珠，也具有小說的嚴密，緊湊如建築」[13]，是「散」與「不散」的統一。卞之琳所說的「但求藝術完整，不贊成把寫得不像樣的壞文章都推說是『散文』」[14]的藝術追求和嚴肅態度，正好是他們的散文觀念和散文創作的概括說明。他們的理論和創作影響了三、四〇年代一批文學青年，嚴杰人在《南方》〈後記〉中重申了何其芳的散文獨立說，桑子在〈論

---

11 參見方敬：〈《李廣田文學評論選》序〉，見《李廣田文學評論選》（昆明市：雲南人民出版社，1983年）。

12 李廣田：〈魯迅的雜文〉，見《文學枝葉》（上海市：益智書店，1948年）。

13 李廣田：〈談散文〉，見《文藝書簡》（上海市：開明書店，1949年）。

14 卞之琳：〈《李廣田散文選》序〉，見《李廣田散文選》（昆明市：雲南人民出版社，1980年）。

散文〉中推崇李廣田「創造了真正的散文美」[15]，方敬、陳敬容、劉北汜、田一文、莫洛以及昆明《詩與散文》社、「冬青文藝社」一批青年作者都程度不同地接受何其芳、李廣田、麗尼、陸蠡、繆崇群諸家散文的影響，特別是何、李散文理論的影響，追求散文的藝術美。李廣田自始至終堅持散文的藝術追求，有如他所喜愛的另一位外國散文家──西班牙的阿左林那樣，忠於自己所擅長和熱愛的藝術形式，這在中國現代散文史上是少有的。

　　李廣田的散文創作繼承了中外散文的藝術傳統，也積極吸收姐妹藝術的經驗特長，力求創造性地豐富和發展散文的藝術表現力，提高散文的藝術價值和藝術地位。其抒情性散文在發揮散文藝術的自然有致、散中見整的特長的同時，引進詩歌藝術的凝鍊圓滿、含蓄暗示和講究節奏的寫作特點，避免散文容易犯的散漫蕪雜、直白淺露的流弊，這就是李廣田所說的「近於詩的」一路寫法，也就是我們所說的抒情散文詩化的傾向。「詩化」的極致是散文詩，其次是富於詩意的抒情小品，還有不同層次的詩化散文形式。散文詩化是中外散文發展和姐妹藝術滲透的一種必然產物，也是中國現代散文的一個藝術傳統。李廣田既是散文家，也是詩人，自然能夠繼承這個傳統，把自己的詩情、詩藝帶進散文創作，而且獲得成功。他的散文詩短小凝鍊，完整圓滿，意象單純，想像奇特，具有象徵意味和內在節奏。〈馬蹄〉、〈荷葉傘〉、〈綠〉、〈霧〉、〈一粒砂〉、〈建築〉、〈日邊隨筆〉（一）（二）（三）諸篇章可作代表。如〈馬蹄〉將自己的內心幻覺具象化，通過暗夜中策馬登山、馬蹄碰擊岩石迸出火花的藝術描寫，含蓄地表達自己在黑暗中追求光明、摸索前進的意向。他的抒情散文比散文詩寫得舒展、明朗，但不流於鬆散和淺露，同樣具有詩的圓滿。如〈山水〉緊緊扣住平原人對山水的嚮往這一藝術焦點，寫得自然灑脫

15　桑子：〈論散文〉，見許傑編：《蟻蛭集》（上饒：戰地圖書出版社，1945年）。

而又縝密緊湊。李廣田把抒情詩的藝術想像、意境創造、象徵暗示和節奏旋律的某些特長融入抒情性散文創作，增強了散文的藝術效果，豐富和發展了散文的抒情寫意技巧。

李廣田的寫人敘事散文在他的散文創作中占有相當重要的地位。他從主觀抒寫轉向客觀的描寫之後，主要寫作這類散文，在散文史上建立了一條自己的「畫廊」。他的畫廊以鄉土社會為背景，活動著各式各樣的人生相。這類作品注重場景描寫、事件敘述和人物刻畫，接近於小說，有的很難界定它的歸屬。如《金罎子》集內諸作，連作者和選家都不能判斷它們到底是小說抑是散文，時而說是小說，時而說是散文，從未統一過認識，其實它們是小說化的散文，散文化的小說。文體的界限歷來不像人們所想像的那樣判若分明，相鄰文體之間總有那麼一個模糊地帶，因而我們對文體的區分不能絕對化。如果說《金罎子》既然屬於散文和小說交叉的文體，不便作為散文小說化的憑據，那麼早期作品《畫廊集》、《銀狐集》和《雀蓑記》內的許多篇章總可以拿來作例證吧。他的散文小說化傾向並不是取消散文的特性而化成小說，也不是為小說化而小說化，而是出自寫人敘事的需要，吸收小說描寫敘述的特長，根據散文寫作要求加以改造，來加強和豐富散文的表現力。他選寫自己所了解和感受最深的人事，「想用一種最簡單的方法記述一個人」，不憑空虛構故事「來說明這人的性格和行為」[16]，而著重從描寫對象本身固有的東西中發掘出有特徵的生活細節，以之體現該人的本來面目。因而，他筆下的人物大都是素描，說不上豐滿精細，卻也簡潔單純，栩栩如生。像老渡船、柳葉桃、山之子，以及花鳥舅爺、〈成年〉中的弟弟、〈五車樓〉中的生父、〈上馬石〉中的老人，等等，一個個是那麼生動有趣，樸實親切，特徵鮮明，神采照人，不亞於工筆人物畫。他在保持散文特性的同時，吸取

---

16 李廣田：〈老渡船〉，見《銀狐集》（上海市：文化生活出版社，1936年）。

小說具體描寫、細節刻畫、結構嚴密等特長，為散文寫人敘事服務。在〈柳葉桃〉一文中，他順便講了一些題外話，這是散文所允許的，其中指出小說和散文的不同藝術處理手段，對生活事件之間的空白，小說家可以虛構，填補空白，使其情節完整，結構嚴密，散文家則不應當「胡亂去揣度」，只能選擇提煉，把空白留給讀者去想像充實。然而，合理的揣度還是需要的，他根據事實探究女主人公的心理活動，設想她的生活處境，由生活真實達到藝術真實，就接近於小說的寫法。而且，他講究場景描繪、人物刻畫和細節描寫，善於穿插組織，前後呼應，也具有「小說的嚴密，緊湊如建築」。他把小說的描寫敘述技巧引進散文創作，有利於刻畫性格和裁剪布局，豐富了散文寫人記事的表現力，因而才能夠為現代散文貢獻出一條多姿多彩的鄉野畫廊。

到了四○年代，李廣田側重寫作雜感短評，來針砭時弊，剖析心靈和談文論藝。他繼承的是魯迅雜文那種詩與政論結合的藝術傳統。他認為魯迅的雜文含有很濃厚的抒情成分，而且是帶著自己的抒情方式；魯迅的雜文是形象化的，有著具體的形象創造，而且都是把握了一切現象中的本質的具體表現，因而「魯迅的雜文是詩的，是政論的」，「又因為他的文字之深刻與含蓄而表現為一種深刻的強力，所以我們百讀不厭，我們每次讀它，都感覺到那股熱辣辣的鼓舞，而絕不會像普通議論文尤其是普通政論那樣使人覺得枯燥無味。」[17]他推崇魯迅這種情感化形象化的說理形式，他自己的作品也追求這種境界，具有一種理趣美。理趣是智慧和情致的化合，是哲理表現的藝術極致。沒有深刻的思想、敏銳的悟性、真切的感受和充沛的激情，是達不到理趣化的。他收入《日邊隨筆》的雜感文，寓理於情，即事悟理，談言微中，妙語解頤。從日常生活鬥爭中領悟出戰鬥性哲理，以

---

17 李廣田：〈魯迅的雜文〉，見《文學枝葉》（上海市：益智書店，1948年）。

飽含著愛憎感情的形象畫面含蓄地表現出來，把哲理思考和激情抒發有機結合起來，從而形成了一種理趣美，這是李廣田隨筆雜感理趣化的主要途徑。

李廣田的散文語言具有本色美。他認為「散文的語言，以清楚、明暢、自然有致為其本來面目」[18]。他追求行雲流水般的語言風格，儘管前後期有些變化，但樸實親切、自然流麗的基本格調始終如一。他受周作人一派談話風和西洋絮語散文的影響，以現代口語為基礎，融化古典詞藻和外文句式，錘鍊加工出流暢簡潔、富於表現力的散文語言。他用的是說話的節奏腔調，又比日常口語精粹，富於韻味；偶然也有音樂的節奏，但渾化自然，不露痕跡。作者又不放棄藝術加工，從容地安排著聲音語氣，對比勻稱，長短句交錯，造成柔和協調的語境，與和平嫻靜的情景渾然一體。一個年輕作者寫出如此自然有致、沖淡老練的文字，在同代人當中是相當出色的。他後期作品還像以前那樣富於談話風，但文字更精煉簡潔，語調更鏗鏘有力，行文更自如活潑，顯示出作者駕馭語言文字的老練嫻熟。從他前後一貫的語言風格來看，他的確恢復了散文語言「清楚、明暢、自然有致」的本來面目，達到了行雲流水般的藝術境界。這對於建設本色的散文語言，創造純正的散文美更具有借鑑價值。

總而言之，李廣田是個出色的散文藝術家。他以自己的一貫追求和獨特風格卓然屹立於現代散文藝林之中，豐富和推進了藝術性散文的發展。他和何其芳二人是繼謝冰心和朱自清之後對現代散文藝術作出新貢獻的重要人物。

　　　　　　──本文原題〈李廣田：「我永嗅著人間的土的氣
　　　　　　　息」〉，選自《中國現代散文十六家綜論》
　　　　　　　（上海市：華東師範大學出版社，1989年）

---

18 李廣田：〈談散文〉，見《文學枝葉》（上海市：益智書店，1948年）。

繆崇群的苦吟與呼號

　　繆崇群是新文學史上一位甘於寂寞、窮而後工的散文作家。在巴金、靳以、楊晦、韓侍桁諸好友的筆下[1]，他有著一副溫和善良而帶蒼白色的面容，一雙包著水樣的眼睛和含著微笑的嘴唇，一顆孤寂而又真誠的心靈。他拖著病弱的身體，挨著每一個窮困的日子，生得寂寞，死得也寂寞，只活了三十八歲（1907-1945）。他總是沉靜地觀察人生，品味人生，嘔心瀝血地寫著一篇篇散文小品。「那些洋溢著生命的呼聲，充滿著求生的意志，直接訴於人類善良的心靈的文字，那些有血有淚有骨有肉，親切而樸實的文章」，都是他「心血的結晶」，「它們會隨著明星長存，會伴著人類永生」[2]，並不像他自題的「晞露」那樣瞬息蒸發了，反如每日清晨綴滿花葉草尖的露珠一樣終古常新，留給後人以久遠的清新美感。

　　繆崇群的生平事蹟鮮為人知。莫洛在《隕落的星辰》中，香港學人李立明在《中國現代作家小傳》中，提供了一些傳略資料。但李氏說他是黑龍江人，不知根據什麼，以作者有關身世的自述印證，似乎不確。他出生於江蘇六合，小時隨父母遷居北京，在北京、天津讀過小學和中學，於一九二五年東渡日本，留學三年回國後在京、滬、寧等地奔波謀生，開始從事文學活動。最初在《北新》、《語絲》、《沉鐘》、《現代文學》等刊物上發表著譯作品，一九三一年在南京代朋友

1　參見巴金〈紀念一個善良的友人〉，靳以〈憶崇群〉，楊晦《《晞露集》序》和韓侍桁《《晞露新收》編者序》諸文。

2　巴金：〈紀念一個善良的友人〉，見《懷念》（上海市：開明書店，1947年）。

編過一段《文藝月刊》和《中央日報》「文學週刊」，結識的文友有巴
金、靳以、魯彥、楊晦、韓侍桁、侯樸、左恭等少數幾個人。他早年
相繼亡失了兄妹父母，家道破落，青春期多次失戀，創傷累累；長期
患著肺結核，貧病交加，生活相當寂寞艱辛；一九三二年結婚，妻子
也患肺病，不久先他而死，此後孤身生活。他曾這樣描述自己的不
幸：「在這個世界上，沒有家，沒有業，沒有親倫的愛的人便是我
啊?! 只有我，只是一個人，一個永遠找不到歸宿的畸零的人！」[3]抗
戰爆發後，他帶著病弱的身子輾轉流徙到西南，在重慶北碚一家書店
的編譯所裡工作，於一九四五年一月十五日病逝。當時重慶曾有兩三
家報紙發了他的噩耗，其中有個標題稱之「一代散文成絕響」。

　　繆崇群散文在他生前頗受一些知友和讀者的好評。早在他初露頭
角的二〇年代末，《北新》、《現代文學》、《文藝月刊》的編者就熱心
推薦他的作品；李素伯一九三二年編著《小品文研究》時專門介紹過
他的散文，並說「編者在介紹之餘，希望作者努力，在中國如鴻荒初
闢的小品文園地裡，多栽下幾株珍異的花樹來」。他沒有辜負人們的
期望，從二〇年代末到四〇年代中期一直專注於散文創作；先後留下
七個散文集：《晞露集》（1933）、《寄健康人》（1933）、《廢墟集》
（1939）、《夏蟲集》（1940）、《石屏隨筆》（1942）、《眷眷草》
（1942）和《碑下隨筆》（1948），還留下一部未能完成的《人間百
相》和一本譯作《日本小品文》。楊晦稱頌他「丟開了人世的享樂，
拋棄了物質的追求，認定了自己，將心血完全塗在紙上」[4]，巴金說
他的散文「混合著血和淚」[5]，都確切地概括了他的人品和文品。論

3　繆崇群：〈寄健康人（一）〉，見《寄健康人》（上海市：良友圖書印刷公司，1933
　年）。

4　楊晦：〈《晞露集》序〉，見繆崇群：《晞露集》（北平市：星雲堂書店，1933年）。

5　巴金：〈三等車中〉，見《旅途隨筆》（上海市：生活書店，1934年）。

家以為他的散文「善於抒情」⁶，尤其是「善於抒寫人情」⁷，點出了
他的藝術特長。韓侍桁在他死後為他編輯出版散文選集《晞露新
收》，並在〈編者序〉中給予很高的評價，說他「作為作家，是遺留
下若干優美的作品，在『五四』後新文學界的散文園地裡，他的作品
是占有某一方面的高峰」。這些同代人的評述，看法比較接近和真
切，有助於我們了解和評價這位淹沒已久、鮮為人知的現代散文名
家。他自稱所寫的「不是匕首，也不配擺設的散漫的短文」，像「根
短葉薄的草樣的東西，也只合在這個廣大世界上的某一個最小最窄的
角落裡蔓生著」，但「即使這麼一個最窄小的角落裡，也還不是沒有
風露，沒有靈性，沒有光芒的──它們在這裡畢竟是生，又生了；而
不是不萌、不毛的絕境」。⁸我們不能因其「窄小」而無視其存在價
值，倒是應該留意它特有的「風露，靈性和光芒」，恢復它在現代散
文史上應有的歷史地位。

　　在二○年代末三○年代初陸續湧現的一批新進作家中，與何其
芳、李廣田、麗尼、陸蠡等人的藝術傾向和發展趨勢一樣，繆崇群的
散文創作也是從個人生活經驗起步，逐漸走出一條通向時代社會生活
的發展道路。由於他長期生活在國民黨統治中心，又曾在政府機關謀
生，遠離時代鬥爭漩渦，加上生性孤寂，貧病困擾，他走的路子更為
曲折艱難，早期沉溺於感傷主義文風，頗感泥足之苦。他努力掙扎自
拔，終於在民族解放戰爭中看到希望，找到出路，變換了自己的文風
格調，成為戰時大後方抒情散文創作的代表作家之一。

　　繆崇群早期散文著重訴說自己「生活的孤獨與心情的寂寞」，「於
寂寞中領略一點人生的真味，於淒苦中認識一下自己的面目」⁹，可

6　孫席珍：〈論現代中國散文〉，見《現代中國散文選》（北平市：人文書店，1935年）。
7　李廣田：〈談散文〉，見《文藝書簡》（上海市：開明書店，1949年）。
8　繆崇群：《眷眷草》（重慶市：文化生活出版社，1942年），〈序〉。
9　楊晦：〈《晞露集》序〉，見繆崇群：《晞露集》（北平市：星雲堂書店，1933年）。

以說是一位身心不健康的小資產階級知識分子「畸零人」的一種自我表現和自我認識。他的處女作《晞露集》以少年生活和旅日經歷為題材，貫穿著朝露已晞、追念莫及的悵惘情思，在傷逝懷舊的情感波動中感歎人生的不幸和青春幻想的破滅，甚至發出「我除了憑弔那些黃金的過往以外，哪裡還有一點希望與期待呢」（〈守歲燭〉）的絕望的歎息，一開始就把一位初嚐世味、多愁善感、創傷累累、孤苦寂寞的自我形象寫照出來。他帶著這顆破碎的孤獨的遲暮的心步上「人生的中途」，一種「不知往何處去」的迷茫感壓在心頭，使他陷入無所適從、舉步艱難的境地。《寄健康人》各篇和《廢墟集》中寫於戰前的作品充分表現了這種心態。他感到：「在人生這條荒漠的道上，只有不盡的疲憊，勞苦與哀愁」（〈無題〉），人生「從這個驛站到那個驛站，本來是短短的，在這樣短短的行程中，竟有這樣長長訴說不盡的苦衷啊」（〈從這個驛站到那個驛站〉）。他嚮往的人生是自由、幸福、充滿愛情的，但現實的人生卻是痛苦、孤獨、毫無希望的，因而他對人生的意義產生懷疑，對自我的存在感到困惑。「我也是同你們健康人一樣的：有著靈魂，有著肉體。我的肉體漸漸被細菌侵蝕了，我的靈魂也先後的布著黑紋——這都可以說是被人咀咒的不健康的病徵。不過，生命還是不絕如縷的讓我負著，我找不著一點意義，我只是覺得一天比一天沉重了」，「在無痕中帶著痕跡，在無聲中帶著聲音，在虛無中有著存在，這大約便是我的生命了罷」（〈寄健康人二〉）。這段自我告白說明：他只能否定灰色人生的無意義，卻否定不了人生存在的事實，儘管不堪人生的重負，卻還得負著它活下去。透過他厭倦灰色生活的表面，可以觸摸到他內心的生活追求和生之執著精神。他總是感到自己像旅人一樣，肩負「鐵一般的重量」，心受「鐵一般的寒氣」，手足被「鐵的鐐銬鎖住」，艱辛萬分地徘徊在「生命的中途」，「禁不住地常常前瞻後顧」，「可是這條路上布滿了風沙和煙塵，朦朧，暗淡，往往傷害了自己的眼睛」，因而更看不清道路，更容不得

瞻顧徘徊，只能低頭前行，如瓦爾加河上的船夫們，「以那種沉著有
力的唷喝的聲調」，來譜唱自己「從旅到旅的曲子」（〈從旅到旅〉）。
這在看不清明確道路的同類人當中，是很有代表性的，集中表現了他
們不甘沉淪、努力自拔的精神狀態。處於大革命失敗後「新黑暗年
代」中的一批游離於時代漩渦之外的知識青年，都有程度不同的幻
滅感、迷茫感、孤獨感。這種精神現象突出地反映在當時的抒情文學
創作中，出現了一股新感傷主義文風，繆崇群便是散文界的一個代
表。他從個人的不幸遭遇和人生體驗出發，為人生中途無路可走的迷
惘情緒所困擾，以貧病交困、憂患深重、孤苦寂寞、獨自摸索的抒情
個性體現了同類青年的精神共性。

　　抗日戰爭促使繆崇群的生活和創作發生很大變化。流亡生活開拓
了他的視野，民族解放的希望激發了他的愛國心和自信心，他感到自
己「也是在『大時代』的搖籃裡生長著，在漸漸地接近新生」[10]。他
適應時代精神的變化調整自己的文風，站在民族的立場上，以愛國主
義和人道主義精神譴責敵寇，熱愛同胞，揭露腐敗，歌唱新生，融入
時代大合唱之中，但又不失去自己的抒情個性。他在大時代變動中揚
棄自己，充實自己，也就發展了一個心懷開放、面向時代的更充實的
自己，再也不是前期那個自傷自憐的「畸零人」了。

　　與抗戰初期的創作風尚一致，繆崇群戰時散文充滿著同仇敵愾、
自信樂觀的精神氣息。但他不滿足於照抄生活，不流於空泛膚淺，而
總是堅持以個人的情感體驗和哲理思考把握群情振奮的時代生活，以
深切的愛憎感情和堅定信念來激勵讀者，保持和發展了他前期散文抒
情性哲理性結合的創作個性。如〈廢墟上〉展現敵機轟炸和平城市的
慘像，作者的筆觸不停留於表象的描寫，進而發掘出瓦礫堆中蕩漾著
一股不可征服的「氣息」。他啟示國民，敵人「播下了萬萬個仇恨的

---

10 繆崇群：〈短簡（二）〉，見《碑下隨筆》（上海市：文化生活出版社，1948年）。

種子」，到頭來還報的必是仇恨的苦果；「生命並不是一個可以趕盡殺絕的東西」，與生命為敵者必將受到生命的懲罰；「真正的生命，是天長地久般不會消滅；真正的生命永遠在沉默裡滋長著」。這些從戰爭生活中提煉出來的哲理警句，高揚了民族的意志和人生的價值，增強了作品內涵的力度和深度。他在表達中華兒女復仇雪恥的堅強意志的同時，還寫出他們在戰火中成長新生的一面。「敵人的殘酷的毀滅，對於我們勿寧是一爐可寶貴的火」，「我們仍是在生長，火使我們淬勵成鋼了」（〈賣藝人〉）；「我們沒有日人，我們不能知道胞澤是怎樣的可愛的」（〈乞藝〉）。我們的同胞堅貞不屈，純樸厚道，刻苦耐勞，眾志成城，充滿著兄弟愛、凝聚力和自信心，這些優秀的民族素質在外寇壓迫下更加發揚光大，昭著於世。作者從戰時生活體驗中發現下層人民的可愛品質和民族精神中的優秀傳統，找到自己的歸宿和出路，因而擺脫過往的孤獨感和幻滅感，以真誠的態度歌頌現實的新生面，這在大後方散文創作中是獨闢蹊徑的。當然，他並不掩飾後方社會的陰暗面，他宣稱：「我沒有將手掌伸向生活的勇氣，也沒有征服它的把握，卻還有一種決心：暴露它！暴露它！暴露它！」「在暴露下萎死的，就萎死了下去罷！生長的，永遠會在光明裡長大起來，存在著」（〈乞藝〉）。抱著這種態度，他在《石屏隨筆》、《眷眷草》、《碑下隨筆》以及未完成的《人間百相》諸作品中，深入揭示現實生活中交錯存在的方生與未死、光明與黑暗、美與醜的兩面，寫實批判精神明顯增強，藝術視野顯然開闊了。

　　表現自己在戰時後方的生活感觸和日漸更生的精神面貌，是繆崇群戰時散文的另一主要內容。他從感傷悲觀的精神危機中自拔出來，在大時代中找到歸屬和出路，從而唱出了「希望者」之歌。他歌唱「人間還有薰風，還有靈雨，還有同情，還有自然的流露，還有愛——不，還有太陽」（〈太陽〉），充分肯定了人生的意義。他覺得

「普天下人們的心，也能夠同軌並進！因為我們不都是要到幸福的、光明的、真理的家鄉去的同伴嗎」（〈車站〉）。他嚮往的「真理的家鄉」充滿互愛互利、民主自由精神，「整個的世界是完全的光明，沒有了地獄，任何的角落，以至心靈的角落，都是天堂」，他不認為這只是烏托邦式的幻想，堅信通過個人的「苦行」可以抵達這個理想天國（〈苦行〉）。他的現實生活是貧病交困，孤苦寂寞，他的精神生活卻是豐饒強健，充滿愛情和希望；儘管結核病菌吞噬他的肉體，後方灰暗生活壓抑他的心靈，但他已有強大的精神力量超越它們，還是充滿著堅定的自信心和頑強的求生意志，表示「我還打算活，努力活下去，為著我想探求一些道理」（〈死〉）。這說明他跨過了自傷自憐的人生初階，進入了自我砥礪、自我完善的精神境界，他不愧是個「知道苦行、體行苦行的人」。他不滿現實生活，追求理想社會，必然要求「把現有的那些吃人的禮教，和架空的，虛偽的，所謂組織，所謂制度，一起拉倒下來，宣告它們的死刑罷」（〈麵包和水〉），相信「革命是歷史的火車頭」（〈牛場〉）。從他的散文所顯示的心靈歷程中可以發現這樣的歷史事實：一個有正義感和愛國心、受新思潮洗禮的現代中國知識分子，從個人不幸出發，走上不滿舊社會、尋找個人出路的道路，儘管經歷崎嶇曲折，遲早終歸通向祖國和人民解放的大道上，因為他們個人的命運是與祖國和人民的命運緊密相連的，他們的個性解放要求是和現代民主革命方向根本一致的。繆崇群戰時散文脫卻少作痕跡，表現了愛國知識分子在民族解放戰爭洗禮中自我更新、發展成熟的心靈歷程，反映了戰時抒情散文的發展動向。遺憾的是正當他步入成熟之際，就被病魔奪去生命，這不能不說是現代散文史上的一個損失。

　　繆崇群的創作道路和他的生活道路是同步發展的，他的散文是作家自我不斷豐富更新的真實寫照。他終其短暫一生仍是個小資產階級

民主主義者和人道主義者。他在散文中表現的情感和願望，雖說在不同情境中有不同形態，但精神基調是一致的，都根源於他的人道主義精神、個性發展要求和民主自由的社會理想。當黑暗社會摧殘人性，壓抑個性，毀滅人生的美好追求，他由於孤獨無力，陷入悲觀絕望的境地。當民族解放戰爭爆發，他看到個人命運和民族命運的轉機，他的理想追求變得自信樂觀。從「畸零人」的自傷自憐到「希望者」的苦行砥礪，他完成了一部自己的「心史」。通過這部心史，人們可以感知同類知識分子的內心狀態及發展動向，也可以看到現代社會氛圍和精神氣息在他們心靈上的投影。可以說，他的散文以獨特的抒情個性表現了現代中國小資產階級知識分子的某些精神特徵，在新文學史上揭示知識分子心靈歷程的系列作品中占有一個重要位置，具有獨特的審美認識價值。

從二〇年代末期到四〇年代中期，繆崇群一直致力於散文創作，留下七個散文集二百來篇作品。他始終把散文看作純文學的一種，以嚴肅認真的態度從事創作，執意追求散文的藝術價值，堅持發展自己的創作個性。這與同時代新進作家何其芳、李廣田、麗尼、陸蠡等的散文創作傾向不謀而合，一起促進了現代散文藝術的發展。

繆崇群散文的抒情個性在取材傾向和處理方式上表現為「窄中求深」的基本特徵。他長期潔身自愛，落落寡合，生活面較為狹窄，對外界空間了解有限，這制約著他的取材範圍。但作為一種補償，他在孤獨寂寞中養成了沉思默察的習慣，發展了藝術的感受力和想像力，有可能對個人內心的情感生活和日常的見聞感受進行細緻的體察。他揚長避短，堅持從個人生活經驗出發，以主觀感受的方式省察自我內心的情感波動，領略人情世味的辛酸苦辣，體味知識分子的心境，折射時代生活的側影，自安於埋頭耕耘一個熟悉的「窄小的角落」。在自己的視野裡，他感覺銳敏，開掘較深，努力把情感體驗和哲理沉思結合起來，創造情理交融、真摯深切的藝術境界。他無意追求反映社

會現實的廣度，而執意追求表現內在感受的深度，他選擇的角度和目標適合自己的生活特點和心理特點，有利於發揮個性特長而形成自己的藝術風格。隨著他生活視野的逐漸拓展，他的散文也相應地開拓新的境界，但他總是就個人的視角和感受方式把握生活的變動，採寫自己深切體驗過的社會相和人生相，仍帶有濃厚的抒情究理的意味。即便是那些描寫戰時流行的空襲避難題材，他也不流於客觀記錄，總是力圖通過個人主觀熔鑄，寫出自己獨到的體會和鮮明的愛憎，不僅以強烈的愛國情緒打動人心，還以點滴的哲理啟示發人深思。

　　繆崇群散文在藝術表現方面形成了婉約精細、樸實親切的風格特點。他的文風打上了他的人格氣質的印記。他不會浮誇囂叫，也不善嘲諷幽默，他是個善良誠懇、樸實恬靜的平凡人，以親切自然的態度和讀者交流思想感情，只希望得到讀者的理解和同情。他總是沉靜地吟味沉思，委婉地抒情究理，精心地謀篇布局，細緻地遣詞造句，追求散文藝術的清麗柔美。在抒情方式上，他一般不採用直抒方式，往往以景述情、托物言志。他筆下的花草景物染上自己的感情色彩，成為他抒發情思的藝術符號。他的許多詠物小品把外物與自我融為一體，明顯帶有自況意味，如《寄健康人》中的〈無題〉、〈秋樹〉，《夏蟲集》中的〈苔〉，《石屏隨筆》中的〈小花〉、〈鸚鵡〉，《眷眷草》中的〈拾葉〉諸篇章，借一些普通細小的花草鳥獸寄託自己喜愛寧靜、純真、美麗、自由和企求溫情的心境。他愛用「畸零人」、「旅人」、「苦行者」之類傳統意象抒寫人生哲理，以自己的切身經驗和現代意識豐富人生行旅的內涵。他善於從平凡細微的事物中領悟哲理深意。「葵花」還翹著首要望見落日時分的最後的餘暉；茉莉卻靜靜地等候著黃昏。夜來香從來在黑暗中開放，牽牛花也從來見不得晨曦。「光明，有追逐你的，有躲避你的，有為你而死的」（《寄健康人》〈無題九〉）。如此等等，聯想巧妙，微中見著。對於戰時人們見慣的逃避空襲生活，他看得細心，發現少男少女帶上心愛的小動物一起避難，從

而體會出「生命並不是一個可以趕盡殺絕的東西」(《夏蟲集》〈一瞥〉)。他不僅看到自然與人生的光影聲色，還透視其中底蘊，使自己的體驗感受昇華深化，以個人一貫的樸實而親切的語調娓娓道來，形成真摯親切、婉約含蘊的文風。他的散文，不以氣勢奪人，而以情韻感人，給人的藝術感受主要是慰情的、平和的。這種風格類型屬於柔美範疇，在當時擁有的讀者主要是青年學生，對大後方一些新進作者的散文創作產生過較大的影響。

　　繆崇群散文的藝術風格自然是他全人格的真實表現。他的身世遭際、氣質才分、教養為人諸種因素對他的獨特風格的形成具有決定性影響，其中他所受的文學教育，尤其是東方文學（主要是中國傳統文學和日本文學）的薰陶，在他的文風中留下鮮明的印記。如果說，何其芳早期散文較多受到法國唯美派、象徵派詩文的影響，李廣田早期散文較多受到英國田園詩風的影響，陸蠡散文較多受到俄國屠格涅夫的影響，那麼，繆崇群散文則主要從東方文學傳統中獲取藝術養分，帶有濃厚的東方情調。他的散文追求情境韻味，恬靜深沉，常用情景交融、情理結合的表現方式和冥思妙悟的思維方式，與中國古代詩文注重意境創造的藝術傳統有著血緣關係。他出身在一個破落的書香門第，他父親是個以執教為生的知識分子，他從小所受的傳統文化教育在日後的創作中發揮了作用。他留學日本，喜愛島國散文，專門翻譯了《日本小品文》一書，收入德富蘆花、鈴木三重吉、高濱虛子、吉田弦二郎的散文小品二十一篇。他們的作品吟味自然與人生，抒寫個人心懷，抒情氣息濃郁。德富蘆花對自然美景和人生情味體察入微，鈴木三重吉對弱小者充滿同情和熱愛，高濱虛子抒寫日常生活的閒情逸趣，吉田弦二郎以委婉細膩的筆致排解無來由的傷感幽思，這些散文家的風格特點不僅在繆崇群的譯文中被忠實地傳達出來，還積澱在他的散文創作中。他那些寫景詠物、即興抒懷的作品，有的受譯作的情境的觸發而成，有的採用日本寫生文的形式描寫江戶風物，情調柔

和清幽，體式小巧精緻，文筆細膩婉約，可以和他的譯作相媲美。由於自身遭際的坎坷，他的文風更接近於吉田氏。但作為一個弱國子民，他的個人抒懷瀰漫著憂國感時氣息，他的戰時作品更是充滿了民族激情。他著重吸取日本小品文的抒情藝術，熔鑄精細婉約的個人風格，為中國現代小品散文的發展開拓了新路。

　　繆崇群散文有自己的讀者群，主要限於青年學生，較少引起廣泛的注意。韓侍桁稱他是個「寂寞的作家」，「他的所以寂寞是有兩個緣由：第一，他的孤獨的性格，使他和所謂活躍的文壇相疏遠，很少機會引人注目。第二，他的作品是屬於精細而平淡的一型，而我們的時代是粗線條的，對於他的作品覺得不夠刺激，磨擦不出熱力來」。[11]這個解釋涉及到如何評價一位默默無聞、埋頭創作的作家，如何看待時代風尚和個人風格二者關係的重要問題，值得深思。由於現代中國歷史的獨特性，新文學首先突出強調文學的戰鬥性和社會性，人們著重從政治功用和社會影響的尺度來評估作家作品的價值和地位，普遍推崇富有強度和力度的剛性文風，充分肯定具有深廣的社會內容和重大的教化作用的名篇巨製。時尚所趨，那些慰情平和之作，那類婉約柔美風格就相應地被冷落了。這在大動盪、大變革的年代裡是勢所必然的。但文學與時代的聯繫相當複雜，文學的社會功能是多種多樣的，讀者的精神需要也是多方面的；文學史研究不能只看到知名度高、社會影響大的少數作家作品，還應該包容各種風格流派，正視文學本身的豐富多彩，凡是在某一方面為新文學發展作出過貢獻的作家都不該被淹沒掉。從這個意義上說，繆崇群散文儘管「不夠刺激」，不為時尚所推崇，但它從一個側面切入人生表裡，感受時代氣息，以自己的心血熔鑄真摯深切、精細婉約的個人風格，在揭示現代中國小資產階級知識分子的精神個性、發展現代散文的柔美風格和抒情藝術方面做

---

11 韓侍桁：〈《晞露新收》編者序〉，見繆崇群：《晞露新收》（上海市：國際文化服務社，1946年）。

出自己的貢獻，在發揮小品散文的抒情特長和藝術感染力方面取得了
獨特的成就，應該在現代散文史上給予相當的歷史地位。

　　　　　——本文原題〈「混合著血和淚的散文」——繆崇群散文綜
　　　　　論〉，原刊於《福建師範大學學報》一九八七年第二期

第三輯
學案篇

現代散文研究述評

　　從二十世紀七〇年代末開始，伴隨著中國現代文學研究在改革開放大時代裡開拓前進的步伐，中國現代散文這塊被冷落多年的富饒的處女地，也迎來了一批辛勤的耕耘者，出現了全面拓展、後起直追的可喜景象，逐步形成拓荒奠基、全面鋪開的研究態勢和尊重歷史、實事求是的學術品格，在史料整理、作家作品研究、綜合性專題研究和散文史著述等四個層面開拓前進。本文將從這四個方面綜述新時期中國現代散文研究的主要內容，並對它的發展動向做一粗淺的探討。

一

　　現代散文品類雜多，文集浩繁，又長期未經清理，就連它究竟有多少「家底」也沒摸清楚。這是制約散文研究長期滯後的一個內因。因此，全面而系統的史料性工作得到學術界的高度重視是必然的。

　　首先是作家作品資料的搜集、整理和鑑別，陸續出現了不少大型選本和系列性專集。上海文藝出版社在影印三〇年代良友版第一套《中國新文學大系》之後，組織編纂了後兩套《大系》，完成了前人未竟的事業。其中在散文方面，分別有散文二卷、雜文一卷、報告文學一卷，選文採用原刊文本，並有諸多新發現，富於代表性和涵蓋面。北京師院中文系現代文學教研室選編的《中國現代文學史參考資料・散文選》四卷本（上海市：上海教育出版社，1979年），中國社會科學院文學研究所現代文學研究室選編的《中國現代散文選》七卷

本（北京市：人民文學出版社，1982年），俞元桂主編的《中國現代
散文精粹類編》十卷本（上海市：上海文藝出版社，1992年）等，也
是以史家眼光編選的能反映現代散文發展面貌的選本。此外，一些地
區性的文學叢書，如《中國抗日戰爭時期大後方文學書系》、《上海
「孤島」文學作品選》、《延安文藝叢書》等，都發掘和選編了一批散
文作品。關於現代作家的個人選集，新編與影印的就更多了，如百花
文藝出版社的《現代散文叢書》、浙江文藝出版社的「全編」系列和
上海書店的原版影印本等，匯總了現代散文主要作家的主要作品。新
編的作家文集或全集，也注意搜羅各家的散文作品。各種選本和文集
的編印，固然有些是著眼於當代讀者，不大留意版本、校勘、鑑別諸
問題，但更多地是為了檢閱、保存和研究現代散文的創作成果，注意
從史學的角度加以篩選和編校，具有較高的史料價值。

　　其次是目錄索引的編製。《中國現代文學史資料匯編》裡，除了
有關社團和作家專集都編制相應的著譯目錄和評論索引，還有賈植
芳、俞元桂主編的《中國現代文學總書目》（福州市：福建教育出版
社，1993年）這部匯總一代文學成果的大型工具書。其中的〈散文
卷〉輯錄現代散文集近一千九百種，考訂各書的初版時間和版本變
化，著錄各集的篇章細目，基本上探明了現代散文的「家底」，為研
究工作提供了全面而系統的書目資料。

　　第三是理論批評資料的發掘和輯佚。俞元桂主持中國現代散文系
列研究時，率先注意搜集現代散文的理論批評史料，主編了《中國現
代散文理論》（南寧市：廣西人民出版社，1984年）。該書從大量的原
始資料中選出八十七篇理論文章，「所收文章均具有一定的理論代表
性，基本顯示出了現代散文理論的整體風貌和所達到的理論深度」，
「被認為是一本填補空白的資料書」。[1] 該書出版後，於一九八六年被

1　曉存：〈一本可數的盜印書〉，《作家報》〈中華文學史料學之頁〉第4期（1992年8
　　月）。

臺北蘭亭書店作為「文化叢書」之一擅自翻印。此外,上海書店於一
九八一年影印了一九三五年生活書店版的《小品文和漫畫》,佘樹森
編選了《現代作家談散文》(天津市:百花文藝出版社,1986年),李
寧編選了《小品文藝術談》(北京市:中國廣播電視出版社,1990
年)。這些理論批評史料,對於考察現代散文觀念的形成和發展、理
論批評與創作實踐的相互關係、作家的文體意識和藝術追求等,都是
很有意義的。

　　第四是專業辭書的編撰。歷來的中國現代文學辭書,很少涉及散
文方面的內容,從中無法了解現代散文的概況。為此,徐迺翔主編的
《中國現代文學詞典》(南寧市:廣西人民出版社,1989年),專門設
置了散文卷,由姚春樹組織編寫。該卷的條目涉及現代散文的各個方
面,即:運動、論爭、思潮、事件;社團、流派;作家;書目;散文
名篇;理論批評;報刊雜誌;種類、體裁。這就較為全面地介紹了現
代散文的史實和知識;可惜它在印製中漏掉了索引部分。此外,薛綏
之主編的《魯迅雜文辭典》(濟南市:山東教育出版社,1986年),涉
及魯迅雜文的各個方面,即:書籍、作品;報紙、刊物;團體、流
派、機構;歷史事件及其他事項;引語、掌故、名物、詞語;人物。
這是魯迅雜文研究的一項基本建設,開了專題性工具書的先河。編撰
專業辭書,已重視史料的鑑別和提煉,力求條目設置的寬廣、周全和
實用,釋文的翔實、客觀和穩定,從而具有較高的參考價值。

　　在史料工作的其他方面,如輯佚、考據、編寫年譜和傳記、搜集
整理書信和日記等,都有人甘於寂寞,為現代散文史料建設添磚加
瓦。僅就這裡列舉的幾項工作來說,現代散文史料建設已粗具規模,
有了較好的開端。但由於輕視史料的成見尚未破除,加上資料性著作
難以出版,搜集整理手段落後,以及某些人為的封鎖資料等等原因,
致使史料工作步履維艱,甚至難以為繼。《中國現代文學史資料匯
編》乙種叢書中,還有不少作家專集未能出版;丙種叢書中,還有文

學副刊的目錄索引尚未編就。從學科建設需要考慮，現代散文史料工作還有許多空白點，如報刊雜誌上散文作品和評論文章的目錄索引、許多散文名家的生平活動和集外佚文、各種專題的研究資料等，都要抓緊整理。否則，隨著舊報刊的老化和散失，當事人的亡故，許多缺門將永遠無法彌補。

二

　　中國現代散文史上，名家輩出，佳作如林，在當時就受到評論界的關注，公認為實績顯著的一個文學門類。可是，到了新中國成立後，現代散文研究反而不如過去。除了一些文學史附帶提及的散文作家作品，被專門研究的散文家僅限於魯迅、瞿秋白、朱自清、冰心等，而且只有寥寥無幾的幾篇論文。這與整個學科受困的共同原因有關，還與散文研究不受重視、難度較大等特殊原因密切相關。

　　當時代賜予現代文學研究的良機到來之後，現代散文研究也出現了生機，逐步走向繁榮。其中進展最大、收穫最多的是作家作品研究。這方面的研究工作經歷了從粗淺到深刻、從微觀到宏觀、從平面到立體的變化發展：先是賞析性、札記式的評論文章大量湧現，繼而是一篇篇散文作家論的接連問世，直至形成系列化、立體化、多樣化的研究格局，逐步走向史學化。這跟整個學科的發展動態是諧調的，只是由於起步晚，基點低，整體水平還有待於提高。

　　賞析性、札記式的散文評論，大多屬於微觀剖析或印象批評。對於短小精煉的散文作品，當然有必要加以細緻分析；如果能切入內裡，顯幽抉微，就不僅有助於培養和提高鑑賞散文美的能力，也有助於深入把握散文家的風格特色和藝術成就。特別是有些選析本，選文精當，解讀細緻，分析透澈，品評準確，文采斐然，所花的心血並不比寫論文少，給人的藝術啟示也很深刻，就不能簡單視同於一般的普

及讀物。如廣西教育出版社組織編撰的《中國現代作家作品欣賞叢書》，力圖「通過對作家具體作品的集中賞析，顯現作家的藝術靈魂，匯映中國現代文學史的風貌」[2]，又採用總論、賞析和年表三者結合、相互映襯的方式研究每個作家，應該說是開闢了作家作品研究的一種新途徑。這套叢書已出版四十五種，其中的散文賞析占有相當比重。與此相類似的還有一些現代散文名篇鑑賞辭典和報刊上經常刊登的名作分析文章。又如林非的《現代六十家散文札記》，是在參與編選《中國現代散文選》七卷本的基礎上，著眼於現代散文的歷史進程，從中選評有代表性的六十家散文，這為他稍後編寫《中國現代散文史稿》奠定了基礎。這兩個事例說明，賞析性、札記式的散文評論，也能映現歷史面貌。當然，微觀研究易犯就事論事的毛病，印象批評缺乏歷史分析的品格，應努力把微觀剖析與宏觀審視、藝術感覺與理性評判有機結合起來，才能使賞析札記類文章獲得歷史穿透力。

　　散文作家論日漸增多，不僅擴大了研究對象，而且增強了史論意識，逐步形成系列化、立體化的研究格局。從選題上看，過去只注意魯迅、瞿秋白、朱自清、冰心等少數幾家，現在還留意周作人、俞平伯、梁遇春、豐子愷、林語堂、李廣田、何其芳、麗尼、陸蠡、繆崇群、吳伯簫、徐懋庸、唐弢、聶紺弩等各有代表性的散文家，以及郭沫若、郁達夫、徐志摩、茅盾、巴金、夏衍、沈從文諸家的散文創作，研究視線已超越現實功利關係而回歸歷史本身，發掘出一大批值得重視的作家作品。在十五年來的現代文學研究新發現或重新評估的作家作品中，散文的比重較大，這說明不該被遺忘和冷落的確實太多了。從研究角度和評價尺度上看，過去的作家論著眼於生活、思想和藝術三者的關係而偏重思想分析與政治評判，如今則趨於多樣綜合，力求把歷史的與審美的研究統一起來。不僅注意作家與時代的複雜關

2　〈《中國現代作家作品欣賞叢書》編輯例言〉。《中國現代作家作品欣賞叢書》由廣西教育出版社於一九九一年起陸續出版。

係，也關注文品與人格的內在聯繫，著重研究作家的創作個性和美學
成就；也不僅重視歷時的縱向考察，也注重共時性的橫向比較，還多
層面切入作家作品的內部世界，從而逐步形成散文的審美評價標準，
對各式各樣的散文美能夠加以兼容和闡發。

　　如同魯迅研究是中國現代文學學科的前沿重鎮一樣，魯迅散文研
究也成為現代散文研究最引人注目的領域。魯迅的雜文、散文詩和敘
事抒情散文，得到認真研究，正在走向深化和綜合。例如，劉再復的
〈論魯迅雜感文學中「社會相」類型形象〉[3]、閻慶生的《魯迅雜文
藝術特質》（西安市：陝西人民出版社，1983年）、王獻永的《魯迅雜
文藝術論》（上海市：知識出版社，1986年）等，集中探討魯迅雜文
的藝術價值；孫玉石的《《野草》研究》（北京市：中國社會科學出版
社，1982年），全面而深入地論述《野草》的精神內涵、創作方法、
藝術成就和《野草》的研究歷史；盧今的《論魯迅散文及其美學特
徵》（長沙市：湖南文藝出版社，1987年），以審美眼光綜合考察魯迅
散文詩和小品散文的審美特點和美學成就；錢理群的《心靈的探尋》
（上海市：上海文藝出版社，1988年），從《野草》入手，抓住魯迅
慣用的意象和觀念，深入探尋魯迅「心靈的辯證法」，把魯迅散文研
究引向藝術哲學的思考。此外，魯迅散文多方面的豐富內容、與古今
中外文化藝術的廣泛聯繫以及歷久彌新的深遠意義等等，都有一批研
究成果。新時期的魯迅散文研究拓展了視野，更新了觀念和方法，逐
步把研究重心轉向審美的、立體的、綜合的研究。

　　周作人作為現代散文大家的歷史地位，在八〇年代得以重新確
認。周作人研究的專著已有十多種，如李景彬的《周作人評析》（西
安市：陝西人民出版社，1986年）、舒蕪的《周作人概觀》（長沙市：
湖南人民出版社，1986年）和《周作人的是非功過》（北京市：人民

3　載《文學評論》1981年第5期。

文學出版社，1993年）、倪墨炎的《中國的叛徒與隱士：周作人》（上海市：上海文藝出版社，1990年）、錢理群的《周作人傳》（北京市：十月文藝出版社，1990年）和《周作人論》（上海市：上海人民出版社，1991年）、趙京華的《尋找精神家園——周作人文化思想與審美追求》（北京市：中國人民大學出版社，1989年）等，都論及周作人的散文，並給予高度評價。專門研究周作人散文的論文就更多了，較有代表性的是：許志英的〈論周作人早期散文的思想傾向〉和〈論周作人早期散文的藝術成就〉[4]，舒蕪的〈周作人後期散文的審美世界〉和〈周作人的散文藝術〉[5]，錢理群的〈關於周作人散文藝術的斷想〉[6]，姚春樹的〈周作人——「中年意趣窗前草，外道生涯洞裡蛇」〉[7]，趙京華的〈周作人審美理想與散文藝術綜論〉[8]等。人們開始以歷史的審美的眼光看待周作人的散文理論和創作，對他那多樣統一的散文世界進行多方面地剖析和初步的理論概括，對他在中國現代散文史上的代表意義和歷史貢獻給予充分地估價和論證，對他後來的蛻變和後期散文的複雜性也力求加以科學分析，從而顯示了周作人散文的歷史風貌和獨特價值。

　　上述兩大散文家的研究現狀，代表了新時期現代散文家研究的動向和水平。既表明散文研究已突破過去的成見和禁區，恢復了尊重歷史、實事求是的治學傳統，能夠正視和展示現代散文名家輩出、多樣繁榮的歷史事實，把一大批不該被冷落的散文家納入了研究視野；也說明散文研究正在探索自身的視角、方法和途徑，正向文體風格、藝術特性和美學成就諸層面開掘深化，開始關注散文的體性和作家的個

4　分別發表於《中國現代文學研究叢刊》1980年第4期、《文學評論》1981年第6期。

5　分別發表於《中國現代文學研究叢刊》1987年第1期、《文藝研究》1988年第4、5期。

6　載《江海學刊》1988年第3期。

7　見《中國現代散文十六家綜論》（上海市：華東師範大學出版社，1989年）。

8　載《文學評論》1988年第4期。

性之間的內在聯繫，以散文的尺度來衡量作家的成就，不再簡單套用其他文類的標尺。

　　一般說來，各別作家的研究易見點的深入，難見史的透視，對作家的評價和定位不免有偏愛、抬高之嫌。因而，從現代散文歷史發展的全侷來考察作家，把作家放回歷史座標中，形成作家研究的系列性，就是一種有益嘗試。這方面的成果，已有俞元桂、姚春樹、汪文頂合著的《中國現代散文十六家綜論》（上海市：華東師範大學出版社，1989年）和朱金順的《五四散文十家》（天津市：百花文藝出版社，1990年）等。前者選論現代散文各時期各方面的代表作家十六家，後者選論五四散文的主要作家十家，著重揭示各家散文的創作風貌和代表意義，選題有通盤籌畫，並注意在前後左右的比較中突出作家的個性特色，評價和定位就較有分寸，這是作家論向史論發展的一種表現形態。

　　作家作品研究已粗具規模，但除了對魯迅、周作人、朱自清、冰心等幾大散文家的研究較有收穫和聲勢外，其他作家作品的研究工作剛剛起步。即便是上述幾家的研究，也還有不少問題需要進一步探討，例如：魯迅的雜文是怎樣「侵入高尚的文學樓臺」？周作人的散文究竟形成了一個什麼樣的藝術世界？朱自清散文的典範性體現在哪裡？「冰心體」散文是如何形成的？各家散文的思維方式和審美把握有哪些是屬於個人特有的，又有哪些是屬於散文藝術共有的，這和新文學的其他體式有什麼區別和聯繫？如此等等，都「期待著充實、創新和突破」⁹，都必須從文體美學的高度加以思考和論證。而散文理論研究滯後，又制約著散文史研究的發展。這就內在地決定了現代散文研究的「充實、創新和突破」特別艱難。

9　黃開發：〈新時期周作人研究述評〉，《文學評論》1990年第5期。

三

　　比各別作家作品研究進一步走向宏觀、綜合的歷史研究，是一些
有關現代散文各種專題的探討，如理論批評、社團流派、歷史分期、
文體類型、中外比較等等。這方面的論述，一九四九年前有《中國新
文學大系》散文一、二集〈導言〉之類的概論，一九四九年後有俞元
桂的〈現代散文特徵漫論〉[10]、王瑤的〈五四時期散文的發展及其特
點〉[11]等個別論文。新時期以來，論述範圍擴大了，也逐漸從粗淺簡
略趨於翔實系統深入。

　　關於現代散文理論批評的研究，長期是個空白。姚春樹在參與選
編《中國現代散文理論》一書時，執筆寫了〈中國現代散文的理論建
設〉和〈中國現代散文理論管窺〉二文[12]，率先梳理和探討了現代散
文理論建設的發展線索和主要內容。文中認為：現代散文理論「著眼
於建設」，「反映了中國現代散文發展的歷史足跡，觸及了散文創作的
藝術規律，也在一定程度上再現了中國現代散文同中外優秀散文傳統
的繼承和創新關係」，「是一筆值得重視的理論財富」。其中對於現代
散文觀念的概括和闡發，對於現代散文理論著重探討的三大問題的論
述，言之有據，論證充分。正如林非所說的，「在這個問題上如此全
面的闡述，是前人所沒有進行的，因此是值得注意的篇章」[13]。後
來，方銘的〈論現代散文理論建設〉[14]，佘樹森的〈現代散文理論鳥

10　載《福建師範學院學報》1963年第1期。

11　載《北京大學學報》1964年第1期。

12　分別發表於《福建師範大學學報》1981年第1期、《文藝研究》1982年第1期，二文稍
　　後合併壓縮為《中國現代散文理論》一書的〈前言〉。

13　林非：〈關於中國現代散文史研究的問題〉，見《治學沉思錄》（長沙市：湖南人民出
　　版社，1985年）。

14　載《中國現代文學研究叢刊》1986年第2期。

甌〉[15]，繼續探討現代散文理論所涉及的問題。從現代散文理論和創作的實際出發，研究者確立了中國現代散文是一個廣義的文學散文概念，包括雜文、記敘抒情散文和報告文學等類型，與詩歌、小說、戲劇並列為新文學的一種嶄新形式，並闡發了現代散文理論批評的有關內容。這給現代散文研究提供了當年的理論框架和批評標準。這方面研究，還應細緻辨析各種觀念和術語的涵義，認真梳理各種散文觀的來龍去脈，深入探討理論批評與創作實踐的相互關係，以至於具體分析有代表性散文家的文體意識和藝術追求等等。

　　對中國現代散文的整體概觀和分期綜論，有一批長篇論文。林非的〈五四以來散文發展的輪廓〉[16]，俞元桂等的〈中國現代散文發展概觀〉[17]，是這時期最早出現的概述性文章，給現代散文研究勾畫了一幅藍圖，後來的分期研究是在這個基礎上進行的，並逐步加以充實和深化。姚春樹執筆的〈中國現代散文革命的先導——中國近代散文變革略述〉[18]，湯哲聲的〈戊戌到「五四」時期文章體裁的變革〉[19]，都追溯晚清「文界革命」與五四散文革命的歷史聯繫，讓人們了解新舊散文是怎樣過渡演變的。俞元桂的〈五四時期散文的特色與評價問題〉[20]，郭預衡的〈「五四」散文與文風〉[21]，集中探討五四散文的精神傳統。俞文針對過去評價五四散文時所存在的「左」的偏見，強調應以歷史唯物主義的態度對待絢爛多姿的五四散文，實事求是地分析那些有歷史污點的作家和描寫身邊瑣事、表現人性、風格柔美的作品。這是撥亂反正、思想解放的時代思潮在現代散文研究上的回聲，

15　《現代作家談散文》（天津市：百花文藝出版社，1986年）書前〈代序〉。

16　載《社會科學戰線》1979年第2期。

17　載《新文學論叢》1981年第3期。

18　載《福建師範大學學報》1986年第1期。

19　載《中國現代文學研究叢刊》1988年第3期。

20　載《福建文藝》1979年第4-5期合刊。

21　載《文藝論叢》第8輯（上海市：上海文藝出版社，1979年）。

說明人們開始把現代散文研究視為歷史學科。汪文頂的〈五四時期抒情散文創新綜論〉、〈三十年代抒情散文的一個趨向〉和〈抗戰以後散文的拓展與收穫〉一組論文[22]，歷時性地考察現代散文各時期的發展特點，對五四散文的創新業績、以何其芳為代表的三〇年代青年作家群在抒情散文領域的藝術革新和四〇年代散文的拓展變遷，都作了較為翔實的論述。此外，吳組緗和柯靈分別為《中國新文學大系》（1927-1937）、《中國新文學大系》（1937-1949）散文卷所寫的序言，許志英的〈「五四」──「左聯」時期散文發展的輪廓〉[23]，尹鴻祿的〈在抗日戰爭中發展的大後方散文創作〉[24]，都是分期研究的專論。從整體概觀到分期綜論，可見研究工作日漸精密化。

　　現代散文品類繁多，相應地出現了分體分類的專題研究。孫玉石的〈《野草》與中國現代散文詩〉[25]，俞元桂等的〈中國現代散文詩發展輪廓初探〉[26]，汪毅夫的〈略談中國現代散文詩的發展〉[27]，王光明的〈散文詩六十年〉[28]等，集中考察散文詩的形成和發展，特性和成就，基本上摸清了這種新體式的藝術淵源和發展脈絡。田仲濟的〈我國報告文學歷史發展中的幾個重要問題〉[29]，王耀輝和姚春樹的〈試論我國報告文學的產生及其在現代的發展〉[30]等文，對報告文學的起源、特徵和歷史經驗作了全面的闡述。陳福康的〈略論中國現代雜文運動〉[31]，從雜文運動的「整體性和群體性」、「共趨性和自覺

---

22 收入《現代散文史論》（福州市：福建教育出版社，1994年）。

23 收入《五四文學精神》（南京市：江蘇文藝出版社，1991年）。

24 載《中國現代文學研究叢刊》1989年第3期。

25 載《文學評論》1981年第5期。

26 載《福建師範大學學報》1981年第2期。

27 載《榕樹文學叢刊》1981年第4期。

28 載《新文學論叢》1984年第2、3期。

29 載《時代的報告》1980年第4期。

30 載《福建師範大學學報》1981年第3期。

31 載《中國現代文學研究叢刊》1986年第1期。

性」諸方面，論證了「中國現代雜文的歷史發展，必須如實地看作一個偉大的運動的過程」，這為雜文史研究提出了一個理論制高點。姚春樹的〈編寫《中國雜文史》的幾個問題〉[32]，林非和曾彥修分別為張華主編的《中國現代雜文史》所寫的序言[33]，就雜文史研究發表了有益的見解。近年來，文體研究更注重體性風格的辨析。余淩在〈論中國現代散文的「閒話」與「獨語」〉[34]一文中，採用「語境」分析的新視角，發現現代散文形成兩大語體風格，並細緻辨析了「閒話」體與「獨語」體不同的話語方式、結構形態和表現功能，這確實為散文研究「提供了一個新的研究思路與方法」。汪文頂在〈論「五四」散文抒情體式的變革與創新〉[35]一文中，將五四時期的抒情散文劃分為抒情小品、抒情散記和抒情隨筆三種體式，考察各自的特點、功能和革新實績，推進了散文的分類辨體研究。上述論文對於各體散文的歷史梳理和理論辨析，儘管還沒有建立起系統的文體史學理論，但無疑是向前邁出了一大步。

關於散文社團流派的研究，雖然不像詩歌、小說那樣引起人們的重視，但也有一些開拓性成果。賈植芳主編的《中國現代文學社團流派》（南京市：江蘇教育出版社，1987年）一書，收入了三篇分別研究語絲派、論語派、「魯迅風」和「野草」雜文流派的力作；施建偉的《中國現代文學流派論》（西安市：陝西人民出版社，1986年），選論了語絲派和論語派，並探尋二者的聯繫和區別。林焱的〈論「語絲體」雜文的藝術特色〉[36]，對以諷刺、幽默為共同特徵的語絲文體及其整體功能作了具體闡述。人們注重研究公認的散文流派，而忽視了

---

32 載《雜文界》1987年第5期。

33 載《中國現代文學研究叢刊》1987年第4期。

34 載《文學評論》1992年第1期。

35 載《文學評論》1994年第2期。

36 載《中國現代文學研究叢刊》1986年第1期。

現代散文史上其他未被確認的藝術派別，這牽涉到如何劃分散文流派的理論問題。對此，汪文頂在〈中國現代散文流派及其演變〉[37]一文中，試圖從形成過程、組合方式和表現形態幾方面綜合考察形成流派的條件和標誌，探討劃分流派的客觀依據，認為「各種散文流派的形成標誌主要是：有一個生活經驗、思想態度、藝術旨趣大體一致的作家群，這群作家在散文創作方面有比較共同的思想藝術追求，這種共同追求對當時和後來的散文創作有過影響，能夠流傳開來。凡是具備上述基本標誌的文學現象，都可作為流派來看」。據此，他歸納了十來個流派，勾勒了現代散文流派更迭演變的主要線索。儘管對流派的界定還不夠嚴密，但拓寬了人們的視野，使人們看到現代散文確有「種種的流派」[38]值得探討。

　　比較研究也進入現代散文領域。除了現代散文內部前後左右的比較研究外，人們更多地從藝術探源的角度考察現代散文的外來影響，兼及它與古典文學的關係。這在作家研究中最為突出，有關魯迅、周作人、豐子愷、梁遇春諸家散文與中外文學的關係，就得到普遍重視，如《走向世界文學》（長沙市：湖南人民出版社，1985年）一書。而在綜合性的影響研究方面，也開始起步了。張夢陽的〈中西散文比較美學芻議〉[39]，率先提出了中西散文比較研究的議題。姚春樹的〈魯迅與廚川白村及鶴見祐輔〉[40]，探討了魯迅的雜文理論主張和雜文創作實踐同廚川白村和鶴見祐輔的內在聯繫。汪文頂的〈英國隨筆對中國現代散文的影響〉和〈日本散文的民族風格及對中國現代散文的影響〉二文[41]，論及英國和日本的散文隨筆對中國現代散文變革的推動作用和借鑑意義。李曉暉的〈象徵主義對中國現代散文的影

---

37 載《中國現代文學研究叢刊》1986年第4期。

38 朱自清：〈論現代中國的小品散文〉，《文學週報》第345期（1928年）。

39 載《散文世界》1986年第4期。

40 收入《魯迅與中外文化》（廈門市：廈門大學出版社，1987年）。

41 分別發表於《文學評論》1987年第4期、《東方叢刊》1993年第2-3輯合刊。

響〉[42]，則注意到異域的象徵主義和傳統的象徵藝術促成了現代散文中的象徵主義散文。不過，由於研究者知識結構的侷限，古今中外散文的比較研究還難以全面、深入地展開。

這裡列舉的有關專題研究，大多具有史論性質和拓荒意義。唯其是拓荒成果，就難免不夠成熟，但也說明現代散文研究已突破作家作品論的侷限，開始追求「史」的透視和整合，這是與整個學科的發展趨向相諧調的。

四

新時期現代散文研究的更大收穫是散文通史和分體史的接連問世，已出版的有以下七種：林非的《中國現代散文史稿》（北京市：中國社會科學出版社，1981年），俞元桂主編的《中國現代散文史》（濟南市：山東文藝出版社，1988年），范培松的《中國現代散文史》（南京市：江蘇教育出版社，1993年），趙遐秋的《中國現代報告文學史》（北京市：中國人民大學出版社，1987年），張華主編的《中國現代雜文史》（西安市：西北大學出版社，1987年），姚春樹的《中國現代雜文史綱》（石家莊市：河北教育出版社，1990年），尹鴻祿的《大後方散文論稿》（成都市：四川教育出版社，1990年）。從數量上看，這在文體史著述中是不亞於現代小說史的。

就三部現代散文通史而言，林著是草創之作，俞著是奠基之作，范著是新創之作。三者各有長短，互不雷同；但從規模、體例和翔實程度上看，應該說俞著更具有史學品格。

林非的《中國現代散文史稿》除「緒論」和「結語」外，分述雜文、小品、報告文學的發展歷程，論及九十餘家的創作，藉此勾勒出現代散文創作的概貌，探討它發展過程中若干有關的重要問題，即散

---

42 載《中國現代文學研究叢刊》1992年第3期。

文創作與時代的關係、散文創作的思想內容、藝術風格、繼承與借鑑等問題，從中總結出一些現代散文的歷史經驗。儘管這只是一部簡史，只是分體概述的組合和作家作品評論的連綴，但作為一部拓荒之作，它確立了現代散文研究的基本範圍和主要任務，勾勒了現代散文三大類型的發展輪廓，並努力堅持實事求是、具體分析的治史方法，從而起了填補空白、開啟後來的作用。

　　俞元桂主編的《中國現代散文史》，完稿於一九八五年秋，因出版上的耽擱，於一九八七年修訂後交付出版，它是以整個學術梯隊的集體力量、在全面系統地搜集整理史料、經過六年研究的基礎上寫成的，因而以翔實、廣博、嚴謹著稱。全書涉及作家三百多人，散文集近千部，著重評述的名家約七十人，基本上囊括了現代散文史上有過不同程度影響的作家作品，而且有不少是新發掘出來的或人家語焉不詳的。它採取分期分類評述的編史體例，將作家作品打散，視其題材取向、思想傾向和文體特點的關聯加以組合重構，以便於集中顯示出現代散文歷史發展的橫斷面和縱剖面，考察各種散文現象的來龍去脈；這具有把握史的整體進程和發現各時期作家群落的長處，對以作家論為主體的編史慣例是個突破。它的評述，既不苛求也不隨意拔高或貶抑前人，力矯簡單定性，堅持具體分析，論從史出，據實而言，注意發掘和包容各種風格體式的特點，力求評價穩當，經得起歷史的檢驗。它率先把散文理論批評寫入散文史，把書信、日記、傳記、讀書札記、科學小品、歷史小品等邊緣文體納入研究範圍，對現代報刊與散文的密切關係加以梳理，對抗戰以後散文小品的拓展實績給予重視，這都是「史識」的一種體現。它堪稱「為現代散文的歷史研究奠定了一塊結實的基石」[43]。當然，它以史的描述和評點為主，對作家的論述比較分散，對文體形式的生成和演進還缺乏深入的探討，理論性闡述不夠充分，有些散文史實如淪陷區的散文，四〇年代的閒適小

43　王光明：〈面向困難的選擇──評《中國現代散文史》〉，《文學評論》1990年第4期。

品等被疏忽了。這在一定程度上表明散文史研究這個領域還有諸多難關期待著克服與突破。

最近出版的范培松的《中國現代散文史》，在已有的基礎上，吸收了近幾年有關新成果，並以作者剛從當代散文評論轉入歷史研究的勇氣和專長，而自創一體，暢抒己見，令人耳目一新。它注重散文史的整體性和研究的主體性，以思潮、流派及其代表作家為綱目，梳理現代散文的發展脈絡，立論大膽，新見迭出。如以「怨怒之音」概括五四散文主潮，把周作人、冰心、朱自清、徐志摩四家視為五四散文的四支分流，儘管有些界定尚需斟酌，但無疑是有見地的。遺憾的是該書比例失調，以將近十分之六的篇幅寫五四散文的「誕生早熟」，以十分之三的篇幅寫第二期的「裂變分化」，僅以十分之一的篇幅略述第三期的「消融聚合」，不僅自身前後不平衡，也未能反映出三〇年代以來散文拓展的歷史新貌，令人覺得現代散文走的是一條下坡路，這顯然不符合歷史實際。此外，著者偏愛以簡馭繁，以論見史，這有便於暢抒一家之言的長處，但也難免會有一些簡單片面、以意為之的侷限。

上述三部通史都以新文學「四分法」裡的散文為研究對象，包括記敘抒情散文、雜文和報告文學等分支，而以記敘抒情散文為主，這是符合現代散文歷史實際的一種研究格局。雜文和報告文學在現代是散文大家族的成員，還不像當代那樣與散文分家自立。當然，它們在現代散文史上有自身的生成、成長的過程和輝煌的業績，因此值得專門研究。散文分體史的任務，除了要更細緻、更全面地描述各體散文的發展歷史，更應潛心探尋每一體裁的藝術特性和運動規律。從這個意義上說，趙遐秋的《中國現代報告文學史》、張華主編的《中國現代雜文史》和姚春樹的《中國現代雜文史綱》，都較好地完成了前一層面的任務，在後一層面上也盡了各自的努力，但還程度不同地存在著差距。例如，趙著以三十萬字篇幅匯映了現代報告文學的洋洋大

觀，史實豐富，線索清晰，但在闡述新聞性與文學性交融演進的歷史，考察報告文學興盛發達的原因等方面，則較為一般化。張著雜文史翔實全面，涉及眾多作家作品，且能提綱挈領，井然有序，但確有曾彥修在序文裡指出的問題，即未能從社會政治文化思想背景上考察雜文運動，這就難以弄清現代雜文的發展規律和特殊作用。姚著雜文史綱簡約洗煉，主次分明，視野更為開闊，對雜文的特質和功能有獨到見解，因而較好地處理了史論結合的問題，但由於篇幅限制尚未能全面再現現代雜文的豐富性和多樣性。這三部分體史所存在的問題，進一步說明文體史研究的最大難題在於如何揭示每一種藝術樣式生成、發展、變遷的內在規律，使體裁史更具有文體藝術史的獨立品格。

五

　　上述四個方面的研究現狀，顯示了新時期中國現代散文研究全面展開的氣象和拓荒奠基的時代特點。在這個分支學科裡，沒有「擁擠」、「撞車」之虞，只有極少數人在這片富饒而神秘的土地上耕耘，一切都在期待著開發和建設，因而給先行者既帶來了幸運，也設置了重重難關。經過十多年的努力，現代散文研究已初具規模，正在穩步拓展，開始改變其長期滯後的狀況，縮短了與其他分支學科的距離，為整個學科建設作出了應有的貢獻。特別是現代散文的歷史風貌和主要成就，已得到認真的梳理和發掘，並逐漸引起人們的重視，這就為本領域的學術建設奠定了扎實的基礎，也為現代文學史的整合提供了不可或缺的一個側面的史實。當然，由於研究基礎薄弱，理論準備不足，加上研究對象過於龐大，人員投入又少，現代散文研究的進展和突破就顯得特別艱難，至今仍未趕上其他分支的發展勢頭。今後的研究工作，除了要繼續開發「原材料」之外，更應重視「深加工」，即在現有的研究基礎上，進一步開拓視野，更新思想方法，加強理論探

索，努力提高現代散文研究的學術水平。

　　現有的研究成果主要是描述現代散文的發展歷程，闡發現代散文的思想意義和藝術價值，對現代散文的內涵和外延、特性和功能作了初步的界定，也有人開始留意散文研究的特點，探索切合散文研究的途徑，從而確立了現代散文的文學性、現代性品格。既認定現代散文是新文學史上與詩歌、小說、戲劇並立的一大文學門類，又確認它是現代形態的新型散文，與古典散文有本質區別。由此建立起現代散文研究的基本框架：上自「五四」始，下至一九四九年前，包容文學散文的各種樣式、風格和流派，注意探尋散文發展與新民主主義革命歷史進程的關係。這種觀念和框架當然符合現代散文理論和創作的歷史實際，但更多地是採用和演繹整個學科的史學觀和方法論，較少經過自身的充分論證，仍有諸多難題困擾著我們。例如：散文的現代化變革是怎樣發生和進行的，在現代歷史階段形成了哪些時代特徵和優秀傳統，與古典散文和外國散文有什麼聯繫和區別？抒情的、議論的、敘事的各體散文各有什麼特徵，又有哪些共性？散文有別於小說、詩歌和戲劇的特質是什麼，在現代文學史上起過什麼獨特作用？研究現代散文，是否還有它特有的角度和尺度？如此等等，都是現代散文史研究的重大難題，也是影響現代散文研究水準的關鍵問題。要解決這些問題，就必須深入到散文藝術內部，探尋散文感應和表現現代人生的獨特掌握方式，這又必須通過歷時性的古今比較和共時性的類型比較，才能充分顯示出來。

　　散文公認是最為自由靈活的文學形式，在古代已有「文無定體」、「隨物賦形」之說，日本的廚川白村在《出了象牙之塔》中也說，Eassy（散文隨筆小品）是「因時代，因人，各有不同的體裁」；在思想解放、個性覺醒的現代，「任心閒話」就成為散文寫作的一個宗旨。散文的體式多樣，功能齊全，敘事、狀物、說理、抒情，無所不及，感應敏銳。散文式思維和表現最貼近於人們日常生活和口語，

在「言文一致」的現代更是如此，因而是貼近人生、契合心靈、表露個性的輕便文體。郁達夫指出：五四運動中，以「個人的發見」「這一種覺醒的思想為中心，更以打破了桎梏之後的文字為體用，現代的散文，就滋長起來了」。[44]五四散文革命的劃時代意義，就是打破舊思想舊文體的雙重桎梏，恢復和發揚了散文自由創造的本性與活力，使作者真正獲得了任心閒話的權利和便利。因此，考察現代散文，就要深入探討其藝術思維方式、語體、樣式、手法的解放更新，及其與現代人自我的覺醒、心靈的解放、思想的自由和生活的變化等等的密切聯繫；就要具體研究現代作家是怎樣發揮散文體式的特長，根據各自的良知和個性，「表現著、批評著、解釋著人生的各面」[45]；就要把文品與人格更緊密地聯繫起來思考，特別重視各家散文的風格研究，透視個性文風的豐富內涵和代表意義；就要正視和包容各家各派散文的不同追求和創造，審視相互之間的對立或互補、分化或交融、承傳或變革的種種關係，並對此作出歷史的審美的評價。總之要把握散文的體性與作家和時代的內在聯繫，探尋散文在現代歷史階段的發展規律。

亞里斯多德在《詩學》和《修辭學》裡，黑格爾在《美學》裡，已區別了詩和散文的不同「風格美」，不同的藝術地掌握世界的方式，這啟發我們分析評價散文的角度和尺度，應扣緊散文這一藝術門類的矛盾特殊性，採取不同於詩歌、小說、戲劇的視角和分析方法。面對品類繁多、風格各異的散文世界，我們往往捉襟見肘，窮於應付。比如說，人們常用意境分析，這只能對付部分散文，尤其是詩化散文，並不能在散文世界中暢通無阻；連朱自清也自稱〈背影〉「只在真實，似乎說不到意境上去」[46]，更不用說有許多抒情文、敘事文

---

44 郁達夫：《中國新文學大系‧散文二集》（上海市：良友圖書印刷公司，1935年），〈導言〉。

45 朱自清：〈論現代中國的小品散文〉，《文學週報》第345期（1928年）。

46 朱自清：〈關於散文寫作──答《文藝知識》編者問八題〉，《文藝知識》第一集之三（1947年）。

和雜文不適用於意境分析。有人試用語境分析，但也承認「它並不是分析散文的獨有的方法論」[47]。也許隨物賦形的散文本就不讓人們用單一的藝術模式去規範它，而要求人們老老實實地順著它的每一篇作品的行文去領略它的千姿百態。果真如此的話，我們就要從行文分析入手，從行文的層次、脈絡、節奏、氣勢體察作品的構思、立意、格調和韻味，透視散文作家的思維方式、人格氣質、審美情趣和思想眼光等等，把綜合概括建立在對具體代表作的微觀分析的基礎上。曹丕在《典論》〈論文〉裡提出「文以氣為主」，文氣就體現在行文中，與文思、文風、文品至關密切，又關聯到作家的才氣修養和時代的精神風尚，並非神秘莫測。或許是傳統文論中的「文氣」說，比「意境」、「典型」諸論更適用於散文研究，更有可能發展成為分析評價散文的較切合的方法論。

　　廣泛綜合的歷史比較，是史學方法論的核心。現代散文研究必須更自覺地運用這一方法，進一步擴大比較的視野，以揭示散文發展的歷史背景和運動規律。就現代散文本身而言，作家作品、風格流派、類型體式之間的種種聯繫和區別，就要通過比較分析，才能揭示出來，給予科學的評估。在現代文學史上，散文的成就和貢獻，如果不聯繫姐妹藝術進行橫向比較，就難免「王婆賣瓜」之譏。對現代散文的時代特徵和民族風格的研究，更要以中外古今的散文作為參照系，進行廣泛深入的比較和鑑別。此外，現代散文與現代的思想文化、社會革命、風土民俗、倫理道德、宗教信仰、語言變革等領域的種種關係，也是歷史比較的研究課題。比較研究不光是為了認識歷史現象的異同點，更主要的是為了從廣泛的歷史聯繫中探尋現代散文的來龍去脈、歷史成因和發展規律，闡發其豐厚的人文精神和獨特的藝術貢獻，使研究工作更具有歷史感和科學性。

---

47 余凌：〈論中國現代散文的「閒話」和「獨語」〉，《文學評論》1992年第1期。

　　與現代散文研究的任務和目標不相適應的，還有一個研究隊伍建設的問題。原先只有屈指可數的幾個人專注於散文領域的拓荒工作，現在雖然增加了一些人員，但潛心於此的仍是寥寥無幾，還不如研究某個名作家的人多。現有散文研究人員的知識結構、學理素養和研究方法，也難以勝任現代散文研究的重負，這其中理論準備的普遍不足，更是極大地限制著散文研究的發展。這是隊伍建設中更難解決的問題。儘管難關重重，現代散文研究畢竟起步邁進了，它必將逐步攻克一道道難關，去接近和闡發中國現代散文創建者的精神財富，使之實現應有的認識、借鑑和轉化意義。

　　　　　　——本文原刊於《中國現代文學研究叢刊》一九九五年第一期

俞元桂先生的學術道路

　　先師俞元桂教授早就立志於一生研究學術，他自一九三〇年代末開始發表學術論文起，直至一九九〇年代病重臥床後還在寫論文，的確把畢生奉獻於學術聖壇。他早年專攻古典文學，中年轉治現代文學，晚年在現代散文研究領域喜獲碩果。代表作除了為人熟知的《中國現代散文史》系列著述外，還有最近匯編出版的一九三八至一九九五年間的論文選集《桂堂述學》。在先師逝世一週年之際，重溫先生的教澤和遺著，我覺得最好的紀念還是要認真學習先生的治學精神和學術思想。

一

　　俞先生從小就在祖父的嚴格督教下學習古代文化經典，後來接受新式學校的正規教育，考入福建協和大學中國文史系、中山大學研究院中國語言文學部專修中國文學，打下了堅實而廣博的專業基礎。在大學階段，他得到國學家陳易園教授和嚴叔夏教授（嚴復之哲嗣）等名師的指導，已有研究習作〈五言詩發生時期之辨偽〉和畢業論文〈明詩派別論〉等出手，初露考辨爬梳、品詩治史的功夫。進研究院後，他師從著名學者李笠教授、鍾敬文教授，主攻中國文學批評史，完成碩士學位論文《漢唐千年間戰爭詩歌之風格》，確立了研究風格論的專業方向。回協和大學執教後，俞先生講授古典文學的多門課程，從事風格論的研究工作，對劉勰《文心雕龍》、皎然《詩式》作

過專題研究。他早年這方面的論文，已搜集到九篇二十來萬字，輯入
《桂堂述學》「上篇」。

　　俞先生治古典文學，走的是新舊兼容的路子。他像前輩學者那
樣，搜羅文獻，考辨史料，重實證，忌獨斷，腳踏實地做學問；又有
青年學人敏於吸收新學、勇於發表己見的朝氣，把當時剛傳入的一些
新批評方法和最新的學術資訊融入自己的研究工作。

　　〈五言詩發生時期之辨偽〉寫於一九四○年初夏，是俞先生就讀
大學二年級《中國文學史》課程時的一篇習作。關於五言詩起源於西
漢景武年代的問題，前人已有種種質疑。俞先生在綜述歷代考據成果
的基礎上，依據文體發生學和進化論觀點，從學理上推論景武時代還
不可能產生五言詩，「前漢之五言詩，幾於全部可疑」，「五言詩一面
由樂府而滋長，一面由詩人之試作，歷二、三百年之久，至東漢末始
成」。他把五言詩的形成視為漸進過程，從民間歌謠中發現其萌芽，
從可靠的文人詩作裡釐正其來源，既質疑辨偽，又另闢思路，有理有
據，可作一說。寫這樣的考辨文章，雖說是大學階段的「科研的模擬
訓練」[1]，卻有扎實的積累和較高的起點，已力圖把實證與思辨結合
起來。

　　〈明詩派別論〉三萬餘字，是俞先生一九四二年在邵武寫成的大
學畢業論文。文末云：「本文之作，即常人之所忽，以求其變化盛衰
之因果關係，雖其派別，風變雲擾，好惡從違，摹擬抄襲，不能以論
文章之正道，然反觀今日詩壇之寥落，不亦重可慨也乎！」考其本
意，並非專挑「冷門」，而是有感於詩風與國運的關聯，把明詩復古
主潮作為詩歌史上的典型現象加以剖析，探討其變化盛衰的因由與教
訓。首先，他揭露明代文化專制的兩種手腕，一是「屢興大獄」，「摧
殘文士」，一是「獎勵文教，大半用以網羅學者，科舉取士一尚八股
文」，致使「士林不振，傳注之外無思想，依傍以外無文章，惟伺息

1　俞元桂：〈憶易園師〉，見《晚晴漫步》（福州市：海峽文藝出版社，1991年）。

有司，以邀一時之寵祿，遂使三百年文化，侷促小規模中，一代文學有如鑄型，直唐詩、宋詞、元曲之剩水殘山，中國文學史中最消沈之時代也」。繼而，他透視明詩繁榮表象的內裡，「有明一代之詩，顛倒於門戶搶攘之中，喜聲調，尚性靈，入者主之，出者奴之，入者附之，出者汙之，施及末流，其爭益激，其學益乖，而國亦益不振矣」，「其詩率以摹仿為能事，無創造之精神，虛矯膚廓，淺陋已極」。於是，他歷述各詩派的源流、正變、興衰、得失，在具體的引證和點評中，發掘稍有創意、個性和獨立氣象的詩家，揭示摹擬承襲、門戶相軋的流弊，觸及中國詩史這段衰退期的某些癥結。此篇習作，廣採博收，提綱挈領，囊括明詩各派，探究來龍去脈，能從詩史的角度考察各詩派的流變和作用，儘管點評不免簡略，闡述有待深化，但總體上看不失為一篇有分量的史論。

　　俞先生早年的代表作無疑是《漢唐千年間戰爭詩歌之風格》。這篇碩士學位論文是在戰亂流離的三年中寫成的，選題就與戰爭有關。他在〈緒言〉裡說：「戰爭引起我研究這個題目的動機」，「以身歷八年的經驗，來研究漢唐千年間詩人所謳歌的戰爭詩篇，這共通情感上的關聯，將使作者與二三千年前的詩人感到非常的親切了」。這種親近感，不僅促使他一直保有極大的研究熱情，克服生活和工作中的種種困難，潛心結撰近十五萬字的長篇大論，還有助於他感同身受地進入古代詩人的內心世界，體察入微地品評千年戰詩的種種風味。他之所以選定漢唐戰詩風格的研究課題，一是因為「代表求生的、壯烈的、剛強的」戰爭詩歌，在武功最隆盛的漢唐時代表現得最為充分；二是因為「以科學化的方法來整理昔賢所遺留下的文學遺產，風格的研究，它會更明白地給我們洞悉昔人和其創作的一切」。他從風格學的視角考察漢唐間戰爭詩歌的演變，力圖把詩史研究與審美批評、微觀剖析與宏觀把握有機地結合起來，確立的課題是拓荒性、高難度和高水準的。

　　從本文研究提要的〈緒言〉可知，當年俞先生為這項研究工作做了充分的資料積累和理論準備。他花了兩年時間，先把《全漢三國晉南北朝詩》、《全唐詩》裡的戰爭詩歌檢抄出來，參照各家專集，以鑒定作者及作品。進而鑽研中外學者的風格論以確定研究方法，閱讀了英、法、德、美、日諸國和中國許多學者的有關論著，「研究的方法除以風格論為指導的原則外，採取美國 E.Rickert 的《文學研究法》，英國韓德生的《文學研究導論》，日本丸山學的《文學研究法》等」。不必說別的，光憑從千年詩海中搜尋並鑑別上千首戰詩代表作和從中外學海裡尋覓風格論的學理與方法這一點，就體現出一位青年學者的專注、耐心、氣魄和眼力。

　　全文共十章，「第一章論詩歌風格的形成，是本研究處理材料方法的準繩；第二章至第七章，便是根據這個方法來分析研究所得的材料」，歷時考察兩漢、魏晉、南北朝、隋唐戰爭詩風的通變和具體表現，即「風格的個別研究」；「第八章至第十章，是本研究所得的結論」，對戰詩風格的演變、成因和共性作了扼要的概括和精到的闡發。體例上的史論結合，結構上的周密宏闊，論證中的旁徵博引、條分縷析，評斷時的實事求是、切中肯綮，在在可見才、學、識的統一。

　　俞先生治詩歌風格學，堅持歷史與邏輯、實證與思辨相結合的方法論原則，既揚棄點評感悟的傳統詩學，注重整體直觀而力戒籠統玄乎，又吸取西方風格論的分析方法和推論方式，講求明晰、系統而不流於空泛、獨斷，可說是融會中西，兼通古今，博識精鑒，有史有論。他論詩歌風格的形成，在綜合中外古今主要學說的基礎上，抓住思想、情感、想像、形式四要素，從作者、創作、作品三方面展開具體論述，探討作家主體思想情感的來源及其對風格形成的決定作用，考察創作過程想像與意匠的功能及其對風格形成的深刻影響，剖析作品物化形態的各種形式因素，包括句式、意象、詞藻、音韻諸因素與

風格形成的密切聯繫，既研究作者與創作因素以見「風格的必然」，又考究作品因素以見「風格的已然」，建立起風格研究的範疇、尺度、模型和手段。就我所知，像這樣全面、細緻、系統地論述詩歌風格的成因、構成要素和分析方法的專論，在當時乃至於現在都是少見的。

在歷時考察戰詩風格演變的論述中，具體表現出俞先生治史衡文的功力。其精鑒細至一個音節、詞彙、意象的品味，大到一類詩作、一代詩風的總評，時有獨到之見。例如，對邊塞詩人雙璧岑參與高適的戰詩，就通過同類詩作的具體比較，發現各自的風格特色；從情感、思想、意象、意匠、語言諸因素的差異，鑑別唐代初、盛、中、晚四個時期戰詩「有典雅、壯麗、哀愁、尖巧的不同」。其博識，突出表現為知人論世，全局在胸。例如：對王維詩風從勁健雋爽到沖淡清和的轉變，他了然於心；對主戰、非戰、反戰和厭戰詩旨的嬗變與詩風的推移，他都聯繫時勢、處境、心態加以說明，並從戰詩風格史的高度加以爬梳和估價。這樣，微觀坐實，宏觀有據，引證翔實，論從史出，就水到渠成地進入歷史的總結，尋繹出戰詩共通的典型的風格形態，即「動」的、「顯」的、「粗」的基本特徵和普遍要求。其史識，得自對大量史實的精細分析和科學概括，就富於涵蓋性、歷史感和說服力。

《漢唐千年間戰爭詩歌之風格》的學術貢獻，不僅開拓和深化了詩史和戰爭文學研究的內容，還改進和更新了風格類型史的研究方法。傳統的點評妙悟，雖能一語中的，卻難以說清所以然，也缺乏科學性、系統性、可操作性。俞先生自覺借鑑外國近代風格論的學理和方法，綜合運用社會學、歷史學、文獻學、修辭學等研究方法，而著眼於風格的形成機制和構成因素，把風格研究落實到語言藝術的具體分析中，深入到意象、詞藻、色調、節奏諸細微處，使傳統的風格術語可以證實、詮釋、闡發和界定，推進了風格研究向科學化、系統化發展。

　　俞先生堅持以科學方法整理和闡發中國古代的風格論遺產，在〈僧皎然詩式述評〉和研究《文心雕龍》的三篇論文中，既辨析傳統術語的內涵和歸屬，又闡發其邏輯關係和理論意義。他從皎然「辨體十九字」中，厘定「可稱為風格者有：高、逸、閑、達、悲、怨、力、靜、遠、誠。可稱為風格之形成因素者有：氣、情、思、意。僅為作者之性格者為：貞、忠、節、志、德。」進而發掘其風格論「重意、重情、尤重文外之旨、言外之情」的要義和影響。他在逐篇解讀《文心雕龍》的基礎上，著眼於劉勰風格論的整體把握，著重研究其風格的成因說和「八體」說。他認為：劉勰關於「才、氣、學、習」與「情、理」、「辭理、風趣、事義、體式」之關係的論述，「構成了作家與作品風格成因的完整體系」，在實踐上具有引導作家揚長避短或加強全面修煉的重要意義。關於「八體」的分辨與評判，是「堅持內容與形式統一的原則」，提倡「典雅、清麗、精約、顯附」，也不反對「新奇」，較全面地闡述了文學的質文、正奇、通變等關係。這些看法，探賾索隱，揭示了劉勰風格論的理論價值和實踐意義。

　　俞先生早年治古典文學，可以說是學有根底，術有專攻，新舊相容，史論兼通，富於開拓精神，在文獻史料上已有相當的積累和過硬的考辨功夫，在詩史和風格論研究上已有堅實的基礎和一定的建樹。倘若讓他繼續專攻古代文學批評史，竊以為其成就將不會在後來奉命改行的業績之下。當然，俞先生早年的治學專長，對他以後的學術研究是有積極影響和促進作用的。

二

　　或許因為俞先生當年年輕有為，勇於開拓，所以一到一九五〇年代初高校增設新課程之際，校方就安排他開新課；他跟當時一批中青年學人一樣，只能遵命從古典文學專業轉向現代文學新學科。他全副

身心投入新學科的創建工作，很快適應了這一轉折。

俞先生曾在〈被迫讀書記〉一文中回顧道：「當時正值新教材的草創階段，沒有現成參考書，一切從頭學起。擬大綱，讀原著，看作品，查有關評介，瀏覽與精讀配合。每天看書不少於三百頁，夜以繼日。還得寫閱讀筆記，編講稿，印講義，邊教邊學，經過四、五年的艱苦努力，專業知識得到全面更新。」正因有這樣的準備和拼勁，當一九五一年七月號《新建設》刊發老舍、蔡儀、王瑤、李何林四先生草擬的〈中國新文學史教學大綱（初稿）〉之際，他就率先連撰兩文參與討論，對大綱第二、三編的內容和體例提出了具體的建設性意見。從他初涉新文學史領域的這兩篇文章，尤其是關於二、三〇年代文學分門別類與章節安排的設想，可見他長於治史，著意反映文學發展的脈絡和概貌，辨析各類作家作品的動向和風格。當年他自編的講義和教參，惜囿於客觀條件而未能正式出版。院系調整後，俞先生結合師範院校的教學特點，為當年頗有影響的《語文教學》等刊物撰稿，於一九六〇年結集出版了《作品分析叢談》。七〇年代中期，他參與《魯迅輯錄古籍序跋集》的注釋工作，對魯迅與中國文學遺產的關係做了專門的研究。這二十多年間，俞先生跟許多學者一樣屢受折騰，難以從事正常的學術研究。但從《桂堂述學》「中編」所選收的二十餘篇論文，仍可見他的學術追求。

在作家作品研究中，他著重剖析文本的藝術技巧，把握作家的創作風格，探索鑑賞分析的方法和途徑，既體現了師範院校重視語文教學的特點，又帶有他早年治風格學的印痕。他常說：作為文學教師，對於作家作品，不僅自己要精於鑑別，善於導讀，還要教會學生閱讀和分析作品的基本方法，培養他們的自學能力。他不僅在教學上注重方法論的指點，還在講授的基礎上寫了〈談文學的自學與資料工作〉和關於抒情詩、短篇小說、散文各類作品分析方法與精讀示範的系列文章，願把「金針度與人」。他的「金針」並不神秘，卻是實用、可

操作的。例如，他教人用卡片隨時積累資料、記錄心得，並要經常加
以分類整理；他強調作品分析要從形式因素入手，注意分析詩的情
感、形象和語言，留心探討小說的情節、場面、細節和結構，注重辨
析各類散文的文體特徵和鑑賞特點。他談論的固然大多是常識性話
題，但了解初學者的需要，深入淺出，循循善誘，循次漸進，引人入
室，深受讀者歡迎。特別是在學風也不免浮誇的五、六〇年代，他講
求資料積累和形式分析，保持了文學研究者的立場，以致當年與「文
革」中被批為「卡片專家」、「形式主義」。

　　俞先生探討魯迅的治學與創作的聯繫，也是發揮專長、獨闢蹊徑
的。魯迅早期「回到古代去」的學術工作，一直被人目為消沉之舉。
俞先生以其對魯迅整理、研究古籍的成就和價值的深刻理解，在七〇
年代末接連撰寫了四篇論文：〈從「回到古代去」到「遵命文學」〉、
〈《中國小說史略》的卓越史識〉和〈讀〈魏晉風度及文章與藥及酒
之關係〉〉三文歷時考察魯迅的學術生涯與思想發展，〈魯迅輯錄古籍
的成就及其對創作的影響〉則綜合研究魯迅治學與創作的關係。這一
組論文，不僅充分論述魯迅的治學特點和學術成就，而且通過魯迅的
學術眼光和真知灼見透視魯迅治學的深意與思想發展的連貫性，洞見
魯迅創作的深厚學養和民族淵源，認為「魯迅這幾年在寂寞中所從事
的工作，雖然消失了青年時代『慷慨激昂的意思』，但增加了深刻的
思想和深沉的感情」，「使他糾正了思想上的一些偏頗，認清了主攻的
方向，為他的吶喊做好了準備」，「其效果直接體現在他早期的短篇小
說和雜文中，對他畢生的寫作和戰鬥也有著深遠的影響」。這就深入
揭示出魯迅鑽研古籍的積極意義，也為魯迅早期思想研究提供了一種
從學術文化思想入手而顧及全人、貫通前後的思路。

　　這二十多年裡，儘管俞先生轉行迅速，並在逆境中盡力而為，卻
還是收穫甚微，蹉跎了壯年大好時光。個中緣故當然是時勢既不容人
潛心治學，又束縛思想創造力。他從不安於打游擊式的「零敲碎

打」，總想選定一個中長期課題而孜孜以求，埋頭苦幹。六〇年代初，他就著手研究現代散文，收集了大量史料，並已發表數則閱讀札記和長篇論文〈現代散文特徵漫論〉，惜被「文革」中斷了。

三

「天意憐幽草，人間重晚晴」，俞先生晚年常吟味李商隱的名句，感念改革開放時代給予自己回黃轉綠的學術機運。這時，他年逾花甲，身患血液病痼疾，卻決意重理被中斷多年的現代散文研究工作。本著既出成果又出人才的宗旨，這回他召集幾位弟子，在校內率先組建起老中青結合的學術梯隊，遵循治史常規，腳踏實地向現代散文領域拓荒邁進。

談起為何選擇現代散文作為研究課題時，俞先生說：散文在中國文學史中有著十分突出的成就；「五四」新文學運動以來，開創期現代散文的成就在其他文體之上，後來仍在蓬勃發展。可是，一九四九年以來的現代文學研究，「對現代散文的全貌和價值未能給予充分地闡述，這不能不說是學術上的憾事」，在理論上又有輕視散文的偏見。其實，中國古典文學向來奉散文為正宗，它便於記事述懷，言情達意，在反映生活的廣度和深度上有自己的獨特方式，藝術上更鮮明地顯示出它多彩的斑斕色調。「中國現代散文的成就，理應受到文學史家的重視而加以全面的發掘。不過，散文篇幅短小，體式雜多，文集浩繁，史料分散，要對它作全面深入的研究，還得花費更大更多精力，因而被人視為畏途。為了彌補過去對中國現代散文研究的不足，我們知難而上，希望發揮我們梯隊老中青結合的群體力量，與同道的友軍配合，給現代文學史研究工作清基壘石，添磚加瓦。」[2]這說明

2　俞元桂：〈《現代散文史論》序〉，見《曉月搖情》（福州市：海峽文藝出版社，1995年）。

俞先生的選題有著拓荒者的膽略，史學家的眼光，是著眼於學科建設的全局，立足於弘揚中國散文的優秀傳統，以全面、系統和深入的研究為學術使命。從這一選題，又可見出俞先生早年研究漢唐千年間戰爭詩歌風格的宏大氣魄和拼搏精神。

俞先生治現代散文史，一如既往地從鉤稽史料起步，帶領課題組成員搜羅原始文獻，編纂《中國現代散文理論》、《中國現代散文總書目》、《中國現代散文精粹類編》等，摸清現代散文的「家底」，把散文史的編著建立在翔實可靠的史料基礎上。正如田仲濟先生為《中國現代散文史》所作的序言裡說的：「這本散文史採取的方法是扎扎實實從完全掌握材料下手的，絲毫沒有採取省力、取巧的手法，這五十來萬字的史與論，是事事有據，處處有源的。」黃修己先生在《中國新文學史編纂史》裡也論定這部散文史屬於「真正下苦功夫詳細占有史料，在堅實的基礎上開始建房築樓」的極少數新文學史著之一。這方面的工作情況我已另文述及。[3]這裡應結合《桂堂述學》「下編」選收的二十餘篇現代散文研究論文，著重介紹俞先生的散文觀、史識和治史特點。

俞先生的散文觀主要表述在〈現代散文特徵漫論〉、〈中國現代散文理論建設管窺〉、〈漫淡散文的生活廣度和思想深度〉和〈《中國現代散文史》緒言〉等長文中，散見於散文評論、序跋之中。他從古今散文的史實出發，界定散文「是多種文體的集合體」，「不是純文學」而又「足與純文學並駕齊驅」；現代散文「包括記敘散文、抒情散文、雜文和新興的報告文學」，「即使它的部屬雜文和報告文學獨立出去，它仍然是一種雜文學」。它以豐富多樣、自由靈活的體式記事述懷，言情達意，「能迅速地感應現實」，「足以發揮個性、表現自己」，具有多姿多彩的藝術風格。因此，研究散文應「保持客觀的、寬容的

3　汪文頂：〈只憑實證寫心聲——俞元桂先生的治學風範〉，《中國現代文學研究叢刊》1996年第3期。

態度，儘量去發現不同作家、作品的優點」，應「具有歷史觀點和超脫態度，不可先存某種特定的審美意向，限制了對散文多樣美的發現」。他針對當代散文界重抒情、詩意和工巧，而輕說理、實用和自然的偏向，一再引證傳統和現代散文與詩相區別的散體屬性，力矯以詩衡文、獨尊一體的時尚，探求從傳統文論借鑑氣勢、意境、理趣、神韻、文采諸範疇以建立散文的審美尺度。

作為史學家，俞先生對於史識，既有自己的理解，又有獨特的追求。他認同「文學史是探討研究文學發展的歷史」的意見，但強調文學史「是文學史料和文學史觀的有機結合」，「文學史結構的主體應該是史料，在史料的組合與評述中體現史識」，「文學史的獨創性出諸較全面地掌握史料，用有理有據、有見地的史識對文學現象及其發展規律作合乎實際的描述和評析，就可能出現獨創性」。[4]顯然，他是遵循史中見識、論從史出、實事求是、據實而言的治史規範，他的史識來源於搜羅詳盡的史實，體現於史料的取捨、組合、評述和闡發，有的昇華為對歷史規律的洞見。例如：在〈五四時代散文的特色與評價問題〉這篇寫於七〇年代末剛重理散文研究時的開篇之作，就以其對「五四」散文及其研究動態的全面了解，發現現代散文開創期的主要特點以及後來某些理論對「五四」散文評價的有害影響，從而以有理有據有見地的史識澄清「左」的思想遺毒，辨析身邊瑣事的題材、資產階級的人性、有歷史污點的作家和柔美的風格諸文學現象在「五四」散文變革中的作用和意義，為我們樹立了「不貼標籤分禮帽，只憑實證寫心聲」[5]的示範。在〈漫說朱自清的散文〉中，他在辨析前人有代表性見解的基礎上，憑著知人論世的實證，發掘出人們忽略的朱自清的旅行記、懷友文和寄閒情這三類作品的特色和價值。俞先生

4　俞元桂：〈談文學史的編著問題〉，《中國現代文學研究叢刊》1991年第3期。

5　俞元桂：〈贈江君遷居〉，見《俞元桂教授紀念集》（福建省政協文史資料委員會編印，1996年），頁213。

寫論文，恪守學術規範，總是在鑽研全部原作、摸清前人成果的基礎
上，有自得之見才下筆，力求對每一論題有所補充、辨證、深化和推
進，決不憑空而論或炒人冷飯。

　　「在史料的組合與評述中體現史識」的治史特點，突出表現在
《中國現代散文史》的編寫上。這部著作史料的翔實豐滿頗受同行稱
道，貫串其中的史識更值得重視。就整體構架而言，它借鑑紀事本末
體和編年體史著的特長，以題材和體式的縱向梳理為經線，以分期、
分類的橫向鋪陳為緯線，以各體各類散文的名家名作為重點，形成
點、線、面交織的網路，展現出現代散文多樣發展、前後貫通的歷史
風貌，從而得出可信的論斷：「中國現代散文並沒有趨向衰弱，而是
走著開創、興盛、拓展的令人鼓舞的歷程，它作為中國現代文學的一
個重要方面軍，有著自己的持續不替的輝煌的成績。」由於散文題材
來源於現實人生，深受時代制約，又取決於作家的藝術處理，這樣對
題材的分類整合，就給我們帶來了諸多便利：「它可以反映各個時期
散文的主要寫作傾向，並明顯地看到它的發展線索；它有利於作家群
體的發現，進一步探討散文的風格和流派；它便於對作家進行不同時
期作品的比較和作家與作家間各別的比較；它可以看到散文作家的多
樣筆墨、藝術特點和他們所繼承的中外傳統。」[6]書中不少引人注目
的創見、論斷和評析，以及縱橫比較的自如，來蹤去影的明晰，索隱
尋繹的獨到，都與這「不設作家專章專節，專注於各時期散文不同的
特點及其發展趨向的描述」的體制有關。王瑤先生就從史學高度予以
肯定：「此書體大思精，論述謹嚴，足見用力之勤，其有助於文化積
累，蓋可斷言。」[7]林非先生則從俞先生貫通古今的學養上加以探
源：「正因為對整部中國文學史發展和流變的線索及其深刻原因，有
著相當準確的了解，所以他率領寫出的《中國現代散文史》這些著

6　俞元桂：《中國現代散文史》（濟南市：山東文藝出版社，1988年），〈緒言〉。

7　王瑤一九八九年五月十一日致俞元桂信。

作，才具有明顯的歷史流動感，充分地描述出他來自何處；在經過哪些猛烈的沖瀉和洄流之後，又顯出了哪些時代的風貌。對於這一階段歷史本身的發展脈絡，也描述得相當清晰；對各種散文風格和流派的演變及其內在原因，都綜合和分析得曉暢明白，頭頭是道，給人留下不小的啟迪。」[8]

俞先生治現代散文，形成史、論、作家研究、作品選、工具書五類配套的研究格局，追求系列性、系統性和整體性。他認為中文學科建設應堅持「論、史、選、具、作」五方面配套的方針，他在現代散文這一分支中，堪稱五行並作。不僅著史、立論，還以史家眼光選編理論和作品名篇，匯編總書目，把選本和工具書視為散文史學的有機組成部分，也親嚐散文創作的甘苦。這在同行中並不多見，這種持之以恆地構築和完善學科體系的專注精神尤其可貴。

俞先生晚年傾注心血構建的現代散文史學自然是一項開放的宏大的學術工程。它既可下延考察當代的流變，上溯探尋古代的源流；又可橫向拓展，與新文學其他門類和外國散文進行比較研究；還應在已有的墾殖上精耕細作，深挖現代散文的豐富蘊藏。這是俞先生留給弟子、寄望於同道繼續開拓的學術課題。

追蹤先師的治學歷程，我不時默誦蔡厚示先生〈悼俞元桂先生〉其一的名句：「當風榕樹身堅韌，越漠明駝志苦辛。」[9]這不僅高度概括了俞先生的人生跋涉和人格精神，也能涵蓋俞先生的學術跋涉和治學精神。俞先生少壯時的苦讀精進，中年時的負重蹣跚，老邁時的登高望遠，確乎有「越漠明駝」的艱辛、堅韌、功力和事功。我當銘記

8　林非：〈豐碑——悼念俞元桂教授〉，原載一九九六年五月二十日《廈門日報》，後收入《俞元桂教授紀念集》。

9　蔡厚示：〈悼俞元桂先生〉（二首），見《俞元桂教授紀念集》（福建省政協文史資料委員會編印，1996年），頁191。

先師的遺贈：「來生細織豪華夢，此世永懷淡泊情」，[10]勉力踵武，雖不能至，然心嚮往之！

──本文原題〈越漠明駝志苦辛──俞元桂先生的學

術道路〉，原刊於《藝文述林》第二輯《現代文學

卷》（上海市：上海文藝出版社，1997年）

---

10 俞元桂：〈贈汪君遷居〉，見《俞元桂教授紀念集》（福建省政協文史資料委員會編
　　印，1996年），頁213。

感念樊駿先生的言傳身教

　　我拜樊駿先生為師已有二十六個年頭，一直得到樊老師的指教和督勵。如今樊老師走了，我再也聽不到他那睿智而縝密、嚴正而親切的教誨，只能憑藉記憶和收藏的數十封書信，以及他對我幾篇文稿的批註，重溫先師對我的言傳身教，心中充滿著感念師德師恩的情思。

　　早在一九八五年九月，我在職攻讀碩士學位期間，業師俞元桂先生派我赴京遊學，轉益多師，參加當年中國社會科學院文學研究所高級進修班學習。當時，文學所十分重視這個進修班，劉再復所長、何西來副所長和班主任楊匡漢老師精心組織進修班的教學和研討活動，不僅廣邀國內外著名專家講學，傳授文學研究的新理念新方法，還為每個學員選派一位專業導師，指導專業進修和論文寫作。在劉再復老師的關照下，樊老師破例應允擔任我的專業導師，我從而有幸在樊老師的親自指導下學習了一年，並從此與樊老師結下深長的師生緣分。

　　樊老師給我們進修班全體學員講授過《中國現代文學研究的當代性》專題課，還對進修班中現代文學專業的幾個學員主動開過多次「小灶」。他幾乎是每個月都約我們到勁松社區三一三號樓那狹小的寓所，座談現代文學研究的有關問題，談得較多的有史論關係、歷史感與當代性、民族性與世界性和現代性、「五四」文學精神、典型形象等。他總是先聽我們談論聽課讀書體會，不時引導我們討論相關的學術問題，隨手在他常用的活頁紙上記下談話要點。最後他作簡要的總結，總是敏銳抓住疑難問題而深入剖析，既有針對性的解疑釋惑，又有啟發性的探賾鉤深，讓我們當面領受到睿智而縝密的學術教育。

他對我們進修生的精心指導和熱心關照，完全出於自覺自為的責任心和敬業精神。

　　樊老師對我的日常指導特別費心盡責。進修期間我選寫有關現代散文流派和英國隨筆與中國現代散文關係的兩篇文章作為結業論文，選題和資料是我參與俞先生主編《中國現代散文史》寫作時準備的，到北京後又找到一些新材料，有些新想法，在梳理思路、提煉觀點、加強論證方面得到樊老師的具體指導。樊老師雖然謙稱不熟悉散文研究，但對我的選題和初稿都提出切實中肯的指導意見。就選題而言，他認為有新意有價值，但作為單篇文章存在著題目偏大偏泛的問題，要我限定論域，突出主題，把重點分別確定在流派演變和影響研究上。寫出初稿後，他及時審閱，寫了許多批註，約我面談修改意見。對於〈中國現代散文流派及其演變〉，他以為寫得平實，要我在梳理流派演變史實的基礎上，進一步探討散文流派與散文文體的內在關係。他對各類散文的特性及其與現代文學思潮流派的相互關係，提出了修改意見，希望我結合史實深入分析，加強理論闡述，把散文流派演變的內在規律說深說透。我盡力改了兩稿，還是力不從心，達不到他的要求。他從而更了解我理論闡述上的弱點，希望我努力「揚長克短」，強化思辨訓練，補救論證不足。稍後寫的〈英國隨筆對中國現代散文的影響〉，我按照樊老師的指導，努力加強影響研究的實證分析和理論探討。對此，他較為滿意，仍費心幫我提煉觀點，深化論述，還推薦給《文學評論》。我從進修班結業回榕後不久，收到樊老師的第一封來信，信中說：「你的文章，《文評》原則上準備採用。他們的看法和我差不多，覺得內容充實，問題說得清楚，只是深度不夠」，「這篇文章，我這次再看時，覺得經過修改，有改進，主要是內容更充實些。此文寫得不錯（在我這裡，『不錯』是相當高的評語，我從來不用高級形容詞），比上一篇好。這使我想到你的功底扎實，態度嚴肅；也因此使我反問自己這一年來對你的評語和要求是否過於

苛刻了。我想，說得準確些，是否應該是這樣：對於這兩篇文章來說，可能太嚴了些；從長遠的要求來看，似乎這是必要的。總之，希望你能更有信心地、更奮發有為地前進」。這種嚴中有慈、勸勉有加的諄諄教誨，令我銘感不忘，終身受益，也讓我至今還有負師訓而愧疚不安。

　　一九八六年七月，我從北京回到學校後，邊工作邊準備碩士畢業論文，經常就論文問題給樊老師寫信請教，他幾乎是每信必回，一如既往地加以具體指導。我原想綜合研究五四時期抒情散文的審美特徵，他著重指導我改變講義式寫法，扣緊抒情性與文學性關係來論述這時期抒情散文的變革、成就和意義。他抱病審閱我的論文初稿，做了五十多處三千多字的旁批，還寫了二千多字的長信，主要對全文思路和寫法提出中肯的批評和具體的建議。他針對我去信請教的問題說：「你在信中關於缺點的自我評價，是符合實際的。第一個問題好辦，『審美特徵』本來是個難題，不少文章在這個標題下談的大多仍然是思想內容方面的。只要導師同意，改動一下題目即可。或者改為『思想藝術特徵』，或者就乾脆改為『創新』、『革新』之類，這樣就切合內容了」。這促使我將論題改訂為《五四時期抒情散文創新綜論》。「第二個問題，在於描述概括多，論證評價少，文章寫得『平』了一些，深度不夠，更像是教材，而不像論文。我覺得這是個寫法問題，與你的思路習慣有關。你把研究的對象分成幾個方面，然後並列著一個一個地分析，旨在說明對象的全貌，用的是平面推開的而不是深挖下去的寫法。我的思考習慣和你不同，不管研究什麼對象，先要找一個高一點的立足點，寬一點的視野，而且不只是說清楚具體的對象，總還想有所發揮；文章也不是平列地展開，而是找出關鍵問題所在（最好是矛盾所在）一層一層剖析（所謂抽繭剝蕉）下去。這樣可以迫使自己往深處思考和挖掘，也容易直截了當地切入對象和揭示本質。」他再三指出：散文從實用性向文學性演變，抒情因素起了關鍵

作用，應該特別抓住「抒情」在文學創作（或者審美過程）中的特殊
作用多作些發揮，應該集中在從實用散文到文學散文的歷史轉折中，
或者說自覺地作為藝術創作的文學散文終於從實用散文中分化、獨立
出來這個焦點上多作些論證。他不僅指出問題所在，還指明解決問題
的方向和路徑，並把自己的研究秘訣傳授給我。我在論文修改和後來
的研究中雖然還無法抵達樊老師的要求，但總是記住他的教導，把抓
住問題深挖下去作為治學的指標。他給我這篇畢業論文寫評語時希望
我堅持散文研究，「不要怕寂寞，自會有收穫——這不會只是我一個
人的殷切期待！」他當時未能前來主持答辯會，隨後來信說：「這不
只是對你一個人而言的，我估計到這份評審意見當為有關幾位老師見
到或聽到，想借此表示對於你們各位在現代散文研究方面的工作的支
持和期待而特意寫上的。由於現代散文大家不多，更重要的是研究散
文要比研究別的難度大些，它更有賴於對語言、文體等的審美感受，
而缺少其他體裁那些更容易把握的環節。因此，即使在今後，也難以
成為『顯學』，但又總得有人研究。你們已經有了健康的開端，希望
能夠堅持下去，自覺地承擔起形成一個現代散文研究中心的責任來。
所以寫上這麼一句，其中自然包含了希望你能以主要精力獻身於此的
意思。」他從學科建設大局著眼，理解和支持我老師俞先生主持的現
代散文研究工作，像俞先生那樣悉心指導和一再勉勵我鑽研散文，並
在拓寬視野、更新思維、嚴謹治學、深思細辨等方面給我許多深切的
教益，這是我最感念不忘的恩德。

　　除了學業上的指導，樊老師還在為人處事上給我諸多教益和示
範。他對文學研究事業的誠敬與專精是有口皆碑的，他律己嚴正、簡
樸苦行的一貫作風也為人稱奇道絕。他一直住在單位的公寓，無論是
先前的勁松社區，還是後來的安定路旁，都只有簡單的日用傢俱，滿
屋的書櫥和書刊，獨自過著儉樸而自足的日常生活，而把時間和精力
傾注於工作上，把一生積蓄和從他大姐處繼承的遺產不聲張、不留名

地捐獻給文學研究事業。他在信中早就說過：「我有我的生活信念和處世態度。比如我總覺得自己太順利了，總是處在眾人的照顧和關切之中，所得到的多，所奉獻的少；又比如我對有些人的生活趣味和追求不以為然，於是選擇了有時可能不同於旁人的道路和方式。」他言行一致，一以貫之，時時處處都以身作則，躬行踐履。他給我的六十來封書信，從不用公家的信封信箋和郵資，都是在自購的普通稿紙上寫得密密麻麻，並細心修訂，親手付郵，這在我收到的來信中是絕無僅有的，使我在承受精神滋養的同時也受到一絲不苟的教育。他前後兩次相隔十年撥冗來我校講學，不讓我安排遊覽活動，事先就來信坦言如果以講學為名行遊玩之實，他會「心中不安，你總不會讓我這麼難受吧」。頭一次是一九八六年十二月初，他為我校舉辦的全國現代文學助教進修班講學一週多，接連講授關於現代文學研究、史料工作和老舍研究等專題課近三十節，可能是他外出講課最多的一次，也確實是專門講學，別無他顧。他對助教班情有獨鍾，樂意多作奉獻，多與青年教師交談，還熱心引薦多位專家前來講學，甚至為學員操辦訂購書刊之類瑣事。他每講都認真準備，一本正經，在寫好的講稿上還不斷添加材料和想法，在講授中以條分縷析、逐層深入而吸引學員。後一次是一九九六年十一月底，為現代文學研究生講授學科動態和幾位前輩學者的學術思想，同時到泉州出席我省的現代文學研究會年會。這次他還熱心推薦即將博士畢業的鄭家建到北大嚴家炎先生處做博士後研究工作，他對青年學子的關愛就惠及我校好多人。他一直關心我們的學科建設，殷切希望我們傳承俞先生的扎實學風和散文史學。每次來信或見面，他總是詢問我的研究情況，批評我深陷事務泥淖而在學業上裹足不前，督促我擺脫干擾，克服弱點，增強自信心和主體性，執著探究現代散文藝術，但又寬容地理解我身不由己的苦衷和既然做事就要認真負責的態度，曾在來信中書贈一句箴言：「對人來說，盡心盡力是需要的；就文章而言，盡善盡美是沒有的。」我可

能是他特別費心而又失望傷心的一個不爭氣的學生，每次到北京見他，特別是看到他中風後仍費力表達對我的期待和憂慮的情景，我深感愧疚和悲戚。

　　樊先生是我受業問學中與俞先生一樣的嚴師和恩師，他們對我的言傳身教都以嚴謹方正為本，使我切身體會到前輩學者的品格與學風具有內在的同一性和自律性。他們以學術為第一生命，以科學精神治學做事和律己律人，樹立了學術人格的標高和典範。俞先生去世十五年了，樊先生也悄然離開了人世，使我深感痛失導師的悲傷和迷茫，但他們的嘉言懿行和學術精神永遠銘刻在我心中，繼續指引和督勉我努力在散文學園地裡潛心耕耘，爭取有點收成來報答先師的教育培養之恩。

二〇一一年十月二日

──本文原刊於《告別一個學術時代──樊駿先生紀念文集》

（北京市：社會科學文獻出版社，2013年）

代跋
我與現代散文研究

　　我與現代散文研究結緣，是先師俞元桂教授精心成全的。俞先生不僅引領我步入現代散文園林，一路循循善誘，指點津梁，披荊斬棘，尋幽探勝；還傳遞薪火，賦予重托，希望我恪守園丁本分，勤於墾殖，勇於開拓。他在晚年曾特意給我手書一首贈詩：「鈎稽史料始征程，面壁十年喜有成。不貼標籤分禮帽，只憑實證寫心聲。來生細織豪華夢，此世永懷淡泊情。惜取朱顏仍本色，晴窗述作擁書城。」[1]全詩既概括了先生帶我們潛心治學的情形和特點，又表達了他對弟子的懇至誠勉和殷切期望。俞先生為散文研究事業殫精竭慮，為培養學科後備力量嘔心瀝血，這種敬業奉獻精神感召和激勵我矢志不渝地默默耕耘於現代散文園地。

　　我是在俞先生年近花甲之際入門受業的，並有幸從師學文十八載，深受俞先生言傳身教的影響。一九七九年年初，俞先生剛從「靠邊站」回歸學術崗位，決意重理被「文革」中斷十來年的現代散文史研究課題，選擇我這個剛留校的助教做助手，一開始就負起搞科研、帶新人的雙重使命。他把我放在科研第一線，按照治史的學術要求，一錘一錘地敲打，循序漸進地操練。首先要我坐慣冷板凳，過好文獻關。讓我專門蹲了兩三年圖書館，全面查閱現代書刊，系統搜集散文史料，引導我從目錄學入手，從原始資料出發，廣採博收，日積月累，打好爬羅考辨史料的基本功，養成嚴謹扎實的學風。繼而要我通讀各家文集，學寫作家作品論，著重訓練我的鑑賞、分析和評論能

1　俞元桂：〈贈汪君遷居〉，見《俞元桂教授紀念集》（福建省政協文史資料委員會編印，1996年），頁213。

力。俞先生把作品賞析視為散文研究的基礎，引導我由表入裡地解讀
每篇散文的構成要素、組合方式和美感特色，從作品成因中由此及彼
地透視作家個性的烙印，時代風尚的歸趨，區域環境的薰染和中外文
化的影響，力求把作品、作家和社會聯繫起來進行歷史與審美的考
察。先生讓我試寫的第一篇論文是關於一九四九年後冰心和巴金的散
文創作，正標題〈老樹新花〉也是他親自酌定的，這為我開啟了前後
比照、捕捉新變的思路。後來我所寫的十多篇作家論，大多注重對作
家作品進行分期分類的梳理和風格特色的辨析，努力在縱橫比較的具
體分析中歷史地把握作家創作的「常」與「變」，「得」與「失」。進
一步的鍛鍊是加重學術壓力，鼓勵我做專題研究，寫史論文章。人民
文學出版社的《新文學論叢》創刊後，曾向俞先生約稿。先生就把
〈中國現代散文發展概觀〉一文的起草任務交給我。我當時才入師門
兩年，怎敢寫這樣的長篇大論？先生明知我力難勝任，卻有意藉此試
煉我的宏觀概括能力和知難而進的學術勇氣。他與姚春樹先生一道指
導我梳理史料，分析問題，形成寫作思路和全文綱目，就放手讓我寫
出初稿，再來反覆討論，細心批改。這篇兩萬字的論文，費時一年，
三易其稿，對我來說是一次高難度的強化訓練。該文在《新文學論
叢》發表後，被同行視為「視野開闊，擅長於進行思想與藝術的綜合
分析」[2]，可以說基本達到了俞先生的預期目標。經過這番訓練，我
增強了綜合研究的能力和信心。後來撰寫碩士學位論文和一些專題史
論時，就較為自如，略有長進。因而俞先生也就逐漸讓我獨當一面，
執筆《中國現代散文史》的重要章節，撰寫有關散文流派、類別、分
期概觀和中外比較的專題史論，不斷激勵我腳踏實地地探索前進。

　　俞先生對我的傳幫帶和「三步式」訓練，是基於他的治史經驗和
史學觀念的。他早年在中山大學研究院師從李笠先生和鍾敬文先生時

2　林非：〈關於中國現代散文史研究的問題〉，見《治學沉思錄》（長沙市：湖南人民出
　　版社，1985年），頁328。

所寫的碩士學位論文《漢唐千年間戰爭詩歌之風格》，以及晚年主編
的《中國現代散文史》，都是遵循秉筆直書、實事求是的治史規範，
始終貫串著重積累、講實證、求真知、出新意、追求史料與史識有機
結合、微觀分析與宏觀概括相輔相成的學術精神。他在為我的第一本
論著《現代散文史論》所寫的序文裡指出：「治學方法同學科的性質
是密切相關的。我們從事文學史研究的人，要進行全景式的概觀，就
必須從史料入手，從認真閱讀和分析每位作家的每篇作品做起，還必
須了解他人對其人其文已有哪些見解，摸清前人的學術成果和存在問
題，從局部到整體，從微觀到宏觀，日積月累，不厭其煩，理清各種
線索，探尋來龍去脈，同時不斷提高自己的理論素養和分析水平，以
期做到史實精確，論評得當。治史不能光憑才氣，還得有艱苦的積累
與認真的探索。靠第二手資料抄抄剪剪，是寫不出有創見有質量的著
作來的，先入為主式的『以論代史』更要不得。」俞先生傳授的為學
治史之道，讓我獲益匪淺，受用無窮。如果說我在現代散文研究領域
還有點創獲的話，那完全是先生造就的，是先生因材施教、潛移默化
的結果，是師徒之間的一種學術傳承和共同創造。只是因為我根基薄
弱，才識不足，加上近年來事務纏身，心有旁騖，致使收穫甚微，不
見長進，實在愧對先師的栽培和厚望，愧對學界師長同仁的關愛和期
待，也對不起自己的專業志願和學術追求。

　　當然，我與現代散文研究早已結下難解之緣，我向引領和激勵我
走上學術長途的導師作過鄭重承諾，我不願也不會在散文學征程上半
途而廢，或知難而退！俞先生創立的現代散文研究基業，是一項開放
的宏大而艱巨的學術工程。我在本書〈俞元桂先生的學術道路〉一文
中說過：「它既可下延考察當代的流變，上溯探尋古代的源流；又可
橫向拓展，與新文學其他門類和外國散文進行比較研究；還應在已有
的墾殖上精耕細作，深挖現代散文的豐富蘊藏。這是俞先生留給弟
子、寄望於同道繼續開拓的學術課題。」面對如此宏闊深遠、富於挑

戰性的學術構想，我仍然抱著「雖不能至，然心嚮往之」的態度，與
課題組的同事一道，正從三方面勉力而為：一從古今溝通的視域考察
中國散文的源流變遷和民族特色，二從風格學的角度發掘現代散文的
文體藝術和審美價值，三從中外比較的視角整合和建構現代散文學的
理論形態和批評方法。我想通過這一輪的墾拓，回歸面壁治學的本
位，突破裹足不前的窘況，進一步試煉自己的學力、信念和對散文研
究的誠意，為建構中國散文學大廈繼續清基壘石，添磚加瓦。

俞先生早就立下誓言：「研究學術是一生的事業。」[3]他以身作
則，克盡職守，為我們樹立了篤志不倦的學者風範。他晚年專精於散
文研究，在我們學術團隊中倡導和力行「深挖一口井」的學風，培植
和形成嚴謹精進的門風。前人說過：「現代的散文好像是一條湮沒在
沙土下的河水，多少年後又在下流被掘了出來，這是一條古河，卻又
是新的。」[4]這個妙喻儘管是對散文源流而言的，卻可借用來說明散
文研究也是一項深入發掘和不斷激活長河伏流的學術工作，理應深挖
井，廣開渠，專心致志，埋頭鑽研，才有可能窮原竟委，鉤深致遠，
推陳出新，川流不息。以此意自警，並與同人共勉。故將自己的第二
本現代散文論集題名為《無聲的河流》。[5]

　　　　——本文原刊於《無聲的河流——現代散文論集》（上海市：
　　　　　　　上海遠東出版社、上海三聯書店，2003年）

3　俞元桂：〈漢唐千年間戰爭詩歌之風格〉，見《桂堂述學》（福州市：福建教育出版
　　社，1997年），頁68。
4　周作人：〈《雜拌兒》跋〉，見《永日集》（上海：北新書局，1929年）。
5　本文原為《無聲的河流——現代散文論集》代序，略加修訂移作本書編後代跋。本
　　書從《中國現代散文十六家綜論》（合著）、《現代散文史論》、《無聲的河流》、《怎
　　樣寫散文》、《汪文頂講現代散文》等舊作中選編二十七篇，稍加修訂，聊作「現代
　　散文學」初探之結集。

作者簡介

汪文頂

　　福建安溪人，一九五七年出生。一九七八年畢業於福建師範大學中文系，留校任教；一九八七年研究生畢業，獲文學碩士學位。現為福建師範大學副校長、文學院教授、博士生導師，兩岸文化發展研究中心研究員，中國現代文學研究會副會長。參與俞元桂先生主編《中國現代散文史》、《中國現代散文十六家綜論》、《中國現代文學總書目》〈散文卷〉等專著的編寫，著有《現代散文史論》、《無聲的河流——現代散文論集》、《梁實秋散文欣賞》、《怎樣寫散文》、《汪文頂講現代散文》、《現代散文學初探》等，在《文學評論》、《中國現代文學研究叢刊》等學術期刊發表論文數十篇。

本書簡介

　　作者自選散文研究論文二十七篇，分為三輯。史論篇探討現代散文的基本觀念、主要特點、發展概況、思潮流派、文體藝術和中外比較等重要問題，論從史出，時見史識。個案篇選論現代散文名家，注重風格特色的評析。學案篇為研究述評，對現代散文研究和學術名師風範有切身體會。全書專攻散文學，點線面交織，博識精鑒，扎實謹嚴，自成一家之言。

福建師範大學文學院百年學術論叢·第三輯 1702C03

現代散文學論稿

| 作　　　者 | 汪文頂 |
| 總　策　畫 | 鄭家建　李建華 |

發　行　人	林慶彰
總　經　理	梁錦興
總　編　輯	張晏瑞
編　輯　所	萬卷樓圖書股份有限公司
排　　　版	林曉敏
印　　　刷	百通科技股份有限公司

發　　行　萬卷樓圖書股份有限公司
　　　　　臺北市羅斯福路二段 41 號 6 樓之 3
　　　　　電話 (02)23216565
　　　　　傳真 (02)23218698
　　　　　電郵 SERVICE@WANJUAN.COM.TW
香港經銷　香港聯合書刊物流有限公司
　　　　　電話 (852)21502100
　　　　　傳真 (852)23560735

ISBN 978-986-478-177-5
2020 年 10 月再版二刷
2018 年 9 月再版
2016 年 12 月初版
定價：新臺幣 720 元

如何購買本書：

1. 劃撥購書，請透過以下郵政劃撥帳號：
　　帳號：15624015
　　戶名：萬卷樓圖書股份有限公司
2. 轉帳購書，請透過以下帳戶
　　合作金庫銀行　古亭分行
　　戶名：萬卷樓圖書股份有限公司
　　帳號：0877717092596
3. 網路購書，請透過萬卷樓網站
　　網址 WWW.WANJUAN.COM.TW

大量購書，請直接聯繫我們，將有專人為
您服務。客服：(02)23216565 分機 10

如有缺頁、破損或裝訂錯誤，請寄回更換
版權所有·翻印必究
Copyright©2020 by WanJuanLou Books CO., Ltd.
All Right Reserved　　　　Printed in Taiwan

國家圖書館出版品預行編目資料

現代散文學論稿 /汪文頂著.
-- 再版. -- 臺北市：萬卷樓, 2018.09
面；公分. -- （福建師範大學文學院百年學術
論叢·第三輯·第 3 冊）

ISBN 978-986-478-177-5（平裝）

1.散文　2.中國文學　3.文學評論

820.8　　　　　　　　　　107014173